本書出版得到國家古籍整理出版專項經費資助

中國歷史文集叢刊

萬斯同集校注

上册

〔清〕萬斯同 撰
朱端强 校注

中華書局

圖書在版編目(CIP)數據

萬斯同集校注/朱端强校注. —北京:中華書局,2025.8
(中國歷史文集叢刊)
ISBN 978-7-101-15575-4

Ⅰ.萬… Ⅱ.朱… Ⅲ.中國文學-古典文學-作品綜合集-清前期 Ⅳ.I214.92

中國版本圖書館 CIP 數據核字(2022)第 024105 號

責任編輯:孟念慈
封面設計:周 玉
責任印製:韓馨雨

中國歷史文集叢刊
萬斯同集校注
(全二册)
〔清〕萬斯同 撰
朱端强 校注

*

中華書局出版發行
(北京市豐臺區太平橋西里 38 號 100073)
http://www.zhbc.com.cn
E-mail:zhbc@zhbc.com.cn
河北品睿印刷有限公司印刷

*

850×1168 毫米 1/32 · 21⅝印張 · 4 插頁 · 468 千字
2025 年 8 月第 1 版 2025 年 8 月第 1 次印刷
印數:1-2000 册 定價:158.00 元

ISBN 978-7-101-15575-4

整理説明

萬斯同，字季野，號石園。崇禎十一年（一六三八）正月生於浙江鄞縣（今屬寧波市）。康熙四十一年（一七〇二）七月卒於北京，終年六十五歲，及門私謚貞文先生。其墓在今浙江寧波市奉化區烏陽觀山南麓，其故居在今寧波市郊白雲莊遺址，可供憑弔。

萬斯同是黄宗羲的及門弟子，清初浙東學派重要學人之一。他自康熙十八年四十二歲時以「布衣」被聘入京，先後協助《明史》監修、總裁徐元文、徐乾學、王鴻緒等人纂修《明史》，直至去世，爲官修《明史》貢獻了畢生的精力。除了以研究明史和編著《明史》而鳴世外，萬斯同作爲清朝第二代學者，他繼承明末清初第一代學人「經世致用」的學術思想和淵博寬廣的治學道路，其著述也同樣廣泛涉及經學、舊史補作、考據學、文學、文字學、金石學乃至天文曆法等不同領域。

除了衆多的學術專著之外，萬斯同身前的詩文之作也屬不少。但由於其學術成就主要在於史學和經學，且其詩文集流傳未廣，故文學聲譽看似不大。但就現存詩文和前人的評價看來，萬斯同的詩文也具有自己獨特的風格和寬廣的内容。它們對於研究明末清初社會歷史、文風世會、學術狀況、名人交往等，皆具有典型意義和重要參考價值。

萬斯同詩作曾於康熙六年他三十歲時有過一次結集，友人鄭梁有序，惟稱「成帙」而未言卷數。然所舉其「寄兄公擇詩，淡漠閑遠，不事粉飾，而辭氣藹惻，宛然《常棣》脊令之風」云云，可徵見其今本詩作之中。康熙十年，他三十四歲時，其詩作又有一次結集。友人李鄴嗣（杲堂）有序，稱「季野亦出其詩二帙使余序之，壹何其中今協古，鏗鏘感諷，流連宛篤，淒遠若是，其辭之絶工也」。康熙十一年他三十五歲時，其文稿初成，友人鄭梁復有詩相贈。詩句「鷄壇藥石疑空古」下注曰「集中《與友人書》俱藥石之言」，「竹簡權衡欲破天」下注曰「讀明史論多獨見」。所稱萬文亦可徵見今本。康熙二十三年，萬斯同四十七歲，曾彙成史論、雜著三十六篇，友人馮景等先後爲之題辭。馮辭稱萬文「遠述家風，廣徵國是，忠孝之本，於是乎在。至於一代風氣之升降，君相之昭聾，人品心術之邪正，著書持論之是非，發潛闡幽，予奪不爽。柳子厚所謂報國以文章，此先生志也」。但其所指，也大體是萬斯同進入北京史館前後不久的文稿，并不包括他康熙二十三年之後的作品。

萬斯同身前並未彙刻過自己的詩文集。死後其圖書、文稿散佚嚴重，民國以前一直無人系統地收集和整理過他的詩文作品，僅以不同鈔本流傳於萬氏家族和公私藏書之所。民國以後，雖有兩種内容略重的刊本稍稍行世，但并非完帙。今就筆者訪尋所見，先將其目前存世的詩文刊本和鈔本略敘於左，以明整理、校注之據。

一、《石園文集》，《四明叢書》本，八卷。民國二十二年（一九三三）冬，寧波學人馮貞群先生從「鄞縣八區文獻會」移送的縣志史料中發現萬斯同詩文稿二册。據民國《鄞縣通志》稱，此稿原藏鄞縣學人陳之綱（旭峰）家。書根署「石園藏稿」，版心題「季野先生集」，魚尾下刻有「卷八」字樣，目録後有「男世標子建校梓」一行文字。馮先生斷爲萬斯同之子萬世標「欲刻未果」之書。時值張壽鏞先生輯刻《四明叢書》，馮、張二先生遂將此稿與萬斯同所著《群書疑辨》和清全祖望選《續甬上耆舊詩》（以下簡稱《續甬詩》）中萬斯同之詩文互校。他們發現，有《卦變考》等十五篇未刻入《群書疑辨》，有詩五章未刻入《續甬詩》，另有詩六章爲《續甬詩》選有，而此稿所無。於是馮、張二先生舍同録異，將其編爲《石園文集》八卷，刻入《四明叢書》第四輯（以下簡稱張本）。這是萬斯同詩文集的第一次整理和刊刻。從張本序跋文和篇目看來，他們當時并没有參校過《群書疑辨》和《續甬詩》之外萬斯同的詩文著作。同時，也未盡吸收《續甬詩》所選萬斯同之詩的不同内容。

二、《萬季野先生遺稿》，《百爵齋叢書》本，不分卷。民國二十三年羅振玉先生輯刊。該書正文共三十二頁，每頁二十四行，每行約二十字，版心書有「萬稿」二字。附録共五頁，行數、字數同前，而版心另書「萬附」二字。附録除《鄮西竹枝詞》五十首外，不録萬氏其他詩作。文章僅三十四篇，却較張本多出《贈高廢翁先生序》一文，其餘内容雖然大體不出張本，但文字略有損益。如《與李杲堂先生書》，文末有康熙十二年萬斯同參修寧波地方志的一段文字，即不見諸張本。又如，卷首馮景題詞，署有題詞時間，張本則無。檢《續修四庫全書總目提要》（以下簡稱《續提要》），著録《萬季野先生文集》一種，不分卷，原藏大連圖書館。其篇目内容全同於羅振玉《百爵齋叢書》本。考羅振玉先生曾參與過《續提要》的整理和撰寫，是知羅本即是《萬季野先生文集》，書名等或爲羅振玉先生所改。

三、《石園存稿》，清鈔本，不分卷。原中國科學院圖書館藏書。鈔本末頁原鈐有「東方文化事業總委員會所藏圖書印」一方，篆章。此稿亦著録於《續提要》，其所稱書名、序跋和詩文内容全同於中科院圖書館所藏《石園存稿》。據筆者校其異同，《石園存稿》著録文章八篇，篇目不出張本；詩七十首（不含《鄮西竹枝詞》），詩題略同於張本，但詩章稍多，字句多異。卷首有馮景文集題詞，録全祖望《萬貞文先生傳》，卷末附楊無咎《萬季野墓誌銘》、劉坊《萬季野先生行狀》二通。天頭有鈔録或整理者小字批注，正文亦有塗乙、圈點之處。卷首有清徐時棟記文一篇，附記一條，皆作於同治七年（一八六八）六月九日。又鈐有「柳泉」和「城西草堂」兩印和徐氏校語數條。據此知曾爲寧波著名藏書家徐時棟所藏。徐氏將其斷爲萬氏子孫「將刻《石園集》，屬友人同校勘之，此其底稿也」。又稱此稿鈔自象山倪象占（韭山），故不録萬家已有篇目。徐氏得此稿時，正與萬斯同八世從孫萬乃鄰謀刻萬斯同《（明史）新樂府》，故特爲乃鄰批校此稿。據徐氏批語，此稿詩作的部分旁注、改動之字「半似謝山（全祖望）筆」，希望刊刻時參訂之。據筆者校對，此稿詩作字句多與全祖望《續甬詩》所選萬斯同之詩相同，但并不全同於張本。

四、《石園藏稿》，鈔本，不分卷。 原中國科學院圖書館藏書。首頁亦鈐有「東方文化事業總委員會所藏圖書印」一方，篆章。此鈔本無詩作，唯録文二十四篇。其中僅六篇略同於張本。全稿共八十六頁，每頁計十行，每行計二十四字左右。文章完整，鈔寫字迹亦頗清晰。正文中多有圈點、塗乙。卷首尾無序跋文字可考，故未敢遽斷爲何時何人所爲。

五、《石園殘稿》，鈔本，不分卷。 原中國科學院圖書館藏書。首頁原鈐有「東方文化事業總委員會所藏圖書印」一方，篆章。此鈔本亦無詩作，録文僅十七篇，其中僅三篇略同於張本。全稿共計三十四頁，每頁計十行，每行計二十一字左右。每篇文章之後皆有殘缺。正文中也稍有圈點、塗乙。卷首尾無序跋文字可考，故亦未敢遽斷爲何時何人所爲。

但毫無疑問，以上三個鈔本同屬原「東方文化事業總委員會」的藏書。我們知道，上世紀二十至四十年代之間，該「委員會」由日本人動議，但主要由中國學者組成。他們曾廣泛收集藏於中日公私之所的圖書資料，欲組織編刊《續提要》。其所采部分圖書和組織撰寫的《續提要》稿，後來主要歸入中科院圖書館，而《續提要》是一項并未最後整理完成的學術工程。

由此觀之，上述《石園存稿》是已經寫入《續提要》的萬斯同著作，而《石園藏稿》和《石園殘稿》則屬當時未遑最後寫入《續提要》的萬斯同著作。但筆者據萬斯同行年和交遊考證，這三個鈔本的詩文内容，實屬萬斯同所撰不誤。其中不見於張本的重要文章總計三十二篇，迄二〇〇四年拙著《萬斯同與〈明史〉修纂紀年》經中華書局出版之前，一直未見研究者稱引過這些著作。

除上述詩文集外，萬斯同尚有《(明史)新樂府》六十八首，或稱《(明史)樂府新詞》《明史樂府》等。這組詩歌始作於康熙十年左右，友人李鄴嗣有序。萬斯同進入北京明史館之後，又曾於康熙十九年和康熙二十一年先後問序於友人陸嘉淑和鄭梁。萬斯同身前同樣未將其付梓，僅以稿本和鈔本藏於後人和坊間。同治七年，萬斯同八世從孫萬乃鄰出其遺稿，與著名藏書家烟嶼樓主人徐時棟所藏鈔本相校後，於次年六月首次刊刻，是爲同治己巳刻本。民國十四年，崑山學人趙詒琛先生又將其刻入《又滿樓叢書》第七册，流傳始廣。然兩本相較，尤以同治刻本爲佳。

二〇〇四年，筆者有幸在日本國會圖書館訪得全祖望手校本《(明史)新樂府詞》一種，國内或已亡佚。封面題「雲合慶珍藏」，卷首有李文胤（杲堂）序、陸嘉淑序、萬斯同自敘，卷末有全祖望手跋文。全稿用行書體鈔成，正文及天頭多有批注、塗乙。筆者遂得將其與隨身所帶同治刻本對校一過。

這組樂府詩仿白居易《古鏡歌》之例，以明朝史事參證民間傳説、稗官野乘，取材廣泛，立意翔實。不但關涉有明一代大事，而且也不乏以史爲鑒、議論開闊之作。該組詩不但是萬斯同個人有關明史的一種較爲完整的著作，而且更爲重要的是，它創作於萬斯同入京修史之前，殺青於他在京捉刀修史之後。因此，該詩對於研究萬斯同和《明史》修纂諸多問題均具有重要的參考價值。

萬斯同詩文作品及《（明史）新樂府》，向無專門整理本。筆者關注萬斯同其人其事，多歷年所，鋭意訪尋相關文獻。今謬承中華書局慨允，首次將其已成專門著作之外的詩文作品集中整理，彙爲其個人文集，略加校注，以廣流傳。但深感知識水平有限，錯誤和未當之處在所難免，敬祈廣大讀者和方家多加教正。

凡例

一 這次整理，將蒐集到的萬斯同詩文作品，按不同體裁分類編排，析爲詩作二卷、文章十卷、《(明史)新樂府》上下二卷，總十四卷，書名新題爲《萬斯同集校注》。

一 詩文校注，主要以彙刊較早的張壽鏞先生等所輯《四明叢書》本《石園文集》(簡稱「張本」)爲底本，以所收詩文較爲完備的清鈔本《石園存稿》(簡稱《石存》)爲通校本，以全祖望《續甬上耆舊詩》(簡稱《續甬詩》)、羅振玉先生輯刊《萬季野先生遺稿》(簡稱「羅本」)、萬著《群書疑辨》(簡稱《疑辨》)等其他本子爲參校本。

一 校注萬斯同《(明史)新樂府》，以同治刻本爲底本，以《又滿樓叢書》本《(明史)新樂府》(簡稱「又滿樓本」)爲通校本，以日本國會圖書館藏全祖望手校本《(明史)新樂府詞》(簡稱「日藏全校本」)和《續甬詩》等爲參校本。

一 全書詩文，大體按其寫作時序或萬斯同行年編次，以求詩史互證，兼供文學和歷史研究者使用參考。凡寫作時間不詳者，按其所涉相同或相近内容之先後編排，以利集中校注，避免注文重複，也方便讀者集中閱讀。

一 凡必須更準確表明正文中某些字句之本義，將新補字詞，用圓括號(　)置於原文前後。如「（康熙）十八年」「（明史）《新樂府詞》」之類。

一　凡原刊、原鈔本中的小字夾注、尾注文，如不詳是否萬斯同自注者，一律以其所在版本相稱，如「某某本夾注」。凡原刊、原鈔本中，原字不清而標以□號，且今亦不可辨析者，仍其舊式。

一　整理工作分爲以下三部分：其一爲〔題解〕。簡單考釋該詩文之寫作時間、背景、主題等。情况不明者，存疑待考，寧缺勿濫。其二爲〔校注〕。校對、説明各本文字之異同、正誤所在，并重點注釋詩文中人名、地名和本事，以及比較生僻的典故。人物生平事迹，主要以正史、方志爲準。如文字並未因辭害義，只因修辭習慣或譯音字詞而互異者，仍各存其舊。其三爲〔附録〕。詩文作品之下，間附與本題直接相關的唱和之作，不出校記，略存資料，供讀者進一步參考研究。

一　凡原刊、原鈔本之序跋文，其他有關萬斯同及其詩文之重要序跋、題辭、題詩、傳記資料等，一律置於書末，注明鈔移之所出。其中如文字有明顯錯誤者，則據别本改正，不出校記，以求簡潔。

目録

卷一　詩一

卷二　詩二

卷六　論説　考辨四

卷七　序一

卷八　序二

卷十三 （明史）新樂府 上

卷十四 （明史）新樂府 下

附一　重要序跋

附二　傳記資料

卷一　詩一

放歌行補

官奴城外秋草肥，官奴城中鷄犬稀〔一〕。十年不見笙歌樂，但看烽火照人衣。我生憂患何纏縛，一廛陋巷資饘粥。終朝泠泠聽胡笳，清夜淒淒聞塞曲〔二〕。何處深山有紫芝，田園雖蕪不成歸。空林麋鹿應憐我，世外烟霞好伴誰。揭來咄咄何多怪，天刑猶喜尊足在〔三〕。百尺樓前卧雪霜，萬木叢中聽靈籟。洗出幽人一片心，冰壺秋水夜沈沈。瓣香爇向孤山頂，斗酒澆將栗里岑〔四〕。名山未必無知己，掃門彈鋏胡爲爾。不見閬風臺上人，空吟詩句幽人齒〔五〕。四明之山芙蓉峰，我欲登之躡遺蹤〔六〕。鹿亭樊榭多奇迹，華頂赤城望裏通〔七〕。卧向清泉與白石，芰荷可衣實可食。一枕悠然絶世氛，巾衫亦帶烟霞色。興來援筆作此歌，道余眷眷長相憶。

【題　解】

《石存》無此詩，張本或據《續甬詩》補，字句略異。據萬斯同行年，作於順治十三年（一六五六）左右，時清軍已占領寧波十餘年之久，萬斯同年十九歲上下。順治二年六月，寧波「歸順」清廷。萬斯同之父萬泰參加南明魯王反清鬥争失敗後，攜家逃亡奉化榆林山中，其間，萬斯同母親、祖母先後去世。順治六年，始返寧波城郊白雲莊别業。次年，再返鄞城故居。詩作如實反映了這一時期寧波地區戰亂頻仍、「異族」入主、前明世族萬氏家道破落，子弟靠耕種自食的變化，以及自己隱居自適的心情。

【校　注】

〔一〕官奴城，寧波之古稱。樂史《太平寰宇記》卷九十八《江南東道十·明州》：「光武曾爲賊所敗逐，有奴在田中耕，因藏，光武獲免。後定天下，議賞，光武問欲何官，奴云欲得鄮縣令。後或號鄮縣爲官奴縣。」按，鄮縣因山而得名，今寧波有「鄮山街」「鄮西巷」等地名可證。

〔二〕「泠泠」，《續甬詩》作「冷冷」。胡笳、塞曲，或指代清軍及其占領寧波後的「異己」行爲。

〔三〕天刑猶喜尊足在，《莊子·德充符》：「魯有兀者叔山無趾，踵見仲尼。仲尼曰：『子不謹，前既犯患若是矣。雖今來，何及矣？』無趾曰：『吾唯不知務而輕用吾身，吾是以亡足。今吾來也，猶有尊足者存，吾是以務全之也……』。孔子曰：『丘則陋矣。夫子胡不入乎？請講以所聞！』無趾出……語老聃曰：『孔丘之於至人，其未邪！……不知至人之以是爲己桎梏耶？』老聃曰：『胡不直使彼以死生爲一條，以可不可爲一貫者，解其桎梏，其可乎？』無趾曰：『天刑之，安可解？』」按，尊足，指比足更尊貴之物，謂德行也，氣質也。天刑，原義指天造之質，此借喻爲不可逃避的刑罰，即明清易代之變難。

〔四〕瓣香爇向孤山頂，指北宋林逋隱居事。林逋一生不婚不仕，長期隱居西湖孤山，種梅養鶴，人稱「梅妻鶴子」。栗里，陶淵明隱居地，今江西九江市西南。

〔五〕「空吟」，《續甬詩》作「至今」。

〔六〕芙蓉峰，黄宗羲《四明山志》卷一《名勝》：「伏龜山，其山狀如鷄子。有三朵、五朵峰，出没烟靄中……五朵，即芙蓉峰。」

〔七〕鹿亭，所謂「四明九題」之一。黄宗羲《四明山志》卷四《九題考》：「五曰鹿亭，在大蘭山。《南史》：孔祐……隱於四明山。有鹿中箭，來投祐，祐爲之養創，愈然後去，故於祠宇觀側建鹿亭。」樊榭，據同書同卷記，三國時吴國劉綱官上虞縣令，與夫人樊氏雲翹同學道於白君。道成，常與夫人較術，事事遜之。旋雙雙升仙。後人在其升仙處建「樊榭」，以祀樊夫人。地在今寧波市海曙區龍觀鄉境内。華頂，又稱花頂，即天台山之主峰。赤城，即赤城山。參見本卷《姚江李聃孫石梁圖歌爲六兄充宗賦》注文。

述懷 二首

楓林茅屋舊江村，冉冉涼風共旦昏〔一〕。白柄長鑱生意足，黄冠短褐古心存〔二〕。關山何處容來往，交友誰能似弟昆？俯仰懷時多涕淚，藤蘿深處結柴門。

一天烽火照江干，病客科頭獨倚闌〔三〕。避俗韓生思賣藥，哀時屈子漫滋蘭〔四〕。索居莫誦人間世，弔古長悲行路難〔五〕。惟有鶺鴒常不忘，天涯極目起三歎〔六〕。

【題　解】

寫作具體時間不詳。由内容觀之，當在清軍占領寧波之後作。張本、《石存》、《續甬詩》皆爲二首，故張本題下原作「三首」，誤，今據實校改。寫作背景、思想内容同前詩，反映萬氏兄弟安貧樂道，互相關懷的情感。

【校　注】

〔一〕江村，指寧波管家岸萬氏别業，又稱管村、白雲莊。「共旦昏」，《石存》底稿原作「散客魂」，旁注改爲「共旦昏」，《續甬詩》仍作「散客魂」。

〔二〕黄冠，《禮記·郊特牲》：「黄衣、黄冠而祭，息田夫也。野夫黄冠。黄冠，草服也。」黄冠短褐，謂農人之裝。

〔三〕科頭，免冠曰科頭，亦有放達之狀。唐寅《偶成》：「科頭赤足芰荷衣，徒倚藤床對夕暉。分付山妻且隨喜，莫教柴米亂禪機。」

〔四〕韓生賣藥，《後漢書·逸民列傳》：「韓康，字伯休，一名恬休，京兆霸陵人。家世著姓。常采藥名山，賣於長安市，口不二價，三十餘年。時有女子從康買藥，康守價不移。女子怒曰：『公是韓伯休那？乃不二價乎？』康歎曰：『我本欲避名，今小女子皆知有我，何用藥爲？』乃遯入霸陵山中。」「漫」，《石存》《續甬詩》皆作「已」。屈子滋蘭，《離騷》：「余既滋蘭之九畹兮，又樹蕙之百畝。」

〔五〕「莫誦」，《石存》《續甬詩》皆作「漫誦」。

〔六〕「常不」，《續甬詩》作「長不」。鶺鴒，亦作「脊令」，《詩經·小雅·常棣》：「脊令在原，兄弟急難。」以此喻兄弟友愛之情。

秋懷三首

木落長林韶景移，風塵苒苒去何之？舊家鷄犬他年盡，古墓松杉此日悲。樂府但聞《蒿里》曲，詞人競賦《七哀》詩〔一〕。令威化鶴歸來後，惟有青山似舊時〔二〕。

秋光漸老葉聲乾，晞髮空庭撫藥闌〔三〕。斗室但求容膝穩，百年敢怨布衣單？荒城滿目狼烟色，曠野驚心狐火寒〔四〕。静對一檠多感慨，藜羹麥飯且加餐〔五〕。

客散庭空日已沈，繞籬黄葉氣蕭森〔六〕。郊原折戟埋荒草，城闕悲笳雜暮砧〔七〕。野老幾人行漢臘，累臣若個操南音〔八〕？臨風漫詠《秋思賦》，淚入湘江百丈深〔九〕。

【題解】

寫作具體時間不詳，由内容觀之當在清軍占領寧波後作。張本、《石存》、《續甬詩》皆爲三首。故張本題下原作「二首」，顯誤，今據實校改。寫作背景、思想内容，皆同前詩。

【校注】

〔一〕《蒿里》，郭茂倩《樂府詩集》卷二十七《相和歌辭二》題解：「《薤露》《蒿里》，泣喪歌也……謂人死魂魄歸於蒿里。至漢武帝時，李延年分爲二曲，《薤露》送王公貴人，《蒿里》送士大夫庶人。」《七哀》，即《七哀詩》，王粲有《七哀詩》三首，張載亦有《七哀詩》二首，皆詠歎戰亂死亡、離別傷情。全句謂明清易代，國破家亡，詩人惟有哀痛之音。

〔二〕令威化鶴，王象之《輿地紀勝·江南東路·太平州》：「丁令威，本遼東人。學道登仙於靈虛山，後化鶴歸遼。」干寶《搜神記·神化篇》：「遼東城門有華表柱，忽有一白鶴集柱頭。時有少年舉弓欲射之。鶴乃飛，徘徊空中而言曰：『有鳥有鳥丁令威，去家千歲今來歸，城郭如故人民非，何不學仙冢壘壘？』遂高上沖天而去。」全句謂滄桑巨變，物是人非。

〔三〕葉聲乾，狀深秋時節，枯葉落地有聲。黄庭堅《鷓鴣天·重九日集句》：「塞雁初來秋影寒，霜林風過葉聲乾。」晞髮，洪興祖《楚辭補注》卷二《九歌章句二》「與女沐兮咸池，晞女髮兮陽之阿」句下注：「晞，乾也……言己願托司命，俱沐咸池，乾髮陽阿，齋戒潔己，冀蒙天祐也。」則晞髮有高潔脱俗之意。藥闌，即藥圃，古人隱居者多蒔藥養花。王維《故人張諲工詩善易卜兼能丹青草隸頃以詩見贈聊獲酬之》：「藥欄花徑衡門裏，時復據梧聊隱几。」

〔四〕狼烟色、狐火寒，皆喻指清軍占領寧波後的混亂與荒涼。

〔五〕一檠，謂孤燈一盞。藜羹麥飯，指粗糙的飲食。陸游《讀書》：「藜羹麥飯冷不嘗，要足平生五車讀。」

〔六〕「蕭森」，《石存》作「森森」。

〔七〕折戟，原義爲戰敗，杜牧《赤壁賦》：「折戟沉沙鐵未銷，自將磨洗認前朝。」此喻明亡和反清鬥爭失敗。悲笳，悲涼的笳聲，此指清軍號角。暮砧，謂傍晚擣衣於砧之聲。杜甫《秋興》其一：「寒衣處處催刀尺，白帝城高急暮砧。」。

〔八〕漢臘，見本卷《佛頂山莊》二首注文。纍臣，原義爲被繫於他國之臣，劉宗周《劉子全書》卷二十《上温員嶠相公》：「乃者嚚訟起於纍臣，格鬥出於婦女，官評操於市井，訛言横於道路，清平世宙，成何法紀？又何問國家擾攘！」此指明末降清人臣。

〔九〕《秋思賦》，曹植所作，描寫戰後之蕭條，句有：「原野蕭條兮烟無依，雲高氣静兮露凝衣。野草變色兮莖葉稀，鳴蜩抱木兮雁南飛。」淚入湘江，以屈原離國漂泊湘沅，喻國破家亡之恨。

寄姪貞一問金陵舊事 四首

原廟相傳三百秋，年來風雨變荒邱〔一〕。遊人此際應登覽，幾見衣冠月出遊〔二〕。

鷄鳴山上草芊芊，望入樓臺冷暮烟〔三〕。高皇陵上松楸樹，可有殘枝泣杜鵑〔四〕？

宫殿淒淒宿暮鴉，建康城裏日堪嗟〔五〕。禁中已是他人住，莫問當時百姓家〔六〕。

萬里寒江烟雨高，金山突兀湧驚濤〔七〕。只今新恨猶難洗，那有餘情溯六朝〔八〕。

【題　解】

寫作具體時間不詳。由内容觀之，亦當在清軍占領江南之後，詠歎明清易代的歷史變遷。「姪」，《續甬詩》作「從子」，指萬言，字貞一，號管村。萬言乃萬斯同長兄萬斯年之子，長萬斯同一歲。康熙十四年（一六七五）副榜，充正紅旗教習。康熙十八年，與萬斯同同受徐元文之聘，北上纂修《明史》，授文林郎，食翰林院七品俸，擬《明史》諸表稿等，又兼修《盛京通志》《大清一統志》。康熙二十七年，因修史觸怒史館監修官，外放鳳陽府五河縣知縣。當局又「計典陷之死」，賴友人捐資贖歸。著有《管邨文鈔》等。

【校　注】

〔一〕原廟，此指明孝陵。

〔二〕衣冠，此指前明士紳。月出，謂每月薦祭宗廟之禮。《史記·劉敬叔孫通列傳》：「願陛下爲原廟渭北，衣冠月出游之，益廣多宗廟，大孝之本也。」明朝一本漢禮月薦宗廟。《明史·禮志·薦新》：「洪武元年定太廟月朔薦新儀物。」謂明清易代，孝陵荒蕪，再無人按時祭奠先帝了。

〔三〕鷄鳴山，在南京城北，明孝陵所在地。

〔四〕泣杜鵑，杜鵑又名子規鳥。據《華陽國志·蜀志》等載，蜀王杜宇，教民務農。後稱帝，號「望帝」。時遇水災，望帝決玉壘山以除水患。杜宇死，其魂化爲子規鳥。故蜀人悲子規之鳴而思念望帝。

〔五〕建康城，即南京城，明初都城。

〔六〕禁中，指明皇宫。

〔七〕金山，本名氏父山，又稱金鼇嶺，乾隆《鎮江府志》卷二《山川》：「金山，在郡城西七里大江中。」

按，道光之後，因河道之變，始與南岸連接。

〔八〕「那有餘情」，《石存》《續甬詩》皆作「何事茫茫」。

佛頂山莊 二首

先人遺舊業，卜築向山椒〔一〕。飯有胡麻種，園多黄獨苗〔二〕。一竿消永日，萬籟度清宵〔三〕。會得林泉意，商山不用招〔四〕。

小扉傍秀嶺，短閣近流湍〔五〕。野老鬚眉古，山僧禮數寬〔六〕。幾家行漢臘，若個戴唐冠〔七〕。問訊今何世，鷓鴣只自安〔八〕。

【題解】

寫作具體時間不詳。佛頂山莊，又名佛頂山院，爲寧波西山應嶴萬氏祖墓地之丙舍。《濠梁萬氏宗譜内集》卷十二《先塋録》引崇禎二年（一六二九）松溪山史《佛頂山院記》稱：「丙舍在西山桃園鄉，名松溪洞天舍，後有山如佛頂湧起，即名佛頂山，丙舍亦名佛頂山院。土屋三楹，中安諸佛寶相，莊嚴明厲。右築『秋月軒』，藏名公辭翰貞珉。左架小樓，椽榍甚隘，四壁亦隘，可容數兩葛屨而已。高人韻士，方外緇流，時相盤薄。」文末，萬斯同之兄斯大《跋》稱，此山原屬萬氏先世姻親袁氏，自明永樂朝贈歸萬氏，後幾毀幾修，至清初先後葬萬氏二世祖妣至斯同父母。參見本書卷十《應嚳先塋記》。

【校　注】

〔一〕「遺舊業」，《石存》原稿爲「餘舊業」，旁注改「餘」爲「遺」。山椒，山頂。

〔二〕「園多」，《石存》原稿爲「多留」，《續甬詩》作「山留」。胡麻，穀類，可食，亦可榨油。黄獨，即土芋，《本草綱目》卷二十七《土芋》：「土芋，蔓生，葉如豆，其根圓如卵……肉白皮黄，梁漢人名爲黄獨，可蒸食之。」

〔三〕「一竿消永日，萬籟度清宵」，《石存》原稿作「一竿娱暇日，萬籟聽深宵」，旁注改爲「一竿消永日，萬籟度清宵」，《續甬詩》作「一竿娱暇日，萬籟度深宵」。

〔四〕商山，指「商山四皓」。皇甫謐《高士傳》卷中：「四皓者，皆河内軹人也。一曰東園公，二曰甪里先生，三曰綺里季，四曰夏黄公。皆修道潔己，非義不動。秦始皇時，見秦政虐，乃退入藍田山……共入商雒，隱地肺山，以待天下定。及秦敗，漢高祖聞而徵之，不至，深自匿終南山，不能屈也。」

〔五〕「小扉傍秀嶺，短閣近流湍」，《石存》原稿作「柴扉遥向嶺，竹閣近流湍」，旁注改「柴扉」爲「小扉」，《續甬詩》同《石存》原稿。

〔六〕「山僧禮數寬」後，《石存》原稿、《續甬詩》皆有「荒廚逢俎豆，樵室有衣冠」。

〔七〕漢臘，中原祭名。秦漢稱臘，行於農曆十二月。唐冠，中原冠帶。《資治通鑑》卷二百一十：「御史中丞和逢堯攝鴻臚卿，使於突厥，説默啜曰：『處密、堅昆聞可汗結婚於唐，皆當歸附。可汗何不襲唐冠帶，使諸胡知之，豈不美哉！』」全句意爲清軍占領故鄉，中原衣冠髮式改變，禮儀文化喪失。

〔八〕「問訊今何世，鷦鷯只自安」，《石存》原稿作「慰得鷦鷯願，一枝已自安」，旁注改爲「問訊今何好，鷦鷯只自安」，《續甬詩》同原稿。鷦鷯，俗名黄脰鳥等，是一種體長約三寸的小鳥。《莊子·内篇·逍遥遊》：「鷦鷯巢於深林，不過一枝。」比喻居處窄陋。

永思堂即事二首

數世遺塋在，草廬尚可依〔一〕。香泉酒愈美，瘠土稻還肥〔二〕。是處容吾放，何妨此獨歸。山中奴婢在，更可慰朝飢〔三〕。

露冷巖花落，風高墓木哀。柴門臨水築，草徑向山開。獨鳥啼霜樹，寒蛩織夜苔〔四〕。幅巾耽野味，吟望亦悠哉。

【題　解】

按萬斯同行年等，當作於他爲父親守孝期間。永思堂乃應嶴萬氏祖墓丙舍之廳堂。據雍正《寧波府志》卷七《山川》，應嶴，「縣西三十里，有萬指揮墓」。永思堂原藏有萬氏《家法》石刻。據全祖望《鮚埼亭集》卷三十八《萬氏永思堂石刻跋》：「是乃『四忠』《家法》所見，不徒手澤也。吾鄉世家莫享遐祚於萬氏，四百年來未替。石藏於季野先生家，季野身後，其子不能守，歸於董氏可亭中。」詩作反映其淡泊自然的隱居生活。

【校　注】

〔一〕數世遺塋在，指應嶴萬氏祖墓所葬其二世祖萬鍾之妻、三世祖萬武夫婦、四世祖萬全、五世祖萬禧夫婦。參見本書卷十《應嶴先塋記》注文。

〔二〕「香泉」，《石存》底稿原作「荒郊」，旁注改爲「香泉」。

〔三〕「奴婢在」，《石存》底稿原作「奴婢盛」，旁注改爲「在」。「更可」，《續甬詩》作「儘可」。應嶴萬氏祖墓地原建有應嶴山莊，可供息居，參見萬氏七世祖萬表《玩鹿亭稿》卷二《元夕後宿應嶴山莊》《宿應嶴山樓》詩等。因離城較遠，一時未遭損壞，度清初仍可容萬氏居住。

〔四〕「寒蛩」，《石存》底稿作「暗蛩」。

【附　録】

萬表《玩鹿亭稿》卷一《應嶴山房對雨二首》題下注「山房在鄞先祖墓側」，其一云：「一還桑梓郡，窈窕憶山行。對坐松巒雨，彌傷游子情。烟嵐忽變夕，水石自成聲。辭禄元耽寂，那爲俗所縈。」

又，同書卷二《元夕後宿應嵒山莊》：「幾宵燈下醉，暫向隴頭醒。隔歲梅猶白，經春竹更青。就雲移石榻，迎日啟山扃。入郭非吾好，塵勞鬢易星。」

寄五兄公擇五首

頻年客河渚，原非事浪遊〔一〕。今歲西陵去，風雨仍淹留〔二〕。西陵盛冠蓋，日夕喧歌舟。君乃披裘者，茫茫何所投〔三〕？兒女燈前淚，征人江上愁。相思不相見，日暮空倚樓。

飲食不求精，冠裳不求好〔四〕。但求免飢寒，骨肉常相保。微願終難遂，分飛各遠道。欣欣向榮木，喈喈投林鳥〔五〕。我乃不如斯，喟然傷懷抱。

未與兄言别，已知客途艱。辛苦試一行，得食歸故山。故山時已换，客子仍未還〔六〕。蘭露亦可飲，菊英亦可餐〔七〕。何事離家去，終年道途間。願逐今宵月，流光照爾顔。

陶令常乞食，顔公亦求米〔八〕。古來賢達人，所遇猶如此。況我處今時，凍餒固其理。且當守故居，量力營菽水〔九〕。得食則安眠，聚廬亦可喜〔一〇〕。君胡事遠遊，經旬去鄉里〔一一〕。不見張長公，白首田園裏〔一二〕。

别我歲方始，荏苒春已暮。中宵頻夢君，知在西陵路。客懷夫如何，生計應靳遇〔一三〕。遥寄一束書，俯仰愁無緒〔一四〕。異鄉風景哀，晨夕誰與度？相勸早迴車，歸與妻孥聚〔一五〕。

【題　解】

詩作具體時間不詳。五兄公擇，名斯選，生於明崇禎二年（一六二九），長萬斯同十歲，卒於康熙三十三年（一六九四）。讀書務實，不求聞達。《清史稿·萬斯大傳》附：「……兄斯選，字公擇，學於黄宗羲。嘗謂學者須驗之躬行，方爲實學。於是切實體認，知意爲心之存主，非心之所發。理即在氣中，非理先氣後。涵養純粹，年六十，卒。宗羲哭之慟，曰：『甬上從遊，能續蕺山之傳者，惟斯選一人，而今已矣！』」此詩反映明清易代之後，萬氏兄弟爲生計所迫，不得不離鄉背井，四處謀生。此次五兄公擇離家前往南京的具體時間及原因不詳。

【校　注】

〔一〕河渚，在杭州西湖西北，原有萬氏别業。《續甬詩》卷九十八引張汝翼《河渚雜詠·西溪》題注曰：「河渚溯流而上，即西溪也。山川幽邃，萬氏山莊在焉。」考萬氏自七世祖萬表始，代有游居杭州西溪之人。如，乾隆《杭州府志》卷一百五《寓賢》載：「萬表……謝事，家錢塘。」又「萬斯大……高祖表，明都督同知，葬西湖。時展墓至杭，遂寓仁和……年五十一，卒於杭。」又「萬斯經……父斯大開講杭州，故經長於杭……官翰林院編修。歸老武林，閉户纂輯先世遺編……卒，葬西溪。」據同書卷三十三《冢墓》載萬表之父萬椿之墓在西溪安樂山，萬表之墓在月桂峰歐家山，萬表之子達甫之墓在西溪，萬經之墓亦在西溪安樂山。是知西溪萬氏山莊乃寧波之外的萬氏另一重要家業。參見本卷《再寄五兄公擇》注。

〔二〕西陵，即西泠，指杭州。

〔三〕「日夕喧歌舟。君乃披裘者，茫茫何所投」，《石存》原稿作「日夕聞歌舟。君乃披裘者，荒村何所投」，旁注改「聞」爲「喧」，改「荒村」爲「茫茫」。披裘者，喻窮而自有追求者。王充《論衡》卷四《書虚篇》：「延陵季子出遊，見路有遺金。當夏五月，有披裘而薪者。季子呼薪者曰：『取彼地金來。』薪者投鐮於地，瞋目拂手而言曰：『何子居之高，視之下，儀貌之壯，語言之野也？吾當夏五月披裘而薪，豈取金者哉？』……遂去不顧。」

〔四〕「飲食」，《續甬詩》《石存》作「食飲」。

〔五〕「喈喈」，《石存》原稿作「嫋嫋」，旁注改爲「喈喈」。喈，鳥鳴聲。《淮南子·原道》：「烏之啞啞，鵲之喈喈。」全句謂萬氏兄弟還不如鳥可投林，有「家」可歸。

〔六〕故山時已換，指明朝的滅亡。

〔七〕典出屈原《離騷》：「朝飲木蘭之墜露兮，夕餐秋菊之落英。」

〔八〕陶令乞食，指陶淵明晚年貧病交加，友人江州刺史檀道濟常往省饋，陶因有《乞食》《詠貧士》等詩。顔公求米，指顔真卿之《乞米帖》。

〔九〕菽水，原指簡陋飲食。陸游《湖堤暮歸》：「俗孝家家供菽水，農勤處處築陂塘。」後多代指微薄勞酬。

〔一〇〕「則安眠」，《石存》原稿、《續甬詩》皆作「暫安眠」。

〔一一〕「經旬去鄉里」後，《石存》原稿、《續甬詩》皆有「未得一錢看，反受三春餒。伊嗄復伊嗄，天運固如是」。

〔一二〕張長公，名摯，西漢文帝時廷尉張釋之子，官至大夫，後「以不能取容當世，故終身不仕」。見《漢書·張釋之傳》附。

〔一三〕「靳遇」，《續甬詩》作「難遇」。

〔一四〕「遥寄一束書」，《石存》原稿、《續甬詩》皆作「遥寄一書來」。

〔一五〕妻孥，指妻子和孩子。《詩·小雅·常棣》：「宜爾家室，樂爾妻孥。」

再寄五兄公擇四首

孤帆指江南，共説江南好。豈知兵燹餘，家室不相保。潤州爲戰場，金陵成畏道〔一〕。蒼鼠穴城頭，青燐散木杪。風物已蕭條，客懷自潦倒。所遇多邅迍，何時展長抱〔二〕？慘淡夕陽微，摇落秋容老。霜嚴旅舍清，露冷征衣少。天涯悲遊子，生意何枯槁。吁嗟行路難，沈憂不可了。

謖謖涼風生，晦冥殊未已。鵂鶹攪我心，蟋蟀聒我耳〔三〕。落葉滿庭階，殘花拂窗紙。斗室伴長檠，四壁清如洗〔四〕。繩床攲枕眠，夢逐客途裏。相對何悽悽，覺來難具紀。顛倒歷五更，輾轉朝慵起〔五〕。染翰一賦詩，我懷近如此。

西谿有別業，草廬尚未傾〔六〕。君昔欲卜居，攜我共歸耕。相去數百里，一一身未經。不知秋雨後，風物幾枯榮？芍藥何枝秀，松楸何樹青？池魚未分隊，筍籜遮徑生〔七〕。梅開往歲花，菊抽今秋莖〔八〕。歷歷隱者資，遥遥感人情。相思一昂首，巾屨有餘清。避俗且讀書，可以盡生平〔九〕。

先人餘七子，昆弟不爲少〔一〇〕。時願一堂聚，蔬食共飢飽。讀書承家學，躬行率古道。棲遲蓬門中，徜徉以終老。苦爲生計驅，飄零隨百草〔一一〕。相望兩悠悠，衣食不相保。聚首日以難，歡會日以杳。長江越千重，悵望音書邈。幽夢泣三更，涕淚常盈抱。長吁期爾歸，愁懷共傾倒〔一二〕。江湖多風波，返轡胡不蚤〔一三〕？

【題　解】

詩作具體時間不詳。據詩句「先人餘七子」，知大體作於斯同父親萬泰去世之後不久，即順治十四年（一六五七）之後。又，萬斯同兄弟原本八人，然四兄斯昌先父親四年而卒，故稱「先人餘七子」。

詩作背景、思想内容，皆同前詩。

【校注】

〔一〕潤州，今江蘇鎮江；金陵，今南京。以下數句指清軍占領江浙後造成的殘破與淒涼。

〔二〕邅迍，亦作「迍邅」或「屯邅」，原義爲難行不進，引伸爲處境艱難。

〔三〕「聒我耳」，《石存》原稿作「破我耳」，旁注改「破」爲「聒」。

〔四〕檠，燈臺或燈盤。

〔五〕「歷五更」，《石存》原稿、《續甬詩》皆作「五更中」。「輾轉朝慵起」後，《石存》原稿、《續甬詩》皆有「皂帽映方袍，撫鏡亦自恥。嘯歌雖有口，未敢向人啟。閉閣聊自息，筆墨粗能理。興來一賦詩，往往雜糠粃。糠粃不足論，惟願君來視。君倘欲知我，我懷但如此」。其中「但」字，《石存》作「近」。

〔六〕西谿别業，指萬氏七世祖萬表建在杭州西谿的山莊，見本卷《寄五兄公擇》注文。

〔七〕「池魚未分隊，筍籜遮徑生」，《石存》原稿作「池魚若個採，邊筍幾時生」，旁注改爲「池魚未分隊，筍籜遮徑生」。筍籜，筍皮。

〔八〕「梅開往歲花，菊抽今秋莖」，《石存》原稿作「古梅應落葉，野菊定抽莖」，旁注改同張本。《續甬詩》同《石存》原稿。

〔九〕「可以盡生平」後，《石存》原稿、《續甬詩》皆有「何似塵途中，几席帶羶腥。尋山有宿願，長歌待吾兄」。

〔一〇〕先人餘七子，據萬經等《萬氏宗譜》卷八《世傳》，萬斯同原有兄弟八人，姊一人。兄弟排行依次爲長兄斯年、二兄斯程、三兄斯禎、四兄斯昌、五兄斯選、六兄斯大、七兄斯備、八弟斯同。皆有德行文名，時稱「萬氏八龍」。後斯昌早卒於順治十年，故稱「餘七子」。

〔一一〕「苦爲」，《石存》原稿作「奈爲」，旁注改「奈」爲「苦」。《續甬詩》同《石存》原稿。

〔一二〕「期爾歸」，《續甬詩》作「望爾歸」。

〔一三〕「江湖多風波，返轡胡不蚤」，《續甬詩》作「請歌歸去來，莫戀長干好」。

初至西園

十年長作西園夢，今日披榛始過之〔一〕。簷畔草封新履跡，壁頭蝸没舊題詩。破籬漫繞千竿竹，荒徑猶開一樹梨〔二〕。竚立凝眸聲欲斷，遠山冉冉起愁思。

【題　解】

據黄百家《萬季野斯同墓誌銘》、黄炳垕《黄梨洲先生年譜》等載，萬斯同本人赴化安山西園初謁其師黄宗羲，在順治十六年（一六五九），此詩當作於是年。順治十八年斯同與三兄斯禎、侄萬言等再訪其師於化安山。此後，黄宗羲離開化安山遷至藍溪。故此詩並其下《遊剡中》四首、《山中飲酒贈黄直方》、《山中樂》五首、《同友人觀瀑布》、《謁宋侍郎陳槖墓》、《謁黄忠端公墓》、《贈縮齋先生》、《贈鷓鴣先生》、《寄懷山中友人》當分别作於這兩個時期，惟此後詩作之具體時間不詳。此詩《石存》《續甬詩》字句皆同張本。

【校注】

〔一〕十年長作西園夢，據黄炳垕《黄梨洲先生年譜》載，順治七年，黄宗羲之甬上探望萬泰，斯同年方十三。至順治十六年正好十年。西園，黄宗羲、黄宗會兄弟隱居之所，黄宗會《縮齋文集·祭陸文虎文》：「……陸子由越城來見余兄弟於西園。」

〔二〕荒徑猶開一樹梨，黄宗羲隱居之處又稱「梨洲」。羅濬《寶慶四明志》卷十五：「晉時溪邊沙上忽生梨實，時孫興公及兄承公同遊至澗側，得梨數枚，左右環視，莫見其跡，意以爲仙物也，故號『梨洲』。」黄宗羲即以此爲名號。

述舊

我昔九齡時，慈母中道棄〔一〕。此時赤日頹，腥塵匝地沸。艱難營一殯，辛苦且逃避。晝行巖壑間，夜宿豺虎際。弱兒可憐人，性命託兄弟。穴居踰三年，脱粟嘗不繼〔二〕。重返西皋居，遂作灌園計〔三〕。田圃久成蕪，桑麻亦已廢。再葺耕耨基，復理桔槔器。時或從父兄，荷鋤畦邊憩。漸成田舍兒，頗諳村居味。當謂謝俗氛，終事田家利。不謂志難諧，復迫居城内〔四〕。念茲釋耕耘，欲識詩書字。父意憐少兒，親爲解章義。晨夕寒松齋，呼兒捧篋笥。時或使應門，閒亦執巾屣。窮愁寥泬中，父懷嘗欣慰。久侍少譴責，亦自多歡睡。飢寒相逼迫，父往遊嶺外。日夕望還期，中秋果返轡。途次九江濱，奄忽一夕逝。寄信至家鄉，慟絶中腸碎。含斂兒不親，湯藥兒不侍。天長日月久，此恨終吾世。返柩西江濱，結廬西山次〔五〕。迄今已三年，魂魄猶飛墜。歎息我生涯，憂患何遭備。

【題解】

據萬斯同行年等，此詩作於順治十七年（一六六〇），萬斯同二十三歲。全詩追憶了順治二年清軍占領寧波後，萬氏一家避難流亡城郊光溪、奉化榆林山中，其母親、祖母先後去世。不久，全家又返回城西西皋祖墓居所。順治六年，再從西皋回城，斯同受庭訓於父兄。據萬經等《萬氏宗譜》卷七《世傳》所載，順治十二年，其父萬泰外出三吴、廣東謀生，順治十四年十二月返家途中病故，葬寧波西山應嶴萬氏祖墓。萬斯同爲其結廬守制，三年服除，因有此作。

【校注】

〔一〕「我昔九齡時」以下句，言順治二年清軍占領寧波，萬氏舉家逃亡城外光溪一帶。次年，母聞氏卒於邸舍，倉促淺葬於西皋，又急奔奉化榆林山中，斯同時年九歲。王焕鑣《明遺民萬履安先生年譜》引斯同之父萬泰撰《恭人陳氏行述》：「丙戌（順治三年）之春，海師横決，公然爲盜賊之行，郡中無寧宇，乃奉母寄居光溪。五月之晦，海師潰報聞，人情震恐，通國出走。婦聞氏病疫殁於旅舍，時六月初六日也。荒村無送死具。大旱，五月不雨，不通舟楫。輿屍五十里，斂於西皋。壘土方畢，徒步夜走溪上，詰朝逃之剡曲山中。」光溪，乾隆《鄞縣志》卷三《山川》：「光溪，縣西南五十里，源出四明山，東經密巖，匯天象巖，至它山堰分流洞橋，灌溉桃源、清道諸鄉之田。」剡曲，指寧波剡水溪流。「腥塵」，《石存》底稿旁注、《續甬詩》皆改爲「烽塵」。

〔二〕「穴居踰三年」句，言順治三年至順治六年萬斯同一家避亂榆林。萬斯同之侄萬言《管邨文鈔》卷一《先母周孺人傳》：「明年（順治三年）六月，先祖母歿於旅舍。是日，報東江兵潰，又盡室避之奉化榆林……榆林去郡中百三十里。家中食指尚二十餘人，樵蔬不繼，多從民家借米而炊。」

〔三〕「重返西皋居」以下句，言順治六年春，萬斯同一家自榆林返回城郊西皋（白雲莊）之生活與勞作。萬泰《續騷堂集·西皋雜感·序》：「戊子（順治五年）之春，孑居墓廬，几席淒涼，草木荒落，顧瞻丘墓，盡焉傷心。」是年春，萬泰先返西皋，其家人後至，以防不虞。故稱「孑居墓廬」。

〔四〕「復迫居城内」以下句，言順治六年秋，萬斯同一家又自西皋（白雲莊）返回城中故宅之生活。萬泰《續騷堂集·續秋望詩·題序》：「戊子之歲，廬墓西皋，曾賦《秋望》，詩成而瘧作，經年不除。今返故居，又颯然秋矣。」故居，指城内廣濟橋（坊）西萬氏府第，爲其祖父萬邦孚所建。寒松齋，萬氏府第廳堂之一，或爲其父萬泰書房。「時或」，《石存》《續甬詩》皆作「或時」。

〔五〕「飢寒相逼迫」以下句，言其父順治十二年赴廣州，順治十四年返家途中，病卒於湖口。萬經《萬氏宗譜》卷七《世傳》之六：「（萬泰）……丙寅夏，客粵東。及秋來歸，同舟有毛汧者，疫且劇，舟人皆欲委之。府君謝舟人『弗累汝也』。親其藥餌，侍其起卧，毛癒而府君病，抵湖口，不起，實丁酉十月六日也。……是年十二月八日，斯大兄弟甪曶迎柩……」「慟絶中腸碎」句後，《石存》增「易簀在何辰，蓋棺在何地」一句，《續甬詩》作「易簀在何時，蓋棺在何地」。「含斂」即「含殮」。「柩」，《續甬詩》作「櫬」。

遊剡中四首

剡湖風物好，取棹月中來。水勢千重出，山形萬疊開〔一〕。野梅緣徑路，寒鳥啄蒼苔。即景渾忘倦，幽懷次第裁。

擾擾塵途客，來爲澤畔行。弄泉也得趣，遇草不知名〔二〕。十里惟松韻，三山絶鳥聲。偶逢樵子卧，執手問前程〔三〕。

數畝西園地，經年繫客魂。竹籬三徑路，茅屋幾家村。春鳥啼高樹，晨鷄叫短垣。披帷幽士在，相視已忘言。

春回幽意足，振領陟高原。雀乳沾榕葉，猿啼掛石根〔四〕。亂雲霾野徑，急雪舞荒園。澤畔有知己，强爲世外論〔五〕。

【題解】

剡中即化安山，黄炳垕《黄梨洲先生年譜》順治十七年注曰：「四明北麓，有化安山，故宋所謂

『剡中』也。東峰狀類虎，西峰狀類龍，公丙舍適當其間，因名曰『龍虎山堂』。」又，乾隆《紹興府志》卷四：「化安山，在縣東南二十里，古謂之『剡中』。有擸水，其流懸空而下，有石隔之，分爲二道，各十餘丈，匯爲池，曰『噴珠池』。瀑流之上有草亭……有鰲峰，俗名『開口巖』。有道巖，在山頂，如石塔，有石湫。有化安泉，水口爲『剡湖』。」詩詠化安山自然風情、一路觀感，以及黄宗羲等人幽雅的隱居生活。

【校　注】

〔一〕「水勢」「山形」，《續甬詩》作「水匯」「山衢」。

〔二〕「也得趣」，《石存》原稿旁改爲「聊得趣」。《續甬詩》同改。

〔三〕「偶逢樵子卧，執手問前程」，《石存》原稿作「偶逢」，旁改爲「塗逢」；《石存》原稿作「塗程」，旁改爲「前程」。

〔四〕「猿啼」，《石存》作「猿蹄」。

〔五〕「澤畔有知己，强爲世外論」，《石存》作「已得山中趣，難爲世外論」。此詩《續甬詩》無。

同友人觀瀑布

聞説君家瀑布側，經年異地欲相求〔一〕。偶隨同志數人去，爲愛名山竟日留〔二〕。絶壁泉生千丈碧，陰崖苔滑四時幽。松風鳥語縮歸思，數盡晴潭浴暮鷗。

【題　解】

友人指黃宗羲兄弟子侄。瀑布，即黃氏隱居處一景，又稱「雙瀑」。黃宗羲因此又號「雙瀑主人」。參見本卷《遊剡中》題解。

【校　注】

〔一〕「瀑布側」，《石存》《續甬詩》皆作「住瀑布」。

〔二〕「數人」，《石存》作「三人」。「竟日」，《石存》原稿作「半日」，旁注一「竟」字。

山中樂 五首

禿柏孤松幾樹，寒梅修竹千枝。披月吟風獨往，數聲啼鳥來時。

嶺畔獨餘鳥道，天邊秖有松聲。對水看山欲暮，遥遥犬吠鷄鳴。

菲菲花草春色，嚦嚦鶯鸝暮時〔一〕。澤畔幽人酌酒，山間騷客哦詩。

風雪荆扉晝掩，看梅對竹徘徊。漁樵客子相訪，詩酒情人獨來〔二〕。

片片春花含潤，聲聲啼鳥向闌。把酒幾人相對，抱琴有客孤彈。

【題　解】

詩作具體時間不詳。由吟詠隱居生活觀之，當與作者游訪剡中黃氏父子兄弟有關，識此待考。

此詩詠及隱者身處幽静的自然環境，及其高雅的人際交往、充實的生活情感。

【校　注】

〔一〕嚦嚦鶯鸝，謂黄鶯叫聲清脆。

〔二〕情人，此指感情深厚的友人。鮑照《翫月城西門廨中》：「回軒駐輕蓋，留酧待情人。」又，韋應物《送汾城王主簿》：「芳草歸時徧，情人故郡多。」

山中飲酒贈黄直方

四山嵬嵬風雨没，雪滿山中梅正發。爰有人兮山之阿，眼前一尊高突兀。縱酒傾杯不知暮，竹床芒蓆但高卧〔一〕。頹然一枕醉初醒，呼童覓酒仍擎斝〔二〕。市上擾擾競錐金，山中但有無弦琴〔三〕。世上嗷嗷争半菽，山中但有五斗粟〔四〕。有琴可揮粟可飽，紛紛萬事何足道？榼中有酒須且斟，對雪看梅皆絶倒〔五〕。高歌不覺虎豹驚，痛飲安知天地老。試問東鄰賣藥翁，出世何如在山好？

【題　解】

黄直方，名正誼，黄宗羲次子。靳治荆《思舊録・梨洲黄先生宗羲》：「次子直方，諱正誼，由食餼拔明經。常侍先生行雲巖黟嶽間。游草甚夥，曾爲序而刻之。先先生早逝。」此詩寫作背景、思想内容，皆同前詩，反映黄氏兄弟父子的隱居生活。

【校注】

〔一〕「縱酒」，《續甬詩》作「縱飲」。薦，草墊子。

〔二〕「呼童」，《石存》《續甬詩》皆作「呼僮」。

〔三〕錐金，如尖錐之金，形容微利。無弦琴，喻自然放達，不拘世俗之音。《晉書·陶潛傳》：「陶潛……解印去縣，乃賦《歸去來》……性不解音，而畜素琴一張，絃徽不具。每朋酒之會，則撫而和之曰：『但識琴中趣，何勞絃上聲！』」李白《贈臨洛縣令皓弟》：「陶令去彭澤，茫然太古心。大音自成曲，但奏無絃琴……」

〔四〕五斗粟，粗糲之食。《史記·太史公自序》引司馬談《論六家之要旨》：「墨者亦尚堯舜道，言其德行曰：『……食土簋，啜土刑，糲粱之食，藜藿之羹……』」《集解》引瓚曰：「五斗粟，三斗米，爲糲。」《索隱》引服虔曰：「糲，麤米也。」

〔五〕「須且斟」，《石存》《續甬詩》皆作「且須斟」。

謁黃忠端公墓

四尺新塋土未乾，金甌倏忽變衣冠〔一〕。如公真不欺明主，在帝何曾殺諫官〔二〕？夾道長楸冤自語，緣階細草血同丹〔三〕。千秋碑記巍然在，讀罷淒風六月寒〔四〕。

【題　解】

黄忠端，名尊素，字真長，黄宗羲之父。《明史》及多種浙江地方志有傳。按傳，尊素爲天啟朝御史，因彈劾魏忠賢被閹黨所害。崇禎元年（一六二八）爲其昭雪，贈太僕寺卿。次年，宗羲兄弟奉父柩南歸故里，卜葬隱鶴橋畔。因遭鄉人中閹黨餘孽刁難，又於崇禎九年遷葬化安山。南明福王政權賜謚忠端。

【校　注】

〔一〕此句指崇禎九年黄尊素之墓新遷不數年，明朝即亡。

〔二〕此句指閹黨欺上瞞下，害死尊素，並非出於皇帝之意。據《黄忠端公集》載，崇禎十年，崇禎帝諭尊素文有：「惟爾孤忠貫日，正氣干霄。……卒使汙險之徒，未敢喋血；薰腐之魁，終裂車輪。龜鼎晏然，賴爾忠魂。」

〔三〕「冤自語」，《石存》作「聲如吼」。「血同丹」，《石存》作「染成丹」。

〔四〕「巍然」，《續甬詩》作「嵬然」。千秋碑記，指時人爲黄尊素撰寫的各種碑銘行狀。據黄炳垕《黄梨洲先生年譜》等載，崇禎二年初葬之時，有錢士升、文震孟等所撰碑銘。同時，敕建黄忠端祠於餘姚縣西竇石山之陽（後因水患遷黄竹浦），又有陳子龍、張鵬翮撰《黄忠端祠堂碑記》等。另據錢謙益《初學集·山東道監察御史贈太僕寺卿黄公墓誌銘》：「……宗羲以己巳（崇禎二年）十一月廿五日葬公。又十餘年，而以墓銘屬予……葬在化安之新阡。」

謁宋侍郎陳槖墓陳槖，字德應，餘姚人，以權刑部侍郎謝事歸剡中，僑寓化安寺，卒，葬於此。

宋室遺塋此地存，千年風景異乾坤。和戎失策孤臣淚公常諫秦檜和金，瞻日無光弔客魂〔一〕。荏苒春風嘘墓道，迷離碧草殁雲根〔二〕。荒臺銘碣多悲語，讀罷啼鵑血滿村。

【題　解】

陳槖，《宋史》卷三百八十八有傳。萬斯同詩序所言陳槖名字、職官、籍貫等，一如《宋史》本傳。唯僑寓化安寺及其葬地，《宋史》不載。黄宗羲《四明山志》：「化安山，古謂之『剡中』。《宋史・陳槖列傳》：『謝事歸剡中，僑居僧寺。』初以爲嵊縣，及考城冢，方知是此山，以其有剡湖故也。槖卒即葬於此。其僧寺即化安寺也。」其墓當與黄忠端公墓同在化安山，則拜謁時間相同。此詩未選入《續甬詩》。

【校　注】

〔一〕考陳槖曾兩次上疏反對和金，語頗剴切。《宋史・陳槖傳》：「陳槖……累遷權刑部侍郎。時秦檜力主和議。槖疏謂：『金人多詐，和不可信。且二聖遠狩沙漠，百姓肝腦塗地，天下痛心疾首。今天意既回，兵勢漸集，宜乘時掃清，以雪國恥；否，亦當按兵嚴備，審勢而動。舍此不爲，乃遽講和，何以繫中原之望。』既而金厚有所邀，議久不決，將再遣使。槖復言：『金每挾講和以售其姦謀……蓋金非可以義交而信結，恐其假和好之説，騁謬悠之辭，包藏禍心，變出不測……』檜憾之。橐因力請去。未幾，金果渝盟。」

〔三〕「墓道」，《石存》作「墓柳」。

贈縮齋先生

竹籬短短任縱横，一架茅簷户不扃。濁世藏名三徑足，荒山投老一身輕〔一〕。茶鐺藥裹終年計，鳥語松濤徹夜聲〔二〕。但得數椽容膝穩，何妨淡泊過餘生。

【題　解】

詩作具體時間不詳。縮齋先生，即黄宗會，字澤望，號縮齋，黄宗羲三弟，拔貢生。明末清初，曾參與反清鬥争。鬥争失敗後，曾與宗羲隱居化安山。康熙二年（一六六三）卒。著有《縮齋文集》等。生平事迹參見《清史列傳·黄宗羲傳》附、黄宗羲《南雷文定》前集卷八《前鄉進士澤望黄君壙誌》等。詩作背景、思想内容，皆同前詩。

【校　注】

〔一〕「濁世」，《石存》原稿無「濁世」，旁注「缺二字」。三徑，據晉趙岐《三輔決録》所載，西漢末，王莽專權，政治黑暗。兖州刺史蔣詡稱病歸隱，「荆棘塞門，舍中有三徑不出，惟求仲、羊仲從之游」。

〔二〕「終年」，《續甬詩》作「經年」。

贈鷓鴣先生

經年擲杖掩柴關，雲老松枯山外山。留得一椽維大廈，儼然孤鶴出人間。借鋤蒔藥開荒圃，鑿澗疏流過曲灣〔一〕。回首英雄多澤畔，平章泉石得長閒。

【題　解】

詩作具體時間不詳，詩作背景、思想内容，皆同前詩。鷓鴣先生，即黄宗炎，字晦木，黄宗羲二弟，太學生。曾先後參與南明魯王政權、馮京第等反清鬥争。順治七年（一六五〇）事敗，囚於死牢。行刑之日，斯同父兄以計救之。此後，又與馮京第舊部圖謀反清失敗，順治十三年，「再遭名捕」。幸友人救免。此後始斂跡不出。康熙二十五年（一六八六）卒。著有《周易象辭》等。生平事迹參見《清史列傳・黄宗炎傳》、全祖望《鷓鴣先生神道表》等。

【校　注】

〔一〕借鋤蒔藥，全祖望《鷓鴣先生神道表》：「……丙申（順治十三年），（黄宗炎）再遭名捕，伯子（黄宗羲）歎曰：『死矣！』故人朱湛侯、諸雅六救之而免。於是盡喪其資，提藥籠遊於海昌、石門之間以自給。」「鑿澗」，《續甬詩》作「決澗」。

寄懷山中友人

昔我遊山中，幽人盡相識〔一〕。夜月道巖邊，春風剡湖陌。斗酒共提攜，皂帽互傾仄。長嘯雜猿聲，遺響驚崩石。放蕩十日遊，三見雪峰白〔二〕。江井煮春茶，鵶碓舂小麥〔三〕。殷勤餉遠人，圍爐或竟夕。翰墨時揮灑，斗室破寥寂。一别忽數旬，山水久判隔。神馳瀑院深，夢繞龍山側〔四〕。葛屨繫方袍，未脱紅塵厄。傾圮一小樓，晝眠長太息〔五〕。啼鳥亦聞聲，名花尚留色。所悲知音寡，兀坐苦離索。何時龍虎堂，相對披遺籍〔六〕？好風東南來，爲我通胸臆。

【題　解】

此詩當作於萬斯同等人重訪化安山之後。據黄炳垕《黄梨洲先生年譜》，康熙元年九月，因化安山龍虎山堂兩遭火災，黄宗羲遂遷往藍溪。萬斯同回憶了自己在化安山訪問師友的過程、感受。此詩未選入《續甬詩》。斯同之父萬泰《續騷堂集》亦有詩《夢遊西園呈黄太沖晦木澤望》，可資參考。

【校　注】

〔一〕幽人：指黄宗羲兄弟子侄。

〔二〕「三見」，《石存》原稿作「山見」，旁注改爲「三見」。

〔三〕江井，指江水和井水。古人煮茶以山水爲上，江水、井水次之。鴉碓，即水碓，趙霈濤《剡源鄉志》卷三《川類》：「水碓，藉水之力以舂……俗呼『老鴉碓』。」

〔四〕瀑院，見本卷《同友人觀瀑布》題解。

〔五〕「傾圮」，《石存》原稿作「欹傾」。

〔六〕龍虎堂，參見本卷《遊剡中》題解。

贈友人

團瓢結得在山岡，茗椀書籤共一牀〔一〕。學得山翁栽芋術，鈔來鄰女製茶方。月臨破屋人無寐，春入田家雀有糧。似此風流原不惡，人間濁水任浪浪。

【題　解】

所贈友人、詩作之具體時間不詳。或當在萬斯同隱居故鄉期間。詠及隱者恬淡避世的生活。

【校　注】

〔一〕團瓢，本意指圓形茅屋，龔賢《畫訣》：「空者爲亭，實者爲團瓢。」馬致遠《任風子》第四折：「編四圍竹寨籬，蓋一座草團瓢。」又，鄞縣（今寧波鄞州區）横溪境内金峨山有「團瓢峰」。民國《鄞縣通志·輿地志·山林》：「或作金鵝，其高處曰團瓢山。」唐大曆元年，百丈懷海禪師結廬團瓢，創建羅漢院，即後之金峨寺。明代則有僧法空在此結廬。斯同之高祖萬達甫，曾有詩相贈。

【附録】

結草爲蝸室，依巖築小基。半窗通夜月，一芥納須彌。苦行山林識，禪燈谷鳥窺。廓然空法界，龕外日遲遲。（萬達甫《皆非集》卷上《贈團瓢僧法空》）

李郎潭

落日收殘雨，李郎潭水清。一瓢臨岸築，獨鳥挂巢鳴。路向山前去，人如畫裏行。坐來明月上，僧磬下寒聲〔一〕。

【題解】

寫作具體時間不詳。由「一瓢臨岸築」，推知「李郎潭」或在鄞縣（今寧波鄞州區）金峨山團瓢峰金峨寺附近。識此待考。詩作背景、思想内容，皆同前詩。

【校注】

〔一〕「明月」，《石存》《續甬詩》皆作「微月」。

姚江李聃孫石梁圖歌爲六兄充宗賦

十日畫水五日石，王宰始肯留真迹〔一〕。自從少陵爲此言，詞人誦之常嘖嘖〔二〕。吾觀李老

《石梁圖》，揮毫落紙成頃刻。意酣興盡何淋淋，筆墨蕭閒頗自得〔三〕。乃知論畫當論人，不在從容與迫促〔四〕。其人讀書風流士，下筆自饒烟霞色。假使胸存一點塵，終年操筆亦何益〔五〕？吾嘗持此論畫師，於我李老乃得之〔六〕。石梁挂在秋天上，萬仞危峰横一絲〔七〕。偏袒衲子何爲者，却向梁間足倒垂〔八〕。山邊石溜胸前瀉，日畔秋雲頂上飛〔九〕。自憐赤城身未到，何緣此日登其崖〔一〇〕。松風謖謖竦毛髮，澗水泠泠清心脾〔一一〕。吾兄勸汝珍此畫，世間奇物原無價〔一二〕。月下風前試一看，泉聲石色幾驚詫。我詩汗漫不足存，留待他年仔細論。

【題解】

寫作具體時間不詳。《石梁圖》作者李和，明清之際著名畫家。光緒《餘姚縣志》卷二十六《方伎》引《姚江詩存》：「李和，字甦凡，號聃孫。與翁逸、徐邁並工繪事，和尤得北苑家法。黄宗炎有詩云：『聃孫老人亦老友，文筆長能擅繪采。殘膏剩墨自足寶，裝潢成軸揭模楷。』蓋心折之矣。」石梁，即天台山八景之一「石梁飛瀑」，在今浙江天台縣境内。張聯元輯《天台山全志》卷二曰：「石橋山，在天台縣西北六十里。……連亘一百里。……有石梁架兩崖間，龍形龜背，廣不盈咫。其上兩澗合流，泄爲瀑布，西流出剡中，下臨萬仞，飛泉回射，危滑欹側，狀如横虹。」考《續甬詩》卷七十七《寒松齋兄弟》之三，選有萬斯大《姚江李聃孫石梁圖歌示八弟》，詩句幾同，疑傳鈔中作者、内容或有錯簡。識此待考。

【校　注】

〔一〕王宰，唐代著名畫家。王毓賢《繪事備考》卷三：「王宰，家於蜀。貞元間韋南康以賓禮待之。畫山水、木石，取裁象外。」

〔二〕杜甫《戲題王宰畫山水圖歌》：「十日畫一水，五日畫一石。能事不受相促迫，王宰始肯留真迹。」謂畫家重在構思精密，不輕易落筆。

〔三〕「淋淋」，萬斯大《姚江李聃孫石梁圖歌示八弟》、《石存》《續甬詩》皆作「淋漓」。

〔四〕「迫促」，《石存》《續甬詩》皆作「促迫」。

〔五〕「胸存」，萬斯大《姚江李聃孫石梁圖歌示八弟》、《石存》《續甬詩》皆作「胸藏」。

〔六〕「於我李老」，萬斯大《姚江李聃孫石梁圖歌示八弟》、《石存》《續甬詩》皆作「何意於今」。

〔七〕「横一絲」，萬斯大《姚江李聃孫石梁圖歌示八弟》、《石存》《續甬詩》皆作「積一絲」。此謂石梁之險奇。石梁爲天生橋，兩端與山接，中間懸空如橋。雙峰對峙，一石如梁横中，遠望如一絲牽連。

〔八〕偏袒，指僧人著袈裟，袒露右身肩臂。杜甫《戲韋偃爲雙松圖歌》：「偏袒右肩露雙脚。」衲子，即僧人。石梁之側自上而下有上、中、下三寺，皆名「廣方」，其右側地近石梁飛瀑者乃中廣方寺，最宜品茗觀瀑，寺有僧衆。足倒垂，指僧人結跏趺坐，兩足心均向上，不同於常人之垂足而坐。

〔九〕石溜，指石梁飛瀑。

〔一〇〕「身未到」，萬斯大《姚江李聃孫石梁圖歌示八弟》、《石存》《續甬詩》皆作「足未到」。赤城，赤城山，張聯元輯《天台山全志》卷二：「赤城山，天台山縣西北六里。一名燒山，又曰消山。石皆霞色，望之如雉堞，因以爲名。」「赤城棲霞」亦爲天台山八景之一。

〔一一〕「竦毛髮」，原作「疏毛髮」，誤。《石存》作「竦毛髮」，審是，從校改。

〔一二〕「吾兄勸汝珍此畫」，《續甬詩》、萬斯大《姚江李聃孫石梁圖歌示八弟》皆作「八郎勸汝珍此畫」。萬斯大詩此句之後，尚有「今時畫師誰喜聞，山間澤畔有知己」。他本皆無。

西皋移居 四首

生計憐如鳥，翻飛依故枝〔一〕。松杉先世澤，魚蟹野人資。藥圃猶堪植，蓬門尚未鼓。悠然泉石意，塵外豈人知〔二〕？

江城三里外，即是白雲莊〔三〕。登眺身仍壯，歌呼興亦長〔四〕。買魚尋釣艇，覓藕下寒塘。只少論詩客，攜尊過草堂。

投閒來此地，猶喜是吾廬。小菜先春種，寒花帶雨鋤。松濤侵户冷，蘿月入簾虛。欲共幽人語，前溪覓老漁。

徑僻風還古，幽居興未淆〔五〕。墓田方徙舍，社鼓却迎貓〔六〕。籬破頻栽竹，簷頹半覆茅。

生涯耕稼好，樵牧盡知交。

【題　解】

據萬斯同行年等，詩作於康熙元年（一六六二）。西臯，即寧波城西郊萬氏别業白雲莊，其地又稱管村或管家岸。斯同居西臯凡兩次。其一爲順治六年（一六四九），斯同年僅十二歲，全家隨父自榆林流亡歸來，居西臯不足一年即回城第；其二爲康熙元年，斯同二十五歲。因城中故第被清軍强占，「籍爲提督公署」，萬氏兄弟不得不再次移居西臯。由詩題和内容觀之，此詩當作於康熙元年之後不久。其七兄斯備亦有詩詠及此事。

【校　注】

〔一〕「生計」，《續甬詩》作「身計」。

〔二〕「豈人知」，《石存》《續甬詩》皆作「豈能知」。

〔三〕江城，指寧波城。

〔四〕「身仍壯」，《續甬詩》作「心仍壯」。

〔五〕「興未淆」，《續甬詩》作「興未消」。

〔六〕「却迎貓」，《石存》作「恰迎貓」。墓田，指白雲莊萬氏家墓。社鼓，古人社廟祭神時所擊之鼓。迎貓，迎祭貓虎之習俗，《禮記·郊特牲》：「古之君子使之必報之。迎貓，爲其食田鼠也；迎虎，爲其食田冢也。迎而祭之也。」

【附録】

甬江城外多壘土，甬江城頭多鞞鼓。一聲悲栗動江雲，散入江城滿環堵。我家幕府相鄰處，比屋弓刀不可住。一朝驅徙何倉皇，骨肉相依墓柏旁。丙舍淒其偪林藪，苦雨酸風無不有。夜寒霜雪滿前溪，婦歎兒啼四壁吼。此時思家雙淚垂，此中愁歎誰得知？我懷同人近五載，把臂今看寄翁在。寄翁情事千里同，邘江水與甬江通。移家未定復作客，身如流草隨飄風。乃知側足歎局窄，何事不具覆載中。嗟乎哉！四海風塵苦未息，男兒無居何足惜！一區之宅皆塵埃，魯殿梁園安在哉？願與先生同廓落，萍逢傾蓋且銜杯。君不見漢時童子鴻伯通，廡下寄朝春，又不見君家大小陸，小廨三間分瓦屋。古來奇人類如此，君獨胡爲不爾爾？

（萬斯備《深省堂詩集·移居詩爲寄翁賦》）

百忍堂松樹歌

廿年烽火闤城變，故家舊物何由見？望去天邊山亦童，歸來門内身如燕〔一〕。猶喜吾家一老松，迥立荒園半畝宫〔二〕。鐵柯石幹長不改，霜前雪後消秋容〔三〕。拂雲低姿摩天力，蒼鱗剥落幾千尺〔四〕。色參烟霧洪濛深，勢起虯龍雲霾折。寒風日夜鼓驚濤，十月荒城雷怒號〔五〕。小院陰陰白日静，空階漠漠寒霜高。吁嗟大地舊山河，此物閲世何其多？爲向庭前纏薜蘿，却免林内尋斧柯〔六〕。手把殘編共晨夕，茅堂賴此增顔色。結根得所可長年，煩爾千春伴騷客。

【題　解】

據萬斯同行年等，詩作於康熙三年（一六六四），即清軍占領寧波後二十年左右。百忍堂，寧波城内萬氏故第之廳堂。堂左有松一本，爲斯同祖父萬邦孚手植。萬氏祖孫三代曾讀書於此。康熙元年，故第並此古松爲清軍所占。斯同全家又遷往西郊白雲莊。康熙十年，斯同復作《百忍堂松樹記》，參見本書卷十此記題解及注文。

【校　注】

〔一〕山亦童，山無草木曰「童」，《荀子·王制》：「斬伐養長不失其時，故山林不童而百姓有餘材也。」此指清軍强占民宅時還大量砍伐城外林木，致使環城山禿。參見本詩附録萬斯備詩。

〔二〕半畝宫，《禮記·儒行》：「儒有一畝之宫，環堵之室，篳門圭窬，篷户瓮牖。」

〔三〕「消秋容」，《續甬詩》作「峭秋容」。

〔四〕「低姿」，《續甬詩》作「之枝」。

〔五〕「日夜」，《石存》《續甬詩》皆作「入夜」。

〔六〕此句意爲儘管故第古松爲他人所據，但終歸未如城外之樹，毁於刀斧之下。

【附録】

先公昔解綬，斂跡歸丙舍。室依冠劍壟，松柏盡手稼。迄今三百年，鬱鬱若臺榭。誰圖白日淪，狐鼠竄中夜。取材及丘墳，斬伐一無赦。吁嗟老虯松，柯條竟爾卸。目擊心痛傷，揮淚不能罷！昊天胡弗仁，乃使狐鼠借時祖墓松木盡被斫伐。

（萬斯備《深省堂詩集·山居》四首之二）

寒松齋即事四首

春逝愁還在，琴書興已拋。落花消客意，倦鳥引人嘲。身賤思遊俠，時危擬息交。蒼天不可問，且此守吾巢。

散髮來庭下，悲涼思不禁。雲開天未曙，水落石猶沈。歡意春歸少，幽懷靜裏深。子歸啼破耳，空結旅人心〔一〕。

天涯容膝處，晴色挂梅梢。風景徒相惜，聲名堪自嘲。長貧思藝圃，小隱欲誅茅〔二〕。湖海他年意，終爲不繫匏〔三〕。

亂餘思避世，三徑理生涯。寄目園中槿，驚心夢後笳〔四〕。魂依庾嶺月，淚落杜鵑花〔五〕。

十載羈孤意，難尋新歲華。

【題　解】

寫作具體時間不詳。寒松齋，即寧波城内萬氏故第之廳堂。詩作憶起順治六年（一六四九）其父率全家從西郊白雲莊返居城内，父兄幾人相依爲命，共同學習。父親去世後，諸兄又多外出謀生，寒松齋温馨的生活已不可再現，物是人非，作者倍感孤獨與悲涼。

【校　注】

〔一〕「子歸」，《石存》作「杜鵑」。

〔二〕誅茅，剪茅爲屋。杜甫《枏樹爲風雨所拔歎》：「誅茅卜居總爲此，五月髣髴聞寒蟬。」

〔三〕湖海意，隱居志向。皮日休《奉和魯望漁具十五詠·釣車》：「得樂湖海志，不厭華軥小。」繫匏，此喻隱居不仕者。《論語·陽貨》：「吾豈匏瓜也哉？焉能繫而不食？」

〔四〕槿，即木槿花。《玉篇》：「木槿，朝生夕隕，可食。」

〔五〕庾嶺，即大庾嶺，五嶺之一，位於廣東和江西交界處。斯同之父寄食於此地界。

楊氏四忠卜葬歌

楊家兄弟真男兒，四忠雙烈曜雲霓〔一〕。有家已籍胤已絶，可憐白骨委荒堆〔二〕。念爲忠臣乃如此，皇天無知當告誰？語溪曹公真義士，高情豈但泣枯骴〔三〕。廿載幽魂散復聚，忠臣埋骨竟有時〔四〕。憑君北向遥極目，西山陵土何崔巍〔五〕。寶城松檜不堪問，玉匣珠襦寧可追〔六〕？誰將斗酒澆寒食，野花空自發春姿〔七〕。屢朝帝者猶若是，微臣得此更何悲？乃知忠臣誠可爲。

【題　解】

詩作於康熙十四年（一六七五）左右。順治五年（一六四八），反清義士欲内外聯合取寧波，史稱「翻城之役」。不幸爲叛徒告發，清軍提前捕殺義士華夏、王家勤、楊文琦等五人，稱「戊子五君子之禍」，屠用錫《六經堂遺事》引萬斯同《兩浙明季忠義考》稱「甬上五烈」。此後，清軍又捕殺文琦之四弟文瓚。五弟文球、二弟文琮出逃，繼續參加反清鬥争，先後不屈被害或自盡。清軍又將楊氏庶弟文廷、文珍等一門老幼充軍塞外。康熙十四年，文瓚之鄉試同年曹廣，感其一門忠烈，捐金收葬楊氏父子兄弟等十棺於鏡川。時人對楊氏之忠和曹廣之義多有記詠。參見《續甬詩》卷三十三選林時躍同題詩、卷三十四選徐鳳坦同題詩、卷四十六選李文純同題詩等。

【校　注】

〔一〕四忠雙烈，四忠指楊文琦、文瓚、文球、文琮兄弟。文琦、文瓚被害後，文瓚妻張氏、文琦妻沈氏亦隨之絶食、投繯而死，故謂之「雙烈」。

〔二〕「胤已絶」，《續甬詩》作「嗣已絶」。全祖望《鮚埼亭集》外編卷十《楊氏四忠雙烈合狀》：「楊氏自戊子以來，家經再籍，寸絲粒粟，無復存者。庶弟文珽、文玠暨諸侄，皆以職方（楊文琮）故遣戍，斃於道，一門遂盡。」

〔三〕語溪，崇福之古稱，今屬浙江桐鄉。曹公，即曹廣，據光緒《石門縣志》卷八曹廣本傳，字遠思。弱冠登進士，先後任汀州、漳州二府推官，「政聲最七閩」。性儉約，衣履樸素。至鄉里有善舉，恒捐貲倡率。

〔四〕「廿載」，《續甬詩》作「廿年」。據全祖望《鮚埼亭集》外編卷十《楊氏四忠雙烈合狀》所記，康熙十四年即有卜葬之舉，距順治五年楊文琦殉難二十六年。

〔五〕西山陵土，指杭州南宋六陵。杭州在鏡川之西北，故稱「北向遥極目」。

〔六〕寶城，指陵墓城垣。玉匣珠襦，謂皇族貴冑之殮衣。按，南宋六帝及后妃原葬會稽寶山。至元中，西僧楊璉真珈奏發諸陵。宋遺民唐珏等易以他骨，暗取其真骨瘞之山陰天章寺前，植冬青樹以識之。明初，曾下詔收集、保護六陵。入清，宋陵樹木再遭砍伐，荒湮日甚。參見萬斯同《南宋六陵遺事》。

〔七〕「春姿」，《續甬詩》作「春枝」。

閒居和六兄充宗

憑几南窗下，浩然愁思侵。箕裘懷祖德，風雨憶知音〔一〕。得失林回布，成虧昭氏琴〔二〕。長吟空復爾，天地正無心〔三〕。

【題　解】

寫作具體時間不詳。六兄萬斯大，字充宗，别號褐夫。晚年因足帶殘疾，又自號跛翁。清代著名經學家。「國變」之後，繼承忠義家風，拒絶進取，獨專經學。學承其師黄宗羲經學思想，尤精於《春秋》和《三禮》。其所著《學春秋隨筆》《學禮質疑》等多種經學著作，後著録於《四庫全書》。此詩張本目録題爲《閒居和六兄充宗》，而正文題爲《閒居》。《續甬詩》卷八十八《寒松齋兄弟》之一亦選有此詩，詩題與張本目録同，今依張本目録、《續甬詩》校改。

【校　注】

〔一〕「懷祖德」，《續甬詩》作「悲故國」。箕裘，《禮記·學記》：「良冶之子，必學爲裘；良弓之子，必學爲箕。」孔《疏》謂，善揉鐵製弓者，其子弟亦能紹其揉製之法，而學製裘袍、柳箕。

〔二〕林回布，《莊子·外篇·山木》：「子桑雽曰：『子獨不聞假人之亡與？林回棄千金之璧，負赤子而趨。或曰：『爲其布與？赤子之布寡矣。爲其累與？赤子之累多矣。棄千金之璧，負赤子而趨，何也？』林回曰：『彼以利合，此以天屬也。』夫以利合者，迫窮禍患害相棄也；以天屬者，迫窮禍患害相收也。夫相收之與相棄亦遠矣。」

昭氏琴，《莊子·内篇·齊物論》：「古之人，其知有所至矣。惡乎至？有以爲未始有物者，至矣盡矣，不可以加矣。……果且有成與虧乎哉？果且無成與虧乎哉？有成與虧，故昭氏之鼓琴也；無成與虧，故昭氏之不鼓琴也。」全句謂，林回棄璧有失有得，昭氏鼓琴有成有虧，只有一切純任自然，無所人爲，才能達到無得無失無成無虧之境。

〔三〕空復爾，意爲徒勞。據《後漢書·臧洪傳》，義士臧洪兵敗，爲袁紹所擒，將斬。同邑義士陳容在坐，容素欽慕洪，起而諫止。紹使人牽出，謂容曰：「汝非臧洪疇，空復爾爲？」容顧曰：「夫仁義豈有常所，蹈之則君子，背之則小人。今日寧與臧洪同日死，不與將軍同日生也！」遂復見殺。在紹坐者無不歎息。天地無心，一任真實、自然。

燈下懷人 補

積雨春深夜，懷人聊隱帡〔一〕。籟鳴聽後寂，鐺沸坐來清〔二〕。半榻惟憐影，遠鐘不辨聲。知音此夕邇，愁絶若爲情。

【題　解】

詩作具體時間和所懷之人不詳。就内容看當在萬斯同離家北上修史之前，反映其隱居生活。《石存》無此詩。張本或據《續甬詩》補入，字句亦相同。

【校　注】

〔一〕帡，幕帳。隱帡，喻隱居之意。

〔二〕籟鳴，自然之聲。鐺，古代温器。

閒居二首補

冉冉韶華暮，楊花惹客愁。烟霞情不極，風景坐能幽。避俗惟隱几，懷人漫倚樓〔一〕。青林春卉近，索句望誰酬？

日高深巷静，幽意發林間。一枕槐南夢，長歌礪石班〔二〕。圖書紛楚漢，筆墨秀江山。吟望情何極，沈憂不可删。

【題　解】

詩作具體時間不詳。寫作背景、思想内容同前，反映其隱居生活。《石存》無此詩。張本或據《續甬詩》補入。

【校　注】

〔一〕隱几：伏几。《孟子·公孫丑章句》下：「孟子去齊，宿於晝，有欲爲王留行者。坐而言，不應，隱几而卧。」

〔二〕礪石班，當即「厲石班」。《古詩源》卷一《飯牛歌》：「……（甯）戚飯牛車下，擊牛角而疾商歌：『……出東門兮厲石班，上有松柏青且闌。』」「班」通「斑」。

冬日言懷二首

危樓登眺久徘徊，濡翰難矜作賦才。目送閑雲江上去，心隨寒鳥日邊迴〔一〕。人間歲月愁中盡，世外烟塵夢裏猜〔二〕。白首放歌長若此，悠悠情事待誰開〔三〕？

積雨園林晝亦昏，藤蘿深處掩柴門。風霜有意催年盡，書劍無聊縈思煩〔四〕。安得中山千日酒，長留槐國五更魂〔五〕。靈氛解卜今能否，欲結筳篿與細論〔六〕。

【題　解】

寫作具體時間不詳。詩作背景、思想内容同前，反映其隱居生活。

【校　注】

〔一〕寒鳥，寒天受凍之鳥，喻傷心之人。阮籍《詠懷詩》之八：「迴風吹四壁，寒鳥相因依。」又，梅堯臣《過鳴雁城》：「代謝隨秋草，英靈化死灰，我來空詠古，寒鳥有餘哀。」

〔二〕「烟塵」，《續甬詩》作「烟霞」。

〔三〕「白首放歌長若此」，《石存》《續甬詩》皆作「白石長歌聊復爾」。

〔四〕「思煩」，《續甬詩》作「思頻」。

〔五〕千日酒，據干寶《搜神記》，古有中山國人狄希，能造醇酒，飲之千日不醒。槐國魂，即槐國夢、南柯夢。據李公佐《南柯太守傳》，廣陵郡淳于棼飲酒古槐樹下，醉，夢入槐安國，招爲駙馬，官南柯太守，盡享華貴。醒，唯見樹下蟻穴。

〔六〕筳篿，《楚辭·離騷》：「索藑茅以筳篿兮，命靈氛爲余占之。曰兩美其必合兮，孰信修而慕之。」朱熹集注：「篿茅，靈草也。筳，小折竹也，楚人名結草折竹以卜曰篿。」靈氛，占吉凶者。

戲爲絶句八首

當年帝子住緱山，駕鶴成仙可自閑。何事還存塵事想，却留遺廟在人間王子晉〔一〕。

荒冢累累秋草肥，丁公一去底須歸〔二〕。遼東白鶴應猶在，寄語人民今更非丁令威。

望去三山天外峰，千秋誰復躡仙蹤。却誇徐福傾秦後，一舸飄然大海東秦始皇〔三〕。

衡嶽蘇耽往幾年，青山依舊更來還。仙人猶未忘名迹，留得歌詩後代傳蘇耽〔四〕。

落葉哀蟬歌一聲，冷冷清唱那堪聽！何如不迨靈輀駕，省得三更别後情漢武帝〔五〕。

招隱歌詞不足聽，山林朝市孰分明？白頭賀監歸休去，隱逸猶傳後代名賀秘監〔六〕。

山河萬里已歸新，執戟黄門官也貧。但道劇秦非劇漢，揚雄尚是有心人揚子雲〔七〕。

聽説人傳天寶年，霓裳一曲起烽烟。千秋香火今誰主，獨與優伶有宿緣唐明皇〔八〕。

【題　解】

寫作具體時間不詳。張本或據《續甬詩》補入。然兩本原録丁令威、秦始皇、楊子雲、唐明皇四首。今據《石存》補足八首。

【校　注】

〔一〕王子晉，又稱王子喬。據舊題劉向《列仙傳》等所記，王子晉爲周靈王太子，游於伊、洛之間，爲道士浮丘公接上嵩山。三十年後，使人告之家人：七月七日待我於緱山之顛。時至，果駕白鶴立於山頭，然望之却不見親人，數日而去。後人在今河南偃師緱山建有王子晉廟，歷有詩文題詠。

〔二〕「丁公」，指丁令威。《續甬詩》作「令公」，或誤。丁令威，參見本卷《秋懷》注文。

〔三〕《史記·秦始皇本紀》：秦始皇二十八年「齊人徐市等上書，言海中有三神山，名曰蓬萊、方丈、瀛洲，仙人居之。請得齋戒，與童男女求之。於是遣徐市發童男女數千人，入海求仙人」。《正義》引《括地志》，徐市作徐福。據《漢書·郊祀志》，因三山有仙人及不死之藥在焉，故求之。惟風輒引船而去，終莫能至。

〔四〕蘇耽，王世貞輯《列仙全傳》卷二：「蘇耽，郴人，事母至孝。嘗遇異人授神仙術。日侍膳，母思鲊，即出市鲊以獻。問所從來，曰：『便縣。』母始異之。一日，忽灑掃庭除，母問其故，曰：『仙道已成，上帝來召。』母曰：『汝仙去，吾誰養？』乃留一櫃，云：『所需即有。』又云：『明年大疫，取庭前井水橘葉救之。』耽仙去，已而果疫，母日活百餘人。後耽化鶴來郡城東北樓，時有彈之者，乃以爪攫樓板似漆書云：『城郭是，人民非，三百甲子一來歸，吾是蘇耽，彈我何爲？』」

〔五〕詩詠漢武帝與李夫人故事。據《漢書·外戚傳》，李夫人爲延年之妹，美而善歌舞，武帝甚寵愛。早卒。帝思念不已，命方士爲之招魂，又自爲詩賦。武帝崩，以李夫人陪葬長陵。《拾遺記》卷五記稱武帝所作歌曲《落葉哀蟬》曰：「羅袂兮無聲，玉墀兮塵生，虚房冷而寂寞，落葉依於重扃。望彼美之女兮安得，感余心之未寧！」又命人求來「潛英之石」，繪李夫人像，於中夜見之。

〔六〕賀秘監，即賀知章，《舊唐書·文苑傳》《新唐書·隱逸傳》皆有其傳。按傳，字季真，唐玄宗時，官工部侍郎、秘書監、集賢院學士等。性放曠，多才藝，自號「四明狂客」。天寶初，請爲道士還鄉。臨行，帝賜詩，太子百官送行。

〔七〕揚子雲，即揚雄。據《漢書·揚雄傳》等，四十遊京師，被薦爲門下史，歷漢成、哀、平三朝，多次上賦諷議朝政。王莽篡漢，雄仍校書天禄閣，位不過執戟黄門。後因其弟子罪而懼禍，投閣幾死。後人輯《揚子雲集》，内有《劇秦美新》一文，論斥暴秦而稱頌新莽。世多以此鄙其爲人。

〔八〕「優伶」，《石存》《續甬詩》皆作「優人」。唐明皇，即唐玄宗。《霓裳》，即《霓裳羽衣曲》，唐樂曲名。原爲西涼樂曲，開元中河西節度使楊敬述獻之宫中，經玄宗潤色，天寶十三載（七五四）改名《霓裳羽衣曲》。傳楊貴妃尤善以此曲而舞。「安史之亂」後，曲調不全。參見白居易《琵琶行》《長恨歌》等。

遊葉九徠半繭園二首

探奇何所適，只向此中尋。曲徑藏樓小，短籬護竹深。鶴棲澗户冷，雲度石牀陰。夙抱長林興，悠然愜素襟〔一〕。

欲釋寰中慮，來登沼上亭〔二〕。座延千樹碧，簾捲半山青。鳥語喧花徑，書聲静竹屏。主人能愛客，長此得沈冥〔三〕。

【題　解】

詩作於康熙十八年（一六七九）春。半繭園，崑山葉奕苞園林。光緒《崑新兩縣續修合志》卷十三：「半繭園，在（崑山）東城橋北，葉文莊公盛居第之東，舊名『春玉圃』……國初，園析爲三，仲子奕苞於其半，葺而新之，名曰『半繭園』。」葉奕苞，據《清史列傳》本傳，字九來，江蘇崑山人，諸生。清初名臣葉方藹從弟。少負異才，博雅，擅詩歌。康熙十八年，舉博學鴻儒報罷。歸葺「半繭園」，與海内名流姜宸英、施閏章、陳維崧及同里徐開任、歸莊等流連觴詠，文采輝映一時。據朱用純《愧訥外集》卷三《聽松圖後記》，此次遊園聽松者除萬斯同叔侄外，尚有朱用純、錢澄之等十人。

【校　注】

〔一〕長林興，喻隱逸者情趣。范曄《樂遊應詔》：「探己謝丹黻，感事懷長林。」又，高啟《松隱爲愛叔能賦》：「我今身似浮雲閑，正合著在長林間。」

〔二〕「欲釋」，《續甬詩》作「欲息」。

〔三〕姜宸英《湛園集》卷三《小有堂記》：「有林蔚然，從數百武外望之，隱出於連甍比宇之間，是爲葉君九來『半繭』之園……嘉卉林立，清泉繞除。客之來是邑者，君未嘗不設主人。既與之遊而飲酒賦詩，則未嘗不縶維信宿而後去。」

【附　録】

吟壇幾見髮蕭蕭，且喜論心未寂寥。荷葉出籬初過磵，樹根支石藉安橋。浮名輿到山窗盡，旅客愁逢酒伴消。争似庭前雙白鶴，自來自去不須招。

（錢澄之《田間詩集》卷二十三《同吴園次諸子集葉九徠半繭園分韻》）

寄友人補

鶯花三月繞汀洲，遥憶伊人曲水頭〔一〕。知有瓊枝消别恨，莫教杜宇動鄉愁。吴山曙色層城合，鑑水烟霞隔座幽〔二〕。千里蒹葭通夢寐，何當解放木蘭舟〔三〕？

【題　解】

詩作具體時間及所寄友人爲誰不詳。然詩句表明，其友人時在杭州河渚。由所稱「千里蒹葭通夢寐」知萬斯同當時離杭州之友人甚遠，或在北京史館，故大體時間當在康熙十八年（一六七九）之後。識此待考。《石存》無此詩，張本或據《續甬詩》補入。

【校　注】

〔一〕汀洲，水中小洲。

〔二〕吴山，乾隆《杭州府志》卷十三《山川》：「吴山，在府城内西南隅。舊名胥山，上有子胥祠……春秋時爲吴南界，故名吴山。或曰以子胥譌『伍』爲『吴』也。」鑑水，即鑑湖之水。湖鑿於東漢永和五年（一四〇），在會稽和山陰兩縣之間，因平如鏡面而稱「鏡湖」。宋人改稱「鑑湖」。

〔三〕蒹葭，《詩·秦風·蒹葭》：「蒹葭蒼蒼，白露爲霜。所謂伊人，在水一方。」臨水懷故人也。木蘭舟，舟之雅稱。柳宗元《酬曹侍御過象縣見寄》：「破額山前碧玉流，騷人遥駐木蘭舟。」全句謂，千里思念，何時纔能乘舟相見？

傳是樓藏書歌

東海先生性愛書，胸中已貯萬卷餘〔一〕。更向人間搜遺籍，直窮四庫盈其廬。先生珍奇百不好，聞書即欲探其奥。故此網羅徧東南，猶復採訪窮遠道。樓高百尺勢矗天，兩樓並峙如比肩。左右以書爲垣壁，中留方丈容人旋〔二〕。光華入夜燭天漢，斗府東壁在户牖〔三〕。瑯嬛秘藏不足奇，鷄林賈人都驚走〔四〕。即今海内藏書家，殘編散落如春花〔五〕。錢氏絳雲歸一炬，祁園緗帙亦堪嗟。但聞白下黄氏室，亦有吾鄉范氏樓〔六〕。兩家卷帙盈數萬，高視亦足霸一州〔一七〕。此皆小邦自倔强，中原初未當强侯。若將此樓相絜量，何異八百歸西周〔一八〕。玉峰當代盛人物，君家昆弟真英傑。論才宇内原無雙，積書寰中亦第一〔一九〕。憶昔漢代有曹曾，石倉置書何峥嶸〔一〇〕。鄴侯之架唐世羨，牙籤萬軸亦足稱〔一一〕。放翁嗜書有書巢，作文自記意頗驕〔一二〕。遥遥今古千百載，僅此數者擅名高。先生後起書亦富，彼哉自欲呼兒曹〔一三〕。只此風流當世絶，眼前何人堪並豪？昨年招我置其下，亦欲啜醨還餔糟〔一四〕。恍如上林看春卉，目不給視徒鬱陶〔一五〕。奇篇異本多未見，到此翻令人意亂。寶山身入還空回，至今追想足流汗。何日重來此室居，拓我心胸啟我愚〔一六〕。歐九不學雖自媿，猶願其中作蠹魚〔一七〕。

【題解】

據萬斯同行年等，作於康熙十九年（一六八〇）。傳是樓爲江蘇崑山徐乾學藏書之所。康熙十八年春，斯同赴崑山徐乾學家，登傳是樓，游徐氏憺園，又游葉奕苞半繭園。同游者有朱鶴齡、錢澄之等一時名流。朱鶴齡《愚庵小集》卷九《憺園牡丹文讌記》：「玉峰健庵先生，好古博學，家藏經籍甚富，江浙名賢無不羅而致之……今年春杪，余借書過憺園，（乾學）先生出四部書示余，牙籤縹帙，觸手爛然。因與錢飲光、萬季野數子，諮質疑義，搜考秘文，如坐積書巖。」黄宗羲《天一閣藏書記》：「己未（康熙十八年）……余門人自崑山來者，多言健庵所積之富。」亦指此年斯同登傳是樓之事。由萬詩「昨年招我直其下」，知爲次年即康熙十九年所作不誤。

【校注】

〔一〕東海先生，指徐乾學。清代主要碑傳皆有其傳。按傳，乾學，江蘇崑山人。康熙九年一甲第三名進士，授編修。二十二年，遷翰林院侍講。二十四年擢内閣學士。二十六年，擢左都御史。二十七年遷刑部尚書。此後，不斷爲許三禮、傅拉塔等所劾，遂致仕回籍。三十三年，卒於故鄉。所著有《憺園集》等。

〔二〕自「樓高百尺勢矗天」至「中留方丈容人旋」，《續甬詩》無。

〔三〕「燭天漢」，《石存》《續甬詩》皆作「常斗天」。「斗府」，《石存》《續甬詩》作「天府」。斗、壁，均爲星宿名。《史記·天官書》：「斗魁戴匡六星曰文昌宫。」《晉書·天文志上》：「東壁二星，主文章，天下圖書之秘府也。」此代譽徐氏書房。按，以上言傳是樓規制，清初學人亦多有記涉。如，汪琬《堯峰詩文鈔》卷二十三《傳是樓記》：「崑山徐健庵先生築樓於所居之後，凡七楹間，命工斲木爲櫥，貯書若干萬卷，區爲經史子集四種。」又，彭士望《恥躬堂詩文鈔》卷八《傳是樓藏書記》：「徐公健庵先生之傳是樓十楹，跨地畝許。特遠人境，無附麗。啟後牖，几席與玉峰相接……中置皮閣七十有二，高廣徑丈有五尺，以藏古今之書。」

〔四〕琅嬛秘藏，舊題元伊士珍《琅嬛記》：「張茂先（華）……游於洞宫，遇一人于塗……共至一處，大石中，忽然有門，引華入數步，則别是天地……每室各有奇書……華歷觀諸室書，皆漢以前事，多所未聞。問地名，對曰琅嬛福地也。」鷄林賈人，鷄林，即古新羅國，唐龍朔年間置新羅爲

「鷄林州」。新羅、日本常購書於我國。故「鷄林賈人」此指外國書商。

〔五〕「即今」,《續甬詩》作「只今」。

〔六〕「錢氏絳雲」至「范氏樓」,指明清四大私人藏書樓。即錢謙益之絳雲樓,山陰祁承㸁之澹生堂,南京黃虞稷之千頃堂,寧波范欽之天一閣。

〔七〕「足霸」,《石存》《續甬詩》皆作「足伯」。

〔八〕八百歸西周,《史記·殷本紀》:「周武王之東伐,至盟津,諸侯叛殷會周者八百。」以此贊喻傳是樓搜羅天下圖書,富極一時。傳是樓之盛,不免與明清興替之變革有關。黃宗羲《傳是樓藏書記》云:「喪亂之後,藏書之家,多不能守。異日之塵封未觸,數百年之沉於瑶臺牛篋者,一時俱出。於是南北大家之藏書,盡歸先生。」

〔九〕自「玉峰當代盛人物」至「積書寰中亦第一」,《續甬詩》無。君家昆弟真英傑,指徐乾學、元文、秉義兄弟,清初先後以鼎甲擢高位。元文,字公肅,順治十六年(一六五九)一甲一名進士,授修撰。後擢國子監祭酒,充經筵講官。又擢内閣學士,尋改翰林院掌院學士,充日講起居注官。秉義,康熙十二年一甲三名進士,充浙江鄉試正考官。三徐皆鋭意搜羅天下圖書秘笈,各有藏書之所。乾學有傳是樓,元文有含經堂,秉義有培林堂。按,據斯同侄萬言《管邨文鈔》卷三《祭徐司寇夫子文》所載,康熙十四年,萬言應浙江鄉試,中副榜,乃出秉義門下,選入國子監,從此與崑山三徐結交。斯同亦因此與之相交。

〔一〇〕曹曾，漢代藏書家。王嘉《拾遺記》卷六：「世亂，家家焚廬，曾慮先文湮没，乃積石爲倉以藏書，故謂曹氏爲『書倉』。」

〔一一〕鄴侯，指唐代藏書家李泌，字長源，德宗時官居宰相，封鄴侯。積書三萬餘卷，爲有唐之冠，世稱「鄴架」。

〔一二〕書巢，陸游晚年之書室。《渭南文集》卷十八《書巢記》：「陸子既老且病，猶不置讀書，名其室曰『書巢』……吾室之内，或棲於櫝，或陳於前，或枕藉於床。俯仰四顧，無非書者。吾飲食起居，疾痛呻吟，悲憂憤嘆，未嘗不與書俱。」

〔一三〕「亦富」，《續甬詩》作「益富」。「彼哉自欲」，《續甬詩》作「彼者直欲」。

〔一四〕啜醨還餔糟，餔糟，指吃酒糟。啜醨，指喝薄酒。《楚辭·漁父》：「衆人皆醉，何不餔其糟而啜其醨？」蘇軾《超然臺記》：「哺糟啜醨皆可以醉。」句謂意欲陶醉其中。

〔一五〕上林，漢武帝時皇家園囿，多奇異林木。以此喻傳是樓奇書繁多。

〔一六〕「啟我」，《續甬詩》作「開我」。

〔一七〕歐九不學，歐九，歐陽修。李壁《王荆文公詩箋注》卷四十八《殘菊》箋曰：「歐陽文忠公嘉祐中見荆公此詩，笑曰：『百花盡落，獨菊枝上枯耳。』因戲曰：『秋英不比春花落，爲報詩人仔細看。』……文公聞之曰：『是定不知《楚辭》云：『飡秋菊之落英。』歐陽公不學之過也。』」

寄七兄允誠

吾兄性本愛山邱，多才往往爲人求。賦詩直欲淩賈孟，作字亦復追虞歐〔一〕。還將餘力工篆刻，古雅多爲人愛惜。世間能手誰比數，姑蘇二文堪並迹〔二〕。與兄相倚若蛩駏，風雨何曾間晨夕〔三〕？今來荏苒越歲華，歸夢依然在兄側〔四〕。平生雅志期壯遊，欲徧山川窮九州。驅車已歷數千里，但逢蔓草縈荒陬〔五〕。向來此意爽然失，豈若家園守敝裘。他年歸卧西皋上，與爾同儈牆東牛〔六〕。

【題　解】

詩作具體時間不詳。據「今來荏苒越歲華」「驅車已歷數千里」和萬斯備《深省堂詩集·懷八弟季野》等内容觀之，當作於康熙十九年（一六八〇）左右，此時，萬斯同北上修史後不久。七兄允誠，名斯備，一字又庵，生於崇禎九年（一六三六），卒年不詳。亂後隱居不仕，贅爲同郡詩人李鄴嗣（杲堂）婿，翁婿二人相處融洽。斯備多才藝，工書法篆刻，尤工詩，擅七律。鄴嗣稱：「萬七雖爲余婿，其詩律之工，吾且出其下。」其爲人和平長厚，篤於兄弟之誼。有《深省堂詩集》行世。

【校　注】

〔一〕賈孟，指唐代詩人賈島和孟郊，皆擅五律詩；虞歐，指唐代書家虞世南和歐陽詢。

〔二〕姑蘇二文，指明代蘇州著名書法、篆刻家文徵明之二子文彭、文嘉。《明史·文徵明傳》：「文徵明……長子彭，字壽承，國子博士；次子嘉，字休承，和州學正。並能詩，工書畫、篆刻。」

〔三〕蛩駏，兩種相依爲命之獸。據《吕氏春秋·不廣》所記，駏爲蹶，《孔叢子》作蟨。皆謂駏不能快行，然能爲蛩取食甘草。反之，駏遇危險，蛩可負之而走。各以其所能而助其所不能。此喻萬氏兄弟親密無間，相依爲命。

〔四〕「越歲華」，《續甬詩》作「閱歲華」。

〔五〕「千里」，《石存》作「十里」，顯誤。

〔六〕西皋，寧波萬氏别業，見前注。儈牛，《後漢書·逢萌傳》：「初，萌與同郡徐房、平原李子雲、王君公相友善……房與子雲養徒各千人。君公遭亂獨不去，儈牛自隱。時人謂之論曰：『避世牆東王君公。』」李賢等注：「儈，謂平會兩家賣買之價。」此代指隱居生活。陸游《秋稼漸登識喜》：「老翁自笑無它事，欲隱牆東學儈牛。」

【附　録】

老年骨肉最關心，楚水燕山涕不禁。室遠幾曾書得達，鐙沈或有夢來尋。講堂無恙花誰埽，蔣徑雖存草愈深。問説東鄰遊學侶，鬚眉早被霜雪侵。

（萬斯備《深省堂詩集·懷八弟季野》）

送陸翼王還畹城

久作燕山客，不識燕山道〔一〕。今朝别故人，始睹城邊草。茁芽緑初滋，春色知尚早〔二〕。

鞍馬何騣騣，離思關河繞〔三〕。之子南國賢，德業人代少。把臂三載來，談論互傾倒。高齋時往還，入山如得寶。羈旅少歡情，藉君開懷抱。何意東風生，遽伴南飛鳥。鄉邦得耆英，京邑失師表。我亦念家園，矯首望何杳。征鞍不可借，憂心益以擣〔四〕。分手黯無言，夕陽落林杪。

【題　解】

作於康熙二十七年（一六八八）。陸翼王，據《清史列傳》本傳，名元輔。江蘇嘉定人。康熙十八年試博學鴻儒科罷歸。當朝大臣宋德宜、徐元文、葉方藹等「皆以兄禮事之，力趣入都。都中士大夫就質經義典故，無虚日，稱陸先生而不名」。瞍城，嘉定之古稱。據徐元文《含經堂集》卷十二《送陸翼王南歸》等自注時間爲「康熙二十七年初春」，當與萬詩同時。度萬斯同與陸氏訂交，或因徐元文及《明史》館友人而識之。

【校　注】

〔一〕燕山，代指北京。此句言斯同雖寓京近十年而極少出城。全祖望《鮚埼亭集》卷二十八《劉繼莊傳》：「萬先生與繼莊共在徐尚書邸中，萬先生終朝危坐觀書，或瞑目静坐。而繼莊好遊，每日必出，或兼旬不返，歸而以其所歷告之萬先生，萬先生亦以其所讀書證之。」

〔二〕「茁芽」，《石存》《續甬詩》皆作「草芽」。

〔三〕騣騣，車馬疾馳狀。《詩·小雅·四牡》：「駕彼四駱，載驟騣騣。」

〔四〕「不可借」,《續甬詩》作「不可偕」。

將返四明留别憺園諸友

夙道西園盛軼才,此來猶喜得追陪〔一〕。雲歸蘿徑常聯句,月浸桐陰共把杯〔二〕。客夢不緣家室擾,旅懷偏爲友生迴。相期後會知何日,笑指黄花待我開〔三〕。

【題　解】

據萬斯同行年等,作於康熙二十七年(一六八八)。四明,代指故鄉寧波。憺園,指徐乾學。據鄭梁、徐乾學、徐元文、黄宗羲等送别詩自署時間,從是年秋冬之際,至康熙二十八年三月,斯同有短暫離京歸里之行,參見附録。同時,徐元文特聘史官、斯同之侄萬言亦被逐出京,特聘修史者黄宗羲之子黄百家、特聘修史者明遺民故家子王源亦先後無故離京。與斯同同行者爲顧諟,字在瞻,山陽縣人,亦是崑山二徐之友。鄭梁《送萬季野南歸》詩句有:「書生去住身何礙,國是元黄事可知。」《送顧在瞻南還》詩句有:「此歸真止謗,再到定成名。」考是年前後,清廷黨争激烈,則斯同等之此行,當與某種政治鬥争有關。識此待考。

【校　注】

〔一〕西園,相傳爲曹操建,在臨漳鄴縣舊治北。曹植《公宴詩》:「清夜遊西園,飛蓋相追隨。」此借指徐元文官邸。

〔二〕常聯句，指作者常與崑山二徐等寓京名流、史官文酒相聚，互相唱和。

〔三〕斯同原定次年秋季返京，故有此許諾，實則次年三月便提早返回。參見本詩附録徐元文詩題、黄宗羲詩。

【附　録】

論心京邸更尋誰，我到君還豈不悲。史局未昭千載信，講堂徒作十年離。季野爲崑山修史十年所矣。書生去住身何礙，國是元黄事可知。時因崑山罷相同歸。明歲陳情應得請，甬江經席准追隨。（鄭梁《寒村詩文選·玉堂後集》卷一《送萬季野南歸》）

半載南還計，君偏先我行。此歸真止謗，再到定成名。道路同知已謂季野，風霜勝世情。淮城寒臘底，來讀近詩清。（鄭梁《寒村詩文選·玉堂集》卷一《送顧在瞻南還》）

霜花酥酒送君還，邸舍相依十載間。貫對卷編常病眼，與談忠孝即開顔。折衷三禮宗王鄭，泚筆千秋續馬班。蒲笨獨驅鷩歲暮，凍雲寒雪滿江關。（徐乾學《憺園文集》卷九《送萬季野南還》）

日月遷易，客心則鷩。子棄鄉土，寒暑十更。非不懷歸，眷我友生。我能無念，念子深情。

詩人采蕭，夙心未諒。及兹違離，足知非迂。毋易成期，毋辜鄙望。祓水之辰，遲子垂訪。

（徐元文《含經堂集》卷十四《季野萬子惠然北來止余邸舍十年矣同心託契擬於蘭金編校之事蒙實賴焉今暫返故廬堅訂來約雖別無淹時而意殊悵罔聊賦四言八章用寫離緒蓋不勝延佇之情云》八首，録二。）

三叠湖頭入帝畿，十年烏背日光飛。四方聲價歸明水，一代賢姦托布衣。良夜劇談紅燭跋，名園曉色牡丹旂。不知後會期何日，老淚縱横未肯稀！

（黄宗羲《南雷詩曆》卷四《送萬季野北上》己巳三月二十九日）

送徐純公還玉峰

行行燕市中，風塵日迷路。利名中人心，車馬争馳騖〔一〕。君獨兩無營，擁書放情趣。非乏濟代才，帝閽何深固？雙滕縛騂騮，駑駘使駕輅〔二〕。酒酣長嘯間，白眼時一露〔三〕。逆旅得相依，豁達開情愫〔四〕。胡當芳草時，遽賦河梁句〔五〕？分手城西隅，欲別難回步。

【題　解】

詩作於康熙二十九年（一六九〇）。徐純公或指徐元文。玉峰，今江蘇崑山之古稱，元文故里。道光《崑新兩縣志》卷二《山》：「縣以山名……縣中之山名『馬鞍』，産玲瓏石如玉，又名『玉峰』。」

據《聖祖實録》卷一四六、韓菼《徐元文行狀》等所記，是年徐元文被劾，處「休致回籍」。元文雖不常稱「純公」，然細讀其詩，實爲送别元文罷官歸里而作不誤。詠及徐元文才華和個性，以及萬、徐之間深厚的情誼。參見本書卷一《傳是樓藏書歌》、卷六《書徐相國述歸賦》《書徐相國感蝗賦》注文。

【校　注】

〔一〕「行行燕市中」至「車馬争馳鶩」，指當時京城激烈的朋黨之争。

〔二〕「非乏濟代才」至「駑駘使駕輅」，驊騮，赤色駿馬，相傳爲周穆王八駿之一。駑駘，劣馬，喻庸才，句謂庸人擔當重任，徐純公如良馬受縛，不能施展才能。

〔三〕白眼，憤怒或鄙薄之態。喻傲世。

〔四〕句謂萬斯同與徐純公在同一處旅舍住宿。

〔五〕河梁，本指橋梁，古謂告别之地。《文選》引舊題漢李陵《與蘇武》：「攜手上河梁，遊子暮何之？」

題歲寒書屋圖

周子竹岡爲許子不棄寫此圖，廣幾三丈，高踰八尺。都下驚爲神筆。予與二子交好，愛而賦之。

雲間周子今顧陸，長縑大幅同寸竹〔一〕。得意解衣一灑翰，虬龍光怪動心目。蒼皮剥蝕知幾重，老幹側卧千尺虹。上參烟霧青冥開，遠排巖嶂危石相擊春。草白霜青風露急，淒其猶帶青春色。氣壓嶧陽頂上桐，勢吞武侯廟前柏〔二〕。就中山水更稱奇，巧奪天工非人力。層巒硊礧礐雲根，滄波浩蕩撼鼇極〔三〕。堂上胡然睹華嵩，令我驚悸失魂魄〔四〕。許子磊落非凡才，宿稱善畫名九垓〔五〕。嘗爲高人圖松菊，亦爲好友寫竹梅許子爲友人吴商志、黄叔威作此二圖，都下亦稱神筆。與此《歲寒圖》相匹〔六〕。兩者絹素踰二丈，離奇夭矯非一狀。畫師都下紛如埃，不覺對此色沮喪。一時二妙真奇絶，若者爲瑜若者亮〔七〕？我來獲與二子交，形骸脱略稱久要。故園草堂餘四壁，煩君縱筆染長綃。他年攜歸張破屋，須令萬象生蓬茅。

【題　解】

作於康熙三十六年（一六九七）前後。圖爲周洽所寫，據清馮金伯《國朝畫識》卷五引《青浦縣志》：「周洽字載熙，號竹岡……年十六，貧甚，欲就一藝爲菽水資，遂學畫於趙伊，不數月，盡得其技。遊揚州，縱觀前人名迹，而泰興季氏所藏尤富，洽日夜臨摹，學益進。山水、人物、蟲魚、花鳥無不力追古人，遠近諸名士貴人争延致之……年七十五卒。」「歲寒書屋」爲許遇在京之室名，許遇，據《清史列傳》本傳：「字不棄，歲貢生。知河南陳留縣事，調江蘇長洲，仕有惠政……卒於官，少授詩於王士禎，七絶尤擅長，亦工畫松竹梅石。有《紫藤花庵詩鈔》。」又，馮金伯《國朝畫識》卷六：「許遇……（福建）侯官人，官陳留縣，善畫松石。其祖、父皆以畫松名，不棄尤勝。所畫多巨幛。」《石存》《續甬詩》皆無此詩。

【校　注】

〔一〕顧陸，指東晉畫家顧愷之、南朝劉宋畫家陸探微。張彦遠《歷代名畫記》卷五：「顧愷之，字長康，小字虎頭，晉陵無錫人。多才藝，尤工丹青。傳寫形勢，莫不妙絶。」同書卷六：「陸探微，吴人也，宋明帝時常在侍從，丹青之妙，最推工者。」因兩人畫風、品級相近，常並稱「顧陸」。同書卷二：「中古妍質相參，世之所重。如顧、陸之迹，人間切要。」

〔二〕「虬龍光怪動心目」至「勢吞武侯廟前柏」，言其所繪古樹根幹之生動。虬龍，原義爲多角怪龍，此喻所畫樹枝盤屈生動。嶧陽，嶧山之南。嶧山又名鄒山、鄒嶧山，在今山東鄒城境内。古以其南生桐，製琴尤佳。《尚書·禹貢》：「羽畎夏翟，嶧陽孤桐。」李白《琴贊》：「嶧陽孤桐，石聳天骨。」武侯廟，即諸葛亮廟，其廟前古柏，後人多有吟詠。

〔三〕鼇極，傳女媧補天斷鼇足所立之柱，以頂天之四極。歐陽玄《賜經筵官酒次蘇伯修韻》：「鼇極天初補，娥池月已修。」

〔四〕華嵩，華山與嵩山之合稱，喻高大也。權德輿《大言》：「華嵩爲佩河爲帶，南交北朔跬步内。」

〔五〕許子，指許遇。九垓，天下也，古人稱中央至於八極之地爲「九垓」。

〔六〕吴商志，名濩，生平事迹不詳。清初著名遺民吴祖錫第二子，遺民徐枋外甥。據徐枋《居易堂集》卷十七《題孤楫滓江圖》：濩，字商志，爲吴子佩遠仲子，倜儻有奇志，至性過人，年雖少而高視一切，若不屑意。又，嘉慶《嘉興府志》卷五十五《吴祖錫傳》附：「子濩，字于東，有《先友詩》

一卷。」

黄叔威，道光《重纂福建通志》卷二百三十九黄鷟來本傳：「字叔威，性豪邁不羈。文名籍甚，一試鄉闈不售，遂棄去。游京師，京師名流談經濟、稽典故、論理學、衡文章者，必以叔威爲主。叔威雅量容納，久而無倦。卒以齟齬終，乃一泄於詩，以傳其不得已之懷抱。」

〔七〕瑜亮，指周瑜、諸葛亮，謂周洽與許遇畫藝高超，匹敵不分上下。

卷二　詩二

鄮西竹枝詞五十首

李杲堂先生作《鄮東竹枝詞》，余易以「鄮西」〔一〕。

【題　解】

《鄮西竹枝詞》五十首。據原文題下萬斯同自注，知與李鄴嗣（杲堂）《鄮東竹枝詞》同時而作。檢清釋本晝《直木堂詩集》卷四《明州哭李杲堂》六首之六「踵代傳耆舊，分城詠竹枝」下自注曰：「公集《甬上耆舊詩》，並每人作傳，又與同學分東、西城各詠竹枝數十首。」同學當指萬斯同，時斯同與鄴嗣等同學於黄宗羲之門。據李鄴嗣《甬上耆舊詩·自序》，該書初成於康熙十四年（一六七五），故李、萬二人「分城詠竹枝」大體在是年左右不誤。全詞歌詠寧波地區自然風光、歷史典故，頌揚忠義，貶斥奸佞。每詞末或有題記，或無。今仍據張本、羅本和《續甬詩》校注。每詞謹遵原詞文意，加一小標題，并按相關内容略加集中，以利讀者檢讀。

【校　注】

〔一〕羅本總題及自注：「《鄮西竹枝詞》五十首，同杲堂先生作。先生作《鄮東竹枝詞》五十首，余易以『鄮西』，亦如其數。」鄮，指鄮山，在浙江鄞縣（今寧波市鄞州區）東。《方輿勝覽》卷七引《四蕃志》：「以海人持貨鄮易於此，故名。」按，鄮東、鄮西，泛指今寧波老城之東、西兩部分而言。

李杲堂，參見本書卷八《李杲堂先生五十壽序》題解。

寧波

浙江東渡是寧波，人物繇來此地多。欲識吾鄉風俗好，請君細聽竹枝歌〔一〕。

【校注】

〔一〕張本等此詞後無題記。羅本題下注：「用正韻，下同。」浙江，此指錢塘江。

文種

霸越平吴范與文，五湖一去竟忘君〔一〕。何如同逐鴟夷浪，千古忠臣自屬鄞〔二〕。

大夫種，姓文，鄞人，見《戰國策》高誘注。浙江潮前推者爲伍大夫，後湧者爲文大夫，見《越絶書》。

【校注】

〔一〕范與文，分指范蠡與文種。五湖，杭州西湖。范蠡與文種共同獻策助越王勾踐復國滅吴後，范蠡急流勇退，泛五湖而去，化名「鴟夷子皮」，經商致富。文種却自覺功高，不聽范蠡勸告，後爲勾踐不容，被賜自刎。

〔二〕鴟夷浪，指錢塘潮。按，伍子胥多次勸吴王夫差殺勾踐、滅越，夫差不聽。反聽信太宰伯嚭讒言，逼其自殺。子胥死九年，吴爲越滅，文種亦遭冤害。傳二人死後怨氣不消，先後化爲冤魂，掀起錢塘怒潮。

黄公林

黄公避世隱江鄉，遺廟何年塑女郎〔一〕？却笑英雄安漢鼎，鬚眉换得女人妝〔二〕。

虞翻《會稽典録》：鄞大里黄公之高隱，即「四皓」中之一〔三〕。所居名「黄公林」。舊有廟祀，後訛爲「黄姑林」，易以女像。

【校注】

〔一〕「隱」，羅本作「占」。「女郎」，《續甬詩》作「美人」。按，黄公，又稱黄石公，原名崔廣，秦漢之際，與隱士綺里季、東園公、角里先生並稱「商山四皓」。漢高祖召其爲官，輔佐太子安定天下。後歸隱故里。康熙《鄞縣志》卷二十四《雜紀考·第宅》：「黄公林，縣西南二十五里，『四皓』之黄公隱處，即古之大里也。」同書卷九《敬仰考》：「黄公林廟……嘉靖郡志訛爲『黄姑林廟』……國朝康熙丁卯改正。」地在今寧波市鄞州區古林鎮。

〔二〕「女」，羅本作「婦」。

〔三〕「大里」，原作「大理」，誤，據康熙《鄞縣志》校改。

黄姑祠下

黄姑祠下畫船新，擊楫沿洄捷有神。村户盡包新糯粿，舟人但著短梢裩〔一〕。

【校　注】

〔一〕張本此詞後無題記。按，黄姑林，地在今寧波市横街鎮林村。傳古有孝女隨父伯玉行醫濟世，永不嫁人。父死，廬墓父旁。女死，黄氏父女被四方民眾尊爲神醫，雙雙奉入林村昭惠廟，亦即此祠。短梢裩，即短褲。

高尚宅

賀監歸來鬢已星，鑑湖風月幾番更〔一〕。滿朝猶詫休官蚤，堪歎當年仕宦情〔二〕。

城西南六十里，地名高尚宅，即賀秘監知章所居〔三〕。

【校　注】

〔一〕賀監，即賀知章，生平事迹參見本書卷一《戲爲絶句》注文。鑑湖，位於浙江紹興市南，又稱鏡湖、賀鑒湖等。

〔二〕「堪歎」，《續甬詩》作「想見」。

〔三〕「城西南」，《續甬詩》作「城西」。全祖望《鮚埼亭集》卷二十三《賀公逸老堂碑銘》：「考秘監先世本居會稽……秘監之生則於甬上，實在城南馬湖，有村曰賀家灣，有池曰洗馬，以秘監族祖德仁得名。馬湖稍北爲響崖，秘監釣臺在焉。有澤曰高尚。」

響巖

響巖千尺俯江流，隔岸聲聞一樣酬。莫向水邊輕弄舌，定應仙子坐峰頭〔一〕。

響巖去它山里許，隔水十丈，人語無不響答。

【校注】

〔一〕徐兆昺《四明談助》卷四十二：「過高尚宅，更越小阜，經地藏殿，殿後即響巖也。危然任武，突兀臨江，瀕江路狹如線……循壁至洞，深廣可十笏，洞中歌嘯，無異他處，洞外一呼，傳響遠答，語音悉稱。」又引聞《志》曰「巖中有洞，凡江水作聲與遊人笑語，則巖洞答應，故曰『響巖』」。

四君子　五先生

先賢在昔半躬耕，樂道何須身後名。國史但傳四君子，明山尚有五先生〔一〕。

宋淳熙時，鄞袁正獻燮、慈溪楊文元簡、定海沈端獻焕、奉化舒文靖璘，並受學金溪陸文安九淵，《宋史》有傳。前此慶曆時，有鄉先生杜醇、樓郁、王致、王説、楊適五人，咸躬耕樂道，時稱「慶曆五先生」「淳熙四君子」〔二〕。

【校注】

〔一〕四君子，南宋著名思想家，皆屬今寧波籍。據《宋史》袁燮、楊簡傳等載，袁燮，字和叔，南宋孝宗朝進士，初入太學，與陸九齡、楊簡、舒璘等以道義相切磨，後師陸九淵。楊簡，字敬仲，號慈湖，孝宗朝進士，官温州知府等。沈焕，字叔晦，孝宗朝進士，官揚州教授等，曾講學定海南山書院、鄞縣月湖竹洲。舒璘，字元質，孝宗朝進士，官宜州通判等。

五先生，北宋高士，皆屬今寧波籍。據康熙《鄞縣志》卷十二《品行考·列傳》等載，杜醇，字石臺，以孝友稱道鄉里，學者以爲楷模。創建鄞縣學，知縣王安石聘其爲師。楊適，字安道，隱居故鄉大隱山，爲人醇厚介特。與錢塘林逋、同郡王致、杜醇交好，後進莫不師之。樓郁，字子文，志操高潔，學問博奥。慶曆中，應聘掌教縣庠、郡學。王致，字君一，與楊適、杜醇爲友，安貧樂道，執教鄞江書院。王安石治鄞，致書與之論政。王説，字應求，王致從子，楊適門人。教授鄉里三十餘年，怡然自得。帝賜其林村教學之所爲「桃源書院」，子孫世守其學。明山，四明山，代指寧波。

〔二〕「有鄉」，《續甬詩》作「郡有鄉」。

袁鏞

袁公釋褐即捐生，宋史高題忠義名〔一〕。媿殺宗臣趙制使，背君賣友竟何成〔二〕！

袁公鏞，宋末舉進士〔三〕。里居，值臨安陷。元將遣十八騎偵探至鄞，公密約制置使宗室趙孟傳禦之。孟傳屬公先往。公慷慨奮前詰責之，爲所執。孟傳遂舉城降。公抗聲大罵不屈，竟遇害。

【校　注】

〔一〕「宋史高題」，羅本作「南史争題」。

〔二〕「宗臣」原作「忠臣」，誤。羅本作「宗臣」，審是，從改。

〔三〕據萬斯同《宋季忠義録》，袁鏞，字天與，南宋咸淳進士，因居喪未仕。元軍南下，袁鏞欲聯合宋宗室趙孟傳等誓死抗元。孟傳懼，「密往車厩獻版圖迎降」。袁鏞則挺身與元軍決戰，被執殉難。徐兆昺《四明談助》卷十八《宋忠臣袁公祠》：「祀德祐忠臣袁公鏞，在湖心寺内，後改建於縣西望春橋之東。」

千丈鏡

人物楊家稱最奇，一時諸老出同時。村前流水澄千丈，想見群公冰雪姿。

城西南三十里，地名千丈鏡，楊氏聚族而居〔一〕。明成弘間，吏部侍郎文懿公守陳，暨弟南京吏部尚書守阯、從弟工部尚書守隨、廣西布政使守隅、子刑部侍郎茂元、四川按察使茂仁，相繼登朝，並有名德〔二〕。

【校注】

〔一〕千丈鏡，即鏡川。

〔二〕據《明史·楊守陳傳》等載，守陳，字維新，景泰二年（一四五一）進士，歷景泰至弘治四朝，官侍講學士、南京吏部右侍郎等，充《憲宗實録》副總裁。卒，謚文懿。

守阯，字維立，守陳弟，成化十四年（一四七八）進士，官翰林院侍讀學士、南京吏部右侍郎，充《大明會典》副總裁，以吏部尚書致仕。卒，謚文肅。

守隨，字維貞，守陳從弟。成化二年進士，歷成化至嘉靖四朝，官江西道監察御史、應天府尹等。遭宦官私恨彈劾，謫廣西右參政。後起官按察使、工部尚書等。致仕歸里。卒，謚康簡。

守隅，字維德，成化二十年進士，歷官江西參政，有政績。劉瑾惡守隨，并罷守隅。瑾死後起官，終廣西布政使。

茂元，字志仁，守阯子，成化十一年進士，官刑部主事、湖廣副使等。弘治中，因疏劾太監李興，貶長沙府同知。後因劉瑾去官歸里。起官右副都御史、刑部右侍郎等。

茂仁，字志道，守阯子、茂元弟。成化末進士，官刑部郎中、四川按察使等。

張家潭

張家潭水帶長渠，萬頃烟波繞屋廬。莫道鄉間無俊物，此中曾出兩尚書。

城西二十里曰「張家潭」。明嘉靖時，張文定公邦奇爲南京兵部尚書，越十載，族父東沙先生時徹繼之，並有聲於時〔一〕。

【校　注】

〔一〕據《明史》二張本傳等載，張邦奇，字常甫，歷任南京國子監祭酒、南京禮部右侍郎，掌翰林院事，進禮部尚書、南京兵部尚書等。學宗程、朱，與王陽明友善，著述甚富。其族父時徹，字維静，號東沙，小邦奇二十歲，受業邦奇。嘉靖二年（一五二三）進士。官江西學政、四川巡撫、南京兵部尚書等。受嚴世蕃排擠，辭職歸里。居家，肆力著述，曾編纂《寧波府志》等。

華胡

昔年曾向華胡過，水闊山低幽賞多〔一〕。自有石窗兼百藥，山增巖岫水增波〔二〕。

城西三十里，有地名「華胡」，以華氏、胡氏皆聚族於斯也。明時，華太僕石窗、胡布衣百藥，並有詩名。

【校　注】

〔一〕「華胡」，羅本作「華湖」，誤。民國《鄞縣通志·輿地志·鄉區》：「華胡，距城二十五里，屬第六區。」

〔二〕石窗，徐兆昺《四明談助》卷三十四《華胡》等載，華愛，字仁卿，少慕四明山，更號石窗。正德九年（一五一四）進士。授官刑曹，改兵部，出守桂林。意不欲更赴官，即解組歸。與二三故人游於日嶺、雪竇之間，攀蘿捫石，吟嘯相酬。有《石窗集》。百藥，即胡一桂，字百藥，詩人，隱居不仕。其四言詩，奇文奥義，識學兼造，爲後來詞人所絶無者。

楊儒士廟

湖田官税倍民田，恨事流傳五百年。仕宦滿朝誰念此，叩閽端賴布衣賢。

自罌脰湖廢爲田，重賦累民，明正德時，儒士楊允恭連章叩閽，得稍減。至今有「楊儒士廟」〔一〕。

【校注】

〔一〕徐兆昺《四明談助》卷三十四《楊儒士廟》：「楊儒士欽，字允恭，西鄉廣德湖既廢，募民墾官田，輸賦如佃户例，後許墾田者斥賣田爲民業，而賦重如故……正德初，差發日繁，湖田之民逃亡者相繼。儒士走京師叩闕，具陳民困，請援慈溪花嶼湖例，用金折，不賦米而輸銀，朝議允其奏，下所司勘覆，郡守林公富力爲之主，竟得改折。鄉人立祠祀之。」曾鞏《廣德湖記》：「其舊名曰鷃脰湖，而今名，大曆八年令儲仙舟之所更也。」「鷃」「罌」音同。

交光樓　櫟社長

終宵曲就幻燈花，異事人傳高永嘉〔一〕。還有風流櫟社長，直教老手奪琵琶。

元末，永嘉高明流寓鄞之櫟社，嘗撰《琵琶記》，一夕而成，兩炬之光忽焉交合，里人異之，因名爲「交光樓」。明嘉靖時，沈山人嘉則居此，盛有詩名，自署爲「櫟社長」〔二〕。

【校　注】

〔一〕「幻燈花」，原作「綃鐙花」，羅本作「幻燈花」，意長，從校改之。據康熙《鄞縣志》卷二十三《雜紀考·瑞光樓》《明史·高明傳》等，高永嘉，即高明，元代戲曲家，字則誠，浙江瑞安人。（瑞安原屬温州。温州舊名永嘉、東嘉。）至正五年（一三四五）進士，官處州録事、江南行臺等，爲官清介。至正十六年左右辭官，隱居鄞城東南鄉櫟社村，在沈氏樓潛心創作《琵琶記》。

〔二〕沈嘉則，據徐兆昺《四明談助》卷三十八《櫟社沈氏》，沈嘉則，字明臣，南鄉櫟社村人。少負異才，喜讀書，尚大節，補諸生後，屢試不第。曾爲名臣胡宗憲幕客。常愛著緋衣行道，市人聚觀。人稱「櫟社長」「嘉則先生」等。

大雷山

大雷山上隱仙真，皮陸當年倡和頻〔一〕。自得汪家賢父子，兹山不屬謝遺塵。

唐末，謝遺塵隱居大雷，以《四明九題》寄陸魯望、皮襲美兩公，因爲賦之。今所傳《四明九詠》爲遺塵而作也。明嘉靖時，汪中丞玉及其子坦、孫禮約，三世居此，並有名迹〔二〕。

【校注】

〔一〕「大雷山」，羅本作「大雪山」，誤。「皮陸當年倡和頻」，羅本作「松檜烟霞好結鄰」。陸龜蒙，唐代文學家，字魯望，曾任湖州、蘇州刺史之幕僚，後隱居松江甫里。皮日休，晚唐文學家，字襲美，曾任蘇州軍判官、太常博士等。二人爲詩友，世稱「皮陸」。據徐兆昺《四明談助》卷一《四明山概説》引陸龜蒙《四明山九題》並序，皮、陸有《四明山九題詩》，各九首，依次題爲《石窗》《過雲》《雲南》《雲北》《鹿亭》《樊榭》《潺湲洞》《青欞子》《鞠侯》，皆四明山勝景。

〔二〕「有名迹」，《續甬詩》作「有名」。據康熙《鄞縣志》卷十六《品行考·列傳·明》等載，汪玉，字汝成，正德朝進士。官刑部主事、順天巡撫等。致仕歸里，修築書院，聚徒講學。子坦，字仲安，結髮嗜學，未嘗一日廢書。所著益深，所發益肆。晚年，於大雷山建書屋，日夕吟諷其中。工詩文，著有《石盂集》。坦子禮約，字長文，好學，能詩，善書。家有「百研樓」，蓄古今書畫精品。著有《松風館集》《香雨齋集》等。謝遺塵，唐末高士。傳其隱居四明南雷，曾請陸龜蒙爲詩詠四明山色美景，陸、皮因有以上唱和之作。徐兆昺《四明談助》卷十八記有「謝遺塵廟」。

四明九詠

四明山在鄮城西，千古遥傳皮陸題。豈若二黄親載筆，賦成直與此山齊。

皮、陸作《四明九詠》，未嘗身履其地。明末姚江黄梨洲、晦木兩先生，縱遊數月，各有紀述，始盡發此山之藴〔一〕。

【校注】

〔一〕黄梨洲，即黄宗羲。晦木，即黄宗炎，宗羲弟，易學家，字晦木，明季貢生，劉宗周弟子，學術大略與宗羲等。南明弘光朝亡後，徒步迎魯王，毁家紓難，舉義兵，稱「世忠營」。兵敗，奔走四明諸山寨間，爲清軍所捕，幾死。宗羲等以計出之。後賣藝自給。二黄事迹參見本書卷一《贈鷓鴣先生》《初至西園》等注文。黄宗羲《四明山志》卷四《九題考》曰：「唐陸魯望、皮襲美有四明山倡和，分爲九題，後之言四明名勝者，莫不淵源於是。顧四明非『九題』所得盡，而尋『九題』者，又往往不得其處……余創《四明山志》，與山君木客争道於二百八十峰之間，而知所謂『九題』者，陸、皮未嘗身至，止憑遺塵之言，鑿空擬議。」以下就《四明九題》一一考辯其名稱、位置、真僞等。考後再以九題，自爲新作。又，黄宗羲《丹山圖詠序》稱，其踏勘四明山時在崇禎十五年（壬午，一六四二）。

天井山

天井山高不可攀，龍藏五窟絶人寰〔一〕。鹿亭樊榭無多路，定有仙人此往還〔二〕。

鄞西南天井山最高，上有龍潭五。居民但能登其半，其上二潭，人跡不可到。

【校　注】

〔一〕天井山，康熙《鄞縣志》卷五《形勝考·山》：「天井山……距城七十里，上有神龍五井，其高峰曰天壽，有顯濟廟及天井寺。」徐兆昺《四明談助》卷三十七《天井山》：「神龍所居，有五井……一巖突然而出者，下瞰百仞之淵，僅容側足，緣蘿可行。至下井之旁，石皆光潔，如龍物常行，久而漸熟之狀。又行三里，至中井；又二里，則上井，愈入愈險，餘二井益險絶，人跡罕到。」

〔二〕鹿亭、樊榭，參見本書卷一《放歌行》注文。地在今寧波龍觀鄉境内。

高橋

城西二十里有「高橋」。宋紹興時，高宗避兀朮至鄞，曾大戰於此〔二〕。

高宗航海駐鄞邦，曾把高橋作戰場。却恨元戎輕縱敵，復教兀朮返錢塘〔一〕。

【校　注】

〔一〕「返」，羅本作「渡」。

〔二〕徐兆昺《四明談助》卷四《高橋》：「其橋甲於一郡。舟至此，通西壩，達大江，爲南北往來孔道。」據宋寶慶《四明志》，建炎年間，宋高宗趙構經鄞州逃海時，曾在此大敗金兵。此詩題記作「宋紹興時」，或誤。今寧波市有「高橋鄉」。

石將軍廟

海國鯨波作水神，行人競賽石將軍。高皇航海還宣力，不獨陳橋第一勳。

西郊外有「石將軍廟」，凡客遊者必祭賽，相傳祀宋初功臣石守信〔一〕。高宗避金人至鄞，神嘗顯靈護駕，竟得航海無虞。

【校　注】

〔一〕石將軍廟，徐兆昺《四明談助》卷四《石將軍廟》：「在城西望春橋外，祀宋石將軍守信。相傳建炎間，高宗幸明州，金人追之。高橋之戰，忽陰霧晝晦，見神兵被野，有大旗前導，號『石將軍』。俄而金人奔駭……高宗得航海，故立廟祀之。」石守信，北宋開國將領，與趙匡胤等密謀「陳橋兵變」，奪權建宋。

罌豆湖

湖開罌脰匹東錢，誰把長陂決作田〔一〕？恨殺宣和樓太守，屢教西土失豐年〔二〕。

鄞西有「罌脰湖」，東有「東錢湖」，均爲一郡之利。宋徽宗時，蔡京當國，詔天下守令能增賦者得優擢。鄞人樓异言廢罌脰湖爲田，可益賦四萬石，遂得以館閣知鄉郡。

【校　注】

〔一〕罌脰，即鶯脰湖，又稱廣德湖，在寧波城西。東錢，即東錢湖，又稱錢湖，距寧波城東十五公里。

〔二〕樓太守，據《宋史》樓异傳等，字試可。宋神宗元豐八年（一〇八五）進士。宋徽宗政和七年（一一一七），以館閣學士知隋州事。臨行，建議將廣德湖開墾爲田，可得湖田七萬二千餘畝，年收租穀三萬六千石，以給國用。徽宗贊許，於是改任明州知州，加直龍圖閣、秘閣修撰，又升至徽猷閣待制。

豐惠廟

樓公本意媚權臣，遂使千秋遺迹湮。何事還留豐惠廟，高牆大屋坐稱神〔一〕。

异既廢湖爲田，鄞人恨之。其子孫貴盛，即於田中建豐惠廟，至今猶存〔二〕。

【校　注】

〔一〕「高牆」，羅本作「高場」。

〔二〕豐惠廟，徐兆昺《四明談助》卷三十四《豐惠廟》：「宋政和七年，樓异守鄉郡，墾湖爲田，人爲立祠。其孫鑰參知政事，追封太師。嘉定二年，府以士民之請上於朝，賜廟額。舊祀於望春山之靈波廟中。後又别建廟於十字港之東，俗呼『樓太師廟』。」

王次翁墳

宋室奸人骨一抔，遊人唾駡幾時休。恨無長劍開荒冢，截取枯骸獻岳侯〔一〕。

王次翁墳，在西郊海會寺側〔二〕。

【校注】

〔一〕「枯骸」，《續甬詩》作「骷髏」。

〔二〕「在西郊海會寺側」，羅本作「在海會寺側」。王次翁墳，徐兆昺《四明談助》卷五：「參知政事王次翁墓，在清凉山麓。」王次翁，據《宋史》本傳及《四明談助》卷四《參知政事王次翁墓》載，字慶曾，北宋崇寧中進士，官恩州司理參軍、道州知州等。紹興中，黨附秦檜，累官至參知政事，參罷岳飛等三大帥兵權。引年歸，居明州。

傳家録

遺恨金牌召岳軍，致令南北遂平分。若非王氏《傳家録》，誰識奸謀由此人〔一〕？

次翁本濟南人，從高宗南渡，遂家於鄞。官參知政事，爲秦檜心腹。撤三大帥兵，召岳武穆，皆其謀也。詳見《王氏傳家録》，即次翁自撰。

【校　注】

〔一〕「誰識」，《續甬詩》作「誰辨」。次翁事迹見前詩注。《王氏傳家録》未見傳本。

善政侯祠

善政祠前巖壑幽，一村佳趣此全收〔一〕。莫論奇績窮千古，只説江山也最優。

唐文宗時，王元暐爲鄮令。建它山堰，百世利賴〔二〕。至今有「善政侯祠」。

【校　注】

〔一〕善政祠，徐兆昺《四明談助》卷三十八《遺德廟》：「唐太和邑宰琅琊王侯元暐之祠也。自它山堰成，溉良田者凡數千頃。民德之，立祠以祀。後封善政侯，乾道四年，賜『遺德廟』額，舊名『善政祠』。」

〔二〕它山堰，周道遵《甬上水利志》：「它山堰，在縣西南五十里，唐邑宰王元暐主持之所建也。界石爲堤，江、河分流，截然爲二，若神功然。」又曰：「先是四明山水注於江，與海潮接，鹹不可食，田無以溉。唐大和中，鄮令王公元暐始疊石爲堰兩山間，闊四十二丈，級三十有六，冶鐵灌之，渠與江截爲二。渠流入城市，繞鄉村，以漕以灌，其利甚溥。」按，此後，歷有維修，至今猶存。

判江河

王令當年放木鵝，身營三碶判江河〔一〕。只今啓閉誰相問，一任舟人偷閘過。

王公既築它山堰，猶慮水無所洩。因製三木鵝，隨水放之，即其止處，建三碶。外爲江，内爲河。江、河分隔，迄今享其利。

【校　注】

〔一〕「判江河」，羅本作「隔江河」。三碶，據徐兆昺《四明談助》卷三十八《行春碶》：「在縣南十五里，又名南石碶。唐王侯立烏金、積瀆、行春三碶。澇則決暴流，旱則納淡潮，誠兩利之制也。今則惟知洩流，而不知納潮。」今寧波市海曙區有「碶閘街」。

劉端公廟

端公遺廟俯江流，烟火千家祀事周。漢室雲臺久寂寞，獨留俎豆寄南州。

城北有劉端公廟，相傳祀漢將劉植，即「雲臺功臣」之一〔一〕。

【校　注】

〔一〕據徐兆昺《四明談助》卷五載，忠佑廟，俗稱「北郭廟」，在北斗河保豐碶側，東晉建武初立。劉植，字伯先，東漢中興名將，「雲臺二十八將」之一。光武中興，嘗渡浙水至鄮，傳劉植顯靈茲土，乃在其生前軍功之所立廟。此後直至元代，歷有封號，香火不斷，鄉人以其能「禦災捍患也」。

董孝子祠

東漢董孝子黯，因鄰人殺其母，欲報之，而其人亦有母。懷憤二十年，俟鄰人母葬畢，始爲報讎。至今有「董孝子祠」，東畔即其母墓也〔二〕。

南郭巍然孝子祠，千年古木更添姿〔一〕。東頭即是慈親冢，稍慰晨昏雨露思。

【校　注】

〔一〕徐兆昺《四明談助》卷十《純德廟》：「東漢孝子董君祠也。漢安帝延光三年敕封孝子立祠……其母塑像在南郭外草堂，康憲錢公億訪知，迎歸廟中，具事請于朝，敕封『純德徵君廟』。明洪武四年，封爲『董孝子之神』……今城中之祠即其故居……城南祠乃其墓耳。」

〔二〕據康熙《鄞縣志》卷九《敬仰考·董孝子廟》：「在縣治西南。孝子名黯，字叔達，鄮人……篤孝……東鄰有王寄者，甚富，王母以其縱酒無行，恒有憂色。董母謂曰：『吾雖貧，賴黯之孝，而恒有歡心。』王母以喻其子，冀有所感悟。而寄乃懷忿，毆死董母。黯號泣不言，所以返葬母於鄮。痛念母讎，不共戴天，又恐貽寄母憂，乃廬墓，俟寄母卒且葬，往斬寄首，祭於母墓。自囚以告有司，事聞漢和帝，詔宥其擅殺之罪。」按，該廟歷有修葺，現爲清代建築，位於寧波市南郊。

又傳黯終老於大隱，《四明談助·大隱溪》記載其母好飲大隱溪水，「黯以遠不能致，乃築室溪旁，得供朝夕，於是改名慈溪」。

吴刺史廟

刺史祠前古木稠，鳥啼蟬噪景逾幽。千年唐社今何在，不敵江鄉一郡侯。

唐吴謙爲明州刺史，有惠政，民立廟祀之，曰「吴刺史廟」〔一〕。

【校注】

〔一〕徐兆昺《四明談助》卷十一《唐賢牧》：「吴刺史謙，字德裕，大曆間刺史，有善政，郡民歃血而祀之。今西郊有澤民廟。」澤民廟又名吴刺史廟。同書卷四《吴刺史廟》條引《延祐志》：「宋王荆公宰鄞，詣祠奉祀。」詩云：「山色湖光一樣清，桑麻穀粟荷君情。至今民祀年年在，莫負當年歃血盟。」

葛翁廟

葛翁廟前水不渾，葛翁廟下虎皆馴。仙人不管人間事，何意栖栖戀一村。

西南鄉有葛洪廟，虎入其境，便不傷人〔一〕。

【校　注】

〔二〕「便不」，《續甬詩》作「從不」。葛洪，東晉著名道教學者、醫藥學家。據徐兆昺《四明談助》卷三十六《葛仙翁祠》：「葛仙翁名洪，字稚川，高密人，嘗隱於此。又嘗居靈峰煉丹，丹井猶存。又止於（甬東）翁山修煉，山遂以翁名。」

鄞江

鄞江西去接它山，百里長隄幾曲灣〔一〕。晴日放舟真樂事，遠峰無數點苔斑。

【校　注】

〔一〕張本等此詞後無題記。康熙《鄞縣志》卷六《形勝考二·江》：「鄞江，縣東北二里，一名甬江，源出四明山，踰它山而下。南接奉化江，環而爲蕙江，又折而爲芙蓉江；西接慈溪江，以曲繞於郡城之東北三江相會處，謂之三江口，同趨定海之大浹江，而東入於海。」因其横貫古鄞縣而得名鄞江。

光溪

光溪山水甲鄞州，花竹禽魚事事幽〔一〕。閱盡西南行樂處，無如此地日狂遊。

【校注】

〔一〕張本等此詞後無題記。徐兆昺《四明談助》卷三十八《光溪》：「桓溪諸水，經中潭至它山，爲光溪……自它山以下至洞橋沙港口，俱稱光溪。」據明清寧波地方志載，溪水至它山堰後，分南、北兩派：北一派爲南塘河，亦名甬水。南塘河上遊即稱光溪，光溪洞橋在焉。南一派水稱鄞江，奉化江支流，又名蘭江、小溪江，百梁橋在焉。

鄞州

往代光溪曾設州，至今民物此中稠〔一〕。商人解弄三絃子，婦女能梳五鳳頭〔二〕。

唐初設鄞州，其地在今光溪。

【校注】

〔一〕光溪，今寧波市鄞江鎮，因光溪穿村而過，故名。據康熙《鄞縣志》卷六《形勝考》等，秦漢時期，在寧波地區置鄞、鄮、句章三縣。東晉築句章新城於小溪鎮（今鄞江鎮）。隋初三縣合一，總稱句章縣。唐時改爲鄞州及鄮縣，與所置明州俱治。

〔二〕三絃子，即三弦子，簡稱「三弦」或「弦子」，毛奇齡《西河詞話》曰：「三絃起於秦，本三代鼗鼓之製而改形易響，謂之『絃鞉』……唐時坐部多習之，故世遂以爲胡樂，實非也。」漢族傳統彈撥樂器，其他少數民族也有類似樂器。五鳳頭，古代漢族婦女的髮型與頭飾，又稱「朝陽五鳳掛珠釵」。

冷水庵

常喜它山冷水庵，一泓冰雪地中涵〔一〕。坐來六月渾忘夏，不信人間暑氣炎。

【校　注】

〔一〕張本等此詞後無題記。徐兆昺《四明談助》卷三十五《西石山冷水庵》：「有冷水潭，深廣不及尋，汲之不竭。潭上覆屋，以憩行人，暑月至此，汗頓釋。飲之沁齒徹骨，冷不可耐。旁有小庵。」按，庵在今鄞江鎮光溪村寶峰山腳，故又名寶峰寺，始建於明初。

鄞城第一峰

鄞西多山，其最高處名「鄞城第一峰」。

望去西山千萬重，諸山箇箇欲稱雄。不知品目誰高下，還讓鄞城第一峰〔一〕。

【校　注】

〔一〕「鄞城」，羅本作「寧城」。徐兆昺《四明談助》卷三《資福教寺》引《詩話》：「西山最高處，名寧城第一峰。」

西村

西村資福古招提，巖岫爲樓嶺作梯〔一〕。門外水波千澗落，簷前山影萬峰齊〔二〕。

【校　注】

〔一〕張本等此詞後無題記。資福，徐兆昺《四明談助》卷三《資福教寺》：「唐光啟二年，僧志回結茅武陵溪上斷劍峰之麓，初名『廣學』，改名『隱學』。宋咸平三年，改『資福』。」招提，民間私造的寺院。「梯」，羅本作「棟」。

〔二〕「山影」，羅本作「翠影」。

西嶴遺墳

曾經西嶴弔遺墳，大楔高碑盡貴人〔一〕。後代不知幾甲第，空留石馬對斜曛。

【校　注】

〔一〕張本等此詞後無題記。徐兆昺《四明談助》卷三《西山西嶴潘嶴》：「四明支山，山足有西嶴嶺，其北有潘嶴嶺。西山有邑中巨室墳塋。邑人指城西面之山統曰『西山』，故延亘頗廣，如此二嶺皆附西山也。」據康熙《鄞縣志》卷二十四《雜考·冢墓》，名門望族之墓多在此地。楔，柱也，此指墓門兩邊之石柱。

白鶴岡

白鶴岡頭望望春，一般培塿水邊蹲〔一〕。平原何忽生高阜，好與西山作子孫〔二〕。

白鶴、望春二山，各在田中突起〔三〕。

【校　注】

〔一〕培塿，土丘。

〔二〕「高阜」，羅本作「高下」。

〔三〕白鶴即白鶴山，望春即望春山。徐兆昺《四明談助》卷三十四《白鶴山》：「向在廣德湖中，與望春山對峙，爲邑之西小朵。」全祖望《句餘土音》卷中《罌湖紀遊詩·靈波蜃市》：「望春與白鶴，雙峰增詭麗。俄而風雲消，依舊清莫蔽……」今寧波市地名有「白鶴巷」和「望春鄉」。

望春橋

望春橋上望春波，草緑蘋香鳧鴨多〔一〕。最是城西好風景，夕陽起處聽田歌〔二〕。

【校　注】

〔一〕張本等此詞後無題記。望春橋，在寧波東街東端，浙東古橋之一。始建於北宋元符年間。南宋建炎年間，宋、金「高橋之戰」毀及望春橋。紹興初年重建。此後屢加修繕，現爲清代所修。今寧波海曙區有「望春橋街」「望春路」。

〔二〕「起」，羅本作「處」。

謝女王廟

嘗笑城西謝女王，絶無佳勝足徜徉〔一〕。不知何故城中女，猶自來遊鬬豔妝。

城西有「謝女王廟」，三月三日，士女競出遊。

【校　注】

〔一〕「嘗笑」，羅本作「常笑」。徐兆昺《四明談助》卷三十五《大禹王廟》：「縣西南大禹王廟，舊塑女像，稱『謝女王』。每年三月三日，香市甚盛。」

柳亭庵

背郭茅庵字柳亭，一叢竹木喜青青。若言啞女當年事，不信人間怪物生〔一〕。

南郭有柳亭庵，祀維衛佛〔二〕。相傳宋時有啞女，能知未來事。一旦，無病而逝。後有人見之，云即「維衛佛」。庵即其埋骨處也。

【校　注】

〔一〕「啞女」，原作「啞語」，誤。羅本、《續甬詩》並作「啞女」，審是，從校改。

〔二〕據徐兆昺《四明談助》卷三十《柳亭庵》等載，柳亭庵，在甬水門外里許，初建於唐天復年間，僧鴻紹所創，號稱「城南古刹」，祀維衛佛。傳宋熙寧中，有啞女，莫詳其氏族，能知未來事，無病而逝，中大夫周鍔先瘞之於柳亭，後復見於洛陽邸舍，人告之啞女乃維衛佛化身。柳亭庵，其埋骨處也。

出祖關

勝日尋幽出祖關，風情鳥意此中閒〔一〕。雖無花榭供芳蝶，幸有松坡當小山。

【校　注】

〔一〕張本等此詞後無題記。全祖望《鮚埼亭集》外編卷二十一《先檢討府君丙舍記》：「出城西南二里，有崇法寺焉，據高岡爲勝……蓋山峙而水流，水之所之，山脈潛附以行。是岡爲二道山脈所注以鎮水者，是以平壤之中，突然墳起……雖不甚峻，而氣象盤延磅礴，爲城外之偉觀。」崇法寺岡亦稱「祖關山」，傳佛教天台宗十七祖法智大師在此坐關而逝，遂名「祖關」。北宋建有崇法寺。

採蓮歌

城畔清池足芰荷，遊人多唱採蓮歌〔一〕。扁舟日落猶廻首，會有香風天外過。

【校　注】

〔一〕張本等此詞後無題記。採蓮歌，指當地民歌小調。

迎燈社　鬭畫船

鄞俗繁華異昔年，田家何事尚依然。西郊九月迎燈社，南郭中秋鬭畫船〔一〕。

【校　注】

〔一〕張本等此詞後無題記。迎燈社，指迎接社火之習俗。雍正《寧波府志》卷六《風俗·歲時》：「九月中，在城各坊隅祠廟，皆迎社火，燈燭輝煌，鼓吹喧闐。懸燈於大竹竿之上，謂之『高照』。或用龍燈角逐，凡五六日。」鬭畫船，亦稱「鬧畫船」，即中秋賽龍舟。同上書卷：「八月，各鄉皆以龍舟競渡，報賽神廟，與各處端午競渡不同。」張延章《鄞城十二個月竹枝詞》云：「八月中秋月餅圓，節筵都作一天延。城東更比城西盛，鼓吹通宵鬧畫船。」

農家辛苦

歎息農家辛苦多，四時不放一時過。已栽大麥連喬麥，更插晚禾接早禾〔一〕。

【校　注】

〔一〕張本等此詞後無題記。早禾，即早稻。晚禾，指晚稻。劉長卿《登吴古城歌》：「白楊蕭蕭悲故柯，黄雀啾啾争晚禾。」劉禹錫《秋日送客至潛水驛》：「雀噪晚禾地，蝶飛秋草畦。」王之道《和因上人三首》：「遥憐壺棗初成實，似説占禾半吐花。」

鄞俗無華

鄞俗由來不尚華，布衣糲飯足生涯〔一〕。田家有子皆知學，仕族何人不績麻〔二〕？

【校　注】

〔一〕張本等此詞後無題記。糲飯，即糙米飯。《南史·梁武帝本紀》：「晚乃溺信佛、道，日止一食，膳無鮮腴，惟豆羹、糲飯而已。」

〔二〕績麻，紡麻織布。范成大《夏日田園雜興》之七：「晝出耘田夜績麻，村莊兒女各當家。童孫未解供耕織，也傍桑陰學種瓜。」

天井山茶

天井山茶味自長，它泉烹酌淡而香〔一〕。並論太白誰優劣，一任閒人肆抑揚。

鄞泉以它山爲上，不減錫山二泉〔二〕。太白山在東鄉，亦産茶〔三〕。

【校　注】

〔一〕天井山見前注。其地自古産茶，據陸羽《茶經》載，四明山多産佳茗，如「瀑布泉嶺仙茗」「榆莢村茶」等，並録有《神異記》中丹丘子在四明山上賜茶之事。它泉，康熙《鄞縣志》卷七《利濟考·它泉》：「縣西南六十里，它山堰下。吾鄉四陲皆山，泉水在在有之。獨所謂它泉者其源出自四明山……水色蔚藍，素沙白石，粼粼見底，清寒甘滑，甲於郡中。」

〔二〕錫山，徐兆昺《四明談助》卷三十五《錫山》：「縣西南五十里，山嘗産錫，故名。葱蒨插天，泉源甘潔。」

〔三〕太白山，同上書卷《樟村太白山》：「樟村土地平曠，於原隰中突起一山，詢之土人，稱爲太白山。」

小溪橘柚

小溪橘柚舊知名，未入園林氣已馨。象坎水梨建嶴栗，一般佳味此爲兄〔一〕。

小溪即光溪，産橘。象坎、建嶴並地名。

【校　注】

〔一〕「水梨」，羅本作「梨頭」。象坎，徐兆昺《四明談助》卷三十九《象坎山》引李杲堂《竹枝詞》：「象坎諸村梨，以椶皮裹枝上，至臘盡方摘，真快果也。」建嶴，即建嶴山，同上書卷三十五《建嶴山》：「矗立一十五峰，狀如列戟，有花塔巖，龍湫在其下，山麓有寶巖寺。當時錫山、建嶴通爲一山。其地産橘，故户有橘柚之園。」全祖望《句餘土音》卷上《小江湖土物·仲夏李》亦注稱

「建嶴多柑」。故萬詞「栗」或爲「橘」或「柑」字之誤，待考。

仲夏桃李

最愛枝頭果實甘，未經照眼口先饞。不如仲夏移家去，卧向林邊手自探〔一〕。

仲夏，地名，産桃李〔二〕。

【校　注】

〔一〕「不如」，原作「不知」，誤。羅本作「不如」，審是，從校改。

〔二〕仲夏，指仲夏堰。徐兆昺《四明談助》卷三十六：「仲夏堰。唐大和元年，刺史于季友於四明山下開鑿河渠，引山水流入諸港，置堰蓄之，溉田數千頃。後因别置它山堰，疏而爲河，此廢不用。」全祖望《句餘土音》卷上《小江湖土物·仲夏李》：「中州萬柯條，來生仲夏堰。霸柑遥相望，交枝互娟便。」

林村蠶事

獨喜林村蠶事修，一村婦女幾家休〔一〕？織成廣幅生絲絹，不數湖州濮院紬〔二〕。

明時，蠶利大興。今惟林村不廢。

【校　注】

〔一〕徐兆昺《四明談助》卷三《林村蠶事》：「明州在唐宋時，土貢吴綾、交梭綾。近惟林村不廢蠶事，以生絲織成，謂之『生絹』，甚佳。」

〔二〕「湖州」，羅本作「杭州」。濮院紬，雍正《浙江通志》卷一百二《物産》：「濮院紬，《桐鄉縣志》：『花紡紬出濮院，名色甚多，偏行天下。』」

南村藥材

種穀無如種藥材，南村沙土儘堪栽〔一〕。近來東郭郊關閉，土産惟憑此地來〔二〕。

西南諸山堪種藥，土人多享其利。

【校　注】

〔一〕南村，位於今寧波東吴鎮南面。

〔二〕「郊關」，原作「蛟關」，羅本作「較關」，并誤。《續甬詩》作「郊關」，從校改。郊關，指古代城邑四郊之拱衛關門。《孟子·梁惠王》下：「臣聞郊關之内，有囿方四十里。」趙岐注：「郊關，齊四境之郊皆有關。」

郭西村

兵馬城中比屋屯，儂家近住郭西村〔一〕。濯纓尚有清流水，注酒還餘老瓦盆〔二〕。

【校注】

〔一〕張本等此詞後無題記。《續甬詩》於此詩末曰：「此亦不甚合竹枝音調，而足以資掌故之考證，故存其半。」比屋，屋舍相鄰，此指軍隊駐紮眾多之意。郭西村，當指西皋，康熙初，萬氏城中居所被清軍所占，全家遷往西皋（白雲莊）。參見本書卷一《西皋移居》題解。

〔二〕老瓦盆，農家盛酒器。杜甫《少年行》之一：「莫笑田家老瓦盆，自從盛酒長兒孫。」

卷三 論説 考辨一

陳平論

士之立功名垂後世者，有應變之才，不可無不拔之志。苟幸一時之安，而不圖久遠之計，安知天下之事一去而不可復收也？乃天下之人見其後之成功，而不原其始之失，以爲其始之所爲，固逆知後之足以成功而爲之也，則亦已過矣。

昔者陳平輔漢，違高帝之約以王諸吕，後諸吕用事，平憂懼，得絳侯之助而劉氏以安。天下皆美平之功，不知吕氏之禍，平自有以召之也。何則？方吕后欲王諸吕，諮之大臣，后固未敢自決也。平誠能與王陵力諫，則后意可回；即不然，以去就力争，后亦未必不聽〔一〕。不知出此曲狥女主之心，而忘宗社之大計，此豈人臣之所爲乎？且高帝之約，平亦聞之矣。平能必吕氏百歲之後己必能興復之耶？平能必己之死必在吕氏之後耶？平能必己之身嘗爲宰相而吕后無所變計耶？幸而天命未絶於漢，使平得收其功。設不幸平或先死，或后早奪其政，平即已矣，若劉氏之社稷何？

唐高宗欲立武后，褚遂良等力諫，帝意少息。繼問李勣，勣曰：「此陛下家事，何必令外人知？」帝意遂決〔二〕。天下皆尤勣之失言，不知勣之對無異於平，特呂氏之禍未若武氏之甚耳。至於阿意順旨，則罪同也，豈可以後之克復而寬其始之罪歟？或曰平許呂后時，未知其患之至此也。使平而知之，亦不許之矣。嗟乎！當高宗問李勣時，勣寧知其如此而應之耶？勣但阿一時之意，豈知後日之（下佚）……

【題　解】

此篇自《石園殘稿》（簡稱《石殘》）録出。據萬斯同行年，康熙五年至六年（一六六六—一六六七），斯同曾與好友黄百家、陳赤衷等相約在故鄉海會寺讀書，借陳氏「雲在樓」所藏二十一史，「毅然磨勵史學」，乃至「雙目爲腫」。此篇並其後《司馬懿論》《釋氏論》，或當爲其時研讀史書之筆記。本文斯同對司馬遷以後多以陳平一生「功成名就」之舊説提出質疑。論稱陳平身爲漢初元老重臣，明知漢高祖有「非劉氏不王」之遺訓，然當呂后專權，欲王諸呂時，陳平並未像王陵一樣堅決反對，却聽之任之。後來雖在别人幫助下平息了諸呂篡亂，但不能就此隱瞞他當初「曲狗女主之心，而忘宗社之大計」之罪過，並論稱李勣放縱唐高宗立武后與此同罪。

【校　注】

〔一〕《漢書·王陵傳》：「高后欲立諸呂爲王，問陵。陵曰：『高皇帝刑白馬而盟曰：非劉氏而王者，天下共擊之。今王呂氏，非約也。』太后不説。問丞相平及絳侯周勃等，皆曰：『高帝定天下，王子弟；今太后稱制，欲王昆弟諸呂，無所不可。』太后喜。罷朝，陵讓平、勃曰：『始與高帝喋血而盟，諸君不在邪？今高帝崩，太后女主，欲王呂氏，諸君縱欲阿意背約，何面目見高帝於地下乎！』平曰：『於面折廷爭，臣不如君；全社稷，定劉氏後，君亦不如臣。』陵無以應之。」按，《史記·陳丞相世家》：「呂太后立諸呂爲王，陳平僞聽之。及呂太后崩，平與太尉勃合謀，卒誅諸呂，立孝文皇帝，陳平本謀也。」《漢書·王陵傳》亦有記載，則反映陳平當時並非真心阿順呂后。

〔二〕按，此事兩《唐書》所記略同。《新唐書·李勣傳》曰：「帝欲立武昭儀爲皇后，畏大臣異議，未決。李義府、許敬宗又請廢王皇后。帝召勣與長孫無忌、于志寧、褚遂良計之，勣稱疾不至。帝曰：『皇后無子，罪莫大於絶嗣，將廢之。』遂良等持不可，志寧顧望不對。帝後密訪勣，曰：『將立昭儀，而顧命之臣皆以爲不可，今止矣！』答曰：『此陛下家事，無須問外人。』帝意遂定，而王后廢。詔勣、志寧奉册立武氏。」

司馬懿論

夫天下之所少者豈才哉？有才而輕用，輕用而不能成功，皆不可以言才。故非才之難有，才不用而忍之之難也。

昔者孔明伐魏，司馬懿與之相持於渭南，終不出戰，人皆笑懿以爲怯，不知懿之不戰正其所以勝於戰也。何者？圖天下之事者，不有所棄，則不能有所成；不有所忍，則不能有所就。故人將與我敵，而我堅壁以拒之，使之欲進而不能進，欲退而不能退，則彼之氣反將有以自折。故雖退大敵而兵不頓，此高祖所以摧項籍，而趙奢所以破秦軍也〔一〕。方孔明之相拒於五丈原也，分兵屯田，爲久留之計，彼之意不在小矣〔二〕。使懿整軍以戰，勝負尚未可知。苟不能勝，幾何不爲王雙、張郃也〔三〕？故夫用兵之術，彼勞而我逸，則利用襲；彼怠而我奮，則利用攻。今也攻之不能，襲之不可，則計惟出於守。我有以守而使敵不能動，則雖有良將勁兵，亦何益哉？故曰善用兵者無赫赫之功，此之謂也。

且夫懿之才本不敵孔明，其行軍用師，決策制勝亦非孔明之匹，所以能全軍不敗者，惟守之功。不然，匹夫受辱猶不能堪，況乎身爲大將而受巾幗婦人之服，安然無羞恥之心哉〔四〕？或曰懿之守亦畏蜀耳，非果能與蜀抗也。曰不然。懿之堅守而不戰，其心固若有畏者，然寧受人之恥辱而不出，則固知蜀之僑軍遠征，利在速戰，故寧持重以觀其變也。不然，孟達之反懿，能趨利於八日之内，公孫淵之反〔五〕（下佚）……

【題　解】

此篇據《石園殘稿》録出。萬斯同以司馬懿和諸葛亮在陝西渭南、五丈原兩次攻守之戰爲例，論及歷史人物評價問題。稱諸葛亮率蜀軍勞師遠征，欲速戰速勝；司馬懿則忍辱負重，以守爲攻，大敗蜀軍。强調「有才而輕用，輕用而不能成功，皆不可以言才。故非才之難有，才不用而忍之之難也」。

【校注】

〔一〕按，高祖摧項籍，指楚、漢之争，漢高祖逐漸以弱勝强，最後於垓下一戰大破項羽。趙奢破秦，指戰國時趙國名將趙奢以逸待勞，大破秦軍。

〔二〕五丈原，今屬陝西寶鷄市岐山縣。

〔三〕據《三國志·蜀書·諸葛亮傳》等，王雙，三國時曹魏將領。蜀後主建興六年（二二八）冬，亮復出散關，圍陳倉，曹真拒之，亮糧盡而還。王雙率騎追亮，亮與戰，破之，斬雙。據《三國志·魏書·張郃傳》，張郃，字儁乂，三國時期魏國名將。諸葛亮復出祁山，郃率諸軍至略陽，亮還保祁山，郃追至木門，與亮軍交戰，飛矢中郃右膝而死。

〔四〕據《晉書·宣帝紀》：「時朝廷以亮僑軍遠寇，利在急戰，每命帝持重，以候其變。亮數挑戰，帝不出，因遺帝巾幗婦人之飾。帝怒，表請決戰，天子不許。」據此，所謂「以守爲攻」並非全出於司馬懿之意也。

〔五〕據《三國志·魏書·明帝紀》等，孟達，本爲劉璋屬下，後降劉備。關羽圍樊城、襄陽時，因不發兵救羽而觸怒備，遂投曹魏。守新城，諸葛亮誘其歸蜀。司馬懿得知後，先致書安撫之，暗中遣軍進討，八日内急行軍一千二百里，破新城，擒而誅之。

據《三國志·魏書·二公孫傳》等，公孫淵，字文懿。太和二年（二二八），魏明帝拜爲揚烈將軍、遼東太守。後南通孫權，權遣使立其爲燕王。淵懼魏，斬吴使，明帝復拜其爲大司馬，封樂浪公。景初元年（二三七），叛魏，自立爲燕王，建號「紹漢」。景初二年，明帝遣司馬懿率軍討之。淵大敗，爲魏軍所斬。

釋氏論

佛之爲患數千百年矣。自東漢迄明，其徒益衆，其流益廣，至於今而其盛極矣！上自君相，下逮閭閻，莫不事佛，其甚者則曰佛不可慢，慢之必有刑禍。於是見佛即畏，聞佛之説，雖甚猛悍之人不敢輒犯。而所謂學士大夫者，過先聖之門則不知敬，見緇衣髡髮之徒往往屈膝。嗚呼，何其不思之甚也！使天下誠有佛耶，則自入中國以來事佛而成佛者幾人也？使其言誠有益耶，則六經而外，其可師而可法者至多也，奚以舍此而從蠻夷之教也？今不知師二帝、三王、周公、孔子、孟子之道，而從事於空虚寂滅之學，率至終年窮究而竟無所得，亦已惑矣。夫二帝、三王、周公、孔子、孟子之道，著於簡册，載於詩書，其理易明，其言易從，歷千百世無有過之者也。

今之説乃曰，釋氏之教與仲尼同功，自有仲尼即有釋氏，不可偏廢。嗚呼！其以佛爲聖人耶？其以佛之道即古聖人治世之道耶？今釋氏經具在，試問其所言者何理，所行者何事耶？其果二帝、三王、周公、孔子、孟子之道耶？其毋乃空虚寂滅托於爲善以惑世誣民也。夫人之大倫莫先君父，佛以匹夫而傲君王，則不忠；以人子而屈父母，則不孝。不忠不孝，罪莫大焉，猶曰佛與聖人同功。嗚呼，何其不思之甚也！且使佛之教而果行，則天下必無人類矣。何也？人之所以生生不息者，以有婚姻之道也。故《易》曰：「有夫婦然後有父子，有父子然後有君臣，有君臣然後有上下，有上下然後禮義有所錯」〔一〕。今佛之教欲使男女不婚嫁，而盡去其生育長養之節，則不待一再傳，而天下之人類已絶矣，又何以立人道之極，而成禮義之俗哉？嗚呼，是又不可之甚也！

古之最先奉佛者莫如劉英，其得禍之最速者亦莫如劉英也〔二〕。古之至誠事佛者莫如蕭衍，其得禍之至烈者亦莫如蕭衍也〔三〕。世之人不此之監，甚至絶祖宗之祀，捨身事佛，而見一富貴者則曰此事佛致然。嗚呼！誠使事佛有益，則劉英何至殺身耶？蕭衍何以餓死，而國破家亡不少貸耶？然則佛不足事亦章章矣。

今之世其尤惑者以爲人之已死，事佛致禱則能蓋生前之愆，轉禍爲福，而不然者且有重患。嗚呼！使佛誠能禍福，則天下豪富之徒生則肆情滅理，無所不爲，没乃捐其餘資以事佛，可得福利。是天下富者常得福，貧者常得禍，善人可不爲，惡人可倖免矣。佛如有知，亦不應顛倒如此。既已無知，又安能禍福天下人哉？且夫生殺予奪，其報應之必然者載於經傳，不可泯也。如「天道福善禍淫」，《書》言之矣；「積善有餘慶，積不善有餘殃」，《易》言之矣〔四〕。是古之聖人未嘗置報應之理而不言也，而特不出於西方髡髮之徒。今之惑者不知禍福之來由於人之善不善，而曰吾一事佛則可辭禍而得福。嗚呼，其亦惑而已矣，其亦不思而已矣！

然則果如何而後可也？韓子曰：「明先王之道以道之，鰥寡孤獨廢疾者有養也，其亦庶乎其可也〔五〕。」歐陽子曰：「禮義者，勝之本也。使天下皆知禮義，則勝之矣〔六〕。」嗚呼！處今之世而言拒佛，人不以爲狂，則以爲癡矣。然天下之人髡首跣足而相率以爲是者，豈盡愚而樂從也哉？其亦饑寒之患，迫不得已而從焉者多也。誠使上之人擇天下之智者，使守先王之法；教天下之愚者，使安力役之業而崇仁義、興禮樂以教道之，吾見二帝、三王、周公之治可復見於今，孔子、孟子之道可復行於世，雖有佛遍天下，而教無所從，言無所信，亦將從此而熄矣，又奚必「人其人，火其書，而廬其居」哉〔七〕？不此之爲，而欲民之不從佛，其亦不得之數也。故夫二帝、三王、周公、孔子、孟子之道行，而佛可無憂也。

【題　解】

此篇據《石園藏稿》（簡稱《石藏》）録出。萬斯同以儒學倫理反對佛教。論稱「佛之爲患數千年」，「信衆日增」，主要得力於兩大理論：其一認爲「釋氏之教與仲尼同功」。斯同駁稱，孔孟之道以君父、家庭爲「人之大倫」，而佛教以匹夫傲君父，不忠不孝。特別「欲使男女不婚嫁」，這樣下去，「不得一再傳，而天下之人類已絶矣」。其二認爲以金錢「事佛致禱」可以免除罪過。斯同駁稱，果真如此，「是天下富者常得福，貧者常得禍，善人可不爲，惡人可倖免矣」。但關於如何禁佛，斯同則反對韓愈「人其人，火其書，而廬其居」之論，主張大力弘揚儒學倫理，以文化對抗文化。

【校注】

〔一〕説見《周易·序卦》。

〔二〕「劉英」原作「劉瑛」，誤，據《後漢書·光武十王列傳》校改。劉英，光武帝劉秀少子，建武年間封爲楚王。英「少時好遊俠，交通賓客，晚節更喜黄老，學爲浮屠齋戒祭祀」。永平十三年（七〇），燕廣告英與漁陽王平、顔忠等「造作圖書，有逆謀」，乃廢英，徙丹陽涇縣。次年，英至丹陽，自殺身亡。

〔三〕蕭衍，即梁武帝。功成業就，年事增高，始怠於政事，又沉溺佛教。太清二年（五四八），「侯景之亂」爆發，蕭衍被囚，死於建康臺城。

〔四〕《尚書·湯誥》：「天道福善禍淫，降災於夏，以彰厥罪。」《周易·坤·文言》：「積善之家，必有餘慶；積不善之家，必有餘殃。臣弑其君，子弑其父，非一朝一夕之故，其所由來者漸矣。」

〔五〕〔八〕按，韓子，指韓愈。説見韓愈《昌黎文集》卷十一《雜文·原道》。他認爲中國之儒道非同老子與佛教，主張嚴禁，「然則如之何其可也？曰：不塞不流，不止不行。人其人，火其書，廬其居。明先王之道以道之，鰥寡孤獨癈疾者有養也。其亦庶乎其可也」。

〔六〕歐陽子，指歐陽修。歐陽修《歐陽文粹》卷一《本論上》：「然則禮義者，勝佛之本也。今一介之士知禮義者，尚能不爲之屈，使天下皆知禮義，則勝之矣。此自然之勢也。」

禘説一

鄭氏《魯禘祫志》：「魯莊公三十二年八月薨，閔二年五月吉禘於莊公〔一〕。時慶父爲亂，免喪速。二年四月夏即祫。既祫，又即以五月禘於其廟。比月大祭，故譏其速也。閔公之服凡二十一月，於禮少四月，又不禫，譏其無恩也〔二〕。閔公以二年八月薨，僖二年除喪，始祫太廟。明年禘於群廟。自此以後，五年再殷祭，六年祫，故八年禘。僖公以三十三年十二月薨，至文二年七月，間有閏，積二十一月，明月即祫。經云：『八月丁卯，大事於太廟。躋僖公。』文公之服亦少四月，以其逆祀，故特譏之〔三〕。文公十八年二月薨，宣二年除喪而祫，三年禘於群廟，自此以後，亦五年再殷祭，與僖同。六年祫，故八年禘。昭十一年五月，夫人齊歸薨。十三年平邱之會，歸不及祫。冬如晉，十四年春，歸乃祫。故十五年春始禘。經云：『二月癸酉，禘於武宫。』十八年祫，二十年禘，二十三年祫，二十五年始禘於襄公也〔四〕。」

先儒之論禘者多矣，一人而持數説者，惟鄭康成爲然。其釋《祭法》：「禘，黄帝禘嚳，則謂祀昊天於圜丘〔五〕。」其釋《大傳》：「始祖所自出則謂祀，感生帝靈威仰〔六〕。」其釋《詩序》：「《長發》大諦及《禮儀・喪服》，始祖所自出，則皆謂祭天〔七〕。」其釋《王制》：「春礿夏禘，則謂夏殷之祭名〔八〕。」其釋《祭義》：「春禘秋嘗，則謂夏、商禮，周以禘爲殷祭〔九〕。」其釋《郊特牲》：「饗禘有樂，食嘗無樂，則謂禘當爲禴〔一〇〕。」其釋《大司樂》：「天神、地祇、人鬼，則謂三者皆禘，大祭〔一一〕。」其釋《詩序》：「《雝》，禘太祖則謂禘，大祭。大於四時，小於祫〔一二〕。」一事而屢變其説，將安所適從哉？究其堅持之論，則謂魯禮三年喪畢而祫於太祖，明年春禘於群廟。自爾之後，五年而再殷祭，一祫一禘。

夫禘，本祭太祖所自出，而以爲喪畢之祭，一可異也；魯本僭天子制，即禘亦當於太廟，而以爲群廟通行之禮，二可異也；五年再殷祭，雖本之《公羊》，然彼爲大祫言，而鄭爲一祫一禘，三可異也；歷考經傳，絶無「新君二年祫三年禘」之文，鄭皆憑臆立論，四可異也；鄭既爲此無稽之言，又著《魯禘祫志》，益爲可異。彼見僖八年禘於太廟，宣八年有事於太廟，遂妄意二公三年必有禘，而指爲五年一禘之證。既妄意三年有禘，遂謂二年必有祫。既妄意二年有祫，遂謂六年必再祫。既妄意六年有祫，遂謂八年必再禘，以求合乎「五年再祭，一祫一禘」之文。凡此謬論，一無根據，而彼持之不疑，後人反本之以制禮，不亦可異之甚哉！

或曰文二年大事於太廟，《公羊》以爲大祫，故鄭據爲喪畢祫祀之證。齊歸以昭十一年薨，十三年喪終，以有故未祫，故知爲十四年祫。而《左傳》昭十五年，適言禘於武公，故知十四年祫，十五年禘，非無據也。曰「文二年大祫」，經傳有之。是喪畢祫祭，固禮之常，未嘗言三年必禘也，何所據而謂祫後一年必有禘祭乎？昭十五年之禘，安知其致齊歸？若果致齊歸，則當禘於太廟，否則當禘於襄公齊歸，襄公妾，昭公母。傳明言禘武公，則非致齊歸可知也，安得妄相牽合，爲祫後行禘之證哉？凡鄭氏解經，固多鑿空妄説，要未有如禘之甚者。其妄解他經不過釋經之誤，於朝端大政無與也。若其所論禘，則後王據以爲典要，自漢迄宋竟未有覺其謬者，可勝歎哉！故欲明禘之説，必先知鄭氏之謬，而後禘義可得而言也。

【題　解】

禘、祫是源自先秦的祭禮。一般論者認爲，禘祭是帝王宗廟祭祀之禮，意在追祭其始祖之所出；祫祭則是帝王及諸侯等在太廟，集其遠、近祖先合祭之禮。但自古經傳注疏對此兩祭之功能、時序和名稱等就一直存在諸多分歧。萬斯同先節引鄭玄《魯禘祫志》五條有關禘、祫之釋文，又據鄭玄對禘、祫的不同解釋，初步對其「三年一祫，五年一禘」之説，提出駁議，並進一步指出，《春秋》記魯國僭用天子禘祭樂舞，故孔子特譏之。但鄭氏等却不以爲是，反據此誤釋經典，以爲所行禘、祫爲周禮，從而導致後代王朝「據此以爲典要」，漢迄宋竟鮮有覺其謬者。

據斯同行年，《禘説》諸篇或撰於康熙十八年（一六七九）他離開故鄉進京修史之前，從事經史研究時期。亦著録於其所著《群書疑辨》卷六。其中，《禘説一》與《群書疑辨》之文字、段落順序略有不同。《禘説八》的最後一段，《群書疑辨》則單獨題爲《書禘説後》一文。

【校注】

〔一〕「五月」原作「正月」，誤。據鄭玄《魯禘祫志》、《群書疑辨》校改。

〔二〕禫，守喪期滿，除服之祭。《説文》段注曰：「禫之言澹，澹然平安意也。」

〔三〕逆祀，違反上下位次的祭祀。《左傳·文公二年》：「秋八月丁卯，大事於大廟，躋僖公，逆祀也。」杜注曰：「僖是閔兄，不得爲父子。嘗爲臣，位應在下，令居閔上，故曰逆祀。」

〔四〕按，以上閔公二年禘莊公事至昭公二十五年禘襄公事，散見於鄭玄《魯禘祫志》。該《志》原文不傳，見引於杜佑《通典》、皮錫瑞《魯禮禘祫義疏證》、孫詒讓《周禮正義》等。此外，馬國翰《玉函山房輯佚書·經編·通禮類》所輯該《志》亦較爲完整。其所載春秋時禘、祫史事共六條，斯同此引五條，皆以綜述簡言之，然校讀其文意，大體不誤。

〔五〕《禮記·祭法》：「祭法，有虞氏禘黄帝而郊嚳，祖顓頊而宗堯。夏后氏亦禘黄帝而郊鯀，祖顓頊而宗禹。」鄭注曰：「禘，郊祖宗，謂祭祀以配食也。此禘，謂祭昊天於圜丘也。」

〔六〕《禮記·大傳》："禮，不王不禘。王者禘其祖之所自出，以其祖配之。"鄭注曰："凡大祭曰禘。自，由也，大祭其先祖所由生，謂郊祀天也。王者之先祖皆感大微五帝之精以生，蒼則靈威仰。"按，古有"帝王感生"神話，稱五行之帝，居太微中，東方木帝曰"靈威仰"，周、魯爲蒼帝之子孫。鄭玄據此認爲，禘祭當祭降生周、魯始祖之天帝"靈威仰"，而不僅是人祖。此乃鄭氏"祭天之説"的思想基礎。

〔七〕《詩經·商頌·長發》鄭箋："長發，大禘也。大禘，郊祭天也。《禮記》曰：『王者禘其祖之所自出，以其祖配之。』是謂也。"

〔八〕《禮記·王制》："天子、諸侯宗廟之祭，春曰礿，夏曰禘，秋曰嘗，冬曰烝。"鄭注："此蓋夏殷之祭名，周則改之，春曰祠，夏曰礿，以禘爲殷祭。《詩·小雅》曰『禴祠烝嘗，於公先王』，此周四時祭宗廟之名。"

〔九〕《禮記·祭義》："春禘秋嘗。"鄭注曰："春禘者，夏殷禮也。周以禘爲殷祭，更名春祭曰祠。"按，殷祭，盛大的祭祖典禮。

〔一〇〕《禮記·郊特牲》："饗禘有樂，而食嘗無樂。"鄭注曰："言義同，而或用樂或不用樂也。此禘當爲禴字之誤也。《王制》曰：『春禴夏禘。』"

〔一一〕《周禮·大司樂》："九德之歌，九磬之舞，於宗廟之中奏之。若樂九變，則人鬼可得而禮矣。"鄭注曰："此三者皆禘，大祭也。天神則主北辰，地祇則主崑崙，人鬼則主后稷。"

〔三〕《詩經·周頌·雝》鄭箋：「雝，禘大祖也。大於四時而小於祫。大祖，謂文王。」按，四時，指一年四季之常祭，又稱「四時享」。

禘說二

或曰三年喪終，禘於太廟，致新死者之主。許叔重亦有是言，不始於鄭氏也〔一〕。此必漢時爲《春秋》學者咸主是說，故鄭氏因之，而魏晉以後制禮者亦因之。不然，自漢迄宋千餘年，名儒輩出，何無一人敢易其說乎？曰此誤解《春秋》之故也。魯之行禘，止在周公廟，而孔子猶歎之，則他廟固不可行也〔二〕。然此端一開，後嗣子孫遂以爲己所宜用，而其威儀之盛，樂舞之繁，鼎俎之陳，籩豆之設，實遠過於他祭。魯君以爲非是不足薦我先人，盡我孝思也，故遇新主入廟，即以行於太廟者行之。其意特假此以隆其先人，初非以是爲正禮也。但一人創之，後人尤而效之，亦遂以爲故事。於是向行於太廟者，後偏行於群廟矣。向行之爲殷祭者，後行之爲喪畢之祭矣。且更廣而推之，即非喪畢致主而亦用之矣如昭十五年禘武公，定八年禘僖公之類〔三〕。益推而廣之，即非奉先祀廟而亦用之矣荀偃言，魯有禘樂，賓祭用之，是禘樂並用於燕饗〔四〕。其尤甚者，並三桓之家亦以是爲美觀而僭用之矣昭二十五年，禘襄公，萬者二人。其萬於季氏，是大夫家亦用禘〔五〕。此實魯行禘之由，夫豈先王之定制，諸侯之達禮哉〔六〕？

曰禘爲喪畢之祭，則鄭氏《禘祫志》惡得深非之？曰閔二年禘於莊公，文二年大事於太廟，皆致新死者之主，則大事即禘，其禮行於二年，而非三年也，安得有二年祫，三年禘，六年再祫，八年再禘之文哉？凡《志》所言皆其意爲測度，而非真有事實也〔七〕。且《祭法》言四代之禘，明舉黄帝、帝嚳，《國語》載展禽之言亦然，則《大傳》《小記》爲始祖所自出者，即此二帝無疑〔八〕。奈何舍明白可據之經傳，反援魯邦亂常之事，爲周世不刊之典哉？

曰魯群廟所行之禘，既非《大傳》《小記》所言之禘，聖人何爲以禘名之？曰是禮也，魯相傳已久，聖人不得不因之。若夫所書二禘，一爲閔公喪未終而急行吉事，一爲哀姜没九年而始爲致主，故書以示譏，意不在禘之是非也。至於魯禘非禮，周公其衰之歎，已明著於《禮運》，鄭氏豈不知之〔九〕？而反據此爲典要，不亦無識之甚哉！

曰魯秉周禮，他邦宗之，其所行必先王舊典，安得不據之？曰果先王之舊典，則行禘必有一定之時月。今考之經傳，或在五月閔二年，或在八月僖八年，或在二月定八年。初無一定之時，必非先王舊典可知也。即如鄭説二年喪畢而祫，明年春禘，則禘當常在春月，胡爲錯行於四時哉？鄭於行禘之月尚未詳考，而堅執三年春禘之説，多見其闇於識而疏於經術矣。

【題　解】

引據東漢許慎之論，稱鄭玄之前，漢儒許慎等即有所謂「三年喪終禘新死君王」之説。進一步指出，乃因許、鄭等漢儒，誤解孔子本《春秋》所刺魯國國君至公室、大夫不該僭用天子之祭禮。鄭玄反據此以爲乃周禮，並勉强推導出「二年祫，三年禘，六年再祫，八年再禘」之制，故不免出現諸多制度、時序上種種自相矛盾之説。

【校　注】

〔一〕許叔重，即許慎，字叔重，東漢著名文字學家、經學家，博學經籍，時人譽稱「五經無雙許叔重」。著有《五經異義》《説文解字》。杜佑《通典》卷四十九《禮九・祫禘上》引許慎曰：「舊説曰終，謂孝子三年喪終，則禘於太廟，以致新死者也。」又，《説文解字・示部》：「禘，祭也，從示，帝聲。《周禮》曰：『五歲一禘。』祫，大合祭先祖親疏遠近也，從示，合。《周禮》曰：『三歲一祫。』」

〔二〕《禮記・禮運》：「孔子曰：於呼，哀哉！我觀周道，幽、厲傷之。吾舍魯何適矣！魯之郊、禘非禮也。周公其衰矣！」

〔三〕《左傳・昭公十五年》：「春，將禘於武公，戒百官。」據杜注，武公名敖。按，「定八年」原作「定五年」，誤，據同上書《定公八年》校改。其文曰「辛卯，禘於僖公」，杜注：「辛卯十月二日，不於太廟者順祀之義，當退僖公，懼於僖神，故於僖廟行順祀。」孔疏：「（昭公）二十五年禘於襄公，義亦然也。」

〔四〕《左傳·襄公十年》：「宋公享晉侯於楚丘，請以《桑林》，荀罃辭。荀偃、士匄曰：『諸侯宋、魯，於是觀禮。魯有禘樂，賓祭用之。宋以《桑林》享君，不亦可乎？』」按，《桑林》，殷天子之樂曲名。荀偃，姬姓，中行氏，名偃，字伯游，又稱「中行偃」，因中行氏出自荀氏，故多稱「荀偃」，春秋中期晉國卿大夫。士匄，又名「范匄」「范宣子」，亦爲晉臣。

〔五〕《左傳·昭公二十五年》：「將禘於襄公，萬者二人，其衆萬於季氏。」杜注：「禘，祭也；萬，舞也。於禮公當三十六人。」孔疏：「季氏私祭家廟，與禘同日……樂人少，季氏先使自足，故於公，萬者唯有二人。」

〔六〕「禘」原作「諦」，誤。據《群書疑辨》及文意校改，行禘禮也。

〔七〕按，此《志》，指鄭玄《魯禘祫志》。

〔八〕《國語·魯語》上：「展禽曰：『……聖王之制祀也，法施於民則祀之，以死勤事則祀之，以勞定國則祀之，能禦大災則祀之，能捍大患則祀之……故有虞氏禘黄帝而祖顓頊，郊堯而宗舜；夏后氏禘黄帝而祖顓頊，郊鯀而宗禹；商人禘舜而祖契，郊冥而宗湯；周人禘嚳而郊稷，祖文王而宗武王。』」按，展禽，亦稱「柳下惠」，魯國賢臣。

〔九〕見本文注〔二〕。

禘說三

鄭氏既著《魯禘祫志》，又著《周禘祫志》，謂「先公之遷主，祭於后稷廟；先王之遷主，穆則祭於文王廟，昭則祭於武王廟。廟各一日而不及未遷之主」〔一〕。夫不知禘爲祭太祖所自出，而以爲祭后稷以下，其謬已甚，而又分爲三廟，間以三日，此何禮哉？夫禘之爲義，本以審諦昭穆，故既追太祖所自出，又並已遷、未遷之主而合享一廟中，以見聯屬昭穆之意。此《爾雅》所以謂之「大祭」，而孔子亦有禘嘗之義，所以仁昭穆之説也〔二〕。若上不及太祖之先人，下不及未遷之群主，安得爲祭之大，而安得爲仁昭穆哉？

鄭既以禘止享遷廟之主，遂妄爲之説，曰祫備五齊三酒，禘止四齊三酒；祫用六代之樂，禘止四代〔三〕。夫宗廟之祭無有大於禘者，故諸多與郊並言。《國語》曰「郊禘之事則有全烝」「郊禘不過繭栗」「天子郊禘之事必自射其牲」「天子親舂郊禘之盛」〔四〕。古人之言禘如此，鄭必欲反之，以合己「祫大禘小」之説，庸可信哉？即就其《魯禘志》與《周禘志》並觀之，而其説益窮〔五〕。鄭明言魯王禮也，周禮推此可知，則當悉與魯禘合，而何其説之不然也？魯則爲喪畢祫後之祭，周則但爲合享毁廟之祭，其不合者一；魯則言禘於群廟，周則但禘於文、武、后稷廟，其不合者二；魯則援禘於莊公、禘於襄公爲證，皆未毁之廟，周則但祀先公、先王之遷主，皆已毀之廟，其不合者三。胸無定識，而强欲立説以垂後。後之人又惑於其説，而悉本之以定禮，皆不可解也。王子雍最號達禮，其釋經盡與鄭氏反，獨於禘但言「禘大祫小」，亦爲喪畢之祭，何不取《大傳》《小記》之文一詳繹之哉〔六〕？

【題　解】

論稱魯國既爲周之嫡後，則其祭禮當與之前後相沿，所謂「鄭明言魯王禮也，周禮推此可知，則當悉與魯禘合」。然鄭玄所言魯國之禘、祫二禮，却有三點與周禮迥異。王肅注「禘」「祫」亦與鄭同，却與《禮記·大傳》《喪服小記》迥異。

【校　注】

〔一〕按，鄭玄並無《周禘祫志》。萬斯同所引此段文字實出《禮記·王制》鄭注「嘗祫烝祫」句下，孔穎達疏曰：「鄭康成祫、禘及四時祭所以異者，此祫謂祭於始祖之廟，毀廟之主及未毀廟之主，皆在始祖廟中……禘則太王、王季以上遷主，祭於后稷之廟，其坐位乃與祫相似。其文、武以下遷主，若穆之遷主，祭於文王之廟……若昭之遷主，祭於武王之廟。」孔氏此處並未稱禘、祫爲《志》，則是明顯論及西周之禘、祫祭禮。

〔二〕《爾雅·釋天》：「禘，大祭也。」

〔三〕按，五齊，祭祀所用的五種醬菜。《周禮·天官·醢人》孔疏：「掌共五齊七菹。」

〔四〕按，「郊禘之事則有全烝」見《國語》卷二《周語中》。「郊禘不過繭栗」「天子郊禘之事必自射其牲」「天子親舂郊禘之盛」見《國語》卷十八《楚語下》。

〔五〕張本及《群書疑辨》皆作「《魯禘志》與《周禘志》」，並誤。或當爲「魯禘與周禘」，參見本文注〔一〕。

〔六〕按，王子雍，即王肅，字子雍，曹魏著名經學家。綜合今、古文經學，遍注群經，又撰《孔子家語》等。其經學在魏晉時稱「王學」。王肅之説見《禘説四》注〔三〕。

禘説四

禘之爲義，不獨鄭氏持數説，即諸儒亦未有歸一之論。謂毁廟之主合食於太祖，禘小於祫者，韓嬰也〔一〕。謂禘、祫一祭二名，禮無差降者，劉歆、賈逵也〔二〕。謂祫及壇墠，禘及郊宗石室，所及有遠近者，馬融、袁準也〔三〕。謂祫祭不及功臣，禘則功臣皆祭者，何休也〔四〕。謂三年喪終，禘於太廟，致新死之主者，許慎、杜預也〔五〕。謂祫有十二獻，禘止八獻者，賈公彦也〔六〕。衆説雖多，究未有言始祖所自出者。不知是説也，不獨《大傳》言之，《喪服小記》亦言之〔七〕。不獨《小記》言之，《儀禮·喪服傳》亦言之〔八〕。經傳如此，而後人猶不從其説，何哉？意以三書所言皆爲祭天也。

夫《祭法》舉四代之祭，禘郊並言。郊既祭天矣，禘安得復祭天？鄭以南郊圜丘分爲二祭也。其注《祭法》曰：「祭昊天於圜丘曰禘，祭上帝於南郊曰郊〔九〕。」夫上帝即昊天之神，南郊即圜丘之地，安得而二之？既分天、帝爲二，又妄解《大傳》「不王不禘」，謂祀感生帝於南郊。若是，則圜丘之祭既謂之禘，南郊之祭復謂之禘，並已「南郊曰郊」之説亦不復顧矣。

更可異者，其釋《大司樂》「天神、地祇、人鬼」，謂皆禘祭，因創爲「三禘」之説，是祭地亦謂之禘矣〔一〇〕。其妄誕不經，一至於此，而後人猶尊信之，何哉？西漢韋玄成等引《大傳》文，謂祭天以其祖配，則以禘爲祭天，固不始於鄭氏〔一一〕。要未有歧昊天於上帝，又混上帝於南郊，支離穿鑿如鄭氏之甚者。諸儒不明「追遠報本」之義，謂「祖所自出，必在於天」，故其釋禘也皆不引《大傳》《小記》之文，又見諸書言禘皆祭宗廟，因别立異義，或以爲「祫大禘小」，或以爲「禘大祫小」，或以爲「止祭毁廟」，或以爲「並祭親廟」。紛紛之説，總由誤解《大傳》《小記》爲祭天也。其指爲喪畢之祭者，則固因《春秋》所書皆致新死者於廟，遂妄生臆度，牽合於「五年再殷祭」之文。不知先聖所書乃衰世變禮，特書以示譏，可反據爲正禮哉〔一二〕？

【題　解】

論列漢、晉經學家韓嬰、賈公彦等對禘、祫的不同解釋，稱其「究未有言始祖所自出者」，皆因不明或忽略了《禮記・大傳》《喪服小記》《儀禮・喪服傳》所記禘、祫主要爲祭祖之禮。强調「郊」爲祭天之禮，「禘」爲祭祖之禮。而韋玄成、鄭玄等後儒對此混淆不清，誤解以上三種文獻所記禘爲祭天之禮，故難免曲解「郊」「禘」「祫」三禮之不同功能。

【校　注】

〔一〕韓嬰，西漢著名經學家，漢文、景朝博士，治《詩》《易》《春秋》等。杜佑《通典》卷四十九《禮九・祫禘上》：「《韓詩内傳》云：『禘，取毁廟之主，皆升合食於太祖。』則禘小於祫也。祫則群廟之主悉升於太祖廟，禘者各於其廟而行祭禮，二祭俱及毁主。」

〔二〕劉歆，字子駿，西漢末著名經學家、文獻學家，漢成帝時官黄門郎，少年時通習今文《詩》《書》，主治《易》《穀梁春秋》等。與其父劉向領校内府藏書。又著有《七略》，爲《漢書・藝文志》所據。賈逵，字景伯，東漢著名經學家、天文學家，漢明帝時任侍中，著作等身，史稱「通儒」。著有《春秋左氏傳解詁》《國語解詁》等，均已佚。馬國翰《玉函山房輯佚書》、黄奭《漢學堂叢書》有輯本可考。

〔三〕馬融，字季長，東漢著名經學家，曾任校書郎、郡功曹、南郡太守等職，長於古文經學，著書甚多，皆已散佚，《玉函山房叢書》《漢學堂叢書》有輯録可考。按，杜佑《通典》卷四十九《禮九・祫禘上》曰：「禘、祫二禮俱是大祭，先賢所釋，義各有殊。馬融、王肅皆云禘大祫小；鄭玄注二禮，以祫大禘小；賈逵、劉歆則云一祭二名，禮無差降。數家之説，非無典據，至於弘通經訓，鄭意爲長。」

袁準，字孝尼，魏晉著名經學家，晉武帝時官給事中。以儒學知名，著有《儀禮喪服經注》《袁子正論》等。杜佑《通典》卷四十九《禮九・祫禘上》引袁準《正論》曰：「先儒或爲同，或爲異，然『祫及壇墠，禘及郊宗石室』，此所及近遠之殺也。」又曰：「『祫及壇墠，禘及郊宗石室』，此所及遠近之殺也。」按，壇墠，祭場，《禮記・祭法》孔疏：「七廟之外，又立壇、墠各一。」石室，宗廟內藏神主之石函，又稱「宗祏」。則石室近而壇墠遠，故有減殺之差別。

〔四〕何休，字邵公，東漢著名經學家，曾詔拜郎中、諫議大夫等。遭黨錮之禍，遂閉門不出，精研六經，著有《春秋公羊傳解詁》《春秋漢議》等。此説見何休解詁、徐彥疏《春秋公羊注疏》。

〔五〕許説見本卷《禘説二》注〔一〕。杜預，字元凱，西晉著名政治家、經學家，歷任曹魏尚書郎、西晉河南尹、司隸校尉等。著有《春秋左氏經傳集解》《春秋釋例》等。鄭樵《通志》卷四十三《禮・祫禘》引杜預云：「卒哭而除，三年喪畢而禘。」

〔六〕賈公彥，唐代著名經學家。官至太常博士，精通《三禮》，著有《周禮義疏》《儀禮義疏》。清皮錫瑞《魯禮禘祫義疏證》：「賈公彥曰：『祫十有二獻，禘九獻。』此蓋注疏家溺於祫大禘小之説然也。」

〔七〕《大傳》《喪服小記》皆爲《禮記》之篇章。《大傳》曰：「禮，不王不禘。王者禘其祖之所自出，以其祖配之。」《喪服小記》曰：「王者禘其祖之所自出，以其祖配之，而立四廟。庶子王亦如之。」

〔八〕按，據《儀禮·喪服》原文曰：「都邑之士則知尊禰矣，大夫及學士則知尊祖矣，諸侯及其大祖，天子及其始祖之所自出。」唐賈公彦等疏曰：「都邑之士則知尊禰，近政化也。大祖，始封之君。始祖者，感神靈威而生，若稷、契也。自，由也。及始祖之所由出，謂祭天也。」

〔九〕〔一〇〕鄭注曰見本卷《禘説一》注文。

〔一一〕韋玄成，據《漢書·韋賢傳》附玄成傳，爲鄒魯大儒韋賢之少子，字少翁。漢元帝時官太子太傅、御史大夫、丞相。元帝時各王國内宗廟林立，祭祀混亂靡費，元光四年（前一三一）依丞相玄成等議，先「罷郡國廟」，又下詔徵求立廟之制，玄成等四十四人上奏曰：「祭天以其祖配，而不爲立廟，親盡也。立親廟四，親親也。親盡而迭毁，親疏之殺，示有終也。」建議只立漢高祖爲太祖廟，其下逐漸減殺。

〔一二〕指孔子批評魯禮亂制，説見本卷《禘説二》注〔三〕。

禘説五

自三年一祫、五年一禘之説創於緯書，東漢初，張純舉以告世祖，遂據之以定禮，合已毁、未毁之主而祭於高廟〔一〕。蓋自東周之亡二百餘年，而禘禮復舉，誠盛事也。顧其爲制，以高帝爲始祖，而不追始祖所自出，實與大祫無以異，所異者特禘以四月，祫以十月耳〔二〕。夫禘以報本追遠，故不特上祀始祖，而並及始祖所自出。如虞夏之禘黄帝，殷周之禘帝嚳，即其人也。自西漢韋玄成輩誤以所自出爲祀天，又舉《公羊》「五年再殷祭」之文，以爲一祫一禘，以故張純因之，而東漢之禘，上及高帝而止。自時厥後，禘之名雖存，禘之實久亡矣。

其後鄭康成出，堅持祭天之説牢不可破，别解《春秋》之書禘者，以爲三年喪畢之祭，而魏晉之世遵用之，迄於趙宋，歷千餘年，十有三代，而終莫能破其説魏、晋、宋、齊、梁、陳、後魏、北齊、後周、隋、唐、周、宋凡十三代〔三〕。所紛争而莫決者，不過歲月之疏數耳。乃主鄭氏之説者，謂前三後二，禘四十二月而祫，祫一十八月而禘。主徐邈之説者，謂前二後三，禘三十月而祫，祫三十月而禘〔四〕。紛紛藉藉，各持一説，以求合乎「五年再殷祭」之文，而昧追遠報本之義，此與兒童之見何殊？

蓋自鄭氏解經，凡《大傳》《小記》《祭法》《中庸》《儀禮》《詩序》《國語》《論語》所言禘者，盡指爲祀天；其《王制》《祭義》《祭統》所言者，則指爲夏、商時祭〔五〕。獨《春秋》所書二禘不可解爲祀天，乃别爲三年喪畢之説，以疑誤後人。而其書盡頒於學宫，學者童而習之，皓首而莫悟其非〔六〕。乃至廟堂制禮，亦遵之而不敢變，豈不深可歎息哉！鄭氏既以禮之言禘爲祭天，至《明堂位》明言季夏六月以禘禮祀周公於太廟，下備陳天子之盛儀，而《祭統》亦言賜魯重祭，外祭則「郊社」，内祭則「大嘗禘」。鄭知此不可言祭天，乃不敢措一語，而止以禘爲大祭〔七〕。嗚呼！先王報本追遠之大典爲傳注所汩没，而不得申明於後世，如鄭氏者，豈非先王之罪人哉？

【題　解】

論稱鄭玄「三年一祫、五年一禘」本出緯書，東漢初，經張純繼承西漢韋玄成之説，上書朝廷，定爲祭禮，然其「禘」僅及漢高祖，不求「報本追遠」之義。且韋玄成、張純、鄭玄等又堅持「禘」爲祭天和三年喪畢之祭，此後魏晉迄於趙宋，皆因襲此説，所異不過歲月不同而已。斥稱鄭説成爲後代廟堂制禮的重要依據，是爲「先王之罪人」。

【校　注】

〔一〕馬國翰《玉函山房輯佚書·經編緯書類》引魏宋均注《禮緯稽命徵》：「天子五廟，二昭二穆，以始祖而五。」又，「三年一祫，五年一禘，以衣服想見形容，齋三日。思親志意，思親所喜，然後入廟」。又，「殷之五年亦名禘」。按，斯同認爲，此乃韋玄成、張純、鄭玄等主禘、祫二祭之源頭和依據所在。

〔二〕《後漢書·張純傳》：「張純，字伯仁，京兆杜陵人……（建武）五年，拜太中大夫……在朝歷世，明習故事。建武初，舊章多闕，每有疑議，輒以訪純……二十六年，詔純曰：『禘、祫之祭不行已久矣……宜據經典，詳爲其制。』純奏曰：『禮，三年一祫，五年一禘。《春秋傳》曰：『大祫者何？合祭也。』毁廟及未毁廟之主皆登，合食乎太祖，五年而再殷。漢舊制三年一祫，毁廟主合食高廟，存廟主未嘗合祭。元始五年，諸王公列侯廟會，始爲禘祭……禘祭以夏四月，夏者陽氣在上，陰氣在下，故正尊卑之義也；祫祭以冬十月，冬者五穀成孰，物備禮成，故合聚飲食也……』帝從之，自是禘、祫遂定。」按，《後漢書·祭祀志》亦記有此事。

〔三〕按，「十有三代」，張本及《群書疑辨》皆作「十有四代」，并誤。自魏迄宋共十三代，據實校改。下同。

〔四〕按，説見《舊唐書·禮儀志》，稱鄭玄所主「先三而後二」，即，如第一年四月禘祭，至第四年十月祫祭，再至第六年四月禘祭，至第九年祫祭。徐邈所主「先二而後三」，即如第一年四月禘祭，至第三年十月祫祭，再至第六年四月禘祭，至第八年十月祫祭。鄭玄生平事迹見前注。徐邈，據《晉書》本傳等，東晉著名經學家，晉孝武帝時，官中書舍人、散騎常侍、祠部郎中等。著有《五經音訓》。又爲范寧《春秋穀梁傳集解》作注。東晉郊祭之制，多依其議。

〔五〕鄭氏等祭天之説見本卷《禘説一》《禘説四》注文。《禮記·中庸》：「郊社之禮，所以事上帝也；宗廟之禮，所以祀乎其先也。」《國語·楚語下》：「諸侯祀天地、三辰及其土之山川。」吴韋昭注：「三辰，日、月、星。祀天地，謂二王後。」《論語·八佾》：「子曰：『禘自既灌而往者，吾不欲觀之矣。』」何晏曰：「灌者，酌鬱鬯灌於太祖，以降神也。」

〔六〕按，「學宫」，原作「學官」，或誤。據《群書疑辨》校改。

〔七〕按，《禮記·明堂位》鄭注曰：「季夏，建巳之月也。禘，大祭也。」《祭統》之下，鄭注不言禘爲祭天之語，萬説審是。

禘説六

禘之義莫明於《大傳》，其言曰：「禮，不王不禘，王者禘其祖之所自出，以其祖配之〔一〕。」蓋帝王立太祖以下七廟，其常制也，猶以爲未足盡追遠之意，故上追始祖所自出，而時盛其禮以祭之。是禮也，虞、夏、商、周之所同，百王之所宜取法焉者也。乃漢、魏以來，惑於諸儒之傳注，雖行其禮而殊失其意。獨唐趙匡知之，其釋《春秋》，謂王者既立始祖之廟，又推始祖所自出之，帝祀之於始祖之廟，以始祖配之，而不兼群廟之主〔二〕。其卓然之傑識，獨不泥於傳注，而有以得先王制禮之深心，豈不賢哉！

顧其言禘所自出，是也；言不兼群廟之主，則非也。《大傳》既言王者禘其祖之所自出，以其祖配之，下即繼之曰「諸侯及其太祖，大夫、士有大事，省於其君，干祫及其高祖」〔三〕。由是觀之，大夫、士分卑，祖考而外，止得及其高祖；諸侯分尊，高、曾、祖考而外，更得及其太祖；天子分尤尊，太祖與三昭、三穆而外，並得及太祖所自出。曰「及則親廟在其中」，豈有諸侯、大夫、士得合祭其祖宗，而天子反不合群廟者哉？況大夫、士曰「干祫」，祫者，合祭之謂也，則諸侯亦合祭可知。諸侯合祭，則天子亦合祭可知。特天子名爲「禘」，諸侯以下不得名爲「禘」耳。觀《商頌·長發》，大禘之詩也，而其中歷敘玄王、相土、成湯、武丁，非群廟合祭之證乎〔四〕？《公羊傳》曰：「大事若何？大祫也。毀廟之主，陳於太祖；未毀廟之主，皆升合食於太祖。」其所謂大祫，即大禘也。猶閔二年禘莊公之意，故杜預亦以大事爲禘。然則謂禘「不兼群廟之主」，庸可乎？

昔程子嘗言之矣，謂天子曰禘，諸侯曰祫，其禮皆合祭也，禘者，禘其所自出之，帝爲東向之尊，其餘皆合食於前，是最得禮之意者〔五〕。故陳用之、胡明仲亦主此説，而尤善於黄楚望之言，謂周禘帝嚳，帝嚳無廟，不可闕其享，故五年一禘，后稷率有廟、無廟之主，而其享於嚳，所以使子孫皆得見其祖，又以世次久遠，見始祖功德爲尤盛也〔六〕。至哉言乎！其先王制禘之精意乎？漢人釋「禘」爲「諦」，爲審諦昭穆，儻不兼群廟，安得有昭穆？且孔子何以言禘嘗之義所以仁昭穆哉？漢魏迄宋，其禘祭悉兼群廟，固合先王之制，特不追所自出，失制禮之本意耳。然後世宗廟皆無始祖，又安有自出之祖？雖不禘亦可善乎？宋神宗之言曰「禘者，本以審諦祖之所自出。秦漢以來，譜牒不明，莫知其所本，則禘禮固可廢也」，遂詔罷禘祀〔七〕。神宗此舉，豈不超出漢、唐諸帝之上乎？此又後世帝王不可不知者也。

【題　解】

論稱自古以來，天子以七廟（始祖配三昭、三穆）祭祖追遠。但漢魏以後，因受鄭玄等傳注之影響，「殊失其意」。唐儒趙匡起而駁論，然其言「推祭始祖」，但又稱「祭不兼群廟」。萬斯同引據有關經史所記駁之，論稱天子、諸侯均「兼祭群廟」。唯天子之合祭可互稱「禘」、「祫」，諸侯以下不可稱「禘」，只可稱「祫」。正因爲天子之合祭禘、祫可爲一禮，故至宋神宗時改訂郊廟之禮，取消禘祭，只留祫祭。

【校　注】

〔一〕按，《大傳》，指《禮記·大傳》，引文不誤。

〔二〕按，趙匡，字伯循，唐代經學家。曾官洋州刺史。師從啖助，治《春秋》而名世。與啖助合著《春秋集傳》《春秋統例》。自撰《春秋闡微纂類義疏》，已佚。其説存於陸淳《春秋集傳纂例》之中，馬國翰《玉函山房輯佚書》亦輯存一卷。馬端臨《文獻通考》卷一百《宗廟考十·祫禘》引趙匡著《春秋纂例》曰：「《大傳》：『王者禘其祖之所自出，而以其祖配之。』蓋帝王立始祖之廟，猶謂未盡追遠之義，故又推始祖所出之帝而追祀之。以其祖配之者，謂於始祖廟祭之而便以始祖配，不兼群廟之主，謂其尊遠不敢褻也。」

〔三〕干祫及其高祖，鄭玄注：「干，猶空也。空祫，謂無廟祫，祭之於壇、墠。」

〔四〕按，《詩經·商頌·長發》，詠宋君祭祀成湯及先公先王之樂歌，宋爲商後。玄王，即契；相土，契之孫；成湯，即商湯，契之十四代孫，主癸之子，商之開國君主。原詩句曰：「武王載旆。」此武王或即武丁，殷人每稱武丁爲武王，商朝第二十三王。

〔五〕按，程子，指程頤。朱熹編《二程遺書》卷十五：「天子曰禘，諸侯曰祫，其理皆是合祭之義。『禘』從『帝』，禘其祖之所自出之帝。以所出之帝爲東向之尊，其餘合食於其前，是爲『禘』也。諸侯無所出之帝，只是於太祖廟以群廟之主合食，是爲『祫』。」

〔六〕按，陳用之，即陳祥道，字用之，北宋著名經學家，元祐中爲太常博士，秘書省正字。所著「《禮書》一百五十卷，與（陳）晹《樂書》並行於世」。黄以周《禮書通故》卷十七《祭禮》引陳祥道曰：「考之經傳，蓋天子之祭，春則犆祭，夏秋冬則合享。犆祭各於其廟，合享同於太廟……天子言犆祫，諸侯言礿犆，天子言祫禘、祫嘗、祫烝，諸侯言嘗祫、烝祫。此特變文而已，非有異也。」

胡明仲，即胡寅，字明仲，北宋著名經學家，學者稱「致堂先生」，曾官禮部侍郎兼侍講等。著有《論語詳説》《讀史管見》等。黄以周《禮書通故》卷十七《祭禮》引胡寅曰：「禘、祫皆合食也。禘其所自出之帝，爲東向之尊，其餘合食於前，此之謂禘；諸侯無所自出之帝，則於太祖廟合群廟之主而食，此之謂祫。諸侯無禘而當祫，天子無祫而有禘。」

黄楚望，即黄澤，字楚望，元代著名經學家、教育家，元初，先後任江州路景星書院山長、龍興路東湖書院山長，從學者甚衆。精通古注疏，對名物制度考核精審。《元史》黄澤本傳曰：「其於禮學，則謂鄭氏深而未完，王肅明而實淺。作《禮經復古正言》。如王肅混郊丘廢五天帝，併昆侖、神州爲一，趙伯循言王者禘其始祖之所自出，以始祖配之，而不及群廟之主，胡宏家學不信《周禮》，以社爲祭地之類，皆引經以證其非。」

〔七〕宋神宗元豐四年（一〇八一），詳訂郊廟禮文，決定取消禘祭，只保留祫祭。《宋史·禮志十》記神宗因此而對輔臣曰：「禘者，本以審禘祖之所自出，故禮『不王不禘』。秦漢以後，譜牒不明，莫知其祖之所自出，則禘禮可廢也。」按，此「審禘」，或誤，識此待考。

禘説七

或曰禘既合祀群廟矣，《公羊傳》所言「大祫」何以亦謂之「禘」？曰禘、祫一也，以其審諦昭穆謂之「禘」，以其合祀群廟謂之「祫」，無二祭也。此其説亦即於《大傳》見之。其言「禘其祖之所自出，以其祖配之」，即繼之以「諸侯及其太祖，大夫、士有大事，省於其君，干祫及其高祖」〔一〕。繹其文義，總言合祭之事，特以分有崇卑，故名有異同。天子則審諦所自出，故謂之「禘」；諸侯則不得諦所自出，故不謂之「禘」。其禮總皆合祭，特在天子名爲「禘」，亦可名爲「祫」；在諸侯止名爲「祫」，不得名爲「禘」。上可兼下，下不可兼上也。

歷考諸書言禘者凡二十九，而言祫者不數見《祭法》《祭統》《祭義》《王制》《大傳》《小記》《雜記》

《明堂位》《學記》《郊特牲》《禮運》《仲尼燕居》《中庸》《詩序》《雝》《長發》《春秋》閔二年、僖八年，《左傳》僖三十三年、襄十年、十六年、昭十五年、二十五年、定八年，《爾雅》及《國語》五條，凡二十九，豈非禘之外别無所謂祫乎〔二〕？儻大禘之外更有一大祫之祭，加於時祭之上，必當數見於經傳〔三〕。今細考之，惟《曾子問》《王制》《大傳》及《公羊傳》曾言之耳，其餘未嘗言及也。然《曾子問》言祀迎四廟之主，則是時祭之祫，非大祫也〔四〕。《王制》明言「祫禘」「祫嘗」「祫烝」，其非大祫不待言〔五〕。《大傳》所言「干祫」，此諸侯以下合祭之名，猶之天子之禘，故諸侯時祭之外别有祫祭，以祀已毁、未毁之主，天子則時祭之外止有禘祭，上以追始祖之先人，下以及已祧之群主，止此一祭而已，非大禘之外更有大祫之祭也〔六〕。《公羊》所云大祫在文之二年，爲躋僖公，正如閔之二年禘於莊公也。此皆喪畢致新主之祭，即大禘無疑。《公羊》不言禘而言祫者，禘、祫一祭兩名，謂之「禘」可，謂之「祫」亦可，然其意爲下合群廟主發言，故不言「禘」而言「祫」也。

後人論禮不過取徵於經傳，於大禘之外未嘗更有大祫，何後人之紛紛妄議哉？總由不明《大傳》之意，而以禘所自出爲祭天，又不明天子之禘與諸侯、大夫、士之祫皆合祭祖宗之名，而析其義爲二，是以致此紛紛耳。馬端臨曰：「《大傳》所言，止説一祭，天子則謂之『禘』，所謂『不王不禘』，而祭則及其祖之所自出；諸侯則不可言『禘』，而所祭止太祖；大夫、士又不可言『祫』，必有功勞見知於君，許之祫，則祫可及高祖。蓋共是合祭祖宗，而以所及有遠近，故異其名」〔七〕。斯言得之矣。

【題解】

總論禘、祫本一祭而二名，其區別在於「禘」乃天子審諦昭穆，「祫」爲天子、諸侯以下之合祭。禘、祫爲天子祭祖之禮，故亦可稱「禘」爲「祫」。諸侯以下祭祖則不可稱「禘」，只可稱「祫」，以別尊卑等級、親疏遠近。自《禮記·祭法》至《國語》等經史著作，一如此記。然鄭玄等後儒因誤解《禮記·大傳》之文，以「禘」爲祭天之禮，又混淆天子、諸侯等祭祖内容與名稱的等級差别和親疏關係，故衍成禘、祫二祭的諸多歧義。文末引馬端臨之説，進一步證説其論斷。

【校注】

〔一〕按，以上節引自《禮記·大傳》。其中「省於其君，干祫及其高祖」，意爲諸侯以下至於大夫，其祭祖要比國君簡省，最多往上推祭到高祖即可。但是，與國君之祫祭一樣，皆屬「合祭祖宗」儀式。

〔二〕按，《祭法》至《仲尼燕居》十二篇，皆出自《禮記》，其中《小記》爲《喪服小記》。《雝》見《詩經·周頌》，《長發》見《詩經·商頌》。

〔三〕按，時祭，指春、夏、秋、冬四時之常祭，又稱「時享」。

〔四〕《禮記·曾子問》：「祫祭於祖，則祝迎四廟。」按，「四廟」指始祖以下之二昭、二穆。

〔五〕《禮記·王制》：「天子、諸侯宗廟之祭，春曰礿，夏曰禘，秋曰嘗，冬曰烝……天子犆礿，祫禘，祫嘗，祫烝。諸侯礿則不禘。」按，斯同認爲此意説明天子、諸侯宗廟四時常祭相同，故天子之禘亦可名「祫」。但諸侯以下則明言無「禘」。

〔六〕按，已祧之群主，高祖以上所謂「遠廟之祖曰祧」。

〔七〕按，説見馬端臨《文獻通考》卷一百《宗廟考十·祫禘》，引文不誤。

禘説八

禘祭之即祫祭也，予既徵之《大傳》矣。然其説先儒已言之，特後人惑於傳注，判爲兩祭耳。禘祫一祭兩名，禮無差降，非劉歆、賈逵之言乎〔一〕？歆，西漢人，逵亦在鄭氏前，則禘祫之非兩祭，漢儒固言之矣。孔穎達最尊信鄭氏者，其釋《王制》亦言「祫即禘也，取其序昭穆謂之禘，取其合集群祖謂之祫」，則禘祫非兩祭，唐人又言之矣〔二〕。伊川程氏言「天子曰禘，諸侯曰祫，其禮皆合祭」，則天子之禘猶之諸侯之祫，禘祫之非兩祭，宋人亦言之矣〔三〕。此猶後人之論也。

不徵之《春秋傳》乎？文二年大事於太廟，《公羊》以爲大祫，杜元凱以爲禘，豈非禘即祫，祫即禘之證乎〔四〕？所以稱「禘」爲「祫」者，蓋禘既追所自出，又合毀廟、未毀之主而祭之，有「大祫昭穆」之義，故可謂之「禘」，亦可謂之「祫」。然「禘」乃正名，「祫」但取「合食」之意，故諸書多言「禘」而不言「祫」，非禘祭之外更有祫祭也，明甚。再考之春秋僖八年「禘於太廟，用致夫人」，夫人者，莊公之配，哀姜也。既致哀姜，必祀莊公，則莊公固合食於太廟矣。文二年「大事於太廟，躋僖公」，曰躋，則僖公、閔公固合食於太廟矣。即此二條觀之，禘爲合祭可知。禘既合祭，則稱之爲「祫」，亦何不可？

自緯書有「三年一祫，五年一禘」之文，遂判然分爲兩祭〔五〕。漢世君臣篤信不疑，故韋玄成有一祫一禘之論，而張純直以緯書爲古禮，至馬融、鄭玄、王肅諸人，悉祖述之而不敢異〔六〕。雖有劉歆、賈逵之説，終不勝異論之多。是以漢魏以下，禘祫並行，彼以爲先王之正禮，不知實緯書之邪説也。嗚呼！古禮不明，傳注淆亂，釋經者非緯書不談，制禮者非緯書不信，是則三代而後，但有緯而無經也。夫禘本大祭也，而反以爲小；祫即禘祭也，而反以爲大。總不知禘、祫之爲一祭耳。如其知之，又何紛紛聚訟爲哉？

予既爲《禘説》，或詰之曰：子於禮專排漢儒，力主宋儒之説，豈漢儒之在先者反不足信乎？曰：《大傳》《小記》言「禘所自出」，漢儒悉解爲祀天，此可信乎？以禘所自出爲祀天，因並《祭法》《儀禮》《詩序》《國語》之言禘者，悉解爲祀天，此可信乎？諸書所言皆祀天矣，獨《春秋》所書不可解爲祀天，因別解爲喪畢祫後之祭，此可信乎？閲五六百年，至唐趙匡而始覺其誤，不可謂唐人之識不優於漢人也〔七〕。然趙氏謂不兼群廟，至宋程子而更正其非，不可謂宋人之識不優於唐人也。蓋使漢儒所言悉本經傳，後人安敢抵牾彼非？但誤解禮文亦且鑿空妄説，不有唐宋諸儒，安能使先王令典復明於後世哉？予於先儒特從其善者而已，何排抑漢儒之有〔八〕？

【題　解】

總論東漢至唐宋，劉歆、賈逵至趙匡、程頤等，皆明言禘、祫實乃同一祭禮，《春秋》所記文公二年（前六二五）之「大事」和僖公八年（前六五二）之「禘太廟」，皆指此祭。然因緯書分言禘、祫爲二祭，後經韋玄成、張純、鄭玄等漢儒之注疏論説，不但影響後代朝廷有關祭祀禮制，而且還引出若干學術紛爭。最後强調，學術之是非判斷，不在時間先後。鄭玄等漢儒雖先於唐宋學者，然其誤釋「禘」爲祭天之禮等，乃鑿空無稽之論，反不如唐宋趙匡、程頤等言之有理，駁之有據。

【校　注】

〔一〕劉歆、賈逵之論斷見本卷《禘説四》注文。

〔二〕《禮記·王制》孔疏曰：「左氏説及杜元凱皆以禘爲三年一大祭，在太祖之廟。傳無祫文。然則祫即禘也，取其序昭穆謂之禘，取其合祭群廟謂之祫。」

〔三〕伊川程氏之言見《禘説六》注文。

〔四〕《公羊傳·文公二年》：「『八月丁卯，大事於大廟，躋僖公』，大事者何？大祫也。大祫者何？合祭也。其合祭奈何？毁廟之主陳於大祖，未毁廟之主，皆升，合食於大祖，五年而再殷祭。」杜元凱即杜預。《左傳·文公二年》「八月丁卯，大事於大廟，躋僖公」杜注：「大事，禘也。」

〔五〕見本卷《禘説五》注文。

〔六〕據《漢書·韋賢傳》附韋玄成，元光四年（前一三一）玄成等四十四人上奏曰「禮，王者始受命，諸侯始封之君，皆爲太祖。以下五廟而迭毁，毁廟之主臧乎太祖，五年而再殷祭，言壹禘壹祫也」。張純之論見本卷《禘説五》注文。

〔七〕趙匡之説見本卷《禘説六》注文。

〔八〕此段《群書疑辨》别題爲「書禘説後」。

卷四　論説　考辨二

卦變考

【題　解】

撰寫時間不詳。考論卦、爻互變所致卦象或象數之變。先列示宋儒程頤至明儒劉宗周等人關於《訟》《泰》《否》《隨》《蠱》《噬嗑》《賁》《無妄》《大畜》《咸》《恒》《晉》《睽》《蹇》《升》《鼎》《漸》《解》《涣》所謂「先儒多言變」的十九卦與其他相關卦、爻互變之論點，又專引程頤、蘇軾、王宗傳、何楷與此相關的不同言論，最後提出自己的看法。大體本程頤、蘇軾、王宗傳、何楷之説，主「卦變」原於《乾》《坤》二卦之先成，非如朱熹及趙汝楳、羅倫等「後儒」所論《乾》《坤》之後，各别卦、爻位之互變所致。

訟䷅剛來而得中〔一〕

蜀才曰：「此本《遯》卦，二進居三，三降居二〔二〕。」虞翻曰：「《遯》之三二也〔三〕。」程子不言變〔四〕。朱子曰：「卦變自《遯》而來，剛來居二，而當下卦之中〔五〕。」王宗傳曰：

「《坎》之九二實自《乾》來〔六〕。」趙汝楳曰：「《訟》自《遯》來，六二往爲六三，九三來爲九二〔七〕。」吴澄曰：「卦自《遯》變，九二之剛自三來二〔八〕。」朱升曰：「《訟》自《遯》變，剛自三來二〔九〕。」來知德曰：「《需》《訟》相綜，《需》上卦之《坎》來居《訟》之下卦，得中〔一〇〕。」楊時喬曰：「《訟》以《需》變，九五來爲九二〔一一〕。」郝敬曰：「二剛自《需》來爲主，得中〔一二〕。」羅倫曰：「剛自《遯》變〔一三〕。」劉子曰：「剛來得中，謂上卦《乾》體，《坎》得其中畫也〔一四〕。」凡言「卦變」者仿此。

【校　注】

〔一〕「剛來而得中」，節引自《周易·彖傳》上《訟》卦。本段列示先儒論《訟》卦各爻與《遯》《坎》《需》各卦、爻之變。

〔二〕蜀才，生平事迹不詳。王儉《七志》等謂其爲三國時王弼後人。隋唐史志及唐陸德明《經典釋文》皆著録有「《周易》十卷，蜀才注」。《宋史·藝文志》之後不見著録，恐已亡佚。近人馬國翰據清人張澍輯本補正，著録於《玉函山房輯佚書》。此句二、三，表《遯》卦之爻位。按，凡爻位從下向上，依次稱初、二、三、四、五、上。進、降、往、來、居等動詞，則表各爻的變動情況。下同，不一一贅注。

〔三〕虞翻，字仲翔，三國時著名易學家、吴國官員。《隋書·經籍志》、兩唐書《經籍志》和《藝文志》、《經典釋文》著録虞氏多種《易》學著作，皆亡佚。現存虞氏著作主要見於清李鼎祚《周易集解》、清孫堂《漢魏二十一家易注》所輯虞翻《周易注》十卷附録一卷等。

〔四〕程子，指北宋著名理學家、教育家程頤，字正叔，程顥之胞弟，世稱「伊川先生」。著有《伊川易傳》四卷，又稱《周易程氏傳》《程氏易傳》。《四庫全書提要》稱此書「不信邵子之數。故邵子以數言《易》，而程子此《傳》則言理。一闡天道，一切人事」。論者認爲，程頤繼承王弼《易注》講理之傳統，棄其玄學觀點，以儒學思想解《易》，是爲宋代《易》學「義理學派」之重要代表。關於「卦變」論，則主卦變原於《乾》《坤》二卦之先成，《乾》《坤》重疊生六子、八卦、六十四卦。非由各别卦、爻位互變所致。按，此所謂「不言變」，即《訟》卦並非《遯》卦等别卦之爻位互變所致。以下凡「不言變」句皆屬此意，不一一贅注。

〔五〕朱子，指南宋著名理學家、教育家朱熹，字元晦，號考亭、紫陽。著有《周易本義》《易學啟蒙》（與蔡元定合著）《太極通書解》《太極圖説解》等。論者認爲，朱熹認爲《易》爲卜筮之書，故不可脱離筮法之象數而釋《易》之經文義理，希望兼言義理與象數。關於「卦變」則看法與程頤不同。他反對《乾》《坤》生六子成八卦，再重爲六十四卦之説。主「一每生二，有則俱有」，即有八卦則有六十四卦。故後儒依此乃有各别卦之爻位互變之論。

〔六〕王宗傳，字景孟，南宋著名理學家，淳熙八年（一一八一）進士。官韶州教授。撰《童溪易傳》三十卷。宗傳之學宗王弼，又多引程頤、張載之説，論者認爲屬「義理派」《易》學，蓋弼《易》尚玄虚以闡發義理，漢學至是而始變。宋儒掃除古法，實從此萌芽。

〔七〕趙汝楳，南宋著名易學家。據康熙《鄞縣志》本傳等，宗室趙善湘之子，南宋理宗寶慶元年（一二二五）進士，歷官鎮江中大夫、集英殿學士等。著有《周易輯聞》六卷，附《易雅》一卷、《筮宗》一卷。論者認爲，其解《易》主於「卦變論」，於每卦中多以卦、爻互變立論。按，此句六、九，分表爻的性質。凡六爲陰爻，稱柔；凡九爲陽爻，稱剛。六、九之後的數字則表爻位數。此六三，指第三位是陰爻；九二，指第二位是陽爻。以下凡屬此類稱述，不再贅注。

〔八〕吴澄，字幼清，元代著名經學家、教育家。據《元史》本傳等，宋末鄉貢。宋亡，一度隱居家鄉，潛心著述，學者稱「草廬先生」。至大元年（一三〇八），起官國子監丞，後任翰林學士、經筵講官等。著有《易纂言》十卷等。

〔九〕朱升，字允升，學者稱楓林先生，休寧人，明初名宦、學者。據《明史》本傳及《藝文志》等，元末舉人，明代開國謀臣。官至翰林學士。通星象、占卜之術，著有《周易旁注》二卷、《楓林集》等。

〔一〇〕來知德，字矣鮮，梁山人，明代著名易學家。據《明史》本傳及《藝文志》，嘉靖三十一年（一五五二）舉人。父母相繼去世，「終身麻衣素食，誓不見有司」。隱居著述，「自言學莫邃於《易》」。著有《周易集注》十六卷等。按，《需》《訟》相綜，凡如此兩卦之上、下卦倒置曰「相綜」，其卦又稱「綜卦」或「反對卦」。得中，指《訟》卦之二、五兩爻來自《需》卦之上卦《坎》，且分居九爻之中。

〔一一〕楊時喬，字宜遷，號止庵，上饒人，明代名宦、著名理學家。據《明史》本傳及《藝文志》等，嘉靖四十四年進士。累官工部主事、吏部左侍郎等。著有《周易古今文全書》二十一卷附《龜卜考》一卷等。

〔二〕郝敬，字仲輿，京山人，故又稱「郝京山」，明代易學家。據《明史》本傳及《藝文志》等，萬曆十七年（一五八九）進士。官縉雲、永嘉知縣，禮科給事中等。所著有《周易正解》二十卷、《易領》四卷等。論者認爲，其説《易》用王弼注本，大體以義理爲主，兼及象數。其言理，多以「十翼」之説印證卦爻。

〔三〕羅倫，字彝正，學者稱「一峰先生」，吉安永豐人，明代著名理學家。據《明史》本傳及《藝文志》等，成化二年（一四六六）進士第一，授翰林院修撰，抗疏論李賢起復事落職，謫泉州市舶司提舉，次年復官。居二年，以疾辭歸，隱於金牛山，鑽研經學，開門教授，從學者甚衆。論者認爲，其學術篤守宋學途徑，重修身持己。著有《周易説旨》四卷、《一峰集》等。

〔四〕劉子，指劉宗周，字起東，號念臺，山陰人，明代名宦、著名理學家。據《明史》本傳及《藝文志》，萬曆二十九年進士。官至禮部主事、左都御史等。南都破後，絶食而死。著有《周易古文鈔》三卷、《讀易圖記》一卷等。《四庫全書提要》稱其「學多由心得，故不盡墨守傳義」。

泰䷊小往大來〔一〕

蜀才曰：「此本《乾》卦。」程子不言變。朱子曰：「自《歸妹》來，六往居四，九來居三。」胡庭芳曰：「《泰》自《否》來，三陰往外，三陽往内〔二〕。」楊時喬曰：「《泰》自《否》變，三柔往上，三剛來下。」

【校　注】

〔一〕「小往大來」，節引自《周易・彖傳》上《泰》卦。本段列示先儒論《泰》卦各爻與《乾》《歸妹》《否》各卦、爻之變。

〔二〕胡庭芳，名一桂，元代易學大師。著有《易學啟蒙翼傳》等書，治《易》多本朱熹「象數」思想。按，此所謂「外」，即上卦；「内」，即下卦。其説與楊時喬同。

否䷋大往小來〔一〕

蜀才曰：「此本《坤》卦。」程子不言變。朱子曰：「自《漸》卦來，九往居四，六來居三。」楊時喬曰：「《否》自《泰》變，三剛往上，三柔來下。」

【校　注】

〔一〕「大往小來」，節引自《周易・彖傳》上《否》卦。本段列示先儒論《否》卦各爻與《坤》《漸》《泰》各卦、爻之變。

隨䷐剛來而下柔〔一〕

程子曰：「《乾》之上九，來居《坤》之下；《坤》之初六，往居《乾》之上。」朱子曰：「本自《困》卦，九來居初；又自《噬嗑》，九來居五。而自《未濟》來者，兼此二變。」郭雍曰：「《隨》之成卦，以初九上六來，往成《震》《兑》，而有《隨》〔二〕。」王宗傳曰：「初九一陽，《震》之主也。《乾》一索乎《坤》，而得《震》，則初九之剛，實在二陰之下。」趙汝楳曰：「卦自《否》變。」吴澄曰：「一剛自上來初，下於二柔，而柔《隨》之自《否》變〔三〕。」朱升曰：「《隨》自《否》變。剛自上卦來初，下於二三之柔。」熊過曰「剛、柔，《震》剛而《兑》柔也」，不言變〔四〕。俞琰曰：「《隨》自《蠱》變〔五〕。」來知德曰：「《蠱》，下卦是《巽》，柔。今下剛化《震》，來居其下。」楊時喬曰：「《隨》自《蠱》變，上九剛來初，初六柔往上。」羅倫曰：「《隨》自《否》變。」劉子曰：「《震》以一陽下二陰，《兑》以二陽下一陰。皆剛來下柔之義。」

【校注】

〔一〕「剛來而下柔」，節引自《周易·彖傳》上《隨》卦。本段列示先儒論《隨》卦各爻與《乾》《坤》《困》《噬嗑》《未濟》《震》《兑》《否》《蠱》《巽》各卦、爻之變。

〔二〕郭雍，字子和，號白雲先生，南宋著名易學家，「兼山學派」創立者之一。據《宋史》本傳及《藝文志》等，傳承其父郭忠孝之《易》學。隱居峽州，乾道中，峽州太守任清臣等舉薦，徵召不起，賜號「沖晦處士」。著有《傳家易解》（一作《郭氏家傳易説》）等。

〔三〕「自《否》變」三字爲張本夾注，謂《隨》卦各爻來自《否》卦各爻。

〔四〕熊過，字叔仁，號南沙，富順人，明代著名經學家，「西蜀四大家」「嘉靖八才子」之一。據《明史》本傳及《藝文志》等，嘉靖八年（一五二九）進士，官禮部祠祭郎中等。因議論朝政謫雲南，復削職爲民，卒於家。著有《周易象旨決録》七卷、《南沙文集》等。

〔五〕俞琰，字玉吾，號全陽子、石澗道人等，宋末元初著名易學家。入元，隱居不仕，著書立説。精於《易》學。著有《周易集説》《讀易舉要》等。《四庫全書提要》稱其於《周易》之學「覃精研思，積三四十年，實有冥心獨造，發前人所未發者」。

蠱䷑剛上而柔下〔一〕

荀九家曰：「《蠱》自《泰》來〔二〕。」程子曰：「《乾》之初九，上而爲上九；《坤》之上六，下而爲初六。」朱子曰：「卦變自《賁》來者，初上二下；自《井》來者，五上上下；自《既濟》來者兼之。」郭雍曰：「《蠱》自《泰》來，剛上而柔下。」趙汝楳曰：「《蠱》自《泰》變。」朱升曰：「《蠱》自《泰》變。剛自初上上，柔自上下初。」來知德曰：「《隨》初《震》之剛，上而爲《艮》；上《兑》之柔，下而爲《巽》。」楊時喬曰：「《蠱》自《隨》變，上柔來初，二剛往上。」羅倫曰：「卦自《泰》變。」

【校注】

〔一〕「剛上而柔下」，節引自《周易・彖傳》上《蠱》卦。本段列示先儒論《蠱》卦各爻與《乾》《坤》《賁》《井》《既濟》《泰》《隨》《震》《艮》《兑》《巽》各卦、爻之變。

〔二〕「荀九家」，後漢《易》學傳承系統不明，大家有馬融、鄭玄、荀爽、虞翻等九位，其中以荀爽最著名，後人採集當時九家《易》學合成一編，稱「荀九家」。荀爽，字慈明，經學家，著有《易傳》十一卷，創「《乾》升《坤》降説」，主《乾》《坤》二卦之爻位互變乃八卦及六十四卦之基礎。其原著已佚，馬國翰《玉函山房輯佚書》輯有其《周易荀氏注》三卷。

噬嗑䷔柔得中而上行〔一〕

程子不言變。朱子曰：「本自《益》卦六四之柔，上行以至於五。」郭忠孝曰：「《噬嗑》自《否》來釋剛、柔分〔二〕。」朱震曰：「《噬嗑》自《否》來〔三〕。」石介曰：「大凡柔則言上行，剛則言來〔四〕。剛上柔下，定體也。剛來如《訟》《無妄》《渙》，九二爲剛體，本在上，而來下。上行如《晉》《睽》《鼎》《噬嗑》，六五爲柔體，本在下，今居五位，爲上行。」趙汝楳曰：「卦自《否》變。」吳澄曰：「《否》初五相易。」朱升曰：「卦自《否》變。柔自初上行至五。」熊過曰：「得中上行，對《賁》言之。」簡輔爲：「先言得中，後言上行，因《賁》之《離》居下也。如《本義》當作柔，上行而得中矣〔五〕。」來知德曰：「《賁》下卦《離》之柔，得中上行，居於上卦。」楊時喬曰：「自《賁》六二往而上行至五。」羅倫曰：「卦自《否》變。」

【校　注】

〔一〕「柔得中而上行」，節引自《周易·彖傳》上《噬嗑》卦。本段列示先儒論《噬嗑》卦各爻與《益》《否》《訟》《無妄》《涣》《晉》《睽》《鼎》《賁》《離》各卦、爻之變。

〔二〕郭忠孝，字立之，北宋著名學者。據《宋史》本傳及《藝文志》等，受《易》《中庸》於程頤。神宗元豐年間進士，官河東路提舉、軍器少監等。反對與金議和，金人犯永興，與經略唐重分城而守，城陷而亡。著有《兼山易解》二卷、《四學淵源論》三卷等。此張本夾注意謂，《否》卦上《乾》下《坤》，爻變成《噬嗑》卦後，剛、柔各爻始分開。

〔三〕朱震，字子發，世稱「漢上先生」，兩宋之際名宦、著名易學家。據《宋史》本傳及《藝文志》等，宋徽宗政和年間進士，歷任祠部員外郎、起居郎、翰林學士等。學識淵博，尤精《周易》。一生著述頗豐，著有《周易叢説》《漢上易傳》（一作《漢上易解》）、《卦圖》三卷、《春秋左氏講義》等。

〔四〕石介，字守道，學者稱「徂徠先生」，北宋名宦、著名學者。據《宋史》本傳及《藝文志》等，天聖八年（一〇三〇）進士。官國子監直講、太子中允等。創建泰山書院、徂徠書院，以《易》《春秋》教授諸生。論者認爲，石介治經重義理，不由注疏之説，開理學先聲。著有《口義》十卷（一作《易口義》）、《易解》五卷、《徂徠集》等。

〔五〕按，簡文見明熊過《周易象旨決録》卷二、明潘士藻《讀易述》卷四。熊、潘皆稱「簡説是也」。簡輔，字汝欽，廣西馬平人，明朝易學家，正德六年（一五一一）進士，歷官安徽泰州同判、池州知府等。《本義》，指朱熹撰《周易本義》。

賁䷕柔來而文剛，分剛上而文柔〔一〕

程子曰：「下體本《乾》，柔來文其中，而爲《離》；上體本《坤》，剛往文其上，而爲《艮》。」朱子曰：「卦自《損》來者，柔自三來而文二，剛自二上而文三。自《既濟》來者，柔自上來而文五，剛自五上而文上。」朱震曰：「《賁》自《泰》來。」郭雍曰：「《賁》自《泰》來。」王宗傳曰：「六二之柔，來文初三之剛，《離》本《乾》體，《坤》再索於《乾》，以成《離》，故曰柔來而文剛。非《坤》之上六來居二位也。分上九之剛，上文四五之柔，《艮》本《坤》體，《乾》三索於《坤》以成《艮》，故曰分剛上而文柔。非《乾》之九二往居上位也。」趙汝楳曰：「卦自《泰》變。」朱升曰：「《賁》自《泰》變。上之柔來二，而文下卦之剛。分二之剛往上而文上卦之柔。」熊過曰：「六二之柔，自《噬嗑》六五而來，上九之剛，自《噬嗑》初九而分。胡愈説是也〔二〕。」來知德曰：「《噬嗑》上卦之柔，來文《賁》之剛。柔，指《離》之陰卦；剛，則《艮》之陽卦。分《噬嗑》下卦之剛，上而爲《艮》以文柔。剛，指《震》之陽卦；柔，則《離》之陰卦。」楊時喬曰：「《噬嗑》六五來二文剛，初九往上文柔。」羅倫曰：「卦自《泰》變。」劉子曰：「以二文初，以四文三，爲柔來文剛，又分之而以上文五，爲剛上文柔。」

【校　注】

〔一〕「柔來而文剛，分剛上而文柔」，節引自《周易・彖傳》上《賁》卦。本段列示先儒論《賁》卦各爻與《乾》《離》《艮》《損》《既濟》《泰》《坤》《噬嗑》《震》各卦、爻之變。

〔二〕胡愈，據嘉慶《績溪縣志》本傳等，字宗韓，安徽績溪人。成化四年（一四六八）舉人，河南歸德州同知，治河有功，遷敘州府通判，六載乞歸。

無妄䷘剛自外來，而爲主於内〔一〕

程子曰：「《坤》初爻變而爲《震》，剛自外而來也。」朱子曰：「爲卦自《訟》而變，九自二來，而居於初。」王宗傳曰：「初九之剛，《乾》一索於《坤》而得之，實自《乾》來。」趙汝楳曰：「卦由《遯》變，九三之剛，自下卦之外，來居於初。」徐幾曰：「以卦變言，下體《乾》爻

《坤》而爲《震》，非本卦剛柔往來，故曰外來〔二〕。」吳澄曰：「《遯》初三相易。」朱升曰：「《無妄》自《遯》變，剛在下卦中畫之外，自三來初，居中畫之內，而爲一卦之主以中畫分內外，未免牽合〔三〕。」熊過曰：「此對《大畜》之詞，《大畜》以《艮》上一陽爲主，《無妄》以《震》下一陽爲主。」來知德曰：「《大畜》上卦之《艮》來居下卦爲《震》。」楊時喬曰：「《無妄》自《大畜》變，上剛來初成《震》。」羅倫曰：「卦自《遯》變。」劉子曰：「初剛自《乾》體而來，爲《無妄》之主也。」

【校　注】

〔一〕「剛自外來，而爲主於內」，節引自《周易·彖傳》上《無妄》卦。本段列示先儒論《無妄》卦各爻與《震》《訟》《乾》《遯》《坤》《大畜》《艮》各卦、爻之變。

〔二〕徐幾，字子與，號進齋，南宋福建崇安人，曾任建寧府教授兼建安書院山長。博通經史，尤精於《易》。

〔三〕張本夾注意謂《遯》卦之九三爻，雖在中畫之內，但並不能稱內、外二卦之分界線。重卦共六爻，實無一爻可爲分界爻位。

大畜䷙剛上而尚賢〔一〕

程子不言變。朱子曰：「此卦自《需》而來，九自五而上，六五尊而上之。」趙汝楳曰：

「卦自《遯》變。」吴澄曰：「自《大壯》變，一剛由四升上。」朱升曰：「卦自《大壯》變，剛自四上上。」來知德曰：「《無妄》下卦之《震》，上爲《大畜》之《艮》。」楊時喬曰：「《大畜》自《無妄》變，初剛往上爲賢。」羅倫曰：「卦自《大壯》變。」

【校　注】

〔一〕「剛上而尚賢」，節引自《周易·彖傳》上《大畜》卦。本段列示先儒論《大畜》卦各爻與《需》《遯》《大壯》《無妄》《震》《艮》各卦、爻之變。

咸䷞柔上而剛下〔一〕

蜀才曰：「此本《否》卦，六三升上，上九降三。」虞翻曰：「《咸》，《坤》三之上成女，《乾》上之三成男。」鮮于侁曰：「《乾》之上九，下爲九三；《坤》之六三，上爲上六〔二〕。」程子曰：「柔上變剛而成《兑》，剛下變柔而成《艮》。」朱子曰：「《咸》自《旅》來，柔上居六，剛下居五。」郭雍曰：「《咸》自《否》來，六三上而成《兑》，上九下而成《艮》。」趙汝楳曰：「《咸》本《否》變。」吴澄曰：「《否》六三之柔，往上而交《乾》之剛，《否》上九之剛，來三而交《坤》之柔，故爲『交感』之卦。」朱升曰：「《咸》自《否》變，柔自三上上，剛自上下三。」熊過曰：「此以《兑》柔《艮》剛言。」來知德曰：「《恒》下卦之《巽》，上而爲《兑》；上卦之

《震》，下而爲《艮》。」楊時喬曰：「《咸》自《恒》變。」

【校注】

〔一〕「柔上而剛下」，節引自《周易・彖傳》下《咸》卦。本段列示先儒論《咸》卦各爻與《否》《坤》《乾》《兑》《艮》《旅》《恒》《巽》《震》各卦、爻之變。

〔二〕鮮于侁，字子駿，北宋名宦、著名學者。據《宋史》本傳及《藝文志》等，宋仁宗景祐元年（一〇三四）進士，官集賢殿修撰等。爲官清正幹練，著有《周易聖斷》七卷（一作《易斷》）、《詩傳》等。

恒䷟剛上而柔下〔一〕

虞翻曰：「《恒》，《乾》初之《坤》四。」程子曰：「《乾》之初上居於四，《坤》之四下居於初。」朱子曰：「卦自《豐》來，剛上居二，柔下居初。」郭雍曰：「《恒》自《泰》來。」趙汝楳曰：「卦自《泰》交。」吳澄曰：「卦自《泰》變，初剛上四，四柔下初。」朱升曰：「《恒》自《泰》變，剛自初上四，柔自四下初。」來知德曰：「《咸》下卦之《艮》，上而爲《震》；上卦之《兑》，下而爲《巽》。」楊時喬曰：「《恒》自《咸》變。」

【校注】

〔一〕「剛上而柔下」，節引自《周易・彖傳》下《恒》卦。本段列示先儒論《恒》卦各爻與《乾》《坤》

《豐》《泰》《咸》《艮》《震》《兑》《巽》各卦、爻之變。

晉䷢柔進而上行〔一〕

程子不言變。朱子曰：「其變自《觀》而來，爲六四之柔，進而上行，以至於五。」王宗傳曰：「《離》之中爻，實自《坤》來，今居五位，故曰進而上行。」趙汝楳曰：「卦自《臨》變。」吴澄曰：「卦自《觀》變，六四之柔，進而至五。」朱升曰：「《晉》自《觀》變，柔自四進，而上行至五。」熊過曰：「《晉》《明夷》皆以《離》取義，而《晉》之《離》在上也。」來知德曰：「《明夷》下卦之《離》進爲上卦。」楊時喬曰：「《晉》自《明夷》變。」羅倫曰：「卦自《觀》變。」

【校注】

〔一〕「柔進而上行」，節引自《周易・彖傳》下《晉》卦。本段列示先儒論《晉》卦各爻與《觀》《離》《坤》《臨》《明夷》各卦、爻之變。

睽䷥柔進而上行〔一〕

程子曰：「凡《離》在上，而彖欲見，柔居尊者，則曰柔進而上行。」朱子曰：「自《離》

來者，柔進居三；自《中孚》來者，柔進居五；自《家人》來者，兼之。」趙汝楳曰：「卦自《遯》變，六二之柔，上行至五。」朱升曰：「《睽》自《巽》變，柔自初進，而上行至五。」來知德曰：「《家人》下卦之《離》，進爲上卦。」楊時喬曰：「卦自《家人》變。」

【校注】

〔一〕「柔進而上行」，節引自《周易·彖傳》下《睽》卦。本段列示先儒論《睽》卦各爻與《離》《中孚》《家人》《遯》《巽》各卦、爻之變。

蹇䷦利西南，往得中也；不利東北，其道窮也〔一〕

程子不言變。朱子曰：「卦自《小過》而來，陽進則往居五而得中，退則入於《坎》而不進。」王宗傳曰：「西南《坤》位五，實《坎》體而謂利西南者，《坎》體本《坤》九，往居中而成《坎》。夫以剛而居《坤》之中，非利西南，往得中乎？東北《艮》位，正《坤》之對，而西南之反也，故曰不利東北，其道窮也。」趙汝楳曰：「卦自《臨》變。」胡庭芳曰：「《蹇》本《升》卦，九二仁得《坤》體之中，二既往五，則下體成《艮》，正東北方卦。」吳澄曰：「《震》初之剛，上往易五，而得上卦之中；《震》四之剛，下來易三，而利於自西來南，自南往西。」朱升曰：「卦自《震》變。初往易五，而得上卦之中。」熊過曰：「以《解》反對言之，《解》曰乃得中，《坎》在下也；此曰往得中，《坎》往而在上也。《解》曰往有功，四之陽動於上也；此曰其道窮，三之陽止於下也。」來知德曰：「《解》下卦之《坎》往上卦得中，上卦之《震》下而爲《艮》，之止不行，所以道窮。」楊時喬曰：「《蹇》自《解》變。《解》九二往居五，九四來居三。」羅倫曰：「卦自《震》變。」

【校　注】

〔一〕「利西南，往得中也；不利東北，其道窮也」，節引自《周易·彖傳》下《蹇》卦。本段列示先儒論《蹇》卦各爻與《小過》《坎》《坤》《艮》《臨》《升》《震》《解》各卦、爻之變。

解䷧利西南，往得衆也；其來復吉，乃得中也〔一〕

程子不言變。朱子曰：「卦自《升》來，三往居四，入於《坤》體，二居其所，而又得中。」王宗傳曰：「得衆，指九四言；得中，指九二言。」薛□曰：「《蹇》《解》相循。覆視《蹇》卦則爲《解》，覆視《解》卦則爲《蹇》。九二得中，則曰其來復吉〔二〕。」趙汝楳曰：「《解》由《臨》變。上卦《坤》，衆也，初九往乎九四，以主二陰，故曰得衆。及六四來，復爲初，則二陰供一陽之始得中，故曰得中。」吴澄曰：「《艮》三之陽，自南往西，而《艮》四之陰，自西來南，則下卦成《坤》體，《坤》爲衆，《艮》陽往四而下臨《坤》，故曰往得衆。《艮》

上之陽自外而來，以易二得下卦之中，故曰乃得中。《艮》二之陰自内而往，以易上，早成解難之功，故曰往有功。」朱升曰：「卦自《艮》變。《艮》三往上易四，則下卦成《坤》，得衆也。《艮》上復於下而易二，乃得下卦之中。」熊過曰：「《蹇》《解》反覆之卦，《蹇》九五向往在上，今反居二爲來復，《蹇》九三向體《艮》不動，今進居四體，《震》動爲往。」來知德曰：「《蹇》下卦之《艮》，往而爲《震》之主器，故得衆。上卦之《坎》來，下卦得中。」楊時喬曰：「《解》自《蹇》變。」羅倫曰：「卦自《艮》變。」

【校注】

〔一〕「利西南，往得衆也；其來復吉，乃得中也」，節引自《周易·彖傳》下《解》卦，本段列示先儒論《解》卦各爻與《升》《坤》《蹇》《臨》《艮》《震》《坎》各卦、爻之變。

〔二〕薛□，即薛温其，北宋《易》學家，官秘書丞、州尹等。著有《易義》一書，已佚。李衡《周易義海撮要》卷四引薛温其曰：「蓋蹇解相循，覆視蹇卦則爲解，覆視解卦則爲蹇，九二得中，則曰其來復吉，乃得中也。」江永《河洛精藴》卷五《卦變説》亦記載其説。覆，反也，薛氏認爲《蹇》《解》二卦互爲「反對卦」，即下熊過所稱「反覆之卦」。「反對卦」，又稱「綜卦」或「覆卦」。説自虞翻始，謂兩卦「以同相類」、上下顛倒，如《屯》與《蒙》、《需》與《訟》等。

升䷭柔以時升〔一〕

程子不言變。朱子曰：「卦自《解》來，柔上居四。」趙汝楳曰：「卦自《臨》變。」來知德曰：「《萃》下卦之《坤》，升於上卦。」楊時喬曰：「《升》自《萃》變。」

【校　注】

〔一〕「柔以時升」，節引自《周易·彖傳》下《升》卦。本段列示先儒論《升》卦各爻與《解》《臨》《萃》《坤》各卦、爻之變。

鼎䷱柔進而上行〔一〕

程子不言變。朱子曰：「卦自《巽》來。陰進居五，而下應九二之陽。」趙汝楳曰：「卦自《遯》變。」吴澄曰：「卦自《兑》變。三之柔上行爲六五，得上之中。」朱升曰：「卦自《兑》變。柔自三進，而上行至五。」來知德曰：「《革》下卦之《離》，進於上卦。」楊時喬曰：「《鼎》自《革》變。」羅倫曰：「卦自《兑》變。」

【校　注】

〔一〕「柔進而上行」，節引自《周易·彖傳》下《鼎》卦，文字稍異。本段列示先儒論《鼎》卦各爻與

《巽》《遯》《兑》《革》《離》各卦、爻之變。

漸䷴進得位〔一〕

程子不言變。朱子曰：「自《涣》而來，九進居三；自《旅》而來，九進居五。皆得位之正。」趙汝楳曰：「卦自《否》變。得位指六四。」吴澄曰：「卦自《否》變。」朱升曰：「《漸》自《否》變。自三進四，而剛、柔各得正位。」來知德曰：「《歸妹》下卦之《兑》，進而爲《巽》，得九五之位。」楊時喬曰：「《漸》自《歸妹》變。」羅倫曰：「卦自《否》變。」

【校　注】

〔一〕「進得位」，節引自《周易·彖傳》下《漸》卦。本段列示先儒論《漸》卦各爻與《涣》《旅》《否》《歸妹》《巽》《兑》各卦、爻之變。

涣䷺剛來而不窮，柔得位乎外而上同〔一〕

盧氏曰：「此本《否》卦〔二〕。《乾》之九四來居《坤》中，剛來成《坎》，水流而不窮。《坤》之六二上升《乾》四。」程子曰：「九來居二，六上居四。」朱子曰：「本自《漸》卦，九來居二而得中，六往居三得九之位，而上同乎四。」郭雍曰：「《涣》自《否》來。」趙汝楳曰：「卦自《否》變。」吴澄曰：「卦自《否》變。剛自四來居二，是得中，而不居窮極之處。柔自二往四，得位於外卦，而上同於九五。」朱升曰：「《涣》自《否》變。剛自四來二得中，而不居窮極之位。柔自二往四得正位，而上同於二剛。」來知德曰：「《節》上卦之《坎》，來居下卦之中，不至窮極；下卦之《兑》，上而爲《巽》，柔在三失位，在四得位。」楊時喬曰：「《涣》自《節》變。」羅倫曰：「卦自《否》變。」劉子曰：「剛來指九二，柔得位指四，而上同於五。」

【校　注】

〔一〕「剛來而不窮，柔得位乎外而上同」，節引自《周易·彖傳》下《涣》卦。本段列示先儒論《涣》卦各爻與《否》《乾》《坤》《坎》《漸》《節》《兑》《巽》各卦、爻之變。

〔二〕盧氏，生平事迹不詳。惟清儒馬國翰考爲北魏盧景裕，可供參考。據《魏書·盧景裕傳》，字仲孺，小字白頭。以《易》學而聞名當時，釋《易》多本荀爽「升降説」。馬國翰據唐李鼎祚《周易集解》及孔穎達《周易正義》輯有《周易盧氏注》一卷。

案，《易》上、下二經，唯此一十九卦，先儒多言變，故備列之。

程子《易傳》曰：「卦之變皆自《乾》《坤》。先儒不達，故謂《賁》本是《泰》卦，豈有

《乾》《坤》重而爲《泰》，又由《泰》而變之理？下《離》，本《乾》中爻變而成《離》；上《艮》，本《坤》上爻變而成《艮》。《離》在内，故云柔來；《艮》在上，故云剛上。非自下體而上也。《乾》《坤》變而爲六子，八卦重而爲六十四，皆由《乾》《坤》之變也〔一〕。」

蘇子瞻《易傳》曰：「《易》之所謂剛、柔者，皆本諸《乾》《坤》也。《乾》施一陽於《坤》，以化其一陰而生三子，皆一陽而二陰。凡三子之卦，有言剛來者，明此本《坤》也，而《乾》來化之。《坤》施一陰於《乾》，以化其一陽而生三女，皆一陰而二陽，凡三女之卦有言柔來者，明此本《乾》也，而《坤》來化之〔二〕。」

王宗傳《童溪易傳》曰：「或問《易》家以《隨》自《否》來，《蠱》自《泰》來，其義何如？曰：非也。《乾》《坤》重而爲《泰》《否》，故《隨》《蠱》無自《泰》《否》而來之理。世儒惑於『卦變』，故《隨》曰剛來而下柔，《噬嗑》曰柔得中而上行，《咸》曰柔上而剛下，《益》曰損上益下，《涣》曰剛來而不窮，柔得位乎外而上同，則曰凡此皆自《否》而來也。《蠱》曰剛上而柔下，《賁》曰柔來而文剛，分剛上而文柔，《恒》曰剛上而柔下，《損》曰損下益上，《節》曰剛、柔分而剛得中，則曰凡此皆自《泰》而來也。誠如是，則《睽》之柔進而上行，謂自《遯》來可也；《鼎》之柔進而上行，亦謂自《遯》來可也。此猶可諉也。《晉》之柔進而上行，謂自誰卦來乎？《無妄》之剛自外來而爲主於内，《兑》之剛中而柔外，《明夷》之内文明而外柔順，又謂自誰卦來乎？世儒求其説而不得，則曰凡卦之具三陰三陽者，皆自《泰》《否》來也；具二陰二陽者，皆自《臨》《遯》來也；具一陰一陽者，皆自《姤》《復》來也。殊不知八卦成列，因而重之，而内、外、上、下、往、來之義，已備乎其中。自八卦既重之後，又烏有所謂内、外、上、下、往、來之義乎？夫自《復》至《乾》，《姤》至《坤》，凡十二卦，當十二月，其陰陽消長，均也。除《乾》《坤》之外，凡十卦，豈《否》《泰》《臨》《遯》《復》《姤》能生，而《夬》《剥》《壯》《觀》獨不能生乎？又何取彼而舍此也？程河南釋《隨》剛來而下柔曰『《乾》之上來居《坤》之下，《坤》之初往居《乾》之上』，釋《蠱》剛上而柔下曰：『《乾》之初九上而爲上九，《坤》之上六下而爲初六』，豈亦未之思耶？於《賁》之彖曰：『卦之變皆自《乾》《坤》，先儒謂《賁》本《泰》卦，豈有《乾》《坤》重而爲《泰》，又由《泰》而變之理？』夫《賁》彖之所釋，則我心之所同，然河南實得之。《隨》《蠱》二卦，則先儒之不達者，不然文字舛錯，未可知也。當默識之〔三〕。」

何楷《周易訂詁》曰：「案，朱子云：『伊川不取卦變之説。至柔來而文剛，剛自外來而爲主諸處，皆牽强説耳。王輔嗣卦變又變得不自然，某之説却覺得有自然氣象，只是換了一爻，非是聖人合下作《易》便有此變，乃卦成了，自然有此象〔四〕。』又云：『朱漢上《易》卦變只變到三爻而止，於卦辭自有不通處，某更推盡去，方通。如《無妄》剛自外來而爲主於内，只是初剛自《訟》二移下來；《晉》柔進而上行，只是五柔自《觀》四挨上去。案，漢上卦變則通不得。』然考《圖》中一陰一陽，即五陰五陽之卦；二陰二陽，即四陰四陽之卦，雖顛倒首尾，各自爲《圖》，然元無差錯，終難分屬〔五〕。其自《泰》《否》二十卦，徑可截然中分，《歸妹》《節》《損》《泰》三爻變，《豐》《既濟》《賁》《泰》二爻變，《恒》《升》《蠱》《泰》初爻變，此皆屬《泰》來者；《漸》《旅》《咸》《否》三爻變，《涣》《未濟》《困》《否》二爻變，《益》《噬嗑》《隨》《否》初爻變，此皆屬《否》來者。而《圖》中竟混作一條，且將《泰》《否》互爲首尾，殆不可曉及。案，《本義》所釋卦變，《訟》《泰》《否》《隨》《蠱》《噬嗑》《賁》《無妄》《大畜》《咸》《恒》《晉》《睽》《蹇》《解》《升》《鼎》《漸》《涣》只十九卦，惟《訟》《晉》與《圖》同，餘皆不合。如《隨》自《困》《噬嗑》《未濟》來，據《圖》則自《泰》《否》來之類是也，且未有一卦而既自某卦來，又自某卦來，無論其太漫漶，非聖人本旨，蓋亦有附會而强爲之辭者，愚之所不取者以此。」

又曰：「《易大傳》曰『《易》之爲書也，不可遠爲道也，屢遷變動不居，周流六虚，上下無常，剛柔相易』，卦變之説本此。虞翻、蜀才輩解《訟》之剛來得中，謂自《遯》來，《賁》之柔來文剛，謂自《泰》來，其説似矣。而程子非之云：『《乾》《坤》合而爲《泰》，豈有《泰》復變《賁》之理？』朱子則謂『若論伏羲畫卦，則六十四卦一時俱了，雖《乾》《坤》亦無能生諸卦之理，若如文王、孔子之説，則縱横曲直，反覆相生，無所不可』。竊謂往、來、上、下者，實皆《乾》《坤》所爲。程子謂『《乾》《坤》變而爲六子，八卦重而爲六十四，皆由《乾》《坤》之變』。蘇子瞻亦謂『《易》有剛、柔，上、下、往、來相易。學者沿是争推其所從變，此大惑也。剛、柔相易，皆本諸《乾》《坤》』。其理正矣，故愚獨有取於蘇子《乾》來化《坤》，《坤》來化《乾》之説，以合於程子專以《乾》《坤》言變之旨，亦可寢從來穿鑿附會之喋喋矣。馬西玄曰：《易》中卦變本於『乾稱父』一章〔六〕。」

案，先儒言「卦變」者不一。其以「十二辟卦」爲主，去《乾》《坤》不用，而以《復》《姤》《臨》《遯》《泰》《否》《壯》《觀》《夬》《剥》十卦主變者，自「荀九家」、虞仲翔、荀慈明、王輔嗣、范長生、盧氏、孔仲達，以至鮮于子駿、劉長民、朱子發、郭子和、王逢，皆是也朱子《卦變圖》亦用「十辟卦」，而卦皆重出，及釋《彖傳》，又與此説異〔七〕。其以「十辟卦」爲主，復用六子分主者，吴草廬、朱風林、羅一峰也〔八〕。其於「十辟卦」之中，去《壯》《觀》《夬》《剥》不用，而以六卦主變者，趙汝楳也。其專以《乾》《坤》主變者，程正叔、蘇子瞻、王童溪、徐進齊、馬仲房、豐存叔、何玄子也〔九〕。其以「反對卦」言變者，薛温其、俞玉吾、簡輔、熊叔仁、來矣鮮、楊芷庵、郝京山也〔一〇〕。其不主《乾》《坤》，不用「十辟卦」，專以爻畫挨换爲變者，朱紫陽也朱子釋象□之説如此，校□説中，此最不合理〔一一〕。其不言卦變，但以剛上柔下爲定體，而以剛下柔上言往來者，石徂徠、湛甘泉、劉念臺也〔三〕。數者爲説不同，惟程、蘇之説獨得作《易》之原本，故今特取之。

愚謂變者，非六十四卦既成，彼此互易爲變也。自無而有之謂變，當聖人初畫《乾》《坤》時，未嘗有六子也。六子之卦，由《乾》《坤》而變，變即生之謂也。程子言《乾》《坤》變而爲六子，八卦重而爲六十四卦，而專以《乾》《坤》言變，方得畫卦之本原。若謂六十四卦既成，然後彼此互易而爲變，而非本原之謂，而聖人亦不若是其多事矣。蓋由朱子確信康節「一母生二」之説，謂《乾》《坤》無生六子之理，是以反詆程子爲牽强也。「卦變」自程、蘇而外，惟「十辟卦」之説爲近。蓋淮南九家已有此説，其來最久也。第《乾》《坤》生六子，八卦重六十四卦，則「十辟卦」亦《乾》《坤》重六子而成。今乃謂《震》《坎》《艮》二陽四陰之卦，自《臨》《觀》而變，《巽》《離》《兑》二陰四陽之卦，自《遯》《壯》而變，豈六子反爲十辟所生乎？總由不知成卦之本原，是以若此顛倒也。若來氏綜卦之説，蜀才已有之，其來亦久，第反對之。卦乃文王所次，未必盡伏羲之舊。則來氏所取之卦變，乃六十四卦既成而後見，亦非成卦之本原也。其他若吴草盧之説，既以「十辟卦」主變，又分六子以主《蹇》《蒙》十二卦，是何頭緒之多乎？

總之，言「卦變」者，能合作《易》之本原，方爲有理，若不得其本原，而沿流逐末説，雖巧，吾不取也。朱子《卦變圖》，專以「十辟卦」主變，及《本義》釋《彖辭》，又不用己説，而謂六十四卦既成之後，彼此互易而成變，何其説之多歧也！要兩者皆不得作《易》之本原，今故不取。「十辟卦」者，辟，主也。先儒以《復》《臨》《泰》《壯》《夬》《乾》《姤》《遯》《否》《觀》《剥》《坤》十二卦遞主一月，而去《乾》《坤》純陽純陰之卦不用，故謂之「十辟」〔一三〕。

【校注】

〔一〕見程頤《伊川易傳》卷二《賁·彖辭》「觀乎人文以化成天下」之注文，引文不誤。

〔二〕蘇子瞻即蘇軾。其説見《東坡易傳》卷三，意指《乾》卦變一爻於《坤》卦，分别形成《震》《坎》《艮》三子卦，均爲一陽爻和二陰爻，實則乃《乾》卦來化《坤》卦所致；反之，《坤》卦變一爻於《乾》，分别形成《巽》《離》《兑》三女卦，均爲一陰爻和二陽爻，實則乃《坤》卦來化《乾》卦所致。

〔三〕按，以上案語見王宗傳《童溪易傳》卷九《隨卦》條下。駁斥「卦變」論者所謂「《隨》自《否》來，《蠱》自《泰》來」。論稱自《乾》《坤》二卦重合就自然形成《泰》《否》二卦，則《隨》《蠱》二卦並非來自《泰》《否》。對此後儒言「卦變」者多不能自圓其説。又引程頤論《乾》《坤》二卦與《隨》《蠱》二卦之關係，進一步闡明，自《乾》《坤》八卦成列互重，其内、外、上、下、來、往就已經「備於其中」，並非後來互相生成所致。

〔四〕王輔嗣，即王弼，字輔嗣，三國時著名經學和玄學家，曾任曹魏尚書郎。爲《道德經》《易經》

作注。

〔五〕《圖》，指朱熹《周易本義》卷首所繪《卦變圖》。下文稱《本義》者亦指此書。

〔六〕以上案語皆引自何楷《古周易訂詁》卷一，惟文字略有改易和前後拼接。作者駁議朱熹《周易本義》及其《卦變圖》，稱其《圖》「顛倒首尾，各自爲《圖》」，釋文牽强附會。强調「未有一卦既自某卦來，又自某卦來」。力主程頤、蘇軾等所論，「卦變」始自《乾》《坤》二卦所生，重疊變化皆本《乾》《坤》所變、所化。何楷，字玄子，漳州鎮海衛人，明代名宦、著名《易》學家。據《明史》本傳及《藝文志》，天啟五年（一六二五）進士。崇禎朝，累官户部主事、刑科給事中等。順治二年（一六四五）隨唐王朱聿鍵入閩，擢户部尚書，掌都察院事，因不容於鄭芝龍，旋去職。馬西玄即馬汝驥，見後注。「乾稱父」，見《周易・説卦》：「乾，天也，故稱乎父。」

〔七〕十二辟卦，又稱「十二消息卦」。虞翻等「卦變」論認爲，在一個卦體中，凡陽爻去而陰爻稱「消」，陰爻去而陽爻來則稱「息」，此類卦有《復》《臨》《泰》《大壯》《夬》《乾》《姤》《遯》《否》《觀》《剥》《坤》，共十二卦，分主一年十二月，依次爲《復》主十一（子）月，《臨》主十二（丑）月，《泰》主正（寅）月，《大壯》主二（卯）月，《夬》主三（辰）月，《乾》主四（巳）月，《姤》主五（午）月，《遯》主六（未）月，《否》主七（申）月，《觀》主八（酉）月，《剥》主九（戌）月，《坤》主十（亥）月。「十二辟卦」之外其他五十二卦爲「雜卦」。

虞仲翔即虞翻，荀慈明即荀爽，王輔嗣即王弼，孔仲達即孔穎達，鮮于子駿即鮮于侁，朱子發即朱震，郭子和即郭雍，並「荀九家」、盧氏，生平事迹皆見本卷前注。范長生，一名延久等，字元，西晉時四川天師道首領，「蜀之八仙」之一。著有《道德經注》《周易注》（見李鼎祚《周易集解》）。亦説即蜀才，生平事迹見本卷前注。王逢，字會之，北宋易學家。據《宋史》本傳，官湖州别駕、南雄州軍判官、國子監直講等。著有《易傳》十卷、《乾德指説》一卷等。劉長民，名牧，字長民，一説字先之，北宋著名易學家。生平事迹不詳。論者認爲長民以講《河圖》《洛書》而聞名當時，是宋代「圖書説」的開創者之一。所著有《易數鈎隱圖》。馬仲房，即馬汝驥，字仲房，綏德人。明代名宦、學者。據《明史》本傳等，正德十二年（一五一七）進士、選庶吉士，官翰林院編修、國子監司業、侍講學士等。能詩，著有《西玄集》八卷。豐存叔即豐坊，字存禮，晚年改名道生，鄞人，豐熙之子，明代名宦、經學家。據《明史·豐熙傳》附及《藝文志》，嘉靖二年（一五二三）進士，官南京吏部考功主事等。著有《古易世學》十五卷、《十三經訓詁》等。張本夾注，意謂朱熹之《卦變圖》與其釋《彖傳》之文意互相矛盾。

〔八〕「十辟卦」見本卷前注。六子，虞翻等「卦變」論認爲，《乾》《坤》二卦爲父、母卦，其所生成《震》《坎》《艮》《巽》《離》《兑》六卦，是爲「六子卦」，簡稱「六子」。「六子卦」加《乾》《坤》二卦，是爲「八經卦」。「八經卦」相重成六十四「别卦」。

吴草廬即吴澄、朱風林即朱升、羅一峰即羅倫，生平事迹並見本卷前注。

〔九〕程正叔即程頤、蘇子瞻即蘇軾、王童溪即王宗傳、豐存叔即豐坊、何玄子即何楷，生平事迹皆見本卷前注。

〔一〇〕「反對卦」，參見本卷解䷧注。薛温其，見前注。俞玉吾即俞琰，徐進齊即徐幾，簡輔即簡汝欽，熊叔仁即熊過，來矣鮮即來知德，楊芷庵即楊時喬，郝京山即郝敬。生平事迹皆見本卷前注。

〔一一〕象□，當爲《象傳》或《象辭》，「校□説中」，語焉不詳。朱子即朱熹。

〔一二〕石徂徠即石介、湛甘泉即湛若水、劉念臺即劉宗周，生平事迹皆見本卷前注。

〔一三〕以上案語爲斯同之結論。先歸納總結歷代有關「卦變」的七種不同看法，最後贊同程頤等「專以《乾》《坤》言變，方得畫卦之本原」之説，反對朱熹等「六十四卦既成之後，彼此互易而成變」的看法。

左傳揲蓍占法

【題解】

撰寫時間不詳。揲蓍之法，指古代占卜理論、方法和筮案。《説文》曰：「卜，灼龜也；筮，揲蓍也。」兩者皆需參《易經》進行占卜，古人認爲，其異在前者或用龜甲卜之，後者或以蓍草占之，且有「先卜後筮」之説。據《周禮》所記，先秦有太卜領「揲蓍之法」。自唐以後，龜卜之法失傳。揲蓍之法仍於《春秋左傳》《國語》乃至明清文獻中略有殘存記載。萬斯同於此摘引《左傳》（杜注，孔疏）莊公二十二年（前六七二）至哀公九年（前四八六）所載揲蓍之筮案，總十三條。以示其法，且作爲「卦變」之佐證。

莊公二十二年。陳敬仲之少也，周史有以《周易》見陳侯者，陳侯使筮之，遇《觀》䷓之《否》䷋，曰：「是謂『觀國之光，利用賓於王』，此其代陳有國乎〔一〕？不在此，其在異國；非此其身，在其子孫。光，遠而自他有耀者也。《坤》，土也；《巽》，風也；《乾》，天也。風爲天於土上，山也正卦三、四、五爻爲《艮》，變卦二、三、四亦爲《艮》，故曰山也，此互體〔二〕。有山之材，而照之以天光《艮》爲山，《巽》爲木，故曰有山之材，此以互體言〔三〕。《巽》變爲《乾》，故曰照以天光，此以變卦言，於是乎居土上此以正卦、變卦、互體詳言之，故曰『觀國之光』〔四〕。庭實旅百，奉之以玉帛《艮》爲門庭，庭實，庭之所實也，此以互體言。《乾》爲金玉，《坤》爲布帛，此以變卦言，天地之美具焉此以正卦、變卦、互體言，故曰『利用賓於王』〔五〕。猶有觀焉，故曰『其在後乎』？風行而著於土，故曰『其在異國』乎？若在異國，必姜姓也。姜，泰嶽之胤也，山嶽則配天此以《艮》《乾》變卦、互體言，物莫能兩大，陳衰，此其昌乎〔六〕？」及陳之初亡也，陳桓子始大於齊，其後亡也，成子得政〔七〕。一爻變，占「本卦」變爻及二卦卦象〔八〕。

【校注】

〔一〕陳敬仲，名完，陳厲公之子。陳侯，即陳厲公。遇觀䷓之否䷋，由《觀》卦變爲《否》卦。《觀》爲「本卦」，《否》爲「變卦」或「之卦」。按，以下凡「某卦之某卦」句法、文意同此例者，不一一重注。「是謂觀國之光，利用賓於王」，周史引據《周易》之《觀》卦六四爻辭。

〔二〕張本夾注據《左傳》釋意，謂正卦《觀》之三、四、五爻爲《艮》卦；同樣，變卦《否》之二、三、四爻亦爲《艮》卦，是爲「互變」之體，《艮》皆爲山也。「互體」，又稱「中爻」或「約象」。以重卦中之二至四爻，三至五爻兩體交互成一新卦象。

〔三〕「《巽》爲木」見《周易·説卦》。張本夾注謂「互變」之體産生山與樹木，「變卦」之後，《乾》居上位，爲日，意爲天光照耀山林樹木。

〔四〕張本夾注謂此占「觀國之光」從本卦、互體到變卦中得出。

〔五〕按，夾注《艮》《乾》《坤》之象徵，皆據《周易·説卦》。惟《説卦》言同一卦象和卦義，可象徵不同事物。「利用賓於王」解釋邏輯同注〔二〕。

〔六〕泰嶽，《左傳》作「大嶽」，義同。指四嶽，堯之方伯，其後多封爲諸侯。姜姓出四嶽之後。夾注解釋邏輯同注〔二〕。

〔七〕陳桓子，敬仲五世孫，名無宇。陳成子，敬仲八世孫，名常。陳之初亡，指昭公八年（前五三四）楚滅陳；其後亡，指哀公十七年（前四七八）楚復滅陳。時值「成子弒簡公而專齊政」。則應此周史之占驗。

〔八〕張本注總結此卦占卜原理：以《觀》卦第四爻變爲《否》卦之上爻，占説「本卦」爻變及「之卦」象變。

閔公元年。初，畢萬筮仕於晉，遇《屯》䷂之《比》䷇〔一〕。辛廖占之曰：「吉〔二〕！《屯》固《比》入，吉孰大焉！其必蕃昌。《震》爲土《屯》下卦《震》，初九變爲《坤》，《坤》，土也，車從馬《震》爲車，《坤》爲馬，《震》變《坤》，故車從馬，足居之《震》爲足，動而遇《坤》，安靜之象，故居之，兄長之《震》爲長男，兄也，初又最長，故長之，母覆之《坤》爲母，二、三、四互體亦爲《坤》，故曰母覆之，衆歸之《坤》爲衆，故衆歸之〔三〕。六體不易，合而能固，安而能殺《比》下卦《坤》，《坤》爲土，安之象；《屯》下卦《震》，《震》爲雷，殺之象，公侯之卦也〔四〕。公侯之子孫，必復其始〔五〕。」一爻變，占「本卦」、「之卦」下體〔六〕。

【校注】

〔一〕畢萬，畢高之後。畢高從周武王伐紂，封於畢地，故爲畢姓。其後人絶封，多爲庶人，散居各地。畢萬初事於晉獻公。

〔二〕辛廖，杜注爲晉大夫，劉炫注爲周大夫，劉説審是。

〔三〕首句夾注據《左傳》釋意，謂《屯》之下卦爲《震》，其初九爻變爲《比》卦之下卦《坤》，皆爲土。以上正文並張本夾注，皆據《周易·説卦》，分擇《屯》《坤》《震》三卦之不同卦象和卦義而言之，謂皆象徵安穩有序。

〔四〕六體不易，指以上二卦所示土、車、馬、足、母、衆六種卦象和卦義不變，則聚合堅固，安祥威武。正是公侯氣質。

〔五〕言畢萬原爲畢高之後裔，據此卦，必將如其先祖而成諸侯。

〔六〕張本注總結此卦占卜原理：以《屯》卦之下卦初爻變爲《比》卦之下卦《坤》，占説「本卦」和「之卦」之象變。

閔公二年〔一〕。成季之將生也，桓公使筮之〔二〕。遇《大有》䷍之《乾》䷀，曰：「同復於父《乾》爲君父，《大有》，乾宫歸魂卦，《大有》變《乾》，故曰同復於父，敬如君所〔三〕。」一爻變占〔四〕。

【校　注】

〔一〕引文前後不完整，原文曰：「成季之將生也，桓公使卜楚丘之父卜之，曰：『男也，其名曰友，在公之右，間於兩社，爲公室輔。季氏亡，則魯不昌。』又筮之（下同此引）。及生，有文在其手曰『友』，遂以命之。」

〔二〕成季，名友，魯桓公之季弟。

〔三〕按，張本夾注及正文，言京房以「八經卦」領排六十四卦，是爲「八宫卦」或「八宫」，每宫統率七卦，其最後一卦是爲「歸魂卦」，表安穩。乾宫七卦依次爲《姤》《遯》《否》《觀》《剥》《晉》《大有》，則《大有》殿後爲「歸魂卦」。《大有》之上卦爲《離》，《離》爲子、爲臣，《乾》爲君、爲父。現《離》變爲《乾》，故曰其德同父，受敬如君。

〔四〕張本注總結此卦占卜原理：以《大有》卦第五爻由陰爻變爲陽爻，形成《乾》卦，占説所問。

僖公十五年〔一〕。秦伯伐晉，卜徒父筮之，遇《蠱》䷑，曰：「『千乘三去，三去之餘，獲其雄狐〔二〕。』夫狐《蠱》，必其君也。《蠱》之貞，風也；其悔，山也〔三〕。歲云秋矣，我落其實，而取其材《艮》爲山，在外，象晉；《巽》爲風，在内，象秦。占時屬秋，風吹落山木之實，秦爲主，故言我落其實，所以克也。實落材亡，不敗何待〔四〕！」六爻不變，占貞、悔〔五〕。

【校注】

〔一〕引文不完整，原文曰：「晉饑，秦輸之粟，秦饑，晉閉之糴，故秦伯伐晉。卜徒父筮之：『吉，涉河，侯車敗。』詰之，對曰：『乃大吉也，三敗，必獲晉君。』」（下同此引）

〔二〕千乘三去，據下文「三敗及韓」，知指晉軍三敗。雄狐，《蠱》之上卦爲《艮》，據九家《易》，《艮》爲狐，雄狐象徵晉君。

〔三〕《蠱》之貞，指《蠱》之上卦爲《艮》，爲山；悔亡，《蠱》之下卦爲《巽》，爲風。

〔四〕按，正文及張本夾注進一步解釋晉敗秦勝之因。據下文「九月」，言其卜在秋。《艮》爲山，悔亡，象晉；《巽》爲風，象秦（我）。秋風吹落樹實於我，故秦勝。

〔五〕張本注總結此卦占卜原理：指「本卦」和變卦相同，六爻不動如故。僅就其上（貞）、下（悔）二卦象，占説所問。

僖公十五年。初，晉獻公筮嫁伯姬於秦，遇《歸妹》䷵之《睽》䷥〔一〕。史蘇占之曰：「不吉！其繇曰『士刲羊，亦無衁也；女承筐，亦無貺也』〔二〕。西鄰責言，不可償也〔三〕。《歸妹》之《睽》，猶無相也〔四〕。《震》之《離》，亦《離》之《震》，爲雷爲火，爲嬴敗姬，車脱其輹，火焚其旗，不利行師，敗於宗邱。歸妹睽孤，寇張之弧，姪其從姑，六年其逋，逃歸其國，而棄其家，明年，其死於高梁之虚〔五〕。」一爻變，占「本卦」、「之卦」變爻及二卦卦象〔六〕。

【校　注】

〔一〕伯姬，晉獻公女，一作「穆姬」，嫁與秦穆公。

〔二〕史蘇，晉之卜筮者。此史蘇引《周易・經》下《歸妹》之上六爻辭，文略有異而義同，原文曰：「上六，女承筐無實，士刲羊無血，無攸利。」按，無實即無用。刲羊無血，承筐無實，皆屬不吉。繇，即爻詞。下同。

〔三〕按，西鄰，指秦國；不可償，無以應對。

〔四〕按，「《歸妹》之《睽》」以下至「敗於宗邱」，史蘇據《説卦》釋晉師之敗。稱《歸妹》，女嫁之卦；《睽》，乖離之卦，故曰無相。《歸妹》之上卦爲《震》，爲雷；《睽》之上卦爲《離》，爲火。秦，嬴姓；晉，姬姓，故秦必敗晉。《震》又爲車，《睽》之下卦《兑》，則爲毁，故此卦變有象徵毁其車輹，燒其軍旗，不利出師。後晉師果敗於宗丘（韓原），以應驗此占。

〔五〕「歸妹睽孤」以下，史蘇據《説卦》釋晉懷公（子圉）之死。謂嫁女遇乖離，又逢人張弓搶奪（從今人楊伯峻先生説）。《震》變爲《離》，猶姪從其姑，故晉懷公爲秦國人質，六年後棄家逃回晉國，死於高梁（今屬山西臨汾）。應驗此占。

〔六〕張本注總結此卦占卜原理：以「本卦」《歸妹》上六爻，變爲「之卦」《睽》上九爻，占説本、之二卦爻變和卦象。

僖公二十五年〔一〕。晉侯將勤王，使卜偃筮之〔二〕。遇《大有》䷍之《睽》䷥，曰：「吉！遇『公用享於天子』之卦也〔三〕。戰克而王享，吉孰大焉。且是卦也，天爲澤以當日《乾》爲天，《兑》爲澤，《離》爲日，天變爲《兑》，而上當《離》，是天爲澤，以當日也，天子降心以逆公，不亦可乎？《大有》去《睽》而復，亦其所也〔四〕。」一爻變，占「本卦」變爻〔五〕。

【校　注】

〔一〕引文不完整，原文曰：「秦伯師於河上，將納王，狐偃言於晉侯曰：『求諸侯莫如勤王。諸侯信之，見大義也。繼文之業而信宣於諸侯，今爲可矣。』使卜偃卜之曰：『吉，遇黄帝戰於阪泉之兆。』公曰：『吾不堪也。』對曰：『周禮未改，今之王，古之帝也。』公曰：『筮之。』」（下同此引）

〔二〕晉侯，即晉文公；卜偃，晉國卜者。
〔三〕公用享於天子，卜偃所引《周易・經》上《大有》卦九三爻辭，原文曰：「公用享於天子，小人弗克。」象徵天子將以享禮招待。卜偃以此吉卦勸晉文公勤王。
〔四〕按，以上正文並張本夾注進一步解釋此筮之吉，謂《大有》之下卦爲《乾》、爲天；變爲《睽》下之《兑》卦，爲澤；其上《離》卦不變，爲日，皆居其上，故曰「當日」。《大有》、《離》上《乾》下，象徵天子降格而禮待於您（晉侯）。本卦《大有》變爲之卦《睽》，終將復於《大有》，象徵天子復位，得其所也。
〔五〕張本注總結此卦占卜原理：以本卦《大有》九三爻變爲之卦《睽》之六五爻，占説本卦爻變之象。

成公十六年。鄢陵之役，晉侯筮之。史曰：「吉！其卦遇《復》䷗，曰『南國蹙，射其元王，中厥目』〔一〕。國蹙王傷，不敗何待？」六爻不變〔二〕。

【校注】
〔一〕《左傳》杜注此句「爲卜者之辭」。蹙，同蹙，窘迫也；元王，大王或國王。
〔二〕張本注總結此卦占卜原理：指「本卦」和「變卦」相同，六爻不動如故。

襄公九年。穆姜薨於東宮〔一〕。始往而筮之，遇《艮》之八五爻皆變，惟二得八不變，故曰是謂

《艮》之《隨》〔二〕。史曰：「是謂《艮》䷳之《隨》䷐，《隨》其出也。君必速出〔三〕。」姜曰：「亡，是於《周易》曰『《隨》，元亨利貞』〔四〕。元，體之長也；亨，嘉之會也；利，義之和也；貞，事之幹也。體仁足以長人，嘉會足以合禮，利物足以和義，貞固足以幹事。然故不可誣也。是以雖《隨》無咎，今我婦人而與於亂，固在下位而有不仁，不可謂『元』；不靖國家，不可謂『亨』；作而害身，不可謂『利』；棄位而姣，不可謂『貞』。有是四者，《隨》而無咎，我皆無之，豈《隨》也哉？必死於此，弗得出矣！」五爻變，占「之卦」彖辭〔五〕。

【校注】

〔一〕穆姜，魯襄公祖母，當年欲廢成公，立其姦夫僑如，故被貶入東宮。此乃其初入東宮時占卜之事。

〔二〕正文及夾注皆謂，本卦《艮》五爻皆變，惟第二爻不變，而成《隨》卦。

〔三〕史卜據《隨》卦初九爻辭「出門交有功」，勸其離宮出走。

〔四〕見《周易·經》上《隨》之卦辭：「元亨利貞，無咎。」但以下穆姜則自認其罪孽深重，不符此卦所示「無咎」，將必死於東宮。

〔五〕張本注總結此卦占卜原理：以「正卦」《艮》五爻之變，占說「之卦」《隨》之彖辭。

襄公二十五年。崔杼將取棠姜〔一〕。筮之，遇《困》䷮之《大過》䷛，示陳文子〔二〕。

曰：「夫從風《坎》爲中男，故曰夫；變爲《巽》，故曰從風，風隕妻，不可娶也〔三〕。且其繇曰：『困於石，據於蒺藜，入於其宮，不見其妻，凶〔四〕。』困於石，往不濟也；據於蒺藜，所恃傷也；入於其宮，不見其妻，凶，無所歸也。」一爻變〔五〕。

【校注】

〔一〕崔杼，一作崔武子、崔子，齊臣。棠姜，一作東郭姜，崔杼之繼室，原爲齊大夫齊棠公之妻，棠公死，崔杼「見棠姜而美之」，欲娶，因問卜。

〔二〕陳文子，一作陳須無，須無，齊臣。

〔三〕正文及夾注皆據《説卦》，謂《坎》卦象徵中男，即丈夫；《巽》卦象徵風，風傷害妻子，不可娶也。

〔四〕見《周易·經》下《困》卦六三爻辭。陳文子據此並《坎》卦象徵隱伏、溝瀆等意，進一步解釋此卦象徵人爲頑石所困，去也無用，蒺藜所阻，必爲所傷，進入宮室，不見妻子，故不可娶之。

〔五〕張本注總結此卦占卜原理：指《困》卦第三爻六三變爲《大過》卦第三爻九三。

昭公五年。初，穆子之生也，莊叔以《周易》筮之〔一〕。遇《明夷》䷣之《謙》䷎，以示卜楚邱〔二〕。曰：「是將行，而歸爲子祀，以讒人入，其名曰牛，卒以餒死〔三〕。《明夷》，日也，日之數十，故有十時，亦當十位，自王以下，其二爲公，其三爲卿。日上其中，食日爲二，旦日爲三。《明夷》之《謙》，明而未融，其當旦乎？故曰『爲子祀』〔四〕。日之《謙》當鳥《離》爲日、爲鳥，《離》變爲《謙》，日光不足，故當鳥，故曰『明夷於飛』；明而未融，故曰『垂其翼』；象日之動，故曰『君子於行』；當三在旦，故曰『三日不食』。《離》，火也；《艮》，山也。《離》爲火，火焚山，山敗，於人爲言，敗言爲讒，故曰『有攸往，主人有言』，言必讒也。純《離》爲牛，世亂讒勝，勝將適《離》，故曰『其名曰牛』〔五〕。《謙》不足，飛不翔，垂不峻，翼不廣，故曰『其爲子後乎』。吾子亞卿也，抑少不終〔六〕。」一爻變，占「本卦」變爻〔七〕。

【校　注】

〔一〕穆子，一作穆叔、叔孫豹，魯臣。莊叔，穆子之父，名得臣。此乃穆子出生時占卜之事。

〔二〕卜楚邱，魯之卜官。

〔三〕按，卜楚邱謂穆子今後將出奔，又返國能爲莊叔祭祀，帶回一個叫「牛」的奸人，最終還可能被餓死。以下，再按《明夷》卦及其第一爻之爻辭作出解釋。其辭曰：「初九，明夷於飛，垂其翼，君子於行，三日不食。有攸往，主人有言。」

〔四〕按，《明夷》爲日，一日十時，正與王公的位次相配。王以下第二位爲公，第三位爲卿，符於莊叔、穆子家地位。日自鷄鳴出地，經食日（昧爽），至旦日，也正好在第三位。《明夷》卦《離》下《坤》上，象徵日入地中，明而未亮，豈非旦日之象？所以也只能是繼承您的卿位而已。

〔五〕按，以上正文並夾注皆謂，《明夷》卦爲日光受損，猶如鳥之垂翼低飛，故曰「明夷於飛」「垂其翼」；又如君子潛隱避難，尚義而行，饑不得食，故曰「君子於行」「三日不食」。《離》象徵火，

《艮》象徵山，火焚山而山壞。《艮》又象徵人言，毀壞言語就是讒言，故曰「有攸往，主人有言」，此言必是讒言。以《坤》配《離》，是爲「純離」，與《離》相耦爲《坤》，《坤》爲牛，故進讒言者曰牛。

〔六〕杜注曰：「《謙》道沖退，故飛不遠翔，翼垂而不能廣遠。」象徵穆子只能隨您之後做一個亞卿罷了，而且還可能不得善終。

〔七〕張本注總結此卦占卜原理：以《明夷》卦之初九爻，變爲《謙》卦之初六爻，占説「本卦」之爻變情況。

昭公七年。衛襄公有子縶及元〔一〕。孔成子以《周易》筮之，曰：「元尚享衛國，主其社稷〔二〕。」遇《屯》䷂，又曰：「余尚立縶，尚克嘉之。」遇《屯》之《比》䷇，以示史朝。史朝曰：「『元亨』，又何疑焉〔三〕？」成子曰：「非長之謂乎〔四〕？」對曰：「康叔名之，可謂長矣。孟非人也，將不列于宗，不可謂長。且其繇曰『利建侯』，嗣吉何建？建非嗣也。二卦皆云，子其建之，康叔命之，二卦告之，筮襲於夢，武王所用也，弗從何爲〔五〕？」一爻變，占彖辭〔六〕。

【校注】

〔一〕衛襄公夫人無子。嬖人婤始生長男孟縶，病足；再生二男名元。

〔二〕孔成子，一作孔烝鉏，衛臣。他先祝告孟縶享國，既而又改卜問元是否可以享國。

〔三〕按，史朝，衛臣。他據孔成子得《屯》《比》二卦之卦辭皆有「元亨」二字，主張元可享國。其先，孔成子和史朝都曾夢見衛國始祖康叔命他們擁立輔佐元爲衛侯。

〔四〕孔成子擔心「元亨」之「元」是指長男，即孟縶。

〔五〕史朝以歷史結合此卦辭等進一步作出解釋説：「康叔，衛之始祖，元的名字所自出。古人有『善者爲長』之説，而孟縶病足，非身體完善之人，只可立嗣，但不得爲侯。《屯》卦初九爻辭有『利建侯』，《比》卦卦辭有『元亨』二字。其名來自康叔，又符合二卦所示和我們的夢（稱當年周武王也是如此決策的）難道不該遵從嗎？」

〔六〕張本注總結此卦占卜原理：以《屯》卦初九一爻，變爲《比》卦初九，占説二卦所示「元亨」和「利建侯」之義。

昭公十二年。南蒯之將叛也〔一〕。筮之，遇《坤》䷁之《比》䷇，曰「黃裳元吉」，以爲大吉也〔二〕。示子服惠伯，曰：「即欲有事，何如〔三〕？」惠伯曰：「吾嘗學此矣，忠信之事則可，不然，必敗。外强内温，忠也；和以率貞，信也，故曰『黃裳元吉』。黃，中之色也；裳，下之飾也；元，善之長也。中不忠，不得其色；下不供，不得其飾；事不善，不得其極。外内倡和爲忠，率事以信爲供，供養三德爲善。非此三者弗當〔四〕。且夫《易》不可以占險，將何事也？且可飾乎？中美爲黄，上美爲元，下美則裳。參成可筮，猶可闕也。筮雖吉，未也〔五〕。」一爻變，占「本卦」變爻辭〔六〕。

【校　注】

〔一〕南蒯，一作南氏，魯國費邑之宰。叛亂前，其鄉人曾擔憂和諷勸其不可爲之，故占之。

〔二〕黄裳元吉，見《周易・坤》卦六五爻辭。

〔三〕子服惠伯，一作子服子、子服湫，魯臣。

〔四〕按，惠伯意謂「黄裳元吉」只表忠信之事。黄，象徵人内衣之色；裳，即下裳；元，指最善者也。而内心不忠，下屬不恭，做事不善，不合準則，就不符於「黄裳元吉」所示。又説，外内一致爲忠，以誠相待爲恭，崇尚忠、信、恭三德爲善。非此「三德」，也不符此卦所示。

〔五〕按，惠伯意謂，《易》是不占測危險之事的。符合以上忠、信、恭三種美德纔可占驗，否則，卦辭雖吉，也是無用。

〔六〕張本注總結此卦占卜原理：以《坤》卦之六五爻，變爲《比》卦之六五爻，占説「本卦」和變卦的爻辭。

哀公九年。晉趙鞅救鄭，陽虎以《周易》筮之〔一〕。遇《泰》☷☰之《需》☵☰，曰：「宋方吉，不可與也。微子啟，帝乙之元子也；宋、鄭，甥舅也；祉，禄也。若帝乙之元子歸妹而有吉禄，我安得吉焉？」乃止〔二〕。一爻變，占「本卦」變爻辭〔三〕。

【校　注】

〔一〕按，趙鞅，一作趙孟、趙簡子，晉臣。趙鞅欲發兵救鄭，曾先用龜卜之法請教過卜官史趙、史墨和史龜，皆以爲不可。陽虎，一作陽氏，魯國季氏之家臣。

〔二〕按，宋，指宋國。微子啟，一作微子開，帝乙之長子。宋國曾嫁女於鄭國，故宋、鄭互爲甥舅關係。陽虎引歸妹卦六五爻辭「帝乙歸妹」，釋稱宋國處「吉」而有「禄」，此時，趙如攻宋救鄭，豈能吉祥？遂停止救鄭。

〔三〕張本注總結此卦占卜原理：以《泰》卦之六五爻，變爲《需》卦之九五爻，占説「本卦」和變卦的爻辭。

宋遺民廣録訂誤

梁棟已見程敏政《宋遺民録》〔一〕。考周密《癸辛雜志》，其人實無足取。《志》言棟與莫子山友善。一日，有客訪子山，留飲作饌，偶不及棟，棟憾之，遂告子山作詩譏訕，坐下獄，久之始釋，未幾死。後十年，棟弟投茅山許宗師，爲黄冠，許待之厚〔二〕。棟欲挈妻孥來依，許不聽，棟怒，大駡，許不能堪，告其作詩有「浮雲暗不見青天」句，於是捕下建康獄，未幾亦死。其爲人如此，豈有隱操可與皋羽、所南諸公並立乎〔三〕？且《志》言未幾死，而此

《録》謂庚寅以詩得禍，乙巳卒，則相去十六年矣，何抵牾若是？夫棟以魚羹不及，致人於獄，又以求依道觀，大駡致訟，可謂淡泊自怡、無求人世乎？敏政既失之於前，此《録》復仍之於後，過矣。

戴表元，舉宋咸淳進士，歷官行户部掌故〔四〕。宋亡後三十二年，已六十餘。復出爲信州教授，安得稱遺民？

韓信同，元名儒，宋亡後四十四年，出應仁宗延祐四年浙江鄉試，不可稱遺民〔五〕。

何中，《元史》入《隱逸傳》〔六〕。然嘗仕元，爲宗濂、東湖二書院山長，又行省聘爲龍興郡學師，非遺民。《元史》既誤入，且遺其爲山長事，殊失實。即郡學師，非亦隱者所處，不當濫入此《録》。

仇遠，曾爲元溧陽州儒學教授，非遺民〔七〕。

白珽，仕元，爲江浙儒學副提舉，不得稱遺民〔八〕。

羅椅，本富家子，貲産鉅萬，所謂「羅半州」也〔九〕。爲人狂蕩詭誕，僞爲寠子以欺世，雖有詩名，人皆薄之〔一〇〕。初附饒雙峰門牆，中入賈似道戎幕，後雖登朝，以似道素賤其爲人，不獲通顯〔一一〕。晚以失臨度宗喪，爲臺臣擊去。踰二載而宋社亦亡。《吉安府志》謂似道專國，上書力詆其罪，掛冠去，不復仕。此《録》亦言上書詆似道，棄官去，終身不仕，皆非實録。即有詆似道之事，亦在似道喪師，舉朝攻擊之日，非正當國之時也。況其罷官，實犯國法，且在似道既死之後，乃謂其上書擊奸，掛冠徑去，不亦謬乎？據周密《癸辛雜志》，其醜行不可殫述。其不仕也，特元人不用耳，豈果石隱者流哉〔一二〕？

湯仲友、陳瀧、高履常、顧逢，皆宋人，未嘗入元，故當時稱爲端、淳名士，由端平迄宋亡，尚四十餘載，未必元時尚在〔一三〕。惟仲友有《過賈相故居》詩，似在宋元改革之際，亦未必其入元也。縱使元初尚存，年已篤老，無復出仕之理，不當入此《録》。

文及翁，爲僉書樞密院事，聞元兵逼江南，諷臺臣劾己，章未上，先出關遁〔一四〕。此不忠之臣，安得稱遺民？

熊朋來，元名儒，仕元，歷福州盧陵兩學教授、福清州官，非遺民。

馬貴與，廷鸞子，仕元，歷台州路學教授，非遺民。

汪夢斗，仕元，爲本郡教授〔一五〕。其詩既云「傷心老作北朝臣」，何故入此《録》？

趙溍，爲沿江制置大使，元兵未至，先棄城遁〔一六〕。此誤國之賊，安得稱遺民？

羅志仁，臨江人，仕元，爲天長書院山長，非遺民〔一七〕。

張叔夏，《戴剡源集》有《送叔夏入燕序》，非遺民〔一八〕。

錢思復，中元順帝至正十一年鄉試，乃元末明初人，非宋末，不當稱宋遺民〔一九〕。

曾原一，傳言紹、寶間領鄉薦〔二〇〕。寶，乃寶慶；紹，乃紹定。下距宋之亡將五十載，恐未必入元。

羅向，傳言咸淳中始第，入元不仕。考其《書僧舍》詩云「鹿鳴西上虎符歸」，虎符，惟元有之。正其仕元而歸，自誇得意之作也。故下又有「故老共遮官路拜，沙鷗遥認隼旟飛」之句，不然，「故老」胡爲拜之？且安得有「隼旟」？此小人無恥之至者，而收之於遺民，誤矣。廬州在宋末隸淮西路，宋科舉制皆各州自試，未嘗合試於省會。元則淮西隸河南行中書省，省設於汴梁，在廬州之西北，故云「鹿鳴西上」。若在宋時，安得有西上之事？況考《江南通志》，進士内並無羅向之名乎〔二一〕。

張孟兼，名丁，明洪武時，官山東按察僉事，坐罪伏誅，非宋人也〔二二〕。其書「丙午」者，時太祖未正大位，猶稱「宋龍鳳十二年」。明年丁未，始稱「吴元年」，故孟兼止書「丙午」，非不用蒙古年號也。

趙復，雖未受元職，然其教大行於北方，日主講席，終於燕都，非隱士也，亦不當入〔二三〕。

王翥，寧宗時人，未嘗入元，不宜列此《録》〔二四〕。案，翥事見杜清碧《谷音》，彼但表當時高節之士，非專爲遺民而作，故可及於翥。若專録宋遺民，必抗志元世者始可入，今考吴曦之叛，在寧宗開禧三年，下距宋亡正七十年，豈有元初尚存之理？而乃混入此

《録》乎？

劉壎，仕元，爲本州教授，非遺民〔二五〕。

【題　解】

撰寫時間不詳。《宋遺民廣録》，又名《廣宋遺民録》或《廣遺民録》，明末清初李長科著。據咸豐《重修興化縣志》本傳等，李長科，一名盤，字小有，江南興化（今屬江蘇揚州）人，嘉靖朝重臣李春芳曾孫。博綜古今，務爲經濟之學。兩中副榜，崇禎十三年（一六四〇）始以賢良方正辟授懷集（今屬廣東肇慶）縣令，興利除害，多有善政，考績報最。以外艱歸，嘗游燕趙，阻清兵於廣平，率衆棲宿雉樓四十晝夜，克敵制勝，遂圍解。晚年僑居丹徒。除此書外，還著有《金湯十二籌》《小有詩文集》等。據清初錢謙益《牧齋有學集·書廣宋遺民録後》所記，此書作者「更陸沉之禍，自以先世相韓，輯《廣遺民録》以見志」，基於明人程敏政《宋遺民録》而補益之。又稱此書已佚，「止得目録一帙」。對其所列遺民亦多有辨誤。萬斯同以「必抗志元世」爲主要原則，對該書中非宋末元初之人、「失節仕元」和品行卑劣者提出考辨。

【校　注】

〔一〕梁棟，字隆吉，據程敏政《宋遺民録》卷十二引胡迺《梁先生詩集敘》，舉南宋咸淳四年（一二六八）進士，歷任寶應、錢塘官幕。宋亡，「歸武林間……入茅山，從老氏學」。至元二十七年（一二九〇）「遭詩禍，自是名益聞」。大德九年（一三〇五）卒。按，未言其喪失名節事。

〔二〕黄冠，草帽也，謂農夫野老之服。

〔三〕皋羽，即謝翱，字皋羽，號晞髮子。據程敏政《宋遺民録》，謝翱爲南宋末諸生，隨文天祥抗元，委爲諮議參軍。兵敗，隱居浙江山林間。至元二十一年，元僧楊璉真伽盜發南宋帝陵，建「鎮南塔」以鎮之。謝翱協助會稽宋遺民唐珏、林景熙等冒險用他骨暗中换取宋高宗、孝宗遺骨，轉葬於紹興蘭亭山，植冬青樹爲標誌。所著有《冬青樹引》等，參見萬斯同《南宋六陵遺事》。

所南，即鄭思肖，據程敏政《宋遺民録》，南宋詩人、畫家。元軍南下時，曾向朝廷獻抵禦之策，未被採納。宋亡改名「思肖」（暗含「思趙」之義），以示不忘故國；號所南，坐卧常向南背北。客居吴下，常畫無根蘭花，寓意失去國土。有《心史》等。參見萬斯同《南宋六陵遺事》。

〔四〕戴表元，字帥初，號剡源，宋末元初文學家。據《元史》本傳等，早年入太學，師事南宋禮部尚書王應麟和舒岳祥等大師。南宋咸淳七年進士。宋末元初戰亂，輾轉鄞縣、杭州等地，授徒賣文爲生。元大德八年，被薦爲信州教授。再調婺州，因病辭歸，讀書吟詩以終。

〔五〕韓信同，字伯循，宋元理學名儒，學者稱古遺先生。據乾隆《福建通志》本傳等，對宋代濂洛關閩諸學之典籍搜覽殆遍，悉心探究，多有著述。延祐四年（一三一七），應江浙鄉舉，因見解與上司不同而落選。設帳講學，四方求學者日至。曾被聘爲建州雲莊書院山長。

〔六〕何中，字太虚，元初文學家、學者。據《元史》本傳等，南宋末進士，因社會動亂，曾隱居鄉間，致力古學，爲學弘深。至順二年（一三三一），被聘爲龍興郡學師，又爲東湖、宗濂書院山長。次年六月以疾卒。著有《知非堂稿》等。

〔七〕仇遠，字仁近，宋元文學家、書法家。據雍正《浙江通志》本傳，元大德年間，曾任溧陽儒學教授，不久罷歸。生當亂世，其詩作不時流露出對國家興亡、人事變遷的感歎，如《采薇吟》《挽陸右丞秀夫》等。著有《金淵集》六卷。

〔八〕白珽，字廷玉，據雍正《浙江通志》、《新元史》本傳等，南宋咸淳年間，與仇遠同以詩名，並稱「仇白」。入元，薦授太平路儒學學正，勉起應命，秩滿，遷蘭溪州判官，不赴。後起爲月泉書院山長，遷杭州學正。後仕運不達，晚年歸隱西湖棲霞嶺下，自號棲霞山人。工詩賦，兼長書法，造詣亦深。著有《夢稿》《癡稿》《聽雨留稿》等。

〔九〕羅椅，字子遠，號磵谷，南宋名宦。據嘉靖《江西通志》本傳等，宋寶祐四年（一二五六）進士，知贛州信豐縣。選潭州軍學教授，後擢京榷提舉等。時賈似道專權蔽主，椅上書直言，遭報復。以國事不可爲，憂鬱成疾。南宋景炎二年（一二七七）以疾卒於官，則未曾仕元，有《磵谷遺稿》。

〔一〇〕窶子，窮小子。葉適《劉子怡墓誌銘》：「酸儒窶子相和趨之，飯羹不完飽，錢百物准作家計。」

〔一一〕饒雙峰，即饒魯，字伯輿，號雙峰，南宋著名書院山長。據黄宗羲等《宋元學案》，其學以持守涵養爲主，學問思辨爲先，而篤行終之。遠近從學者衆，主石洞諸書院。著有《五經講義》《語孟紀聞》等。

〔一二〕石隱，指真實隱者。

〔一三〕湯仲友，原作「湯仲及」，誤，據《御選宋金元明四朝詩・湯仲友》校改。仲友名益，以字行，更字端夫。學詩於周弼，晚號西樓，有《壯遊詩集》。《宋詩紀事》録其詩作《弔葛嶺賈秋壑故居》。陳瀧，字伯雨，據《御選宋金元明四朝詩》等，薦漕試，皆不第。晚號碧澗翁，有《淡泊集》九卷。高常，字履常，有《覆瓿集》。顧逢，字君際，別號梅山樵叟，據《御選宋金元明四朝詩》等，宋末舉進士不第，後辟爲吴縣教諭。學詩於周弼，擅長五言詩，與陳瀧、湯仲友、高常齊名，有「蘇臺四妙」之稱。著有詩集十卷、《負暄雜録》等。

〔一四〕文及翁，字時學，號本心，據厲鶚《宋詩紀事》等，寶祐元年進士。先後官昭慶軍節度使書記、國史院編修、資政殿學士等。元兵將至，棄官遁去。入元，累徵不起。

〔一五〕汪夢斗，字以南，號杏山。據《四庫全書總目・北游集》等，南宋景定二年（一二六一）漕試第一，授承節郎、江東司制幹官。咸淳間爲史館編校，以事棄官歸。至元十六年應元世祖特召赴京，時年近五十，卒不受官，放還，講學以終。著有《北遊詩集》。

〔一六〕趙溍，字元溍。據《四庫全書總目・養痾漫筆》等，南宋咸淳中官淮東統領兼鎮江知府，遷沿江制置使、建康知府。景炎中轉江西制置使。據《元史・孟古岱傳》載：「宋降將趙溍叛於溧陽。」著有《養痾漫筆》一卷。

〔一七〕羅志仁，字壽可。據《千頃堂書目·羅志仁薊門行卷》等，南宋間預鄉薦。元世祖至元年間應薦爲天長書院山長。曾作詩歌頌文天祥，以奇絶之筆抒亡國之恨，幾遭禍，逃而免。

〔一八〕張叔夏，名炎，字叔夏，號玉田，南宋著名詞人。元兵破臨安，其祖父張濡被元人磔殺，家財抄没，此後，貧難自給。至元二十七年曾赴大都繕寫金泥字藏經，失意南歸以終。

〔一九〕錢惟善，字思復。據乾隆《江南通志》本傳等，至正元年（一三四一）鄉貢進士，官至儒學副提舉。元末動亂，退隱華亭。明洪武初年卒。著有《江月松風集》，又兼長書法。

〔二〇〕曾原一，字子實，與南宋大詩人戴復古同時並名。據嘉靖《江西通志》本傳等，南宋紹定中領鄉薦，與戴復古約爲「江湖吟社」，描寫農村風光及田園生活，清新明快，有陸游遺風。宋末元初因戰亂返里，隱居城西翠微峰下，專心著述，有《蒼山詩集》《選詩衍義》傳世。

〔二一〕按，此條誤甚。羅向不但非宋末遺民，實爲唐朝貞元時人。考明佚名並程敏政著《宋遺民録》、萬斯同自著《宋季忠義録》，皆無一字記涉此人。何光遠《鑒誡録》卷八《衣錦歸》則著録其人其詩曰：「羅使君珦，本廬州人，不事巨産而慕大名，以至困窮，竟無退倦。常投福泉寺僧房寄足，每旦隨僧一食，學業而已。歷二十年間，持節歸郡，洎入境，專遊福泉寺，駐旌戟信宿，書其壁曰：『二十年前此布衣，鹿鳴西上虎符歸。行時賓從過前事，到處杉松長舊圍。野老共遮官路拜，沙鷗遥避隼旟飛。春風一宿琉璃殿，惟有泉聲愜素機。』」明徐應秋《玉芝堂談薈》卷六《飯後鐘》等亦記有此事。《全唐詩》《山堂考索》《鑒戒録》等記爲「羅晌」或「羅珦」

等，然詩話皆同此不誤。均爲諷誡小人得志之事。

〔三二〕張孟兼，名丁，以字行，浦江（今屬浙江金華）人。據《明史》本傳等，洪武初，參修《元史》。書成後，授國子學録，歷禮部主事等。因指責山東布政使吴印違制，反被誣陷，詔論罪棄市。著有《百石山房稿》等。

〔三三〕趙復，字仁甫，宋末元初理學大儒，學者稱江漢先生。據《元史》本傳等，宋末爲元軍所俘，姚樞釋之，隨樞北上燕京。時二程、朱熹之書在北方流傳極少，他以所記程、朱著作傳注，抄録付樞。與姚樞等建太極書院，講授其間。爲人樂易耿介，雖居燕，不忘故土。著有《傳道圖》《師友圖》等，元儒許衡、郝經、劉因皆得其書而尊信理學。

〔三四〕王翥，字一飛。據乾隆《福建通志》本傳等，南宋寧宗慶元中，蜀吴曦軍亂，翥佯病風痺，不從其謀，事定，匿巴中，爲農終身。事詳杜本《谷音》。杜本，號清碧，元代文學家、理學家。其所著《谷音》二卷，録宋元詩作一百多首，間附作者小傳。其中亦有金、元間人，並非皆宋遺民，萬説審是。

〔三五〕劉壎，字起潛，學者稱水村先生。據《四庫全書總目·隱居通議》等，讀書於麻姑山，刻苦肄習。研經究史，網羅百家之學。年三十七而宋亡，越十八年，入元後五十五歲任旴郡學正，年七十受朝命爲延平路儒學教授。年七十二爲南劍州學官。著有《隱居通議》三十一卷等。

卷五 論説 考辨三

隸書考一

自蒼頡作古文，史籀易之以大篆，李斯、趙高、胡毋敬又變爲小篆，文字漸趨於簡矣〔一〕。至程邈爲隸書，其法益簡〔二〕。初但行之於官府，赴急疾之用，後遂通行天下，迄於今不廢，即所謂楷書是也。以其出於徒隸而言，謂之隸書；以其形體方正而言，謂之楷書〔三〕。非有二也。

或者曰隸與楷本二物也，安得混而一之？曰此非予之言，古人之言也。一徵之庾肩吾《書品》，肩吾，梁人，其言曰：「尋隸體發源，秦時隸人程邈所作，今時正書是也〔四〕。」此可證者一。一徵之韓毅《大覺寺碑》，毅，東魏人，其碑陰所書實楷書也，而毅自題爲隸書〔五〕。此可證者二。一徵之張懷瓘《書斷》，懷瓘，唐人，其言曰：「隸本謂之楷，楷者法也，式也，模也〔六〕。」此可證者三。一徵之封演《聞見録》，演亦唐人，言：「顔魯公葺《韻海鏡原》三百六十卷，先起《説文》爲篆字，次作今文隸字，謂之今文〔七〕。」可知隸即楷也。此可證者四。

其他更有可證者，褚先生之《補三王世家》也，謂「求太史公所撰《世家》不能得，謹論次其真、草詔書，編於左方」〔八〕。是真、草二體，漢武前已有之矣。草又本於真，草既在武帝之前，則楷更在其前可知矣。考秦之末迄漢武之初，僅六十載。草已大行於時，且用之於詔書，則楷之大行益久矣，謂不出於秦世乎？衛恒之撰《四體書勢》也，但言古文、篆、隸、草，而不及楷，以隸即楷也〔九〕。張懷瓘之撰《十體書斷》也，歷陳古文、大篆、籀文、小篆、八分、隸、行草、章草、飛白，而不及楷，亦以隸即楷也〔一〇〕。昔人稱王右軍謂兼善篆、籀、八分、隸、行草、章草八體，而不及楷，亦以隸即楷也，不然，右軍豈不善楷書者乎？即《晉書·王獻之傳》，但言善草、隸，而不及楷，亦以隸即楷也，不然，獻之豈不善楷書者乎〔一一〕？試觀前史，其稱善書者，後漢十人，三國九人，晉書二十三人，宋、齊、梁、陳四朝六十人，後魏、北齊、後周、隋四朝二十八人，唐五十人，皆言善隸書，或言善篆、隸，善隸、草，而言善楷書者絶少，則以隸即楷也。惟《晉書》李式、李充，《南史》蕭確、王僧孺，《北史》趙文深，《唐書》褚遂良諸傳並言善楷、隸，《北史·竇遵傳》言善楷、篆，《唐書·裴休傳》言善楷書而已〔一二〕。夫楷與隸並言，固以楷、隸爲一體，非分二體也。諸史之言，明白可據。

如此，奈何分楷、隸爲二體哉？蓋唐以前，人皆知楷之即隸，無待於言，即言之必不謬，至宋而其説混矣。趙德夫《金石録》謂始於歐陽文忠《集古録》，誤以八分爲隸書，自是隸與楷爲二〔一三〕。愚考《宋史》稱善書者六十五人，亦皆不言善楷法，惟一杜衍稱其善正書，豈宋時諸公皆不知楷書乎〔一四〕？今諸公遺墨具在，何楷書之多也！然則趙氏之言良爲可信，文忠之分楷、隸爲二，真無識之至也！

或者曰楷、隸既爲一矣，然則今之隸書將何名乎？曰此正古代之八分也。八分得小篆之二，得隸之八，故謂之八分。八分固近乎隸，而實非隸也。趙德夫有言曰：「自歐陽公爲此説，有一士人力主之，余出漢碑數本問之，何者爲隸，何者爲八分，其人不能辨也〔一五〕。」由此言之，今之所謂隸，古之所謂八分也；今之所謂楷，古之所謂隸也。

【題　解】

論稱中國文字自古文（也稱科斗文）、籀書發展到楷書（真書或正書）、草書，日趨於簡。其中隸書與楷書實爲一體，乃因稱謂角度不同而異名，「出於徒隸而言，謂之隸書；以其形體方正而言，謂之楷書。非有二也」。舉證六朝至唐宋，書家多以隸代楷，只有少數分言楷、隸。且楷書早行於秦漢。唐以前「人皆知楷之即隸」，惟歐陽修《集古録》誤八分爲隸書，「自是隸與楷爲二」。實則八分近隸而非隸，則今之所謂隸即古之八分，今之所謂楷即古之所謂隸也。

本卷主要論及古代文字、書法、碑版，撰寫時間不詳。除《書詛楚文後》一文外，其餘十四文也分別著録於萬斯同《群書疑辨》卷八和卷九。

【校注】

〔一〕據許慎《説文解字敘》等，黄帝史官倉頡初造書契，稱古文（科斗文），周時史官易之爲籀書。秦始皇時，罷東方各國文字不與秦文合者，丞相李斯作《倉頡篇》，中車府令趙高作《爰歷篇》，太史令胡毋敬作《博學篇》，皆取大篆而省改，稱小篆或秦篆。

〔二〕程邈，字元岑，秦代文字學家、書法家，傳其率先改篆書爲隸體。

〔三〕張懷瓘《書斷》稱：「（邈）始爲衙縣獄吏，得罪始皇，幽繫雲陽獄中，覃思十年，益大、小篆方圓而爲隸書三千字，奏之，始皇善之，用爲御史……以爲隸人佐書，故名『隸書』。」

〔四〕庾肩吾，字子慎，南朝梁代文學家、書法家，其所撰《書品》曰：「尋隸體發源，秦時隸人下邳程邈所作，始皇見而重之。以奏事繁多，篆字難製，遂作此法，故曰『隸書』。今時正書是也。」

〔五〕《藝文類聚》卷七十七引温子昇撰《大覺寺碑》。趙明誠《金石録》卷二十一謂其碑陰題「銀青光禄大夫臣韓毅隸書」，「蓋今楷字也」。又云：「據《北史》，毅，魯郡人，工正書。神武用爲博士，以教彭城景思王攸。當時碑碣往往不著名氏，毅以書知名，故特自著之也。然遺迹見於今者，獨此碑爾。」

〔六〕張懷瓘，唐代書法家、書學理論家。官翰林供奉、鄂州司馬等。善正、行、草書。著有《書斷》《六體書論》等。《書斷上》曰：「八分已減小篆之半，隸又減八分之半。然可云子似父，不可云父似子，故知隸不能生八分矣。本謂之楷書，楷者法也，式也，模也。」

〔七〕顔真卿等編著《韻海鏡源》大型文字學類書，以字形、音韻釋九經文義，佚於宋。封演《封氏聞見記》卷二《聲韻》條記該書曰：「其書於陸法言《切韻》外，增出一萬四千七百六十一字。先起《説文》爲篆字，次作今文隸字。仍具别體爲證，然後注以諸家字書。」

〔八〕《史記·三王世家》：「褚先生曰：臣幸得以文學爲侍郎，好覽觀太史公之列傳，傳中稱《三王世家》文辭可觀，求其世家終不能得。竊從長老好故事者取其封策書，編列其事而傳之……簡之參差長短，皆有意，人莫之能知。謹論次其真草詔書，編於左方，令覽者自通其意而解説之。」

〔九〕衛恒，字巨山，西晉書法家。官齊王府司空等。據《晉書》本傳，其所著《四體書勢》一卷，分書體爲四：古文、篆書、隸書、草書。確無楷書，萬説審是。

〔一〇〕張懷瓘《十體書斷》即《書斷》。其卷上，列書體計古文、大篆、籀文、小篆、八分、隸書、章草、行書、飛白、草書十種，確無楷書。其卷中，亦按此分類列示歷代善書者，亦不單列「善楷書」者。萬説審是。

〔一一〕《晉書·王羲之傳》：「王羲之……嘗詣門生家，見棐几滑浄，因書之，真、草相半。」其附記王獻之書法曰：「工草、隸，善丹青。」皆未言二王善楷書。萬説審是。

〔一二〕李式，《晉書·李充傳》附：「以平隱著稱，善楷隸。中興初，仕至侍中。」

李充，字弘度，先後任記室參軍、剡縣令、大著作郎，奉命整理典籍，亦稱其「善楷書」。

蕭確，字仲正，南朝書法家，官廣州刺史，封永安侯。《南史》本傳稱其「工楷、隸，公家碑碣，皆使書之」。

王僧孺，南朝詩人、書法家，官至御史中丞、南康王長史等。《南史》本傳稱其「善楷、隸」。

趙文深，字德本，北周書法家，《北史》本傳稱其「少學楷、隸，年十一，獻書於魏帝……（周）文帝以隸書紕繆，命文深與黎季明、沈遐等依《説文》及《字林》刊定六體，成一萬餘言，行於世」。

褚遂良，字登善，先後官諫議大夫、尚書右僕射等。《舊唐書》本傳稱其「博涉文史，尤工隸書」。《新唐書》本傳亦稱其「博涉文史，工隸、楷」。褚遂良與歐陽詢、虞世南、薛稷並稱初唐四大書家。

竇遵，北魏書法家，官至濮陽太守，後以善書拜庫存部令。《魏書·竇瑾傳》附：「（竇遵）善楷、篆。北京諸碑及臺殿樓觀、宫門題署，多遵書也。」

裴休，字公美，唐朝名宦、書法家。《舊唐書》本傳稱其「善爲文，長於書翰，自成筆法」。《新唐書》本傳稱其「能文章，書楷遒媚有體法」。

〔一三〕説見趙明誠（德夫）《金石録》卷二十一《東魏大覺寺碑陰》條，曰：「張懷瓘《六體書論》亦云：『隸書者，程邈造。字皆真正，亦曰真書。』自唐以前皆謂楷字爲隸，至歐陽公《集古録》誤以八分爲隸書，自是舉世凡漢時石刻皆目爲漢隸。」

〔一四〕杜衍，字世昌，北宋名臣、書法家，歷官御史中丞、知審官院、同平章事等。《宋史》本傳稱其：「善爲詩，正書、行草皆有法。」

〔一五〕其説亦見趙明誠《金石録》卷二十一《東魏大覺寺碑陰》條。此引文不誤。

隸書考二

自歐陽公分楷、隸爲二，學者多惑之〔一〕。至徽宗撰《宣和書譜》，竟劃然分爲二體，其説益支離〔二〕。所稱古今善隸者，止韓擇木一人〔三〕。夫擇木以八分著，孰不知之？乃獨稱其善隸，則誤以八分爲隸故也。且前史稱善隸者，多至二三百人，皆班班可考。今獨稱擇木一人，豈十七史所言皆未嘗寓目耶？此書雖出徽宗，必蔡京所撰，其不學無識一至於此〔四〕。至洪适著《隸釋》，亦苟且因之，自是人益不能辨〔五〕。而元人吾衍「秦隸」之説，尤屬不經〔六〕。總由不知楷之即隸，而以八分爲隸，是以若此紛紛也。

晉衛恒作《隸書勢》曰：「或砥平繩直，或規旋矩折，修短相副，異體同勢〔七〕。」必楷書乃有此狀，言之於篆、籀則戾矣。獨言上谷王次仲始爲楷法，則可疑〔八〕。以次仲爲秦人耶？則與程邈爲同時，或共爲隸體有之。以次仲爲後漢人耶？則隸已行之二百餘年，何待於次仲？王愔、蕭子良、張懷瓘以八分爲次仲所作，則得之矣。然諸家以次仲爲羽人，秦皇遣使捕之，化爲大鳥飛去，其説荒誕不可信〔九〕。愔及子良皆稱後漢人，則是先有隸而後有八分，八分固生於隸也。乃張懷瓘《書斷》謂八分減小篆之半，隸又減八分之半，何其言之顛倒乎？彼蓋以次仲爲秦人，謂先有八分而後有隸，故其言曰：「八分者，秦羽人王次仲所作也。」謂八分出次仲，則採王、蕭二氏之言；謂次仲爲羽人，又採神仙家之言。何其中無定見哉！原懷瓘之意，必欲謂八分先而隸書後，故錯亂至此，不足信也。至《書譜》之敘正書，謂王次仲始散隸體爲楷法，其言似是而非，不知次仲所作實八分也〔一〇〕。

少陵《李潮八分小篆歌》謂：「陳倉石鼓又已訛，大小二篆生八分。秦有李斯漢蔡邕，中間作者寂不聞〔一一〕。」是以八分生於篆，而不知實生於隸也。然其體得小篆之二，隸之八，即謂生於小篆亦可。若蔡邕所作實惟飛白，少陵之意似以八分爲邕所作，斯不然矣〔一二〕。

【題　解】

論稱歐陽修始分隸、楷二體。宋徽宗撰《宣和書譜》實出蔡京之手，再將隸、楷分爲二體。其後，洪适《隸釋》、元人吾衍「秦隸」説亦因之，皆誤在「不知楷之即隸，而以八分爲隸也」。主隸體先於八分，八分從小篆、隸體演變而成，且多取自隸書。駁「王次仲始爲楷法」之説，度其首創八分。八分既分別取法於隸、篆，則八分非隸體，而隸、楷也自當先於八分。對杜甫《李潮八分小篆歌》但言「八分生於篆」而不及隸體，略有微詞，稱其誤蔡邕所書爲八分，其「實惟飛白」而非八分。

【校　注】

〔一〕按，歐陽修《集古録》雖未專論隸、楷之分，然於《居士外集·牡丹記跋尾》稱蔡襄「八分、散隸、正楷、行狎、大小草衆體皆精」，或可爲分列楷書之證。萬説審是。

〔二〕《宣和書譜》，北宋徽宗宣和年間官修，二十卷。其卷二爲《隸書敘論》，卷三爲《正書敘論》。記當時内府所藏漢魏迄趙宋名家法帖墨迹。首列帝王諸書爲一卷，次列篆、隸爲一卷，次列正（楷）書爲四卷，次列行書爲六卷，次列草書爲七卷，末列八分爲一卷。後附制誥。確分稱隸、楷二體。萬説審是。

〔三〕韓擇木，唐代書法家，韓愈叔父。官至工部尚書、右散騎常侍，人稱「韓常侍」。《宣和書譜》卷二《隸書敘論》曰：「唐開元年，時主慨然知隸字不傳，無以矜式後學。乃詔作《字統》四十卷，專明隸書。於是間得人以應其求，如韓擇木之徒是矣。」但又多言韓氏善八分、楷體，如，唐竇泉《述書賦》曰「韓常侍則八分中興，伯喈如在」。其存世石刻主要有《告華岳文》《葉慧明碑》等。其中《滎陽王妃朱氏墓誌》，論者斷爲楷書體。

〔四〕蔡京，字元常，北宋名臣、書法家。《四庫全書提要》亦度其爲《宣和書譜》編者曰：「宋人之書。終於蔡京、蔡卞、米芾，殆即三人所定歟？」

〔五〕洪适，南宋金石學家。著《隸釋》二十七卷、《隸續》二十一卷，輯釋漢魏碑刻文字數百種。雖未專論隸、楷之異，但多以「隸書」「漢隸」分稱碑體。萬説審是。

〔六〕吾衍，又名丘衍，字子行。元代學者、書法家。其所著《學古編·字源七辨》依次分列科斗、籀文、小篆、秦隸、分書、漢隸、款識七類。無楷書。稱程邈減小篆創「秦隸」，「漢隸」爲漢人諸碑之字，與「秦隸同名其實異」。而按斯同之意，則並無「秦隸」「漢隸」之分，皆可謂之隸體或楷體。

〔七〕衛恒見前注。《晉書》本傳載其《四體書勢》曰：「（隸勢）或穹隆恢廓，或櫛比鍼列，或砥平繩直，或蜿蜒膠戾，或長邪角趣，或規旋矩折。修短相副，異體同勢。奮筆輕舉，離而不絶。」斯同以爲此乃楷書特徵，不當入「隸勢」之中。

〔八〕王次仲，名王仲，字次仲，秦代（一説東漢）書法家。

〔九〕「化爲」，原作「化二」，誤。據下注引張懷瓘《書斷》校改。

〔一〇〕傳王次仲「變蒼頡舊文爲今隸書」。秦始皇以其文簡，便於事要，奇而召之，三徵不至。「始皇怒其不恭，令檻車送之，次仲首發於道，化爲大鳥，出在車外，翻飛而去」。斯同認爲此「八分」實爲楷法。《晉書・衛恒傳》曰：「上谷王次仲，始作楷法。」張懷瓘《書斷》一方面稱：「八分者，秦時人上谷王次仲所作也。」一方面又引南朝書法家王愔《文字志》曰：「章帝時，王次仲始以古書方廣少波勢。建初中，以隸草作楷法，字方八分，言有模楷。」又引南朝書法家蕭子良曰：「靈帝時，王次仲飾隸爲八分。」故斯同責其「何其中無定見」。實則反映，從魏晉到北宋，學界對隸體、八分和楷體的認知和名稱各不相同。

〔一一〕李潮，唐代書法家，杜甫外甥。善八分、小篆。杜詩有「陳倉石鼓又已訛，大小二篆生八分。秦有李斯漢蔡邕，中間作者絶不聞……惜哉李蔡不復得，吾甥李潮下筆親。尚書韓擇木，騎曹蔡有鄰。開元已來數八分，潮也奄有二子成三人。況潮小篆逼秦相，快劍長戟森相向。八分一字直百金，蛟龍盤拏肉屈强」。

〔三〕蔡邕，東漢文學家、書法家。《書斷》云：「蔡邕作《聖皇篇》，篇成，詣鴻都門。上時方修飾鴻都門，伯喈待詔門下，見役人以堊帚成字，心有悦焉，歸而爲飛白之書。」因其筆劃絲絲露白，形同枯筆，故謂之「飛白書」。漢魏宮闕題字，曾廣泛採用此體。

隸書考三

隸與小篆同出暴秦，乃傳二三百年，隸大行而篆漸廢，其故何也？考程邈始作字，止三千。漢制，學童能諷九千字以上，乃得爲史，則隸文不足，必兼諷小篆可知。然李斯所撰《蒼頡篇》不過七章，趙高《爰歷篇》六章，胡毋敬《博學篇》七章。漢興，里師合三家爲一，總名之曰《蒼頡篇》。文斷六十字爲一章，凡五十五章，則統計三家所作，亦止三千三百文，并隸書不足九千之數，則必兼諷大篆可知〔一〕。觀兩《漢書》所載，漢元帝、嚴延年、北海王睦、樂城王黨、左姬，並善史書，釋者謂史籀所作，故曰「史書」，則兩漢猶行大篆，學童所諷必兼用大、小二篆及隸書，以足九千之數〔二〕。不然，安得九千之字而諷之？

獨怪爾時既兼行二篆，何故久而漸廢？蓋自李斯三人造書後，漢武帝時，司馬相如作

《凡將篇》；元帝時，史游作《急就篇》；成帝時，李長作《元尚篇》，猶小篆也，其字亦鮮增益〔三〕。至揚雄作《訓纂篇》，多至八十九章，班固又續十三章，而字體益備矣〔四〕。和帝時，賈魴更作《滂喜篇》，乃以漢所名《蒼頡篇》爲《蒼頡上篇》，以揚雄、班固所作爲《蒼頡中篇》，以己所作爲《蒼頡下篇》，總名之曰「三蒼」，而以隸體寫之〔五〕。自是文字大備，隸體益大行，而大、小二篆漸不見用於世矣。今考許氏《説文》，小篆至九千三百五十三字，則兼《三蒼》之故也。許氏去賈魴不遠，已患俗儒僞撰，急爲《説文》一書，以存小篆之迹，則當時之盛行隸書可知也。

大抵古今之變，皆由繁而之簡。古文之變而爲大篆也，大篆之變而爲小篆也，小篆之變而爲隸也，皆由繁而之簡也。至於隸而無可變矣，他若八分、飛白、行草，雖皆因隸而變，然形體不端，不可通行於天下，此隸所以永久而不廢也。乃世率謂小篆李斯作，不知合趙高、胡毋敬而始成，又止三千三百，至揚雄、班固、賈魴而始備。然則今所傳小篆，豈僅李斯一人之迹哉？

或問曰隸書出程邈，信矣，乃章懷太子注《後漢書》，謂隸書程邈所獻，似先有其書，邈特獻之於朝，非創始也，信乎〔六〕？曰酈道元《水經注》言近有發臨淄齊胡公冢者，見其柩上之字與隸書同，夫胡公爲太公六世孫，當周穆王之世，是未有大篆之先已有隸書矣〔七〕。

又《法苑珠林》言顧野王周訪字原，出没不定，其《玉篇序》云有開春申君墓，其銘文皆是隸字〔八〕。春申是六國時人，隸則非吞併之日也。是二説者，雖未可全信，要之，隸必非程邈所能創，或古有其體，邈特增損而獻之，故始皇悦而用之耳。不然，以李斯之兇邪强悍，方當權用事，創爲小篆，肯使一囚徒攘臂而抗其制作哉？蔡邕《聖皇篇》云「程邈删古立隸文」，則章懷之言有徵矣〔九〕。厥後古籀皆廢，而此體獨行，實有勝於古人者，不可以其後起且出於徒隸而輕之也。

【題　解】

再次强調中國文字由繁趨簡、漸變漸多的過程。首論「漢制，學童能諷九千字以上，乃得爲史」，則當時務必兼用「大、小二篆及隸書，以足九千之數」，且小篆並非李斯一人所成。至漢和帝時，賈魴合成《三蒼》，以隸書寫定，文字大備，篆書始「漸不見用於世」。次論秦漢以後，隸書（包括楷書）因簡便實用，故一直爲世間文字主流，所謂八分、飛白、行草皆依其派生衍變。又以酈道元《水經注》《玉篇序》所記出土文物中已見隸書，證説隸書早已有之，亦非程邈一人一時所成。程邈不過是「删古之有而立隸文」。

【校　注】

〔一〕按，「凡五十五章」句前，見《漢書・藝文志・小學家》。引述不誤。

〔二〕漢元帝，陳思《書小史》卷一《紀》：「孝元皇帝，名奭，宣帝太子也。好儒，多材藝，善史書。」按，史書，謂史籀所書之籀文，下同。北海王睦，陳思《書小史》卷二《傳一》：「後漢北海敬王睦，靖王興之子，光武兄伯昇之孫也。少好學，博通書傳，能屬文，善史書，當世以爲楷則，光武器之。明帝爲太子，尤見親幸，甚愛其法。及寢病，帝驛馬令作草書尺牘十首。」樂成王黨，陳思《書小史》卷二《傳一》：「樂成靖王黨，明帝子，聰慧，善史書，喜正文字。」嚴延年，字次卿，西漢酷吏。歷任侍御史、涿郡太守等職。《漢書·酷吏傳》記其「尤巧爲獄文，善史書」。左姬，《後漢書·章帝八王傳》第四十五：「(安)帝所生母左姬，字小娥，……善史書，喜辭賦。」

〔三〕《漢書·藝文志·序》曰：「武帝時，司馬相如作《凡將篇》，無復字。」史游，西漢書法家，作《急就篇》，原書以六十三字爲一章，共三十二章。李長，漢成帝時將作大匠，作《元尚篇》。類皆學童識字、常識之書。

〔四〕《訓纂篇》一卷，西漢揚雄撰。《漢書·藝文志》：「至元始中，徵天下通小學者以百數，各令記字於庭中。揚雄取其有用者以作《訓纂篇》，順續《蒼頡》，又易《蒼頡》中重復之字，凡八十九章。臣復續揚雄作十三章，凡一百二章，無復字，六藝群書所載略備矣。」

〔五〕賈魴，漢和帝時郎中，東漢著名書法家，作《滂喜篇》。《倉頡》《爰歷》《博學》，乃秦統一文字之後小篆字書，漢代合三書爲一，稱「三蒼」，亦稱《蒼頡篇》。魏晉時，將漢揚雄《訓纂篇》、賈魴《滂喜篇》與前《蒼頡篇》合爲一書，亦合稱「三蒼」，内容爲四言韻文，便於學童記誦。

〔六〕《後漢書·儒林列傳》：「熹平四年，靈帝乃詔諸儒正定《五經》，刊於石碑……」下注：「古文謂孔子壁中書。篆書，秦始皇使程邈所作也。隸書亦程邈所獻也，主於徒隸，從簡易也。」

〔七〕酈道元《水經注》卷十六：「孫暢之嘗見青州刺史傅弘仁説臨淄人發古冢，得桐棺，前和外隱爲隸字，言齊太公六世孫胡公之棺也。惟三字是古，餘同今書，證知隸自出古，非始於秦。」

〔八〕釋道世《法苑珠林》卷二十二：「梁顧野王，太學之大博士也。周訪字源，出没不定。故《玉篇序》云，有開春申君墓，得其銘文，皆是隸字。檢春申是周代，六國同時，隸文則非吞併之日也。」

〔九〕張懷瓘《書斷》卷上《隸書》條引蔡邕《聖皇篇》曰：「程邈删古立隸文。」

石鼓文辨一

石鼓詩十章，世言周宣王所刻，然歷千數百年至唐初始出，則人不能無疑〔一〕。歐陽公《集古録》設爲「三疑」，允稱卓識，而後人反排之〔二〕。馬定國直指爲西魏所建，尤爲有據〔三〕。衆以其曾仕劉豫也，排之益力。然元劉仁本、明焦竑，犯衆議而駁之，豈好爲立異〔四〕？若楊慎則篤好此文，亦以其書類小篆，疑出於秦〔五〕。近世顧炎武獨以詩詞淺近，不類二《雅》，而斥之爲僞〔六〕。快哉斯言！石鼓自是有定論矣。

或者曰諸家論此鼓者，皆謂宣王中興，大會諸侯，蒐於岐陽而講武，故從臣作詩，而其書則史籀大篆也，自唐迄明，稱之者無慮百十家，豈可以五六人之説而廢百十家之論乎？曰事而真，即一二人亦足信；果非真，即百十人亦可疑。此論真僞不論衆寡也。諸家稱宣王本無據，不過以「我車既攻，我馬既同」數語類《小雅·車攻》之詩，故指之爲宣王爾。吾正以襲用《小雅》疑其爲僞，而人顧信爲真乎？夫宣王中興，既會諸侯講武事矣，何故有此舉？既有《車攻》《吉日》諸篇被之管絃、藏之太史矣，何故復作此詩〔七〕？且周之諸侯，悉在豐鎬之東，則行朝會當在東都，不當在岐陽〔八〕。昔周公以洛邑天下之中，特營東都爲朝會諸侯之所，寧有舍此不會，乃遠會於岐陽？此事理之必無者。諸儒但羨書法之美，全不顧事理之有無，真無識之至也！

或者曰石鼓非周宣所爲，當出何王之世？曰馬定國言之矣。西魏大統十一年，嘗西狩岐陽，其君則文帝寶炬，其相則宇文黑獺，其撰文則尚書蘇綽輩也〔九〕。黑獺患文章浮靡，令綽作《大誥》，綽多用《尚書》成語，黑獺頒之國中以爲式，當時文人悉效其體。夫文效《尚書》，則詩必效二《雅》。今石鼓詩首用「我車既攻」二語，其他剿襲者不一而足。即非蘇綽所爲，亦出其儕輩之筆。藉令周人爲之，寧肯剿襲如此？即令後代文人爲之，又寧肯剿襲如此？此出魏人之手何疑？今考二《雅》詩，其篇章最長者無過《賓之初筵》一篇，然不過十四句而已，未有多至十八句若此詩之冗長者也。其文多不可辨，就其可辨者言之，如「我車既攻」二句之下，即繼之曰：「我車既好，我馬既駘。君子員員，邋邋員游。麀鹿速速，君子之求。」斯其文義安在乎？而謂史籀、尹吉甫諸人爲之乎〔一〇〕？東坡《石鼓歌》：「我車既攻馬亦同，其魚維鱮貫之柳〔一一〕。」自注曰：「詩惟『我車既攻，我馬既同。其魚維何，維鱮及鯉。何以貫之，維楊及柳』六句可讀，餘皆不可通。」今諸本爲後人增飾，詩多可讀。然詞句繁複，意義淺陋，無一章可列二《雅》。昌黎以孔子編《詩》不收入，至詆之爲「陋儒」，不亦異乎〔一二〕？

或者曰鼓既立於西魏，則去唐未遠，何以蘇勖、李嗣真、杜甫、張懷瓘、竇蒙、竇臮、徐浩、李吉甫諸人，皆指爲宣王所建〔一三〕？曰考大統十一年乙丑至唐武德元年戊寅，已閱七十四年。勖等耳目不相及，而其時故老已無在者，宜其不能知，且事出偏方羈國，非若《車攻》《吉日》諸詩照耀今古，則諸人之不知也固不足怪。且蘇勖與褚亮同在瀛洲學士之列，褚遂良則亮之子也，《元和郡縣志》謂勖嘗紀其事云：「虞、褚、歐陽，共稱古妙〔一四〕。」此説尤可疑。夫虞、歐與勖同列，述其言可也；遂良爲後進子行，何故藉其言爲重？況當時能書者甚多，如房喬、楊師道、竇璡、錢穀、殷令名輩，昔皆稱其善書〔一五〕。勖何故不言，而反稱後進之遂良？則以房、楊諸人書法後日不傳，而遂良名最顯，故特假之。以此知斯言非出於勖，實後人僞託也。

或者曰若此鼓果僞，嗣真輩皆精於書法者，何爲力許之？曰史籀大篆，世無傳者，止此文類大篆，諸人愛大篆，故共稱之，而不察其真僞，所謂愛而忘其惡也。

或者曰歐陽永叔既設「三疑」，末言「字非史籀不能作」，則此書爲大篆可信，何故并疑之？曰大篆後世不傳，永叔亦未識其真僞，不過因唐人之言而譽之，豈真以石鼓爲周物哉？況此文原非大篆，馬定國以字畫考之，斷其非史籀所作。鄭樵愛其文，爲之音釋，亦以爲類小篆〔一六〕。即陳傅良、翟耆年、熊朋來、宋濂亦以不類大篆而疑之〔一七〕。則不但事非周宣之事，文亦非史籀之文矣。

或者曰此非獨唐人稱爲大篆，宋人若周越、梅堯臣、蔡襄、蘇轍、黄廷堅、秦觀、張耒、趙明誠、黄伯思、董逌、薛尚功、胡世將、洪适、王厚之、楊文昺、程大昌、施宿、章樵輩，莫不詳辨而極譽之，而元明之稱述者尤衆，豈皆不識大篆者〔一八〕？曰諸人何嘗不識？但不過贊其字之奇古，何曾有一人辨宣王蒐狩之有無者？獨一馬定國作辨萬餘言，史稱其出入傳紀，引據甚明，其文必有可采，惜湮没不傳。其人則仕劉豫爲學士，以故爲人所輕。不知君子不以人廢言，顧其言當否何如爾，安得以人故輕之？乃若諸公以其字之奇古，而堅執爲史籀所書，且謂西魏、後周安得有善篆、籀之人？則亦不然，偶見大篆便以爲史籀之迹，則見汲冢古文，可譽爲蒼頡之迹耶？嘗讀《周書·樊深傳》，言其通蒼雅篆籀之學，安知非即深所書〔一九〕？縱使非深，安知當時無工篆籀者？此固不得而誣之也。

雖然，此猶爲書法言之也，若其文章，則未有攻之者。獨顧炎武《金石文字記》，謂石鼓文皆淺近，不及《車攻》《吉日》之閎深〔二〇〕。馬定國、楊慎疑其字不類大篆。予獨以其詩不可儕於二《雅》而疑之。此誠千古卓識，度越前人萬萬矣。若程大昌因《左傳》有「岐陽之蒐」一語，遂執爲成王事，尤爲可笑〔二一〕。成王時安得有大篆？乃沾沾自喜，若以爲獨得之見，不知董逌已言之，而《左傳》亦非秘書也。他如韋應物謂爲文王事，鄭樵謂爲秦始皇以前事，皆爲臆説，又安足辨哉〔二二〕？

【題解】

所謂周宣王時所刻石鼓文，歷來眾説紛紜。萬斯同認爲，金朝馬定國斷西魏所建，「尤爲有據」。並進一步論稱石鼓文乃記詠西魏大統十一年（五四五）文帝寶炬「西狩岐陽」之事，時任尚書蘇綽等人撰文。其主要論據，一是周宣王西狩大會諸侯之事，已見載於《詩經·小雅·車攻》等篇，此不必重複。二是宣王行朝會當在東都，不該如此詩所記遠在岐陽。三是宋時蘇軾《石鼓歌》自注該詩只有六句可讀，「餘皆不通」，但時至明清，「諸本爲後人增飾，詩多可讀」。四是周宣王時應以大篆書之，但經馬定國、鄭樵、宋濂等考證，「其文亦非史籀之文」。五是唐宋書家、學者只因愛其書法古雅，不辨其真僞，而西魏亦有人善書大篆，似可模擬而作僞。

【校注】

〔一〕石鼓，我國現存最早鼓形刻石，共十鼓，現藏北京故宫博物院。其搨本則古今中外多有珍藏。每石刻四言詩一首，記貴族漁獵之事。唐初發現於天興（今陝西鳳翔）三時原，此後歷有名家歌詠、考釋，然對其産生時間、文字、内容等多存歧意。如唐代張懷瓘、韓愈等以爲周文王時物，韋應物等以爲周宣王時物，宋代董逌、程大昌等以爲周成王時物，鄭樵、清末震鈞以爲秦文公時物，金代馬定國以爲西魏大統十一年（五四五）刻，俞正燮以爲北魏太平真君七年（四四六）刻，近人馬衡以爲秦穆公時物，郭沫若以爲秦襄公時物，唐蘭則考爲秦獻公時物，等等。

〔二〕歐陽修《集古録·周石鼓文》，對石鼓爲周代之物提出三點懷疑：「今世所有漢桓、靈時碑，往往尚在，其距今未及千歲，大書深刻，而摩滅者十猶八九。此鼓按太史公《年表》自宣王共和元年至今嘉祐八年，實千有九百一十四年，鼓文細而刻淺，理豈得存？此其可疑者一也。其字古而有法，其言與《雅》《頌》同文，而《詩》《書》所傳之外，三代文章真迹在者，唯此而已。然自漢已來，博古好奇之士皆略而不道，此其可疑者二也。隋氏藏書最多，其志所録，秦始皇刻石、婆羅門外國書皆有，而獨無石鼓。遺近録遠，不宜如此，其可疑者三也。」但文末又説「至於字畫，亦非史籀不能作也」。

〔三〕《金史·馬定國傳》：「馬定國，字子卿，茌平人……阜昌初遊歷下，以詩撼齊王豫，豫大悦，授監察御史。仕至翰林學士。石鼓自唐以來無定論，定國以字畫考之，云是宇文周時所造，作辯萬餘言，出入傳記，引據甚明。」按，馬氏之辨文已佚。

〔四〕「劉仁本」，原作「劉本仁」，誤。劉仁本，字德玄，元末著名學者、詩人，曾官江浙行省左右司郎中等。著有《羽庭集》等。其反對石鼓文爲周宣時物，見元吾丘衍《周秦刻石釋音》引劉仁本《石鼓論》，主要論點、用語多與斯同相同，兹不贅引。

焦竑，字弱侯，江寧人。明代著名學者。明神宗萬曆十七年（一五八九）會試狀元，曾官翰林院修撰等。其所著《俗書刊誤》卷七曰：「石鼓字尤難識，其以今文讀者，亦多意會。」

〔五〕楊慎，字升庵，新都人，明代著名學者。著有《石鼓文音釋》三卷。其説見下注顧氏所引。

〔六〕顧炎武《金石文字記》卷一《石鼓文》：「石鼓凡十，相傳爲周宣王獵碣。今讀其文，皆淺近之辭，殊不及《車攻》《吉日》之閎深也……楊用修慎最稱好古，而亦曰：『宣王之世去古未遠，所用皆科斗籀文。今觀《説文》所載籀文，與今石鼓文不同。石鼓乃類小篆。』余獨以其辭不足儕於二《雅》而疑之。」

〔七〕《車攻》《吉日》，皆《詩經·小雅》篇章，記詠周王在東部會同諸侯舉行田獵之事。前者句有：「我車既攻，我馬既同。四牡龐龐，駕言徂東……」；後者句有：「吉日維戊，既伯既禱；田車既好，四牡孔阜……」似與石鼓一石之詩句略同。

〔八〕豐鎬，西周文王所建豐京和武王所建鎬京之合稱，今屬陝西西安市長安區灃河兩岸。岐陽，今陝西寶鷄一帶。東都，即洛邑，今屬河南洛陽一帶。斯同認爲，石鼓文稱會獵「汧沔」，地在岐陽，不當遠此。郭沫若則辨稱「汧源乃秦襄公舊都」，正可會游獵於此，以贊美其先王功績云云。

〔九〕元寶炬，北魏孝文帝元宏之孫，西魏開國帝。年號大統，定都長安，在位十七年。宇文泰，字黑獺，西魏權臣，鮮卑宇文部後裔，北周政權之奠基者。蘇綽，字令綽，西魏權臣。深得太祖宇文泰重用。大統十一年（五四五），授大行臺度支尚書。草擬六條詔書，又制定大誥。檢《周書·文帝紀》《北史·周本紀》皆記大統十一年十月，文帝元寶炬「大閱於白水，遂西狩岐陽」。然此二史之《蘇綽傳》，均無其撰文言「西狩」之事。識此待考。

〔一〇〕史籀，相傳爲周宣王史官。尹吉甫，相傳爲周宣王大臣。

〔一一〕蘇軾《石鼓詩》見《東坡全集》卷一，引文不誤。

〔一二〕韓愈《詠石鼓詩》，見本卷《書韓昌黎石鼓歌後》注文。

〔一三〕蘇勗，唐代著名地理學家。竇臮撰、竇蒙注《述書賦》引蘇勗之論曰：「吏部尚書蘇勗《敘記》卷首云：『世咸言筆迹存者李斯最古，不知史籀之迹近在關中，即其文也。』」李嗣真，唐代書畫家。其《書後品》曰：「蒼頡造書，鬼哭天廩。史籀堙滅，陳倉藉甚。秦相刻銘，爛若野錦。鍾、張、羲、獻，超然逸品。」陳倉，指代石鼓。杜甫詩《李潮八分小篆歌》，見本卷《隸書考二》注文。張懷瓘《書斷》曰：「籀文者，周太史史籀之所作也，與古文、大篆小異，後人以名稱書，謂之籀文。」

「竇泉」，原作「竇泉」，誤。竇蒙、竇臮，唐代書法理論家。按，二竇之論見竇臮撰《述書賦》，稱《石鼓文》「石雖貞而云亡，紙可寄而保傳」，竇蒙注曰：「史籀，周宣王時史官，著大篆教學童。岐州雍城南有周宣王獵碣十枚，并作鼓形，上有篆文。」

徐浩，唐代書法家。徐浩《古迹記》曰：「自伏羲畫八卦，史籀造籀文，李斯作篆書，程邈起隸法，王次仲爲八分體，漢章帝始爲章草名，厥後流傳，工能間出。史籀石鼓文……并伯喈章草，并爲曠絶。」

〔一四〕李吉甫《元和郡縣志》卷二《天興縣》：「石鼓文在縣南二十里許，石形如鼓，其數有十，蓋紀周宣王畋獵之事。其文即史籀之迹也。貞觀中，吏部侍郎蘇勖紀其事，云：『虞、褚、歐陽，共稱古妙，雖歲久訛缺，遺迹尚有可觀。』」按，虞即虞世南，褚即褚遂良，歐陽即歐陽詢，俱爲初唐書法名家。

〔一五〕房喬，即房玄齡。陳思《書小史》稱其「善屬文，書兼草隸」。

楊師道，原作「楊思道」，誤。據陳思《書小史》校改。唐代書法家。

竇璡，唐代學者。陳思《書小史》稱其「工草隸，頗解音律」。

錢毅，唐代書法家。陳思《書小史》稱其「善小篆、飛白，風流敏麗，太宗甚賞其能」。

殷令名，唐朝書畫家。陳思《書小史》稱其「善正書，與其子仲容皆以能書擅名一時。而令民筆法精妙，不減歐、虞」。按，原作「令民」，誤，當作「令名」，詳見殷仲容墓志銘。

〔一六〕鄭樵《石鼓音序》：「世言石鼓者周宣王之所作，蓋本韓退之之歌也。韋應物以爲文王之鼓，至宣王刻詩。不知二公之言何所據見。然前代皆患其文難讀，樵今所得，除漫滅之外，字字可曉……然篆書之始，大概有三：皇頡之後，始用古文；史籀之後，始用大篆；秦人之後，始用小篆……觀此十篇，皆是秦篆。秦篆者，小篆也，簡近而易曉。」

〔一七〕陳傅良，南宋著名學者。其涉關石鼓之論待考。

翟耆年，南宋書法家。其所撰《籀史》曰：「《古迹記》云：『史籀石鼓文。』不知徐浩何據也……僕於此書，直謂非史籀迹也。」《四庫全書提要》考其稱《籀史》「於岐陽石鼓不深信爲史籀之作，與唐代所傳特異，亦各存所見。然未至如馬定國堅執宇文周所作也」。

熊朋來，原作「熊明來」，誤，據《元史》本傳校改。元代著名經學家，善考古篆籀文字。

宋濂，明朝文學家。其涉關石鼓之論待考。

〔一八〕周越，北宋著名書法家。其《法書苑》曰：「石鼓文謂之周宣王獵碣，共有十鼓，其文則史籀大篆也。年代斯遠，字多訛闕。舊存岐山石鼓村，今移置鳳翔府夫子廟。」

梅堯臣，北宋著名詩人。所作《雷逸老以仿石鼓文見遺因呈祭酒吴公》云：「石鼓作自周宣王，宣王發憤蒐岐陽……從官執筆言成章，書在鼓腰鐫刻藏。歷秦漢魏下及唐，無人著眼來形相……傳至我朝一鼓亡，九鼓缺剥文失行……雷氏有子胡而長，日模月仿志暮强。聚完辨舛經星霜，四百六十飛鳳凰。」

蔡襄，北宋名臣、書法家。撰有《石鼓文跋》，見《蔡忠惠集》。

蘇轍，詩有《和子瞻鳳翔八觀》之一《石鼓》，見《欒城集》卷二。

黄廷堅，即黄庭堅，所著《山谷集》卷二十八《跋翟公巽所藏石刻》：「石鼓文筆法如圭璋特達，非後人所能贋作。熟觀此書，可得正書、行草法。非老夫臆説，蓋王右軍亦云爾。」

秦觀，北宋著名詞人，所著《淮海集》卷三十五《史籀李斯》：「今稱史籀之迹者，惟岐陽石鼓文；李斯之書，惟泰山詔爲真迹。」

張耒，字文潛，北宋著名詩人，其所著《柯山集》卷四《瓦器易石鼓文歌》有「岐陽大獵紀功伐，石鼓巖巖萬夫鑿。千年兵火變朝市，後世紙筆傳冥漠」。是深信周物也。

趙明誠所撰《金石録·跋尾》駁歐陽修疑千百年來「鼓文細而刻淺，理豈得存」，他認爲「秦以前碑刻，如此鼓文及《詛楚文》、泰山秦篆，皆麤石，如今世以爲碓臼者，石性既堅頑難壞，又不堪他用，故能存至今」。

黄伯思，字長睿，北宋著名書法家、書學理論家。學問淹通，好古文奇字，精各體書法。著有《法帖刊誤》《東觀餘論》等。

董逌，字彦遠，北宋著名藏書家、書畫鑒定家。曾官徽猷閣待制等。

薛尚功，字用敏，南宋金石學家。博洽好古，精通篆籀，尤好鐘鼎書。其所撰《石鼓文跋》曰：「右岐陽石鼓，周宣王太史所書，歲月深遠，剥泐殆盡。前人嘗以其可辨者刻之於石，以甲乙第其次，雖不成文，然典刑尚在。」

胡世將，字承公，南宋書法家。嘗集古今石刻，其《資古紹志録》曰：「（石鼓文）歐陽《集古》所録，其文可見者四百六十有三，磨滅不可識者過半。今《資古》所録，其文可見者四百七十有四，磨滅不可識者十二三。蓋余先世所藏本，猶在《集古》之前也。」

洪适，見本卷《隸書考二》注文。其所著《盤洲文集》卷七《石鼓詩》云：「天作高山太王荒，鸑鷟一鳴周翦商。郊鄜卜年大蒐講，諸侯斂衽尊天王……石崖可鑿詩可鐫，千載神光薄西滸。」同書卷六十三《跋岐陽石鼓文》，亦稱從搨本定其爲周宣王時物。

王厚之，字順伯，南宋著名學者、金石學家。修古好學，深通籀篆。其所撰《書石鼓文後》駁歐陽修、鄭樵、馬定國之疑議，稱「碑刻之存亡，係石質之美惡、摹拓之多寡、水火風雨之及與不及，不可以年祀久近論也……金石遺文溷於瓦礫，歷代湮没，而後世始顯者爲多……不可謂不稱於前人，不録於隋氏而指爲近世僞物也……今其存亡特未可知，則拓本留於世者，宜與法書並藏，詎可輕議也哉？」

楊文昺，南宋學者，生平事迹不詳。據吾丘衍《周秦刻石釋音・原序》稱，「淳熙間，楊文昺以詛楚、石鼓、泰山嶧山碑作《周秦刻石釋音》」。按，吾丘衍則以此删去其中「不類秦文」之《琅琊碑》、鄭樵《石鼓音訓》等，增訂成書，書名仍舊。故楊著雖不傳，但其有關《石鼓文》之見解則同於此書。

程大昌見本文下注。

施宿，字武子，南宋學者。撰有《石鼓文音》等。

章樵，字升道，南宋學者。輯《石鼓文》入《古文苑》。

〔一九〕樊深，字文深，西魏儒學家，先後官博士、國子博士。西魏開館置學，深以經學教授諸將子弟。西魏恭帝三年（五五六），宇文泰據《周禮》改西魏官制，先後以深爲太學助教，並加車騎大將軍、儀同三司。《周書》本傳稱其「既專經，又讀諸史及《蒼》《雅》、篆籀、陰陽、卜筮之書」。

〔二〇〕顧炎武《金石文字記》及下文馬定國、楊慎之論見本文前注。

〔二一〕程大昌，字泰之，南宋名宦、學者，紹興二十一年（一一五一）進士。先後官著作佐郎、吏部尚書等。其所著《雍録》卷九《岐陽石鼓文》七篇，分從鼓文、歷史記載、字體、石鼓流傳等方面，考論石鼓内容，符於《左傳》并杜注所記，乃周成王「歸自奄，大蒐於岐山之陽」之事。

〔二二〕韋應物，字義博，唐代著名詩人。其《石鼓歌》云：「周宣大獵兮岐之陽，刻石表功兮煒煌煌……喘□逶迤相糾錯，乃是宣王之臣史籀作。」但並未言及文王事。鄭樵以文中有「天子」「嗣王」等語，論稱當在秦惠文王之後，秦始皇之前。參見郭沫若《石鼓文研究》引述。

石鼓文辨二

予既作《石鼓文辨》，或詰之曰子力言石鼓出西魏，更有證據乎？曰有。宣王之狩，甫田也，但登獸而不取魚。蓋狩則因以講武，而漁非天子所有事也。今石鼓第二章盛言取魚之事，豈宣王中興之急務乎？惟周太祖則有之，史言太祖率公卿往昆明池觀魚，與蘇綽談，並馬徐行，至池竟不設網罟而還，是其證也〔一〕。然亦燕閒無事之時，偶一行之，豈有宣王圖中興之業，乃大會諸侯而取魚爲樂哉？即宣王治兵習武，亦當於近都之地。岐陽去鎬京甚遠，而其詩有「汧也沔沔」之語，則益遠矣。曾有會諸侯不於洛邑，而遠至汧、岐之境者哉？惟西魏君臣本皆鮮卑之種，射獵行圍，乃其天性。雖遠狩汧、岐，亦不足怪。如謂宣王而亦爲之，則一日之間，既登獸又取魚，亦太盤遊無度，而諸侯之從王於狩者，不將有貳志乎？夫春蒐、夏苗、秋獮、冬狩，皆於農隙以講武事，此固先王之制。然未有率天下諸侯而從事於網罟者也。魯隱公欲觀魚於棠，臧僖伯猶諫之〔二〕。宣王之時，方叔、召虎、尹吉甫、仲山甫、南仲、申甫諸人咸在，王即欲爲之，諸人獨不能止之乎〔三〕？固知宣王必無是事也。

或者曰西魏、後周之時，狩於岐陽者屢矣，何以知爲大統十一年？曰時蘇綽方爲度支尚書，此文必出綽之手，踰年而綽即卒，故知爲十一年也〔四〕。

曰當時善書者悉在江左，朔土無聞焉，今鼓文若是其美，豈西魏人所能？曰安知西魏無人？史言趙文淵善書，太祖以隸書紕繆，命文深與黎景熙、沈遐等依《説文》《字林》刊定六體，成一萬餘言行於世，而樊深亦善篆籀之學，孰謂西魏無人乎〔五〕？且鼓文多奇形異狀，雖經薛尚功、鄭樵、王厚之、施宿、章樵、楊文昺、潘迪音釋，終不可曉〔六〕。由魏、周之世，學者喜造新字，故此文亦多以意爲之。昔江式上表於魏宣武，謂「皇魏承百王之季，世易風移，文字改變，篆形錯繆，隸體失真，俗學鄙習，復加虛巧，誇辨之士，又以意説炫惑當時」〔七〕。顏之推《家訓》曰「梁自大同之末，訛替滋生，蕭子雲改易字體，邵陵王頗行僞字，『前』上爲『草』，『能』旁作『長』之類是也，朝野翕然以爲楷式。爾後文籍略不可觀，北朝喪亂之餘，書迹鄙陋，加以耑輒造字，猥拙甚於江南。乃以『百念』爲『憂』，『言反』爲『變』，『不用』爲『罷』，『追來』爲『歸』，『更生』爲『蘇』，『先人』爲『老』。如此非一，偏滿經傳」〔八〕。由此言之，妄造僞字莫甚於魏、周之時。今鼓文奇怪之字既非科斗，又非大篆、小篆，謂非魏、周人所造而誰造乎？

至其詩詞冗猥，更不可言。如《小雅·車攻》篇八章，章止四句，《吉日》篇四章，章止六句。喬喬皇皇，已若百十言之多。今鼓文不過陳田漁之事耳，何須十章？章又何須十六句到十八句？此豈周宣之臣所爲乎？而謂非出後魏人手乎？其文固磨滅不可讀，亦有全章可讀者。其二章曰：「汧也沔沔，丞被淖淵〔九〕。鰋鯉處之，君子漁之。澫澫又與有同鯊，其游散散〔一〇〕。帛魚皪皪，其菹氏鮮〔一一〕。黄帛其鯿，又鱄又鮊〔一二〕。其朗孔庶，臠之㝔鯷，汪汪䞤䞤〔一三〕。其魚佳維同可何同，佳鱮佳鯉〔一四〕。可以貫之，佳楊及柳〔一五〕。」其文詞之不通如此，猶謂尹吉甫爲之乎薛尚功之言？

且周之鐘鼎古器，未有不極工緻者。豈有天子大蒐，作詩紀事，而以頑石爲之？惟魏僻處西陲，無從得佳石，故就地之所有，而刻詩其上，其規制之苟且鄙陋，正可想見其君臣不學無術，不覩先王之制度，妄意爲之，以遺笑於後世，而人顧羡其美哉？諸家之稱宣王者，固多要一二人倡之，衆遂從而和之。原非有卓然之見，核其事之虚實也。馬定國之辨既不傳，歐陽、翟耆年、劉仁本、焦竑諸人之論亦不暢〔一六〕。予故排衆説而力駁之如此。若夫楊慎既辨其真，又指其僞，詭言得蘇文忠舊本，妄加增飾，此又不足與辨矣〔一七〕。

【題　解】

此文進一步申論，稱周宣王時，按制「但登獸而不取魚。蓋狩則因以講武，而漁非天子所有事」。反之，西魏太祖曾觀魚昆明池，「與蘇綽談，並馬徐行」，故《石鼓詩》當記西魏此事，非周宣王時事。進而歷引江式上表、《顔氏家訓》，比對西周與西魏文化環境等，以其詩多文字怪異、章句冗沓、文詞不通，且載體爲粗陋頑石等因，論定絶非周宣王時所爲，或是僻處西陲之西魏君臣所制。

【校　注】

〔一〕按，此引據《北史·蘇綽傳》。周太祖，指後周文帝宇文泰。

〔二〕《左傳·隱公五年》：「春，公將如棠觀魚者。臧僖伯諫曰：『……春蒐、夏苗、秋獮、冬狩，皆於農隙以講事也……鳥獸之肉不登於俎，皮革、齒牙、骨角、毛羽不登於器，則公不射，古之制也。若夫山林川澤之實，器用之資，皂隸之事，官司之守，非君所及也。』公曰：『吾將略地焉。』遂往，陳魚而觀之。僖伯稱疾不從。書曰：『公矢魚于棠。』非禮也。」

〔三〕方叔，周宣王時賢臣。《詩經·小雅·采芑》描寫其先祖方叔捍衛周室之戰，宣王爲表彰其功勞，賜其食邑於洛邑。

召虎，周宣王時賢臣，史稱召穆公。周宣王時，淮夷不服，宣王命召虎領兵出征，平定淮夷。《詩經·大雅·江漢》所詠「江漢之滸，王命召虎」，即指此事。

仲山甫，周宣王時賢臣。一作仲山父，周太王古公亶父後裔。周宣王元年（前八二七），薦入王室，任卿士，位居百官之首，封地爲樊，故又稱樊仲山甫、樊仲等。

尹吉甫，周宣王時卿士，輔助宣王中興。

南仲，周代卿士，宣王時受命到朔方，築城討伐西戎。《詩經·小雅·出車》，記有此事。

申甫，周代名臣，與仲山甫並稱。《詩經·大雅·崧高》：「維申及甫，維周之翰。」

〔四〕據《北史·蘇綽傳》，蘇綽卒於大統十二年（五四六）。引述不誤。

〔五〕趙文淵，一作趙文深，一作趙文泉，均爲避唐諱改。周密《齊東野語》卷四《避諱》：「高祖諱淵，趙文淵爲趙文深，淵字盡改爲泉。」據《北史》和《周書》本傳，文深，字德本，北周書法家。少學楷、隸，年十一，獻書於魏帝，雅有鍾、王之則，筆勢可觀，「大統十二年……文帝以隸書紕繆，命文深與黎季明、沈遐等依《説文》及《字林》刊定六體，成一萬餘言，行於世」。

黎景熙，字季明，北周著名學者，少以字行於世。好讀書，强記默識，善古學，嘗從吏部尚書清河崔玄伯受字義，又從司徒崔浩學楷、篆。雖窮居獨處，不以饑寒易操。

沈遐，北周著名學者，生平事迹待考。

樊深，見本卷《石鼓文辨一》注文。

〔六〕薛尚功、鄭樵、王厚之、施宿、章樵、楊文昺並見本卷《石鼓文辨一》注文。

潘迪，元代學者，其所著《石鼓文音訓碑》稱：「迪自爲諸生，往來鼓旁，每撫玩弗忍去。距今纔三十餘年，昔之所存者今已磨滅數字，不知後今千百年所存又何如也？好古者可不爲之愛護哉！間取鄭氏樵、施氏宿、薛氏尚功、王氏厚之等數子之説，考訂其音訓，刻諸石，俾習篆、籀者有所稽云。」又曰：「其字畫高古，非秦漢以下所及，而習篆籀者不可不知也。」

〔七〕江式，字法安，北魏文字學家、書法家，歷官檢校御史、著作佐郎等。擅篆書。據《魏書》本傳，延昌三年（五一四）三月，江式上表批評當世文字，與斯同引文略異，曰：「皇魏承百王之季，紹五運之緒，世易風移，文字改變，篆形謬錯，隸體失真，俗學鄙習，復加虚巧，談辯之士，又以意説炫惑於時，難以釐改。」

〔八〕説見《顔氏家訓》卷第七《雜藝》第十七，惟語句略有改動、重組，但引述不誤。

〔九〕「也」，郭沫若等釋作「殹」。「丞被」，一作「烝彼」。

〔一〇〕此句郭沫若釋爲「澫有小魚」。

〔一一〕「鱳鱳」，郭沫若等釋作「皪皪」。「其菹」，一作「其筵」。

〔一二〕「又鱄又鮊」，郭沫若等釋爲「有鯆有鮊」。

〔一三〕「浧浧𧼯𧼯」，郭沫若等釋爲「汗汗博博」或「汗汗洄洄」。

〔一四〕按，據夾注，則下句之「佳」亦當同「維」，「可」亦當同「何」。

〔一五〕「可以貫之」，郭沫若等釋爲「何以苞之」或「何以包之」。

〔一六〕歐陽，指歐陽修，翟耆年、劉仁本、焦竑并見本卷《石鼓文辨一》注文。

〔一七〕楊慎《升庵集》卷二《石鼓文序》：「慎昔受業於李文正先生，暇日，語慎曰：『爾爲石鼓文矣乎？』則舉潘、薛、鄭三家者對。先生曰：『否，我猶及見東坡之本也，篆籀特全，音釋兼具，諸家斯下矣。』」

書韓昌黎石鼓歌後

岐陽石鼓，本名「獵碣」，不過紀田獵之事，未嘗朝會諸侯治兵講武，若周宣王之所爲。乃韓昌黎張大之，謂「大開明堂受朝賀，諸侯劍珮鳴相磨。蒐於岐陽騁雄俊，萬里禽獸皆遮羅」，今其詩曾有是乎〔一〕？又曰：「鐫功勒成告萬世，鑿石作鼓隳嵯峨。」夫刻石頌德，秦皇吕政之事，而佞臣李斯所爲文也，謂宣王君臣爲之乎？更可異者，曰「陋儒編詩不收入，二《雅》褊迫無委蛇」。夫編《詩》者，孔聖人也，可詆之爲「陋儒」乎？旋自覺其非，即繼之曰「孔子西行不到秦，掎摭星宿遺羲娥」，若自解陋儒，非詆聖人〔二〕。然以二《雅》比星宿，以石鼓詩比日月，猶是「陋儒」之意也。不意昌黎之賢，而非毁聖人至此，予誠不知其何心？今石鼓詩具在，曾有一章可入二《雅》乎？夫詩不論長短，要在詞意之深醇。今以二《雅》無長篇，遂詆爲「褊迫」，以石鼓詩意複語重，章句冗沓，而稱其勝二《雅》，恐通人之論詩不當如是也。且昌黎惡世人之毁李、杜者，笑之爲「蚍蜉」是也〔三〕。夫李、杜不可毁，二《雅》顧可毁乎？其所以笑世人者，恐後人還以笑昌黎也。既又曰：「聖恩若許留太學，諸生講解得切磋〔四〕。」夫昌黎即不見其石，實曾見其詩矣。其詩有何意義，欲令諸生講解？昌黎曾官太學，若欲諸生切磋，正不在此鼓也。昌黎文章爲百世師，而此未免失言，予故特爲之辨。

【題　解】

論稱石鼓文不過記一般田獵之事，非周宣王朝會諸侯治兵講武之會，而韓愈《石鼓歌》則誇大、曲解其事。如，將「秦皇吕政」刻石頌德之事説成周宣王君臣之事，而周朝本無此制；因《詩經》之二《雅》未將「意複語重，章句冗沓」之石鼓詩收入，遂將編《詩》之孔聖等斥爲「陋儒」；乃至建議將「並無意義」之石鼓文置於太學，供諸生「講解切磋」等。指責韓愈的文章雖爲百世師，但此詩「未免失言」。

【校注】

〔一〕韓昌黎，即韓愈。其《石鼓歌》見《五百家注昌黎文集》卷五。引述不誤。

〔二〕按，詩句意爲韓愈指責孔子不曾到過秦地，故其修《詩》時未收石鼓詩，因小失大，有如摘星辰而亡日月。

〔三〕韓愈《調張籍》：「李杜文章在，光焰萬丈長。不知群兒愚，那用故謗傷。蚍蜉撼大樹，可笑不自量。伊我生其後，舉頸遥相望。夜夢多見之，晝思反微茫。」

〔四〕按，韓愈建議將石鼓詩置於太學，其《石鼓歌》有：「濯冠沐浴告祭酒，如此至寶存豈多。氈苞席裹可立致，十鼓祗載數駱駝。薦諸太廟比郜鼎，光價豈止百倍過。聖恩若許留太學，諸生講解得切磋。」

書詛楚文後

《詛楚文》有三，皆秦惠文王詛楚懷王之詞也，其石至宋仁宗時始出〔一〕。歐陽永叔《集古録》、趙德甫《金石録》並載之，而不疑其僞，蘇子瞻《鳳翔八觀》亦述其事，而張芸叟、黄魯直至爲之訓釋〔二〕。南渡後，董彦遠、王順伯亦極稱之〔三〕。獨元人吾子行以先秦古器較其篆文，全不相類，始斥其僞〔四〕。愚竊以當時事理論之，而見其可疑者大略有十。夫秦至惠文時，勢已强大，燕、齊、韓、魏、趙莫敢與抗，區區一楚，何足深畏？乃惴惴喪亡是懼，偏走群望以詛之，此可疑一也。敵國兵加，惟當擇將帥、選車徒、具糗糧，決勝原野，豈有祈告鬼神，呪其自斃之理？此即弱小之國所不爲，而謂虎狼之秦爲之乎？此可疑二也。鄰邦盟誓，原不足信，春秋時已有朝盟而夕背者，況十八世之久乎？楚即背之，亦不足爲罪，奈何以此告於神？此可疑三也。即欲告神，當求諸近楚之地。今考大沈、久湫、巫咸、亞駝諸神，皆去楚甚遠，告之何益〔五〕？此可疑四也。久湫，注家謂即漢安定朝那湫，固秦地也〔六〕。巫咸，在今解州鹽池西南，則是魏河東地，秦安得有之〔七〕？亞駝，謂即滹沱，已近於臆度，即使實然，亦非秦地，秦何故告之？此可疑五也。諸家考楚成王十八世乃是懷王，懷王名熊槐，不名熊相，秦欲詛楚，豈有不知其君之名而妄稱之者乎〔八〕？此可疑六也。敵國交兵而詛之於鬼，已同兒戲，何故又勒之於石？此適足章己之醜，貽鄰邦之笑，吾知秦人必不爲。此可疑七也。秦、楚皆無禮義之國，必無十七世相好，無尤至懷王而始背盟之事，由作僞者胸無所知，故妄引穆公之事爲口實。此可疑八也。秦自孝公以來，無歲不與東諸侯爲難，未聞諸邦有詛秦之文。儻尤而效之，秦將滅亡無日矣，其可以是聞於鄰國乎？此可疑九也。昔商鞅之虜公子卬及張儀之詐商於地，皆市井無賴所不爲，而秦曾不以爲耻，己則無耻，而責人背十八世之盟，必非人情。此可疑十也。

然此猶以事理斷之耳，若就其石辨之，更有不可信者。周宣王石鼓文歷千五百年始出，後人多疑之。此文年世不減於石鼓，何以至宋時始出？此一不可信。石鼓之出，其文多磨滅，此則字字若新，一無損失，此二不可信。先秦之文，率雄深簡奥，此則言皆平易，其曰「内之則暴虐不辜，中之則冒改久心」諸語，尤非先秦文法，此三不可信。惠文之時未有小篆，當用籀文，此則多用李斯體，其出後人無疑，此四不可信。兩國盟會，當在接壤之處，今言先君穆公及楚成王親即大沈、久湫而質焉，其誣妄可知，此五不可信。石鼓出於唐初，猶曰晉愍之後、周静之前，其地不隸中國，表章無人，此則歷隋、唐三四百載，文人至多，何故無一人語及？此六不可信。

合此數端，而此石之僞顯然矣。猶怪歐陽公能疑石鼓之僞，而反信此文之真；王順伯欲證石鼓之真，而竟忘此文之僞〔九〕。皆文人之有所蔽者。吾氏雖識其僞，而語焉不詳，猶未足奪諸人之氣。予故辨之如此。

【題　解】

此文從事與石兩方面，對《詛楚文》出自秦惠王時之説提出質疑。

就事而言，論稱秦惠王時秦强楚弱，强國何必畏懼而詛咒弱國？自春秋以來，背盟之事甚多，不足爲罪，又何必詛之？秦自孝公以來，「無歲不與東鄰諸國爲難」，從未有詛秦之事。秦、楚皆屬「無禮之國」，背盟之事不至於到秦惠王、楚懷王時始有之。秦自商鞅、張儀以來多行欺詐，本不以爲恥，覥責他人背盟，「必非人情」。且敵國交兵，豈有以兒戲之法詛咒，并勒之石者？

就石而言，原石何以歷千五百年始出於宋，且其文字若新無損；又不當用秦惠王時尚無之小篆（李斯體）書之，且言詞平易，不類先秦文「雄深簡奥」；所祀大沈、久湫、巫咸、亞駝諸神皆不在秦、楚交界之處，告之無益，亦不符會盟禱詛古制。前賢如歐陽修、王伯順等，或疑石僞而文真，或信石真而文僞，或辨之而語焉不詳。故萬斯同特再辨而申論之。

【校　注】

〔一〕按，《詛楚文》，内容爲秦王祀神克制楚兵，復其邊域。傳宋代先後發現，共三石：其一北宋仁宗嘉祐年間，在陝西鳳翔開元寺出土，稱「巫咸文」，共三百二十三字。其二治平中渭源之一朝那湫發現的「大沈久湫文」，共三百一十八字。其三北宋蔡挺所得，後藏洛陽劉忱家的「亞駝文」，共三百二十五字。原石早佚，歷代所傳，皆係搨本翻刻，故古今學人對其時間、真僞多有争議。如，宋歐陽修疑爲楚頃襄王時事，元吾丘衍考非先秦之事，郭沫若考爲秦惠文王、楚懷王時事，姜亮夫考爲秦昭襄王、楚懷王時事，等等。

〔二〕歐陽、趙、蘇之論，見歐陽修《秦祀巫咸神文》（一作《秦誓文》），趙明誠《金石録》，蘇軾《蘇東坡全集》卷一《鳳翔八觀并敘》。

張舜民，字芸叟，北宋著名文學家、畫家。據《宋史》本傳，先後官襄樂令、監察御史等。著有《畫墁集》《畫墁録》。

〔三〕董彦遠即董逌，王順伯即王厚之，生平事迹見本卷《石鼓文辨一》注文。董著《廣川書跋》，考其所詛者乃楚頃襄王；王著《考訂秦惠王詛楚文》，則考其所詛者乃楚懷王。

〔四〕吾子行，即吾丘衍，字子行。其生平見本卷《隸書考二》注文。其所著《學古編》對《詛楚文》提出質疑：「乃後人假作先秦之文。以先秦古器比較其篆，全不相類，其僞明矣。」

〔五〕大沈、久湫，姜亮夫釋爲「沈湫」，泛指齊、燕大澤之神。巫咸，本殷之賢臣，職巫，後幻化爲安邑巫咸河之大神。姜亮夫則認爲乃楚地常祀之山神。亞駝，多主滹沱河之大神。其河出今山西，經今河北出海。參見姜亮夫《秦詛楚文考釋——兼釋亞駝、大沈久湫兩辭》。

〔六〕朝那湫，論者認爲即寧夏彭陽縣古城鎮海口村之東海子，乃戰國、秦漢時的國家祭祀重地。

〔七〕解州鹽池，論者認爲地在山西運城市鹽湖區，其北面有堯梢水，也叫巫咸河。

〔八〕熊相，《史記·楚懷王傳》作「熊槐」。郭沫若辨稱此乃「一名一字」，熊槐，亦可稱「熊相」。見郭著《詛楚文考釋》。

〔九〕歐陽修先後度其爲楚頃襄王、楚懷王時事，參見《集古録·詛楚文真迹跋尾》；王順伯考其爲楚懷王時事，説見《古文苑》。

跋漢魏石經一

案：漢靈帝光和六年癸亥至魏廢帝正始元年庚申，止五十八年，石經應未毁，魏人何故復刻？豈董卓焚洛陽宫殿，太學亦被焚，并《石經》延及耶〔一〕？不然，漢《石經》出中郎之手，後人必無能及〔二〕。使其間一無所損，魏人必不重立，則其殘闕可知。然五六十年之間，何以遂致殘缺？則必遭董賊之禍無疑也。觀陸機《洛陽記》，《石經》凡四十六碑，毁者至二十有九，此未經遷鄴之前已如此，非遷鄴而没於水也〔三〕。考獻帝西遷之後，至陸機作記之前，洛陽無大兵革，其遭董賊之禍益可知。獨恨陳壽《魏志》無一語言及，而衛恒、江式亦語焉不詳，後人無由知其故爾。乃衛、江二人，明言魏立《三字石經》，而《隋書·經籍志》及黄伯思、董逌諸家，則言魏立《一字石經》，何相背之甚也〔四〕？然《一字石經》，唐時尚存《七經》三十四卷，則作《志》者必不妄言，不知何以三字之外復有一字《經》？黄伯思謂是鴻都《一字石經》。夫漢石立於太學，不在鴻都。若鴻都别立《石經》，是有二《石經》矣，《漢書》何以不言？愚意《石經》必三體分書，當高歡遷鄴時，其二必沈於水〔五〕。其一體幸存者，乃魏之所立，故作《隋志》者遂據此爲言爾。

【題　解】

萬斯同認爲，原由蔡邕等奏立於太學門外之漢《石經》，或毀於董卓攻陷洛陽、禍及太學之時，故魏人乃據殘碑而重立。《石經》三體分書，高歡遷鄴，《石經》又沉二存一，故《隋書·經籍志》並黄伯思、董逌諸家，但「言魏立《一字石經》」。

【校　注】

〔一〕其説據《後漢書·儒林傳序》曰：「及董卓移都之際，吏民擾亂，自辟雍、東觀、蘭臺、石室、宣明、鴻都諸藏典策文章，競共剖散。」

〔二〕中郎，指蔡邕。

〔三〕《後漢書·蔡邕傳》：「邕以經籍去聖久遠，文字多謬，俗儒穿鑿，疑誤後學。熹平四年，乃與五官中郎將堂谿典，光禄大夫楊賜，諫議大夫馬日磾，議郎張馴、韓説，太史令單颺等，奏求正定《六經》文字。靈帝許之，邕乃自書册於碑，使工鐫刻，立於太學門外。」注曰：「《洛陽記》曰：太學在洛城南開陽門外，講堂長十丈，廣二丈。堂前《石經》四部。本碑凡四十六枚，西行，《尚書》《周易》《公羊傳》十六碑存，十二碑毁。南行，《禮記》十五碑悉崩壞。東行，《論語》三碑，二碑毁。《禮記》碑上有諫議大夫馬日磾、議郎蔡邕名。」按，《洛陽記》作者陸機，字士衡，西晉文學家、書法家，歷任著作郎、平原内史等職，世稱「陸平原」。有《平復帖》傳世。

〔四〕衛恒《四體書勢》：「魏初傳古文者出於邯鄲淳，恒祖敬侯寫淳《尚書》，後以示淳，而淳不别。

至正始中，立《三字石經》，轉失淳法，因科斗之名，遂效其形。太康元年，汲縣人盜發魏襄王冢，得策書十餘萬言，案敬侯所書，猶有髣髴。古書亦有數種。」

據《魏書·江式傳》，北魏延昌三年（五一四）三月，江式上表曰：「魏初，博士清河張揖著《埤倉》《廣雅》《古今字詁》。究諸《埤》《廣》，綴拾遺漏，增長事類，抑亦於文爲益者。然其《字詁》，方之許慎篇，古今體用，或得或失矣。陳留邯鄲淳亦與揖同時，博古開藝，特善《倉》《雅》，許氏字指，八體六書精究閑理，有名於揖，以書教諸皇子。又建《三字石經》於漢碑之西，其文蔚炳，三體復宣。」按，江式生平事迹見《石鼓文辨二》注〔七〕。

《隋書·經籍志》：「後漢鐫刻《七經》，著於石碑，皆蔡邕所書。魏正始中，又立一字石經，相承以爲《七經》正字。」

黄伯思《東觀餘論》：「漢石經與今文不同者殊多……此蓋鴻都《一字石經》。然經各異手書，不必皆蔡邕也。三字者不見真刻，獨此一字者乃當時所刻，字畫高古精善，殊可寶重。」按，鴻都，即洛陽鴻都門。東漢靈帝光和元年（一七八）在此設立學校，專門學習辭賦書畫。

董逌《廣川書跋》卷五《蔡邕石經》：「蔡邕鐫刻《七經》，著於石碑，有所檢據，隱括其失而周盡，當時號『鴻都三字』，其異文者附見此。於已殘之經得收其遺逸而僅存，其可貴也。纔三十年，兵火繼遭，碑亦損缺。魏正始中，又立《一字石經》相承，以爲《七經》正字。」按，黄伯思、董逌生平事迹見本卷《石鼓文辨一》注文。

〔五〕《魏書·孝敬紀》：「（武定四年）……八月，移洛陽漢魏《石經》於鄴。」按，高歡立元善見爲孝静帝，遷都鄴城，則早在永熙三年（五三四）。識此待考。

跋漢魏石經二

案：《後漢書·儒林傳》及《洛陽伽藍記》，并言漢立《三字石經》〔一〕。《晉書·衛恒傳》《後魏書·江式傳》及酈道元《水經注》，其言魏《石經》亦然〔二〕。是兩朝石刻，皆用古文、篆、隸三體，無可疑矣。乃《隋書·經籍志》、黄伯思《東觀餘論》、董逌《廣川書跋》，謂漢用三體，魏止一體〔三〕。趙明誠《金石録》、洪适《隸釋》，則謂魏用三體，漢止一體，而詆《後漢書》爲誤〔四〕。兩説矛盾如此，將安適從？

愚謂《儒林傳》所言必不誣。即楊衒之、衛恒、江式、酈道元皆得之目睹，豈有舛謬？衒之之言曰：「漢《石經》二十五碑，表裏刻之，作篆、科斗、隸三種字，皆蔡邕之筆。」《儒林傳》不言「表裏皆刻」，賴此始知之，其非妄言可知矣。恒之言曰：「魏初，傳古文出邯鄲淳，正始中立《三字石經》。轉失淳法，因科斗之名，遂效其形。」既有科斗，則有篆、隸可知矣。當是時，漢碑雖多殘毁，而魏碑一無所損，諸儒生長洛陽，觀覽已非一日，安得反譏其誤？由黄、董、趙、洪諸子，止見殘缺之餘，未獲見其全文，故各持一説而不相合。夫生數百年之後，遥度數百年以前之事，不若目睹之真。衛、江諸公皆出於目睹，惟宋以後文人未見真刻，但考索於殘碑搨本，曰此漢也，此魏也，不得其實而以意度之，故有此紛紜之論。其在於今《石經》遺字，士大夫家多有之，莫不誇爲中郎真迹，豈知宋之中世，胡宗愈刻之於成都，洪适刻之於會稽〔五〕。得之者何嘗不視爲異寶，而不知非其真也。然則後人之疑漢、疑魏，豈若前人目睹之可據哉？

【題解】

論稱《後漢書·儒林傳》《洛陽伽藍記》等所記，漢魏兩朝所刻《石經》，皆爲三體，因得於楊衒之、酈道元、衛恒、江式目驗，故不致於誤。而《隋書·經籍志》並黄伯思、董逌，則主「漢用三體，魏止一體」，趙明誠、洪适則又主「魏用三體，漢止一體」，因全無目驗之據，故「有此紛紜之論」。又稱宋人胡宗愈、洪适所翻刻之《石經》遺字，更非蔡邕之真迹。

【校注】

〔一〕《後漢書·儒林傳序》：「熹平四年，靈帝乃詔諸儒正定《五經》，刊於石碑，爲古文、篆、隸三體書法，以相參檢，樹之學門，使天下咸取則焉。」

楊衒之《洛陽伽藍記》卷三《城南》：「開陽門御道東有漢國子學堂，堂前有三種字《石經》二十五碑，表裏刻之，寫《春秋》《尚書》二部，作篆、科斗、隸三種字。漢右中郎將蔡邕筆之遺迹也。猶有十八碑，餘皆殘毁。復有石碑四十八枚，亦表裏隸書，寫《周易》《尚書》《公羊》《禮記》

四部。」

〔二〕衛恒、江式論立《三字石經》事，見本卷前注。又，《水經注》卷十六：「魏正始中，又立古、篆、隸《三字石經》。古文出於黄帝之世，倉頡本鳥跡爲字，取其孳乳相生，故文字有六義焉。」

〔三〕《隋書·經籍志》、黄伯思、董逌論立《石經》事，見本卷前注。

〔四〕趙明誠《金石録》：「《後漢書·儒林傳敍》云『爲古文、篆、隸三體』者，非也。蓋邕所書乃八分，而《三體石經》乃魏時所建也。」

洪适《隸釋》卷十四：「《隋志》有《一字石經》七種、《三字石經》三種。其論云漢鐫《七經》，皆蔡邕書，又云魏立《一字石經》，其説自相矛盾……當以《水經》爲據，三體者乃魏人所刻。《儒林傳》云爲古文、篆、隸三體者，非也。」

〔五〕胡宗愈《石經跋》：「茲來少城（指今成都），得墜刻於一二故家，雖間斷不齊，然殘圭裂璧，亦可寶也。因以鑱之錦官西樓，庶幾補古之缺文云爾。」按，胡宗愈，字完夫，北宋著名學者，官集賢校理、同知諫院等。

洪适《隸釋》卷十四：「《石經》之散亡久矣。本朝一統時，遺經斷石藏於好事之家，猶崑山片玉，已不多見。今京華鞠爲氊罽之鄉，殘碑日益鮮矣。予既集《隸釋》，因以所有鑱之會稽蓬萊閣。」

書史記三王世家後

案：張懷瓘《十體書斷》謂梁武帝作《草書狀》稱蔡邕云：「秦時諸侯爭長，簡檄相傳，望烽走驛，以篆、隸之難，不能救速，遂作赴急之書，蓋今草書是也〔一〕。」是謂草書亦起於秦矣。夫秦之篆、隸作於既并六國之後，茲謂諸侯爭長，乃作赴急之書，豈草書反在篆、隸之前乎？中郎通儒，知其必不爲是語。懷瓘雖疑，而辨之不精，又引梁武之言他本作袁昂，其先出自杜氏，以張爲祖，以衛爲父〔二〕。杜，謂杜度也。夫草既始於秦，何云出自杜氏？其言顛倒，無一可者。晉衛恒作《四體書勢》，謂漢興而有草書，不知作者姓名，其疑之是也。至懷瓘則直謂張伯英所造，夫伯英特工於草爾，其先若杜度、崔瑗父子以草擅名者甚眾，安得謂造於伯英〔三〕？懷瓘精書學，未免失言。

然草書何昉乎漢？北海王睦善史書，得疾，明帝驛馬令作書尺牘十首，是東漢初已有之矣，然不始於東漢也〔四〕。元帝時，黄門令史游作《急就章》，王愔云：「游解散隸體，麤書之〔五〕。漢俗簡惰，漸以行世。」是元帝時已有之矣，然又不始於元帝也。褚少孫補武帝子《三王世家》，謂求太史公《世家》不可得，謹論次其真草詔書，編於左方，是武帝時已有之矣〔六〕。武帝時有之，則創始者皆在其前，不知出於何王之世？恒言漢興而有草書，其出於西漢初無疑。然必先有楷而後有草，草者，楷之變也。古人多言隸即楷意者，程邈造隸之後，草書即繼此而出乎？今不能確知爲何時，而其在武帝之前，則有褚少孫之言可據，姑識其後以質於知書者焉。

【題　解】

此文商榷草書産生時間。駁草書起於東漢書家張芝（伯英）之論，據《史記·三王世家》褚少孫補文，證漢武帝前已有「真草詔書」傳下，主先有隸、楷而後有草書，「草者，楷之變也」。隸、楷既爲一體，則主秦人程邈造隸書（亦是楷書）之後，即有草書出現，惟其具體時間無法確定。

【校　注】

〔一〕張懷瓘，見本卷《隸書考一》注文，其説見張懷瓘《書斷》引梁武帝《草書狀》述蔡邕語。引文不誤。

〔二〕袁昂，南朝齊梁名臣。《梁書》《南史》皆有其傳，但不載其論書法之事。唐張彦遠《法書要録》著録袁昂《古今書評》，論列王羲之、蔡邕、張芝等二十五人書法特點等。

〔三〕以上駁張懷瓘之語，皆出自《書斷》。懷瓘稱草書之傳承統系曰：「後漢杜度，字伯度，京兆杜陵人，御史大夫延年曾孫，章帝時爲齊相，善章草。雖史游始草書，傳不紀其能，又絶其迹。創其神妙，其惟杜公……張芝喜而學焉，轉精其巧，可謂草聖。超前絶後，獨步無雙……崔瑗，字子玉，安平人……官至濟北相，文章蓋世，善章草。師於杜度，點畫之間，莫不調暢。」又曰「史游即章草之祖也」「劉德昇即行書之祖也」「伯英即草書之祖也」。

杜度，字伯度，東漢書法家，漢章帝時曾官齊王之相。以善章草著名，張芝、崔瑗之師。衛恒《四體書勢》云：「齊相杜度號善作篇……殺字甚安而書體微瘦。」張懷瓘《書斷》列其章草爲神品，草書大家懷素稱其章草「天然第一」。

張芝，字伯英，東漢書法家，擅章草，有「草聖」之稱。然今無其真迹傳世，僅北宋《淳化閣帖》略存其《八月帖》等刻本。

崔瑗父子，指瑗及其父駰，皆東漢書法家。瑗尤善章草，師承杜度，書史上並稱「崔杜」。

〔四〕北海敬王劉睦，光武帝侄孫，善草書，《後漢書·北海靖王興傳》：「睦少好學，博通書傳，光武愛之……又善史書，當世以爲楷則。及寢病，帝驛馬令作草書尺牘十首。」

〔五〕王愔，北朝書法理論家，生平事迹不詳。萬斯同《書學彙編》卷三：「王愔，善書，嘗采晉以前工書者一百二十人，爲《文字志》三卷，行於世。」又，明陶宗儀《書史會要》稱其善草書。著有《古今文字志目》，已佚。

〔六〕按，引文見本卷《隸書考一》注文。

書鍾繇薦季直表後

案：元常此帖，書法固絶倫，然歷千數百年至元世而始出，則人不能無疑〔一〕。王元美於此帖凡三跋，其爲己之所購，則力辨其真；爲他人之所刻，則力駁爲僞〔二〕。二説將何從？

愚考《魏志》繇本傳，獻帝東還之歲，繇已拜尚書僕射，封東武亭侯。至建安二十一年，曹操封魏王，始由大理遷相國。越三年，坐事免。明年，曹丕襲王位，復爲大理。及篡帝位，改廷尉，封崇高鄉侯。黄初四年八月，代賈詡爲太尉，改平陽鄉侯〔三〕。明帝即位，進封定陵侯，尋拜太傅〔四〕。太和四年四月卒，謚成。是繇未嘗爲司徒也，乃帖尾書「黄初二年，司徒東武亭侯」，其謬妄實甚。考二年之爲司徒者，華歆也〔五〕。繇時尚爲廷尉，且爵爲「崇高」，安得稱「東武」？一披史傳，真僞立見。元美非不知之，而曲爲解釋，是作僞者以之欺人，而元美更以之欺己，不亦異乎？至其書法之佳，人固無異論，即謂元常真迹亦可也。

又案：米元章《書史》言：「余閲書至白首，無魏人遺墨，故斷自晉始。」是《宣示》《賀捷》諸帖，皆非元常真迹，況此帖之出自元世者乎〔六〕？且元常與潁川胡孔明同學書於劉德昇，時稱「鍾胡體」，但有「胡肥鍾瘦」之嫌〔七〕。今觀《季直》諸帖，亦云肥矣。如是而猶以爲瘦，將以何者爲肥乎？固知諸帖皆非真也。

【題　解】

考辨世傳鍾繇《薦季直表》帖之真僞，對明人王世貞（元美）相關題跋提出商榷。以鍾繇職任遷變時序，證此帖尾劄題名之職稱與史實不符。又引書家米芾（元章）之言，古人墨迹遺留至後世的，自晉始。再將前人所論鍾繇書法特點，與此帖書法比對，證其亦非鍾氏真迹。

【校　注】

〔一〕鍾繇，字元常，漢魏著名書法家。漢末至曹魏先後官尚書僕射、太尉等。此帖名《薦關内侯季直表》。據載，此表真迹歷有名家轉相收藏，亦有北宋大觀年間單刻本、淳熙秘閣續帖刻本等。此所謂「至元世而始出」，指元代陸行直藏本。行直，字季道，元末明初人，洪武朝，官翰林院典籍。善書，詩畫清勁，爲人所稱。

〔二〕元美，即明代著名學者、文壇領袖王世貞字。世貞號弇州山人，太倉人。先後官山西按察使、刑部尚書等。著有《弇山堂别集》等。此説見《弇州山人四部稿》卷一百三十三《淳化閣帖十跋》之《真賞齋帖》。

〔三〕賈詡，字文和，東漢末年至三國初年著名謀士、曹魏開國功臣。黄初元年（二二〇），曹丕稱帝，拜爲太尉，封壽鄉侯。黄初四年，卒。

〔四〕《三國志·魏書·鍾繇傳》：「文帝即王位，復爲大理。及踐阼，改爲廷尉，進封崇高鄉侯。遷太尉，轉封平陽鄉侯……明帝即位，進封定陵侯……遷太傅。」

〔五〕華歆，字子魚，漢末魏初名臣。曹丕即王位，拜相國，封安樂鄉侯。魏明帝即位，代鍾繇爲太尉，晉封博平侯。萬説審是。

〔六〕説見米芾《書史》。按，《季直》諸帖，主要指世傳鍾繇所上《宣示表》和《賀捷表》。《賀捷表》，賀擒殺關羽之事，史稱「八分楷書」或「正書之祖」。《宣示表》，爲鍾繇上書魏文帝曹丕，勸其接受孫權歸附之請，楷書。原表或佚，今傳爲王羲之摹本。

〔七〕劉德昇，字君嗣，東漢著名書法家，三國時，鍾繇、胡昭兩人曾師從其學書，時稱「鍾胡體」。胡昭，字孔明，三國時隱士、書法家。善長隸書，與鍾繇、邯鄲淳、衛覬、韋誕齊名，有「鍾氏小巧，胡氏豪放」之説，世人並稱「鍾胡」。

書許氏説文後

許叔重作《説文解字》十五篇，自爲之序。前言丞相李斯作《蒼頡篇》，中軍府令趙高作《爰歷篇》，太史令胡毋敬作《博學篇》，皆取史籀大篆，或頗省改，所謂小篆也，是小篆出於李斯輩矣；後述甄豐較定八體，三曰篆書，則謂篆書即小篆，秦始皇使下杜人程邈所作〔一〕。一篇之中，顯然乖異，何胸無定見如此？

班固《藝文志》言：「漢興，蕭何草律，太史試學童，能諷書九千字以上，乃得爲史。又以六體試之。」叔重乃改之曰：「漢興，有草書《尉律》：學童年十七以上，始諷籀書九千字，乃得爲史，又以八體試之。」夫改「草律」爲「草書《尉律》」，斯已謬矣，至於籀書秦已改爲小篆，凡不合小篆者皆禁之，則籀書之廢久矣，安得漢時尚存九千字之多〔二〕？夫太史之課學童，取其適於用爾。漢時已盛行隸書，即小篆亦且無用，試籀書何爲？當隸書初出止三千字，即合《蒼頡》等小篆三篇，亦止三千三百字，總不及九千之數。吾意隸書不足，乃試小篆，小篆又不足，乃試籀書，必無舍隸書、小篆專試籀書之理。叔重但增一「籀」字，而漢家之制遂晦，誠不如孟堅之書確核而可信也。

【題解】

首疑許慎《説文解字》自敘已有將「篆書」與「小篆」相混之嫌。次駁其不當改《漢書·藝文志》「漢興，蕭何草律」爲「漢興，有草書《尉律》」，更不該將《漢書·藝文志》「諷書九千字」增改爲「諷籀書九千字」。稱秦時籀書（大篆）廢久，已不作主流文字使用，則漢時籀書已不足九千個單字，就不可能以九千籀書試之學童。度當時「隸書不足，乃試小篆，小篆又不足，乃試籀書，必無舍隸書、小篆專試籀書之理」。

【校注】

〔一〕按，所引《説文解字敘》不誤。萬斯同認爲，許慎前稱李斯、趙高、胡毋敬之書，皆取史籀「大篆」省改爲「小篆」，後則不當稱秦始皇使下杜人程邈作「小篆」。

甄豐，西漢平帝時以定策功拜少傅，封廣陽侯。與劉歆、王舜同爲王莽心腹，王莽新朝中，拜更始將軍，封廣新公。豐善古文，《説文解字敘》稱其將「秦書八體」校爲「六書」曰：「一曰古文，孔子壁中書也；二曰奇字，即古文而異者也；三曰篆書，即小篆，秦始皇帝使下杜人程邈所作也；四曰左書，即秦隸書；五曰繆篆，所以摹印也；六曰鳥蟲書，所以書幡信也。」

〔二〕按，前引《漢書・藝文志》和《説文解字敘》，皆大體準確不誤。斯同認爲秦漢籀書久廢，即使有之，也斷然不能多至九千個。審是。

書唐玄宗改古文尚書爲今文詔後

案：《尚書》傳自伏生者，謂之「今文」，以所書皆隸字也。傳自孔安國者，謂之「古文」，以所書皆科斗古文也。然安國不識科斗書，以隸定古，則亦今文已爾，而謂之「古文」者，因得自壁中古文，其篇數與今文不同，故仍稱爲「古文」也。

及劉向以「中古文」較歐陽、大小夏侯三家之書，《酒誥》《召誥》皆有脱簡，則又有「中古文」〔一〕。夫三家所傳皆今文也，而異於「中古文」，則所謂「中古文」者何體也？在「古文」之後，隸書之前者，惟大、小二篆，然則「中古文」其大篆、小篆乎？夫秦改小篆後，古文、大篆皆廢不用，至漢而無有傳者，則必爲小篆可知，而史初未嘗言也，迄乎後漢劉陶，「推三家《尚書》及古文，是正文字七百餘事，名曰《中文尚書》」，不知所謂「中文」者又何體也〔二〕？意「中古文」藏於秘府，世莫得見，陶仍用小篆耶？否則仍用隸書，但折衷於今、古文之間，故曰「中文」耶？

至唐玄宗天寶時，又改《古文尚書》爲今文〔三〕。是時天下盡用今文矣，何以改爲？《古文尚書》孔安國已改爲隸，其所作五十九篇之傳，皆隸書也，則皆今文也。唐初孔穎達爲之疏，已久頒於學宫，天下學者但知今文而已，又何以改爲〔四〕？若果有古文真本，則千年舊物，當如大訓、河圖、弘璧、琬琰，爲子孫世守之寶，又何以改爲〔五〕？雖曰舊本，仍藏御府，不如不改之爲愈，玄宗此舉未免遺笑後人矣。藉使當時出古文真本，令人摩勒上石，樹之學宫，豈不稱帝王盛舉？而惜其反用之，知其智昏意亂，播遷蜀道不遠矣！夫一《尚書》也，既有「今文」「古文」，又有「中古文」「中文」。前人既不道其詳，後人終莫明其説，徒令人致慨。「古文」之不可見，豈不深可歎息哉！

【題　解】

論稱西漢伏生傳《尚書》以今文（隸書）書之，孔安國「以隸定古（科斗文）」，亦用今文，乃因其出孔壁時，文字、篇數與伏生所傳異，故亦稱《古文尚書》。自劉向校書，始有「中古文」一説，不知何體？度其或指大、小篆文。東漢劉陶又有「中文尚書」之説，亦不知「中文」爲何體？度其或「折衷於今、古文之間」。自漢孔安國、唐孔穎達，早將《古文尚書》改書爲今文，「天下學者但知今文」，唐天竇時何從改起？縱「果有古文真本」，則屬「千年舊物」，或當「摩勒上石，樹之學宫」，又何必改之？最後提出，同一《尚書》，竟有今古文、中古文、中文等不同稱謂，使後人莫明其説，蓋因古文不可見所致。

【校注】

〔一〕《漢書·藝文志》：「秦燔書禁學，濟南伏生獨壁藏之。漢興，亡失，求得二十九篇，以教齊魯之間。訖孝宣世，有歐陽、大小夏侯氏，立於學官……武帝末，魯共王壞孔子宅，欲以廣其宫，而得《古文尚書》及《禮記》《論語》《孝經》凡數十篇，皆古字也……劉向以中古文校歐陽、大小夏侯三家經文，《酒誥》脱簡一，《召誥》脱簡二。」

〔二〕《後漢書·劉陶傳》：「劉陶，字子奇，一名偉，潁川潁陰人……明《尚書》《春秋》，爲之訓詁。推（夏侯建、夏侯勝、歐陽和伯）三家《尚書》及古文，是正文字七百餘事，名曰《中文尚書》。」

〔三〕《新唐書·藝文志》之「今文尚書十三卷」下注：「開元十四年，玄宗以《洪範》『無偏無頗』聲不協，詔改爲『無偏無陂』。天寶三載，又詔集賢學士衛包改古文從今文。」衛包，官至尚書郎、集賢學士，工八分、小篆，通字學。又，據《唐大詔令集》卷八十一《政事·改尚書洪範無頗爲陂敕》等，所改爲古文《孝經》和《尚書》。《古文尚書》所改乃「頗」字，同上。

〔四〕按，孔穎達，字沖遠，唐代著名經學家，孔子三十一世孫。熟讀經傳，善於詞章，隋朝以明經任河内郡博士、太學助教等。入唐，任國子監祭酒。貞觀十二年（六三八）左右，奉唐太宗之命，與顏師古、賈公彦等編纂《五經正義》，集魏晉南北朝以來經學注疏之大成。

〔五〕《尚書·顧命》：「越玉五重，陳寶，赤刀、大訓、弘璧、琬琰在西序；大玉、夷玉、天球、河圖在東序。」謂周康王從成王繼承之幾種國寶。此借喻所謂「古文真本」。

再書唐玄宗改古文尚書爲今文詔後

唐玄宗改《古文尚書》爲今文。馬貴與氏謂漢之所謂「古文」者，科斗書，「今文」者，隸書也；唐之所謂「古文」者，隸書，「今文」者，世所通用之「俗書」也〔一〕。愚竊以爲不然，夫隸書即楷書也。孔安國既改古文爲隸，即馬氏所謂俗書也，玄宗何不復改？況安國不識古文，時人亦無識者，不得已以隸字寫之，是名雖古文，其實即今文也。所獲竹簡，又上送官，藏之書府，即孔氏子孫亦不獲見，而古文幾絶矣。賴宣帝時徵齊人能通古文者，張敞從受之，敞傳子吉，吉傳甥杜鄴，鄴傳子林，林傳衛宏、徐巡，而古文大興，是東漢時古文之學反盛矣〔二〕。

觀許氏《説文》自序謂，稱《易》，孟氏；《書》，孔氏；《詩》，毛氏；《周官》《春秋左氏》《論語》《孝經》皆古文也，則不惟《尚書》有古文，即諸《經》亦有之，故靈帝熹平中詔立《石經》，蔡邕即以古文備三體之一。至魏而邯鄲淳、衛覬、韋誕咸善古文〔三〕。正始中，立

《三體石經》，古文居其首。元魏江式謂魏碑在漢碑西，其文蔚焕，三體復興，不可謂漢魏之世無善古文者〔四〕。逮元魏之末，楊衒之撰《洛陽伽藍記》，言漢石止存二十五碑，魏石四十八碑咸在，則魏之古文一無所損，士大夫必多有其搨本，雖數經遷徙，碑石不全，而搨本固在，天下豈無學習者？

考《唐書·曹憲傳》，言憲邃於小學，自漢杜林、衛宏後古文亡絶，至憲復興，是唐初亦有通古文者〔五〕。玄宗之所改古文，安知非出憲之手，或魏《石經》之所遺？而馬氏乃指爲隸書，不亦異乎哉〔六〕？考《新唐書·藝文志》，明言《三字石經》《尚書古篆》三卷，則唐之有《古文尚書》，此其實據矣〔七〕。至德宗時，李陽冰子服之以所藏古文《孝經》、衛宏官書二部遺韓愈〔八〕。官書，即宏所受於杜林者，是玄宗之後古文猶未絶於世，安得謂天寶所改之古文乃隸書哉？

且自程邈作隸，前人則稱之爲楷，以其可爲法於天下也，安得以俗書詆之？隸與小篆同出於秦，隸行而小篆即廢，實以其體端方簡易，便於朝廷上下也，安得以俗書詆之？馬氏生平著書甚富，能舍楷書而用篆、籀乎？總由宋世文人不知隸之即楷，而誤分楷、隸爲二，是以有此謬論也。玄宗之改今文，既遺譏後世，至宋太祖以陸德明所釋《尚書》多仍古文之舊，與玄宗所定今文駁異，詔太子舍人陳鄂更定，尤爲無識之至〔九〕。夫德明所存古文，不過十分之二，正當寶愛而謹守之，乃必欲盡去而後已，二帝之不學無術，一至此者哉！

此文雖改，士大夫家猶有存者，晁公武《讀書志》言吕大防得本於宋次道、王仲至家，以較陸氏《釋文》，小異而大同，其作字奇古，非附會穿鑿者所能到〔一〇〕。此則二帝威力之所不及者，猶賴賢士大夫寶藏之，而其後則不可問矣。觀徽宗《宣和書譜》諸體皆載，獨無古文，則玄宗詔書所謂舊本仍藏御府者，至宋亦不可得矣〔一一〕。

【題　解】

再就唐玄宗改《古文尚書》爲今文詔一事，駁元馬端臨認爲玄宗朝所改之「古文」乃隸書。基於隸、楷同爲一體之見，稱馬端臨所謂「俗書」，即孔安國所改成之隸書，亦可稱楷書。但隸書之前的古文並未完全消失，自漢宣帝以來，包括《尚書》在内，諸經亦有古文。如漢魏曾立包括古文的《三體石經》、唐有通曉古文者曹憲、《新唐書·藝文志》載有「《尚書古篆》三卷」。唐德宗時，李陽冰之子曾將其所藏古文本《孝經》等贈予韓愈，可見「玄宗之後古文猶未絶於世」，它們或爲玄宗朝改《古文尚書》爲今文之依據。同時認爲，唐玄宗、宋太祖下令將存世不多的古文經改爲今文，並非有識之舉。

【校　注】

〔一〕馬貴與，即馬端臨，字貴與，其所著《文獻通考》卷一百七十七「古文尚書十三卷」曰：「《漢儒林傳》言孔氏有《古文尚書》，孔安國以今文讀之。《唐藝文志》有《今文尚書》十三卷，注言玄宗詔集賢學士衛包改古文從今文。然則漢之所謂古文者，科斗書；今文者，隸書也。唐之所謂古文者，隸書；今文者，世所通用之俗字也。隸書秦、漢間通行，至唐則久變而爲俗書矣，何《尚書》猶存古文乎？」

〔二〕《漢書·藝文志》曰：「蒼頡多古字，俗師失其讀，宣帝時徵齊人能正讀者，張敞從受之，傳至外孫之子杜林，爲作訓故，並列焉。」按，其傳承情況，據陳思《書小史》曰：「張敞，字子高，河東平陽人，官至京兆尹。善古文，傳之子吉，吉傳其出杜鄴，鄴傳子林……其後有杜林、衛宏爲之嗣焉。」又曰：「杜鄴字子夏，魏郡繁陽人，官至涼州刺史。少孤，其母張敞女。鄴壯，從敞子吉學問，得其家書……從鄴學問，亦著於世。尤長小學。」《後漢書·衛宏傳》：「時濟南徐巡師事宏，後從林受學，亦以儒顯。」

〔三〕邯鄲淳，字子叔，曹魏書法家。官至給事中，才學通敏，書則八體悉工，自杜林、衛宏以來，古文泯絶，由淳復著。

韋誕，字仲將，曹魏書法家。官至侍中。服膺於張芝，兼邯鄲淳之法，諸書並善，尤精題署。梁武帝評云：「韋誕書如龍威虎振，劍拔弩張。」

衛覬，字伯儒，曹魏書法家。官至侍中。以才學稱，尤工古文、篆、隸，草體傷瘦，筆力絶妙。謚敬侯。衛恒《四體書勢》：「魏初傳古文者出於邯鄲淳，（衛）恒祖敬侯寫淳《尚書》，後以示淳，而淳不别。」

〔四〕江式述漢魏《石經》，見本卷《跋漢魏石經一》注文。

〔五〕《舊唐書·曹憲傳》曰：「曹憲，揚州江都人也。仕隋爲秘書學士……精諸家文字之書，自漢代杜林、衛宏之後，古文泯絶，由憲此學復興。大業中，煬帝令與諸學者撰《桂苑珠叢》一百卷，時人稱其該博……貞觀中……太宗徵爲弘文館學士……太宗又嘗讀書有難字，字書所闕者，録以問憲，憲皆爲之音訓及引證明白，太宗甚奇之。年一百五歲卒。」

〔六〕「哉」，原作「載」，誤，據文意校改。

〔七〕按，《舊唐書·經籍志》，著録三字石經《尚書古篆》三卷；《新唐書·藝文志》亦同此。兩《唐書》之《經籍志》和《藝文志》，皆區别著録多種「三字石經」和「今字石經」。後者爲隸體不誤。前者之「三字石經」中或有斯同意中之「籀書」之類的「古文」，非秦漢篆書。識此待考。

〔八〕韓愈《科斗書後記》：「貞元中，愈事董丞相幕府於汴州，識開封令服之者，陽冰子，授余以其家科斗《孝經》、漢衛宏《官書》，兩部合一卷，愈寶蓄之。」

〔九〕馬端臨《文獻通考》卷一百七十七「陸德明尚書釋文一卷」引《崇文總目》曰：「皇朝太子中舍陳鄂奉詔刊定。始開寶中，詔以德明所釋乃《古文尚書》，與唐明皇所定今文駁異，令鄂删定其文，改從隸書。蓋今文自曉者多，故音切彌省。」陸德明，名元朗，以字行，唐代經學家、訓詁學家。先仕陳、隋二朝。貞觀初年，官國子博士。撰《經典釋文》三十卷。陳鄂生平事迹待考。

〔一〇〕晁公武《郡齋讀書志》卷一上「古文尚書十三卷」條曰：「漢孔安國以隸古定五十九篇之書。蓋以隸寫籀，故謂之隸古。其書自漢迄唐，行於學官。明皇不喜古文，改從今文，由是古文遂絶。陸德明獨存其一二於《釋文》而已。皇朝呂大防得本於宋次道、王仲至家，以較陸氏《釋文》，雖小有異同，而大體相類。觀其作字奇古，非字書傳會穿鑿者所能到。」

呂大防，字微仲，北宋著名政治家、書法家。

宋敏求，字次道，北宋藏書家、校勘家。官至龍圖閣直學士。藏書三萬卷，皆略誦習，熟於朝廷典故，士大夫疑議，必就正焉。

王欽臣，字仲至，北宋藏書家、校勘家。歷官陝西轉運副使、工部員外郎等。藏書數萬卷，多稱善本，手自校正。與宋敏求交遊密切，曾訂有互借之約。遇有疑問，互相質詢。

〔二〕《宣和書譜》見本卷《隸書考二》注文，其書體之分類，確實「獨無古文」，萬説審是。

五經皆有古文説

明初，餘姚趙謙著《六書本義》，其自序謂魏晉及唐，能書者輩出，然但逞姿媚而文字破碎，猶賴《六經》之篆未易，至天寶間，詔以隸法寫《六經》，於是其道盡廢〔一〕。近世崑山顧炎武駁之，謂《漢書·藝文志》但言《尚書古文經》四十六卷，《孝經古孔氏》一篇；《隋書·經籍志》但有《三字石經尚書》五卷，《三字石經春秋》三卷，即唐玄宗改古文爲今文，亦止改《尚書》而不聞有他經〔二〕。今謂《五經》皆有古文，而玄宗改之，豈其然乎？

愚謂趙氏之言固有失，而顧氏所駁亦未爲全得也。夫玄宗所改者止《古文尚書》耳，其詔書至今猶在，何嘗盡改《六經》爲今文，而乃爲是言乎？且其所改者古文，非篆書也。以古文爲篆，豈未見玄宗詔書乎〔三〕？若顧氏謂《尚書》有古文，他經皆無，亦非也。《劉歆傳》言，歆校秘書，見古文《春秋左氏傳》，大好之〔四〕。許慎《説文》自序明言，所稱《易》，孟氏；《書》，孔氏；《詩》，毛氏；《禮·周官》《春秋左氏》《論語》《孝經》皆古文也，則東漢時《五經》皆有古文矣。蓋自杜林傳衛宏、徐巡後，古文大興，故《五經》皆有，而許慎得以參訂其書也。至靈帝熹平時，魏廢帝正始時，並立《三字石經》，《五經》之外，更有《論語》，謂《五經》無古文可乎？《隋書·經籍志》歷叙《石經》遷徙之由，謂貞觀初魏徵始收聚之，十不存一，其相傳承搨之本，猶在秘府，此即玄宗所改之古文也〔五〕。趙氏言《六經》盡易以隸法固非，而顧氏言《五經》無古文，亦未之深考也。宋鄭樵謂明皇更古文爲今文，凡不合開元文者謂之「野書」，此則無稽之言，必不可信〔六〕。彼且不知天寶改今文，而謂爲開元，不亦乖謬之甚乎？

【題　解】

明初趙謙著《六書本義》，稱唐朝天寶間「詔以隸法寫《六經》」，於是古文盡廢。清顧炎武據《漢書·藝文志》《隋書·經籍志》，駁稱迄唐朝尚有《尚書》《孝經》《春秋》三種古文經。萬斯同繼而論稱，唐玄宗改古文經爲今文，只及《尚書》一經，並未全改《六經》。據許慎《説文解字敘》可知，東漢時《五經》皆有古文，許氏乃得據此參訂其書。漢魏也曾據古文《五經》及《論語》立《三體石經》。儘管古文石經因遷徙等因，或「十不存一」，但官私皆有搨本傳下，故唐玄宗得以據此改古文爲隸體，則趙謙所言非也，而顧氏所言又不周。至於鄭樵稱玄宗開元改古文爲今文，「凡不符開元文者謂之野書」，又是只知開元改經，而不知其後天寶也曾改經，更屬無稽乖謬之談。

【校注】

〔一〕明趙謙《六書本義自序》：「魏晉及唐能書者輩出，但攻亐點畫波折，逞其姿媚而文字破碎，然猶賴《六經》之篆未易。至天寶間，詔以隸法寫《六經》，於是其道盡廢。其有作興之者，如吕忱之《字林》、李陽冰之《刊定》……雖曰有功於世，然猶凡例不立，六義未確，終莫能明……正書之不顯，俗書害之也；俗書之相仍，六義之不明也。」趙謙，即趙撝謙，明初著名文字學家。據《明史》本傳，原名古則，更名謙，餘姚人。曾任中都國子監典簿，參修《洪武正韻》，「博究《六經》百氏之學，尤精六書」。著有《六書本義》《聲音文字通》等。

〔二〕按，説見顧炎武《金石文字記》。檢《漢書·藝文志》，著録《尚書古文經》四十六卷，下注「爲五十七篇」，《孝經古孔氏》一篇。檢《隋書·經籍志》著録《三字石經尚書》九卷，下注「梁有十三卷」，《三字石經尚書》五卷，《三字石經春秋》三卷，下注「梁有十三卷」。則顧氏所言不誤。

〔三〕《唐大詔令集》卷八十一《令諸儒質定古文孝經尚書詔》：「《孝經》《尚書》有古文本孔、鄭注，其中指趣頗多踳駁，精義妙理，若無所歸，作業用心，復何所適？宜令諸儒並訪後進達解者，質定奏聞。開元七年三月。」

〔四〕《漢書·楚元王傳》：「歆及向始皆治《易》。宣帝時，詔向受《穀梁春秋》，十餘年，大明習。及歆校秘書，見古文《春秋左氏傳》，歆大好之。」

〔五〕《隋書·經籍志》曰：「大唐武德五年，克平僞鄭，盡收其圖書及古迹焉。命司農少卿宋遵貴載之以船，泝河西上，將致京師。行經底柱，多被漂没，其所存者，十不一二。」又曰：「貞觀初，秘書監臣魏徵，始收聚之，十不存一。其相承傳搨之本，猶在秘府。」

〔六〕鄭樵《通志》卷六十三《藝文略》「古文尚書」條下曰：「《易》《詩》《書》《春秋》皆有古文，自漢以來盡易以今文，惟孔安國得屋壁之書，依古文而隸之。安國授都尉朝，朝授膠東庸生，謂之《尚書》古文之學。鄭玄爲之注，亦不廢古文。使天下後學於此一書而得古意，不幸遭明皇更以今文，其不合開元文字者，謂之野書。然易以今文，雖失古意，但參之古書，於理無礙，亦足矣。明皇之時去隸書既遠，不通變古之義，所用今文違於古義尤多。」

卷六　論説　考辨四

讀洪武實録

高皇帝以神聖開基，其功烈固卓絶千古矣，乃天下既定之後，其殺戮之慘一何甚也！當時功臣百職，鮮得保其首領者，迨不爲君用之法行，而士子畏仕途甚於穽坎，蓋自暴秦以後所絶無而僅有者。此非人之所敢謗，亦非人之所能揜也！乃我觀《洪武實録》，則此事一無見焉。縱曰爲國諱惡，顧得爲信史乎？至於三十年間，藎臣碩士豈無嘉謀嘉猷足以垂之萬祀者，乃亦無所紀載，而其他瑣屑之事，如千百夫長之祭文，番僧、土酋之方物，反累累不絶焉，是何諳於大而明於小，詳於細而略於鉅也？洪武之史凡三修，其一在建文之世，其一在永樂之初，此則永樂中年胡廣、楊榮、金幼孜所定也〔一〕。吾意前此二書，必有可觀，而惜乎不及見也。若此書者，疏陋已甚，何足徵新朝之事實哉？君子即不觀可也。

【題　解】

據黄百家《萬季野先生斯同墓誌銘》所載：「己酉（康熙八年，一六六九）以後數年，又與先生讀書於越城姜定菴先生家。發其所藏，有明列朝實録，廢寢觀之。」本卷讀《明實録》及其他涉及明朝野史、家乘等劄記、題跋，大多爲這一時期所撰。其主要觀點乃至語句，又直接影響了康熙二十三年萬斯同參與制定指導官修《明史》的《修史條議》（以下簡稱《條議》，見劉承幹輯《明史例案》）。姜定菴，名希轍，崇禎朝舉人，順治初，先後任温州教授、工科給事中，家富藏書。當時，斯同應聘爲姜家館師，得讀其藏書，長達五年左右。

本文指責《洪武實録》隱諱明太祖朱元璋立國之後殺戮功臣，記事「暗於大而明於小」，不可爲信史，度其爲永樂朝胡廣等監修總裁所爲。《條議》第七、八、九、十、十一條基本同於此説，對明初幾次著名冤獄略加辨證，指出《洪武實録》對此採用「有罪狀可指者皆直書其事，非罪見殺者則諱之」，希望《明史》修纂「詳加考證，以爲信史」。本卷各篇亦著録於萬斯同《群書疑辨》卷十二，個別篇名不同。

【校注】

〔一〕按，據《明史》相關紀傳，《洪武實録》初修於建文元年（一三九九）春，由翰林院董倫、王景爲總裁官；建文四年十月，明成祖已攻占京師，「命重修《太祖實録》」，復以李景隆爲監修、解縉爲總裁；永樂九年（一四一一）再修，以姚廣孝等爲監修，胡廣、楊榮等爲總裁，金幼孜等爲纂修官；永樂十六年五月修成。萬説審是。

胡廣，據《明史》本傳，字光大，吉水人，建文二年廷試第一，授翰林院修撰。成祖即位，廣偕解縉迎附，擢侍講等。永樂十四年，進文淵閣大學士。廣性縝密，帝前所言及所治職務，出未嘗告人。永樂十六年五月卒。

楊榮，據《明史》本傳，字勉仁，建安人，建文二年進士，授編修。成祖初入京，榮迎謁馬首。永樂十六年胡廣卒，命榮掌翰林院事。十八年，進文淵閣大學士。歷仕四朝，謀而能斷。重修《太祖實録》及太宗、仁、宣三朝實録，皆爲總裁官。正統五年（一四四〇）卒。

金幼孜，據《明史》本傳，名善，以字行。新淦人。建文二年進士，授户科給事中。成祖即位，改翰林院檢討，與解縉等同直文淵閣。仁宗即位，拜户部侍郎兼文淵閣大學士等。宣宗立，修兩朝《實録》，充總裁。宣德六年（一四三一）卒。

讀弘治實録二則

有明之實録，未有若弘治之顛倒者也。蓋總裁於焦芳，而撰述於段炅輩，宜其如此〔一〕。吾竊怪當時諸公如李文正、王文恪、楊文忠、梁文康，皆有總裁之責，何乃一無糾正，而任其顛倒若是耶〔二〕？中書之堂既已伴食，蘭臺之内又欲隨人曲筆耶〔三〕？甚哉，諸公之靡也！一焦芳以附瑾之故，筆削之際，猶且不敢逆之，則當瑾之横行，而曰「吾將有所補救」，吾不知所補救者何事也？即畏芳之肆螫，獨不畏萬世之公議乎？與之同官而猶若此，將古之筆枋頭之敗，而詳張説之事者，獨何人也〔四〕？吾是以益歎古人之不可及，而知有明實録之未可盡信也。

孝宗爲一代守成令主，而實録所紀當時之弊政何其多也！蓋帝務通下情，人人得以盡言，故一有過舉，盡形之於奏牘，人之見之者，以爲帝德之有失也，而不知正其能納諫之美也。向非帝能納諫，群臣安敢盡言？後人亦何由知其詳哉？至如嘉靖之世，其治亂視此何啻什佰，今讀其史，其弊之大者固已章著，而其小者，反不若此之數數然，彼豈無失之可指乎？亦群工百職箝口而不敢言，故後人無由知其詳耳。且孝宗十八年之間，國家最爲無事，而實録卷帙之多，反有過於諸帝，亦由奏疏之多耳。余恐讀者不察，徒見其疵而不見其美也，於是乎言讀是書者，其尚以是求之。

【題　解】

《弘治實録》即《孝宗實録》，紀明孝宗朱祐樘一朝史事。初修於正德元年（一五〇六），内閣大學士劉健、謝遷等爲總裁，後劉、謝去位，改以大學士焦芳、李東陽等爲總裁，正德四年修成。萬斯同認爲是最爲顛倒是非的一部實録，因爲段炅等所撰，主要裁決於趨附權宦劉瑾的焦芳，而李東陽、王鏊等因害怕閹黨，不敢堅守原則，一直未能據實糾正。但同時又指出，明孝宗本爲「一代守成令主」，該《實録》却多記其「弊政」，寫成了失德之君，這正好反映孝宗善於納諫，所以當時群臣纔多有建言之奏章留下。反之，後來的嘉靖朝政治混亂大大超過弘治朝，但其《實録》對其弊政却不如《弘治實録》記載翔實，無疑是當時群臣百官不敢説話，所以「後人無由知其詳耳」。《條議》第四十四條，也肯定了《弘治實録》具有「詳贍」的優點。

【校注】

〔一〕焦芳，據《明史》本傳等，字孟陽，泌陽人，天順八年（一四六四）進士。爲同鄉大學士李賢引爲庶吉士，授編修等。深結劉瑾等閹黨，累遷少師、華蓋殿大學士，居内閣數年。瑾變亂成法，荼毒縉紳，皆芳導之。其總裁《孝宗實録》，對何喬新、彭韶、謝遷等皆肆意誣詆，自喜曰：「今朝廷之上，誰如我直者？」

段炅，據《明史·段堅傳》附，爲段堅之子，蘭州人，進士，翰林院檢討，諂附焦芳。劉瑾敗，落職。

〔二〕按，李文正，即李東陽；王文恪，即王鏊；楊文忠，即楊廷和；梁文康，即梁儲。據《明史》本傳，此四人當時皆爲内閣大學士，按制，先後總裁《會典》《孝宗實録》。其間，劉瑾等「摘《會典》小誤」，一度使楊廷和等四總裁不同程度受罰，待《孝宗實録》成，四人又不同程度地受到褒獎和提升。反映四總裁不得不聽命於劉瑾、焦芳。萬説審是。張本漏書「梁文康」，據羅本校補。

〔三〕伴食，尸位素餐之意。《舊唐書·盧懷慎傳》：「懷慎自以爲吏道不及（姚）崇，每事皆推讓之。時人謂之『伴食宰相』。」中書之堂，代指内閣大臣。蘭臺之内，代指翰林院。璩崑玉《古今類書纂要》卷五：「翰林院曰史館，曰蘭臺。」明代編修實録由翰林院負責。

〔四〕枋頭之敗，指東晉大司馬桓温第三次北伐。初勢如破竹，至燕京之郊枋頭，遭燕軍殊死抵抗，糧道斷絶，歸途又遭伏擊，無功而歸。

張説，唐朝政治家、文學家。參修《三教珠英》，不肯誣陷魏元忠，被流放欽州。拜相後，又不肯迎奉太平公主，被貶官致仕。斯同以此批評《孝宗實録》因任非其人，在是非裁決方面的失敗，乃如枋頭之敗，本在預料之中；而在堅持原則方面，又不如唐朝張説。

讀史琳傳

傳稱琳通曉兵法，兼善諸家占候之術，故朝廷凡數出師，皆命之總督，蓋以知兵受任也。然十三年火篩爲難，平、慶、臨、鞏之間，流血千里，琳爲統帥不能赴救，其擣巢也，以數萬之師，獲首止於三級〔一〕。知兵者固如是乎？吾觀當時八座諸公，固未有傑然可當邊疆之任者〔二〕。僅一許襄毅以糾劾將帥而罷去，使琳得專其任，亦可見邊才之難得矣〔三〕！幸火篩之猖獗未若吉囊、俺答之甚耳〔四〕。使有如二酋者，琳其何以應之？甚哉，有明武備之靡也！以孝宗之賢，馬端肅、劉忠宣之爲本兵，而邊烽一舉，輒勞拊髀，然則嘉靖末之爲邊帥者，固未可深責哉〔五〕！

【題　解】

《武宗實録》卷九附《史琳傳》等載，琳，字天瑞，餘姚人，成化二年（一四六六）進士，歷官工科給事中、陝西參議等。因治盜功升左布政使、右副都御史，巡撫北直隸兼提督三關。時虜寇榆林，琳奉命都軍務，後虜寇宣府，復同太監苗逵、保國公朱暉往征之。史琳貌偉岸，性寬厚，喜讀兵，嘗習太乙壬遁等術，故欲因戰伐以取功名。宣府之役，斬虜首僅三人，而與逵、暉等張大其功，且遣子鶴等奏捷，言官劾其庸懦無恥，士林醜之。

【校注】

〔一〕火篩，明蒙古滿官嗔部領主，滿都魯可汗部下脱羅干之子。弘治十三年（一五〇〇）進犯大同地區。平、慶、臨、鞏，平，即平涼，甘肅今地一帶；慶，即慶陽，甘肅今地；臨，即臨涇，今甘肅鎮原一帶；鞏，即鞏昌，今甘肅隴西一帶。

〔二〕八座諸公，指中央政府高級官員。

〔三〕許襄毅，即許進，據《明史》本傳，字季升，靈寶人。成化二年進士，授監察御史。官至吏部尚書，因宦官劉瑾專權，編造口實，致其免職。卒謚襄毅。

〔四〕吉囊，指達延汗之孫，巴爾斯博羅特長子衮必里克，小名庫蔑里，孛兒只斤氏。被封「濟農」，蒙語「副汗」之意，明人以「吉囊」稱之。俺答，明朝土默特部重要首領，孛兒只斤氏，巴爾斯博羅特之子，衮必里克弟。明嘉靖年間崛起，其部落初期遊牧於今内蒙古呼和浩特一帶，後逐漸强盛，控制範圍東起宣化、大同以北，西至河套，北抵戈壁沙漠，南臨長城。

〔五〕馬端肅，即馬文升，據《明史》本傳，字負圖，鈞州人。景泰二年（一四五一）進士，歷任地方按察使、遼東巡撫、右都御史。弘治初任兵部尚書、吏部尚書。正德四年（一五〇九），遭權宦劉瑾削秩除名。正德五年卒，謚端肅。

劉忠宣，即劉大夏，據《明史》本傳，字時雍，華容人。天順八年（一四六四）進士，歷官兵部主事、户部左侍郎、右都御史等。弘治十五年，升任兵部尚書。劉瑾專權，罰戍肅州。正德五年，遇赦返鄉，復官致仕。正德十一年卒，追贈太保，謚忠宣。本兵，指兵部尚書。拊髀，以手拍股，表示激賞。

讀高銓傳

士風之變易也，豈不易哉？方弘治之世，人人自愛而尚名節、重廉恥，豈不誠忠厚之俗耶？及劉瑾一出，向時之大僚遂蒙面濡首，争先屈膝而不恤〔一〕。而高銓之子至自劾其父，衣冠變爲異類，何其甚哉〔二〕！乃知若輩之在先朝，非果能自立也，幸士習方隆，故不至敗露耳。一旦隄防既壞，遂放溢決蕩而不可收拾矣。然則中材之士，處盛朝而保其名行，遇濁世而決其防檢者何可勝數？彼固有幸不幸哉！

【題　解】

《武宗實録》卷六十五附《高銓傳》載，正德五年（一五一〇）十一月辛未，致仕南京户部尚書高銓卒。銓，字宗選，直隸江都縣人，成化己丑進士。先後官河南按察使、都察院右副都御史、南京户部尚書等。明朝宦官專權緣自「靖難之役」前後，朱棣奪權，宦官有心腹之功。此後，歷英宗、憲宗至武宗朝，原法定「灑掃庭除」的宦官，漸變爲「口含天憲，手握王權」的政治勢力。原本自視清高的廷臣，不得不依附閹宦，喪失名節，結黨營私，貪贓枉法。萬斯同以高滂劾父爲例，論稱這些「蒙面濡首」的高官大僚，並非從武宗朝纔開始，乃因此前弘治朝，「士習方隆」，社會風氣尚未敗壞，所以其貪鄙本質還「不至敗露耳」。至武宗朝，官德人性之「隄防既壞」，遂一發不可收拾。

【校注】

〔一〕《武宗實録》卷六十六附《劉瑾傳》等，劉瑾，陝西興平人，六歲時被太監伯父劉順收養，淨身入宫。弘治年間侍奉明武宗，博得寵愛，數次升遷，官拜司禮監掌印太監。專擅朝政，結黨營私，作威作福，時人稱其「立皇帝」，武宗爲「坐皇帝」。正德五年，都御史楊一清等以「謀反」罪揭發劉瑾，武宗下令捕瑾，抄没其家，處死。附瑾閹臣焦芳、劉宇、曹元，尚書畢亨、朱恩等，共六十餘人，皆降謫。

〔二〕按，《武宗實録》卷六十九附《高銓傳》，稱銓「性質恭慎，慮事周悉，雖久處仕途，物議不及」。但不載其子高滂劾父之事。惟《明史·王璟傳》附其事曰：「初，璟自保定巡撫歸，其後，兵科給事中高滂勘滄州鹽山牧地，劾六十一人，及璟與前巡撫都御史高銓，銓即滂父也。詔去職者勿問，璟、銓並獲免。」《明史·劉瑾傳》亦有此記。

書邱文莊傳後以下皆《實録》本傳

自古右文之朝，孰不以藏書爲美哉？秘書之缺略而不備，未有若明代之甚者也。雖内之文淵閣，外之翰林院、國子監皆爲藏書之府，然藏之無幾，而其所藏者，又皆禁而不許觀，故直文淵者不得讀文淵之書，官翰林者不得披翰林之籍，其在國子亦然，不過每歲一晾以防蠹朽而已〔一〕。夫天子既不留心於載籍，而學士大夫又不敢觀中秘之書，則書籍之不備，亦何傷之有！顧士庶之家，猶且購書以示子孫，而石渠之中，蘭臺之内，反缺略而不備，毋乃非美觀乎哉〔二〕？

邱文莊之初入閣也，嘗承孝宗之命，於所著《衍義》中，撮其藏書之條，疏爲萬言以入告，乃亦迄無舉行者〔三〕。夫以天子之所咨訪，宰相之所條陳，然且格之而不行，又何望於他時耶？甚哉，好文之主之難遇也！太祖雖得天下於馬上，然能投戈講藝，釋轡論文，故御集獨多於諸帝〔四〕。太宗之樂觀《大典》，宣宗之雅號知書，亦爲帝王之難事〔五〕。世宗於孔廟、明堂諸大禮，嘗親爲文以折群臣，至於制書、手敕，何爲多詰屈而難曉也，豈有得於太祖之家法耶〔六〕？嗚呼！帝王好文之難如此，則秘書之缺略而不備也，又安足怪哉！

【題　解】

邱文莊，即邱濬。其姓原作「丘」，清雍正三年（一七二五），上請避孔子諱，改「丘」爲「邱」。《孝宗實録》卷九十七附《丘濬傳》等載，濬，字仲深，瓊山人，歷仕景泰、天順、成化、弘治四朝，先後官國子監祭酒、文淵閣和武英殿大學士等。丘濬博覽群書，史稱「三教百家之言，無不涉獵」，重視經世致用之學，「尤熟國家典故，以經濟自負」。弘治八年（一四九五），卒於任内，謚文莊。丘濬爲明代著名政治家、理學名臣，所著有《大學衍義補》。萬斯同就其上疏請求重視宫中藏書之事，批評明朝宫中少藏書，或藏而秘不許讀，儘管丘濬曾奉命上書提倡宫中多藏書、讀書，却一直「迄無舉行者」，導致明初以來「太祖之家法」喪失，禁中僚屬學識日益淺陋，尤其世宗朝，近臣所擬文書率多失體不文，乃至「詰屈難曉」。

【校　注】

〔一〕文淵閣，明太祖始建在南京奉天門之東，貯藏古今載籍。明成祖遷都北京，仿南京文淵閣規制，復建於北京皇宫中。

〔二〕石渠、蘭臺，始建於西漢初，國家圖書典籍和檔案藏所。以此代指明朝宫廷。

〔三〕丘濬曾先後兩次上書，建議重視宫廷藏書。據丘著《重編瓊臺稿》卷七《請訪求遺書奏》，弘治四年十二月，他在《大學衍義補》中，歷敘《易經》所言上古結繩而治，後世聖人易之以書契，至宋朝宫廷藏書之歷史及意義，勸告孝宗重視宫廷藏書，語有「人君爲治之道非止一端，然皆一世一時之事；惟夫所謂經籍圖書者，乃萬年百世之事焉」。次年五月十二日，又上《訪求遺書奏》，進一步提出訪尋、徵集圖書、金石的方法，如將圖書分藏於内府、兩京國子監等。

〔四〕《太祖實録》卷二五七評朱元璋曰：「退朝之暇，即延接儒生，講論經典，取古帝王嘉言善行，書置殿廡，出入省觀。」明焦竑《國史經籍志》著録《太祖文集》二十卷，又三十卷。清黄虞稷《千頃堂書目》著録《太祖文集》三十卷、《太祖文集類編》十二卷、《太祖詩集》五卷、《太祖御制書稿》三卷。《四庫全書總目》著録《明太祖文集》二十卷。清朱彝尊《明詩綜》輯有明太祖《神鳳操》一首。可見其著述之多。萬説審是。

〔五〕按，《永樂大典》原名《文獻大成》。永樂二年（一四〇四）初成，明成祖審視後認爲「尚多未備」，再命姚廣孝、解縉等重修，朝野參修者二千多人。永樂五年定稿進呈，成祖審視後十分滿意，親自作序，賜名《永樂大典》，可以説，他一直關注該書的修纂，樂見其成。《宣宗實録》卷一一五評朱瞻基曰：「親作官箴，以勵百司……常引儒臣商論理道，喜學不厭。所遊息處，率置典册，以備覽閲。」他在位十年，重視整頓吏治和財政，且擅長文藝，雅尚翰墨，尤工書畫。史稱「當是之時，典籍最盛」。萬説審是。

〔六〕據《世宗實録》載，嘉靖五年（一五二六）冬十月，明世宗「制《敬一箴》……頒賜大學士費宏」。嘉靖八年五月，與輔臣楊一清「講論明堂」。九年冬十一月，纂《祀儀成典》，與大學士張璁討論、改革孔廟祭祀儀式等。三十三年正月，「詔錦衣衛逮六科給事中張思静等，各廷杖四十，以賀疏中失抬『萬壽』字故也」。

書白昂傳後

孝宗之君德，何其盛哉！其大者尤在於用人。我觀十八年之間，自内閣以至百執事，鮮不得人。六卿之中，最爲人所訾議者，無如白昂、徐瓊、徐貫〔一〕。彼固無甚顯過，使其當正德、嘉靖朝，猶足以稱名臣。若其磊磊落落爲一代偉人者，多出弘治之世，何其盛也！然白、徐諸公，當此清議大行之日，猶爲人所指摘，苟處污濁之朝，又當何如耶？此尤君子所當深責也。

【題　解】

《孝宗實録》卷二〇一附《白昂傳》載，弘治十六年（一五〇三）七月庚寅，致仕太子太傅、刑部尚書白昂卒。昂，字廷儀，直隸武進人，天順元年（一四五七）進士，歷任南京吏科給事中、南京都察院右副都御史。以治淮功，升刑部尚書。昂通敏和厚，練達政體，善因事成功，所乏骨鯁之節耳。然既久宦富貴，而接引後進常若不及，人亦稱之。論稱明孝宗一方面知人善任，故名臣頗多，但又因所謂「清議」洶洶，即如白、徐等名臣也難免遭物議。可見「清議」苛責人臣之論，未必確當。

【校　注】

〔一〕徐瓊，據《武宗實録》卷二附《徐瓊傳》等，字時用，江西金溪人。天順丁丑（元年）進士。歷官翰林院編修、禮部和工部尚書等。弘治十三年致仕，十八年卒。《武宗實録》評其「歷官無甚建明，爲翰林時置妾，偶與椒房連葭莩，及擢尚書，乃出孝廟特旨，故言官謂其有所攀附，論劾不已，竟以是致仕」。

徐貫，據《孝宗實録》附《徐貫傳》，字元一，浙江淳安人。天順元年進士，先後官兵部主事、福建右參政、工部尚書等。以疾乞致仕。《孝宗實録》評其「在遼東，風裁少著，而晚節頗不競云」。

書倪文毅傳後

世言張居正爲相，摧抑天下之士，士之取入學校者，每邑不過數人，甚者止於一人，以爲居正阻抑賢路之罪〔一〕。不知當弘治時，倪文毅岳爲宗伯，嘗有是令，雖大縣亦不過七八人，不獨居正爲然也〔二〕。夫孝宗當一代文明之會，人才奮興，多士蔚起，正宜鼓舞造就之時也，乃始進之途如此其隘，天下士子之憤怨當何如耶？人但知弘治之世爲盛極之時，豈知世風之不振至於如此？則文毅阻抑之罪，不與居正同一律哉？夫以文毅之賢而所爲若此，又何責於居正？吾所以觀《孝宗實録》而深爲文毅惜也！

【題　解】

《孝宗實録》卷一八〇附《倪岳傳》等載，弘治十四年（一五〇一），太子少保、吏部尚書倪岳卒。岳，字舜諮，上元縣（今屬江蘇南京）人，南京禮部尚書倪謙之子。天順八年（一四六四）進士。成化中，累官禮部右侍郎。弘治中，官禮部尚書、南京吏兵二部尚書、吏部尚書等。又，《明史》倪岳本傳稱其任内「嚴絶請托，不徇名譽，銓政稱平」。卒謚文毅。著有《青溪漫稿》。斯同此文則稱其下令嚴於取士，乃至堵塞科舉入仕之門，致使弘治朝世風之不振，更甚於後來萬曆朝的張居正。

【校注】

〔一〕《明史·張居正傳》：「居正……持法嚴，覈驛遞，省冗官，清庠序，多所澄汰……郎署以缺少，需次者輒不得補。大邑士子額隘，艱於進取，亦多怨之者。」

〔二〕按，據《明史·選舉志》，弘治初，國子監坐監人數太少，「而吏部聽選至萬餘人，有十餘年不得官者」。於是，弘治八年，國子監祭酒林瀚提出「請開科貢」，加快選官速度。禮部尚書倪岳則不以爲然，他提出「科舉已有定額，不可再增，惟請增歲貢人數」。其法是府、州、縣學一歲二貢、二歲三貢、一歲一貢爲差，行之四歲而止。實際上并未解決人才需求問題。

書楊文忠傳後

文忠之相業，其大者在定江彬之亂，而登極一詔，尤有功於帝室，使數十年之積弊一旦盡去，已受其怨，而貽國家無窮之利，上不使新主蒙寡恩之譏，下使天下有更生之樂，即此一詔，其相業之俊偉，已踰於前後數公〔一〕。迨新天子登極，不必有所更張，而天下之規模，已焕然爲之丕變。嗚呼，何其烈也！當是時，正人君子布列朝端，百司衆職莫不得人，天下之士，皆欲有所發舒以赴功名之會，一時望治者，無不以爲太平可俟矣。使從此君臣相得，信任老成，何難致一代之盛治哉？

自史道發難，而廟堂之釁隙始萌；曹嘉繼起，而水火之情形益著〔二〕。至大禮議定，天子之視舊臣元老真如寇讎。於是詔書每下，必懷忿疾，戾氣填胸，怨言溢口，而新進好事之徒，復以乖戾之性佐之，君臣上下，莫非乖戾之氣。故不十數年，遂致南北大亂，生民塗炭，流血成渠，蓋怨氣之所感，不召而自至也。由是觀之，和氣致祥，乖氣致戾，豈不諒哉？故愚嘗以「大禮」之議，非但嘉靖一朝升降之會，實有明一代升降之會也。

嗚呼！舊臣元老，國家所視以爲安危也，乃去之惟恐不盡，而盡用新進好事之徒。彼新進好事者，何嘗無矯矯可喜之功，顧消國家之元氣，亦已多矣！故張璁、桂萼用而元氣爲之一喪，汪鋐、夏言用而元氣爲之再喪，迨嚴嵩父子用而元氣爲之喪盡矣〔三〕。使繼嵩之後者非徐文貞，則末流之弊，更將何所底止哉〔四〕？得文忠以救其始，得文貞以救其終，故四十五年之間，雖主昏於上，民變於下，而宗社不至於亡也。語嘉靖之相業者，其尚求之二公乎？

【題　解】

楊文忠，即楊廷和，明代著名政治家。《明實録》不附其傳。據《明史》楊廷和本傳等，廷和，字介夫，新都人。成化十四年（一四七八）進士，正德二年（一五〇七）入閣，拜東閣大學士、謹身殿大學士，正德七年任首輔。武宗死後，廷和等迎立武宗從弟朱厚熜（明世宗嘉靖帝）繼位。嘉靖三年（一五二四)，因「大禮」議主世宗應按制「繼嗣」武宗之父爲「皇考」，得罪世宗，被罷歸故里。穆宗時復其官稱，追贈太保，謚文忠。廷和歷仕四朝，一度總攬朝政，革除前朝弊政，朝野稱贊。萬斯同首論其宰執之功，稱廷和之後，因大臣任用不當，造成政治混亂，特别是「大禮」之議起，元老重臣多遭貶抑，新進好事者多得重用，黨争激烈，互相傾軋，使國家元氣大傷。所幸徐階(文貞)繼廷和之後，撥亂反正，纔使宗社稍安，不至於亡。

【校　注】

〔一〕江彬之亂，據《明史》楊廷和本傳、《江彬傳》等，彬，宣府人，初爲蔚州衛指揮僉事，他勾結宦官，媚事皇帝，封平虜伯。尤爲武宗寵倖，導其淫亂，無惡不作。武宗死，世宗尚未即位，廷和與同官蔣冕、毛紀及司禮中官温祥等秘謀，入告太后，稱江彬「自提督軍馬」，有反狀，「太后遽下詔收彬」，磔之於市，盡誅其親屬黨羽，中外相慶。

登極一詔，指武宗死後四十天，楊廷和等利用世宗尚未即位之機，草《登極詔書》，革除武宗朝諸多弊政。如，裁汰錦衣諸衛，減漕糧百五十三萬餘石，辭中貴義子傳陞、恩倖得官等。詔書一下，政局穩定，「中外稱新天子聖人，且頌廷和功」，事詳《明史·楊廷和傳》等。

〔二〕據《明史·葉應驄傳》《喬宇傳》《毛玉傳》等，史道、曹嘉、陳洸皆屬依附張璁的「繼統」派御史。史道率先上書攻擊楊廷和，言官喬宇揭其「挾私」，遂下詔獄，曹嘉助史道反劾喬宇。曹嘉「素輕險」，仿宋范仲淹繪《百官圖》，分廷臣四等，加以品題，爲言官安磐、毛玉劾其「背違成法，變亂國是」。帝雖貶嘉於外，但也由此引起黨争不息。

〔三〕張璁、桂萼見本卷《讀席書傳》注文。

汪鋐，字宜之，直隸婺源人，弘治朝進士，官南京户部主事。嘉靖初，依附張璁、方獻夫等「繼統派」權勢，先後擢副都御史、吏部尚書兼兵部尚書等，權重一時。嘉靖十四年，失寵致仕，卒於家。《明史》無傳。

夏言，據《明史》本傳，字公謹，號桂州，貴溪人。正德朝進士，官兵科給事中。嘉靖初，因清理莊田、議定祭典得寵，先後擢武英殿大學士、内閣首輔。爲嚴嵩排擠，一度革職。嘉靖二十四年復職，因力主收復河套而忤帝意，削職處死。

嚴嵩，據《明史》本傳，字惟中，分宜人。弘治朝進士，先後官翰林院編修、侍講、國子監祭酒。嘉靖初，因善迎合帝意，先後擢禮部尚書、武英殿大學士、内閣首輔。任内貪贓枉法、排除異己。其子世蕃，仗勢官工部左侍郎，父子狼狽爲奸。嘉靖四十一年，嵩被劾罷歸，抄没其家。老病而死。世蕃先罪謫雷州，後兩年，被劾處死。

〔四〕徐文貞，據《明史》本傳，名階，字子升，松江人。嘉靖朝進士，先後官翰林院編修、浙江按察僉事、國子監祭酒。嘉靖三十一年，進禮部尚書兼東閣大學士。嚴嵩罷後，擢内閣首輔，力校其弊政。世宗死，草擬遺詔，「凡齋醮、土木、珠寶、織作悉罷」，平反「大禮議」獲罪諸臣。隆慶二年（一五六八）致仕。卒，謚文貞。

讀席書傳

異哉！議禮諸君，何心術之若一也？席書以仇宋卿之故，於殺人爲盜之李鑑而欲釋之，此與張、桂之釋李福達何異〔一〕？恃主之寵而恣肆横行，此小人無忌憚之爲耳。書素號清流，以博講學之名者，何乃至是耶？雖然，非獨書也，陳洸之凶淫暴虐，乃衣冠而盜賊，霍韜必欲雪而用之，此與書之釋李鑑又何異〔二〕？吾不意數人之心術竟如一人也。「大禮」之議，本自不謬，乃因此蒙眷，遂欲盡反天下之公論，而事事與之立異，吾常疑其初之所議，不過欲立異而然，非真能有所見也。

【題　解】

《明實録》不附席書傳。據《明史》席書本傳等，字文同，遂寧人。弘治三年（一四九〇）進士，歷官河南按察司僉事等。「大禮」議起，他與楊廷和等意見相反，上疏以力主嘉靖帝「繼統不繼嗣」，當尊其本生父興獻王爲「皇考」，甚合帝意。嘉靖六年（一五二七）進武英殿大學士。此議也得到觀政進士張璁、南京刑部主事桂萼、職方主事霍韜、吏部員外郎方獻夫等人的支持。斯同認爲「大禮」之議，本無大謬，錯在「繼統派」不該趁此迎合嘉靖帝意，邀寵擅權，乃至産生李鑑、李福達、陳洸三大罔顧事實、顛倒黑白的冤假錯案。

【校注】

〔一〕據《明史·杜鸞傳》等，長沙人李華、李鑑父子搶劫村落，知府宋卿依法誅華，鑑得脱，再行劫，又落網。時席書爲湖廣巡撫，因忌恨宋卿，仗勢上書劾宋無故抓人。帝使大臣杜鸞等反復按驗，證明李鑑父子罪有應得。然席書再次辨稱「臣以議禮忤朝臣，問官故與臣左」云云。嘉靖帝竟罔顧事實，曲護席書，免李鑑死，戍遼東。

張、桂，指張璁與桂萼。張璁，據《明史》本傳，字秉用，永嘉人。正德朝進士。嘉靖帝即位，璁在部觀政，上書首論嘉靖帝當尊本生父興獻王爲皇考，帝大喜曰「此論出，吾父子獲全矣」，因遷南京刑部主事。嘉靖三年，與桂萼同授翰林學士，廷臣多反對，伏闕哭争，盡繫詔獄，杖死者十餘人，貶竄相繼，張璁等威勢大張。嘉靖十八年病卒。

桂萼，據《明史》本傳等，字子實，安仁人。正德六年（一五一一）進士，先官丹徒知縣、南京刑部主事等。「大禮」議起，與同官張璁等力主嘉靖帝尊本生父興獻王爲皇考，累遷禮部右侍郎、吏部尚書，令其「密封言事與輔臣埒」。嘉靖七年，《明倫大典》成，擢少保兼太子太傅、武英殿大學士等。嘉靖十年，請歸，卒於家。

按，據《明史·馬録傳》等，山西崞縣李福達以邪教誘衆鬧事，多次改名李午、張寅等，其子大仁、大禮等「冒京師匠籍，用黄白術（按，即水變銀）干武定侯郭勛，勛大信幸」。嘉靖五年，經人舉報，山西巡按馬録、巡撫江潮等經辦此案。武定侯郭勛致書馬録説情，馬録等不從，且劾郭勛

「庇奸亂法」。經都察院核實，「詔福達父子論死」「責勛對狀」。但郭勛曾因支援嘉靖以本生父繼統，未獲處理。嘉靖六年，郭勛反「以議禮觸衆怒爲言」，聯合張璁、桂萼等，掀起更大的翻案風波，「乃謂諸臣内外交結，藉端陷勛，將漸及諸議禮者」。於是，嘉靖帝竟將本已鐵定的案子改判爲「冤案」，反從重處罰馬録等内外官員四十多人。

〔二〕霍韜，詳下文《書霍韜傳後》。按，據《明史·葉應驄傳》等，陳洸，潮陽人，「素無賴」，嘉靖初爲給事中，因先言「獻帝不可稱皇」等，被削職逮治，後見「張璁、桂萼輩以議禮驟顯，洸乃上書言璁等議是」，力主嘉靖帝奉興獻帝爲皇考。霍韜、桂萼等遂爲之翻案，恢復官職。引以攻擊異己，導致葉應驄等一百多人蒙冤受處。

書霍韜傳後

嘉靖間，議禮之謬未有若霍韜、方獻夫者也〔一〕。其附會張璁而力主「繼統」之説，已爲悖理，至纂修《大典》，申辨爲人後之義，遂詆及於師丹、吕誨諸公，而尤痛詆司馬君實，何狂悖之甚也〔二〕！世宗之入繼，原與漢哀、宋英不類，故得以不考孝宗爲辭，乃因世宗不肯爲人後，遂並爲人後之文而欲去之，何敢於背經畔聖、肆無忌憚若是耶〔三〕？爲人後之説，豈漢、宋諸賢之所創，而哀帝、英宗寧得不考成、仁二主哉？恃君之寵而縱肆背戾，朝端之議論，固可假主威而壓之矣，天下萬世之公論，彼亦欲盡抹之乎？甚哉，小人器量之淺也！人主略假以恩寵，遂人人咆哮跳踉，若猘犬之狂噬，而霍韜有期之喪，至自比古諸侯不服期之義，公然犯天下之名義而不恤，猶自謂己知禮，己知學〔四〕。嗚呼！其所讀者何禮，所講者何學哉？誠吾所痛心疾首者也。

【題　解】

《世宗實録》卷二百四十二附《霍韜傳》等載，嘉靖十九年（一五四〇）十月乙丑，掌詹事府事、太子少保、禮部尚書霍韜卒。韜，字渭先，廣東南海人。正德九年（一五一四）會元。嘉靖帝即位，任職方主事。「大禮」議起，力排衆議，主嘉靖帝當尊其本生父興獻王爲皇考。嘉靖七年「大禮」成，拜禮部尚書。此後，歷官吏部侍郎、掌詹事府事等。萬斯同認爲，「繼統派」霍韜、方獻夫附會張璁之説，利用纂修《明倫大典》，不但處處順從嘉靖帝，而且罔顧歷史事實，詆毁宋儒司馬光、吕誨之論。他認爲「繼統派」的得勢和《明倫大典》的頒佈，不但是「嘉靖一朝升降之會，實有明一代升降之會也」。《條議》第三十一條的文字基本上沿用此説：「張、桂之議禮只以獻諂，何曾知禮？惟富貴之是圖。遂名教之不顧，誠小人之魁，士林之賊……若乃咆哮狂吠，恣睢横行，如席、張、方、桂、黄、霍輩，難逃乎萬世之清議矣！」意在將其誅之於史筆之下。

【校　注】

〔一〕方獻夫，據《明史》本傳，字叔賢，南海人。弘治十八年（一五〇五）進士。正德朝，歷官禮部、吏部主事。嘉靖帝繼位之初，上書力論嘉靖帝當尊本生父興獻王爲皇考而得寵。嘉靖六年，與霍韜同修《明倫大典》，拜禮部右侍郎、吏部尚書等。嘉靖十一年，官武英殿大學士，兩年後以疾歸，居家十年卒。

〔二〕《大典》，即《明倫大典》。從理論上證嘉靖帝當「繼統不繼嗣」，涉漢、宋繼承問題。據《明史·方獻夫傳》引其疏曰：「自古力主爲後之議者，宋莫甚於司馬光，漢莫甚於王莽。主濮議者，光爲首，吕誨、范純仁、吕大防附之，而光之説惑人最甚。主哀帝議者，莽爲首，師丹、甄邯、劉歆附之，而莽之説流毒最深。宋儒祖述王莽之説以惑萬世，誤後學。」

〔三〕按，斯同認爲，嘉靖帝之繼位與漢哀帝、宋英宗不同，後兩者是先入宫爲皇養子、皇子，明世宗則無此經歷，所以他不願意，也可不繼武宗父親孝宗之嗣，但絶不能因此否定和攻擊從前漢哀帝、宋英宗的繼承法。

〔四〕期之喪，即旁系親屬期年之喪。期，一周年。據《明史·顧鼎臣傳》：「（嘉靖）十三年孟冬，享廟。命鼎臣及侍郎霍韜捧主。二人有期功服，當辭。乃上言：『古禮，諸侯絶期。今公卿即古諸侯，請得毋避。』禮部尚書夏言極詆其非，乃已。」斯同指斥霍韜自比諸侯，違背禮法，不該在服喪期參加國家祭祀大典。

書梁文康傳後

文康居内閣十二年，其功烈卓然可紀者何少也！有明閣臣之制，權歸首輔，次者不得有所專，故論相業者，必於首輔求之。文康嘗爲首輔三年矣，何亦少所表見也？吾初讀《皇明通紀》及霍韜、黄佐所作《文康傳》，見所載草敕之事，未嘗不歎其事之偉也〔一〕。後讀趙文肅《楊公神道碑》及王元美所辨草敕之事，又歸其事於楊文忠，傳聞異詞如此，吾安所適從〔二〕？然欲竟屬之於文康，吾亦有所不信也。諸家野史載文康子次攄因争田事，殺楊氏一村二百餘人，吾始不信，後讀《武宗實録》，始信其誠然〔三〕。夫身爲宰相，而子不道至此，既不能正子以法，又不能引罪求歸，任臺諫之交章而安然不動，何顔之厚也！正德之末，四相同朝，乃世宗即位，首罷其相，余初亦疑之，以爲上方圖任舊人，何罷之驟也？後乃知諫官論列，不爲公論所容耳〔四〕。由此觀之，文康之爲相賢耶否耶，亦可以決矣。余觀國史本傳，不置褒貶。世之論文康者，好之則過於褒，惡之則過於貶。余亦何能定其爲人？姑撮《實録》之所載與諫官之所劾者，書於傳末，庶可考而知焉。若陳建之《通紀》，實文康之弟億所著，故多譽兄之詞，尤不足信，讀者毋爲耳食可也〔五〕。

【題解】

《世宗實録》卷八十附《梁儲傳》等載，嘉靖六年（一五二七）九月壬午，致仕特進光禄大夫、左柱國、少師兼太子太師、吏部尚書、華蓋殿大學士梁儲卒。儲，廣東順德人，成化十四年（一四七八）進士，累官侍講、吏部尚書兼學士。先後參修《憲宗實録》《孝宗實録》。卒後，其子奏請贈謚，吏部侍郎桂萼等言，儲立身輔政，有干公議，因具南北科道彈疏以上。上以儲先朝舊臣，特命贈太師，謚文康，賜葬如例。斯同論稱梁儲爲首輔三年，建樹太少，其説容有未審。或因其所見《世宗實録》附《梁儲傳》内容太簡，「不置褒貶」所致。考《明史》本傳，梁儲弘治十年（一四九七）爲首輔，曾多次苦諫、阻攔明武宗之荒唐出征、微服巡遊等；又曾與楊一清、蔣冕等切諫武宗興建「太素殿」「天鵝房」；諫阻賜秦王關中廣饒之地爲牧場等等；武宗死，復與楊廷和等定策，並親往安陸迎立世宗即位，穩定時局等。

【校注】

〔一〕此「草敕之事」，指正德間梁儲草敕阻止武宗賜秦王關中之地。據霍韜《渭厓文集》卷八《贈太傅謚文康梁公傳》《祭梁文康少師》，武宗本決意將關中某邊地賜歸秦王，同爲大學士的梁儲、楊廷和、蔣冕皆以此乃軍事重地，不可爲藩王地。「大學士楊公當草制，念曰：『若遂草制畀地秦藩，恐貽後虞；執不草制，則忤帝怒，辱不可測。』遂引疾不視事。大學士蔣公亦引疾。（梁）公曰：『如皆引疾，孰與事君？』……公承命草制上。」武帝看後，遂收回成命。

〔二〕此「草敕之事」，則指武宗死後二十七天内，首輔楊廷和草敕革除弊政事。趙貞吉《趙文肅公文集》卷十九《楊文忠公墓祠碑》：「新詔裁革人數十四萬八千七百餘，歲省太倉粟一百五十三萬餘。怨者洶洶，謡曰終日……公出入護以衛士，益岌岌鄰死矣。然而不死也者，才也，亦忠也，有默相也……獨公閣僚廣東梁公之論尤確，梁公曰：『天生斯人以了今日之事，大匠之任不可代也！』」王元美，即王世貞，其辨草敕事見《弇山堂别集》卷二十六《史乘考誤》。由梁儲之贊楊氏等記載，知楊廷和草擬此敕不誤。

〔三〕《明史》梁儲本傳：「先是儲子次攄爲錦衣百户，居家與富人楊端争民田。端殺田主，次攄遂滅端家二百餘人。事發，武宗以儲故，僅發邊衛立功。後還職，累冒功至廣東都指揮僉事。」

〔四〕據《明史》梁儲本傳，明世宗即位後，給事中張九叙等人劾梁儲「結納權奸，持禄固寵」，「儲三疏求去」，世宗命行人送歸，「歲給廪隸如制」。則世宗首罷儲相，乃其兒子犯重罪却獲庇護，爲輿論不容所致。故其不得不自求去官。

〔五〕《通紀》，即陳建撰《皇明通紀》，詳見本書卷十一《寄范筆山書》注。惟斯同稱此書「實爲文康之弟億所著」，或據楊慎之説。沈德符《萬曆野獲編》卷二十五：「楊升庵云《皇明通紀》爲梁文康弟梁億所撰。其言必有據，豈億創之而嫁名於陳建耶？」清顧炎武《日知録》持説亦同。此外，徐乾學《憺園文集》卷十四《修史條議》謂「《通紀》一書，實梁文康弟名億所作，故多譽兄之辭，毋以一家之私言，致蔑萬世之公論。」當是吸收萬斯同之意見。

讀劉宇傳

劉宇之以司馬遷冢宰也，文吏納賄不如武弁之多，遂頓足長歎，恨不久居司馬〔一〕。此猶足見士大夫承弘治之後，寵賂雖章，尚未至於極，濫觴也。吾聞嚴嵩父子之初得政也，以得貲百萬爲願，斂之久而後滿數，爲大宴以自慶。後則數年，而舉觴者再三矣，蓋流極之勢固然無足怪，雖然，使其處今日，則一歲之中亦可頻舉觴矣，又何待於數年哉？幸二凶之不處今日也。

【題　解】

《武宗實録》卷八十七附《劉宇傳》等載，正德七年（一五一二）五月癸酉，劉宇卒。宇，字至大，河南均州人。成化壬辰進士。初因功升右都御史，總宣府、大同軍務。時劉瑾專政，宇克邊儲，首以萬金賄之，遂論修邊功，賜金帛，蔭子爲錦衣衛百户。丁卯，召宇入掌院事，尋升兵部尚書。瑾欲用鄉人張綵爲吏部尚書，乃加宇文淵閣。入文淵閣僅三日，聽以省墓歸。越二年，卒於家。論稱劉宇從兵部尚書調升吏部尚書，因「納賄不如武弁」而後悔，反映弘治之後官場貪污之風，至嚴嵩父子當政，更帶頭以貪污之多爲榮慶，並就此批評清初官吏貪污亦不減當時。

【校　注】

〔一〕《明史》劉宇本傳：「宇在兵部時，賄賂狼籍。及爲吏部，權歸選郎張綵，而文吏贈遺又不若武弁，嘗悒悒歎曰：『兵部自佳，何必吏部也！』後瑾欲用綵代宇，乃令宇以原官兼文淵閣大學士。宇宴瑾閣中，極驩，大喜過望。明日將入閣辦事，瑾曰：『爾真欲相耶？此地豈可再入？』宇不得已，乃乞省墓去。踰年瑾誅，科道交章劾奏，削官致仕。」據此，則劉宇並未實授文淵閣大學士。司馬，指兵部尚書。

讀許論傳

嘗讀許恭襄《九邊圖説》，未嘗不歎其討論之精，綜理之善也，以爲使其當事，宜必有可觀者〔一〕。後邊疆多難，論以此書故，當宁遂以邊才目之，凡巖疆要任，多以相委，宜其向所論著，悉見之於行事矣，乃左支右吾，卒未有卓然可紀之功，而其居本兵也，委身嚴氏，頗以溺職聞，何其名實之相背與？其所論著者，固可言而不可行與？蓋空言易而措施難，大抵然也。爲國用人者，尚核其實而毋徒取其言！

【題解】

《世宗實録》卷五六四附《許論傳》載，嘉靖四十五年（一五六六）閏十月「乙未……原任太子太保、兵部尚書許論卒。論，河南靈寶人，前吏部尚書進之子，户部尚書誥、大學士讚之弟也。嘉靖丙戌進士……總督宣、大，晉右都御史，尋升兵部尚書……嘗著《九邊圖論》，其商較虜情，綜劃戎計，鑿鑿名石畫於時，名稱籍甚。北虜庚戌犯畿内，起家受兵寄，出入中外十餘年，未嘗任他職。然值嚴氏當國，邊將多債帥，且憑藉奥援，無可與戮力者……自顧念重，又不能解去，乃委身嚴氏，賄遺狼藉。其典本兵，一聽世蕃指揮畫諾而已。故其晚節殊爲清議所不滿云」。萬斯同因此認爲，國家用人應當「核其實而毋徒取其言」。

【校注】

〔一〕《明史·許進傳》附許論傳、《明史·藝文志》，皆著録許論《九邊圖論》三卷，與斯同所記書名稍異。

讀國史何鼇傳

史於鼇之卒，稱其「清正直諒，有古大臣風」。嗚呼，何其謬也！嘉靖間刑獄之冤者，無如楊員外、張司馬、李中丞及楊給事、李冢宰，乃皆鼇爲司寇時所定〔一〕。即曰主之有人，何不聞一言爭執耶？官至六卿，即獲譴而退，有餘榮矣，可隨人輕重而不恤耶？漢史極稱于定國之「慎獄」，而趙、蓋、韓、楊之死，皆在其手，後人不能無議，今鼇安得獨寬其責也〔二〕？鼇，山陰人，其父詔亦爲尚書，余嘗問其鄉人，言詔生數子，其後多讀書者，惟鼇之子孫皆不慧〔三〕。張元忭修越志，於鼇亦無所稱許〔四〕。鄉人之言如此，當可信不誣，孰謂古大臣而若是耶？是時職邦禁者，惟劉訒於王聯一獄，稍能執奏〔五〕。其他如鄭曉之於楊順、阮鶚，黄光昇之於海瑞，或出或入，皆不免於骫法，又寧獨一鼇也哉〔六〕？此趙綽、徐弘敏所以彌令人思也〔七〕。

【題　解】

《世宗實録》卷四百七十五附《何鼇傳》等載，嘉靖三十八年（一五五九）八月乙丑，致仕刑部尚書何鼇卒，賜祭葬如例，贈太子少保。鼇，浙江山陰人。正德十二年（一五一七）進士，嘉靖三十一年至三十五年任刑部尚書。《世宗實録》曰：「鼇清正直諒，有古大臣風，士論重之。」萬斯同駁論何鼇身爲刑部尚書，此時如楊員外、張司馬等諸多冤假錯案皆爲其所裁定，鼇並無一言爲之申辯。又引其鄉人及地方志，皆對何氏一家無所稱許，兼及劉訒、鄭曉、黄光昇所涉冤假錯案等，證説當時大臣還不止何鼇一人缺乏「古大臣風」。

【校　注】

〔一〕按，據《明史》有關記載，楊員外，指著名諫臣楊繼盛；張司馬，指抗倭名將張經；李中丞，指浙江巡撫李天寵；楊給事，指户科左給事中楊允繩；李冢宰，指吏部尚書李默。皆何鼇爲刑部尚書期間，承奸相嚴嵩授意處死之官員。

〔二〕按，據《漢書》有關記載，西漢宣帝、元帝朝，于定國先後任廷尉、御史大夫等。趙，指趙廣漢，宣帝朝封關内侯，任京兆尹等，執法嚴酷，爲司直蕭望之所劾，論腰斬，百姓惜之。蓋，指蓋寬饒，宣帝朝官太中大夫、司隸校尉，剛直奉公，貴戚懼恨，因奏事言語忤帝，下獄，引佩刀自殺，衆人憐之。韓，指韓延壽，宣帝朝任諫大夫、東郡太守等，御史大夫蕭望之等誣其私鑄兵器等事，論死，臨刑，民衆相送，流涕惋惜。楊，指楊惲，司馬遷之侄孫，爲人狂放不羈，宣帝朝封平通侯，遷中郎將，因致友人書中忤及宣帝，以大逆不道罪，論腰斬。以上冤案亦皆在于氏任内發生。

〔三〕此句之後羅本有「家人祭鰲，其子孫往往發狂大詈，呼鰲名，謂枉殺忠良」。

〔四〕按，檢明萬曆《紹興府志·人物》與此説略異，曰：「何詔，字廷綸，山陰人。子鰲，字巨卿。弘、正間繼登進士……（詔）終南工部尚書……（鰲）終刑部尚書。父子相繼，並以勤慎服官，謙厚接物，故所至克舉其職，而與時無忤，卒能以功名終始。卒也贈太子少保。居鄉黨，尤恂恂咸稱爲長者云。並祀鄉賢。」

〔五〕按，據《明史》劉訒本傳等，嘉靖二十八年至二十九年初，劉訒任刑部尚書，原陽武知縣王聯與權臣胡宗憲有舊怨，後胡、王二人同時被劾下獄論死，劉訒奉命復審，尚能公平執法，各定其罪。

〔六〕按，據《明史》鄭曉本傳等，嘉靖三十七年至三十九年鄭曉任刑部尚書。「曉素不善嵩」，在處理巡撫阮鶚、宣大總督楊順，御史路楷案時，「以（嚴）嵩曲庇，曉不能盡法，議者譏其失出云」。黄光昇，嘉靖四十一年任刑部尚書。嘉靖四十五年户部主事海瑞因諫罷齋醮忤帝，下獄，光昇等極力爲之疏解。骫法，《漢書·淮南厲王傳》：「骫天下正法。」顏師古注：「骫，古委字，骫謂曲也。」

〔七〕趙綽，據《隋書》本傳，隋文帝時歷官大理丞、刑部侍郎，執法公正，反對濫殺無辜，每敢冒死抗旨執法。徐弘敏，又名徐有功，據《舊唐書·刑法志》等，武后時任司刑少卿，執法平恕，「常駁酷吏所奏，每日與之廷爭得失，以雪冤濫，因此全濟者亦不可勝數」。

讀國史聶雙江歐陽南野傳

雙江、南野同受學陽明之門，世之論其學術者，未有能置優劣者也，乃國史於南野則極其褒，於雙江則多所貶[一]。若是者何也？吾謂國史之言皆是也，直二公所處不同耳。雙江當南北交訌之時，身萃天下之責，自正統已以來，未有若是時之難爲者也，而且以世宗爲之君，嚴嵩爲之相，動多掣肘，謗即隨之，其得易言勝任哉[二]？若南野所處，則雍容禮樂之場，優遊典制之府，稍有文學知故實者，足以任之矣。曩令雙江而爲宗伯，未必不如南野，令南野而爲司馬，亦豈能遠勝乎雙江哉？任職有劇易，而短長以見，甚哉，人之幸不幸也！雖然，雙江之爲司馬，固有不滿人意者也。

【題　解】

《明實録》褒揚歐陽德（南野），貶抑聶豹（雙江），萬斯同對此提出商榷，指出二人雖同爲王陽明弟子，但是先後處於不同時期，雙江生當明世宗暗弱和嚴嵩用事之時，無力發揮更大作用；南野生當「雍容禮樂之場」，又當典制中樞，故容易發揮才能。反映職任有難易，環境使人命運各不相同。當然，萬斯同也指出，雙江作爲兵部尚書，任内也仍然有諸多不盡如人意之處。

【校　注】

［一］《明實録》不附聶豹傳。聶豹，據《明史》本傳，字文蔚，號雙江。吉安永豐人。正德十二年（一

五一七)進士,歷官華亭縣令、福建巡按使、兵部右侍郎等。嘉靖二十六年(一五四七),遭誣陷逮入錦衣獄。後冤案大白,落職回家。嘉靖三十一年,任兵部尚書,任内政聲卓著,彈劾貪官污吏多人。爲王守仁心學傳人,主張致虚守静、戒慎戒懼。嘉靖三十四年,違反帝意,再度罷官。嘉靖四十二年卒。隆慶初,謚貞襄,贈少保。著有《雙江文集》等。歐陽德,據《世宗實録》卷四〇八附《歐陽德傳》,字崇一,號南野。王守仁門人。江西泰和人。嘉靖二年進士,知六安州,建龍津書院。轉刑部員外郎,遷南京國子監司業、太常寺卿、禮部尚書兼翰林院學士等。嘉靖三十二年與徐階、聶豹、程文德等於京師靈濟宫講良知之學,赴會者五千人,盛況空前。嘉靖三十三年,將獲重用之時去世,贈太子少保,謚文莊。著有《南野集》等。其傳末評曰:「德,字度宏粹,孳孳講學,務以真知實踐爲主,接引後進如恐不及。其才具敏贍,施於有政,率當事理,協人情,措畫所及,即可傳之永久……海内士大夫方想望其風采,會病卒,士論甚惜之。」

〔二〕正統己巳,指明英宗正統十四年(一四四九)。此前,英宗爲瓦剌所俘,代宗稱帝七年,英宗放歸,奪門復辟。八年後,明朝進入憲宗、孝宗、武宗和世宗時期,政局混亂,黨争激烈。

讀國史楊襄毅公傳

嘉靖之季,大臣以身係天下之重輕者,吾得二人焉。前惟翁襄敏萬達,後則楊襄毅博而已。翁公蚤死，不得竟其志；楊公則敭歷中外，天下鉅任，悉以投之，隨施而效。在公可謂不負乎天子，而天子亦可謂能用公之長矣。然甲子灤東之役，非徐文貞調護，即不受汝夔之律，亦不免伯温之譴矣〔一〕。公固適逢其幸哉！獨怪以公之猷略，與天子之所以委任公者，宜其建不世之勳，爲天子釋南北之憂，乃卒未聞内修外攘，有如向之忠肅公者，何也〔二〕？豈固時不同耶？抑才有所限耶？吾蓋觀前後之爲司馬者，而益歎忠肅爲本朝第一人也。

【題　解】

楊襄毅，名博，《神宗實録》卷三十附《楊博傳》等載，萬曆二年（一五七四）十月乙巳，原任吏部尚書楊博卒。博，山西蒲州人，嘉靖八年（一五二九）進士，歷官長安知縣、總督薊遼、兵部尚書等。世宗嘗易督臣，問曰：「須得如博者。」又曰：「自博入，我未嘗憂邊務。」隆慶朝卒，謚襄毅。《世宗實録》卷三百九十一附《翁萬達傳》等載，嘉靖三十一年十一月辛卯，原任兵部尚書翁萬達卒。萬達，廣東揭陽人，嘉靖五年進士，雖守邊功大，却爲嚴嵩坐廢，憂懼而死。隆慶初，追謚襄敏。曰：「至今言者稱，嘉靖中年後，邊臣行事適機宜，建言中肯窾，萬達一人而已。」萬斯同論及翁、楊二人政跡，稱前者因早死而未竟其志，後者雖職責不負天子，但在「甲子灤東之役」中，仍不免遭人訾議，最終未能像于謙一樣，内修外攘，建不世之功。是時局所限，還是才能所蹁，值得思考。

【校注】

〔一〕甲子灤東之役，據《明史》楊博、徐階等傳，實指嘉靖四十二年十月，薊遼總兵楊選不聽楊博之勸，兵敗通州，瓦剌軍逼近京城，「掠順義、三河」等地。次年，帝誅楊選，禍及楊博。「徐階力保持之，帝念博前功，不罪」。徐文貞，即徐階，其生平見本卷《書楊文忠傳後》。

汝夔之律，指丁汝夔誤聽嚴嵩之計而遭刑處事。丁汝夔，據《明史》本傳等，字大章，霑化（今屬山東濱州）人。嘉靖朝官兵部尚書兼督團營。嘉靖二十九年，蒙古韃靼兵逼京城，嚴嵩建議汝夔傳令諸將不許輕易出戰，韃靼得以肆掠京城周邊八日。嚴嵩又將罪責全推之汝夔，嘉靖帝以禦寇無策、守備不嚴將汝夔斬首。隆慶初年，追復原官。

伯温之譴，指明初老臣劉基被遣事。劉基，字伯温。據《太祖實録》卷九十八附《劉基傳》等，洪武四年（一三七一），劉因胡惟庸作梗而得罪明太祖，太祖先奪其禄，後以「老病」遣其回家。明太祖賜劉基之《御制文》語有「國憲重在勳舊，俯從議章，故但奪其禄而不奪其名，此國之政體不得不然也」。

〔二〕忠肅公，指名臣于謙。

讀國史劉燾傳

自南北多難以來，廟堂急知兵之士，一時所用以禦盜者，往往即昔日之盜。如劉燾、高捷、尹耕，雖發身科目，其初固盗首也〔一〕。耕爲兵備，以黷貨而罷；捷爲操江，以避寇而罷；焘則南北疆埸巨任，靡所不歷。廟堂雖知其貪黷，而卒不能舍也。嗟乎！士當承平之時，率相矜以文墨，一旦有事，遂使盗得志於天下，亦可慨已！夫天下方苦盗，而使盗得據吏民之上，盗何由息哉？顧其人誠足以禦盗，用之亦何傷？乃彼自爲盗則有餘，爲國家禦盗實不足，亦安賴夫若輩而用之？雖然，彼仕宦而爲盗者，寧獨焘等三人也？吾又安從别三人之爲盗也！

【題　解】

《神宗實録》卷三百三十六附《劉焘傳》，萬曆二十七年（一五九九）六月「辛巳，賜督察院左都御史劉焘祭葬如例，仍以軍功加祭一壇。焘，嘉靖十七年（一五三八）進士，歷任邊海。並奏虜功而擒徐明山，鹹曾一本，尤其最著者云」。萬斯同認爲，在南北多難之時，政府任用劉焘、高捷、尹耕禦寇，都彰顯出貪黷不法的本質。乃因天下苦盗，慌不擇路，「用盗」爲官，領兵牧民，豈能禦盗安民？此三人「爲盗有餘，禦盗不足」，實不該當此重任，并進一步引申説，古今仕宦「爲盗」，貪贓枉法者，又豈止劉焘等三人？然檢劉焘、高捷、尹耕三人之多種傳記，皆無其入仕前「初固盗首」之事，且其生平事迹也與此文不類。斯同或另有所本，識此待考。

【校　注】

〔一〕劉焘，據《明史·胡宗憲傳》、光緒《天津府志》劉焘本傳等，字仁甫，號帶川。嘉靖十七年，以天津左衛軍籍中進士，歷任兵部主事、浙江副使、福建巡撫，抗倭有功，遷都御史巡按遼東、薊遼總督、兩廣總督等。其間，御史王治、淩儒、郝傑先後劾其「不職」「養寇冒功」等，幾起幾落。年近六十上疏乞歸，又二十八年卒，賜葬祭。著有《晴川遺稿》《浙江海防稿》等。

高捷，據康熙《新鄭縣志》本傳等，字漸卿，號存庵，名臣高拱之長兄。嘉靖十四年進士。歷官户部主事、兵部武選司郎中、山東兖州府知府、江西布政司右參政等。以政績遷南京都察院右僉事，提督操江，兼管巡江。因不附「權宰」，被「中傷回籍聽勘」。課農教子，化導鄉里，年六十六卒。

尹耕，據光緒《蔚州志》本傳，字子莘，少穎異，七歲能屬文。嘉靖十年，十七歲舉於鄉，明年中進士。歷官藁城知縣、禮部儀制司主事，遷員外郎，出爲河南知府。「以言事觸忤權貴人」，罷官。著有《九宫私記》《朔野集》，皆自成一家言。

書討安南詔書後

嘉靖間安南之役，是豈不可已者哉？幸我師未出，彼先納款，故天下猶未大被其害。不然，東南數百萬之赤子，其死於轉輸戰鬬者可勝言哉！時惟潘公珍、唐公冑、潘公旦嘗以疏諫，其他三事大臣，率視君意爲可否，而司馬毛伯温者，從衰絰之中，起而身任其事，彼將求不世之大功耶〔一〕？恐未可倖也。以章皇帝之賢，一時謀臣猛士之盛，正當國勢方强之時，已得之交趾，猶且委而棄之，則當嘉靖之世，而欲勞師萬里，以倖不可知之功，豈可得哉〔二〕？我觀世宗當日，原非有意必討也，故屢發屢止，使爲大臣者能力阻之，則事可中止，何至調兵徵餉，勞費我父老爲？乃當時諸君，見二潘公以言受譴，遂箝口而不敢言。嗚呼！伐國何事也，而爲謀若此？後之觀史者，不且有舉朝婦人之歎哉！

【題　解】

據《明史·安南傳》等，正德十一年（一五一六），安南燒香官陳暠弒君黎晭叛亂。晭臣莫登庸等討逆平叛，共立晭侄黎譓爲世子，又居功娶譓母爲妻，自稱太上皇，操控國事，安南遂亂，阻拒明使。時至嘉靖初，帝欲征之，潘珍、潘旦、唐冑等反對，導致政策「屢發屢止」。嘉靖十六年（一五三七）春，下詔討安南，以左都御史毛伯温奪情起復，率雲、貴、兩廣等地大軍征之。嘉靖十九年，登庸等自縛至鎮南關（今友誼關），向明軍認罪，請求内屬。明廷遂取消進攻計畫，封登庸爲安南都統使，安南復定，通貢如舊。

【校　注】

〔一〕潘珍，《世宗實録》卷三三八附《潘珍傳》等載，徽州婺源人，弘治壬戌進士，歷官大理評事、副都御史等，「諫征安南，忤旨落職……珍，廉直有行誼，始終一節。」又，《明史·潘珍傳》：「時議諫討安南，珍上疏諫曰：『……今北敵日蕃，聯帳萬里，烽警屢聞……宜遣大臣有文武才者，聲言進討。檄數登庸罪，赦其脅從，且令黎寧合剿，賊父子不擒則降，何必勞師？』帝責珍撓成命，褫職歸。」

潘旦，《世宗實録》卷三五一附《潘旦傳》等載，直隸婺源人，弘治十八年進士，歷官户部主事、副都御史、兵部侍郎等。性行修潔，有惠政，民祠之。又，《明史・潘珍傳》附：「珍族子旦，字希周……（嘉靖）十五年冬，以兵部左侍郎提督兩廣軍務。詔起復毛伯温討安南，旦行過其里，語之曰：『安南非門庭寇，公宜以終喪辭。往來之間，少緩師期，俟其聞命求款，因撫之，可百全也。』旦抵廣，適安南使至，馳疏言：『莫登庸之篡黎氏，猶黎氏之篡陳氏也。朝廷將興問罪師，登庸即有求貢之使，何嘗不畏天威？乞容臣等觀變，待彼國自定。若登庸奉表獻琛於中國體足矣，豈必窮兵萬里哉？』章下禮、兵二部，族父珍適以言得罪，尚書嚴嵩、張瓚絀旦議不用。」

唐胄，據《明史》本傳等，字平侯，瓊山人。弘治十五年（一五〇二）進士，授户部主事。宦官劉瑾擅權，稱病謝官。嘉靖元年復任，先後官雲南右布政使、都察院右副都御史、户部左侍郎等。時安南遣使告莫登庸篡權，世宗欲發兵征討，唐胄疏陳七條理由，如「古帝王不以中國之治治蠻夷」「外夷分争，中國之福」「興師則需餉」等，帝皆不納。

三事，原指周朝「三公」，《詩經・小雅》有「三事大夫，莫肯夙夜」。此代指明朝内閣、都察院、六部等高級官僚。當時皆揣摩帝意，不敢直言。

毛伯温，據《明史》本傳，字汝厲，吉水人，正德三年進士，嘉靖初，官大理寺丞，因罪革職。嘉靖十五年，世宗欲征討安南，值伯温居家守制，奪情起復爲兵部尚書。嘉靖十九年，安南平，因功封太子太保。嘉靖二十三年，伯温被陷，發配邊疆，途中赦免還鄉，不久病死。

〔二〕章皇帝，指孝章皇帝，明宣宗朱瞻基。

書陸給事鳳儀汪御史汝正劾胡宗憲二疏國史無宗憲傳，故題疏後

宗憲之爲害於吾浙也可勝言哉？自借軍興之名，行提編加派之法，而民之苦賦甚於苦賊〔一〕。宗憲以朘之民間者，半奉權要之歡，半供聲色之欲，故盜賊雖衰，加派不止，而民之苦宗憲，更甚於苦賊。當世之人，第見其有平寇之功，而真以爲豪傑之士也，亦以惑矣。

吾嘗考其生平，始也締趙文華爲石交，而因以進用；繼也結羅龍文爲死友，以藉其彌縫，陷張經而攘其功，傾李天寵以奪之位，此其罪狀之顯著者〔二〕。恐廟堂之疑我，而當世之士或不我恕也，於是獻祥瑞以固主眷，輦金錢以酬相恩，而又以其餘瀝啗天下失職之名士〔三〕。故當塗者既飽其欲而莫發其奸，握槧者亦感其私而爲之稱功頌德，播於詩文，以塗人之耳目。上下交歡，自以爲術之工矣，豈知有不畏强禦如二公者以繩其後哉〔四〕？

吾嘗聞諸禾人，自提編法行，加派於禾郡者，畝幾一金，至今言之猶有餘恨〔五〕。即一郡而他郡可知矣。使宗憲不去，吾浙人其尚有皮骨耶？則二公之有德於吾浙，誠不可忘也。若夫島寇之滅，雖見以爲有功，然連地五省，歷時八年，徵數十萬之兵，糜數千萬之

餉，又合諸文武將帥之力，而僅克勝之，亦云微矣，其尚以爲不世之功哉？凡宗憲之罪狀，其載於二疏，散見於國史及王元美所紀者，吾不具論〔六〕。論其害於吾浙者如此，若自擬詔旨以投世蕃，尤罪之不容誅者，其死於詔獄，豈不幸哉？

【題　解】

「汪御史汝正」，原作「王御史汝止」，諸本皆誤，據《明史》胡宗憲本傳等校改。胡宗憲，字汝貞，績溪人，嘉靖十七年（一五三八）進士，歷官益都縣令、浙江巡按史等。於浙江任上，與張經、李天寵等組織抗倭，多有功績。又因善事嚴嵩義子工部右侍郎趙文華，先後升右僉都御史、兵部右侍郎等。好權術，善諂媚，多貪腐。乃因其平倭之功，無人敢劾其奸。嘉靖四十一年嚴嵩父子倒臺，南京給事中陸鳳儀率先以貪污軍餉、濫徵賦稅、黨庇嚴嵩等十大罪，上疏彈劾胡宗憲，御史汪汝正也進一步彈劾宗憲「自擬旨授（羅）龍文」。世宗遂將其罷歸。萬斯同此文僅專論其行「提編加派之法」，爲害浙江等地民眾之事。

【校　注】

〔一〕提編加派，嘉靖間，因東南抗倭所需軍費不足，胡宗憲奏准在南畿、浙江、福建等地實行正賦之外的賦役法。形同「三餉加派」，無疑大大加重了當地民眾負擔。

〔二〕陷張經、傾李天寵事，參見《明史》胡宗憲本傳、本書卷十四《（明史）新樂府》下《王江涇》題解等。

〔三〕獻祥瑞以固主眷，《明史》胡宗憲本傳：「宗憲……思自媚於上，會得白鹿於舟山，獻之，帝大悦，行告廟禮，厚賚銀幣。未幾，復以白鹿獻，帝益大喜，告謝玄極寶殿及太廟，百官稱賀，加宗憲秩……復獻白龜二，五色芝五，帝爲謝玄告廟如前，賚宗憲加等。」

〔四〕不畏强禦如二公，指陸鳳儀和汪汝正。陸鳳儀，據萬曆《金華府志》本傳等，字舜卿，嘉靖三十五年進士。先後官餘干知縣、南京禮科給事中。劾胡宗憲賄結權貴、加賦額外、好欺貪淫等十大罪。報聞後，以忤當道罷歸。後起禮科給事中，命甫下而卒。又，王頌蔚《明史考證攟逸》：「嘉靖四十二年，宗憲爲浙閩總督。給事中陸鳳儀劾之，逮詣京，宗憲自殺。」汪汝正，據民國《薊縣志》本傳等，「（薊縣）下醴泉人，（嘉靖三十二年）進士，由節推歷西臺，遷臬憲。直道難容，恬退歸里，出入不乘，無異布衣時」。又，據《明史》胡宗憲本傳，抄處胡宗憲賓客羅龍文家時，御史汪汝正發現其「上宗憲手書，乃（宗憲）被劾時自擬旨授龍文以達世蕃者，遂逮下獄。宗憲自敘平賊功，言以獻瑞得罪言官，且訐汝正受贓事。帝終憐之，並下汝正獄。宗憲竟瘐死，汝正得釋」。

〔五〕禾人，禾指浙江嘉興，此代指浙江民衆。

〔六〕王元美，指王世貞。其所記胡宗憲事見《弇州史料》。

書國史唐應德傳後

初讀國史唐公傳曰：「此忌者之口也，不足辨，置之。」已而念公賢者，受誣至此，安可不爲之辨？公抱負長才，林居不試，睹鄉邦之塗炭，思起而救之。適會趙文華薦，朝廷有夏官郎之授，遂以應命，其出處如此，乃傳謂公「以策干文華，因以得進」〔一〕。吾觀公文集，有《却趙侍郎饋遺》一書，彼於匪人交際，猶且却絶，安肯以策干之〔二〕？文華之薦，亦出自知其才，欲以博薦賢之名耳，豈公干之而後薦耶？若以文華之薦爲公累，時與公同薦者尚有胡松、周相、翁大立、李文進、秦鳴夏五人，惟鳴夏赴官道死，餘皆至顯官〔三〕。議者未嘗以文華故責此五人，何獨以此爲公累也？史於胡公傳備詳其善狀，而不言文華之薦，獨於公之傳言之不置。同出一史，而筆削如此，豈非有挾而然耶？

傳又謂公「初欲獵奇致聲譽，屏居十餘年，上方摧抑浮名無實之士，言者屢薦，終不見用」。夫公以弱冠登上第，一時文名籍甚，恐名浮於實，故力敦闇然之學，雖詩文亦鄙而不爲，何嘗無「聲譽」而須「獵奇」以致耶？其不見用，乃當路者不悦，上何嘗有意摧抑之，而公亦豈浮名無實者耶？又謂公初罷居，力爲「矯亢之行，非其人不交，非其道不取，天下士靡然慕之。既久之不用，晚乃由文華以進」。夫天下固有非人不交、非道不取者，而肯變節以希進耶？何其量天下士之薄也？其爲此言，不過謂公欲得官耳。公誠欲得官，其初嘗兩爲翰林，何不優游文史之地，馴致通顯，而乃至屢得屢失耶？始棄翰苑之華階，而晚求部曹之冗職，亦大非人情矣。

至謂公「以邊才自詭，既假以致身，遂不自量，欲以武功見，盡暴其短，爲天下笑」。夫公於戊午冬始以郎官視師，至己未開府淮、揚，僅六月而卒，其初則權輕不足以集事，其繼則受任日淺，故不能大有所展布〔四〕。然公兩以病軀揚帆海外，巡歷而歸，諸將凛凛悚息，軍容爲之一振，屢有斬馘功，三受金綺之賜，一時勞臣宜無如公者。志雖未竟，天下皆歎其忠，何短之暴，而又何人笑之？使當時任事者而盡如公，何至若是之糜爛？以公之勞勩，而猶責之如此，又何以責他人？甚哉，忌者之口可畏也！

蓋睹鄉邦之塗炭而思救之者，其本志也。不得竟其志者，限於年也。奈何欲没其生平，而詆誣至是哉〔五〕？蓋《世宗實録》悉出張居正之手，彼於禮學諸儒無所不訾毁，而公其尤甚者也〔六〕。然吾觀國史前後諸傳，其褒貶不過數語，獨公此傳，一事而言之再三，彼將以是深章其醜，不知適足自形其爲忌耳。自古史官挾私以枉人者何限？吾於公獨深有感也，故爲之辨。

【題　解】

《世宗實録》卷四八三附《唐順之傳》載，嘉靖三十九年（一五六〇）四月丙申朔，巡撫鳳陽等處右僉都御史唐順之（應德）卒。順之，直隸常州府武進人。嘉靖八年舉禮闈第一人。官兵部主事、翰林院編修。未幾，上疏乞養病。居數年，召爲右春坊右司諫兼翰林院編修。明年，與贊善羅洪先等上定國疏，忤旨，黜爲民。屏居十餘年，終不見用。會東南有倭患，工部侍郎趙文華視師江南，順之以策干於文華，因之交歡嚴嵩子世蕃，起爲南京兵部主事等。奉命查勘薊鎮邊務等，總督胡宗憲薦其有功，遷太僕寺少卿、鳳陽巡撫等。卒於官。萬斯同針對附傳諸多不實之詞進行辨析，以爲「《世宗實録》悉出張居正之手，彼於禮學諸儒無所不訾毁」，故對唐氏評價不公。斯同之所以竭力爲唐氏辨護，或因其政治上多傾向於反對閹黨和「繼統派」，且唐氏與斯同之先人交好，政治觀點相同。識此待考。

【校　注】

〔一〕按，此處斯同未引附傳原文「因之交歡嚴嵩子世蕃，起爲南京兵部主事……」，下同。

〔二〕檢唐順之《荆川集》等，并無《却趙侍郎饋遺》一書，識此待考。

〔三〕胡松，據《世宗實録》卷五六三附傳載：「（嘉靖四十五年十月）乙卯……吏部尚書胡松卒。松，直隸滁州人，嘉靖乙丑進士，初知東平州……進山西參政，無何褫職。歸家居近二十年，用薦者言復起，累官右副都御史、巡撫江西……升南京兵部尚書……松，潔己好修，富於經術，容貌儼然，望之者知爲正人莊士。」又，《明史》胡松本傳曰：「至(嘉靖)三十五年，以趙文華言，起陝西參政。」

李文進，《世宗實録》卷五〇七附本傳載：「(嘉靖四十一年三月)乙巳，總督宣大、山西軍務、都察院右副都御史李文進卒。文進，四川巴縣人。以進士授衢州府推官，選爲給事中。遷浙江副使、巡視海道……升右僉都御史，巡撫大同，尋進今職，卒於官。詔録其邊功，賜全葬及祭。」

周相，據康熙《鄞縣志》本傳等，號莓崖，嘉靖二年進士，由縣令選授御史。六年值靈寶縣奏黃河清五十里，遣太常往祀以答神貺，并上疏諫止祭告稱賀。上怒，下相詔獄，謫韶州府經歷，已，遞遷至參政致仕。復起爲廣東按察使，歷陞右副都御史，巡撫江西。同没籍故相嚴嵩家。逾二載，致仕歸。

翁大立，見本書卷十四《(明史)新樂府》下《荷花兒》注文。

秦鳴夏，據民國《臨海縣志》本傳，字子亨，臨海人，嘉靖十一年進士，選庶吉士，官右春坊右中允兼翰林院修撰，充經筵講官等。嘉靖三十八年起官南京兵部主事，未仕病卒。

按，趙文華薦唐順之等六人事，見《世宗實録》卷四百四十二，嘉靖三十五年十二月癸卯，「尚書趙文煒(華)條陳防海事宜六事。……舉遺材，謂地方多故，負才遺佚(佚)之士，有扼腕思奮者，如原任翰林院編修唐順之，右中允秦鳴夏，暨參政胡松、翁大立、周相，副使李文進等，俱宜録用，以濟時艱。疏入，下所司覆議，俱從之。」

〔四〕戊午，嘉靖三十七年；己未，嘉靖三十八年。

〔五〕此句後，羅本有「吾意國史此傳必出吴人申、王二人之手，大要爲王元美所中耳。元美痛父之死，無所歸怨，而移怨於公，此猶可原。作史者非有父兄之讎也，何枉人至是？王思質之爲總督，固未嘗無罪也。當公未閱視之先，詔書屢下，固嘗責其一卒不練。豈由公始發其弊耶？督師五載無一士堪用，公據實以聞，亦其職耳。不咎己之不職，而反恨他人之發奸，何其舛也！公歸未幾，敵復長驅渡灤河，殘漁陽，躪遵化，蹂玉田，總戎者既伏上刑，督師者宜受何律？則思質之死何預公事，而乃移怨於公耶」。句中「申」爲申時行，王即王錫爵，王思質即世貞之父王忬。嘉靖朝末，忬爲薊遼總督，被劾守邊不力，「一卒不練」，朝廷乃遣郎中唐順之往覈，唐據實回奏。嘉靖三十八年，王忬因此並多種原因被處死。事詳《明史》王忬本傳等。考清修《明史》，多據王世貞有關傳記寫成，故斯同疑稱王世貞不該因此報復唐順之。

〔六〕羅本無此句。《世宗實録》，初修於隆慶元年（一五六七）四月，以大學士徐階爲總裁，書未成。神宗即位，續修，以大學士張居正爲總裁。萬曆五年（一五七七）八月修成。萬説審是。

跋駁駁漫録評正

始伍袁萃爲《林居漫録》，而賀燦然駁之，曰《漫録評正》〔一〕。袁萃又取《評正》駁之，曰《駁漫録評正》。已而，燦然復取袁萃之所駁者駁之，曰《駁駁漫録評正》，皆爲之刊布焉。事起於袁萃之譏燦然，而燦然爲之報復耳。吾謂袁萃之乖僻，其持論固未必盡當，而燦然之挾忿訐訐，亦不足爲定論也。蓋萬曆乙巳之春，少宰楊公時喬、總憲温公純主京察，於臺省之爲權門效力者，多所貶黜，相臣欲留之，察疏久入而不下，一時諫者反爲謫降〔二〕。燦然以銓部郎繼言之，亦遭罷黜，察疏乃下，燦然方以此舉爲名高。袁萃於《漫録》中謂其疏既攻被察者，不當復攻主察者，譏其承相臣風旨〔三〕。於是二人之隙遂不可解，而彼此訐發，幾如兩造之訟。夫燦然心術固不可知，然彼既建言被黜，亦可稍恕〔四〕。乃袁萃必欲攻發其陰私，以章己之直筆，不亦過甚已哉？

夫德非聖人，職非史官，好著書以褒貶當世之公卿大夫，縱使褒貶悉當，亦不免當世之忌，況其所褒貶者，原未必盡當乎？宜其爲人所詬厲也。然則爲燦然者，固失之於逞憤，而爲袁萃者，亦無輕於著書哉？

【題　解】

據《明史·徐貞明傳》附，伍袁萃，字聖起，吴縣人。萬曆八年（一五八〇）進士，授貴溪知縣，擢兵部主事，署職方事等。出爲浙江提學僉事、廣東海北道副使，後請告歸。著有《林居漫録》《彈園雜志》。賀燦然，據天啟《平湖縣志》本傳等，字伯闇，平湖人，耑精博古。萬曆二十三年進士，歷官行人、吏部主事、員外郎等。「會内計（按，指乙巳京察）中旨留一二言官，上疏極諫，語侵柄臣，神廟震怒，旋削籍……一時仰其直節」。伍、賀二人圍繞萬曆三十三年乙巳京察引起的黨争，先後著書互相攻訐。萬斯同認爲「德非聖人，職非史官」，不要輕易著書評説世事，臧否人物。然觀其立場，多偏東林黨賀燦然一邊，批評袁萃攻發燦然之陰私，「以章己之直筆，不亦過甚」。

【校注】

〔一〕伍袁萃《林居漫録》，前集六卷、畸集五卷，《四庫全書》存目。屬不立目筆記，雜記明朝時事、掌故等，涉及萬曆三十三年乙巳京察。賀燦然著《漫録評正》、伍袁萃再著《駁漫録評正》、賀燦然復著《駁駁漫録評正》、伍袁萃續著《漫録三評駁正》，惟最末二種未見傳本。

〔二〕乙巳京察，在萬曆三十三年正月，由吏部侍郎楊時喬、左都御史温純主持。時喬意在打擊浙黨官僚集團及其庇護者權相沈一貫，遂先彈劾浙黨錢夢皋等官員，夢皋被貶。沈一貫復上書神宗，極陳考察不公，請復夢皋等官職，於是引發一系列黨争。

楊時喬，據《明史》本傳，字宜遷，上饒人。嘉靖四十四年（一五六五）進士。累官工部主事、南京太常卿、吏部左侍郎等。主乙巳京察後，累請辭官，不准，萬曆三十七年卒於官，謚端潔。

温純，據《明史》本傳，字景文，三原人。嘉靖四十四年進士。歷官户科給事中、湖廣參政、左都御史，爲官清白奉公，澄汰悉當。因乙巳京察陷入黨争，被劾致仕。萬曆三十五年卒。天啟初，追謚恭毅。

按，句中「權門」「相臣」，指時任内閣首輔沈一貫，浙江鄞縣人。

〔三〕按，據《神宗實録》等，京察期間，察疏久入不下。賀燦然上疏，請將被察科道官員罷斥，又稱温純亦不該暗挑黨争，應予罷退，最後又爲沈一貫開脱專權之罪，語有「皇上獨斷獨行，萬非輔臣所能竊弄，亦非輔臣所易挽回」云云。伍袁萃因著《林居漫録》，攻擊賀燦然曰：「最可哂者其賀吏部燦然一疏乎？既請去被察之臺省以清仕路，又請去主察之臺長以申主權，何其悖也！方自謂清平之論，而識者已知其庇同鄉之給事，附當國之相公矣。賀雅負時望，而一時敗露，人品貴真哉？」

〔四〕「亦可稍恕」，羅本作「則雖有他過，亦自可略」。

題彈園雜志後

甚哉，伍袁萃之妄也！其《雜志》所載，大要爲辛亥京察一事耳〔一〕。辛亥之役，孫公丕揚爲冢宰，凡小人之號爲宣黨、崑黨者，斥之殆盡，而王紹徽、喬應甲亦在其中〔二〕。紹徽素有清譽，應甲嘗劾李三才〔三〕。袁萃深惡三才，凡劾三才者，皆稱之爲豪傑，故爲二人不平，於察典既竣，小人之擊孫公者，極其褒美，而君子之持正議者，痛加詆毁，自以爲《春秋》之筆矣。迨魏忠賢一出，向之褒美者，無不失身喪節如徐兆魁、邵輔忠、徐紹吉、劉廷元，及紹徽、應甲，後皆入逆案，而其所詆毁者，獨能保其身名，於是袁萃之論，不攻而自敗〔四〕。使其目覩魏賊之禍，何待他人之毁其書？當自毁之恐後矣。甚哉，立言之不可易也！袁萃之爲此志，豈有意於仇君子、庇小人？惟所見一偏，遂以至此。然則君子之欲立言者，可自逞其胸臆哉？

【題 解】

萬曆三十九年（一六一一）「辛亥京察」，主持者吏部尚書孫丕揚，在權相葉向高的支持下，欲重點打擊反對東林黨的其他官僚，從而引發黨争。伍袁萃站在反東林黨的立場，特著《彈園雜志》攻擊孫丕揚等。該書原有萬曆刻本，四卷，附《雅言》一卷，今僅見《雅言》。屬不立目筆記，選列有關「辛亥京察」之奏疏、言論等，間附考論。萬斯同稱該書不該對「小人之擊孫公者，極其褒美，而君子之持正議者，痛加詆毁」。後來其褒美者「皆入逆案」，「袁萃之論，不攻而自敗」。《條議》第二十七條特别指責《彈園雜志》等野史「最爲挾私害正，不可盡信」，建議《明史》修纂「認真鑒别，不爲所惑」。

【校 注】

〔一〕辛亥京察，指萬曆三十九年三月舉行京察，吏部尚書孫丕揚主持。其間，給事中王紹徽、徐紹吉等策劃乘機傾覆東林黨人。但在閣臣葉向高的支持下，重在驅逐黨魁，糾察言官。察疏奏上，宣黨湯賓尹、崑黨顧天埈等均被察糾，給事中王紹徽、御史喬應甲依年例轉外任。五月，被察諸人均被罷免出朝，東林黨人避免了被察危機，但黨争仍在繼續。宣黨，萬歷朝官僚集團之一，以宣城人湯賓尹爲首；崑黨，以崑山人顧天埈爲首。

〔二〕孫丕揚，明朝名臣。據《明史》本傳等，富平人。嘉靖三十五年（一五五六）進士，歷任應天府尹、刑部尚書等職。萬曆二十二年任吏部尚書，創「掣簽法」，以抽籤決定官職，杜絶權貴請謁之弊。萬曆三十九年主持辛亥京察。次年「掛冠出都」，居家二年卒。王紹徽，明朝名臣。據《明史》本傳等，咸寧人。萬曆朝進士。授鄒平知縣，擢户科給事中，遷太僕少卿，一度被劾罷歸。政治上排斥東林黨人。天啟四年（一六二四），魏忠賢召爲左僉都御史，次年，拜吏部尚書。曾仿《水滸傳》，編列東林黨人一百零八人，爲《東林點將録》，獻於忠賢，按名黜汰。後御史袁鯨劾其鬻官穢狀，遂落職。喬應甲，字汝俊，臨猗人。萬曆二十年進士。初授湖廣襄陽府推官，因政績遷四川道、浙江道御史等。天啟四年，任南京都察院左副都御史。上疏力攻李三才、高攀龍等，語有「東林得淮撫則暗有所恃，淮撫得東林則兩有所挾」，遂爲東林黨人所忌。天啟六年，遷南京都察院右都御史。上疏乞休，以新銜致仕。天啟七年，卒於家。崇禎朝，東林黨得勢，應甲子孫多受牽連。

〔三〕李三才，明朝名臣。據《明史》本傳，字道甫，順天通州人。萬曆二年進士。與東林黨人顧憲成結交。以治淮有大略，官至户部尚書。萬曆三十八年，時論欲以外僚直内閣，意在三才，然忌者謗議四起。顧憲成貽書大學士葉向高力爲洗雪，言者乘間並攻東林，形成黨争，次年引退家居。天啟三年起爲南京户部尚書，未赴任而死。

〔四〕徐兆魁，字策廷，東莞人。萬曆十四年進士，歷官行人司行人、山西道監察御史、浙江監察御史等。曾上書彈劾李三才，遂與東林黨人結怨。天啟六年任刑部尚書，凡魏忠賢所恨之人，使判以重刑。

邵輔忠，據《明史》本傳等，字廣益，定海人。萬曆二十三年進士，先後官順天府丞、工部郎中、兵部尚書等。政治上依附浙黨，爲閣臣沈一貫親信。曾與御史徐兆魁彈劾李三才「大奸似忠，大詐似直」四大罪狀，又與孫傑謀「匿名榜」，興大獄，迫害東林黨人。

徐紹吉，據民國《閬中縣誌》本傳等，四川閬中人。萬曆二十三年進士，歷官都察院右都御史、山西巡撫等。

劉廷元，據盛楓《嘉禾徵獻録》本傳等，字方瀛，平湖人。萬曆三十二年進士，先後官廣東南海知縣、陝西道御史、太僕寺少卿、工部尚書等。崇禎二年（一六二九）「京察論戍，贖爲民」。次年，卒於家。

題從吾録後

《從吾録》者，匪人吴玄之所輯也。凡萬曆中小人攻君子之疏，無所不載，末復爲説以揚之，而當世君子多爲其所掊擊焉。當神宗之季，群工水火，蒼素混淆，然而邪正之際，固不難辨也。玄身在事外，何仇於君子而顛倒若是？豈有所不容己耶？呈身醜類，獻媚當塗，所得幾何？而甘心爲此，吾不能爲之解矣。雖然，世之身在事外，而顛倒黑白，呈身獻媚者又寧獨一玄哉玄，武進人，其父中行，以編修諫張居正奪情，廷杖削籍，爲清流所宗。其兄亮，官御史，入東林，亦爲清流所許。玄乃背父兄，附邪黨，公然爲名教之罪人，真小人無忌憚之尤者〔一〕？

【題　解】

吴玄，清人避諱而稱「吴元」，吴中行第二子。《從吾録》，《明史·吴中行傳》作《吾徵録》。據此傳，吴中行，字子道，武進人，隆慶五年（一五七一）進士，以庶吉士授編修。權臣張居正雖爲中行座主，但他仍上書反對居正不赴父喪，奪情起復，因遭廷杖幾死。後歷官太常寺少卿、掌南京翰林院事等。「子亮、元……亮尚志節，與顧憲成諸人善；而元深疾東林，所輯《吾徵録》，詆毁不遺力。兄弟異趣如此」。《千頃堂書目》著録該書曰：「輯萬曆中小人攻君子之疏，元復爲説以揚之，頗肆詆毁。」謝國楨《增訂晚明史籍考》曰：「是書書口題《衆妙齋録》，分節略四，彙輯明萬曆、天啟間奏疏，皆攻訐東林之文，全祖望等極詆其書。然爲研究明代門户之争者，不可不知其事也。」

【校　注】

〔一〕張本夾注補叙吴玄身世，詳見《明史·吴中行傳》附。「其父中行」原作「其父中直」，誤。羅本無此夾注。

跋先世敕命後

曩高皇帝錫我始祖之命曰：「萬諱，起事之初，興於定遠，始克滁城，即宣其武，和陽之捷，功益懋焉〔二〕。」誥詞褒許如此，則是先將軍之與高皇帝，實同起於山澤者也，與徐、湯諸公結布衣昆弟之歡者何異〔二〕？守滁十數年，淮西盡失，滁獨無恙，與耿、吴二侯守長興、江陰者何異〔三〕？後且從克建寧，殞身沙漠，功烈章章如是，縱不得與建方面之勳者世守帶礪，使得生列環衛，而殁膺封爵，亦其宜也，乃身止「武略」之階〔四〕。至我二世祖積功，始得晉秩「明威」，延賞於世，小臣即不敢望，而帝所以酬之者，何其薄也〔五〕。

後讀國史，見開國三等之封，凡六十有四人，而延及後嗣者，僅魏國、黔國、武定三人〔六〕。至肅皇帝繼絶，始續懷遠、靈璧、定遠、臨淮四侯，暨誠意伯而八，則又未嘗不訝然歎曰：我祖之薄取於國者，正天之所以厚報夫萬氏也〔七〕。曩令我祖得膺茅土，未必不與馮、廖諸公同爲皂隸，亦安能世世蒙澤，至三百祀之久哉〔八〕？乃知向之六十餘國，未必盡幸，而四伯、九十衛諸臣，未必盡不幸也。天道薄取而厚償，以是觀之，益信。

【題　解】

萬斯同論稱，其一世祖萬斌，元末隨朱元璋起兵，征北元戰死沙漠，二世祖萬鍾戰死於「靖難之役」，其功皆不亞於耿炳文等，然先後僅授世襲「武略」「明威」將軍，未得公、侯、伯「茅土之封」。斯同先以爲不公，後考明朝封爵之家大多零落衰變，而萬氏雖未得封侯、臨民領土，但自明初迄於明末，代代世襲「將軍」職事，薄取於國，却世蒙恩澤，誠信「天道薄取而厚償」，乃萬氏之有幸也。

【校注】

〔一〕萬斌，萬斯大《學禮質疑》卷二《萬氏世系》：「五八府君有子國珍，字文質，少負奇志，不修小節。元季擾亂，仗劍從明太祖，賜名斌，充萬户，克滁、和、真三城，授顯武將軍、副千户，守禦滁州，尋定濠、泗。洪武建元，授武略將軍，調永平衛，從取中原，賜誥世襲。五年，進征沙漠，戰死於阿魯渾河。是爲吾之始祖。」

按，朱元璋賜萬斌誥命見萬經等著《萬氏宗譜》（乾隆壬辰重修本，辨志堂藏版）。其所言「滁城」即滁州，今屬安徽滁州市，轄萬氏祖籍定遠等縣。「和陽之捷」，指至正十五年（一三五五），萬斌隨郭子興、朱元璋等拔取和州（今屬安徽和縣）之戰。

〔二〕徐、湯，指名將徐達、湯和。元末與萬斌先後隨朱元璋起兵。

〔三〕耿，指名將耿炳文，守長興（今浙江長興縣），得封「長興侯」；吴，指名將吴良，守江陰（今江蘇江陰市）得封「江陰侯」。而萬斌同樣堅守滁州十數年，未得封侯。

〔四〕按，洪武元年（一三六八），授萬斌「武略將軍」，調北平都司永平衛，率軍克建寧（今屬陝西府谷縣），洪武五年，從魏國公徐達攻北元擴廓帖木兒，戰死沙漠阿魯渾河（今蒙古鄂爾渾河）。

〔五〕我二世祖，即萬鍾，萬斯大《學禮質疑》卷二《萬氏世系》：「（萬斌）子鍾，字榮禄，幼孤，痛父殁於王事，克自樹立，精韜略，工騎射。初授武毅將軍、龍驤衛副千户。征松州，攻施州、蓉美等峒，皆先登。討吉安太和叛寇，平之。（洪武）十七年，奉命捕倭寧波，積功，升寧波衛指揮僉事，子孫世襲，賜第於鄞，因家焉。建文改元，拒燕師，死於花園。」按，此説「明威」與「武毅」各異，識此待考。

〔六〕開國三等封爵，指洪武朝所封公、侯、伯三等封爵。據《明史·功臣世表》，魏國公徐達之後，萬曆二十三年（一五九五）徐弘基襲爵；黔國公沐英之後，崇禎元年（一六二八）沐天波襲爵；武定侯郭英之後，崇禎初郭培民襲爵。其餘或卒無後繼，或因罪削爵。萬説審是。

〔七〕肅皇帝繼絶，指明世宗嘉靖十一年（一五三二）續封功臣爵位。據《明史·功臣世表》，所續封原懷遠侯曹興之後曹玄振原爵，原信國公湯和之後湯紹宗爲靈璧侯，原衛國公鄧愈之後鄧文明爲定遠侯，原曹國公李文忠之後李性爲臨淮侯，外加誠意伯劉基之後，連同前注所述三家，僅存八家。萬説審是。

〔八〕馮，當指馮勝，洪武三年封宋國公，洪武二十八年賜死，爵除。廖，指廖永忠，洪武三年封德慶侯，洪武八年賜死。

跋家乘外集群公手札後

夏日無事，與六兄充宗閲家藏群公手札，見有家宰汪鋐與高王父、中丞喬應甲與王父二書〔一〕。同曰：「是小人之尤也，曷斥之？」充宗曰：「然。」已而，充宗整家乘，録群公手札於外集中，遂棄二札不録。愚於是益歎奸徒之不容倖免，而小人之爲人唾駡無已時也。

方二人貽書於我，一巡撫南贛，一巡按淮揚，其罪狀猶未甚敗露也。然君子醜其末，去之唯恐不亟。其他若趙莊靖，若鄒文莊，雖片紙而不遺；若文徵仲，若王雅宜，雖布衣而必録〔三〕。家乘之中而寓《春秋》之法焉，何其嚴也。異時吾子孫觀此，尚爲集中之所載者，不爲集中之所棄者，庶幾不墮吾祖之教，而亦充宗所以采輯之意也。嗚呼，人其可不自立哉？

【題　解】

汪鋐、喬應甲先後與萬斯同七世祖萬表、九世祖萬邦孚同朝爲官。明中葉以後，黨争激烈。汪、喬二人一度依附權貴、閹宦，趨炎附勢，結黨營私，傾害忠良，尤與當時多以清廉見稱之東林黨人爲敵。斯同兄弟遂將二人之書札從家藏群公手札中清除，保留趙璜、文徵明等廉潔、正直者之手札。反映斯同裁決明代黨争問題，多偏重於東林黨之立場。

【校　注】

〔一〕六兄充宗，名斯大，萬經等《萬氏宗譜》卷八《世傳》：「萬斯大，字充宗，别號褐夫，晚年病足，自號跛翁……既承王父志，謝絶進取，獨專經學……奉父執梨洲黄先生爲師……生於崇禎六年癸酉六月六日……卒於康熙二十二年癸亥七月廿六日。」

〔二〕汪鋐，據《明世宗實録》卷一九五附《汪鋐傳》等，字宜之，江西婺源人。弘治朝進士，因所謂「黄河水清」，進甘露媚嘉靖帝，久得寵信。先後官南京户部主事、布政司、右都御史等。與張孚敬、方獻夫結黨營私，權重一時。後因事罷官。

高王父，即萬氏第七世祖萬表，字民望。襲寧波衛指揮僉事。嘉靖初，中武會試，先後官浙江都司鎮守等。廉明有威望，得軍民心。嘉靖三十四年（一五五五）冬，病卒。表通經術，熟先朝典故，所交悉天下名士，與羅洪先、唐順之等尤相親善。史書稱「明世武臣以儒學顯者，表爲冠」。汪鋐與其同朝。

喬應甲，見本卷《題彈園雜志後》注文。王父，即萬氏第九世祖萬邦孚，字汝永，以諸生世襲指揮使。先後官山東都司僉書等，遷福建總兵官等。多有政聲，年五十餘即致仕歸，家居二十餘年，卒。喬應甲與其同朝。

〔二〕趙莊靖，即趙璜。據《明史》本傳，字廷實，安福人。弘治三年（一四九〇）進士，先後官工部主事、濟南知府、工部侍郎等。曾爲劉瑾所惡，逮下詔獄。卒謚莊靖。

鄒文莊，即鄒守益。據《明史》本傳，字謙之，安福人。舉正德六年（一五一一）會試第一，出王守仁門。官翰林院編修。踰年告歸，謁守仁，講學於贛州。世宗即位，始赴官。嘉靖三年，因「大禮」議忤旨，謫廣德州判官，建復初書院，與學者講授其間。此後，復官南京禮部郎中等，終因忤旨而落職。居家二十餘年，日事講學，四方從遊者踵至。卒謚文莊。

文徵仲，即文徵明。據《明史》本傳，初名璧，以字行，更字徵仲。長洲人。學文於吳寬，學書於李應禎，學畫於沈周。寧王宸濠慕其名，貽書幣聘之，辭病不赴。正德末，以歲貢授翰林院待詔。世宗立，預修《武宗實録》，侍經筵，歲時頒賜，與諸詞臣齒，連歲乞歸，乃獲致仕。四方乞詩文書畫者接踵於道，而富貴人不易得片楮，尤不肯與王府及中人。嘉靖三十八年卒。王雅宜，即王寵。據《明史》本傳，字履吉，别號雅宜。少學於蔡羽，既而讀書石湖。由諸生貢入國子監，四十而卒。行楷得晉法。

書丙子鄉試録後

崇禎丙子科浙江鄉試，舉者凡九十七人，而吾邑得其八，嗣舉進士者凡四〔一〕。八人之中，錢公希聲以監國大學士從亡海外，克追陸丞相、張樞密於鯨波間〔二〕。周公惟一解順德之綬，披衲入山，長往不顧，有壁立萬仞之概〔三〕。謝公宣子服官行人，遭甲申北都之變，受刑而死，亦不失節〔四〕。董公天鑑暨先君子，却公車之徵，坎壈窮餓，没齒不悔，其無聞者僅三焉〔五〕。夫一邑之中，一科之士，而得全節者五人，何其盛也！余因是歷考前此數科及後此兩科，皆無如是科之盛。即是科之中，其他十郡七十四邑，亦無如吾邑之盛，又何奇也？嗚呼！得士如此，使得高步昌辰，當必有所表見〔六〕。乃遭逢歲寒，各守彭咸之遺，則不以勳業著，而以節義聞〔七〕。是雖甚盛，亦何其不幸哉！此又非予所知也。

【題　解】

明清時期，省一級考試稱爲「鄉試」。按制，凡某科文、武「鄉試」結束後，要編制該科鄉試録，用以上報備案和考生自存。其體例大體統一，首列前、後序，例由該科主、副考官撰寫，涉及考試時間、與試和中式人數、文章和文風總評等；以下依次載明內、外簾考官姓名、職銜、籍貫等；録三場考題；中式者名次、地貫、年齡、中式前學籍等；録該科部分優秀答卷及考官評語、取録結論等，用以垂範後學。崇禎丙子鄉試，指崇禎九年（一六三六）浙江文鄉試。萬斯同之父萬泰即在是科中舉。

【校　注】

〔一〕據雍正《浙江通志》載，是科全浙取録「平湖倪長玗」至「秀水張垣」共一百一十九人，與斯同所計略異。其中鄞人計有郭振培、張起龍、傅天錫、萬泰、董德偁、謝于宣、周齊曾、錢肅樂八人，此後，傅天錫、謝于宣、周齊曾、錢肅樂四人又先後中進士，萬説審是。

〔二〕錢肅樂，據《明史》本傳等，字希聲，崇禎十年進士。先後官崑山、崇明縣令，刑部員外郎等。順治二年（一六四五），清軍取杭州，肅樂率士民起義抗清。魯王監國，從亡海外，憂憤而卒，葬福清黄蘗山。

〔三〕周惟一，《清史稿》本傳：「周齊曾者，字思沂，號唯一，鄞人……國變後，棄官遯入剡源，盡去其髮爲髮冢，架險立飄榜，曰『囊雲』，自稱『無髮居士』。剡源饒水石，與山僧樵子出没瀑聲虹影間。」

〔四〕謝于宣，雍正《浙江通志》本傳：「字宣子，崇禎癸未（十六年）進士，授行人。嘗感憤時事，題詩邸壁云：『聖朝自切衣袽戒，臣子曾無户牖謀。』闖賊破京師，于宣慟哭投繯，爲僕從所解，遂被執，不屈以死。」

〔五〕董天鑑，見本書卷十二《董氏五先生世傳》附録。萬泰，據雍正《寧波府志》本傳：「字履安……自爲諸生時即偕同邑陸符、山陰王毓蓍、餘姚黄宗羲……從學蕺山劉子（宗周）之門，毅然以名節自任。崇禎末，保舉令行，學使者以泰名聞……稱病廢，不赴公車……謝絶交遊，不與外事……年六十（卒），别號悔菴。」

〔六〕昌辰，盛世。高步昌辰，謂生逢盛世之意。

〔七〕彭咸，傳爲殷商之介士，不得其志，投江而死。以此喻上述幾人，雖不合於今世，却依古賢而自厲。

雙節贈言跋

建安鄭公之死難也，公卿大夫爲詩文闡揚之者，已盈卷帙矣〔一〕。或曰公布衣也，不得稱「忠」。余應之曰：若不見《宋史·鄭覃傳》乎？昔宋建炎四年，金人陷明州，覃被劫，投水死，其妻董氏聞之，亦自沉死〔二〕。彼獨非布衣乎？乃元人作《宋史》，列之《忠義傳》，大書其事，與鄭公夫婦之殉難何異？《宋史》可入《忠義傳》，而謂鄭公不得稱「忠」，余未之前聞，獨怪《宋史》所載與今鄭公其事同，其姓同，夫婦二人盡節並同，昔之鄭公發於其孫清之至登三事，今之鄭公發於其子司寇已列六卿，其昌後又無弗同〔三〕。是《贈言》一編，固不可少，而他日史官正可援《宋史》之例而大書特書也。

【題解】

此篇據《石園藏稿》録出。爲表彰鄭重父母明末以布衣殉節而作。據乾隆《福建通志》、《清秘述聞》、《清代職官年表》等所載，鄭重，字山公，福建建安人，順治十五年（一六五八）進士，康熙二十七年（一六八八）三月，任刑部右侍郎。同年，鄭重與徐乾學等充會試同考官，鄭梁、趙俞、范光陽、湯右曾、梁佩蘭等皆出其門下。乾學並鄭梁、光陽、右曾等皆爲萬斯同好友。康熙二十八年，鄭重之交好門人鄭梁、趙俞、范光陽皆爲其父母殉節撰有贈言，彙爲《雙節贈言》，斯同也特作此跋，贊其殉節事迹正與北宋末鄭覃夫婦相同，希望將其書之史册。

【校注】

〔一〕《雙節贈言》原文已佚，主要内容可參見鄭梁《寒村詩文選·安庸集》卷二《代建寧師壽沈仲臨先生七十序》，言鄭重父母丁亥、戊子之間，即順治四年至五年，「賊陷建寧，先贈公及太淑人殉節甚烈」。又，趙俞《紺寒亭詩集》卷一有《雙節詩》二章，題下注：「爲座主刑部侍郎建安公兩尊人作。」另有范光陽《雙雲堂詩稿》卷六《贈少司寇建安鄭公以處士殉節敬賦》等。

〔二〕鄭覃，據《宋史》本傳等，字季厚，靖康二年（一一二七）貢於鄉。建炎四年（一一三〇）春，金人陷明州，覃挈族避難山谷間，謂其兄章曰：「萬一不得脱，覃豈北面事異國者，兄勉主祭祀。」兩度爲金兵所劫，迫使之降，覃厲辭罵不屈，躍入水中。妻董氏哭曰：「夫亡矣，與其受辱以生，不如死。」亦自沉而死。

〔三〕鄭清之，據《宋史》本傳等，字德源，鄭覃之孫。南宋嘉定朝進士，歷官光禄大夫，左、右丞相，太傅等，封衛國公。淳祐末年，元兵大舉侵宋，鄭清之勸帝勵精圖治，未能實施，進封齊國公致仕。卒，謚忠定，著有《安晚集》六十卷。

三事，《漢書》卷七十三《韋賢傳》：「天子我監，登我三事。」顔師古注：「三事，三公之位，謂丞相也。」

書徐相國述歸賦後

公以宰相旋里，宜若無不得意者，而一時炎涼頓異，在人情自不能無感〔一〕。然以公曠懷達識，視横逆之加正如蟲聲鳥語之過耳，安足滯其胸中〔二〕？乃關吏承風窺伺，至搜及其囊篋，而公固稱貸出都，蕭然行李，反因是暴著是宵人之用心徒勞，於公固無所損也〔三〕。今讀此賦，但述道里之所經，而憤時疾惡之意，不數數見焉。公之曠懷達識雖不藉是以見，而此亦足徵其一班云。

【題解】

此篇據《石園藏稿》録出。徐相國即徐元文。清韓菼《徐元文行狀》、張玉書《徐元文神道碑》皆記此賦作於康熙二十九年（一六九〇）七月元文罷官回籍之後。康熙十八年，萬斯同應《明史》總裁徐元文之邀進京修史，二人關係一直很好。此次元文罷相歸里時，斯同有詩《送徐純公還玉峰》（見本書卷一）。此後，再就其賦撰爲此文，極力爲其罷相鳴不平。考徐元文《含經堂集》原有《述歸賦》《感蝗賦》兩文，據南開大學藏該書之鈔存者記曰「因事涉忌諱」而删除。檢山東省圖書館藏該書清刻本《含經堂集》卷十六亦有此賦，仍有目無文，清姚椿《國朝文録》卷七十二輯有《述歸賦》。

【校　注】

〔一〕公，指時任文華殿大學士（俗稱宰相）徐元文。據《清史稿》《清史列傳》本傳等，徐元文，江南崑山人。順治十六年（一六五九）一甲一名進士，二十八年五月，授元文爲文華殿大學士。次年七月，爲兩江總督傅拉塔所劾，以文華殿大學士致仕回籍。

〔二〕韓菼《徐元文行狀》：「會兩江總督傅拉塔有疏劾公，公具疏辨，且求罷。上置督臣疏不問，而允公以原官致仕。公辭朝謝恩，輕舟南下。」

〔三〕張玉書《徐元文神道碑》：「上允公以原官致仕，即日辭朝，輕舟沿河下。臨清榷關者隸卒數十人，登舟大索。雖夫人舟中醬瓿之屬，無不發視，僅得圖書若干卷，及光禄饌金三百兩而已，皆嘖嘖歎清官不置。是時，公方倚舷作《述歸賦》以自廣。」

書徐相國感蝗賦後

蝗之爲災，由貪吏所致，此見於傳記，可信不誣，非有激而云也。然蝗之災，吏致之，吏之貪，又孰致之？我公素負澄清之志，誠得久秉國鈞，或久持憲紀，自能使天下無蝗，而無如未竟其志也。把誦斯篇，爲之三歎！四明晚生萬斯同題。

【題　解】

此篇據《石園藏稿》録出。徐賦不見録於其他文集，内容是借蝗災斥責貪官污吏，批評時政。《收藏家》二〇〇五年第六期載錢冶先生《徐元文感蝗賦行書手卷釋讀》。錢文據鈐有「嘉慶御覽之寶」等原件披露，除萬斯同之外，尚有康熙朝至民國時期萬言、繆荃孫等名家題跋。其中斯同、姜宸英、萬言、朱彝尊、徐秉義（元文弟）、尤侗、韓菼、胡渭、湯右曾、吴暻皆爲元文親朋好友。題跋可考時間均在元文和斯同去世之後，是爲原件藏家先後補題。

錢文據元文行年及胡渭跋稱「公作此賦時猶未當大任」，斷爲康熙十五年（一六七六），徐「丁母憂」自北京返里時所見所感而作。據《聖祖實録》《清史稿・災異志》等，康熙十五年、康熙二十九年至三十年，全國先後皆有大面積蝗災，不誤。

【附　録】

感蝗賦有序　徐元文

余行及山東，則聞列郡多有蝗。過任城，見其群然而飛，次於揚之高郵，則飛者益衆。《春秋緯》云：貪擾生蝗。又云：蝗起於貪。天雨螽，刑法醜。蔡邕《對光和詔策》亦謂貪苛所致。而許慎又言：吏犯法則生螟，抵冒取民財則生蟊。今吏每以廉名，自謂能伸法矣，蝗何爲來哉？致蝗而不思所以反之，民之所苦非一端也。慨然三歎而爲之賦焉。

嗟斯民之勤動，資饘廩於秋穡。雖升斗而足儲，庶靡憂於菜色。何螟蟲之爲孽，身既介而傅翼。飛彌天以雪蔽兮，止亘地而雨集。聲一動而薨薨兮，勢群依而緝緝。恣禾稷而供齧兮，異根節以爲食。災何爲而若斯兮，嘗聞之乎故編。非物化之偶致兮，良吏道之由然。或暴苛而悖仁，或貪婪而棄廉。物緣類而遂應，憯民困之顛連。吏令謂才且能兮，天何告此咎譽？

自任城而達廣陵兮，睹斯羽之飛翾。悵徘徊而太息兮，還追溯乎曩賢。昔者楊琳茂陵，宋均九江。任修之相固始，黄豪之令外黄。魯恭中牟，吏吾壽張。率避界而不入，亦過境而弗傷。閻無棄業，畝有棲糧。又若公沙責己，厥災遂祛。文淵施惠，畢化爲魚。或準石而畀直，或負戈而掃除。有震動以驅攘，無坐視而睢盱。又有小黄徐栩，西華戴封。刺史來而頓萃，督郵去而絶蹤。應如響答，效若景從。並輝耀於簡籍，盍取鑒而度衷？念吾后之深仁兮，亶民依之是恤。期清静而無擾兮，勞周復以厲飭。曷不服膺失謹凛兮，競恣睢而作慝。蝗雖食田禾兮，擾不及家室。蝗雖作災眚兮，威不使戰栗。吏苟爲害兮，豈惟蟊與賊。天何可欺兮，勢焉可極？善及時而思返兮，遂民生之作息。

（載《收藏家》二〇〇五年第六期）

題甘泉宫瓦圖

侯官林子吉人至京師，示余以《甘泉宫瓦圖》，蓋其兄同人游其地，親拾於瓦礫中者〔一〕。其額有四字曰「長生未央」，古而樸，其爲漢物無疑也。或有問於余曰：「昔王子充作《漢瓦硯記》，言未央宫瓦凡六等，其面皆有字〔二〕。一曰『漢並天下』，一曰『長樂未央』，一曰『儲胥未央』，一曰『長生無極』，一曰『萬壽無疆』，一曰『永壽無疆』。無所謂『長生未央』者，得毋僞乎？」余曰：「不然，彼所云者，未央宫瓦也；林子所得者，甘泉宫瓦也。未央作於高帝，甘泉則作於武帝，時之相去將百年；未央在今咸陽，甘泉則在今淳化，地之相去又二三百里，宜取其制有不同也，安得執彼之説疑此之僞乎？子充《記》謂瓦之面徑五寸，圍一尺六寸强，厚一寸弱。質之林子之瓦，其制皆合，則其爲漢物何疑？」或又謂：「未央之瓦乃篆字，此則隸字，何以不同？」余曰：「隸即今楷書也。當高帝時去秦未遠，隸書止行於民間，故用篆字。至武帝則朝廷上下悉用隸書，故製瓦者即用其體書之也，又何疑？」或人稱善，因題於《圖》後。己卯寒食四明萬斯同□□□。

【題　解】

此篇據《石園藏稿》録出，原稿文末下殘三字。己卯，康熙三十八年（一六九九），林佶時在京師，以著名書家身份應《明史》總裁王鴻緒邀請，與萬斯同等共同商議《明史》編輯、版刻等問題。黄錫蕃《閩中書畫録》卷十：「王司農鴻緒總裁《明史》，延佶與鄞縣萬斯同商訂編輯。」又，民國《福建通志》卷三十九《文苑傳七》：「時佶館於侍郎王鴻緒西第，與校《明史稿》。」甘泉宫，漢武帝建元元年（前一四〇）所建離宫，位於今陝西咸陽市淳化縣城北黄花山，古稱甘泉山。據載，其宫當時規模僅次於未央宫。

【校　注】

〔一〕林佶，《清史列傳》本傳：「字吉人，康熙五十一年特賜進士，授内閣中書。佶工於楷法，亦善篆、隸。文師汪琬，詩師陳廷敬、王士禎。琬之《堯峰文鈔》、廷敬之《午亭文編》、士禎之《精華録》，皆其手書付雕……家多藏書，徐乾學録《通志堂經解》、朱彝尊選《明詩綜》，皆就傳鈔。著有《樸學齋集》。」

林侗，林佶之兄。清初著名金石考古學者。據《清史列傳》本傳等，字同人，福建閩縣人。康熙中，任福建尤溪縣教諭，好「蒐討金石」。其所著《來齋金石刻考略》卷上《甘泉宫瓦文》曰：「歲辛丑，余與祝丈光遠自三原至淳化山中，憑弔故宫，惟有荒烟蔓草。不意於幽僻處搜獲此瓦，何異商周鼎彝！近與家弟吉人作爲歌詩以詠其事。四方博雅，屬而和之，遂盈卷軸，其所寄慨，又非特一瓦已也。」辛丑，即順治十八年（一六六一）。

〔二〕王子充，即明初王禕。按，其説見王著《王忠文集》卷九《漢瓦硯記》，此引述不誤。

中國歷史文集叢刊

萬斯同集校注

下册

〔清〕萬斯同 撰
朱端强 校注

中華書局

卷七　序一

送方田伯南還序

往桐城方公密之與先君子友善〔一〕。明乙酉歲，公冢嗣田伯隨外舅孫少司馬魯山避地甬上〔二〕。司馬亦先君子友也，因館於余家。時田伯年方十五，余止八歲，蓬頭歷齒，不敢出而揖客，故與田伯未相識也〔三〕。後見田伯寄先君子詩，問而知之，自此常往來於余懷，忽忽三十餘年。

至辛酉秋，邂逅於燕山逆旅，相問知姓名，因各道故，爲低回感慨者久之〔四〕。後凡數見，見輒益親，兩人旅懷，無不傾倒。蓋田伯爲人磊落誠篤，風流文采，常足傾其座人。余荏苒客途，時慘戚不歡，每逢田伯，輒爲怡情數日。

方將與之久處，而田伯以躬耕養母爲志，季秋之朔，將命駕南旋，出余友鄭禹梅所畫圖示余曰：「子不可以無言〔五〕。」余唯唯。因念喪亂以來，故家子姓克保詩書遺澤者蓋亦無幾，而田伯守身樂善，既不墜前人之業，又將躬爲農夫，養志高堂，而不求聞達於世，豈不爲賢哉？嗟乎！士生今日，行賈無資，傭工鮮藝，計惟有耕稼已耳。將欲放浪形骸，没迹於山崕海澨，如古幽人畸士之所爲，則吾親何賴焉？將欲低顔下色，奔走形勢之途，以丐夫升斗之潤，則辱親爲已甚〔六〕。然則秉耜搰作，以此養吾親而終吾世，正（下佚）……

【題　解】

此篇據《石園殘稿》録出。方以智（密之）與萬斯同之父同爲復社成員，清初，又曾秘密參與反清活動。順治二年（一六四五），以智之子中德（田伯）曾隨舅父孫震（魯山）避亂寧波萬家。據斯同行年等，康熙二十年（一六八一），中德與斯同重逢於北京，憶及世交情誼，相處益親。康熙二十四年，中德決定離京南還，躬耕養母。友人鄭梁應其所請，作《躬耕養母圖》相贈。斯同亦作此序壯行，贊其守身樂善，不墜先人家聲。據鄭梁《寒村詩文選·五丁詩稿》卷五《方田伯屬畫躬耕養母圖漫題》，自署時間爲「乙丑年」，則事在康熙二十四年。

【校　注】

〔一〕按，方公密之，名以智，字密之，桐城人。明末清初著名思想家、科學家。崇禎十三年（一六四〇）進士，歷官工部觀政、翰林院檢討等。方以智又爲復社成員，因與斯同之父相識。清軍南下，以智在梧州出家，法名「弘智」，發憤著述，同時，秘密組織反清復明，康熙十年被捕，沉水「殉國」。生平著述計有《浮山文集》《物理小識》等一百餘種，内容非常寬泛。

〔二〕按，乙酉歲，即順治二年。公冢嗣田伯，即方中德，據《清史稿·方以智傳》附：「子中德，字田伯，著《古事比》。以智構馬、阮之難，中德年十三，撾登聞鼓，訟父冤。父出亡，偕諸弟徒步追從。」

外舅孫魯山，即孫震。據光緒《安徽通志》本傳等，字魯山，桐城人。由進士累官兵部尚書（俗稱「司馬」）。清初因反清遭名捕，先避地方以智宅，後復不斷移居。

〔三〕歷齒，此指兒童牙齒缺而不齊。

〔四〕辛酉，即康熙二十年。燕山，此代指北京。

〔五〕鄭禹梅，即鄭梁，見本卷《送鄭禹梅之任高州序》題解。

〔六〕丐夫，指行乞之人。

送張漢瞻道兄南還序

余客燕山久，出門跬步，即風塵汙人，無一可怡予志者。間欲求勝地名區，以寄吾登眺之情，而亦不可得。昔所傳帝京景物，徒虛語耳。惟四方賢豪亦以輦轂所在，多挾册而至，余擇其賢者與之欣賞奇文，披析疑義，殊有足樂〔一〕。睎夫偏州下邑，獨處無徒者，豈不誠相遠哉？故余嘗謂京師無事可樂，惟得締交海内文士爲可樂耳。然士之至止者，又不能常聚，或一歲而去，或再歲、三歲而去，其久者或六七歲而亦去。余即欲與之久處而勢有不能，則於最樂之中又有不樂者存焉。

練水張子漢瞻，此余所謂賢而與之締交者也。自壬戌迄今，歷四年所，不爲不久〔二〕。

然余尚羈跡此都，則如漢瞻者何可一日暫舍？而漢瞻以養親爲志，卜日南旋，余欲留之而不可，則爲語之曰，子之鄉固人文之藪也，遠者無論，即明萬曆、天啟間，唐叔達、婁子柔、程孟陽、李長蘅四君子者，文采風流，掩映江左，彼身無卿相之位，而聲名溢於寰區，庸非後進之師表哉〔三〕？其後，侯廣成、黄陶庵二先生，更以文章節義顯，其流風猶未墜，尤吾子之所宜取法也〔四〕。

吾子歸，益讀未見之書，尚友先哲，卓然蘄乎不朽，則余雖不獲與吾子久處，而吾子固自有友矣。余他日南還，訪吾子瞜川、練水間，讀所著書，必更有進於今日者，是則尤余之所大樂也〔五〕。因書其語以爲序。

【題　解】

此篇據《石園藏稿》録出。張雲章，字漢瞻，號樸村，清代學者，江蘇嘉定人。秉性静默，不馳逐聲氣，惟以名節相砥礪。康熙朝國子監生，議敘知縣，不謁選。曾主潞河書院。游京師，與萬斯同相識，樂與之相處四年。據斯同行年等，康熙二十四年（一六八五）雲章南還故里，斯同以此序相贈，勉其讀書著述，尚友地方先哲。

【校　注】

〔一〕挾册而至，謂應科舉考試而來。

〔二〕壬戌，康熙二十一年。

〔三〕唐叔達，明代著名學者、畫家。據《明史》本傳，名時升，字叔達，嘉定人，受業於歸有光，年未三十，棄舉子業，耕耘讀書，怡然自得，工詩文，善畫墨梅。與婁堅、李流芳、程嘉燧合稱「嘉定四先生」，其詩文合刻爲《嘉定四先生集》。又與婁堅、程嘉燧並稱「練川三老」。著有《三易集》。婁子柔，明代著名學者、畫家。據《明史》本傳，名堅，字子柔，祖籍長洲，世代行醫，後徙嘉定。婁堅師從古文大家歸有光，早具文名。年五十，貢於春官，經明行修，擅詩書畫、古文辭。程孟陽，明代著名書畫家、詩人，據《明史》本傳，名嘉燧，字孟陽，晚年皈依佛教，釋名海能。原籍休寧，應試無所得，僑居嘉定，折節讀書，工詩善畫，通曉音律，著有《浪淘集》。李長蘅，明代著名詩人、書畫家。據《明史》本傳，名流芳，字長蘅，原籍歙縣，僑居嘉定，萬曆三十四年（一六〇六）舉人，此後兩赴會試不第，遂絕意仕途，回鄉自建「檀園」，以詩畫終老。董其昌評曰：「其人千古，其技千古！」

〔四〕侯廣成，名峒曾，字豫瞻，號廣成。嘉定人。天啟五年（一六二五）進士。雅好詩文，善書法。曾任浙江參政。南明弘光元年（順治二年，一六四五）嘉定民衆起義抗清，他與黄淳耀被推爲首領，於閏六月十七日起兵守城，至七月四日城破後，與二子投葉池殉難。黄陶庵，據《明史》本傳，名淳耀，字藴生，號陶庵，嘉定人。曾與陸元輔等組織「直言社」，倡導文必經世致用，言之有物。崇禎十六年（一六四三）進士，因生性耿直，不滿朝廷黑暗，不願做官，返鄉教書。清軍南下江浙，嘉定各地自發組織鄉兵抗清，共推鄉賢侯峒曾、黄淳耀爲領袖，守城二十多日，終因寡不敵衆，城陷。黄淳耀自裁於西林庵。著有《山左筆談》《陶庵集》。

〔五〕疁川、練水，代指嘉定地區。

送宣城梅耦長南還序

往先君子交遊徧海内，在宣州則梅朗三、沈耕巖兩先生，在鄰邑則黄梨洲先生，最友善。一時文采風流，照映東南，誠極友生樂事。四人之中朗三先生最先厭世，桑滄以旋，先君子亦繼歿，耕巖、梨洲兩先生投老荒山，巍然並峙，海内望之，不異景星慶雲之麗霄漢也。已而耕巖先生亦不禄，獨梨洲先生碩果僅存。諸家後人，余以受經黄門，獲交主一昆弟，頗聞梅先生有子曰耦長，沈先生有子曰公厚，皆讀書有文，克紹家學，而吾鄉去宣州千里而遥，不獲一遘以爲恨〔一〕！

歲庚午，余浪迹燕臺，有客顧予逆旅，則沈子公厚也〔二〕。相見歡然，誠昔人所謂傾蓋若故者〔三〕。未幾，主一自南來，辛未春，耦長亦以赴春闈來，於是四家子弟萃於一處，相與披襟道愫，文酒流連，積年懷思，一朝盡慰，何其快也〔四〕！乃聚首無幾，四月既望，主一先歸，居數日，耦長又將戒道。當歡會之時，更有離群之感，余能不悵然耶？竊念先君子輩，當聲氣極盛時，馳騁騷壇文社，海内指之者，不過謂名士風致然耳。既而潦盡潭清，咸各有以自見，不隨腐草同盡，乃知諸公固有以自立，非徒一時標榜虚名，藻繢浮詞而已也〔五〕。

四家子弟，余最無似，雖嘗保守先業，不廢詩書，然環顧此中，求可以不朽者而未有也。微獨余不敢自恃，即在三子亦恐未敢以爲足，得毋惕然省，憬然自慚耶？從來名父之子難爲繼，即如有宋諸大儒，惟康節子伯温、象山子持之克自表見，而程、張後人無聞焉〔六〕。其在於明，河津、新會、崇仁、姚江諸家，咸不聞有賢子弟，豈果父兄之失教哉〔七〕？良由爲子弟不克力自振拔耳。繼自今，余與三子相聚之時少，相睽之日多，惟各尊所聞，行所知，益崇令德，毋玷家聲可也。因耦長之行，書此以爲别，且示公厚、主一，俾交勉焉。

【題　解】

此文題目《石存》無「宣城」二字。據萬斯同行年等，康熙二十九年（一六九〇），沈埏、黄百家先後來北京。次年，梅庚又來京，斯同等歡聚京城。同年四月，黄百家先行離京南還，不久，梅庚亦將返里。斯同特作此序，抒發其「離群之感」，並勉勵大家要「保守先業，不廢詩書」。論稱名人之子難繼，除宋儒邵雍和陸九淵之子有所作爲外，他如二程、張載、明儒王陽明、薛瑄等後人皆「不聞有賢子弟」。乃因其「子弟不克力自振拔」，希望大家引以爲戒，「各尊所聞，行所知，益崇令德，毋玷家聲」。

梅庚，字耦長，號雪坪，梅朗三之子。善書畫，尤長於詩。性狷介，不妄投一刺。康熙二十年，舉江南鄉試，此後屢困公車。康熙四十九年，出任泰順知縣，以經術佐吏治。未幾，以老告歸。著有《天逸閣集》。

【校注】

〔一〕主一昆弟，指其師黄宗羲之子黄百家（主一）、黄正誼（直方）。順治十六年（一六五九），斯同初謁其師於餘姚化安山，得交主一昆弟。參見本書卷一《初至西園》《山中飲酒贈黄直方》等注文。

〔二〕沈子公厚，其生平事迹，參見本卷《送沈公厚南還序》題解。

〔三〕傾蓋若故者，喻指相親相依。《史記·魯仲連鄒陽列傳》：「諺曰：『有白頭如新，傾蓋如故。』何則？知與不知也。」《索隱》引《家語》：「孔子遇程子於途，傾蓋而語。」又引《志林》曰：「傾蓋者，道行相遇，軿車對語，兩蓋相切，小欹之，故曰傾也。」

〔四〕辛未，康熙三十年。

〔五〕「乃知諸公固有以自立，非徒一時標榜虚名」，《石藏》作「乃知人生貴自立，諸公當日固，非標榜虚名」。

〔六〕據《宋史》相關傳記，康節子伯温，指宋儒邵雍之子伯温，元祐中，薦授大名府助教，歷官果州知州、提點成都路刑獄等。著有《易學辨惑》《河南集》等。象山子持之，指宋儒陸九淵之子持之，字伯微。九淵授徒象山，學者數百人，有未達，持之爲敷繹之，九淵器之。主豫章東湖書院，南宋寧宗特詔其至秘書省讀書。理宗即位，轉修職郎，差辦浙西安撫司，特命改通直郎。所著有

《易提綱》《諸經雜説》。

程、張後人，指宋儒程頤弟兄和張載的後人。

〔七〕河津指薛瑄，新會指陳獻章，崇仁指吳與弼，姚江指王陽明。言其嫡後皆無名人、著述可稱道。

送梅定九南還序

宛陵梅子游燕山，余得與之定交。其人温然君子也，而詩文落筆驚人眼。所著《古今曆法考》《中西算學通》諸書，詳而核，博而辨，卓然可垂世行遠。信哉，其足以成名也。余客燕山久，四方賢豪長者至止，多與縞帶言歡，要皆浮華鮮實之士〔一〕。若學成而可名世者，亦無幾人〔二〕。梅子既善詩文，又旁通曆學如此，此豈今世文章之士可得而並駕耶？

嘗慨曆之爲學，帝王治世之首務，而後代率委之疇人子弟，致膠其法而不能通其義。如有明三百年中，學士大夫非無通曉其學者，往往不見用。其所用者，不過二三庸劣臺官，死守一郭守敬之法而不知變〔三〕。夫守敬之法非不善，然在當時已不能無少誤，乃歷三百年之久，猶且堅執其死法，其於曆果能無誤耶？故古今曆法之疏，無如明世之甚，由專委之疇人，不知廣求學士大夫講明其義也。迨西法既入，其説實可補中國所未及。崇禎初，嘗設官置局，博徵天下通曉曆法者與相辨析，於是西人所著即名《崇禎曆書》，而以元年戊辰爲曆元，其書實可施用。今世所行《西洋新法曆書》，即《崇禎曆書》也，但易其名而未始易其説〔四〕。乃世之好西學者，至詆毁舊法，而確守舊法者，又多抉摘西學之謬。若此者，要未兼通兩家之學而折其衷也。

梅子既貫通舊法，而兼精乎西學，故其所著《曆學辨疑》，旁通曲暢，會兩家之異同，而一一究其指歸，乃知西人所矜爲新説者，要皆舊法所固有，而西學所獨得者，實可補舊法之疏略。此書出，而兩家紛紜之辨可息，其有功於曆學甚大。梅子又能制器，所制「窺天」「測影」諸儀，大不盈尺，而曲盡其精藴，方之於古，即一行、王朴、沈括之流未之能過，不意文人之中有斯絶技，余能不低頭下拜耶〔五〕？余與梅子交五載，昕夕過從，交相得也，今于其歸，胡可以無言？

【題　解】

《石園殘稿》標題下小字「送勿庵先生南還序」。梅文鼎，字定九，號勿庵，清代著名天文曆算家，安徽宣城人。康熙十八年（一六七九）清政府設局修《明史》，應史舘之請，文鼎先以其所著《曆志贅言》上之史館，備修史之用。康熙二十八年，文鼎入京，再爲史舘諸公訂正《明史稿・曆志》，成《明史・曆志擬稿》一卷，補正元、明以來曆法之缺略。其間得交萬斯同，復以其所著《方程論》得斯同印可。據斯同行年等，康熙三十二年，文鼎離京南歸，斯同作此序相送，稱贊其曆學之成就，「既貫通舊法，而兼精乎西學」，並論及中外曆法應相互補益。

【校　注】

〔一〕縞帶，《左傳・襄公二十九年》：「聘於鄭，見子産，如舊相識，與之縞帶，子産獻紵衣焉。」杜預注：「吴地貴縞，鄭地貴紵，故各獻己所貴，示損己而不爲彼貨利。」指朋友之間饋贈禮物。

〔二〕「名世」，原作「名士」，《石存》《石殘》均作「名世」，意長，從校改之。

〔三〕臺官，原泛指朝廷公卿，此專指執掌天文曆法之官。

按，郭守敬之法，郭守敬，字若思，元朝著名天文學家。官太史令、昭文館大學士、知太史院事等，至元十三年（一二七六）起，奉命修訂新曆法，歷時四年，制訂出《授時曆》。明代沿用，更名《大統曆》。但歷時太長，難免失其精準，萬説審是。

〔四〕按，《崇禎曆書》，明初以來所行《大統曆》，乃襲用元代《授時曆》，多與實際情況不符。於是，從萬曆三十八年（一六一〇）開始，欽天監官員周子愚等提出，參用西人龐迪我、熊三拔帶來的「彼國曆法」，修訂新曆。崇禎六年（一六三三）左右，徐光啟、李天經先後主持，並聘請西人龍華民、鄧玉函等人參加，修成《崇禎曆書》四十六種，一百三十七卷。《崇禎曆書》欲以崇禎元年戊辰爲新曆之「曆元」（起算基點），但因明末動亂，新曆實未頒行。時至清初，西人湯若望將其改編後，題爲《西洋新法曆書》，呈報清廷頒行。然其主體實爲《崇禎曆書》，萬説審是。今上海古籍出版社編輯出版的《崇禎曆書》附《西洋新法曆書增刊》十種可供參考。

〔五〕一行，本名張遂，唐代著名天文學家和佛學家，其主要成就是編制《大衍曆》。在製造天文儀器、觀測天象和主持天文大地測量方面也頗多貢獻。王朴，字文伯，五代時名臣、科學家。周世宗柴榮即位後，他受命校定諸曆得失，與司天監共撰《顯德欽天曆》，在唐《崇玄曆》基礎上多有改進，又造「九服晷」等天文儀器。

別會稽楊可師序

余少時慕永嘉、永康經世之學，而惜其書不傳，嘗欲偕二三同志，上下古今討求禮樂兵農諸大政，定爲一代經久之模，而同志者寡，願莫之遂〔一〕。既而稍有所知，間與友人言之里中，後進之士頗有聞而樂就者〔二〕。而余久滯燕山，反無以慰其所望，嘗繾綣於懷，不能自已〔三〕。

今年春，偶與楊子可師言及，楊子欣然即邀宣城梅定九、潁上高孔霖、南豐梁質人、上元馬洛文、黃陂楊東里、宛平張豐村、丹徒李九于輩八九人，爲會於余之旅舍〔四〕。月必三舉，相與博陳古制，究極利弊之所在，而折衷於一説，宜於今不泥於古，雖未知於永嘉、永康之學何如，以視束書不觀、游談無根者亦相去遠矣。

或曰同甫之「事功」不爲朱子所喜，而正則、君舉亦與朱子異趨，奈何舍洛、閩之正學，沾沾數子之學爲〔五〕？余應之曰，子以爲儒者之學，但虛談「正心誠意」而已乎？彼「體國經野，濟世康民」之術，何莫非儒者分内事其置之也？余嘗謂夏、商、周相傳之良法，至秦而盡亡，漢、唐、宋相傳之良法，至元而盡廢。明祖之興，好自用而不師古，其治法遠出唐宋下，至於今又可知矣。不取而講明之，何以善其後？余竊怪今之儒者，非馳騖乎詞章，則高談乎性命，問以古今經世之學，則懵然而莫知。若此者，果可謂之儒者乎？

獨恨聚散無常，梅子既南旋，未浹月，余又將繼往，則此會亦不能久矣〔六〕。可師膂力方剛，才智且數倍於余，繼自今仍力爲講貫，毋替於前。世用我持此以往，不用則筆之於書，廣示同志，不有益於今，必有益於後。是則余雖去猶之不去也。可師其尚與諸子共勉之。

【題　解】

此篇據《石園藏稿》録出。據萬斯同行年，康熙三十二年（一六九三），斯同在北京寓所曾發起一個講習「浙東學術」的小型「講會」，以繼其「少時慕永嘉、永康之學」，希望繼承發揚其「經世致用」的學術思想。講會聚集了楊賓、梅文鼎等同人，每月三次，「相與博陳古制，究極利弊之所在，而折衷於一説，宜於今不泥於古」，重在切用於現實社會。講會開始不久，梅文鼎先行離京，一月之後，斯同也將南旋故里（原因不詳），臨行，特作此序，殷切希望由楊賓代他繼續主此講會，使浙東經世實學不至失傳，堅信此學「不有益於今，必有益於後」。

【校注】

〔一〕按，永嘉、永康學派，指南宋時興起，並主要傳播於浙東地區的學術思想，又統稱爲「浙東學派」。以葉適、陳傅良、陳亮等爲代表。其主要觀點是反對空談性命，提倡經世致用、義利並舉，故又稱「事功學派」「功利學派」。明清時期，劉宗周、黄宗羲等亦主其説。如黄宗羲所指出「永嘉之學，教人就事上理會，步步著實，言之必使可行，足以開物成務。蓋亦鑒一種閉眉合眼、矇瞳精神、自附道學者，於古今事物之變，不知爲何等也」。參見黄宗羲《宋元學案·艮齋學案》等。

〔二〕參見本書卷十一《與從子貞一書》《與錢漢臣書》題解及注文。

〔三〕繾綣，喻牢結不散，難舍難分。白居易《寄元九》：「豈是貪衣食，感君心繾綣。」

〔四〕楊子可師，名賓。《清史列傳》本傳：「楊賓，字可師，浙江山陰人。父坐友人累，偕妻戍寧古塔……父殁，例不得歸葬，賓走京師，日搏顙哀籲於當道輿前，有憐之者，爲奏請更例，遂迎母奉父柩歸，時稱楊孝子……侍父戍所時，著《柳邊紀略》。」參見本書卷八《楊安城先生七十壽序》題解。

宣城梅定九，即梅文鼎，參見本卷《送梅定九南還序》題解。

潁上高孔霖，同治《潁上縣誌》本傳：「高澤生，字孔霖，號亶庵……天資超逸，少有文名。爲諸生，數奇不偶，縣令常翼聖重其人，資之入成均，卒不第。乃南游吴越，踰嶺南歸，以著書娱老。

爲文有法度，俊拔可誦。初師五河錢世熹，世熹工制藝，而澤生獨學爲古文，卒過其師。著有《潁上風物紀》三卷、《南遊日記》四卷。」

南豐梁質人，據《清史列傳》本傳等，名份，字質人，江西南豐人。少負奇氣，不習舉子業，從彭士望、魏禧遊，講經世之學，工古文辭。嘗隻身遊萬里，著有《懷葛堂文集》《西陲今略》等。

上元馬洛文，生平事迹不詳。

黄陂楊東里，參見本卷《送楊東里之任揚州序》題解。

宛平張豐村，生平事迹不詳。楊賓《塞外草》有《别張豐村依贈行原韻》。

丹徒李九于，生平事迹不詳。

〔五〕按，同甫之「事功」不爲朱子所喜，陳亮字同甫，朱子即朱熹。正則、君舉亦與朱子異趨，葉適字正則，陳傅良字君舉。

〔六〕參見本卷《送梅定九南還序》題解。

送沈公厚南還序

明嘉靖時，宣州多理學之士，而僉事古林沈公與參政宛溪梅公實爲之冠〔一〕。逮乎萬曆，其地多興於文學，而僉事子修撰君典與參政子貢士禹金兩先生，復爲之冠〔二〕。迄乎崇禎，其流風益盛，僉事曾孫、修撰從孫曰耕巖先生者，與貢士孫朗三先生，又爲之冠〔三〕。上下百年間，世事之感慨何限，而兩家文風依然若一，何其盛也！明之末造，江南復社大盛，海内名士無不入其中，而兩先生及余先君子，傑然爲社中眉目。一時聲氣翕集，往往訾毁時政，裁量公卿，以故巖廊之上亦避其諷議，而沈先生風義爲尤烈。當其保舉入都，即抗疏劾輔臣楊嗣昌、督臣熊文燦，直聲震於輦下，天子亦爲之動容，雖不遽行其言，亦未嘗加之罪。一時朝野嘖嘖，莫不歎天子仁聖，能容草野之言，而先生之讜論勁氣爲不可及也。滄桑變興，梅先生已辭世，乃先生隱居著書，巍然負海内重望者四十年。恨余僻處海隅，生當先生之世，且獲稱通門子，而不得一侍函丈，耿耿此心何時能已？

然余不及見先生，猶幸交先生之子。自庚午春，識公厚於燕山旅館〔四〕。自是五年，每見益親。其氣穆然，其制行粹然，信古所謂有道君子也。讀其詩歌古文，咸有矩矱，似其爲人，知其得於庭闈之教者深矣〔五〕。會梅先生子耦長亦自宣州來，與余有世講之好，而公厚其姊壻也。於是余三人者時相過從，追述先人遺事，不禁感歎！念余三人，各抱一經，安常守困，庶幾不墜家聲，然視先人之卓然有立則已遠矣！今日撫躬自問，得不仰先型而惕然動念乎？麥秋之月，公厚將舍余南還，余將何以贈之？子輿氏有言：「守孰爲大？守身爲大〔六〕。」《大雅》之詩亦云：「毋念爾祖，聿修厥德〔七〕。」聊以是當縞紵之贈〔八〕。

【題 解】

據萬斯同行年等，康熙二十九年（一六九〇），沈埏來京，不久，梅庚來訪。前明復社名士梅朗中、沈壽民、萬泰之子斯同、沈埏、梅庚三人，得聚首斯同寓所，相見歡然，共議當年父輩之風節聲氣。五年之後，康熙三十三年秋，沈埏南還，斯同作此序壯行，勉其安常守貧，不墜家聲。沈埏，字公厚，安徽宣城人。沈壽民第五子。壽民爲閹黨迫害，隱名入浙，公厚以少年隨行。清初，家居於窮巖絶谷，每乏食，公厚拾薪麥以炊。凡九年，怡然無愠色，稍暇，即讀書自立。康熙二十九年入都後，構「見耕山房」，日吟哦其中。康熙四十四年卒。本書卷九有《見耕山房稿序》，亦可供參考。

【校 注】

〔一〕古林沈公，即沈寵，字思畏，號古林，嘉靖朝舉人，先後官行唐知縣、福建巡按、湖廣兵備僉事等。廉介爲民，興崇正學，多有善政，不屈於閹黨。常從王畿等宣講陽明學説。宛溪梅公，即梅守德，字純甫，人稱「宛溪先生」。嘉靖朝進士。歷官給事中、户部主事、山東學政等。因忤嚴嵩，被貶紹興知府。精研理學，是「宣城心學」奠基人之一。

〔二〕沈懋學，字君典，號少林，萬曆五年（一五七七）狀元，授翰林院修撰。次年，因上疏反對首輔張居正父喪奪情不孝，爲朝議不容，遂引疾歸。著有《郊居遺稿》等。

梅鼎祚，字禹金，明代著名文學家，戲曲家。自幼篤志好學，成諸生後，「負才不第」「以古學自任」，與文壇名士王世貞、汪道昆等交好。著有《才鬼記》等，内容涉及詩文、小説、戲劇等。

〔三〕沈壽民，字眉生，號耕巖。崇禎九年（一六三六）行保舉法，巡撫張國維以壽民應詔。甫入都，疏劾兵部尚書楊嗣昌奪情，詞連阮大鋮，復攻總督熊文燦，名動天下。未幾移疾去，講學姑山，從遊者數百人。福王時，阮大鋮用事，必欲殺之。壽民乃變姓名避之金華山。「國變」乃歸，不復出。著有《閑道録》等。

梅朗中，字朗三，梅堯臣後裔，梅鼎祚之孫，梅文鼎族兄。崇禎朝諸生，善書畫、詩文，世稱「三絶」。明末復社名士，與沈壽民同主明末宣城詩壇，年不滿四十而卒。黄宗羲稱宣城梅氏「世以詩名」。

〔四〕庚午，即康熙二十九年。

〔五〕矩矱，規矩、法則。屈原《離騷》：「曰勉升降以上下兮，求榘矱之所同。」王逸注：「榘，法也；矱，度也。」

〔六〕子輿氏，即孟子，字子輿（從晉人傅玄説）。《孟子·離婁》上曰：「事孰爲大？事親爲大。守孰爲大？守身爲大。不失其身而能事其親者，吾聞之矣；失其身而能事其親者，吾未之聞也。」

〔七〕《詩經·大雅·文王》云：「無念爾祖，聿修厥德。永言配命，自求多福……」斯同之意謂，不要過多地叨念我們的先人，以免和現實社會衝突；只要符合天命，也就會自得幸福。

〔八〕縞紵之贈，見前《送梅定九南還序》注。

送吕山溜令臨朐序

今天下之吏道亦褋矣。綰綬宰百里者，不必皆讀書之人。等而上之，即監司、郡守亦然〔一〕。而讀書取甲榜者往往屈於其下，鞠躬趨走以承事，其人自視赧然，或故張其威，用示挫辱〔二〕。凡平日所爲，悦禮樂、敦詩書者，至是一無所用。惟其人之指揮而環顧同列，又强半皆此輩。彼慮甲榜之輕己也，預畜機械以待，稍不悦其意，偏能搆禍於上官〔三〕。而上之操舉劾大柄者，又故摧抑甲榜，以爲柔緩不及事，而好奬用奔走謟媚之徒〔四〕。噫，士君子爲吏於今日亦難矣！

夫納粟拜爵，西漢已有之。然爵也非官也，爵以榮身，無擇乎人之賢否；官以臨政治民，非有才德者不可。故其時列爵二十，其以輸粟得者，但處於家而不使立於朝，然識者猶或譏之。今誤認拜爵爲授官，失其意矣。他如崔烈以輸錢得三公，劉毅譏晉武帝鬻官錢入私室，彼皆私自爲之，非懸之天下爲功令也〔五〕。若夫郎官職任尤重，漢之三署郎，不過執戟侍衛，其位至微，猶謂郎官上應列宿，不可輕畀〔六〕。今天下之政，何一不出於六曹？六曹之政，何一不出於郎官〔七〕？乃亦以輸貲得之，浸假而出爲監司、郡守，有甲榜數十年不能得者，是人乃安坐而致，其不取償於官而恣睢民上幾人哉？

不特此也，甲榜需次待銓，近者六七年，遠者十餘年始得，若乙榜則閲五科而後揀選，揀選後十餘年而始得授職，其人已半登鬼録，否則皓首蒼顔，已無復精鋭之氣。而輸貲者取之若寄，有朝爲匹夫，而暮登仕籍者，故其人多少年，且有甫號成人，口尚乳臭者〔八〕。嗟乎！以是人而俾之臨政治民，欲求循良之績，安可得也？

仁和吕子山溜，好學砥行，以詩古文鳴於時。釋褐七年，始得一縣令，將赴臨朐，其意若有不釋然者。余告之曰：子其行哉，今當寧未嘗不重甲榜也？自執政以至京卿，有一非甲科乎？内之吏、禮二曹，外之督學使者，有一非甲科乎〔九〕？即臺諫之選，間有非甲榜者，亦皆正途舉貢，非襍流所得廁也〔一〇〕。間歲一下行取之令，當事亦率以甲榜應，而襍流無聞焉。然則今之世何嘗不重甲榜哉？吕子素優經濟才，又益之以學，於從政乎何有？三年報最，晝省烏臺之席，猶拾芥也〔一一〕。其尚懋循良之績，俾人謂臨朐之政迥邁恒流，庶幾爲甲榜生色哉！

【題　解】

此篇據《石園藏稿》録出。吕澄，字山瀏，一作山溜，浙江仁和人，康熙二十七年（一六八八）與萬斯同好友范光陽等考中進士，候選七年，康熙三十三年始得出任臨朐（今屬山東濰坊）縣令。斯同作此序壯行，爲吕澄鳴不平，批評清初官吏考選制度，特别是靠金錢買官的「捐納」制度，稱努力讀書出身的進士，反不如善於奔走、靠捐資投機取巧的雜流者得官便捷。但又轉而鼓勵吕澄從長計較，稱從中央高官到地方要員，終將以進士（甲榜）爲首選。以吕澄之才學，從政地方，三年考評，定能以優異政績爲「甲榜」争光添彩。原鈔本文字塗乙凡屬未當者，謹以原鈔文字爲準。

【校　注】

〔一〕監司、郡守，指省一級最高監察官和行政長官，如巡撫、布政使等。

〔二〕按，甲榜、乙榜，明清科舉習稱。各行省「鄉試」中式之舉人稱爲「乙榜」，全國「會試」中式之進士稱爲「甲榜」。社會上按考試級别，往往重甲榜而輕乙榜。

〔三〕預畜機械，機械，指機關、機巧。《莊子・天地》：「吾聞之吾師，有機械者必有機事。」此謂暗藏機巧之意。

〔四〕柔緩，温和寬厚。全句謂攻擊甲榜多爲讀書人，言其處事多中規中矩，遲緩不力，不如雜流官吏善於上下奔走，吹牛拍馬。

〔五〕按，崔烈事，據《後漢書・崔駰傳》，崔烈，東漢末大臣。靈帝時，開鴻都門出榜賣官爵，公卿州郡下至黄綬各有差等。其富者則先入錢，貧者到官後倍輸。烈時因傅母入錢五百萬，得爲司徒。於是聲譽衰減，久不自安。問其子鈞曰：「吾居三公，於議者何如？」鈞曰：「大人少有英稱，歷位卿守，論者不謂不當爲三公。而今登其位，天下失望。」烈曰：「何爲然也？」鈞曰：「論者嫌其銅臭！」

按，劉毅事，據《晉書》劉毅本傳，毅歷仕曹魏、西晉。公正剛直，喜評論人物，晉武帝司馬炎南郊祭天畢，問劉毅曰：「卿以朕方漢何帝也？」劉毅曰：「可方桓、靈。」帝曰：「吾雖德不及古人，猶克己爲政。又平吴會，混一天下。方之桓、靈，其已甚乎！」劉毅曰：「桓、靈賣官，錢入官庫；陛下賣官，錢入私門。以此言之，殆不如也！」

〔六〕三署郎，西漢置五官中郎、左中郎、右中郎，各置中郎將統領，爲皇帝之侍衛。

〔七〕六曹，指中央官吏；郎官，指地方胥吏。

〔八〕甫號成人，指剛成年。

〔九〕督學使，即「提學使」，又稱「學政」，主管一省學務、科考等。

〔一〇〕臺諫，指都察院御史之類的監察官。

〔一一〕報最，指官吏考評爲「優秀」。烏臺，漢代御史臺稱「烏臺」，清代爲都察院，其監察官仍稱御史。

送范筆山之任延平序

鄞於兩浙爲雄邑。明三百年間，舉進士者二百八十有三人。即在昭代，亦四十有八人，可云盛矣〔一〕！然未嘗有會元，有之，自戊辰范筆山始〔二〕。筆山廷對之策已列上第，因首甲三人不可盡出浙籍，遂置二甲之首〔三〕。入翰林，爲庶吉士。其文章已盛行天下，説者謂歷科元墨前推癸丑，後則戊辰，固公論也，然筆山不第以時文名，其詩歌古文詞，典雅雄駿，卓然成家，久馳聲海内，故榜發之日，識與不識，莫不慶爲得人〔四〕。及入禁林，即同館諸公，咸推讓爲文章鉅手，謂他年居天禄、石渠，秉一代著作之任，爲國家潤色鴻猷、光昭大業者，必筆山也〔五〕。乃散館之日，出爲部曹，聞者莫不訝之〔六〕。綸扉鉅公，欲爲奏留，亦竟不果。夫以筆山之才而不獲留居秘館，然則留秘館者必何如而後可耶？豈彼二十餘人之留者，其才盡出筆山上耶？筆山數歷户、兵二曹，砥節首公，勤於其職，卿貳大僚，不敢以屬吏待之〔七〕。僉謂筆山即不列禁林，其他文章之柄自應首屬，乃督學之遣，文、武二闈之分考，亦皆不預，則又何説〔八〕？

曩部曹遷秩時，至尊睹其名而奬之，左、右大臣咸爲稱譽，是筆山未嘗不見知於君相也〔九〕。業已見知，而偃蹇郎署，不獲大施其華國之文，至今年僅得延平郡守。此在他人宜若有不快者，而筆山自散館以來從無愠色，曰「吾書生，始願不及此。且吾固欲爲外吏，少展平生之志。昔劉忠宣辭京卿而就外僚，是吾師也」〔一〇〕。都下士聞其言，益賢之。夫筆山釋褐八年，即得二千石，環視同譜中尚有未綰綬者〔一一〕。且坐擁崇城，統蒞七邑，壤地千里，生齒數十萬，皆仰而待撫於我，而我得以平日之經綸，大施其惠澤，在筆山抑又何憾？獨當右文之時，得此鴻文之士，而不獲久處文囿之中，此可爲當世之掄才者惜耳。

余與筆山交已三十載。始者並處鄉園，賞奇析疑，無間晨夕。後筆山官京師，余亦留滯于此，望衡對宇，晨夕過從，猶里居時也。今筆山擁旄出都，而余反羈棲北道，能無悵然於懷耶？於其行，既喜筆山之得少行其道，而又傷余之不得早遂其志也，於是乎言。

【題　解】

此篇據《石園藏稿》録出。萬斯同之友范光陽（筆山）康熙二十七年（戊辰，一六八八）以會元中進士，選庶吉士，散館後却未按成績入翰林院，乃分發至户、兵二部任職，亦未得任地方學政或鄉會試考官。據斯同行年，康熙三十四年，光陽再次外放延平縣（今屬福建南平市）令。斯同贈此序爲之壯行，一則批評政府任職不公，使其懷才不遇。同時，也贊譽光陽對此泰然處之，希望他以自己的才學經綸，當好「壤地千里，生齒數十萬」的大縣令長，未必不如「久處文囿之中」的翰林。范光陽生平，參見本書卷十一《寄范筆山書》。

【校　注】

〔一〕昭代，當代。

〔二〕會元，全國會試第一名。戊辰，即康熙二十七年，范光陽爲此年會元。

〔三〕據江慶柏《清代進士題名録》，康熙二十七年戊辰科殿試一甲第一名爲沈廷文（狀元），浙江秀水人；第二名爲查嗣韓（榜眼），浙江錢塘人；第三名爲張豫章（探花），江蘇青浦人。二甲第一名即范光陽。萬説審是。

〔四〕元墨，明清鄉、會試中試的文章稱「闈墨」，其中最優者稱「元墨」。前癸丑，指康熙十二年癸丑科，狀元爲韓菼，江南長洲人。戊辰，即指康熙二十七年戊辰科，會元范光陽。

〔五〕禁林，此指翰林院。下稱「秘館」亦同。天禄、石渠，爲西漢皇家圖籍典藏、編校機構，兼儲賢才。

〔六〕按，散館之日，清制，殿試後，一甲三名直入翰林院。二甲之後者參加「朝考」，選「庶吉士」深造，三年後「散館」考試，優等入翰林院，其餘分發中央各部曹或地方爲官。

〔七〕按，卿貳大僚，指六部尚書及侍郎。

〔八〕按，督學，指一省之提學使或學政。文、武二闈之分考，指文、武鄉會試主考或副主考官。明清時期，一般由科名較高者出任。

〔九〕至尊，指皇帝。

〔一〇〕劉忠宣，即劉大夏，據《明史》本傳，字時雍，華容人。天順八年（一四六四）進士。翰林院擬請留職，大夏自請出任吏職，於是歷任兵部職方司主事、職方郎中、廣東右布政使等。輔佐明孝宗實現「弘治中興」。卒謚忠宣。

〔一一〕同譜，指同科同榜。綰綬，古時以綬帶繫官印，遂引申爲做官。

送鄭禹梅之任高州序

歲甲辰，禹梅設帳郡城西郊，方窮搜墳籍，不交一人〔一〕。余聞其名，慕之，即出城往訪，握手歡然，恨相見晚。吾鄮諸子之交禹梅，自余始也。當是時，余年二十有七，禹梅長余僅兩月，兩人年壯氣盛，相與劇談古今，謬雌黄當世人物，實不知海内更有人能勝我輩。雖自笑其言之狂，而兩人意氣殊相得也。自是每過從，必出詩文相示，余輒爲傾倒。丙午首春，余偕陳夔獻、范國雯、陳介眉、董吴仲、錢漢臣暨余兄公擇、充宗，從子貞一，鼓棹姚江，及訪梨洲黄先生，即攜禹梅古文往，先生亦大稱賞，謂異日必以古文名世〔二〕。未幾，禹梅亦執贄黄門。及吾鄮有「五經之會」，禹梅亦與焉〔三〕。五六年間，館舍相望，非我過禹梅，即禹梅過我。雖風雨寒燈，斗室岑寂，而兩人意氣未嘗衰也。

己酉秋，禹梅棘闈獲售，其所居半浦去郡城三十里，自是相見漸稀，然一歲之間，猶必再三把晤，晤則讀其古文，益弘以肆〔四〕。雖兩人出處不同，而意氣彌合。余時方有志於明史，悉屏他書不觀，未暇用力於古文，而禹梅則竟以古文名世。余前寄禹梅詩有「憶昔師門論長技，君學古文我學史」之句，蓋實語也。然兩人窮愁特甚，余也硯田爲生，禹梅屢躓公車，亦復憔悴困頓，然其爲古文日益工。其後，己未冬，余爲他人所迫，浪迹燕臺，禹梅亦三以公車至，異鄉聚首，情好彌敦，讀其古文，益爲歎絶〔五〕。余兩人齒髮日長，感歲月之遷流，嗟人生之易邁，未嘗不俯仰悲懷，而意氣之盛，猶不減昔日也。

戊辰春，禹梅省試獲售，擢入禁林〔六〕。論者謂禹梅之文名世已久，館閣群賢宜無過之者，他日典尚方著作，黼黻皇猷，必在此人。而其散館也，乃得部曹。爲部曹三年，宜得督學使者，又以俸少，一月不獲預。至今年乙亥，僅得高州守以去〔七〕。夫士君子懷抱斯文，而恒患不見知於世。見知矣而又抑之，俾不得與翰墨之林。即公卿大夫相與咨嗟歎息，而迄不克留，豈禹梅之文可鳴於野不可鳴於朝耶？何既得之而又失之耶？此余之不能解也。念余與禹梅交三十年矣，始者聚於鄉國，後乃聚於京華，三十年中，世事之變更何多，即吾鄮諸友其死亡者亦何多！而余兩人猶得於風晨月夕，談往事，憶舊聞，抵掌歡謔如少壯時，不可謂非人生之幸，而意氣之相期爲無負也。獨是禹梅通籍於朝，反擁五馬以去，而余布衣賤士，乃以史事之故，猶羈旅天涯，耿耿此心，能無悲憤〔八〕！故於禹梅之行，不能以無言。

【題　解】

此篇據《石園藏稿》録出。鄭梁，字禹梅，浙江慈溪人。康熙八年（一六六九）舉人，康熙二十七年進士，選翰林院庶吉士，散館，授户部主事，康熙三十三年充會試同考官。據萬斯同行年，康熙三十四年鄭梁出知高州府（今屬廣東高州市），斯同作此序相送，回憶兩人早年同學、講經以及術業不同的奮鬥歷程，爲鄭梁以高才外放邊州，「可鳴於野不可鳴於朝」而惋惜，也爲自己「布衣賤士，以史事之故，猶羈旅天涯」而黯然神傷。

【校　注】

〔一〕甲辰，康熙三年，斯同出寧波城西郊初訪鄭梁。設帳，指設館授徒。《後漢書·馬融傳》：「（融）常坐高堂，施絳紗帳，前授生徒，後列女樂，弟子以次相傳，鮮有入其室者。」

〔二〕丙午，康熙五年。下文未幾，指康熙丁未（六年）、戊申（七年）間，斯同、陳夔獻等集里中同志，執贄於餘姚黃宗羲，創爲「講經會」，搜故家經學之書，討論得失，發先儒所未發。此後十年間，五經次第講畢。

陳夔獻，名赤衷，字夔獻，諸生，以貢生入都，公卿間物色川流，争欲延致，赤衷作《正女篇》却之，竟窮老卒於京邸。

范國雯，名光陽。參見本書卷十一《寄范筆山書》、本卷《送范筆山之任延平序》。

陳介眉，名錫嘏，字介眉，年十五補博士弟子。康熙十四年，舉浙江鄉試榜首，次年登進士第，改庶吉士，散館，授編修，康熙十八年，充會試同考官。奉命纂修《皇輿表》《鑒古輯覽》二書。

董吴仲，名允璘，字吴仲，與其兄孝廉允瑫齊名。讀書陳太僕之「雲在樓」，稱高才生。不幸三十六歲而卒。其師黃宗羲哭之曰：「吴仲之死，天祝予也！」

錢漢臣，見本書卷十一《與錢漢臣書》。

公擇，即斯同五兄，見本書卷一《寄五兄公擇》題解。

充宗，即斯同六兄，名斯大，字充宗，晚年病足，自號跛翁。既承王父志，謝絶進取，獨專經學。

奉父執黄宗羲爲師。爲學尤精《春秋》《三禮》，著有《學春秋隨筆》《學禮質疑》。貞一，見本書卷十一《與從子貞一書》題解。

〔三〕五經之會，康熙六年二月，黄宗羲至紹興府城，復「證人講會」，興「蕺山之學」。六月，萬氏兄弟等亦興「講經之會」於甬上。鄭梁《寒村詩文選·五丁集》卷二《跛翁傳》：「歲丁未，偕同學十數子執贄其（黄宗羲）門，因爲講經之會於甬上，一時勝友如雲，質疑送難，號稱極盛。」又，李鄴嗣《杲堂文鈔》卷三《送范國雯北行序》：「里中諸賢倡爲講五經之會，一月再集。」

〔四〕己酉，康熙八年，鄭梁中舉。半浦，鄭梁所居半浦村，古稱灌浦、官浦，清代始稱半浦，位於慈溪城姚江之濱，三面環水，南有「灌浦古渡」，北有慈城古鎮。郡城，指寧波府城。

〔五〕己未，康熙十八年，燕臺，代指北京。此年斯同應邀赴北京參修《明史》。

〔六〕戊辰，康熙二十七年。鄭梁中三甲第五十六名進士，考選爲庶吉士，進入翰林院。

〔七〕乙亥，康熙三十四年，鄭梁外放高州縣令。此前，鄭梁散館考試後亦未能留翰林院，先後任職户部、充會試同考官等。

〔八〕擁五馬，彭□《墨客揮犀》卷四：「古乘駟馬車，至漢時，太守出，則增一馬。」太守，明清爲知府之專稱。此謂鄭梁出任高州知府。

送劉鼇石南還序

劉子鼇石遊京師，余初與之接，落落然也。既而讀其詩古文，英偉有奇氣，余始愛而與之交。然今京師貴人，往往詆之爲狂，謂其人不可近。嗟乎！此正余之有取於鼇石也。度今之天下不狂者何限？使有一狂者出乎其間，視夫伈伈俔俔，傴僂磬折於公卿前者，不猶爲賢哉〔一〕？吾正疾今世之人不能狂耳，果其能狂，猶不失古志士之概，而世顧以爲怪，甚矣，天下之惑也！鼇石卓犖觀書，發爲詩歌，縱横超軼，而古文亦矯焉不群，蓋探源於古之作者，其來有端緒，而非世之剿襲陳言、冥行瞀趨者比也。

鼇石，閩人也，而生長於滇之永昌。弱冠丁僞周之亂，滇黔、楚蜀兵戈雲擾〔二〕。鼇石孑身擔空囊，間關數千里，鋒鏑飢寒，身瀕百死，卒還其故鄉，斯已奇矣！問其讀書幾何年，則自幼至今，率以道路爲家，未嘗安居一日杜門誦習也。宜其胸中枵然無所有，而見聞甚富，即世之號稱淹博者，欲傲以所不知而不能，斯其人不更奇哉！其祖别駕公官於永昌，勝國之季，張獻忠遺孽來犯，毅然城守，不屈而死〔三〕。今永昌有「三忠祠」，公爲之首。

鼇石固忠臣之孫也，及抵故鄉，則家業已罄，不得不出遊四方，其才氣足傾動一世，而爲人不肯委蛇從俗，以是得狂之名。屢遊都下，公卿大夫多知其才，禮下之而卒不甚相合，則以其「狂」之故也。

然余交鼇石久，雖時或放言，不能順適人意，而實不見其狂之態，不知世人雜然而詆之者，果何所指也？夫以鼇石之爲人，余猶嫌其不狂，而世已不能容，倘有若古嵇康、阮籍，近時之桑悦、徐渭者遊於公卿間，將更何以目之哉〔四〕？今鼇石以無所遇，將返故鄉，余願鼇石益堅其志，毋變其故常，使天下謂書生中猶有不隨流俗之士，庶不失吾兩人相期之志也夫！

【題　解】

此文題目，《石園藏稿》原爲「送劉鰲石還上杭序」，又點去「還上杭」三字。據清劉坊《天潮閣集》等，劉坊，字秀英，號鼇石，福建上杭人，明朝雲南永昌府通判劉廷標之孫、趙州（今屬雲南大理）學正劉之謙子，生於永昌（今屬雲南保山）。吴三桂入滇，其家「八十餘口同爲灰燼」，事詳《明史・忠義傳》。劉坊隻身逃離雲南，漂泊四方，康熙二十八年（一六八九）至京師，與萬斯同訂交如故知。劉坊性倜儻，不拘小節，每酒酣，解衣磅礴，嘯傲喧笑，旁若無人。康熙三十七年，「因彈射鉅公詩文」，忌才者欲禍之，斯同等密告其南歸，又作此序相贈，贊其獨立自信，不苟流俗之品格。

【校　注】

〔一〕伈伈俔俔，伈伈，恐懼貌。俔俔，一作腆腆，厚顏貌。

〔二〕僞周之亂，指「三藩之亂」時，吴三桂在雲南反清稱帝，改國號爲「周」。

〔三〕張獻忠遺孽，指張部孫可望、李定國等擁南明桂王朱由榔入滇，稱永曆帝。

〔四〕桑悦，明代學者，據《明史·徐楨卿傳》附等，字民懌，常熟人。成化朝副榜，先後官泰和縣訓導、柳州通判。丁憂後不再出。爲人怪妄，好爲大言，以孟子自況，謂文章「舉天下惟悦」，著《桑子庸言》等。

徐渭，明代著名文學家、書畫家，據《明史》本傳等，字文長，號青藤道士等，山陰人。嘉靖朝諸生，屢試不第。曾入胡宗憲幕，後因「胡案」、殺妻等入獄。爲人處世狂放不羈，詩畫、文學多有成就。著有《四聲猿》《南詞敘録》等。

送楊東里之任揚州序

楊子東里，吾黨奇有用之士也，而世無能用之者。其始以諸生遊黔中，受知於撫軍楊公，俾知縣事，將用矣，非久，而部選者至，不究其用〔一〕。其繼以州司馬需次長安，侂得者數矣，爲有力者所攫，又不果用。夫以楊子有用之才，乃置之無用之地，凡與之遊者孰不扼擥太息，而楊子顧充然無悶，將謝去塵網，處空山寂寞之區而老焉，乃攜家武昌縣，覓林壑深邃處，結蓬户以居，農樵之與俱，鹿豕之與遊，釣於水，採於山，藝植於畦圃，超然自得，不知人世之有榮辱得喪也〔二〕。

忽中夜縣吏叩門，則總河張公疏薦，楚中大吏承檄督上道者〔三〕。楊子不知其所由，強起應之。比抵淮陰，則張公已題授揚州別駕，領河渠事，且趣赴京陛見。余於是喜楊子之獲用，而知其才之有爲也。楊子愀然曰：「先生亦爲是言乎？瑣瑣末吏，吾才固不足有爲，吾位又安能有爲？聊以應辛主之招，他日仍歸耕故園爾〔四〕。」余曰：「位不論大小，視乎其才。子部内所轄不有『范公堤』乎〔五〕？范公築堤捍海，長逾三百里，歷七八百載，而淮揚猶享其利。世之論者必謂公擁高官，握大柄，驅使州郡長吏，故克建此偉烈，不知公在當時止泰州西溪一監倉官爾。其秩至卑，乃州長之屬吏，而其所（下佚）……

【題解】

此篇據《石園殘稿》録出。楊東里，真名不詳，據相關記載考證，或當爲楊兆僑，湖北黄陂人。康熙初，兆僑以貢生入京，與萬斯同等結識。據同治《黄陂縣志》、張鵬翮《治河全書》、嘉慶《揚州府志》等記載，康熙三十九年（一七〇〇），兆僑受薦隨新任河漕總督張鵬翮赴揚州，任「管河通判」（又稱「揚河通判」），住高郵，「專管高（郵）、寶（應）、（江）都三州縣運河工程」。故此文當爲斯同爲其赴任而作，東里當時僅爲「候選州同知」，故斯同鼓勵他不要以官職低微而自悲，應學習當年范仲淹爲水利工程立功留名。再檢《聖祖實録》，康熙四十五年，「以河工告成，加河道總督張鵬翮太子太保，帶往效力筆帖式雅奇等五人，河官揚河通判楊兆僑等三百一十四人各加級，記録給頂帶有差」。他没有辜負斯同的期望。不過這時，斯同已去世四年。

【校注】

〔一〕按，撫軍楊公，據錢實甫《清代職官年表》，順治末任湖廣巡撫、康熙初任貴州總督者爲楊茂勳。考楊茂勳，漢軍鑲紅旗人，康熙五年至康熙八年，也曾任河道總督，康熙三十二年去世。推知他熟悉楊兆儁具有治水方面的才能。

〔二〕無悶，悶，懣也，無悶，不爽快。

〔三〕按「總河」，原鈔爲「揔河」（揔，同「摠」，即「總」之俗寫體），即「總督河漕」之簡稱。據《清史稿·職官志》、錢實甫《清代職官年表》，康熙三十九年至康熙四十七年任河漕總督者爲張鵬翮。這次治理黄河和運河，工程繁重，歷時長，康熙帝曾親臨山東、蘇北視察河工，多有直接指示。

〔四〕夆主，夆，通「舉」字。舉主，指舉薦别人之人，相對於被推薦者而言。或指楊茂勳曾向張鵬翮推薦過楊東里。

〔五〕按，范公堤，據《宋史·河渠志》等載，宋仁宗天聖元年（一〇二三），范仲淹任西溪（今屬江蘇東臺市）監倉官時，爲阻擋海潮，以救萬民之災，上書泰州知州張綸，發動通州、楚州等四萬多民工興修海堤，天聖六年築成。全長一百八十多里，歷有增修，長達七百餘里，史稱「范公堤」。遺址猶存今江蘇鹽城市。

卷八　序二

贈高廢翁先生序

廢翁居環堵之室，朽几敗榻，殘書數編，昕夕吟誦，忘其身之憔悴、室之呻吟也。每於啼飢號寒時，輒把筆爲詩數章，爲古文一首。客之過者莫不以翁爲怪，而不知翁固未始怪也。

士處今世，上無授粲之人，下無解衣之友，耕田不能，行賈不可，計惟有窮餓已耳〔一〕。將欲抉樊籬、塗心志，以丐升斗於人世乎？吾不知其可也。欲焚詩書、毁筆墨，自放於山巔水崖乎？又未知其計之得也。然則翁之所爲固其常耳，又安足怪哉？人知笑翁者，以翁必死於餓。吾觀古之人甑塵釜魚如范萊蕪、三旬九食如陶彭澤、長鑱託命如杜子美、老飢抗行如辛敬之者，人之笑之莫不以爲死於餓矣〔二〕。顧其人之死皆不以餓，而其死於餓者，往往出於君卿貴人，如梁武帝、周丞相、鄧大夫之流，何可悉數〔三〕？夫餓者未必死，而餓死者未必盡貧賤之夫。然則世之貧賤者，安知其終餓，而富貴者安知其終不餓耶？

予亦善於餓者，顧不能如翁之胸懷浩落，吟詠不輟以爲愧，方將學翁之所爲以娱其餓，而人顧以爲怪哉！

吾聞翁之先有萬竹先生者，著書滿家，終不免於貧餓，則餓固高氏家風也〔四〕。夫萬竹生紹熙、慶元之間，身爲帝戚，又當國家隆平之時，猶且終身坎壈，則翁處今世而欲求免於餓，安可得也？顧萬竹雖貧賤乎，其所著經解，《宋・藝文志》備詳其目，而《茶甘甲乙草》至今學士猶能言之。但患翁不能如萬竹耳，誠如萬竹餓，固有餘馨矣。翁其尚學爲萬竹，而毋以人言自怪哉！

【題　解】

本篇據羅本録出。萬斯同爲明遺民高斗權而作。高斗權，字辰四，又稱廢翁，斗樞弟，明末諸生，有盛名，明亡，與兄斗樞同棄諸生。斗樞等秘密反清，事敗被逮至杭州，斗權竭力救之，獄始解。晚年壁立瓶罄，緼袍敝履，怡如也。爲人風度淡蕩，發言皆有深致，古文簡貴有法。斯同贊揚高斗權雖處飢寒交迫，仍不廢詩書的堅强意志和遺民氣節，勉勵其學習高氏先輩，堅持貧賤不移，寫出傳世之作。同時，也反映了清初包括斯同在内以「明遺民」自居者真實的生存環境和精神狀態。據高斗權行年，當撰於康熙九年（一六七〇）九月左右。

【校　注】

〔一〕授粲，謂諸侯授予賢士飲食、俸禄。《詩經・鄭風・緇衣》：「適子之館兮，還，予授子之粲兮。」毛傳：「諸侯入爲天子卿士，受采禄。」鄭箋：「我則設餐以授之，愛之，欲飲食之。」解衣之友，謂恩情之友。《史記・淮陰侯列傳》：「漢王授我上將軍印，予我數萬衆。解衣衣我，推食食我。」

〔二〕范萊蕪，即范冉，字史雲，東漢名士、廉吏。就學於通儒馬融。桓帝時爲山東萊蕪縣長。遭「黨錮之禍」，遁逃於梁、沛之間，以「不得匡世濟時」爲憾，徒行敝服，賣卜爲生，雖絶糧斷炊，但泰然自若。《後漢書・范冉傳》：「所止單陋，有時糧粒盡，窮居自若，言貌無改。閭里歌之曰：甑中生塵范史雲，釜中生魚范萊蕪。」

陶彭澤，即陶淵明，其詩作《擬古》有云：「三旬九遇食，十年著一冠。」劉向《説苑・立節》亦有「子思居於衛，緼袍無表，二旬而九食」，皆形容其家境貧寒，衣食艱難。

杜子美，即杜甫，其詩《乾元中寓居同谷縣作歌》之二有云：「長鑱長鑱白木柄，我生託子以爲命。」按，長鑱，王禎《農書》卷十三曰：「長鑱，踏田器也……亦耒耜之遺制也。」杜甫居同谷時，生活困難，靠農耕爲生。

辛敬之，即辛愿，字敬之，金代詩人。據《金史》本傳等，喜杜詩韓文，精於《春秋三傳》和佛經。因河南府尹誣陷，牽連下獄。出獄後，生活困窘。元好問《中州集》卷一〇云：「元光初，予與李欽叔在孟津，敬之自女几（山）來，爲之留數日。其行也，欽叔爲設饌，備極豐腆。敬之放箸而歎曰：『平生飽食有數，每見吾二弟，必得美食。明日道路中，又當與老飢相抗去矣！』」

〔三〕按，梁武帝，即蕭衍，南北朝梁朝建立者。南齊時，歷官雍州刺史等，擁立南康王蕭寶融稱帝。

後大權在握，接受蕭寶融「禪位」，建立南梁。在位四十八年。晚年，怠於政事，沉溺佛教。「侯景之亂」爆發，被囚于建康臺城，慘死於飢渴。

周丞相，指周亞夫，西漢軍事家，絳侯周勃次子，軍事才華卓越，統帥漢軍平定吴楚七國之亂。後被冤下獄，閉食自盡。參見《史記·絳侯周勃世家》。

鄧大夫，即鄧通，漢文帝寵臣。他廣開銅礦鑄錢，富甲天下。文帝死後，景帝即位，將其革職，追奪銅山，没收家産。身無分文，餓死街頭。參見《史記·佞幸列傳》《漢書·佞幸傳》。

〔四〕按，萬竹先生，即高元之，據南宋寶慶《四明志》本傳，字端叔，人稱萬竹先生。宋衛國武烈王高瓊七世孫。靖康南渡居明州（今屬浙江寧波），家貧，五上禮部不第。博通經史，爲鄉里推重。所作《變騷》九篇，時儒莫能及者。又集《春秋》説三百餘家，作詩數萬，陸游以「詩人」稱之。所著有《茶甘甲乙稿》，據説，其中「詩三千，雜著五百」。

李杲堂先生五十壽序

學者之以古文詞鳴世也，非騁其才力之爲難，乃審其法度之爲難。有明之爲古文詞者何止百家，其初固出於一派也。自北地、信陽出，藉口先秦、兩漢，而古文之派始分〔一〕。迨太倉、歷下鼓其黨，以觝排前人，紹述何、李，於是「七才子」暨「後五才子」「末五才子」「繼五才子」之流，群奉王、李爲俎豆，而古文之派，竟截然分爲兩途矣〔二〕。彼其時，志矜意滿，藐韓、柳而陋歐、曾，非不人人自以爲秦漢也，乃歿未百年，而好古文之士至有不能舉其姓氏者，豈其才力之不足哉，亦不能審其法度以至於此也。杜少陵云：「王楊盧駱當時體，輕薄爲文哂未休。爾曹身與名俱没，不廢江河萬古流〔三〕。」余嘗三復其言而悲之，藉使諸才子不規規於王、李，各審其法度以極其才力之所至，未必不可法而可傳也，乃鶩然志得，以自命千秋，而卒蹈少陵之所誚，亦可悲夫！

其時有晉江王道思者，初亦剽竊秦漢，未幾而翻然一變，盡棄其少年之所學，而取裁於歐、曾，一時如唐應德、趙景仁、羅達夫諸公，皆藉以取正，而古文之法始得以不泯於後世〔四〕。爲王、李之學者，莫不衆咻而群詆之，抑知千百世後，溯古文正而派者，固在此而不在彼也耶？

吾鄉杲堂李先生，自弱冠避世，即肆力於古文詞，迄今三十年。其學日富，其養日深，伸紙落筆，便可傳誦。始亦嘗慕悦王、李，繼乃力祛宿習，而粹然一出於正。吾師姚江黄夫子，當代文章大家也，亦許先生之文以爲必可傳〔五〕。向使先生守其舊習而不變，極其所至，不過如吴明卿、徐子與、宗子相諸人已耳，安能卓然可傳如今日哉〔六〕？乃知文章之才力不足矜，要在得乎法度之爲貴也。今天下文人溺於陋習，藐韓、柳而陋歐、曾者，猶比比也。使如先生者出而模範天下，庶幾古文一道可以復興。乃先生退居一室，絶意斯世，可以傳之千載而獨不能行之一時，余能不以是爲先生憾？雖然，一時之行不足多，千載之傳斯可貴。後有作者，由先生以溯王、唐諸公，知古人之正派，端在此而不在彼，則黄茅白葦之習，必有時而去〔七〕。先生固自可以無憾，余又何必以是爲先生憾耶？

辛亥麥秋二日，爲先生五十初度〔八〕。同人皆有言稱壽，余惟先生之古文既可以傳後世，則先生之所以自壽者亦既多矣，又何假於他人之言？因不揆而述古人之流派如此，諒不以余言爲妄也。

【題　解】

康熙十年（一六七一），斯同父執輩友人李鄴嗣（杲堂）五十華誕，斯同撰此壽序。首論明初以來文風之變，稱明初「復古派」盲目仿學先秦、兩漢，「藐韓、柳而陋歐、曾」，輕視唐宋大家之文，結果成就甚微，乃至後人於復古作者，往往「不能舉其姓氏」。説明文章的好壞不只在乎「才力」，而重在「法度」。後王慎中、唐順之等人開始糾正復古文風，却不免遭人攻擊。次論李鄴嗣因順應文風之變，加之才學皆富，故其文章雖不行於一時，却可望傳之千載。李鄴嗣，字文胤，號杲堂，明諸生，年十二三能詩，及長，益肆力爲詩古文辭。少時隨父官嶺外，甲申後，其父被執，死於杭州。此後，鄴嗣絶意人世，隱居著述。著有《甬上耆舊詩》《杲堂詩文鈔》。參見本書卷十一《與李杲堂先生書》。

【校　注】

〔一〕北地，指李夢陽；信陽，指何景明。

〔二〕太倉，指王世貞；歷下，指李攀龍。何，指何景明；李，指李夢陽。群奉王、李爲俎豆，指皆奉王世貞和李攀龍爲文章楷模。

〔三〕見杜甫《戲爲六絶句》之二。

〔四〕王道思，即王慎中，字道思，明代著名文學家。晉江人，「嘉靖八才子」之首。嘉靖五年（一五二六）進士，歷官户部主事、禮部祠祭司、河南參政等。因忤大學士夏言而落職歸家。論者認爲，文學上他先爲復古派，後漸漸反對復古，主張學習唐宋散文，直抒胸臆，與唐順之、歸有光等爲明代文學中的「唐宋派」。著有《遵岩集》《王參政集》等。

唐應德，名順之，其生平事迹見本書卷六《書國史唐應德傳後》題解。論者認爲，文學上他一方面推崇先秦和漢唐文學傳統，另一方面，又提出詩文寫作應「直據胸臆，信手寫出」。其文風典雅清新，間用口語，不受形式束縛。

趙時春，字景仁，明代著名文學家。平涼人。嘉靖五年會元。歷官兵部主事、山西巡撫、都察院右僉都御史等。論者認爲，其文章豪肆，與唐順之、王慎中齊名。

羅洪先，字達夫，明代著名學者。吉水人。嘉靖八年狀元，授翰林院修撰，遷左春坊贊善。嘉靖十八年，因聯名上《東宮朝賀疏》，冒犯世宗而落職，遂離開官場。論者認爲，其文學主張前後有變，先效法李夢陽等，提倡復古，後覺復古派强調「文必秦漢，詩必盛唐」，束縛作者思想，使作品脱離現實，便自覺加入唐順之、歸有光等「唐宋派」行列，反對一味摹擬漢唐古人。

〔五〕姚江黄夫子，指黄宗羲。

〔六〕吴國倫，字明卿，明代著名文學家。興國人。嘉靖二十九年進士。歷官中書舍人、高州知府、歸德知縣等，旋棄官回鄉。論者認爲，嘉靖、萬曆年間，他與李攀龍、王世貞、謝榛、宗臣、梁有譽、徐中行等七人並稱「後七子」。詩文創作方面，主張格調高古，追求發乎情性，文質相兼。徐中行，字子輿，明代著名文學家。長興人。嘉靖二十九年進士。歷官刑部主事、汀州知府、江西布政使等。論者認爲，他乃明代文壇「後七子」之一，其詩作刻意仿學杜甫，但缺少杜詩雄渾沉鬱之情，其散文創作更是有意矯揉，成就不高。宗臣，字子相，明代著名文學家。揚州興化人。嘉靖二十九年進士，歷官刑部主事、福建參議等，以抗倭有功升福建提學副使。論者認爲，其詩文主張復古，與李攀龍等齊名，爲嘉靖「後七子」之一。

〔七〕黄茅白葦，形容單一、枯燥，有如連片的黄色茅草和白色蘆葦。

〔八〕辛亥，康熙十年。麥秋，指麥秋月，即農曆四月。

楊安城先生七十壽序

會稽楊安城先生早以行義聞於時，會爲友人詿誤，坐徙塞外寧古塔，其地爲元會寧府，去遼東開原千二十里而遥〔一〕。西望故鄉邈然若霄漢，而先生處之怡然，不以遷謫貶其志，讀書繕性，如是者三十年。嘗考古貞臣烈士，多以久稽絶域，垂聲後代，若漢張騫、蘇武，宋洪皓，明傅安其最著者〔二〕。夫以十餘載之困瘁，而易千百禩之令名，達者固甘之，然此皆天子命使，故得重返中華，聲施簡册。若先生所處則不然，身負高世之行，名掛罪人之籍，生還無期，顧影誰語？情侘傺而無聊，身漂泊其胡底〔三〕？噫！歔欷人生際此，亦大不幸矣，先生將何以爲懷！

吾聞此邦風甚古，俗甚淳，先生秉道淑物，此邦子弟率執經門下，彬彬興於文學，不異中華。意天欲開此邦聲教，故屈有道長者爲蜀郡之文翁、交趾之錫光乎〔四〕？是則先生之不幸，而實此邦之大幸也。後有紀塞外軼事者，推先生爲倡教之祖，眎夫老死故鄉，名湮没而無聞者，果孰得而孰失哉？然則先生此行，謂與前此數公先後齊芳焉奚不可也，況男子志在四方，豈必老終牖下，始號全歸？曩松陵吴漢槎自此地放還，余嘗贈以詩，其卒章曰：「男兒雅志在邊關，絶域猶如几席間。不作天涯萬里客，安知塞外百花顔。烏龍江畔容歌嘯，玄兔城邊得往還。自昔壯遊如爾少，相看何必淚潺湲〔五〕。」見者爲之大噱。今年先生壽七十，令子可師與余善，徵文爲（下佚）……

【題　解】

此篇據《石園殘稿》録出。楊安城，名越，浙江山陰（今屬浙江紹興）人，其父楊蕃，明末官京口副總兵。明亡，楊越與魏耕等支持鄭成功反清鬥争。順治十六年（一六五九），鄭成功據其情報攻入長江，直逼南京。事敗，清廷以「通海」之罪大肆搜捕，魏耕等被捕。楊越挺身自首，康熙元年（一六六二）楊越並妻范氏發配寧古塔。楊越在戍地積極興學，免費辦私塾，首創「龍城書院」，得到當地士紳民衆的愛戴。其子楊賓（可師）爲萬斯同好友，康熙二十八年曾出塞看望父親。楊越生於天啟二年（一六二二），康熙三十年，將七十華誕，斯同應楊賓之請特贈此序，表彰楊越「不以遷謫貶其志」，獻身邊疆文教的崇高品格。

【校　注】

〔一〕寧古塔，有新舊二城，舊城在今黑龍江海林市西南。康熙五年在今黑龍江寧安市築新城。康熙十年之後，移寧古塔將軍駐吉林烏拉，即今吉林省吉林市。元會寧府，金太宗改會寧州爲府，治所在今黑龍江哈爾濱市阿城區南之白城。遼東開原，康熙三年，改開原之「三萬衛」爲開原縣，治所在今遼寧開原市北。按，《石殘》原鈔稱寧古塔距遼東開原「千二十里而遥」不誤，塗改者改爲「二十里而遥」，顯誤，據實校改。

〔二〕洪皓，南宋朝任禮部尚書時，出使金國，被扣留荒漠十五年，堅貞不屈，備嘗苦難，全節而歸，被譽爲蘇武第二。

〔三〕傅安，字志道，河南太康人，歷官四夷館通事、鴻臚寺序班等。洪武二十八年（一三九五），傅安奉使北元帖木兒帝國，被扣十三年。帖木兒死後，其孫哈里繼承汗位。永樂五年（一四〇七），遣使護送傅安回國，並願意恢復與明朝的友好邦交。傅安回國後，又奉命多次出使哈烈（今屬阿富汗）等地。

〔三〕侘傺，失意憂傷，屈原《九章·哀郢》：「慘鬱鬱而不通兮，蹇侘傺而含戚。」

〔四〕文翁，年少好學，通曉《春秋》，漢景帝後期，任蜀郡守，見蜀地民風落後，文翁選其地張叔等十多名郡縣小吏，送京城太學學習文化、法令等。幾年後，蜀滇之地青年學成歸來，經文翁考察提拔，官至郡守、刺史等。錫光，字長沖，西漢末期，歷官交州刺史、交趾太守。任交阯太守期間，「教導民夷，漸以禮義」。東漢光武帝嘉其忠節，拜大將軍，封鹽水侯。參見《後漢書·循吏列傳》。

〔五〕吴漢槎，名兆騫，字漢槎，清初著名詩人。江蘇松陵（今屬江蘇蘇州市）人。順治十四年因科場案無辜遭累，被戍寧古塔二十三年，在戍地以教書爲業，組織詩會。後經納蘭性德之父名宦明珠、徐乾學等積極營救，得以贖還。著有《秋笳集》。按，斯同此詩未收入《石園文集》等。按，烏龍江，即黑龍江，清代稱「烏江」或「烏龍江」。玄兔城，一作玄菟城，西漢在中國東北地區和北朝鮮咸鏡南、北道設「玄菟」「樂浪」「真番」「臨屯」四郡。玄菟城爲玄菟郡治所，地在今朝鮮咸鏡南道。

王中齋先生八旬壽序

北平王崑繩，文士也，而有磊落英傑之氣，余愛而友之〔一〕。問詢其家世，則知尊甫中齊先生乃明室禁衛親臣，熟悉先朝遺事，年八十矣，而篤念故主不衰，酒酣浩歌，感懷疇昔，常泣下沾襟。余聞之，不覺肅然敬，愾然太息曰：有是哉！此魏范粲、晉徐廣、宋家鉉翁之儔也，而今尚有是哉〔二〕！蓋王氏世官錦衣，先生當烈皇帝朝，仕爲指揮僉事，日直禁廬，凡天子興居食息，及仗下謨謀陳奏，靡不目睹而親聞。嘗慨野史失真，多詆誣烈皇帝盛德，爲著《崇禎遺録》一編，雖卷帙無多，甚有裨於正史〔三〕。

余好網羅前朝故事，每欲從先生質所疑，而余客燕山，先生反避地淮上，相去二千里，不獲親聆言論以爲恨。今年先生返津門，地近矣，余又荏苒不克往，日爲南望興嗟。麥秋之月，崑繩以先生年登八秩，索壽言於余。余固欲一見先生而不可得，今得藉手以攄宿昔之志，豈不快甚！

昔唐柳芳爲史官，綴葺吴兢所撰《國史》，起武德，迄乾元，爲卷百三十，而敘明皇晚歲事頗多缺略〔四〕。後謫官黔中，會高力士亦以竄逐至，因詢開元、天寶軼事，多世所未聞，乃别爲《唐曆》四十篇，與正史並行於世。是則故老之傳聞，真有關於國史，況先朝耆碩，至今日凋零已盡，而先生巍然獨存，且又經侍黼扆，爲天室親臣，尤宇内所少，則如先生者，庸非今日之人瑞乎〔五〕？余家自始祖以來，世官外衛，頗與王氏類。先君子以老孝廉坎壈没世而不悔，亦與先生相若，而崑繩又與余定交，則頌颺先生之盛德以垂示後人，宜無若余者。聞先生年雖高，精神益壯，余他日南旋，尚當走奉几杖，一罄宿昔之所懷。故因崑繩索序，爲書此以先之。歲壬申秋仲，四明萬斯同拜具〔六〕。

【題　解】

康熙三十一年（壬申，一六九二年）八月，友王源之父王世德八十壽誕，萬斯同應邀爲撰此序。王中齋，名世德，順天大興人，曾任明崇禎朝世襲錦衣衛指揮僉事。明亡，有見於野史所載崇禎帝史事「誣罔者多」，特撰《崇禎遺録》一卷，爲其辯護。康熙二十四年王源至京，將其上之史館，並與斯同訂交。斯同序贊王世德遺民不忘故主，「酒酣浩歌，感懷疇昔，常泣下沾襟」，並以唐朝柳芳修史得高力士提供口述史料爲例，論及前朝「故老傳聞，真有關國史」，希望今後親聆其教，以利深研明史。

【校　注】

〔一〕王源，清代學者，據《清史列傳》等，字崑繩，順天大興人，王世德之子。喜習前代典要、兵事及關塞攻防。嘗從寧都魏禧學古文。康熙三十二年舉人。年四十餘，游京師，「公卿皆降爵齒與之交」。曾應邀與斯同參訂《明史稿·兵志》。又從崑山徐乾學至洞庭東山，參修《大清一統志》。

〔二〕范粲，據《晉書》本傳等，字承明，曹魏時歷官武威太守、侍中等。嘉平六年（二五四）司馬師廢魏帝曹芳時，粲素服拜送，從此稱病，足不落地，且至死不語，以表忠魏之心。徐廣，據《晉書》本傳等，字野民，東晉時歷官鎮北參軍、散騎常侍兼著作郎等。劉裕受禪讓，晉恭帝退位時，廣「獨哀感，涕泗交流」，終辭官歸家。著有《晉紀》等。家鉉翁，據《宋史》本傳等，自號則堂，南宋朝歷官浙東提點刑獄、大理寺少卿、簽書樞密院事等。「大元兵次近郊，丞相吴堅、賈餘慶檄告天下守令以城降，鉉翁獨不署。」宋亡，守志不仕。元成宗即位，放還，賜號「處士」。著有《則堂集》。

〔三〕檢中國書店影印龍龕精舍録存本《崇禎遺録》，一册，署「大興孤臣王世德恭著」，其自序曰：「痛先皇誣衊，又懼《實録》無存，後世將有與失德之主同類並譏者，於是録其聞見，凡野史之僞者正之，遺者補之，名曰《崇禎遺録》……有以折其誣，而後之司國史者有所考據焉。」「一編」，原作「一篇」，據《石存》《石藏》校改。

〔四〕《新唐書》柳芳本傳：「柳芳，字仲敷，蒲州河東人。開元末，擢進士第，由永寧尉直史館，肅宗詔芳與韋述綴輯吴兢所次《國史》。會述死，芳緒成之。興高祖，訖乾元，凡百三十篇。敘天寶後事，棄取不倫，史官病之。上元中，坐事徙黔中……高力士亦貶巫州，因從力士質開元、天寶及禁中事，具識本末。時《國史》已送官，不可追刊，乃推衍義類，仿編年法，爲《唐曆》四十篇，頗有異聞。」按，吴競，即吴兢，據《舊唐書》本傳等，有史才，被薦入史舘，修國史，拜諫議大夫。撰《國史》六十五卷，又别撰《梁》《齊》《周史》各十卷，《陳史》五卷、《隋史》二十卷。

〔五〕黼扆，原意爲帝王屏風之斧形花紋，以此指代帝王。

〔六〕按，張本無此句，據《石藏》補之。壬申，即康熙三十一年。

黄子鴻六十壽序

己巳之冬，玉峰司寇徐公乞假旋里，以所總裁《一統志》自隨〔一〕。維時錫山顧景范、鴛湖徐敬可、淮陰閻百詩、吴興胡朏明、虞山黄子鴻皆館於公家，預聞斯事，而慈水姜西溟、金陵黄俞邰則固奉命纂修者，咸將從公而南〔二〕。余與宛陵梅定九輩久與諸子交，而惜其離也，集於碧山堂而餞之〔三〕。酒半，余作而言曰：「今日之會盛矣哉！然今日之盛，即來日之衰也。諸子皆海内之英，自兹以後，寧復能相聚一堂若今日之盛者？此不獨吾鄗聚散之感，抑亦京國人文盛衰之會也。諸子其爲我進一觴。」於是，諸子歡然以樂者，更悄然以悲。不數年，景范、敬可、俞邰無禄，徐公亦捐館舍，百詩、朏明里居不出，惟西溟、子鴻先後入都，定九亦已南去，益信賢豪萃處之難，而良友之聚散爲可感也〔四〕。

余留滯燕山最久，四方文人至止者多獲與交，大都少年英鋭之輩，求如昔日之白首魁艾足爲後進矜式者何可復得？且諸子皆東西南北之人，一散不可再聚。不但死者幽明永隔，即生者亦邂逅無期，余能不怛然於懷耶？子鴻工詩，善書，尤精輿地之學，凡古今郡邑之沿革，山川道里之曲折，無微不晰。其爲人悃愊無華，不希名，不溷流俗。信哉，古之君子也！其年(下佚)……

【題 解】

此篇據《石園殘稿》録出。據夏定域《黄儀傳略》，生於崇禎九年，至康熙三十四年，爲六十歲，則萬斯同此文作於是年。康熙二十八年(一六八九)，徐乾學被劾歸里，清廷特准其以原主修之《大清一統志》「書局自隨」，萬斯同之友姜宸英、黄虞稷奉命與修，黄儀、顧祖禹等五人亦隨同前往。臨行，斯同與梅文鼎等曾在京爲之送行。若干年後，上述友人或亡或散，唯姜宸英與黄儀再度來京，且值黄儀六十大壽，斯同特作此序賀之，頗多聚散難測之感。黄儀，字六鴻，亦作子鴻，常熟(古稱虞山)人，清代著名輿地學家，兼工詩詞，著有《紉蘭集》等。

【校 注】

〔一〕己巳，康熙二十八年。玉峰司寇徐公，即徐乾學。是年，左都御史許三禮彈劾刑部尚書徐乾學等「以修書爲名，招摇納賄」等罪。徐具疏乞休，請以原領《大清一統志》《明史》未完之稿回籍編輯，報可。姜宸英、黄儀等隨之離京南下太湖東山，助其修書。

〔二〕錫山顧景范，名祖禹，字景范，學者稱宛溪先生。無錫人，清初隨家避亂居常熟，少承家學，博極群書，畢生專攻史地。其交遊者有魏禧、閻若璩、胡渭、黄儀等。徐乾學奉敕修《大清一統志》，曾延請其參修。著有《讀史方輿紀要》。錫山，無錫之古稱。

鴛湖徐敬可，名善，字敬可，嘉興人。父世淳，崇禎末知湖北隨州，張獻忠「陷襄陽，城破，死之」。善年十一，值「國變」，避兵失恃。及長，挾書策遊，棄科舉不治，精求「致知格物」之學。後入京師，居徐乾學寓所。曾與修《明史·曆志》。鴛湖，嘉興之古稱。

淮陰閻百詩，名若璩，字百詩，太原人。世業鹽，僑寓淮安。年十五，以商籍補山陽縣學生。研究經史，深造自得。康熙二十三年寓京師，與斯同比鄰，常論經史。又與斯同、胡渭共助徐乾學編著《讀禮通考》《資治通鑑後編》等。及乾學奉敕修《大清一統志》，開局洞庭東山，若璩等皆隨其事。著有《尚書古文疏證》《潛邱劄記》等。淮陰，淮安之古稱。

吴興胡朏明，「朏」，原作「腓」，誤，據實校改。胡渭，字朏明，德清（今浙江湖州）人。年十五爲縣學生，入太學，篤志經義，精輿地之學。徐乾學奉詔修《大清一統志》，開局洞庭東山，延常熟黄儀、顧祖禹、太原閻若璩及渭分纂。著《易圖明辨》，斯同爲之作序，參見本書卷九《易圖明辨序》題解。吴興，湖州之古稱。

慈水姜西溟，名宸英，字西溟，慈溪人。明太常寺卿姜應麟曾孫。康熙二十年葉方藹總裁《明史》，薦之入館，充纂修官，食七品俸，分撰《刑法志》。康熙三十六年成進士，年已七十，授翰林院編修。著有《湛園集》等。

金陵黄俞邰，名虞稷，字俞邰，原籍晉江。父居中，明季爲南京國子監監丞，甲申聞變，不食死，虞稷遂家上元。康熙二十年，左都御史徐元文薦修《明史》，召入史館，食七品俸，分纂《列傳》及《藝文志》。康熙二十八年，隨徐乾學至太湖東山修書。著《千頃堂書目》等。

〔三〕碧山堂，又稱「冠山堂」，徐乾學北京寓所。戴璐《藤陰雜記》：「徐乾學碧山堂，在繩匠胡同，今改作休寧會館。」

〔四〕「無禄」，與「不禄」同義，去世之婉稱。《左傳·成公十三年》：「無禄，獻公即世。」又，《左傳·昭公七年》：「今無禄早世，不獲久享君德。」捐館，亦謂去世。

題松菊圖爲陳愓非八旬初度壽

往山陰劉忠正公紹明絶學，四方士多從之遊〔一〕。其卓然可傳於後者，大都以忠義表見，如吴磊齋、葉潤山、祁世培、金伯玉、王玄趾、祝開美諸君子其尤也〔二〕。其後死而堅歲寒之操，以學問表見者，不過鹽官陳乾初、毘陵惲仲升及吾師姚江黄太沖三先生而已〔三〕。惲先生又逃之方外，其學不耑於儒。黄先生余所親炙，信哉爲山陰之嫡傳。陳先生則聞其名而未識其人，然稔知先生學最深，品最高，爲鄉人所矜式。而先生有子敬之及從子愓非克承家學，力敦行誼，不愧其前人〔四〕。余敬而慕之，欲與之締交，而余久客天涯，竟不獲與二子把臂，耿耿此中，未嘗不自悵也！念忠正公一代大儒，傳其學者無幾，幸陳先生守其墜緒，二子又克守先生之緒，此正余欲奉爲師資者。今以漂泊之故，不得一叩其所學，以淑吾身而勵吾志，余更何所師資，以窮山陰之絶詣耶？此誠吾所深悵也！

今歲秋仲，爲惕非子八旬初度。其鄉人繪《松菊圖》以壽，而屬余一言〔五〕。余方欲締交惕非子而不能得，聞之忻然，因述余平日嚮往之誠以爲先資。他日一棹南還，尚當過鹽官，追隨杖履，罄其家庭之所授受，以追考山陰之異同，未知惕非子其許我否也？

【題　解】

此篇據《石園藏稿》録出。著名學者陳確（乾初）和斯同之師黄宗羲等同學於劉宗周之門。陳確「續證人社於浙西」，黄宗羲則傳其學術於浙東。康熙三十六年（一六九七）秋，陳確之侄陳錫世（惕非）八十壽誕。其同里私淑弟子許汝霖（伯勤）來京，爲繪《松菊圖》，並乞許汝霖題詩。萬斯同亦應邀爲之題詞祝壽。題詞追論山陰劉宗周學派之傳承餘緒，希望「締交惕非」，他日南下，更願「追隨杖履」，學習、研究浙西山陰學派與浙東學派之學術異同。

【校　注】

〔一〕按，劉忠正，指劉宗周。考宗周去世後，私謚正義，南明魯王謚忠端，唐王謚忠正，清廷追謚忠介。

〔二〕吴磊齋，名麟徵，字聖生，號磊齋，海鹽人，天啟二年（一六二二）進士，歷官江西、福建等地推官、吏科給事中、太常寺少卿等。崇禎十七年（一六四四）京師陷落，人勸其逃回老家，麟徵嚴辭拒絶，寫下絶筆書信，從容自縊。

葉潤山，名廷秀，字謙齋，號潤山。濮州人。天啟五年進士。累官南樂縣令、兵部右侍郎等。爲官清廉正直，人稱「葉青天」。受業於劉宗周，造詣淵邃。後因事爲僧以終（一説被清吏殺害於東昌）。著有《西曹秋思》（與黄道周、董養河合著）《詩譚》等。

祁世培，名彪佳，字弘吉，號世培，浙江山陰人。著名藏書家祁承爜之子。天啟二年進士，歷官福建興化推官、右僉都御史等。清兵入關，力主抗清，復任蘇松總督。清軍攻占杭州後，自沉殉國，有絶命詞云：「圖功爲其難，潔身爲其易。吾爲其易者，聊存潔身志。含笑入九泉，浩然留天地。」著有《遠山堂曲品》《遠山堂劇品》等。

金伯玉，名鉉，字伯玉，原籍武進，後遷順天。崇禎元年進士。歷官國子博士、工部和兵部主事等。崇禎十七年京城失守，金鉉朝服拜母而哭曰：「職在皇城，他非死所。」至御河投水而死，年僅三十五歲。

王玄趾，名毓蓍，字元祉。會稽人，郡諸生，師事劉宗周。順治二年（一六四五）六月，清軍破杭州，有諸生無賴者群議犒師，毓蓍憤甚，榜其門曰：「不降者，會稽王毓蓍也！」聞劉宗周舉義，毓蓍喜，越數日事不就，乃爲書告曰：「門生毓蓍已得死所，願先生早自決，毋爲王炎午所吊！」又作《憤時致命》篇，授其子復榜於孔廟。將赴泮池死，池水淺，乃赴柳橋河死。

祝開美，名淵，字開美，海寧人。崇禎六年舉人。會試入都，適都御史劉宗周削籍，淵未識宗周，然抗疏爲其争辨，逮下詔獄。尋獲釋，遂師事宗周。杭州失守，乃函葬其母，自經而死。著有《祝子遺書》。

〔三〕摻，同「操」。《康熙字典》：「魏了翁答張洽書：『魏晉間避曹操諱，改爲摻。』」鹽官陳乾初，名確，字乾初，明末清初思想家。海寧人，少以孝友著稱，即長，以文學馳名。並精書法，善琴簫。與黃宗羲、祝淵等同受業於劉宗周。明亡，劉宗周絶食死，陳確繼劉之志，隱居鄉里，足不出户，潛心著述。病困十餘年而卒。鹽官，指海寧，今有鹽官鎮。毘陵惲仲升，名日初，字仲升，武進人。少於百氏之學無所不窺，尤喜宋儒書。及從劉宗周遊，學益進。崇禎六年副榜，爲復社士人。久留京師，應詔上「備邊五策」，不報。明亡，曾組織武裝反清，事敗，祝髮爲僧，法號明曇。著有《見則堂語録》《不遠堂詩文集》。

〔四〕陳敬之生平事迹不詳。陳惕非並《松菊圖》事見本文題解。

〔五〕許汝霖《德星堂文集》卷三《陳惕非傳》：「凰崗陳先生名錫世，生於萬曆（戊）午八月十有八日，因字潮生。聞道後改名易，自號惕非……先生父爲我旋公，績學有聲，賫志早世。季父乾初公傳道於蕺山劉子，續證人社於浙西，一門群從，事季父如嚴師……余與先生居最近，私淑有年，顧不獲數數見。家伯勤從學先生，丁丑來京邸，述其師行誼，繪《松菊圖》爲乞八衮壽言。予賦古詩一章以志景仰。孰謂甫改歲而伊人不可復見乎。」按，今歲秋仲，即康熙三十六年仲秋。鄉人，指許汝霖。

劉母王太夫人八旬壽序 誥封太宜人

惟劉氏爲山陽望族，自沈丘公以懿德名碩，發祥於先，子孫相繼登甲榜者，四世而得六人焉〔一〕。簪紱聯蟬，輝映邦族，何其盛也！蓋公宰沈丘時，知其民不善治生，稍歉輒致流殍，爲置倉七所，捐公廩及富民粟實之，以備賑貸，自是民無飢者。已而潁州大飢，貧民倡亂，突入公境，居人倉皇請兵，公曰：「此飢民欲食，爾兵之徒殺無辜〔二〕。」乃單騎往，論曰：「吾知若等飢，非亂也。吾有倉七所，以備沈丘之荒，潁民即吾民，可隨吾受粟。」衆釋兵羅拜，活者不可勝計，咸額手仰祝曰：「願公子孫世世貴顯〔三〕！」一傳爲信豐公，歷宰常山、長興、信豐三邑，並垂善政〔四〕。再傳爲方伯公，清操著聞〔五〕。三傳爲學憲公，亦克繩祖武〔六〕。而方伯從子岑溪公，則今大行人文起、銓部公价人兩先生之父也〔七〕。

太夫人爲岑溪公元配。公固高才博學，名播淮南，而太夫人耑秉內政，不以家務累公，故公得一意詩文，成名進士。及岑溪太夫人倅之以儉，俾公得遂其廉，爲古循吏，是賢婦也。公擢宰赤縣，將履任而即世，未食其報，而貽之於子孫〔八〕。太夫人又力課二子，不少假借，銓部遂以少年掇巍科，躋膴仕，而大行人繼之，並卓然爲人倫領袖，是賢母也〔九〕。世之論者第見劉氏世澤綿長，軒冕不絶，以爲得天獨厚也，豈知太夫人之盛德，有以承其先而啟其後乎？

庚辰三月，爲太夫人八旬設帨之辰，大行人方宦於朝，銓部公率諸子姓稱觴上壽，拜繞於前〔一〇〕。太夫人顧而樂之，必曰：「吾二子已成名，及見諸孫、諸曾孫，且及玄孫也，余心甚快。余一生勤修婦職，邀天之祐，以有今日，實沈丘公活人之報，即諸祖父積德累行以致之也。爾曹得不益培其根以崇長其柯葉乎？」於是淮海之人咸知劉氏福履駢臻，雖由奕世積累之厚，而太夫人贊助之力爲不少也。夫令德、富貴、壽考、子姓四者，天之所靳得之者，恒鮮兼而得之者，尤鮮太夫人獨兼得之。豈惟淮海之間推爲獨盛，即求諸天下亦未必兼收並茂若斯也。余與大行人善，知其世德甚悉，故備述之如此。若太夫人之淑德懿行，諸公卿詩文頌之詳矣，兹故不及云。四明晚生萬斯同頓首具。

【題　解】

此篇據《石園藏稿》録出。康熙三十九年（一七〇〇）三月，友人劉愈之母八十壽辰，萬斯同特作此序贈之。據同治《山陽縣志》卷十三載，劉愈，字文起，山陽（今屬江蘇淮安）人，由進士官工部屯田司主事。此時，官行人司行人。其長子永禎，字紫涵，康熙初拔貢生，「篤行窮經，不爲俗學」，曾師從斯同。據斯同之友方苞撰《萬季野墓表》：「季野所撰（《明史》）本紀、列傳凡四百六十卷，惟諸志未就。其書具存華亭王氏。淮陰劉永禎録之過半而未全，後有作者可取正焉。」序文追述劉氏歷代人文善政，稱贊劉母相夫教子之功勞。

【校注】

〔一〕沈丘公，據同治《山陽縣志》本傳，名劉世光，字晦卿，萬曆朝舉人，聘福建同考官，歷知趙城、沈丘縣事。仿古常平倉法，爲社倉，勸富民出餘粟實之，復捐金市穀。值歲祲，所活以萬計。潁州飢，流民倡亂，突至沈丘界，居人倉惶，議請兵。世光曰：「此飢民欲得羸糧活旦夕耳。」遂單騎詣賊壘，賊露刃相向，世光不爲動，好語勸撫之。令安居境上，給以社粟，衆投刃羅拜。後移疾歸家數十年，卒，祀鄉賢。趙城，今屬山西洪洞。沈丘，今屬河南周口。

〔二〕潁州，今屬安徽阜陽，地近周口。

〔三〕羅拜，羅列而上拜尊者。《三國志·魏志·張遼傳》：「所督諸軍將吏，皆羅拜道側，觀者榮之。」

〔四〕信豐公，據同治《山陽縣志·劉世光傳》，即劉世光子一臨，「字天幸，號星樓。七歲能屬文，舉萬曆朝進士，歷知常山、長興、信豐縣事。有異政。時世光爲沈邱令，與常山相望也，父子以循吏一時並登薦牘，當世以爲美談。性高簡，不事權貴，故不竟其用，年四十卒官」。常山，今屬浙江衢州。長興，今屬浙江湖州。信豐，今屬江西贛州。

〔五〕據乾隆《淮安府志》和同治《山陽縣志》本傳，方伯公爲劉世光孫，名自竑，字任先，明末進士，先後爲潼川知縣、刑部郎中、真定知府。順治初，升浙江按察使。時新罹兵火，民多以逆首株連獲罪，自竑察其寃，釋之。晉湖廣右布政使，未赴卒。潼川，今屬四川三台。真定，今屬河北正定。

〔六〕據乾隆《淮安府志》和同治《山陽縣志》本傳，學憲公，自竑子，名芳聲，字何實，進士，授刑部主事，執法平允，全活甚衆。遷户科，権關九江，釐剔宿弊。擢山東提學僉事，卒官。

〔七〕據乾隆《淮安府志》和同治《山陽縣志》本傳，岑溪公爲劉昌言，「字禹度，（劉）自靖子，進士，授岑溪令，捐滌煩苛，杜絶請托，士民懷之。縣接五嶺，僮傜雜處，會鄰省賊彭奇糾黨逼境，城中兵僅數十人，昌言躬率吏民，登城固守，賊不敢犯。時出方略誘之，賊黨遂縛奇以降，并獻同謀姓名册籍，昌言焚之，全活數千家。攝蒼梧縣事，卒官，祀鄉賢」。岑溪、蒼梧，今皆屬廣西梧州。按，此言「岑溪公則今大行人文起、銓部公价人兩先生之父」，顯誤。據乾隆《淮安府志》劉愈本傳等，岑溪公劉昌言僅傳一子「（劉）愈，字文起。少隨父官岑溪。彭奇攻城，愈立城上，賊箭穿喉旁過，愈不爲動，人服其勇。後由進士官工部屯田司主事，減縮浮費，爲上官所重。時有議海運者，愈力持非策，議者無以難。主試山東，以内艱歸，卒。子二，長永禎，字紫涵……次子始恢，字价人，號誠庵，由進士授大理寺右評事……改吏部考功司郎中，擢文選司郎中」。則价人爲劉愈之子。

〔八〕赤縣，猶言「京縣」，即京都所在之縣，此指順天府宛平縣。康熙《廣西通志》卷二十六《名宦志》二：「劉昌言……報升宛平京縣，未赴，卒。」王世貞《弇州續稿》卷一百二十八《文林郎宛平縣丞古愚吴君墓表》：「選人得宛平丞，丞於格雖卑，而宛平爲赤縣。」

〔九〕膴仕，高官厚禄。《詩經·小雅·節南山》：「瑣瑣姻亞，則無膴仕。」毛傳：「膴，厚也。」鄭箋：

「瑣瑣昏姻，妻黨之小人。無厚，任用之。置之大位，重其禄也。」

〔一〇〕按，庚辰，康熙三十九年。設帨之辰，指女子生辰。古禮，女子出生，挂佩巾於房門右。《禮記·内則》：「子生，男子設弧於門左，女子設帨於門右。」鄭注：「帨者，事人之佩巾也。」

王母劉孺人六十壽序

余客燕臺，數過山陽劉文起先生邸舍，因識其同里王子威先生，謂余曰：「此孝子也，其母乃節婦。」爲述其母子節孝狀。余固已心嘉之。居無何，子威示余以《劉孺人節略》，其言與劉先生所述不異，余益感歎，將爲文以表之。今年冬，孺人甲子一周，子威將旋里稱觴上壽，而其里人奉常李公爲撰其節孝事實，乞言於京都士大夫，其言與劉先生所述亦不異〔一〕。余益信其言之有徵，而嘉其母子節孝爲不可及也。

孺人名家女，年十八適處士心水君。産二子一女。後處士遘危疾，孺人侍湯藥，衣不解帶，焚香祈斗，願以身代〔二〕。及遭大故，慟絶不欲生。惟是子女之故，含哀茹痛，聊存視息。有欲奪其志者，孺人以死自誓，絶粒三日，其人懼而止。嘗撫二孤垂涕曰：「汝曾祖妣朱孺人、祖妣晉孺人，並以盛年早寡，守志不移。我繼二姑之後，獨可毀節以玷汝家風哉？」踰年，攜子女歸寧外家〔三〕。夜半聞所居失火，以處士柩在堂，踉蹌奔赴，人多尼之，毅然不顧，冒烈焰而入，仰天號泣，欲與柩俱焚〔四〕。須臾風反，旁舍皆燼，而此堂獨存。室廬既毁，所有遺産亦漸廢，至饘粥不繼，日勤女工以自給。久之，二孤長，爲之娶婦，既得孫，乃命長者謀食於四方，即子威也。子威爲人恂恂謹飭，不爲非義以爲母氏羞。善畫，其畫馬尤工，京師人多好之。然以非世所急，故求之者寡。而子威又不善趨走富貴家，是以其窮如故。晨夕望雲興思，圖歸省其母，而力不能治裝，時時悲號，貌無歡容。一日，聞母得疾甚重，急刲股肉和藥爲丸，緘寄其母，母服之果愈，聞者莫不驚異。

夫婦人守節難，而遭逆境則尤難。今見之於王氏，而子威又以孝著，此天壤間至美之事，人世之所鮮遘者。子威即窮愁，菽水亦可獻壽。吾知歸拜母前，母必欣然含笑以爲孝，必不以無三牲之養爲不孝也〔五〕。子威其歸哉，余見劉、李二公之稱節母，真實不誣，而子威又余之所交契者，其事皆可信，故爲之言。四明萬□□拜撰。

【題解】

此篇據《石園藏稿》録出。撰寫時間或與上文同，且符於序稱「其里人奉常李公爲撰其節孝事實」之時間。萬斯同表彰友人子威之母剛毅堅貞，持節撫養兒孫兩代成長之事績，並贊揚子威亦能繼承母親氣節，不爲非義之舉，雖窮困未達，却不「趨走富貴家」，且時時不忘孝敬母親的高尚品德。檢索有關地方史志等，却不載王子威並其母親劉家女之生平事迹等，識此待考。文末塗乙不清，但可辨爲「萬斯同」三字不誤。

【校注】

〔一〕按，奉常李公，李鎧，據同治《山陽縣志》、《清史列傳·李鎧傳》、錢實甫《清代職官年表》等，鎧，字公凱，山陽人，順治十六年（一六五九）進士，康熙十八年（一六七九），舉博學鴻儒科，先後官内閣學士兼禮部侍郎。康熙三十八年至三十九年任太常寺卿（俗稱奉常）。曾參修《明史》，與斯同同館。康熙四十六年卒。著有《恪素堂集》等。

〔二〕祈斗，斗，指北斗星，古人認爲北斗能延命長壽，故焚香求之。干寶《搜神記》卷三：「南斗注生，北斗注死，凡人受胎，皆從南斗過北斗，所有祈求皆向北斗。」清張澍《姓韻》卷二十五：「母疾，祈斗減己年以延壽。」

〔三〕歸寧外家，已嫁女子回娘家謂之「歸寧」。《詩經·周南·葛覃》：「害澣害否，歸寧父母。」曹植《棄婦篇》：「拊心長歎息，無子當歸寧。」

〔四〕尼之，阻擋。《孟子·梁惠王下》：「行，或使之；止，或尼之。行止，非人所能也。」

〔五〕「必不以無三牲之養」，「之」字原文不清楚，據《孝經·紀孝行》「雖日用三牲之養，猶爲不孝」校補。「無」，原無，據文意補。三牲，豕、牛、羊，古代祭禮的標準祭品。

卷九　序三

海外遺集後序

往毗陵吴宗伯公盡節海外之翁洲，先君子爲收其遺文，手鈔成帙，題曰《海外遺集》。時斯同年方十四，讀其書輒知敬其人，以爲當此之時，宗社喪矣，區區海外一塊土，豈足爲一成一旅之業？而公以八十老人，間關從主，卒與此土同盡，斯其志欲何爲哉？夫亦成仁取義之學，講之平日，當見之晚節耳！

蓋公爲諸生時，東林講學之會方興，從顧、高諸公及同里孫文介公，日談道德之奥〔一〕。已而諸公遞逝，公即代主其席，學益有聞。年垂六十，始得一第，出宰長興，輒以所學爲治，致忤時左遷〔二〕。其後自粤西而閩海，自閩海而翁洲，流離瑣尾，日瀕於死，而公益勵於學，不以憂患而荒〔三〕。是其一生無日不以學爲事，故當危難之頃，即能碎首捐軀，無少濡忍。然則公之忠，公之學爲之也，豈與世之徒矜名節，激發於一時者比哉？然公之學非但成就一身而已，其家庭師友間更有異者，往公門人李忠毅公以擊璫死，公友馬文忠公以寇難死，公叔子公介先生以赴義死，最後，公門人錢忠介公又以從亡海外死〔四〕。公皆爲詩哭之，以不得死所爲恨，則公之抱斯志久矣，故能從容就義，視死如歸，至此而平日之志始慰，更以見公之學，又有沾濡乎父子朋友也。

公之遺文，既爲先君子所輯，其雜記瑣事，不可以載集中者尚數十帙。先君子既殁，斯同寶而藏之，無敢失墜。竊念公詩文當公之海内，其他片言隻字爲手澤所存者，當歸之其子孫。忽忽三十年，無由一識其後人以爲恨。乙丑夏，留滯燕山，有客顧余逆旅，則公之季子公及也〔五〕。相與敍述生平，悲感交集，而公及篤行老成，不墜家學，惓惓以遺集未盡刻爲念。今年將返里門，終剞劂之事，謂斯同當附一言，因不揆而書其後，以畢幼時景仰之志云爾。

【題　解】

吴宗伯，名鍾巒，字巒稚，武進（今屬江蘇常州市）人。崇禎七年（一六三四）進士，授長興縣（今屬浙江湖州市）知縣。南明福王和魯王先後授其禮部主事、禮部尚書，俗稱「宗伯」。清軍至寧波，鍾巒等急渡海至翁洲（今屬浙江舟山市），抱孔子木主自焚。順治八年（一六五一），萬斯同之父得其遺文，手鈔成帙，題爲《海外遺集》，並撰有序。斯同時年十四，「讀其書，知敬其人」。康熙二十四年（一六八五）夏，鍾巒之季子吴公及來到北京，遇斯同，「相與敍述生平，悲感交集」。斯同遂將自己收藏多年的《海外遺集》及其未收之遺文，歸還公及，希望盡快刊佈，並撰此後序，簡要追述了鍾巒之忠烈事迹及影響。清袁鈞《四明文徵》卷七亦收有此篇，題爲《吴霞舟先生海外遺集後序》。同卷尚有斯同之父萬泰撰《吴霞舟先生海外遺集序》，皆可供參考。

【校　注】

〔一〕顧、高，指顧憲成、高攀龍，東林黨魁。孫文介公，名慎行，字聞斯，武進人。萬曆二十三年（一五九五）進士。累官翰林院編修、禮部侍郎、禮部尚書等。天啟朝遭魏忠賢等迫害，詔革職，遣戍寧夏。未起行，崇禎帝繼位，得赦免，命以原官協理詹事府事，力辭不就。崇禎八年病逝，贈太子太保，謚文介。

〔二〕長興，今屬浙江湖州市。

〔三〕瑣尾，顛沛困頓。《詩經·邶風·旄丘》：「瑣兮尾兮，流離之子。」

〔四〕李忠毅公，名應昇。據《明史》李應昇本傳，字仲達，江陰人。萬曆四十四年進士，歷官江西南康府推官、福建道監察御史。天啟朝遭閹黨迫害，死於京師詔獄。崇禎初，贈太僕寺卿，南明福王時，追謚忠毅。

馬文忠公，名世奇，據《明史》馬世奇本傳，字君常，無錫人。崇禎四年進士，官至翰林院編修、左庶子等。李自成破北京，世奇自縊死，後追贈禮部左侍郎，謚文忠。

吴公介，鍾巒第三子。據全祖望《鮚埼亭集外編》卷九《明禮部尚書仍兼通政使武進吴公事狀》、光緒《武進陽湖縣志·忠節傳》，名福之，拔貢生，吴江吴易舉兵太湖，從之，兵敗先死。鍾巒爲詩哭之有云：「汝乃能先死，吾猶愧尚生。已得君臣義，難爲父子情。」

錢忠介公，名肅樂，生平事迹參見本書卷六《書丙子鄉試録後》注文。

〔五〕吴公及，名裔之，生平事迹不詳。黄宗羲《南雷詩曆補遺》有《得吴公及書》。

盛訥夫詩序

玉峰盛訥夫以詩鳴於時，余聞其名，未識其人也。庚午秋，邂逅於燕山邸舍〔一〕。其人樸茂長者，言如不出口，而詩則斐然成章，曲而有直體，蓋誠溢於中而文發乎外，非世之徒工藻績者比也〔二〕。嘗論近代之詩有二派。其尚「高華」者，以王、李爲祖，而其弊也失之浮〔三〕。其尚「幽異」者，以鍾、譚爲宗，而其弊也失之淺〔四〕。兩者交譏，而世幾無詩矣！其在於今，公卿大夫都顯位、擁厚實者，往往喜爲清新幽折之詞，頗類於山林憔悴者之所作；而江湖散人、蓬藋寒士，或久效臺閣之體，而上儗乘軒食肉者之所爲〔五〕。此兩者亦皆勦襲乎外，非其性情之真也。

盛子爲詩質而不俚，華而有則，不蹈王、李、鍾、譚之習，而亦無今日散人、寒士之態，信所謂誠溢乎中，文發乎外，自抒其性情之真者也。會盛子出其稿索序，因書其語於末，以與世之知詩者質焉。

【題　解】

此篇自《石園藏稿》録出。康熙二十九年庚午（一六九〇）秋，應盛傳敏（訥夫）之請而作此序，論及當代詩風。稱傅敏之詩「誠溢於中，而文發乎外」，不隨波逐流，既不尚「高華」，也不求「幽異」，「質而不俚，華而有則」，是其真情實感的流露。盛訥夫，據道光《崑新兩縣志》本傳，名傅敏，字訥夫，江蘇崑山人。幼孤，孝事其母。師從太倉陳瑚，於象緯、兵農、禮樂靡不通曉，喜飲，工詩。從軍閩中，旋棄去，遊跡幾遍天下。後入都，以館師謀生，然未嘗向權貴輕投一刺。遇故鄉親友困厄旅京者，輒傾囊相濟。傅敏與萬斯同之關係有待考證。

【校　注】

〔一〕庚午秋，即康熙二十九年。

〔二〕此意爲曲調婉轉而體例雅正。《左傳・襄公二十九年》：「吴公子札來聘……請觀於周樂……爲之歌《大雅》，曰：『廣哉！熙熙乎！曲而有直體，其文王之德乎？』」

〔三〕按，王、李，指王世貞、李攀龍，明朝「後七子」代表作家。論者認爲，其文學主張基本上與「前七子」相同，强調「文必秦漢，詩必盛唐」，認爲古文已有成法，今人作文但須「琢字成辭，屬辭成篇」，模擬古人即可，並且武斷地認爲散文自西漢以後、詩歌從盛唐以後，都不值一讀，把復古運動引向極端。

〔四〕按，鍾、譚，指晚明文學家鍾惺、譚元春。因其均爲竟陵（今屬湖北天門市）人，故又稱其「竟陵派」。論者認爲，其有見於「前、後七子」及「公安派」盛衰之迹，主張詩文應寫「幽情單緒，孤行静寄」，又不免脱離現實生活。

〔五〕按，臺閣之體，指明永樂至成化年間，興於内閣與翰林院的文風。以時任内閣大臣楊士奇、楊榮、楊溥（號稱「三楊」）爲代表。論者認爲，其主張詩文應有「施政教，適性情」之功能，内容要「歌頌聖德，施之詔誥、典册，以申命行事」，故多爲應制、題贈、應酬而作，内容貧乏，模仿成風，千篇一律之作居多。

明儒學案序代

余伏處畿南，雅聞浙東多學者，而姚江黄梨洲先生爲之冠〔一〕。黄先生之門人徧於浙東、西，而四明仇滄柱先生爲之冠〔二〕。每欲南浮江淮，歷吴門，渡錢塘，訪兩先生，一叩其所學，而道里遼遠，逡巡未果。已而，仇先生入翰苑，官太史，益大昌其學。余因遣次兒樸執經其門，將由仇先生以上溯姚江，庶幾獲聞緒論。仇先生果不鄙而教之，且示以《明儒學案》一書，則黄先生之所輯，凡明世理學諸儒咸在。余閲之驚喜，喟然歎曰：「此學者之津梁，千秋不朽之盛業也。盍梓之公諸天下？」

蓋明儒之爲學多途。有河東之派、崇仁之派，有新會之派，有餘姚之派〔三〕。雖同師孔孟，同談性命，而途轍既分，其末流益歧以異。黄先生此書，支分派别，條理粲然。其於諸儒也，先爲敘傳，以紀其行，後採語録，以列其言。其他崛起無師承者，亦皆網羅，靡所遺失。論不主於一家，要使諸人盡露其生平而後已。學者誠究心此書，一披覽間，即有以得諸家之精藴，而所由以入德之方，亦不外是。其間或純或駁，則在學者精擇之而已。嘗慨《性理大全》之書，極有功於後學，但於有宋諸儒採之未備，而《皇極經世》《家禮》《啟蒙》《律吕新書》《洪範皇極内篇》，本自别行於世者，亦復混入其間，殊覺繁而鮮當〔四〕。他日有人彙宋元諸儒，亦倣此書之體而輯爲一書，寧不更快人意耶？余老矣，尚當躬訪仇先生，相與剖析此書之精義，俾兒輩不迷於向迕，今姑書此以先之。

【題　解】

此篇自《石園藏稿》録出，題下書一「代」字，未書撰寫時間。考黄宗羲《明儒學案》自序曰：「書成於丙辰（康熙十五年，一六七六）之後。許酉山刻數卷而止，萬貞一又刻之而未畢。壬申（康熙三十一年）七月，余病幾革，文字因緣一切屏除。仇滄柱都中寓書，言北地賈若水見《學案》而歎曰：『此明室數百歲之書也，可聽之埋没乎？』亡何，賈君亡，其子醇庵承遺命刻之。」考賈潤去世後二年，即康熙三十二年，該書由其子賈枚、賈樸刻成，稱「紫筠齋刻本」。書前有賈潤序，文末署「時康熙辛未（康熙三十年）歲仲夏月，故城賈潤謹題於南村書室」，即賈潤去世前數月。檢讀兩序文字幾乎完全相同。賈潤事迹詳本書卷十二《文學賈若水先生傳》題解。

【校　注】

〔一〕畿南，指河北南部。

〔二〕仇滄柱，名兆鼇，字滄柱，與萬斯同同里，康熙四年，亦與斯同等從學於黄宗羲。康熙二十四年進士，選庶吉士，先後官贊善、侍讀學士、内閣學士、吏部侍郎等。按，此句賈序改爲「梨洲之門，名公林立，而四明仇滄柱先生尤予所宿契者」。

〔三〕河東之派，指薛瑄學派，見《明儒學案》卷七；崇仁之派，指吴與弼學派，見《明儒學案》卷一；新會之派，指以方獻夫、薛侃爲代表的粤閩學派，見《明儒學案》卷三十；餘姚之派，指王守仁（陽明）學派，又稱姚江學派，見《明儒學案》卷十。

〔四〕按，《性理大全》，又名《性理大全書》，明人胡廣所著。成於永樂十三年（一四一五），卷首有明成祖撰序，頒行於兩京、六部、國子監及府、縣官學。爲宋代理學著作與理學家言論彙編，所采宋儒之説共一百二十家。前二十五卷收入宋儒著作九種。其中，卷七至卷十三爲北宋邵雍著《皇極經世書》，卷十四至十七爲南宋朱熹著《易學啓蒙》，卷十八至卷二十一爲朱熹著《家禮》，卷二十二、二十三爲南宋蔡元定著《律吕新書》，卷二十四、二十五爲南宋蔡沈著《洪範皇極内篇》。作者認爲，《性理大全》不當將《皇極經世》《洪範皇極内篇》等内容「混入其間」，不免龐雜冗蔓，使人難以鑒别宋學淵源，例不如《明儒學案》清晰可按。

李蒼存焚餘摘稿序

盱眙李子蒼存早能詩。歲庚午，示余《焚餘摘稿》一編〔一〕。余讀之，見其才情飆舉，邁越時流，而間有幽憤不平之感。蓋蒼存屢不得志於有司，中有所鬱，以寫其情而抒其抱負耳。

余觀今之天下能詩者一何多乎？山林之士，章句之儒，出遊通都大邑，莫不梓其所作，以投公卿而取名譽〔二〕。雖其中未必有而讀其詩未嘗不斐然可觀，若是乎天下之多才也。然求其工深力厚，卓然可垂後世者亦未數數見。嚴滄浪有言：「詩有別才，非關書也；詩有別腸，非關理也。然非多讀書，善窮理者，則不能造其至〔三〕。」以其有別才、別腸故，夫人而能詩，以其未必多讀書、善窮理，故雖能詩而不能造其至也。

余少時嘗學爲詩，已而悔之。謂詩之爲道，非竭一生之精力，讀盡天下之書，必不能傳世而行遠，故自三十以往絶意不爲。後雖間有所作，或一歲數首，或數歲一首，己未入都之初，乃得百五六十首，然絶不以示人〔四〕。謂今天下詩人如林，縱無余一人廁乎其間不爲少也。蒼存年未强仕，詩已至數千首，舉庚申以前所作悉焚棄之〔五〕。其丁卯以前者聊摘百十篇付梓，名曰《焚餘摘稿》〔六〕。迄今甲戌又復成帙，將并前所梓者而再删之〔七〕。其意欿然，其志鋭然，其坐進斯道而幾於古之作者不難矣〔八〕。此余之嘉歎而不能已也。

余觀今之譽人者，不曰漢魏則曰三唐。夫詩貴自得耳，取裁於古人以寫我之性情，斯爲真詩。若句摩而篇擬之，無論其未必似，即似矣，亦優孟衣冠，於我之風格安在〔九〕？余也老大無聞，所謂竭一生之精力讀盡天下之書者既已不能，今乃於蒼存見之當世詩人之林，雖永無萬子姓氏亦何憾哉！康熙甲戌四明同學弟萬斯同序。

【題　解】

此篇自《石園殘稿》録出，據李嶟瑞《後圃編年稿》卷首萬斯同序校補。據清鄭方坤《本朝名家詩鈔小傳》李嶟瑞本傳，字蒼存，盱眙（今屬江蘇淮安）人。爲諸生，盛文名，前後督學使者皆以「國士」相待。以茂才貢入京師國子監。時海内名士翕集都下，嶟瑞與當世名卿大夫交遊，錯綜其議論，乃益浩然有得。既久困場屋，則以教習期滿，循例爲唐邑（今屬山東聊城）縣令，未幾竟卒。康熙二十九年（一六九〇），嶟瑞曾先以《焚餘摘稿》示斯同，稱其原作「數千首」，後删去康熙十九年之前詩作，僅保留康熙二十六年之前百十首，刻爲《焚餘摘稿》。康熙三十二年甲戌，斯同南旋故里，嶟瑞有詩相送，詠及其參修《明史》事。康熙三十三年，嶟瑞將彙集前作《焚餘摘稿》，再行删訂，斯同因撰此序，自述其作詩經過和宗旨，論及當代詩風，稱作詩須多讀書，貴自得，反對盲目模仿古人。

【校　注】

〔一〕歲庚午，康熙二十九年。

〔二〕「山林之士」，《後圃編年稿》卷首萬序作「蓬蓽之子」。

〔三〕嚴滄浪，即宋嚴羽。語出其《滄浪詩話・詩辨》，但原文與此略異：「詩有別材，非關書也；詩有別趣，非關理也。然非多讀書、多窮理，則不能極其至。」

〔四〕己未入都之初，指康熙十八年，斯同應邀入京助官修《明史》之時。
〔五〕庚申，康熙十九年。
〔六〕丁卯，康熙二十六年。
〔七〕甲戌，康熙三十三年。「其丁卯以前者」至「并前所梓者而再删之」，《後圃編年稿》作「其辛酉至戊辰凡若干篇，始録存之，爲《焚餘稿》」。
〔八〕欿然，謙虚，不自滿。《孟子·盡心上》：「如其自視欿然，則過人遠矣。」
〔九〕「亦優孟衣冠」以下至篇末文字，《石殘》無，據《焚餘摘稿》卷首萬序校補。

【附録】

靈光巍立距儒關，述作功多在馬班。筆健應煩搜故事，書成且自貯名山。諸公得失然犀裏，勝國興衰指掌間。燕市軟塵侵已倦，蓴鱸信到又思還。

野史亭前萬軸鋪，布帆十幅賦歸歟。箋縢蠆尾心常苦，字見蠅頭眼不枯。佳傳但憑輕蛺蝶，長竿終釣舊珊瑚。重尋賀監風流跡，不用君王賜鑑湖。

（李嶟瑞《後圃編年稿》卷十一《北游續稿·送萬季野歸四明》）

安丘張杞園先生文集序

明自嘉靖以後，天下爲古文者非王、李不談，七八十年間，文人才子被其毒而不悟者不知幾十百人〔一〕。崇禎時，錢謙益以館閣鉅公力闢其蒙翳，艾南英奮起江右，亦大聲疾呼，以與世之爲王、李者相角〔二〕。自是文體一變，漸趨於正，而有明之季，其文章反勝於前。迄乎今世，又五六十年，雖皆知王、李之爲謬，而其遺風餘習猶未能廓然而盡去。

安丘張杞園先生，興於東海之濱，夙以作者自命，所爲古文，其氣沛然，其識卓然，其色鬱然以幽，其旨暢然以深。信哉，古文之正宗，不墮王、李之氛霧者也！嘗論古之作者，西京至矣，東京、魏晉略有可觀，自南朝宋、齊，北朝元魏，至唐貞元以前，無論爲詔爲制，爲疏爲表，爲序爲記，爲書爲檄，爲論爲辨，爲碑文爲墓志，爲頌爲誄，爲襍文，一以駢體從事，而古文幾乎絶矣！有唐韓昌黎出，然後分别諸體，悉以西京之氣行之，確然爲萬世法程，又得子厚、習之持正，牧之爲之羽翼，而唐之文章遂出東京、魏晉之上。故余謂昌黎之文爲古今第一可矣。何也？以西京賈誼、兩司馬、劉向，不能諸體兼備也，宋文以永叔、子瞻、子固爲最勝，其他作者益多，然而文氣之升降，實自宋而判。今以唐文入宋人之集，以宋文列唐人之中，不待識者亦自能辨，則以氣之厚薄有别也。南宋、元、明，體愈正，理愈淳，而其氣則隨世以（下佚）……

【題　解】

此篇自《石園殘稿》録出。論及古代文風之變。張貞，字起元，號杞園，安丘（今山東濰坊）人，康熙十一年（一六七二）拔貢生，官翰林院孔目。康熙十八年，薦舉博學鴻儒特科，以母憂未試。晚居故園，著述自娱。考張貞文集初刻於康熙二十八年，稱《渠亭山人半部稿》。康熙三十三年，又續刻其新作《惑語集》。兩書體例一致，不分卷。康熙四十七年，又將其《潛州集》《娱老集》合刻，總題爲《杞田集》。時萬斯同已去世。檢《杞田集》無此序，則此序或撰於康熙三十三年其合集初成之年。其時斯同正在北京史館，惟張貞與斯同之關係不詳。

【校注】

〔一〕王、李，指王世貞、李攀龍。其文學觀點參見本書卷八《李杲堂先生五十壽序》。

〔二〕按，錢謙益，明末清初文壇盟主之一。字受之，號牧齋，學者稱虞山先生。江蘇常熟人。萬曆三十八年（一六一〇）進士，歷官禮部侍郎等。明亡，先依附南明弘光政權，爲禮部尚書，後降清。論者認爲，其文學主張「文有本」，即所謂「靈心」「學問」和「世運」，既反對前後「七子」剽竊、擬古之弊，也反對竟陵派的「幽深孤峭」，提倡「經世致用之學」，欲救正晚明文學空疏之弊。艾南英，明末散文家，字千子，江西撫州人。天啟朝舉人，因策文譏刺權宦魏忠賢，罰停考三科。他深惡八股文章，力排王世貞、李攀龍等爲代表的前後「七子」及其崇拜者「文必秦漢」之擬古文風。與同里章世純、羅萬藻、陳際泰力矯時弊，人稱「臨川四才子」，或「江右四家」。清軍南下，入閩投南明唐王政權，授監察御史。著有《禹貢圖注》等。

出塞詩敘

余生南服，常欲縱遊北土，周覽九邊形勢，窮塞外山川，而道里阻脩，志不獲遂〔一〕。及客游燕山，地近矣，又以力衰體弱，不克躍馬揮鞭，跋履山谷，躊躇未果。雖嘗搜討載籍，西自「身熱頭痛」之區，東極「使鹿使犬」諸部落，頗能晰其疆理近遠、源流沿革之故，時爲好事者道之，然知古而不知今，紙上之陳言，終不若目睹者爲快〔二〕。因自念此生既不獲窮遊絶塞，豁吾胸中之素抱，倘得一曾經遊覽之人，與之劇談其形勝，亦差快人意，而求之朋輩亦終不可得〔三〕。蓋持文墨、握鉛槧者，既無因出塞而兜鍪靺鞨之夫，雖嘗經行異域，又知今而不知古，無能詳考故迹筆之於書，是以屢求而不遇也〔四〕。

竊怪兩漢及唐嘗數舉雄師，絶大漠，犁庭掃穴，獨竇憲燕然之役，班固爲之勒銘，其他率無所聞。使有若徐子者與之偕往，發爲詩歌，以紀窮荒絶域之異聞，乘之來世，豈非後人所大快哉？惜當時未有其人也。若明文皇鑾車五駕，其時從臣如金文靖輩，雖著前後《北征録》，不過紀日夕次舍及所經山谿道途而已，未嘗訪求遺迹，援古證今，一一形諸歌詠如徐子今日也〔五〕。

頃邂逅虞山徐子芝仙，自言丙子歲六師北征，曾從之出塞〔六〕。余聞大喜，因叩其馬跡所經，則徐子出居庸，道上谷，抵雲中，居歸化城者久之，復由古豐州，傍陰山，踰高闕，歷起犨谷、單于城，達於瀚海，縱觀明文皇磨崖勒銘處〔七〕。所至登高覽勝，把酒放歌，周行數千里而還。余聞之益喜，與快談至日昳，多昔所未聞。居一日，徐子復示余《出塞詩》一編，命之序，則塞外紅山、黑河、青塚、李陵臺、蘇武城諸古迹皆有題詠，而細至草木、禽鼠、湩酪之類，亦爲之核名實、辨同異，而一發之於詩〔八〕。凡余生平所欲聞而不可得者，悉於徐子詩見之，豈非所謂既知古又知今者與〔九〕？何其大暢余懷也！則《出塞》一編，豈獨慰余宿昔之願哉？即公諸天下，當無不喜談而樂誦也，因不辭弇陋而爲之序。四明弟萬斯同具草。

【題　解】

此篇自《石園殘稿》録出，據錢仲聯《歷代别集序跋綜録·萬斯同〈出塞詩序〉》（以下稱錢本）校補。徐蘭，字芬若，一字芝仙，江蘇常熟人。學詩於王士禛，又從安郡王走馬出塞，後流寓北通州以終。康熙三十五年丙子（一六九六）徐蘭隨安郡王費揚古出征噶爾丹，著有《出塞詩》。康熙三十七年，請斯同爲撰此序。文稱其詩記詠一路真實見聞與感觸、名勝古迹等，「核名實、辨同異，而一發之於詩」。讀其詩，以足其「常欲縱遊北土」之願望。龐塏《叢碧山房文集》卷一亦有《徐芝仙出塞詩序》可資參考。龐塏爲《明史》館史官，與斯同同館修史，徐蘭或因其得交斯同。

【校注】

〔一〕按，九邊，指明朝爲防禦北方部族軍隊南下，在長城沿線設立的九個軍事重鎮，由東往西依次爲遼東鎮、薊州鎮、宣府鎮、大同鎮、山西鎮（太原鎮）、延綏鎮（榆林鎮）、固原鎮（陝西鎮），寧夏鎮、甘肅鎮。

〔二〕按，身熱頭痛之區，泛指西北邊遠之地。荀悦《漢紀・孝武》三：「皮山國去長安萬五千里，自皮山以西至大頭痛山、小頭痛山。身熱、赤土之阪，令人身熱無色，頭痛嘔吐，驢畜盡然。」皮山國，大約位於今新疆皮山縣境。使鹿、使犬諸部落，泛指清代東北邊遠地區赫哲、鄂倫春等少數民族，以其乘駕多用犬、鹿牽引之故。

〔三〕「劇談其形勝」，錢本引作「講論形勝」。

〔四〕「蓋持文墨、握鉛槧者」，錢本引作「亦終不可得持文墨、握鉛槧者」。此句及以下，意爲朋友中能寫作者但無出塞之人，雖有身經塞外者，又不能考證今古、筆之於書。兜鍪靺鞨，兜鍪，古代戰士的頭盔；靺鞨，古代東北地區少數民族，此指代出征噶爾丹。

〔五〕此段《石殘》無，據錢本校補。竇憲燕然之役，班固爲之勒銘，據《後漢書・竇憲傳》，東漢和帝永元元年（八九），竇憲等北征匈奴，至燕然山，「去塞三千餘里，刻石勒功，紀漢威德，令班固作銘」。明文皇、金文靖，分別指明成祖、金幼孜，見下注。

〔六〕「虞山」，錢本無。「自言丙子歲六師北征」，錢本作「自言前年王師北征」。據兩本所言，係指康熙二十九年至康熙三十五年，清廷曾三次征伐漠西準噶爾部噶爾丹的叛亂。「丙子六師北征」，則指康熙三十五年第三次出征。兵分三路，東路由黑龍江將軍薩布素率領；西路由撫遠大將軍費揚古、振武將軍孫思克率領；中路由康熙帝親率。古代天子出征，習稱「六師」或「六軍」。

〔七〕按，居庸，指居庸山或居庸關，地在今北京昌平區。上谷，地在今河北懷來縣。雲中，地在今山西大同與朔州一帶。歸化城，即今内蒙古呼和浩特市舊城。

按，豐州，地在今内蒙古呼和浩特市東郊白塔村。陰山，内蒙中部山脈，東西走向，包括狼山、烏拉山、色爾騰山、大青山等。高闕，在陰山山脈，即今内蒙杭錦後旗西北之缺口，其狀如門闕，故有此名。酈道元《水經注·河水》之三：「闕口有城，跨山結局，謂之高闕戍。自古迄今，常置重捍，以防塞道。」起輦谷，蒙古汗國和元朝皇帝秘密埋葬地，地在今蒙古肯特省曾克爾滿達勒一帶。單于城，即今甘肅民樂縣永固城，地處祁連山北麓，焉支山西側，爲東、西交通要衝。西漢初，匈奴趕走月氏，將月氏東城建爲「單于王城」，供老上單于巡幸時居住。此後，隨建制屢更其名。康熙十年，定名「永固城」。瀚海，此指蒙古高原大沙漠以北及今準噶爾盆地一帶廣大地區。

按，明文皇磨崖勒銘，指永樂八年（一四一〇）明成祖親征韃靼所刻磨崖石刻。金幼孜《北征録》：「永樂八年……四月……初七日……上登（賽罕）山頂，製銘，書歲月紀行，刻於石。命光大書之，並書『玄石坡立馬峰』六大字，刻於石。時無大筆，用小羊毫筆鉤，上石勒成，甚壯偉可觀。」又曰：「（四月）二十一日，次捷勝岡。有泉湧出，名曰『神獻泉』。上令光大書『捷勝岡』三大字於石。山多雲母石，並書『雲石山』三字，刻於石。」光大，指胡廣，永樂朝名臣，與金幼孜同隨成祖北征。

〔八〕錢本無「命之序」三字。

按，紅山，位於内蒙古赤峰市東北角。黑河，古稱弱水，發源於祁連山北麓，流經青海、甘肅、内蒙三省區。青塚，相傳爲王昭君墓。明陸容《菽園雜記》曰：「嘗聞胡地草皆白色，惟王昭君葬處草青，故名青塚。」地在今内蒙古呼和浩特市南郊大黑河之濱，現爲昭君博物院。李陵臺，指西漢李陵墓，地在今内蒙古錫林郭勒盟正藍旗黑城子。蘇武城，在歸化城西北，《明一統志》卷二十一《大同府》：「蘇武城，在府城西北五百餘里，蘇武使匈奴時居此。」草木、禽鼠、湩酪，指邊地奇異的動植物和食品。其中「湩酪」，指奶酪。《史記・匈奴列傳》：「得漢食物皆去之，以示不如湩酪之便美也。」裴駰《集解》：「湩，乳汁也。」

〔九〕「悉於」以下至文末，《石殘》無，據錢本校補。

見耕山房稿序

《見耕山房稿》者，宣州沈子元珮之所作也。元珮大父耕巖先生以文章道德高天下，諸子克繼其志，不墜家風〔一〕。其第五子公厚客燕山，與余締交數載，深服其學行之純粹〔二〕。余不及識先生，而得見公厚，即如見先生。先生與先君子善，而公厚復與余善也，因兄事之。其時，梅子勿庵、雪坪亦客都下，二子爲公厚同里又親串也〔三〕。余與之晨夕往還，頗極一時友生之樂。已而皆別去，獨余久滯天涯，頗嗟岑寂！

今年春，雪坪攜其子武修上公車，勿庵子正謀亦以公車至〔四〕。余復得把臂與敘世講之誼，甚樂也！未幾，元珮亦至，則公厚之子而雪坪之甥。余挹其風度宛然，若見公厚，益歎宣州之多才，而余並得交其父子間，其爲樂更何如耶！元珮以余爲世交，因出此稿相示，余讀之終篇，如瞻敬亭之山，而松杉栝柏皆帶蒼然之色也；如睹宛溪之水，而芰荷荇藻皆挾翛然之趣也；如讀其先侍御、殿撰遺書，而仁義忠孝之言藹然楮墨間也〔五〕。蓋得山川之淑氣，益以家學之淵源，宜其如此。余聞元珮弱冠時，念尊人久客湖南不返，間關數千里，孑身訪求，方當干戈載道，青燐遍野，深入蠻烟蛋雨之鄉，瀕九死而不懼，卒能父子相聚，歡動路人，此其至（下佚）〔六〕……

【題　解】

此篇自《石園殘稿》録出。沈元珮，據光緒《宣城縣志》本傳，名廷璐，字元珮，號惠舫。家貧好學，得明末著名遺民學者、同里吴肅公提攜。其父沈埏往來粤地授徒，值「三藩之亂」，不得歸，流離奔避，音信渺無，長達八年。廷璐萬里尋父，出生入死，至貴州才得與父同歸。廷璐詩文俱有名。年八十而卒。其父祖兩代與萬斯同一家皆有世交之誼。據斯同、梅庚、梅琢成等人行年，知梅庚、梅文鼎攜子公車赴京，應康熙三十九年（一七〇〇）庚辰科會試。故斯同爲其詩文集作此序當在此年。序文追述自己與沈、梅兩家世交情誼，贊揚元珮詩作繼承家風，淡雅藹然，如其忠孝人品。本書卷七《送沈公厚南還序》亦可供參考。

【校　注】

〔一〕大父耕巖，指沈廷璐（元珮）之祖父沈壽民（耕巖），生平事迹參見本書卷七《送沈公厚南還序》注文。

〔二〕公厚，指沈埏，沈壽民第五子，沈廷璐之父，生平事迹參見本書卷七《送沈公厚南還序》題解。

〔三〕梅勿庵，指梅文鼎（定九）；梅雪坪，指梅庚（耦長）。其生平事迹參見本書卷七《送梅定九南還序》和《送宣城梅耦長南還序》題解。

〔四〕雪坪子武修，名琢成，光緒《宣城縣志》本傳：「梅琢成，字武修，號默齋，康熙丙子（康熙三十五年）舉人。父庚遊學四方，琢成善事大母，以慰父心，躬操舂汲，不憚勤劬。庚辰（康熙三十九年）隨父公車。舟泊山東夾馬營，盜劫鄰艘，兼入庚舟，持刀相向，琢成以身翼父，幾受刃致落水死。盜驚其孝，散去。」勿庵子正謀，名以燕，光緒《宣城縣志・梅文鼎傳》附：「子以燕，字正謀，康熙癸酉科（康熙三十二年）舉人，刻苦自勵，能世其家學……年五十二，先文鼎卒。」

〔五〕敬亭山，位於今安徽宣城市區北郊，原名昭亭山，晉初爲避帝名之諱，易名「敬亭山」，屬黄山支脈。宛溪水，指宛溪河，水陽江支流，發源于安徽宣城市宣州區周王鎮和新田交界的青峰山。以其山川指代宣州風景情趣。

先侍御指梅守德，先殿撰指沈懋學，爲梅、沈兩家之先人。生平事迹參見本書卷七《送沈公厚南還序》注文。

〔六〕蛋，一作「蜑」，此泛指古代閩粤地區某些少數民族。

古香樓吟稿序

汪子柯庭，東南文士也，乃其筮仕，則司曰「兵馬」，官曰「指揮」，似乎武弁之職，而實無一兵一馬，蓋文吏而司干掫，兼理民事，若州縣長吏〔一〕。然簿書冗沓，聽斷不暇，所莅北城又最號繁劇〔二〕。余素疑汪子文士，不當居是官。汪子亦鬱鬱不自得，思旦夕舍去。無何，爲他人罣誤，鐫秩議調〔三〕。余反爲汪子喜，汪子亦深自喜，曰「今而後吾得釋簿書而日親筆墨矣」。

余向讀《摛藻堂稿》及《古香樓初稿》，見其詩典雅韶秀，有自適之趣，深喜之。今讀《古香樓續稿》，益有當於心〔四〕。因謂汪子曰：「作詩貴自適爾，誠知所以自適，則學唐人而能如李、杜、高、岑，固爲上乘，即不然，而如浪仙、東野，縱曰『寒瘦』，亦不失爲名家〔五〕。若如近代之規模王、李者，徒襲浮響，了無自適之趣，尚得謂之詩乎〔六〕？吾見今之爲詩者，學唐則多宗義山、飛卿，學宋則多宗東坡、放翁。使其果如數子，疇不稱善？但恐學温、李而止得其浮華，學蘇、陸而止得其率易，則兩者胥譏。是在作詩者以我之性靈馭千古之詩人，不以一古人之詩閡我之性靈，是之謂真詩〔七〕。知我者謂我學古人可，即謂我不學古人亦可。蓋以古人之詩爲我之詩，固貽識者之誚，即以我之詩使人擬爲古人之詩，未始不貽識者之誚也。」汪子深於詩者，其詩取自適其性靈而不蹈襲前人。余故放論至此，吴興温鄰翼先爲汪子作序，並以此示之，其不以我爲狂言乎〔八〕？四明同學弟萬斯同具草。

【題　解】

此篇據《石園殘稿》録出，據汪文柏《古香樓吟稿》（以下簡稱汪本）卷首萬斯同序校補。據萬斯同行年，康熙三十九年（一七〇〇）左右，爲友人汪文柏《古香樓吟稿》作此序，論作詩「貴在自適」，不必刻意模擬古人。汪文柏，字季青，號柯庭，浙江桐鄉人，以附貢生官北京東城兵馬司正指揮，復調北城，改行人司行人。學問淵博，海内名士皆相結納。别築「古香樓」收藏書畫。三年辭官乞歸。據沈樹德《慈壽堂文鈔》卷五《汪柯庭先生傳》載，汪曾設講會於北京，講論「經濟」實學，「一時所與倡酬，皆輦下諸公之來會講者」。主席者即有温睿臨（鄰翼）、斯同等人。檢汪著《柯庭餘習》卷首同學評論，亦引有斯同評語一段，語意頗同此文，並知文柏任職在康熙三十九年至康熙四十年。斯同正在北京史館修史。

【校注】

〔一〕「蓋文吏而司干掫，兼理民事」，汪本作「蓋文吏而兼干掫，專理民事」。干掫，亦作「干陬」，本指夜間巡邏擊捕，代指武衛之意。

〔二〕北城兵馬指揮，「五城兵馬司」之一。明清京城分城區設置「兵馬司」，主要負責街區水火、盜賊、治安警戒。

〔三〕此句汪本作「爲他城同官牽累，鐫秩改散曹」。

〔四〕此句後汪本作「汪子曰『吾詩惟自適爾』。余曰：『然，誠知所以自適，則學唐人而能如李、杜、高、岑（下同《石殘》）」。

〔五〕汪文柏《柯庭餘習》卷首引斯同《古香樓續稿序》：「柯庭詩典雅韶秀，取自適其性靈，而不蹈襲前人。」

〔六〕王、李，分指王世貞、李攀龍。其詩文風格參見本卷《盛訥夫詩序》注文。

〔七〕「之詩閡我之性靈」至文末，《石殘》無，據汪本補入。

〔八〕温鄰翼，即温睿臨。據温睿臨《南疆逸史》卷首、同治《湖州府志》本傳等，字鄰翼，號哂園，烏程人。以詩古文雄於時，遊京師，卿相皆敬禮之。與斯同交善，爲其講會作筆記。斯同鼓勵其録野史數十種，薈萃成書，撰成《南疆逸史》一書。

易圖明辨序

予初讀《易》，惟知朱子《本義》而已〔一〕。年垂三十，始集漢魏以後諸家傳注，與里中同志者講習，乃頗涉其津涯，因歎朱子篤信邵子之過，而《本義》卷首之九圖爲可已也。友人德清胡朏明先生精於《易》學，庚辰仲夏，示予以《易圖明辨》十卷，則《本義》之九圖咸爲駁正，而謂朱子不當冠於篇首。予讀之大喜，躍然曰：「至哉言乎！何其先得我心乎？」予嘗謂《河圖》《洛書》《先天》《後天》《羲文八卦》《六十四卦方圓》諸圖，乃邵子一家之學，以此爲邵子之《易》則可，直以此爲羲、文之《易》則大不可。乃朱子恪遵之，反若羲、文作《易》本此諸圖，不亦異乎？

夫《河圖》見於《顧命》《繫辭》《論語》，古固有之，而後世亡之矣〔二〕。今之自一至十之《圖》，本出陳希夷，古人未嘗語及，非真《河圖》也〔三〕。戴九、履一之圖，今之所謂《洛書》者，見於《後漢書·張衡傳》及緯書《乾鑿度》，乃太乙《下行九宮圖》，非《洛書》也〔四〕。後世術家配以一白二黑之數，至今遵用不變，豈果真《洛書》乎？卦止有出《震》、齊《巽》之位，乃孔子之所繫，而文王、周公之遺法也，安得有「先天」之位〔五〕？此誰言之，而誰傳之？「天地定位」一節，不過言八卦之相錯耳，何曾有東、西、南、北之説，而欲以是爲先天卦位乎？此不特「先天」二字可去，即「後天」二字亦必不可存〔六〕。蓋卦位止一而無二，不得妄爲穿鑿也。八卦之序，自當以父、母、六子爲次，孔子《繫辭》屢言之〔七〕。乃舍此不遵，以《乾》《兑》《離》《震》《巽》《坎》《艮》《坤》爲次，此何理乎？太極生兩儀，兩儀生四象，四象生八卦，固出於《繫辭》，而實非生卦之謂也。《乾》《坤》生六子，其理顯然，而《坤》可置於最末乎？三男、三女，可錯亂而無序乎？《易》但有三畫之卦，重之則爲六畫，未嘗有二畫、四畫、五畫之卦也。但有八卦、六十四卦，未聞八卦重爲十六，十六重爲三十二，三十二始重爲六十四也。必曰「一每生二，以次而加」，試問《易》中曾有是説乎？至於卦變，惟程、蘇二家爲可信〔八〕。古人「十辟」之説，予猶不敢從〔九〕。若朱子之《本義》益爲支離，況與《啟蒙》之言不合，一人而持二説，令學者何所適從？此予必不敢附會者也。凡此諸説，間與友人言之，或然或不然。讀先生此書，一一爲之剖析，洵大暢予懷。而其採集之博，論難之正，即令予再讀書十年，必不能到。何先生之學大而能精如此！以此播於人間，《易》首之九圖，即從此永廢可也。四明同學弟萬斯同纂。

【題解】

此篇自胡渭《易圖明辨》録出。胡渭，字朏明，德清（今屬浙江湖州市）人，太學生。清初著名易學家、地理學家。康熙二十六年（一六八七）左右，因助徐乾學主修《大清一統志》，與萬斯同相識於北京，據《易圖明辨》所記，兩人曾討論所謂《河圖》存亡問題，看法頗多一致。康熙三十九年庚辰仲夏，斯同特爲胡著撰成此序，進一步論稱《河圖》《洛書》本出宋人陳摶，中經邵雍、程頤等傳述，乃至朱熹亦不以爲僞，反將其九圖置於所著《周易本義》卷首，遺誤後人。胡渭在前人研究之基礎上對這一公案一一據實駁正。斯同認爲，胡渭學大精深，其書「採集之博，論難之正」，此後「《易》首之九圖，即從此永廢可也」。

【校　注】

〔一〕朱子《本義》，指朱熹著《原本周易本義》（又名《周易本義》）十二卷。卷首有《河圖圖》《洛書圖》《伏羲八卦次序圖》《伏羲八卦方位圖》《伏羲六十四卦次序圖》《伏羲六十四卦方位圖》《文王八卦次序圖》《文王八卦方位圖》《卦變圖》九圖。

〔二〕《顧命》指《尚書·顧命》篇，言周康王即位時之陳設有「大玉、夷玉、天球、《河圖》在東序」。《繫辭》，指《周易·繫辭》上，語有：「河出圖，洛出書，聖人則之。」《論語·子罕》篇：「子曰：『鳳鳥不至，河不出圖，吾已矣夫！』」

〔三〕陳希夷，名摶，字圖南，號扶摇子等，北宋著名易學家、道學家。唐末五代曾長期隱居武當山，從事《易》學研究，也曾雲遊四川等地講學傳道。北宋太宗曾兩次召見陳摶，賜「希夷先生」稱號。傳端拱二年（九八九），仙逝於華山，享年一百一十八歲。著有《易龍圖序》《太極陰陽説》《太極圖》《先天方圓圖》等。

〔四〕按，《後漢書·張衡傳》注引《易乾鑿度》：「太一取其數以行《九宮》。」即所謂《下行九宮圖》，簡稱《九宮圖》。朱熹《周易本義》即本此，其卷首《洛書圖》下曰：「此《河圖》之數也。《洛書》蓋取龜象，故其數戴九履一，左三右七，二四爲肩，六八爲足。」胡渭、斯同等則認爲，《九宮圖》本陳摶、程、朱之説，並非《洛書》。《乾鑿度》乃西漢末緯書《易緯》中一篇，並非來自遠古。

〔五〕出《震》、齊《巽》，《周易·説卦》：「帝出乎震，齊乎巽……萬物出乎震，震，東方也；齊乎巽，巽，東南也。齊也者，言萬物之絜齊也。」

〔六〕先天、後天卦位，指朱熹《周易本義》所據陳摶、邵雍等人之論，稱伏羲所繪爲「《先天圖》」，文王所繪爲「《後天圖》」，並配以四方之卦位。斯同據《説卦》言「天地定位，八卦相錯」，並無所謂方位之説，審是。

〔七〕按，八卦之序，歷代有不同排序及解釋。通認爲，《乾》《坤》二卦爲「父、母卦」，乃諸卦所由出，列衆卦之首。《乾》《坤》二卦各領陰、陽兩個系列，所謂「《乾》《坤》生六子」（即男、女二組對卦），合稱「一父、母、六子」。參見本書卷四《卦變考》注文。

〔八〕程、蘇二家，指程頤《伊川易傳》和蘇軾《東坡易傳》之論。參見本書卷四《卦變考》注文。

〔九〕按，十辟，即十辟卦，其先有十二辟卦：《復》《臨》《泰》《大壯》《夬》《乾》《姤》《遯》《否》《觀》《剥》《坤》，分别代表一年十二月，辟，主也，即每月之「君主」。漢儒認爲其中《乾》《坤》二卦爲父、母卦，當不動。餘下十卦，稱「十辟卦」，或「十辟」。參見本書卷四《卦變考》注文。

大學辨業序

《大學》一書，見於戴氏之《禮記》，非泛言學也，乃原大學教人之法，使人實事於明親之道焉爾。其「法」維何？即所謂「物」也〔一〕。其「物」維何？《周官·大司徒》之「三物」是也。「三物」者，一曰「六德」：知、仁、聖、義、中、和；一曰「六行」：孝、友、睦、姻、任、恤；一曰「六藝」：禮、樂、射、御、書、數〔二〕。周先王設黨庠、術序，皆以此爲教，故族師月書，黨正季書，州長歲考，鄉大夫則三歲大比，以興賢能，而大司徒即以賓興之禮舉之〔三〕。當是時，上無異教，下無異學，其爲法易施，其爲事易行也。推之諸侯之學，莫不皆然〔四〕。

降及春秋，世教漸微，而《大學》「三物」之法，或幾乎衰矣。然教雖衰，其成規未嘗不在，固人人之所共知，此作《大學》書者所以約其旨於「格物」以見「三物」〔五〕。既造其至，則知無不致，而誠正、修齊、治平之事，可由此一以貫之矣〔六〕。後之儒者，不知「物」爲《大學》之「三物」，或以爲「窮理」，或以爲「正事」，或以爲「扞格外誘」，或以爲「格通人我」〔七〕。紛紛之論，雖析之極精，終無當乎《大學》之正訓。非失之於泛濫，則失之於凌躐〔八〕。將古庠序教人之常法，當時初學盡知者，索之於渺茫之域，而終不得其指歸，使有志於明親者，究苦於無所從入，則以不知「物」之即「三物」也〔九〕。

蠡吾恕谷李子，示予《大學辨業》一編，其言「物」，謂即《大司徒》之「三物」；言「格物」，謂即學習禮、樂、射、御、書、數「六藝」之物〔一〇〕。予讀之擊節稱是，且歎其得古人失傳之旨，而卓識深詣爲不可及也〔一一〕。夫古人之立教，未有不該體用合内外者〔一二〕。有「六德」「六行」以立其體，有「六藝」以致其用，則内之可以治己，外之可以治人，斯之謂大人之學，而先王以之造士者，即以之取士。其詳見於《周禮》，其法實可推行乎萬世，惜乎後之儒者不知也。獨程子謂「大學之道，古之大學所以教人之法」，而朱子引之〔一三〕。夫既知爲大學教人之法，何不即以「三物」之教釋之，而乃指之爲「窮理」？夫言學習「三物」，則「窮理」在其中，但言「窮理」，則學習「三物」之事或未實矣〔一四〕。

李子本其躬行者著爲是編，乃述古人之成法，非創爲異塗以駭人，而「格物」之正訓，實不外此〔一五〕。天下事固有前人不能知後人反知之者，不可謂後人之説異乎前儒而驚疑之也〔一六〕。至妄者更疑《周禮》「三物賓興」之説，亦未可信，然則古之教士、取士將無法乎〔一七〕？若曰有法，而是時五經未著，文墨未興，試問非三物而何法乎？此予於《辨業》一編所以三復而不能自已也。然李子謂此編大旨，發於其師顔習齋先生，則知先生之學識，更有大過人者，而恨予之尚未見也，因並書簡端，以致予願見之意焉〔一八〕。

【題解】

據清馮辰《李恕谷先生年譜》卷三載，康熙四十年（一七〇一）二月，李塨欲刊《大學辨業》，念萬斯同「負重名，必須一質，合則歸一，不合則當面剖辯，以定是非」，乃持往求正。逾數日，斯同見李塨，盛贊其「負聖學正傳」，特撰此序，稱道其以「三物」教人釋《大學》之旨。所謂「三物」，一爲「六德」：知、仁、聖、義、中、和；二爲「六行」：孝、友、睦、婣、任、恤；三爲「六藝」：禮、樂、射、御、書、數。以此取代前賢莫衷一是和比較空泛的「格物致知」等説，並希望拜見李塨之師顔元。李塨，字剛主，蠡縣（今屬河北保定市）人。康熙二十九年六十歲始中舉，選通州學正，居官八十餘日，以病告歸。塨弱冠學《禮》於顔元，於田賦、禘祫、郊社、宗廟諸大典靡不研究。康熙三十九年得交斯同。著有《大學辨業》《恕谷後集》。

【校注】

〔一〕「非泛言學也」至「即所謂物也」，《石藏》作「非泛言儒者之學也，乃原本大學教人之法，特提其要以示人，俾之知所從事爾。其要維何？格物是也」。

〔二〕按，《禮記·大學》：「大學之道，在明明德，在親民，在止於至善……欲誠其意先致其知，致知在格物，物格而後知至。」但此後並未指明所格之「物」爲何。下引《周禮·大司徒》則曰「以鄉三物教萬民而賓興之。一曰『六德』（下略，全同斯同引文）」。斯同認爲，時至春秋時期，大學以「三物」教人之法「成規未嘗不在」，故人人明白，「格物」之「物」實指「三物」。

〔三〕《禮記·學記》：「古之教者，家有塾，黨有庠，術有序，國有學。」鄭注：「術當爲遂，聲之誤也……《周禮》五百家爲黨，萬二千五百家爲遂。黨屬於鄉，遂在遠郊之外。」賓興之禮，周代舉賢之法。謂鄉大夫自鄉小學薦舉賢能者升入國學。《周禮·地官·大司徒》：「以鄉三物教萬民而賓興之。」鄭注：「興，猶舉也。民三事教成，鄉大夫舉其賢者能者，以飲酒之禮賓客之，既則獻其書於王矣。」

〔四〕「推之諸侯之學，莫不皆然」，據《石藏》補。

〔五〕「降及春秋」至「未嘗不在」，《石藏》作「降及春秋，世衰道喪，上不以是爲教，下亦不以是爲學，而《大學》三物教人之法或幾乎息矣。然教雖不行，其成規未嘗不在」。

〔六〕「可由此一以貫之矣」，《石藏》作「一以貫之無餘矣」。

〔七〕按，此指自朱熹之後對「格物致知」的不同解釋。如「窮理」「扞格外誘」爲朱熹之説，「格通人我」爲清初潘平格之説。按，潘平格，字用微，浙江慈溪人，治學以「求仁」爲宗旨，强調「格物」要「格通身、家、國、天下」，篤志力學，躬行實踐。他批評朱、陸心性之學是「朱子道，陸子禪」。其説多同北方「顔李學派」。斯同早年因贊同此説曾遭其師友反對。參見本書末附一李塨《萬季野小傳》。

〔八〕此句《石藏》作「非務外而遺内，則務内而遺外」。

〔九〕「使有志於明親者」，《石藏》作「即有志於格物者」。

〔一〇〕「蠡吾恕谷李子」，《石藏》作「蠡吾李子剛主」。「學習」，《石藏》作「窮」。

〔一一〕「擊節稱是」，《石藏》作「大喜」。「失傳之旨」，《石藏》作「不傳之旨」。

〔一二〕「合内外者」，《石藏》作「合内外而爲言者」。

〔一三〕按，此指朱熹《大學章句》，首引「子程子曰：『《大學》，孔氏之遺書，而初學入德之門也。』於今可見古人爲學次第者」。又「右傳之五章，蓋釋『格物』『致知』之義，而今亡矣。間嘗竊取程子之意以補之曰：『所謂致知在格物者，言欲致吾之知，在即物而窮其理也。』」但斯同認爲，此處並未具體言及所格之「物」爲何，未免空泛。

〔一四〕此句《石藏》作「夫言『三物』，則『窮理』在其中；但言『窮理』，則『三物』出其外」。

〔一五〕「李子本其」至「異塗以駭人」，《石藏》作「李子之言，亦不過述古人之成説，非創爲異論以駭人」。

〔一六〕「不可謂後人」至「驚疑之也」，《石藏》作「不可謂後人之説背乎前人而群然排斥之也，況此一人之説，雖背乎前人，實不背乎經旨哉」。

〔一七〕《石藏》全無此句。

〔一八〕按，顔習齊先生，名元，字易直，號習齋，清初思想家、教育家，「顔李學派」創始人。一生以行醫、教學爲業，繼承發揚孔子教育思想，主張「習動」「實學」「習行」「致用」，即德、智、體三育並重，培養文武兼備、經世致用人才，抨擊宋明理學家「窮理居敬」「静坐冥想」的主張。著有《四存編》《習齋記餘》等。「而恨予之尚未見世，因並書簡端」，《石藏》作「恨予之未及見也，因並書簡末」。

卷十　記

應嵒先塋記

應嵒之山，先壟在焉。其南上東向者，二世妣也；稍北，爲三世伯妣；又北，則三世妣也。折而南向，兩冢並立者，右則四世，而左則五世之祖考及妣也[一]。先考及妣，則又在其左焉。尚右神道也，南上敘次也。三世以上不言祖考者，隕身疆埸，祖不預葬也[二]。斯同曰：蓋嘗瞻我先世之邱壟，而不勝世臣之感也！

有明分閫建戍，列衛五百。衛有指揮使，有同知，有僉事，有鎮撫。大都一衛之中，多者二十人，少者亦不下五六人，統天下而計之，則數千矣。以故糾糾桓桓爲國虎臣者，多出其中，而身敗爵絶，降爲皂隸者，又何可悉數也[三]？議者見中世以後，衛率多不得人，往往訾及於其制。夫高皇以神聖立法，豈不知爵以世及其子孫未必克自振拔哉？以爲彼既與我同休矣，則必與我同戚，故於崇德報功之中，而寓建侯樹屏之意也。彼其報稱罔聞，身膺罪罟者，固有負於國家。然天下之大，列衛之多，豈無懋建勳庸，無忝世臣者？亦不可得而盡没也。

即如吾家，自始祖以迄王父，歷世維九，受爵維十，由三世以上死王事者四人，由七世以下樹懋績者三人。中間三世，亦皆奉職循理，罔挂吏議，何班班足述也！曩令五百衛之臣悉皆如此，則高皇之制，固亦無失，何至令世禄之家爲人口實如是耶？此所以瞻先世之邱壟，而不勝世臣之感也！

今者則時移世變，世禄之家有求爲氓隸而不可得者，而吾家兄弟子姓，猶得於蓽門蓬户中保守其詩書之澤，不可謂非先人賜也〔四〕。夫我始祖身膏草野，始得禄秩以遺後人〔五〕。我二世以下，又能世修其職，不墜厥德，故克保有禄秩，以及於我王父，而並施及於我考暨我兄弟也。我子孫今日可安享其澤，而不思所自來耶？爲之瞻二世、三世，而知沙場風雪，鯨穴波濤，實我祖身嘗之苦也〔六〕。爲之瞻四世、五世，而知遺腹孤兒，單宗弱子，其保家若是之艱也〔七〕。爲之瞻我考之新塋，而知甘心行遯，絶迹市朝，實所以不忘列祖之思也〔八〕。一瞻顧間，而忠孝之思亦可油然而生矣！故因記先壟而及世禄之制，并世德之長，以勵我小子，以示我子孫焉〔九〕。

【題解】

按萬斯同行年，順治十四年（一六五七）斯同之父萬泰去世，葬寧波西山應嶴萬氏祖塋，斯同結廬守墓，特作此記，論及自明初以來軍衛制度之興衰，稱其制度本望衛所世襲官宦能和國家休戚與共，但其後代子孫多不能「克自振拔」、世守其職，承修先德，故其制度多爲後人非議。再按此地萬氏墳塋之方位，緬懷其列祖列宗及乃父之功績、操行。論稱現今雖「時移世變」，亦望萬氏兄弟及後輩子孫，不忘先輩功德，常懷忠孝之思，奮發讀書。本書卷一《永思堂即事》二首，亦當作於此時，可供參考。

【校注】

〔一〕「並立」，羅本、《石藏》均作「並列」。「祖考及妣」，羅本、《石藏》均無「祖」字。

〔二〕「不言祖考」，羅本、《石藏》均無「考」字。

〔三〕「又何可悉數也」，羅本、《石藏》均作「又何其少也」。

〔四〕「世變」，羅本、《石藏》均作「勢變」。

〔五〕夫我始祖，據萬斯大《學禮質疑》卷二《萬氏世紀》、舊題萬斯同《明史稿》卷三七六所記，其始祖原名萬國珍，字文質，定遠（今屬安徽滁州市）人。元末，仗劍從朱元璋起兵，賜名斌，領萬户，克滁、和、真三城，授顯武將軍、副千户，守禦滁州，尋定濠、泗。洪武建元（一三六八），授武略將軍，調永平衛，從取中原，賜誥世襲。洪武五年，北征沙漠，戰死于阿魯渾河（今蒙古鄂爾渾河）。

〔六〕二世、三世，據萬斯大、萬斯同上書、卷，其二世祖名鍾，襲龍驤衛副千户，從征有功，遷寧波衛指揮僉事，賜誥世襲。自是，萬氏始爲寧波人。建文元年（一三九九），燕師起，萬鍾從長興侯耿炳文北征，戰死於大興之花園（今北京市南）。三世祖爲萬武和萬文兄弟。萬武先按制襲指揮僉事，永樂六年（一四〇八），從黔國公沐晟征交趾，戰死于檀舍江。弟文繼嗣兄職，永樂十六年，倭寇入侵，率舟師禦之蓮花洋，獲其三艦，生擒敵酋一人，斬首百三十有奇，次年率舟師出哨，風濤大作，舟覆溺死。

〔七〕四世、五世，據萬斯大、萬斯同上書、卷，其四世祖名全，字維一，萬文遺腹子，由三世祖姑萬義顯與母嫂撫養成人，襲指揮職，正統間，常從大帥討平「閩括盜」，又曾三帥戈船，禦寇海上，衆以爲甚得邊帥體。五世祖名禧，字天祥，天順中襲職，管操練士卒，督造器械，皆嚴而有法，歷守定關、建陽，軍民皆感戴其德。

〔八〕我考，據萬斯大《學禮質疑》卷二《萬氏世紀》所記，其父名泰，字履安，都督邦孚子，崇禎九年（一六三六）舉人。與黄宗羲等從學劉宗周，毅然以名節自任，爲浙東復社領袖。明亡，不赴公車，遁迹絶交遊。重倫理，輕財利，尤於朋友視若性命。晚年遊粤東歸，有同年生毛汧染疫將死，衆欲棄之。泰爲之醫藥，汧得生而泰染病而卒。句中「市朝」，唯羅本作「公車」。

〔九〕此句下，羅本有「始祖暨六世、七世、八世諸祖，或葬於滁，或葬於杭，茲故不及云」；《石藏》有「始祖及王父以上四世或葬於滁，或葬於杭，或葬於郡城西皋，茲故不列云」。又據萬斯大《學禮質疑》卷二《萬氏世紀》所記，其始祖萬斌、祖父萬邦孚以上爲第八世祖萬達甫（仲章）、第七世祖萬表（民望）、第六世祖萬椿（有年），或葬於杭州西溪，或葬於寧波城郊之西皋，不在此塋地。

追記先世所藏令旨事

明太祖之未踐阼也，實奉宋主「龍鳳」之朔〔一〕。至丁未安豐既陷，始改號「吴元年」〔二〕。其前之稱「行中書省丞相暨吴王」，皆宋主所命也。愚時猶及見太祖授我始祖令旨二道，其一方爲丞相時，後題「龍鳳五年」；其一則爲吴王時，後題「龍鳳十年」〔三〕。而二札之上，皆大書「皇帝聖旨」，則是太祖之初受命於宋主明甚。今國史及諸家傳記皆没而不載，其意蓋爲國諱也，不知此何必諱〔四〕？

漢祖不嘗受命懷王乎〔五〕？韓氏之興，與懷王何異？不聞漢史爲高帝諱，今國史何必爲太祖諱也？況韓氏事雖不成，而下中原，隳上都，雲擾六合，卒致元氏失圖，皆其首發難之功，則其所驅除，實開太祖之先，初非漢樊崇、隋楊玄感之比〔六〕。《綱目》於玄感諸人，猶未嘗書之爲盜，則韓氏之立國，何不可大書特書，而乃爲太祖諱也〔七〕？他書言歲元旦，太祖欲設宋主位，而劉誠意去之，則此歲之前，太祖固未嘗不奉以朝也〔八〕。太祖身未諱，而史官無識，致没其意，甚可恨也！愚故追記之如此，他日修正史者，或可以是爲一證，而正舊史之失云。

【題　解】

此文撰寫具體時間不詳，或在康熙八年（一六六九）萬斯同在越城姜希轍家研讀《明實録》之時。基於明太祖朱元璋親授其始祖萬斌之令旨所署「龍鳳」年號，確證朱元璋起兵之初，曾受命於農民義軍領袖韓林兒，爲其部將，奉其正朔。但朱氏「革命」成功之後，其史官所修《太祖實録》則隱諱其事。斯同據實指出，朱元璋和當年劉邦曾受命於楚懷王一樣。漢朝官修史書並未隱瞞歷史事實。朱元璋自己也未曾否認受命於韓氏，但明朝官修史書，即《太祖實録》却曲筆隱諱這一史實。斯同進而論稱，「韓氏事雖不成」，但在推翻元朝過程中，却有「首難之功」，提出他日修列正史，當據實糾正。參見本書卷十三《〈明史〉新樂府》上《沉瓜步》注文。《條議》第一、第三條也提出，《明史》修纂當據實記載朱元璋曾爲「韓宋」之臣，並據此書出「龍鳳」年號。

【校　注】

〔一〕宋主，指農民義軍首領韓山童之子韓林兒。《明史·太祖本紀》：「（至正）十五年（一三五五）……三月，郭子興卒。時劉福通迎立韓山童子林兒於亳，國號宋，建元『龍鳳』。檄子興子天敘爲都元帥；張天祐、太祖爲左、右副元帥。太祖慨然曰：『大丈夫寧能受制於人耶？』遂不受。然念林兒勢盛可倚藉，乃用其年號，以令軍中。」

〔二〕丁未，至正二十七年。安豐，今屬江蘇泰州。按，朱元璋改元，《太祖實録》則記在「癸卯」，至正二十三年，即（韓）宋龍鳳九年（一三六三）十二月。檢《太祖實録》卷二十一曰：「至正二十三年……上以國之所重莫先廟社，遂定議以明年（龍鳳十年）爲吴元年……」參見本書卷十三《（明史）新樂府》上《沉瓜步》注文。

〔三〕我始祖，指隨朱元璋等一同起兵的萬斌，參見本卷《應㟧先塋記》注文。

〔四〕國史，指明朝官修《實録》等，檢《太祖實録》卷三，「遂不受」三字之前，所記略同於上引《明史·太祖本紀》，其後則隱無下文，更無一字提及太祖奉「龍鳳」年號之事，皆用元末「至正」紀年。萬説審是。

〔五〕按，指漢高祖劉邦曾受命於秦末義軍首領楚懷王。

〔六〕按，樊崇，字細君，新莽末年農民起義領袖、赤眉軍首領。新莽王朝滅亡後，樊崇等擁立漢宗室劉盆子爲帝，任御史大夫。劉秀建立東漢王朝，樊崇和赤眉軍首領逢安等再度起義，爲劉秀所殺。

〔七〕按，楊玄感，隋末最先起兵反隋之貴族首領。初仕隋爲禮部尚書，襲封楚國公。大業九年（六一三）春，玄感起兵進圍洛陽，久戰不克，兵敗自殺。

〔七〕按，《綱目》，指朱熹《資治通鑑綱目》。意爲該書雖尤重人物褒貶，但也未稱玄感諸人爲「盜賊」。

〔八〕劉誠意，名基，字伯温，青田人，明朝開國元勳，封誠意伯。王世貞《弇州續稿》卷八十五《浙三大功臣傳·劉基》：「上雖已定江東，稱吴國公，而奉明韓林兒座於中書省。基怒罵曰：『彼牧豎耳！奉之何爲？』遂不拜。上怪而問基，基陳天命所在。上感悟，始定。」又，清初明史館史官姜宸英《湛園未定稿》卷二《續范增論》：「明太祖初設韓林兒座，劉基獨罵不拜，曰：『此豎兒安足奉？』太祖從之。」

逸老堂記

先王父庚戌歸里，即營生壙於西皋之上，築丙舍於其旁，顔其堂曰「逸老」，而歲時遊憩其中，暨我先考嘗讀書、廬墓於此〔一〕。至我兄弟，遂相聚以居，而長兄於今抱孫焉。由庚戌迄今，甲子正一周，而萬氏之居此堂者凡五世矣。

當我祖之時，往來於此者，大都擁車騎，盛冠蓋，賞花釣魚，笙歌交沸，此一時也。迨我考之時，勝友畢集，談詞如雲，賦詩響答，聲摇林木，又一時也。至我兄弟，侣魚蝦，友麋鹿，樵夫牧豎皆得與我争席，而往日之風流都不可彷彿矣，則是六十年間，閲萬氏之盛衰者，莫此堂若也。以盛若彼，以衰若此，吾兄弟之居此堂者，得不有媿於先人耶？吾祖若考兩世皆一人，乃成就卓卓若此，今吾兄弟八人，反無一人克振其箕裘者。青氈失於偷兒，故第奪於戍卒，攜婦若子，櫛比以居，俯仰此堂，能無骨悚〔二〕？此我兄若弟所以撫膺椎心而泣血也。

雖然，曩與吾祖遊處者凡幾人矣，今數其姓氏，而其子若孫，至有失身賤隸者。與吾考遊處者又幾人矣，今過其家巷，而其子若孫至有不好紙筆者。蓋時移勢换，故家世族之不能保其先業者何可勝數？今吾兄弟子姓，猶得蒙先人之遺業，而聚廬以居。其秀者既安於詩書，而朴者猶不過操作於門内，不可謂非先人之德澤，而吾兄弟、吾子姓，益不可不有以承之也。蓋所謂承家者，在乎立身而不在乎富貴；所謂立身者，在乎詩書禮樂而不在乎顯達。往先考之訓曰：「言顯親揚名於今日，此吾所不願。」嗚呼！莊誦其言，爲子若孫者，可以知所從事矣。若但以棲息丙舍爲克負荷，彼世之克保華屋甫田者何限〔三〕？吾未見承家之譽果在乎此也。吾兄弟其尚以不德是懼，而思保先人之令名哉！因不禁流淚而書之。

【題　解】

逸老堂，在寧波城西郊之西皋，自萬斯同祖父邦孚始，萬氏前後三代都曾在此生活學習。康熙九年（一六七〇），斯同作此記，追記六十年來，明清易代，社會巨變，萬氏家族也由盛而衰。萬氏兄弟雖身處窮困，却並未忘祖先遺訓，仍堅持讀書立身，保守「先人令名」。斯同强調「承家，在乎立身而不在乎富貴；立身，在乎詩書禮樂而不在乎顯達」。文稱「由庚戌迄今，甲子正一周」，庚戌，指萬曆三十八年（一六一〇），至康熙九年庚戌，符於此記撰寫時間。

【校　注】

〔一〕先王父，指斯同祖父萬邦孚，據舊題萬斯同《明史稿·萬表傳》附，萬邦孚，字汝永，諸生，世蔭都指揮僉事。先後官山東都司、遊擊將軍，遷江北副總兵、都督僉事、福建總兵官。年五十餘即致仕歸，居家二十餘年卒。丙舍，此指建在墓地的房屋。迺賢《秋夜有懷侄元童》：「墓田丙舍知何所，一夜令人白髮長。」又，錢謙益《重修素心堂記》：「余方營先墓於拂水，築丙舍墓之西偏。」

〔二〕故第奪於戍卒，雍正《寧波府志》卷三十四《古迹》：「萬總兵衙，在沈（一貫）閣老府之右。明都督萬邦孚舊居，亦於康熙元年籍爲提督公署，子姓移居西郊外都督墓旁。」又，斯同侄萬經纂《萬氏宗譜》卷八《世傳》之七：「壬寅（康熙元年），故居改爲（清軍）帥府，移家西皋之丙舍。瓦屋數椽，促膝相對。府君與諸父暨從兄貞一，三旬九食，備嘗艱苦。然每於單衣枵腹時，聚兄弟叔侄談經論文，歌嘯聞於比舍，人以爲怪，亦以此重吾家門也。」

〔三〕「克負荷」，羅本作「不克負荷」。

百忍堂松樹記

先王父解七閩之節，卜居郡城之中，顔其西偏之堂曰「百忍」，蓋取張氏獻唐宗之義，而示後人以同居之意也〔一〕。庭之左畔有松一株，歲久扶蘇，蒼然可愛。王父下世，先君子讀書其中，每當庭宇幽沉，微風入拂，松聲與讀書之聲相爲響答，雖城市之間而有山林之趣也。先君子下世，予兄弟亦讀書其中。老幹成虬，益以可愛，把酒哦詩，昕夕相對，蓋自卜居以來，歷四五十年間，而松之閱我已三世矣。

歲壬寅，大師移鎮吾郡，開府於鄰之沈氏，余居遂爲所奪〔二〕。倉皇奔迸於西皋之丙舍，而此松遂與之别矣，迄今十年所。每手冰雪之文，輒思與松相對而何可復得？間一入城，不過於宫牆之外佇立盼望而已。嗟乎！吾家何罪？松亦何罪？昔處幽人之室者，今且辱鞬韣之手耶〔三〕！予也不德，不克保守先業，致此堂爲人所奪，而松亦失其所主，予長愧此松矣！

顧予家自始祖以來，爲將者十世，亦嘗統大師鎮方州矣，寧聞有駐師數萬，駢處民舍，而使民不獲庇其一椽者耶？則松之辱於他人，要亦時之所爲，而非盡予之過也。曩令松不處余家，而生於深林長谷之中，必保其素姿不爲其所汙矣。乃結根失所，遂以致此，要亦松之所自取也，於余乎何尤？雖然，今天下何山不童〔四〕？斧斤之交於山林者咸無留木焉。松而處彼，不爲爨婢之所災，則爲匠石之所碎矣，其尚能有此軀幹耶〔五〕？且又安知

（下佚）……

【題　解】

此篇自《石園殘稿》録出。百忍堂在寧波城内廣濟坊萬氏故居，其地原多明朝寧波籍達官顯宦豪宅。康熙元年（一六六二），清軍先將前明名臣沈一貫之豪宅强占，再將其比鄰之萬宅「圈爲提督府」。萬斯同一家即於此年被迫遷往城郊西皋祖塋。康熙十年，斯同以百忍堂松樹之變遷爲題，撰寫此文，控訴清軍强占民居之暴行，追思明清易代前後，萬氏四五十年間之榮辱巨變。

【校　注】

〔一〕《舊唐書·孝友傳》：「鄆州壽張人張公藝，九代同居……麟德中，高宗有事泰山，路過鄆州，親幸其宅，問其義由。其人請紙筆，但書百餘『忍』字。高宗爲之流涕，賜以縑帛。」

〔二〕按，斯同侄萬言《管邨文鈔内編》卷二《菉竹廬詩草序》記曰：「余故居在郡城廣濟坊，諸大家沈氏、黄氏、張氏、高氏皆比屋而處……丙申、丁酉之際，世變粗定。余叔侄集郡中俊彦爲文業之會。比舍諸家子殆居其半……不數年，值大帥移鎮，沈氏居以相國第壯麗，首爲所奪。余家居其西偏，遂並在奪中。余叔侄既失故栖，且有仰事俯育之計，不得已四出謀食，每歲莫一歸。入城訪舊，則黄、張諸子之散者固多，其處者亦營營朝夕，求如嚮之把酒論文，争奇競采，了不可復得。」丙申、丁酉之際，指順治十三年（一六五六）、十四年。壬寅，即康熙元年。沈氏，指前明名臣沈一貫，鄞人，隆慶朝進士，萬曆二十二年（一五九四）以禮部尚書入閣，曾任内閣首輔。

〔三〕靺鞨，古代東北地區原住民族，斯同以此蔑稱清軍。

〔四〕童，秃也。蘇武《答李陵詩》：「童童孤生柳，寄根河水泥。」又，梅堯臣《楊公蘊之華亭宰》：「今年拗都盡，秃株立童童。」

〔五〕爨婢，執炊的婢女。范成大《書事三絶》之一：「爨婢請淘酒米，園丁催算花錢。」又，康有爲《大同書》緒言：「不爲牧豎、爨婢、耕奴、不識文字之人，而爲十三世文學傳家之士人。」

濟寧潘氏祠堂記

古禮特重宗子，以尊祖而睦族〔一〕。宗子没，族人爲服齊衰三月，若是其隆也。然其禮獨行於卿大夫家，其時之爲卿大夫者，咸世其禄，故此禮得行。秦漢而後，世禄之制既亡，則宗子之法自廢，亦其勢然也。然其禮雖廢，而水源木本之思，人所同有，則建祠以聯族，仍推宗子主其祀，亦禮之以義起者矣。考之《儀禮》及《戴記》，惟天子得祭始祖所自出，諸侯止得祭始祖，大夫止得祭高祖，蓋情雖無窮，分則有限，非是，則鄰於僭矣〔二〕。乃程子制禮，獨有冬至祭始祖，立春祭先祖之説。朱子《家禮》引之，謂初祖厥初生民之祖，先祖、初祖以下，高祖以上之祖〔三〕。夫程子仕宋，其秩僅比古之上士，乃擬王侯之禮，可乎〔四〕？且禮止有四時之祭，曾無冬至之祭，即天子亦止以至日祭天，未聞以至日祭祖，而乃剏行之，可乎〔五〕？

濟寧潘氏徙自浙東，迄今凡十有三世矣。其始遷之祖爲均四公，數傳而至諱士良者，仕皇朝爲兵部右侍郎，閥閱既高，簪纓不絶，族益以繁〔六〕。今其族人合貲建祠，奉均四公爲始遷之祖，旁置二版，左書列世祖考，右書列世祖妣，歲以春秋二仲祀之，而私家自立耑祠者，皆不獲入其主祭，則以宗子並掌一切祠事，而族人咸聽命焉。夫侍郎位（下佚）……

【題　解】

此篇自《石園殘稿》録出。撰寫時間及原因不詳，按萬斯同行年，或當在康熙十八年（一六七九）進入北京史館之後。濟寧，今屬山東濟寧市。據雍正《山東通志》卷二十八《人物四》、道光《濟寧直隸州志》卷八《人物》，潘氏族人有潘應賓其人，字鑾客，號雪石，康熙十八年進士，授翰林院檢討，與修《一統志》《明史》，曾與斯同同館修史。此文或應其所請而作。斯同通過清初潘氏族人「合貲建祠」一事，强調他關於祭祀的基本觀點，即無論天子、庶民，皆應遵從古禮，以嫡長「宗子」爲重，其餘「支子」則當各奉其始祖、高祖，不可僭越，如潘氏奉祭其「始遷祖」一樣，以利「尊祖而睦族」。

【校　注】

〔一〕宗子，嫡長子，以承大宗，爲族人兄弟所共尊。宗子之外爲「支子」。《禮記·曲禮》：「支子不祭，祭必告於宗子。」鄭注：「不敢自專，謂宗子有故，支子當攝而祭者也，五宗皆然。」孔疏：「支子，庶子也。祖禰廟在適子之家，而庶子賤，不敢輒祭之也……若宗子有疾不堪當祭，則庶子代攝可也，猶宜告宗子然後祭。」

〔二〕《戴記》，指《禮記》。始祖所自出，指本族之初祖，唯天子得以大宗身份祭祀本族之初祖，諸侯以下爲支子，不得擅祭本族之初祖，只能依次降祭自己的「先祖」或「高祖」。參見本書卷三《禘説一》注文。

〔三〕朱熹編《二程遺書》卷十八：「時祭之外更有三祭：冬至祭始祖（朱熹注：厥初生民之祖），立春祭先祖，季秋祭禰。他則不祭。」又，李光地編《朱子禮纂》卷四：「伊川時祭止於高祖。高祖而上則於立春設二位，統祭之，而不用主。此説是也。却又云『祖又豈可厭多』，苟其可知者無遠近多少，須當盡祭之。」斯同以此對程、朱不别祖先順序和祭者尊卑提出異議。

〔四〕程子，此指北宋道學家程頤，據《宋史·道學傳一》，程頤，官秘書省校書郎、崇政殿説書等。斯同認爲，程頤自己不過低級小官，不當主張以王侯祭祖之禮用於末吏和庶民家族。

〔五〕説見本書卷三《禘説七》注文。

〔六〕均四公，道光《濟寧直隸州志》卷八《人物二》：「潘箕，字明宇，八世祖均四於宣德初自浙江雲和從軍至濟寧，家焉。箕中萬曆四年舉人，明年會試副榜，任順德教諭，士風丕變。擢知山西夏縣，勸農桑，復流民，力行社倉法，凶荒有備……里居二十餘年，壽逾九十，兩爲鄉飲大賓。」潘士良，道光《濟寧直隸州志》卷八《人物三》：「潘士良，字舜佐，號虞廷。幼穎異，登明萬曆四十一年進士。初知蠡縣，有聲，擢御史。天啓時，巡按蘇松，三吴知名士多蒙奬拔。織造太監李實疏請有司行屬禮，士良同巡撫周起元上章劾之。實又違例擅勾機匠，士良再糾之。

還朝，遷太僕寺卿。具疏極論忠賢，語剴切。左遷南京光禄寺，杜門不出。崇禎初，詔拜大理卿，晉刑部侍郎，未幾告歸……會我朝定鼎，撫治鄖陽，剿寇綏民，殘黎賴之。歲餘罷歸。年九十一卒，時順治十六年也。」另據該志之《人物》，潘箕、潘士良之後，尚記有潘士美、潘起麟等潘氏幾代人物，多有功名操行鳴世者。

重修商河縣儒學記代

商河之有學久矣。剏於宋，重修於元，屢修於明洪武、正統、成化、嘉靖、萬曆之世〔一〕。逮楊令改拓明倫堂，柯令築射圃亭，潘令鑿泮池、開神路，而學之規制大備矣〔二〕。然近今百年間，又屢修屢圮，廟貌不稱，崇祀弗嚴，諸生講誦無所，余睹而傷之，因捐俸繕修，而長吏及卿大夫、士之好義者，合力成之，輪焉焕焉，復還舊規矣。

乃進學官暨諸弟子而告之曰：若亦知先王建學之意乎？《周官·大司徒》以「三物」教萬民而賓興之〔三〕。一曰「六德」：知、仁、聖、義、忠、和；一曰「六行」：孝、友、睦、婣、任、恤；一曰「六藝」：禮、樂、射、御、書、數。此先王大比取士之法，即先王學校教士之法也。其下卿大夫、州長，皆言考其德行、道藝。「德」即「六德」，「行」即「六行」，「藝」即「六藝」〔四〕。有德行以植其體，有道藝以致其用，則身自修，家自齊，推之可以治國平天下。此先王學校教人之良法，而萬世之師儒不可不率由者也。後世自兩漢以迄元明，雖不復敦「三物」之教，然未嘗不以六經造士。六經皆聖人之言，誠由其言以措諸躬行，則先王「三物」之教亦不外是。特患爲師者不知所以爲教，爲弟子者不知所以爲學爾〔五〕。今聖天子崇儒右文，學校之政已申飭盡善，爾多士既繫籍泮宫，孰不思效用於斯世？則内之當求修己之方，外之當求治人之術。修己治人，舍德行、道藝更何所務〔六〕？誠（下佚）……

【題　解】

此篇自《石園殘稿》録出。撰寫時間及原因不詳。商河縣，明代隸山東武定府，今屬山東濟南市。由文中「諸生講誦無所，余睹而傷之，因捐俸繕修……爾多士既繫籍泮宫」等語觀之，乃斯同爲清初商河某官員代筆之作。文頌商河歷届地方官和士紳重視學校教育，積極修繕文廟之功業，重申顔李學派關於以「三物」教萬民的教育思想，稱「兩漢以迄元明，雖不復敦『三物』之教」，却仍以六經教育學生，切望諸生將聖人之言付諸行動，踐行「三物」之教，以所謂德、行、道、藝修己、治人、濟世。

【校　注】

〔一〕民國《商河縣志》卷五《教育·學宫》記該縣歷修學宫情況曰：「至元四年創建……洪武三年，知縣葉安改建。正統間知縣杜林、張必高增修，教諭宋梅有記。天順、成化間，知縣劉俊、寇源、趙景芳相繼修葺。成化十九年，知縣才寬辟民居，建欞星門，達於大街，訓導全成有記。弘治十六年，知縣王瓚重修兩廡，並塑賢像。嘉靖十七年，知縣胡汝輔重修殿廡，邑人孫孟舉有記。三十八年，知縣潘德元重修欞星門，鑿泮池，開神路。四十五年，知縣史篆重修。萬曆三年，知縣越民化重修，建雲衢坊，教諭石滋有記。十三年，知縣曾一倜重修。二十三年，知縣譚日選又修新建，張位有記。崇禎末年，毁於兵火，惟正殿僅存。」

〔二〕據上志之《職官》載，「楊令」，名英，耀州（今屬陝西銅川市）人，舉人，成化十一年（一四七五）任商河縣令。「柯令」，名相，江南貴池（今屬安徽池州市）人，進士，嘉靖元年（一五二二）任商河縣令，後升南京兵科給事中。「潘令」，名德元，江南太倉（今屬江蘇蘇州市）人，舉人，嘉靖三十四年任商河縣令，後升湖廣承天府同知。

〔三〕按，賓興，指周代舉賢之法。謂鄉大夫自鄉小學薦舉賢能而「賓禮之，以升入國學」。

〔四〕按原鈔本「藝」字前有一「道」字，或誤。據文意校爲衍文，故删之。

〔五〕「乃進學官及諸弟子而告之曰」至此句，文字、大意率多同於本書卷九《大學辨業序》。

〔六〕按，此處分言「德行」「道藝」。塗改者删去「德」字，誤，據原鈔本及文義校改。

卷十一　書

與錢漢臣書

漢臣足下，前者辱贈序，兄以爲得其真，不知實未得其真也〔一〕。至若兄之古文則固吾所素服者也，然尚有進於兄者，弟試妄言之，而兄幸妄聽焉。

大凡儒者讀書，必有先後。當先經而後史，先經史而後文集。就文集而論，當先秦漢而後唐宋，先唐宋而後元明。此不易之序也。誠使通乎經史之學，雖不讀諸家之集而筆之所至，無非古文也。何也？經者文之源也，史即古文也。誠使得乎宋以前之法，雖不讀元以後之集，而筆之所至，亦無非古文也。何也？元以後之文，要本於宋以前之文也。若乃先文集而後經史，先元明而後唐宋、秦漢，則是得流而忘源也，無乃失其先後乎哉？弟微窺兄所讀書，若於源流之間有失其先後然者，是以不能無獻於兄也。

雖然，天下之書亦何者非所當讀哉〔二〕？群經宜讀矣，而諸家之經解何可不讀也？《史記》、兩《漢》宜讀矣，而魏晉以後之全史何可不讀也？唐宋之八家宜讀矣，而八家以外之文集何可不讀也？若於經但守學官之傳注而不曉諸家爲何語〔三〕，於史但好馬、班之文詞而不識三國以後爲何事，於文但師八家之軌範而不知八家以外之爲何人，繇世之不學者視之，彼固可謂之讀書矣，繇君子善學者視之，與未嘗讀書者何異〔四〕？況乎名爲讀書，而實並有不及乎此者哉〔五〕！

杜少陵云：「讀書破萬卷，下筆如有神。」蓋必盡讀天下之書，盡通古今之事，然後可以放筆爲文。苟其不然，則胸中不能無礙，胸中不能無礙，則筆下安能有神〔六〕？故弟之意，願兄毋急急於文集，且絶筆不爲，而大肆力於經史。俟經史之學既充然其有餘，則放筆之時，自沛然其莫禦。諸家之集，看其行文之法而可矣，又何必急於撰著，又孜孜以文集爲務哉〔七〕？

前序謂弟不爲古文，蓋自有説。數年之前，常有所論著，後乃覺其空疏而已之。誠欲使胸中少有所積，而後發之於文，故輟而不爲耳。然則弟之不爲古文者，正所以求爲古文也，曷亦與我同志乎〔八〕？狂瞽之言，知無當於高明，惟宥之不宣〔九〕。

【題　解】

按萬斯同行年，此書與下篇《與從子貞一書》，皆作於康熙五年（一六六六）之後不久。思想内容大體相同，即斯同自謂從「詩古文之學轉向經世致用實學」之際。其内容論及讀書順序、緩急，强調先經後史，先經史而後文集。文集則先秦漢而後唐宋、元明。乃因諸經爲文學根底，而史書之文多爲「古文」（散文），故先以經學打好基礎，再讀好史書，也就自然練就了古文寫作。反之，如先急於讀文集、習古文，則根底不牢，文筆不古，是捨本逐末。希望錢漢臣和自己一樣，先暫不習文集，更不急爲古文詞，而應「大肆力於經史」。待學有所積，再「發之於文」。錢漢臣，名魯恭，字漢臣，一字果齋，明朝臨江府知府若庚曾孫，與斯同同里，且同學於黄宗羲之門。宗羲嘗語人曰：「漢臣學三年可以大成。」不幸年二十七而卒。

【校注】

〔一〕此後，羅本有「使吾之生平而若是耶，又何足以爲萬生甚矣，知己之難也！以弟與兄之相與而猶若此，又何望於天下之人耶」。

〔二〕「雖然」後，羅本有「兄之爲文既善矣。此亦何足爲兄病？唯是讀書之序有必不可失者。未聞元明之文人但讀唐宋之書也，未聞唐宋之文人但讀秦漢之書也。今兄之爲古文，將蘄成名於一世耶？抑蘄成名於百世耶？如欲成名於一世，則守今日所讀之書而可矣。如欲成名於百世，則天下之書亦何者非所當讀哉」。

〔三〕「若於經」句，羅本作「吾竊怪今之學者，於經但守學宫之傳、注，而不曉諸家爲何語」。

〔四〕此句後，羅本有「且人之爲古文者，寧當僅求之於古文耶」。

〔五〕此後，羅本有「今兄之文已甚工，兄之年又甚少，何患書之不盡讀」。

〔六〕此後，羅本有「況兄之爲文既已有法，則今所少者唯在學之不充耳。不急於蓄其源，而徒欲以導其流，吾未見其得也」。

〔七〕劉坊《天潮閣集》卷一《萬季野先生行狀》引斯同言曰：「僕生平學凡三變，弱冠時爲古文辭詩歌，欲與當世知名士角逐於翰墨之場。既乃薄其所爲無益之言以惑世盜名，勝國之季可鑒矣。」

〔八〕「正所以求爲古文也」後，羅本有「今我之年已踰壯，而兄之齒適過入洛之時，正可以大放其力於古矣」。入洛，原指西晉陸雲、陸機以俊才應召入京城洛陽，正當年輕有爲之時。「曷亦與我同志乎」後，羅本有「誠相與讀盡有用之書，然後一湧而出之，即由此方駕古人亦不難矣」。

〔九〕「知無當於高明」後，羅本有「但朋友之誼有所不能已耳，伏唯矜其愚」。

與從子貞一書

旬日不見，夢魂爲勞，想同然也。

近讀何書？作何狀？嘗歎吾子之才，以爲遠過乎我，而惜其僅域於古文詞也。今天下但知制舉業矣，使有一讀書好古之士，鄙舉業爲不足道，而力工詩歌古文，以庶幾於古之作者，豈不誠賢？顧儒者當爲之事，寧無更進於此者乎？其上者如身心性命之學，此猶飢渴之於飲食，固不俟言矣〔一〕。至若經世之學，實儒者之要務，而不可不宿爲講求者〔二〕。今天下生民何如哉？歷觀載籍以來，未有若是其憔悴者也。使有爲聖賢之學，而抱萬物一體之懷者，豈能一日而安居於此？夫天心之仁愛久矣，奚至於今而獨不然？良由今之儒者皆爲自私之學，而無克當天心者耳。吾竊不自揆，常欲講求經世之學，苦無與我同志者。若吾子者，既有好古之志，又有足爲之才，是可與我共學矣。奈何專專於古文，而於經世之大業，不一究心也耶？

夫吾之所爲「經世」者，非因時補救，如今所謂「經濟」云爾也。將盡取古今經國之大猷，而一一詳究其始末，斟酌其確當，定爲一代之規模，使今日坐而言者，他日可以作而行耳。若謂儒者自有切身之學，而「經濟」非所務，彼將以治國平天下之業，非聖賢學問中事哉？是何自待之薄，而視聖學之小也。

吾嘗謂三代相傳之良法，至秦而盡亡，漢、唐、宋相傳之良法，至元而盡失。明祖之興，好自用而不師古，其他不過因仍元舊耳。中世以後，並其祖宗之法而盡亡之〔三〕。至於今之所循用者，則又明季之弊政也。夫物極則必變，吾子試觀今日之治法，其可久而不變耶？天而無意於生民則已耳，天而有意於生民，必當大變其流極之弊，而一洗其陋習。當此時而無一人焉起而任之，上何以承天之意，下何以救民之患哉？則講求其學以需異日之用，當必在於今日矣。

吾竊怪今之學者，其下者既溺志於詩文，而不知「經濟」爲何事；其稍知振拔者則以古文爲極軌，而未嘗以天下爲念；其爲聖賢之學者，又往往疏於「經世」，見以爲粗迹而不欲爲〔四〕。於是「學術」與「經濟」，遂判然分爲兩途，而天下始無真儒矣，而天下始無善治矣。嗚呼！豈知救時濟世，固孔孟之家法，而己飢己溺若納溝中，固聖賢學問之本領也哉！

吾非敢自謂能此者，特以吾子之才志可與語此，故不憚冒天下之譏而爲是言。願暫輟古文之學，而專意從事於此，使古今之典章法制，爛然於胸中而經緯條貫，實可建萬世之長策，他日用則爲帝王師，不用則著書名山爲後世法，始爲儒者之實學，而吾亦俯仰於天地之間而無媿矣。苟徒竭一生之精力於古文，以蘄不朽於後世，縱使文實可傳，亦無益於天地生民之數，又何論其未必可傳者耶？況由此力學，不爲無用之空言，他日發爲文章，必更有卓然不群者，又未始非學古文者之事也。吾子其尚從吾言，而無溺於舊學。幸甚，幸甚！

【題　解】

此書寫作時間略後於上書，是斯同從詩古文轉向「實學」研究之始。他認爲，科舉制度引導儒者忘却自己「當爲之事」——性命之學，尤其是經世實學。論稱當今天下生民憔悴，乃因歷代典章制度日益敗壞，他堅信這種局面終將改變，希望與侄貞一等從過去「溺志於詩文」轉向「經世實學」。萬貞一，斯同長兄斯年之子萬言，字貞一，號管邨。康熙十四年（一六七五）副榜。康熙十八年，與斯同一起赴京修《明史》，授文林郎，食翰林院七品俸。後因觸怒史館監修官，外放鳳陽府五河縣知縣，「大吏又計典陷之死」，賴朝中士大夫捐資贖歸。著有《管邨文鈔内編》等。

【校注】

〔一〕性命之學，即心性之學，古人認爲乃安身立命之學。

〔二〕經世之學，指晚明至清初，顧炎武、黄宗羲、顔元等所倡導的以「經世致用」爲特點的「實學」。

〔三〕中世以後，此指明朝中期之後。

〔四〕「詩文」，羅本作「時文」。

致董道權 二通

一

數日不見，甚思一晤。何日過我，罄此積懷也？《易》書必須借弟一看，多多益善。此復，巽子道兄大人。弟萬斯同頓首。

二

屢欲過晤，恐吾兄他出時多，故爾中輟。行計若何，已有定期否？《感懷詩》風格遒勁，質而腴，婉而摯，向專以長句稱巽子，而自悔其失言矣〔一〕！拙草呈上，乞吾兄嚴加筆削。弟初未嘗學詩，而此又數年前所作，多不成句，非吾巽子無從受詩法矣，惟不靳指示爲幸〔二〕。兩序將託七家兄録過奉上，並祈有以教之〔三〕。國兄昨曾相晤，云《高子遺書》不日當奉還〔四〕。承許《易説》，何不乘便擲我？天晴當走候，並領《易》書也，不一。弟斯同頓首上。

【題 解】

此篇據《昭代名人尺牘》録出。致書具體時間不詳，或當在康熙六年（一六六七）萬斯同詩集初成左右。據全祖望《續甬上耆舊詩》卷九十一《杲堂唱和諸子之一》，董道權，字巽子，號缶堂，與斯同同里，諸生。康熙四年，又與斯同諸兄等同學於黄宗羲之門，客游四方，不遇而卒。宗羲志其墓，稱「巽子之詩，排比妥帖，不尚險怪，勝語時來。以之寫情，固多悽淚；以之答贈，亦復豐饒。所至有詩父庶兄之目」。著有《缶堂學詩》《缶堂學文》等。其父名守諭，字次公，賦性耿介，不隨流俗。天啓四年（一六二四）舉人，此後屢試不第，閉門讀《易》，頗有所得，著有《讀易一鈔》《讀易二鈔》《易餘》《卦變考略》等書。故董家或多藏《易》書，可借人讀。

【校 注】

〔一〕長句，唐人以七言古詩謂長句。杜甫《蘇端薛復筵簡薛華醉歌》：「近來海内爲長句，汝與山東李白好。」

〔二〕此指斯同詩集初成，曾問序於友人。據鄭梁《寒村詩文選・見黄稿》卷一《萬季野詩稿序》曰：「鄞縣萬季野，非急以詩見者也，感時觸物，常出其性情之不能已者以爲詩，蓋歷數年而成帙。余讀其前後寄兄公擇詩，淡漠閑遠，不事粉飾，而辭氣藹惻，宛然《常棣》脊令之風焉。」題下自注「丁未」，即康熙六年。

〔三〕七家兄，即萬斯備，生平事迹見本卷《與李杲堂先生書》注文。

〔四〕國兄，或指范光陽，字國雯。生平事迹參見本卷《寄范筆山書》注文。《高子遺書》十二卷，明高攀龍著，内容詳黄宗羲《明儒學案》卷五十八《東林學案一》。

寄范筆山書

筆山足下：弟德不加修，頑鈍如故，悠悠歲月，無一可爲知己道者，慚也何言！雖涉獵記覽，未嘗敢怠，但玩物喪志，昔賢所譏，此亦何足爲知己道？惟是生平素志，有人所不知而不可不使吾兄知者，謹一白之，惟吾兄與我同志焉。

弟向嘗流覽前史，麤能記其姓氏，因欲遍觀有明一代之書，以爲既生有明之後，安可不知有明之事，故嘗集諸家記事之書讀之，見其抵牾疏漏，無一足滿人意者。如鄭端簡之《吾學編》，鄧潛谷之《皇明書》，皆倣紀傳之體，而事迹頗失之略〔一〕。陳東莞之《通紀》，雷古和之《大政紀》，皆倣編年之體，而襃貶間失之誣〔二〕。袁永之之《獻實》，猶之《皇明書》也〔三〕。李宏甫之《續藏書》，猶之《吾學編》也〔四〕。沈國元之《從信録》，猶之《通紀》〔五〕。薛方山之《憲章録》，猶之《大政紀》也〔六〕。其他若《典彙》《史料》《史概》《國榷》《世法録》《昭代典則》《名山藏》《頌天臚筆》《同時尚論録》之類，要皆可以參觀，而不可以爲典要〔七〕。惟焦氏《獻徵録》一書，搜採最廣，自大臣以至郡邑吏莫不有傳，雖妍媸備載，而識者自能別之，可備國史之採擇者，惟此而已〔八〕。

客歲館於越城，得觀有明歷朝實録，始知天下之大觀蓋在乎此。雖是非未可盡信，而一朝之行事暨群工之章奏，實可信不誣。因其事以質其人，亦思過半矣。始歎不觀國史，而徒觀諸家之書者，真猶以管而窺天也〔九〕。

弟竊不自揆，嘗欲以國史爲主，輔以諸家之書，删其繁而正其謬，補其略而缺其疑，一倣《通鑑》之體，以備一代之大觀。故凡遇載籍之有關於明事者，未嘗不涉覽也。即稗官野史之有可以參見聞者，未嘗不寓目也。弟之素志如此，顧其事非一人之所能爲，亦非數年之所能就。又自苦記誦不廣，觀覽無暇，非得高才如吾兄者相與共事，亦安能以有成？

故弟之意，願吾兄暫輟詩古文之功，而留意於此。俟胸中稍有條貫，縱儒生不敢擅筆削，他年必有修史之舉，亦可出而陪末議，其與徒事詩文，而無益於不朽之大業者，果孰緩而孰急也？

且古文一道，實難言之，非盡讀天下之書，而竭一生之精力，必不能以傳後。若但涉獵藝文，摹倣前軌，便欲自命作者，吾恐縱有一時之譽，未必即有千載之名也。蓋在一時，則與當代之文人相頡頏，傳之後世，將與千古之賢豪相比量，是以難耳。古人固有名滿一時，而迄今讀其集不副其名者，彼其人豈果欺世盜名哉？蓋千古與一時不同軌也。由是以言，非果能盡讀天下之書，竭一生之精力，而自信其必傳者，亦可擇術而從事矣。今之操筆爲詩古文辭者，不過僅賢於專工舉藝者耳，其於古人立言之旨，概未有當也。弟向嘗從事於此，數年以來絶筆不爲者，非不好也，將有所專力而不敢分也。

嘗與同志言，吾輩既及姚江之門，當分任吾師之學〔一〇〕。今同志之中，固有不專於古文而講求經學者，將來諸經之學，不患乎無傳人。惟史學則願與吾兄共任之。誠留意於此，不但可以通史，並一代之制度，一朝之建置，名公卿之嘉謨嘉猷，與夫賢士大夫之所經營樹立，莫不概見於斯，又可以備他日經濟之用，則是一舉而兼得之也。伏惟矜其狂妄而留神採納焉。幸甚，幸甚！不宣。

【題　解】

羅本題爲「寄范國雯書」，首句亦稱「國雯」。按萬斯同行年，康熙八年（一六六九）至十一年，斯同館於會稽姜希轍家，姜氏爲江浙著名藏書家，斯同在此得觀明代歷朝實録，對《明實録》和多種野史提出評論（參見本書卷六《讀洪武實録》等）。決意專治明史，並欲以《明實録》爲主，參酌野史，倣《通鑒》之例，私撰一部編年體《明史》，故致書好友范光陽，望共成此舉。范光陽，字國雯，學者稱筆山先生，與斯同同里，康熙二十七年進士，以庶常改户、兵二曹，後出知延平府。康熙三年得交萬氏兄弟，同學於黄宗羲之門。著有《雙雲堂集》等。

【校　注】

〔一〕《吾學編》，六十七卷，紀傳體明史，明鄭曉撰，記事起於洪武朝，終於正德朝。凡歷朝大政，用綱目體，各爲一記。其餘諸王、功臣等，各爲傳、表、考。史料價值較高。鄭曉，字窒甫，號淡泉，海鹽人。嘉靖二年（一五二三）進士，授職方主事，進刑部尚書。卒，謚端簡。《皇明書》，四十五卷，紀傳體明史，明鄧元錫撰，記事起于明太祖朝，終於世宗朝。鄧元錫，南城人，嘉靖朝舉人，不仕，世稱潛谷先生。

〔二〕《通紀》，即《皇明通紀》，四十二卷，編年體明史。明陳建撰。陳建之書記事自洪武朝迄於正德朝，嘉靖三十四年刊刻，隆慶五年禁毁，然則流傳翻刻甚多，而且補遺續修之書不下十餘種。陳建，字廷肇，號清瀾，東莞人，嘉靖朝舉人，官信陽知縣，以母老辭官。

《大政紀》，即《皇明大政紀》，二十五卷，編年體明史。明雷禮撰，該書記洪武朝至隆慶朝史事，其中嘉靖朝四卷、隆慶朝一卷爲後人增補。雷禮，字必進，號古和，豐城人。嘉靖十一年進士，官福建興化府推官、吏部考功司員外郎、右都御史等。

〔三〕《獻實》，即《皇明獻實》，據《明史·藝文志》等，著録二十卷，紀傳體明史，明袁袠撰。該書有明疊翠山房抄本四卷傳世。袁袠，字永之，吴縣人，嘉靖朝進士，官兵部武選司主事、廣西提學僉事等。

〔四〕《續藏書》，六十七卷，明人傳記，明李贄撰。該書録明初至萬曆朝四百多人物，不立本紀，只分立開國名臣、遜國名臣、文學名臣、郡縣名臣等十六類。李贄，晉江人，字宏甫，號卓吾。嘉靖朝舉人，官南京刑部郎中、雲南姚安知府等。因反對封建禮教、忤逆當道，被迫害致死。

〔五〕《從信録》，即《兩朝從信録》，三十五卷，編年體明史。明沈國元編訂，爲續其《皇明從信録》而作，重在記敘泰昌、天啓兩朝史事。沈國元，字仲飛，浙江秀水人，明諸生。

〔六〕《憲章録》，張本、羅本作「獻章録」，誤，據原書校改。《憲章録》，四十七卷，編年體明史，明薛應旂撰。該書記事起自洪武朝，迄於正德朝。體例不囿於編年，多存人物史料。薛應旂，字仲常，號方山，武進人，嘉靖十四年進士，官慈溪縣知縣、南京吏部考功司主事等。

〔七〕《典彙》，或指《國朝典彙》，二百卷，典制體明史，明徐學聚撰。采《明實録》及稗官野史，自洪武朝迄隆慶朝，按行政機構分類編排典章制度。資料豐富，有刻本流傳。徐學聚，浙江蘭溪人，萬曆朝進士，官副都御史、福建巡撫等。

《史料》，或指《弇州史料》，一百卷，明王世貞初輯、董復表匯纂。史鈔體明史。輯録明洪武迄萬曆間歷史資料，間附考論。分前、後兩集。前集匯輯序、表、考、志、傳記等史料；後集匯輯諭敕、科舉、雜著、碑版、題跋、章疏等史料，内容豐富駁雜。王世貞，太倉人，號弇州山人，嘉靖朝進士，歷官刑部主事、南京兵部尚書等。還著有《弇州山人四部稿》等。董復表，字章甫，明華亭人。

《史概》，或指《皇明史概》，一百二十卷，明朱國禎撰。明史叢書，包括《皇明大政記》三十六卷、《皇明大訓記》十六卷、《皇明大事記》五十卷、《皇明開國臣傳》十三卷、《皇明遜國臣傳》五卷。史料多取自《明實録》、邸鈔等。有刻本流傳。朱國禎，烏程人，萬曆朝進士，歷官編修、國子監祭酒等。天啓初，官禮部尚書兼東閣大學士。因忤魏忠賢遭劾，稱病歸里。

《國榷》，一百零八卷，編年體明史，明談遷撰。記事起於元朝天曆元年（一三二八），終於南明弘光元年（一六四四）。尤詳於晚明歷史，内容豐富，多有考訂，且敢於直筆。有多種鈔本及近人標點本。談遷，字孺木，海寧人，明諸生。明亡，終生不仕，以傭書、幕僚爲生。

《世法録》，即《皇明世法録》，九十二卷，明陳仁錫撰。典制體明史，記事起洪武朝，迄萬曆朝。分爲維皇建極、制兵敕法、沿海置防等十類。史料豐富，便於檢讀。陳仁錫，長洲人，天啓朝進士，官南京國子監祭酒。

《昭代典則》，二十八卷，編年體明史，明黄光昇撰。記事起於元末朱元璋起兵，終於明穆宗隆慶朝。詳於歷朝帝王、文武大臣、儒學名士業績。有刻本流傳。黄光昇，晉江人，嘉靖朝進士，歷官長興知縣、右副都御史、刑部尚書等。

《名山藏》，一百卷，紀傳體明史，明何喬遠撰。該書史料豐富，多存嘉靖、萬曆兩朝北方民族及江南經濟史料等。有刻本流傳。何喬遠，晉江人，萬曆朝進士，官刑部主事、南京工部侍郎等。

《頌天臚筆》，二十四卷，史鈔體明史，明金日昇撰。該書多據邸鈔分類輯成，尤詳於天啓、崇禎兩朝黨争史料。有刻本流傳。金日昇，吴縣人，布衣。

《同時尚論録》，十六卷，史鈔體明史，明蔡士順撰，成書於崇禎初年，專記東林黨有關史事，搜輯略備。有殘本流傳。蔡士順，吴縣人，由國子監生官福建按察司照磨，東林黨人。

〔八〕《獻徵録》，即《國朝獻徵録》，一百二十卷，明人傳記，明焦竑撰。博采洪武朝至嘉靖朝名人事迹，分類編排，後世修《明史》多所依據。有刻本流傳。焦竑，江寧人，萬曆十七年（一五八九）狀元，官翰林院修撰、福寧州同知等，參修國史。

〔九〕國史，此指《明實録》。

〔一〇〕姚江，指餘姚江，流經上虞、餘姚、鄞縣等地而滙入甬江。黄宗羲爲餘姚（今屬浙江寧波市）人，此以地望稱之。按斯同行年，康熙四年之後，斯同諸兄並鄞縣諸多青年學人，相繼師從黄宗羲。

與友人書

一别三月，懷想爲勞，當同之也。

世途碌碌，易以溺人。宿昔之所講究，果能不爽否耶？自吾黨締交以來，論文講學，興頗不孤，然不知己者之詬厲亦已多矣。非其人果有仇於吾鄮也，大約行不掩言，吾自有以招之耳。然則人之多言不可以爲他山之石乎？吾鄮中其最不理於口者，唯吾家兄弟爲甚，吾兄弟之中，惟弟爲尤甚。其故無他，直以不爲舉業，不務進取耳。嗟嗟！吾豈舉業之士乎？居恒自念，天使我爲無知之人則已耳，既少有所知，自當竭其聰明以不負乎此生。苟耑耑於舉業，而不知六籍爲何語，群史爲何事，其與無耳目者何異？馬牛襟裾之誚，實所不堪，故不覺重此輕彼耳〔一〕。

弟家無儋石之儲，室有啼饑之子，以情而言，豈不欲圖進取以自救〔二〕？顧先人有訓不敢違也，故寧從吾所好耳。且吾之一身，凡人世可喜可欲之事吾皆無之，以爲非人力之可致者，至若讀書稽古之事，則人力之可致者也。不可致者吾既任之，而不求其可致者，吾又委之而不務，是何自待之薄而自視之輕也。故凡今之譏我以不爲舉業者，吾又未嘗不憫其徒爲舉業也。萬生雖不肖，有以自足，寧謂苟且之科名遂足以榮萬生哉？多見其不知量也。且吾所以如此者，亦自有説。以爲吾輩今日，上之不能紹蕺山之緒，次之猶欲讀姚江之書〔三〕。不及今早自勉力，使少有聞知。他年青山一抔，使塵土坐以無光，猩狸顧而却步，亦可哀已〔四〕。

故嘗謂同志，吾師之學既非一人所能兼，曷各取而分任之？弟竊不自揆，敢任經史之學。向者同人講《易》，頗常究心諸家傳注，當時不及筆記，至今恨之。行當續爲此事，以補宿恨。《儀禮》一經，向常考索，苦無定本，嘗欲葺成一書，以課家塾。明代之史，未有全書，嘗與友人言，將共肆力於此。誠得一二十年之功，將此數書有所纂述採輯，則雖飢寒坎壈，布衣窮老，亦無所憾。安能舍其所好，强其所不好，將易盡之歲月，浪擲於無用之浮辭，而與區區者争得失於蝸角哉〔五〕？以吾子知我，不覺吐露至此。亦望吾子立身行道，以古人爲必可至，無負乎宿昔之所期，將師門之第一席，非吾子而誰？毋徒優遊歲月，坐待蒼蠅之弔也〔六〕。向風送想，不盡欲言。

【題　解】

此篇據《石園藏稿》録出。不詳友人爲誰。書稱「明代之史，未有全書，嘗與友人言，將共肆力於此」，則明指上引《寄范筆山書》中之事。據萬斯同行年，此書當在康熙九年（一六七〇）斯同三十三歲左右。此時，他贅居東城傅氏，生活極其艱難。文稱自己及兄弟幾人雖被人攻擊爲「不爲舉業，不務進取」，一則因其家破窮困，無力「進取」；更爲重要的是，自己不願溺於科舉，放棄讀書治學。稱自己能夠和願意繼承師教者，一是要繼續完成有關《易》與《儀禮》的著述；二是希望與友人共同完成《明史》纂輯。爲此，雖「飢寒坎坷，布衣窮老」也在所不辭。

【校　注】

〔一〕馬牛襟裾之誚，譏人不明道理，猶如牛馬著人衣，却不識禮儀，沐猴而冠。韓愈《符讀書城南》：「人不通古今，馬牛而襟裾。」

〔二〕萬言《管邨文鈔内編》卷一《歷代史表序》：「嗚呼！叔父（萬斯同）處於世亦窮矣……計三十三年中，六徙其家，兩更大亂。今贅居東城傅氏，敝屋兩楹，右爲卧房，左爲客坐。鷄塒爨具，雜然並陳，壘敗瓦爲門。賓至俯首而入，質疑辨難，如響應而莫窮。既退，復手一卷不輟。雖三女號饑，叔母病卧，呼藥聲犁然，勿恤也。」

〔三〕蕺山，在紹興城内。劉宗周曾在紹興講學，從者甚衆，後人稱「蕺山學派」。

〔四〕猩狸却步，喻平時不努力，導致最後喪失本能。典出明宋濂《狸猩》一文。稱狸猩原爲捕鼠能手，某人日以肉飼之，天長日久，狸猩非但不會捕鼠，反而望鼠却步，被鼠咬傷。狸猩，一作「狸狌」，即貓。

〔五〕争得失於蝸角，亦稱「蠻觸之争」。《莊子·則陽》：「有國於蝸之左角者，曰觸氏；有國於蝸之右角者，曰蠻氏。時相與争地而戰，伏屍數萬，逐北旬有五日而後返。」此喻與人争蠅頭小利。

〔六〕蒼蠅之弔，即「青蠅之弔」，《三國志·吳書·虞翻傳》，注引《虞翻别傳》：「自恨疏節，骨體不媚，犯上獲罪，當長没海隅，生無可與語，死以青蠅爲弔客。使天下一人知己者，足以不恨。」喻生前無一知己。

與李杲堂先生書

村齋遼隔，教言多違。近構詩文，何時快讀？竊惟先生之文既可以傳後世矣，兹有鄉邦一事，須藉先生之文以傳者，敢敬陳之。

吾郡人才，至宋而盛，至明而大盛。近者鼎革之際，更有他邦所不及者，是不可無以傳之。愚嘗有其志焉，而苦力不能爲也。先生爲文章宗匠，此事非先生之責而誰責乎？前朝人物，其顯著者既已備列於國史，其側陋者亦已採輯於郡乘，此書似可無作。顧國史但紀政績，而不及家鄉之行，其書既略而不詳，郡乘多徇請託，而不免賢否之淆，其書又雜而無别。欲免二者之弊，其惟《浦江·人物》《吳郡·先賢》之例乎〔一〕？望先生倣二家之法，著爲一書，采實録之明文，搜私家之故牘，旁及於諸公之文集，核其實而辨其訛，考其詳而削其濫，使善無微而不顯，人無隱而不章，此實不朽之盛事，而亦先賢之有待於後人者也。先生得無意乎？

嘗謂文人之著述，有可已者，有必不可已者。往時士人一登仕籍，即有文集遺世，徒供他人覆瓿之用，此可已者也。若編摹乎史傳，紀載乎軼事，使前人之名蹟得以不泯乎後世，此不可已者也。今此人物之志，其在所不可已乎？先生之文誠善矣，傳之後世，必不至於覆瓿，然但可成一身之名，初何益於天下之事？惟以我之文章，表前人之遺行，使前人藉我而得以不朽者，我亦藉前人而附以不朽，豈非所謂相得而益章者哉？今無才者不能著述，而有才者又不肯著述，此前賢之懿行所以多不傳於後世也。

愚嘗讀李堇山《四明文獻志》矣，卷帙不多，搜羅未廣，未足以盡吾郡人才也〔二〕。至若張司馬之郡志，苟且成書，疵謬顯著，每一披閱，氣輒填膺，不知當時儘有讀書者，何若是其抵牾也〔三〕？郡志終於嘉靖，正宜續修，補其後之缺而正其前之譌，亦吾黨今日之事〔四〕。此書若成，即可備修志之用，是又一舉而兩得矣。先生誠任筆削之權，愚亦敢與討論之列。其他若吾師霜皋先生廢翁、隱學二公，暨家兄充宗、允誠、從子貞一，皆可同與斯事，不一年而即可告成矣〔五〕。不及今急爲採葺，使先賢之行事愈久愈湮，當亦君子之所痛心也。伏惟垂聽而採納焉。幸甚，不宣。

【題　解】

據《清史列傳·文苑傳》等，李杲堂，名鄴嗣，字文胤，號杲堂。與萬斯同同里。明諸生，年十六，隨父李棡官嶺外。及長，肆力於詩古文辭。甲申後，其父被逮至杭州而亡，鄞嗣亦下府獄，幸得救，遂絶意人世。與斯同之父並黄宗羲、徐鳳垣等，以明遺民自居，堅不仕清。著有《甬上耆舊詩》《杲堂文鈔》《杲堂詩鈔》等。羅本亦著録此書，且文末附曰：「余既爲此書，踰年，值郡邑有修志之役，余濫竽其間，鄉里人物頗多搜採，恨美惡雜收，未足滿人意也。乃杲堂則有《甬上耆舊詩》之選，凡登詩者俱系以一傳，於是吾邑之人物略備，誠快舉也！」

據雍正《寧波府志·前朝纂修姓氏》：「康熙十二年郡志，未刊。總裁：邱業（知府）。分修：萬斯選、萬斯同（俱鄞縣布衣）……」是知此書作於康熙十一年（一六七二）。次年，斯同即參修邱業總裁之康熙《寧波府志》，撰有《董天鑒先生傳》《董氏五先生世傳》等，而鄞嗣始終未與其事。參見本書卷十二《董氏五先生世傳》題解。

【校注】

〔一〕《浦江·人物》，指明毛鳳韶著《浦江志·人物》。《浦江志》八卷，《四庫全書》存目，《提要》稱其「較他志頗爲簡質，而大旨欲仿《通鑑綱目》，以名字、爵謚爲褒貶」。《吴郡·先賢》，指宋范成大等著《吴郡志·先賢傳》。《吴郡志》五十卷，《四庫全書》著録，《提要》稱其書「徵引浩博，而敘述簡核，爲地志中之善本」。

〔二〕李堇山《四明文獻志》，李堇山，名堂，浙江鄞縣人，明成化二十三年（一四八七）進士，先後官工部屯田司主事、營繕司郎中。《千頃堂書目》、民國《鄞縣通志》皆著録其有《四明文獻志》十卷。

遼寧省圖書館藏有明嘉靖刻本。

〔三〕張司馬之郡志，指成書於嘉靖三十九年（一五六〇）之《寧波府志》，四十二卷，時任南京兵部尚書鄞人張時徹領修。張氏自序稱此志「成之數月之間」。乾隆《鄞縣志·舊志源流》所評與斯同稍異，曰：「成化《志》失之太簡。此志搜羅該洽，實爲過之……纂輯既非一手，又亟於成書，故不免有舛謁之處。要自涉獵古今，斐然可觀。其論賦稅、海防尤見經濟。」「疵」，原作「疪」，誤。據其文意校改爲「疵」。

〔四〕郡志終於嘉靖，據乾隆《鄞縣志·舊志源流》，寧波地方志自南宋孝宗乾道年間州將張津主修之《四明圖經》、嘉靖三十九年張時徹領修之《寧波府志》，歷有續修。但從張《志》之後，則年久失修。萬説審是。

〔五〕據全祖望《續甬詩》卷四十一至卷四十二《鷟甕居四子》，廢翁，即高斗權，字辰四，號廢翁，鄞縣人。明末諸生。明亡，與其兄斗樞等秘密組織抗清。事敗，隱居不出，生活貧困。善古文。參見本書卷八《贈高廢翁先生序》題解。

隱學，即高宇泰，字元發，別字隱學，斗樞子。順治初，從錢肅樂等起兵反清，南明魯王授兵部郎中，事敗，隱居不出，以遺民終老。

霜皋，即徐鳳垣，同上書卷三十四《鶴山七子》之一。鳳垣，字掖青，學者稱霜皋先生，鄞縣人，明大理寺卿徐時進從子。少爲諸生，有盛名，明末，毁家輸餉抗清。事敗，苦節自矢。斯同少年時曾一度從其問學。

充宗，斯同六兄，生平事迹見本書卷一《閒居和六兄充宗》題解。

萬允誠，斯同七兄，名斯備，字允誠。贅於李鄴嗣家。工詩書、篆刻，著有《深省堂詩集》。

萬貞一，斯同侄萬言，生平事迹參見本卷《與從子貞一書》注文。

「其他若吾師」至「可與斯同事」，張本無，據羅本補。

卷十二　傳

戴敬夫先生傳

先生諱重，敬夫其字，和州人。自少英偉不凡，年十五爲諸生，即留意當世之務，不屑爲經生業。江浦鄭朝聘先生游和，與人談聖賢之學，人率不信。先生以從父命師之，亦不甚信，久而深契於衷，復執贄以前。鄭先生訝曰：「子既師我矣，復何爲？」先生曰：「向不知所以師先生，特以從父命師之。今而知所以師先生矣，敢固以請。」鄭先生笑而許之。及鄭先生卒，先生爲位而哭，率諸弟子建祠置主，歲時奉祀，其篤於恩義如此〔一〕。從父判温州回，與仇家鬨於州堂，暴卒，先生爲破産復讐。時四方盜起，先生知難必及和，奉母避之金陵，居二年而母卒，居喪如禮。

崇禎八年春，賊犯州境，族黨多死，先生渡江殯葬之，攜宗人而南，因勸鄉人急徙，皆不聽。其冬，賊復大至，屠其城，死者數萬人，其存者亦悉塗炭，始悔不用先生言。賊退，先生復渡江哭所親，爲之營葬。

及京師陷，福王立於南京，先生益痛憤，有恢復中原之志。會應天巡撫程公世昌延入幕，先生即赴之，尋以諸生久次，充歲貢生，廷試第一，當授推官〔二〕。時馬士英當國，官以賄得。其客有知先生者，屢招致之，不應。一日，見几上澄泥硯，遽曰：「有此可擇脂膏地〔三〕。」强之謁士英，先生又固拒。獨造謁總憲劉公宗周，談時事得失，請以復讐雪恥、表忠戮叛爲首務，劉公咨，善其言〔四〕。公方坐黨禍去國，相與太息流涕而已。明年三月，烈皇帝小祥，要同志數十人哭於南郊〔五〕。河南巡按御使淩公駉，鋭意圖興復，致書招先生，先生將戒行而淩公已殉難，爲灑酒啜泣，以酬知己〔六〕。無何，有廉州之命，未赴而南京亦覆，先生益痛憤不欲生。

先是程公以忤阮大鋮罷職，候代。復招先生，先生往，則乘輿已播遷，乃偕走湖州之後林主潘國瓚家〔七〕。國瓚亦義士，與先生同年充貢者也。時程公猶握勅印，烏程諸生獻書，先生請説程公舉義兵，號召天下豪傑，共圖恢復。先生以諷程公，程公曰：「先生言是也。但興師必取餉，取餉不能無擾，請少俟。」六月，北師遣使至湖州，守者即迎降。先生偵知使者乃一無賴諸生，所攜止二三僕從，潛結壯士數十人馳入城，執而磔之，餘人不敢動。時大將黄蜚、兵部郎吴易，各擁兵萬餘於太湖，屢挫北軍，僉事錢棅亦斂舟聚眾以待〔八〕。

先生馳至後林，説國瓚起兵相應，國瓚許之。洞庭山蔡允心者，俠士也，散家貲十餘萬募兵。於是舟楫器械悉具，先生乃命軍中皆縞素，慷慨誓師，衆咸感奮。有王元震者，短小精悍，膽力絶人〔九〕。先生用以爲將，授之方略，率戰艦數十艘，邀擊北軍，北軍大敗，没水死者無算。先生乃斂舟屯崑山。是夜風雨大作，纜盡斷，舟悉飄散。先生大痛，與元震達後林，將以明日收散亡入洞庭，與允心合。黎明，北軍猝至，圍國瓚家。先生急出走，北軍射之，先生抽佩刀格去三矢，皆不中。元震戰於舟中，先生急從之，飛矢中其腹。北軍亦不敢迫，先生自拔其矢，裹創走十二里，遇舟，載至計村，夜下血斗餘，困卧七日，始歸所居東林山〔一〇〕。元震爲北軍所獲，抗駡不屈而死。先生雖創甚，猶作《死問篇》數百言及《絶命詞》，誡二子本孝、移孝「困窮力學，毋習舉業」，二子頓首受命。遂卒，年四十有五〔一一〕。先生嗜古博學，文章簡勁有法，詩亦追古人，有《河村文集》八卷、《詩集》十卷。

論曰：先生振奇磊落之人也。當國家多難時，奮欲有爲於世，而世莫之用。卒能張空拳，聚大衆，摧强敵，義聲震於天下，竟爲之死。事雖無成，天下孰不歎其忠！使當烈皇時，有如先生者三數人布列天下，何至神州陸沉如是之易哉？嗚呼，先生不朽矣！乃二子克遵先志，積學敦行，無忝所生。後有敘和州忠孝家者，必以戴氏爲首稱也夫。

【題　解】

此篇據《石園藏稿》録出。順治三年（一六四六），明遺民戴重反清起義失敗，絶食而死。考萬斯同主要據戴重《河村集》卷首署「貴池劉城」撰《推官戴公傳》及戴重詩文等，撰爲此傳，具體時間不詳。但據文中稱清軍爲「北兵」「强敵」，稱明廷爲「國家」「神州」，或當爲斯同入《明史》館之前所作。此後，清中葉章學誠修《和州志》，亦爲之作《戴重事録》，文略異於此傳。戴重，字敬夫，明末和州（今屬安徽和縣）人，南明福王弘光元年（一六四四）廷試第一，因與權臣馬士英等不和，外放湖州推官。清軍攻占南京後，他多次在太湖一帶發動反清武裝鬥争。順治二年，中箭，先亡命東林山，傷稍愈，又「歸和州，遂栖馬鞍寺」，絶食而死。著有《河村集》。明清主要史傳均無戴重傳，野史方志雖有記載，亦不詳盡，故此傳可補史闕。

【校注】

〔一〕按，自「江浦鄭朝聘先生游和」至此句，據戴重《河村集·師祠記》改寫。據戴重自記，他師從鄭朝聘，時在天啟四年（一六二四）至六年。鄭朝聘，嘉慶《江寧府志·隱逸傳》載：「朝聘，江浦人。游焦澹園（竑）之門，所著有《廬言家範》，皆躬行實踐，不同空言。受業諸生立祠石磧橋祀之，號爲艮嶽先生。」江浦，明清時屬江寧府，今屬江蘇南京市。

〔二〕程世昌，據《光山縣志約稿》本傳等，號韋庵，光山（今屬河南信陽市）人。崇禎四年（一六三一）進士，授刑部主事，轉員外郎，讞獄多所平反，出知廣平府，再知平陽。擢按察副使，備兵九江。福藩立，擢僉都御史、巡撫上江，威惠並濟，民以安。以忤阮大鋮歸里。獨立創修學宫。入清，曾官太常寺卿，抑鬱而卒。

〔三〕澄泥硯，古代名硯，以水澄洗細泥燒製而成，與端硯、歙硯、洮河硯並稱四大名硯。産於山西忻州、絳州等地。

〔四〕劉宗周，見卷四《卦變考》注文。

〔五〕烈皇帝，此指崇禎帝。小祥，古代親喪一周年的祭禮，此指崇禎帝死後一年，即順治二年三月。

〔六〕淩駉，據温睿臨《南疆逸史》、徐鼒《小腆紀傳》本傳等，安徽歙縣人，崇禎十六年進士。先以「兵部職方司主事，贊畫督師李建泰軍」，建泰降清，淩駉堅持在河北、山東一帶抗清。後南下官福王朝監察御史、河南巡撫等。守歸德，清軍破城被執，堅貞不屈，自縊而死。

〔七〕乘輿，此指南明弘光帝。順治二年五月，清軍渡長江，弘光帝等逃亡蕪湖黄得功營。潘國瓚，據同治《湖州府志》本傳等，爲明朝湖州府太湖後林村人，崇禎朝貢生，曾任南明弘光朝都御史，迎戴重共同舉義抗清，爲其置「戴山別業」館之。著有《明六王功臣列傳》十卷、《明帝紀鈔》四卷、《戴山外集》二卷等。其餘生平事迹不詳。

〔八〕黄蜚，據温睿臨《南疆逸史》、徐鼒《小腆紀傳》等，南昌人，早年隨其舅都督黄龍鎮遼陽。崇禎六年黄龍戰死，無子，黄蜚承襲。歷官守備、應天後軍府都督等。南明弘光朝，黄蜚等駐守鎮江、蕪湖等地。清軍南下，蜚入太湖繼續抗清。南京失守，各地義軍推其爲盟主，轉戰江南。隆武元年（一六四五）兵敗舟山，綁赴南京，堅貞不屈，壯烈犧牲。吴易，據温睿臨《南疆逸史》、徐鼒《小腆紀傳》本傳等，字日生，吴江人。崇禎十六年進士。南明福王時，爲史可法監軍，題授職方主事。揚州、蘇州先後失守，入太湖紮營抗清。兵敗，吴易泅水走，父、妻、女皆溺死。隆武二年，再度起義，率兵第三次占領蘇州城，六月，在嘉善被俘，不屈而死。錢棅，據《明季南略》本傳等，字仲馭，浙江嘉善人。崇禎十年進士，授南京兵部職方主事。遷吏部郎中等，薦黄道周等海内名士。清軍占領江南，錢棅破家起義，拒戰於三塔灣，兵敗，死之。著有《南園唱和集》等。

〔九〕王元震，劉城《推官戴公傳》：「王元震者，字長卿。」其餘生平事迹不詳。

〔一〇〕計村，在太湖沿岸，今地不詳。東林山，又名錦峰山、錦屏山等，地在今浙江湖州市吴興區東林鎮，爲天目山支脈。然戴重並未死在東林山。劉城《推官戴公傳》：「公至計村，夜下血數斗，裹創七日始歸東林山。（王元震被害後）少蘇，乃作《死問篇》……子本孝、移孝扶公間關歸和州……居馬鞍山寺。」

〔一一〕劉城《推官戴公傳》：「病方革，創始大潰，遂絶粒不復食。命本孝、移孝等曰：『爾兄弟祇宜固貧力學，或習醫卜以隱，萬萬不可學舉子業。其守我將死之言！』復援筆作《絶命十五章》，手疏《與兒子》數十則，臚分縷析，凡所謂植身正家之道具在，無一語及私。且曰：『我死，第殮以常服，此我自吴興以來，血肉淋漓，庶以上覲先帝於九京耳。』及期，端坐，正衣冠而没，年僅四十有五。」「遂卒，年四十有五」，「四」「五」二字，《石藏》原缺，據劉城《推官戴公傳》及章學誠《戴重事録》「卒年四十五，是爲順治三年，據被創週一歲矣」補。

董氏五先生世傳

董琳，字廷瑞，鄞人，系出漢江都相仲舒後。仲舒孫春爲廬江守，家句章〔一〕。春孫黯以孝聞，漢唐累封「孝子徵君」，世享廟祀，有司奉之〔二〕。越四十八世而爲伯莊公，始定居鄞〔三〕。琳，其孫也，舉景泰五年進士，授南京湖廣道御史。天順初，南京户、兵、刑、工四部尚書及國子祭酒不職，次第劾之。都御史軒輗以不先請爲責，琳舉蕭至忠故事對，莫不懾其伉直，稱爲「殿上虎」〔四〕。都指揮劉敬掌南京錦衣衛，父子怙寵肆虐，言路莫敢發，琳獨疏劾之，敬遂逮治，其子戍邊，於是直聲益振。成化元年，出爲山東按察僉事，分巡濟南。踰年，改東兗，有善政。時旱澇相仍，民多流移，琳設策賑救，日夕不遑，全活無算，竟以勞悴感疾乞歸。卒之日，幾不備含殮，人莫不重其操。三子鑰、鏊、鍊，而鑰最著。

鑰，字啟之，十歲隨父任山東。一日録囚，鑰諦聽良久，進曰：「此囚詞氣悲楚，疑有枉。」更訊，果得誣服狀，父大奇之。弱冠，父卒，哀毁骨立。登弘治三年進士，授上海令。上海苦水患，召父老詢其故，曰：「邑東地高，畏旱，恒多蓄水；田跨湖，卑窪，水盛則無所洩，用致沉溺。」鑰乃設法濬東鄉溝洫，而沿西陲築堤阜，使一邑蓄洩相通，水患遂絶〔五〕。

侍郎談誥辱於惡少，賄令殺之。鑰曰：「小民辱大臣，自有明法，出不敢，入亦不敢。」乃予杖。十一年，擢雲南道御史，有直聲。主事盛應期、范璋以詿誤，副使楊茂元以建言，並獲嚴譴〔六〕。後遇赦，當録用，孝宗不從。鑰上言：「近吏部奏，詔例擬茂元知府，應期、璋判，而明旨不允，是朝廷之恩詔不足取信於天下，而臣子之小過終不蒙宥也。此舉關係國體，惟聖明裁察。」不報。然三公終得輕釋者，實鑰之力也。清戎河南，更定軍法，兵部馬文升善之，著爲定式〔七〕。復命，即劾户部尚書侣鍾縱子受賄狀，罷之〔八〕。巡按雲南，鋤强扶弱，持法不阿。時鎮守太監孫景與都督盧和訐訟，屢經按問，皆畏璫勢不敢決。鑰至，嚴訊得其情，立置大辟〔九〕。會逆閹劉瑾專政，除不附己者，勒致仕，猶撼之不已。矯詔逮赴京師，會瑾伏誅，得釋，卒於家。其後直諫著者，有從弟鏊。

鏊，字濟之，狀貌白皙，頎然修長。正德六年成進士，武宗命取堪諫官者親試，擢第一，授户科給事中。嘗呼爲「董長子」，立朝正色不阿，封章屢上，嘗陳救時六條，曰「擇守令，均差徭，平考校，恤軍士，清刑獄，修城堡」，上嘉納之〔一〇〕。江西賊王浩八等爲亂，浙江群盜應之，都御史俞諫往討，勢甚猖獗，鏊陳形勢利害，請調山東總兵劉暉入浙，相爲猗角，賊以之平〔一一〕。浙遭水旱，兵餉不支，議留漕儲及支兑軍折銀，報可。居京師，與一大僚黄姓爲鄰，有布政某以二百金遺黄，其使倉皇認董爲黄以獻，鏊召使還之，而終不發其私。

黄愧詣謝，鏊曰：「余固不肯翹人過以沽直也。」户科職掌軍儲，有指揮使失銅符，請死，鏊曰：「姑徐覓之，無恐。」浹月，得之井中，一時咸嘆服，以爲有裴度之智〔一二〕。武宗遊幸頗煩，每宣樂，必問「董長子在否」，蓋慮其伉直諫入也。閹黨尤不便之，謫溧水驛丞，而上實未知。一日朝群臣，偶問：「何久不見『董長子』？」時相愕然，謬對曰「已陞矣」。問陞何官，復謬對曰九江知府。退朝，急以九江知府命鏊，命至，而鏊已死數日矣。子洛，舉嘉靖元年鄉試，任鬱林州知州，亦有治聲，士民頌之。孫棖，由恩貢生授諸暨縣教諭，聚徒講學，儒風丕變。曾孫光曄，舉萬曆二十八年鄉試，未仕卒。鏊從孫爲副使樾。

樾，字子亨，鏊弟鈿之孫也。負俊才，性剛毅。家貧，以授經養其親，克盡孝道，門人滿吴越。萬曆六年成進士。值潞藩出閣，選經術士從，因授樾翰林院檢討，侍王九年，王甚敬憚之。尋進修撰。十六年，順天鄉試多私人，禮部郎中高桂、刑部主事饒伸以劾奏被譴〔一三〕。樾倡言於朝，權貴共憤然，未有以中之也。有執政爲樾座主，召使作奏傾一正人，樾謝曰：「陷害忠良以圖富貴，樾不忍爲。」執政變色，乃更授意於吏垣陸懋龍〔一四〕。陸，樾之同里也，遇諸朝，面責之，陸大慚恨，歸怨之執政，遂出樾爲廣西參政。怨猶未已，會播州宣慰使楊應龍叛莫能制，乃調樾貴州，意書生不嫻軍旅，當以僨敗受誅也〔一五〕。樾至，明大義，信賞罰，出奇兵，屢挫賊鋒，軍聲漸振。復選死士潛渡烏江邛關，攀援而上，破老軍關，出難民四萬五千餘人，爲請賑恤，檄貴州安宣慰給地墾種，遠邇感悦，賊氣益折。乃親率大軍逐之，踰水西，與諸豪盟，慰勞懇至，莫不願效死力〔一六〕。應龍乃遣客説樾，樾斬之，誓必戰。復輦金數十車，私詣樾門求緩師，樾堅拒之。賊遂北走白石口，挫蜀支兵以去，而重賂當事，請罷兵，衆遂阻貳。巡撫林喬相與樾力持剿議，争之不能得，調樾四川副使，未行，經略侍郎邢玠抵重慶，樾三上方略，備陳不可不討之説，玠深然之，留樾練兵積餉。應龍憾入骨，且畏其説之行，則已終覆滅也，夜遣刺客入帳中，竊其頭而去。此萬曆二十三年七月九日事也。前三日，無雲而雷，大風拔木，摩尼站晝見素車白馬，衣幟盡白，遍滿山麓〔一七〕。死之日，庭降白雲如旂，衆咸異之。方樾之在軍也，以貴州靡莫故地，民俗未淳，宜伸禮教，稍暇則講學論文，親禮賢士，以身化之，攝學政，尤稱得人。世皆目土官爲利藪，樾絲毫無所受。女官奢世統餽蒟醬，亦卻之〔一八〕。故心折群酋，往往能得其死力焉。樾既没，其姪光宏亦以治績聞。

光宏，字君謨，御史鑰曾孫也。祖湑，泰安州同知。父棻，南安府通判。光宏少有大志，喜讀書，以孽子不容於嫡，而孝謹彌篤。父母殁，其兄逐之别居，極貧苦，勵志不衰，日爲婉容愉色以娱其所生。尊姚江「致良知」之學，行事必求「不欺於心」，爲文章惟以「自慊」爲主，不因循講説，隨經生後，四方才俊士咸相推重，稱光宏先生。萬曆二十九年成進士，除刑部主事，進員外郎。有囚以非罪擬辟，駁正之。因感恩，以絶色女子獻，光宏峻拒不納。欽恤八閩，平反最多，由郎中擢河南按察僉事，提督學政，有冰鑒名，性淡泊，每按部，節諸供給，累數千金，籍記之，無所涅〔一九〕。署按察司篆，例有贖鍰，進者見其嚴正，竟不敢言而退。遷參議，鎮磁州，尋調懷慶，適福王之國，扈從諸璫恣横甚。光宏屹不爲動，亦無可伺之隙，不得逞以去。及還本司參政，與福王共居洛陽，諸璫素知其名，咸奉越束。

四十四年，靈寶礦賊起，關右震動，而士卒恇怯，主將托疾規避〔二〇〕。光宏奮身兼程，往集諸義勇，將進剿，會有詔命光宏督師，乃置間設伏，屢敗其衆，逼之鷄子山下，擒其魁高二小、李兒等，餘賊悉平，民爲立祠於汝州。遷陝西按察，歷江西左、右布政使。時宗禄浩繁，徵解輸納，百姓疲苦，光宏爲更法除其害，省民間費無算〔二一〕。簡稽錢法，羸子錢二萬金，悉以濟通省加派及宗禄，詳載户部《祝鳩氏十書》〔二二〕。天啟三年，入爲順天府尹，部内多戚畹莊田，横不奉法〔二三〕。光宏執持無所屈撓，公私肅然。熹宗幸太學，賜坐，蔭一子。五年，推户部侍郎，力辭，改南京大理寺卿。人謡曰：「南都廷尉，前薛後董〔二四〕。」時逆閹魏忠賢生祠落成，九卿皆呈職名往賀，光宏獨不往，與薛瑄之不餞金英，皆爲是官時也。忠賢惡其不附己，且夙有莊田不免役之憾，六年冬，推刑部侍郎，力詆之上前，將中以危法，於是再疏乞休，遂加南京兵部左侍郎致仕。家居端嚴慎密，雖暑月不去巾幘，見徒隸無惰容。卒于崇禎元年十一月。卒三年，而上念其忠，特賜祭葬，贈資政大夫，都察院右都御史焉。四明布衣萬斯同譔。

【題　解】

此文據清袁鈞《四明文徵》卷十六録出。傳主董琳、董鑰、董鏊、董樾、董光宏皆明代寧波府鄞縣籍名臣。據李鄴嗣《杲堂文續鈔》卷三《董天鑒（德偁）先生傳》文末所記，康熙十二年（一六七三）「吾友萬季野撰郡志，以先生列《孝友傳》中」。檢斯同參修之志無傳本，惟康熙《鄞縣志》、雍正《寧波府志》皆有《董德偁傳》並董琳等人分傳。後者所記傳主之基本事迹、文字多與此傳相同，是知萬斯同此傳，乃康熙《寧波府志》原傳，則撰寫時間或在斯同參修康熙《寧波府志》期間，並爲後來修志者所襲改。檢《明史》等官修「正史」均無諸董傳，故此傳可補史闕。因李鄴嗣所言斯同所撰《董德偁傳》未見可信傳本，附録康熙《鄞縣志·董德偁傳》，謹供讀者參考。

【校　注】

〔一〕董春，據晉謝承《後漢書》等，字紀陽，少好學，從侍中祭酒王君仲受《古文尚書》，後詣京房受《易》。立精舍，遠方門徒從學者常數百人。官廬江太守。句章，秦置爲縣，地在今浙江寧波市。

〔二〕董黯，參見本書卷二《鄮西竹枝詞·董孝子祠》注文。

〔三〕董伯莊，據民國《鄞縣通志·氏族表》等載，爲董仲舒後裔一支，南宋淳祐年間先遷慈谿，洪武中，再由慈谿遷鄞，贅鄞城西北隅芳嘉橋，是爲寧波董氏始祖。伯莊曾官山西忻州知州。檢乾隆《忻州志·職官》記爲「董文衡，鄞縣人，景泰四年任（知州）」。則伯莊與文衡或當同爲一人，識此備考。

〔四〕軒輗，據《明史》本傳，字惟行，鹿邑人，永樂末年進士，仕永樂至天順六朝，官至左都御史、刑部尚書等。爲官廉潔自律，正直敢言，清操聞於天下。

蕭至忠，據《新唐書》本傳，唐朝名宦，歷任監察御史、刑部尚書、中書令等。唐中宗時爲御史，李承嘉爲御史大夫，嘗謂諸御史道曰：「彈事有不諮大夫，可夫？」衆不敢對，至忠獨曰：「故事，臺無長官。御史，天子耳目也，其所請奏當專達。若大夫許而後論，即劾大夫者，又誰白哉？」

據《宋史》本傳，劉安世，字器之，登進士第，從學於司馬光，「在職累歲，正色立朝，扶持公道。其面折廷争，或帝盛怒，則執簡却立，伺怒稍解，復前抗辭。旁侍者遠觀，蓄縮悚汗，目之曰『殿上虎』。一時無不敬懾」。

〔五〕董鑰治水，見同治《上海縣志》本傳，「董鑰……弘治六年知縣，明辨有幹才。以邑分東、西鄉，高者利浚，卑者利防，而防爲艱，請築西鄉田圍捍水患。修撰錢福爲文記之，都御史吴世光令曰：『凡吏吴者，以上海爲式。』」

〔六〕盛應期，據《明史》本傳，字思徵，吴江人。弘治六年（一四九三）進士。授官都水主事。忤中貴李廣，「廣從中搆逮應期及主事范璋下詔獄。璋筦衛河，亦忤中貴者也。獄具，謫雲南驛丞」。

范璋，據康熙《雲南通志》本傳：「浙江餘姚人，弘治間以工部主事忤權貴，謫吕合驛丞，尋升楚雄知縣。卜遷學宮，於勝地引蓮池水以灌泮池。誨勵諸生，多所成就。」

楊茂元，據康熙《鄞縣志》本傳等，字志仁，浙江鄞縣人。成化朝進士，歷官刑部主事、山東按察副使等。忤中貴李興及外戚，「上遣錦衣百户胡節徵以檻車，沿途軍民遮馬首泣訴其冤……南北言官亦交章論救」。謫長沙同知，又忤權閹劉瑾而奪官。劉瑾伏誅，起雲南布政使等。

〔七〕清戎，指監察。馬文升，明代名臣。據《明史》本傳等，字負圖，鈞州人。景泰二年（一四五一）進士，累官御史、按察使、右都御史等。弘治初，任兵部尚書等。歷仕代宗至武宗五朝，與王恕、劉大夏合稱「弘治三君子」。

〔八〕侶鍾，據《明史》本傳等，字大器，鄆城人。成化二年（一四六六）進士。官御史、浙江巡按等。宦官汪直暗示鍾彈劾大臣馬文升，鍾不從，遭廷杖。後因都御史王越推薦，遷大理寺丞等。東廠等揭鍾子瑞受賄，鍾上疏求退，孝宗命以驛車快捷送歸。

〔九〕據《獻徵録》、謝肇淛《滇略》等，雲南參將盧和乃權閹錢寧義父，在滇殺人毁屍，按律當死罪，地方官久不敢判，巡按使唐龍、董鑰等至，始處決之。

〔一〇〕董長子，康熙《鄞縣志·董鏊傳》：「董鏊，字濟之，正德辛未進士，授户科給事中。儀表英偉，諷議侃直，武宗呼爲『董長子』。」

〔一一〕按，王浩八之亂，指弘治朝「江西姚源王浩八等流劫浙江開化」，參見《明史·伍文定傳》等。

〔一二〕裴度，唐代傑出政治家。據兩《唐書》本傳，字中立，唐德宗貞元五年（七八九）進士。唐憲宗時累遷御史中丞、宰相。親自督統諸將，平定淮西之亂，封晉國公。歷仕穆宗至文宗三朝，數度出鎮拜相。晚年隨世俗沉浮，以求避禍，官終中書令。

〔一三〕據《明史》饒伸本傳等載，萬曆十六年（一五八八），黄洪憲典順天鄉試，高桂、饒伸等劾大學士王錫爵之子王衡等八人有舞弊之事。

〔一四〕陸懋龍，據康熙《鄞縣志》本傳，號珍所，萬曆五年進士，先後官合肥令、兵科給事中、湖廣布政司參政。

〔一五〕楊應龍叛，即「播州之役」，據《明史·四川土司》等，萬曆十八年前後，播州世襲宣慰使楊應龍起兵反明，朝廷主剿撫不一，導致其最終大肆攻城掠地，禍及川黔等地，多歷年所，全國震動。萬曆二十八年，始爲湖廣川貴總督李化龍、總兵劉綎剿滅，楊應龍兵敗自殺。然《明史》相關篇章不載董棫參戰之事，識此待考。

〔一六〕「愬至」，原文誤作「𢡟至」，據文意校改。

〔一七〕摩尼站，地在今四川敘永縣摩尼鎮。

〔一八〕女官奢世統，據《明史·四川土司》等，爲四川永甯宣撫奢效忠之妻，奢效忠妾爲奢世續。效忠卒，妻妾争權互鬥。

〔一九〕無所涅，涅，污染也，《荀子·勸學》：「蓬生麻中，不扶而直，白沙在涅，與之俱黑。」此喻賬目清楚不誤。

〔二〇〕所謂「靈寶礦賊」事，見《神宗實録》卷五四三：「（萬曆四十四年三月丙戌）河南靈寶縣礦賊突入城劫略，知縣石應嵩却之。」不詳其具體經過。

〔二一〕宗禄，指宗室所領俸禄。

〔二二〕祝鳩，代指户部。《左傳·昭公十七年》：「祝鳩氏，司徒也。」杜注：「鳩，聚也。治民上聚，故以鳩爲名。」《祝鳩氏十書》，據舊題萬斯同《明史》卷一百三十四《藝文志》二，分别爲《皇恩大賚録》《京邊會議疏》《邊鎮舊餉》《遼餉支放册》《黔餉簡明册》《屯田議款》《監法條例》《搜括加派》《官員姓名册》，《澹生堂藏書目》卷三則爲《皇恩大賚録》《敉盤錢糧册》《京邊會議疏》《邊鎮舊餉》《遼餉支放全册》《黔餉簡明册》《屯田議款》《監法經制》《搜抵加派》《官員姓名册》。或爲户部所編有關國家財政經濟之檔册。

〔二三〕戚畹，猶言外戚。

〔二四〕前薛，指薛瑄，明代著名思想家。據《明史》本傳等，字德温，號敬軒。河津（今屬山西運城市）人。永樂十九年（一四二一）進士，歷官通議大夫、南京大理寺卿等。爲官正直，景泰初年，權宦金英奉命出使南京，大小官員設宴爲之餞行，唯薛瑄一人不肯前往。金英頗有雅量，回京後，反向衆人誇贊薛瑄：「南京好官，惟薛卿耳！」

【附録】

董德偁，字天鑒，性孝友力學。父應圭初知易州，值流寇侵逼，德偁從一蒼頭奔候，歷荒原叢骨，中又遭雨雹傾仆，頭目皆損，惟冀得覲父顏，艱險不遑顧也。及還知鄧州，復爲寇所圍，德偁聞之，又兼程而往，晝夜踉蹌，縋城得入。時父以憂勞成病，驚曰：「吾有城守責，死乃分也。汝奈何試身不測之險？」相持而泣。未幾，父卒，扶櫬而歸。崇禎丙子，赴省應試，時期已迫。聞母病，旱涸無舟，徒步亟返，已而母愈，復徒步以往，至則適當試期，是科獲領鄉薦，人謂孝心所感。癸未，試禮闈。前一日，從兄庚午舉人德襄死於疫，邸寓相距十餘里，德偁奔赴視含殮。及抵試闈，唱名已過，告主者以情，始得入，既而中副榜。又捐金買舟載其柩回。甲申後，不與計偕。家貧，與昆弟群從極相友愛。

（康熙《鄞縣志·孝友列傳·董德偁》）

文學賈若水先生傳

先生賈姓，潤其名，若水其字，河間府故城縣人也。先世自山東萊陽徙，祖士彥舉明萬曆甲午鄉試，以文行稱〔一〕。父鍾克承家學，生三子，先生其長也〔二〕。穎異好學，與叔父鍾凱、從叔父一元及仲弟濬同硯席，交相淬礪，並有聲郡邑中〔三〕。既補博士弟子，益肆力古學，嘗語人曰：「人生當爲功名中人，尤當爲聖賢中人也。」其立志如此。喪父，哀毀骨立。既持家柄，善事其母，事必諮而後行。歲丙戌，與一元偕赴棘闈〔四〕。一元裒然舉首，先生曰：「從此與叔父顯晦殊途矣。」遂專爲德於鄉，不求聞達。

親族中待以舉火者數十百家，遇婚嫁死喪，更爲竭力營辦。邑中文廟圮，捐貲新之。已而明倫堂、鄉賢祠、櫺星門、東西坊俱圮，復先後新之。邑故有養濟院，僅餘半楹，風雨不蔽。爲建官廨土房凡十間，自是貧者有所止。買地城西，建兩義塚，收葬棄骸，自是死者亦有所歸。邑治西有寅賓館，已久廢，先生規爲義學，延師訓貧家子弟，而資給之，自是里中兒並有所教〔五〕。甲子歲凶，饑民五千餘人，更苦徵賦，先生爲代輸八百金，民免流移〔六〕。己巳，復凶，邑令倡議賑粥，先生首出貲襄其事〔七〕。公賑之餘，又獨賑三日，全活無算。其爲德於鄉，不可勝紀。然先生非獨好善樂施，其智慮亦有絶人者。方明之季，邑中被兵，先生奉親奔避獲免。戊寅，兵再至，父又欲遠避，先生謂焚蕩之餘，里井蕭條，兵決不再至，不如棲止故鄉爲善，父不從，竟及於難〔八〕。人以是服其有識。

蓋先生抱用世之才，使得高步巖廊，展采錯事，即古名臣勳業亦不難致，乃不獲大行於國，僅小試於鄉，能不以是爲先生憾？然近歲事例宏開，富有者率輸貲得官，先生獨不屑是，其志操更有過人者，而不得以禄位論也〔九〕。辛未九月，先生捐館，年七十有七。邑中聞之，奔哭者數千人，一時詫爲異事。子二，長枚，次樸〔一〇〕。余家浙東，去故城遠，不及識先生，而得交先生次子，見其恂恂雅飭，知淵源有自。因據其行述而爲之傳，俾後世有考焉。

【題解】

此篇據《石園藏稿》録出。康熙三十年（一六九一）九月，賈潤去世，萬斯同特作此傳，贊其一生淡泊功名，爲利地方。據光緒《畿輔通志·卓行傳》等載，賈潤，河間府故城縣（今屬河北故城縣）人。事孀母，撫孤姪，内外無間。設義館以成就後進，置義塚以收葬遺骨，懿行甚多。又精研經史，重視學術。以其子貴，贈廣西思明府同知，祀鄉賢。其身前曾資助刊刻黄宗羲《明儒學案》，並請斯同代其爲之作序。參見本書卷九《明儒學案序》題解。

【校注】

〔一〕賈士彦，雍正《故城縣志》本傳：「字翰楚……少年攻苦，雖嚴寒酷暑手不釋卷，登萬曆甲午賢書。更欿然自抑。下帷潛修，喜獎掖後進……生平重信義，樂施予。每遇歲歉，宗族戚里待以舉火者不下萬餘指。貧不能殮者，給以棺木。年幾七旬，而精神倍常。一日，忽正色曰：『吾欲安静以還造化故物。』遂整衣冠，端坐瞑目而逝。迄今子孫昌熾，人咸以爲盛德之報焉。」

〔二〕賈鍾克生平事迹待考。

〔三〕賈一元，雍正《故城縣志》本傳：「字長甫，姿禀聰慧，孝友謙和。當讀書時，便有應制不作第二人語。童試輒冠軍。（順治）丙戌果鄉解第一。丁亥、己亥，兩中副車。嘗拒色不納，見財不取。其才其德，功名未遂，卒，人競惜之。」賈鍾凱、賈濬生平事迹待考。

〔四〕丙戌，指順治三年（一六四六）。

〔五〕寅賓館，指客館，馬致遠《陳摶高卧》第三折：「喜的他不棄寡人而來，今在寅賓館中，尚未朝見。」

〔六〕甲子，指康熙二十三年。

〔七〕己巳，指康熙二十八年。

〔八〕戊寅，指崇禎十一年。

〔九〕事例宏開，指復行「捐納」制度。

〔一〇〕次子賈樸，據雍正《故城縣志》本傳等，字素庵。康熙三十三年以歲貢官柳州府丞，康熙三十四年，調思明府。此後，以軍功擢平越守，未赴任。「有德鄉里……上召問，簡江南蘇州刺史。丁亥（康熙四十六年）春，上巡幸蘇州，知清廉第一，擢江常鎮道，士民數千人具摺保留。上賜御書『宜民』匾額，調蘇松常鎮糧守道。潔己率屬，漕政廓清。時總督噶禮索賄不遂，謬以事砌劾，旋蒙恩免，赴熱河謝恩，歸里，旬餘日病卒」。按，賈樸與斯同相交當在康熙二十三年之前，參見本書卷九《明儒學案序》。長子賈枚生平事迹雍正《故城縣志》卷三有載：「賈枚，字功庵，別號西園。鄉賢潤長子。由廩貢候選內閣中書。……體格修偉，人品端方，言笑不苟，常以『敬慎』二字訓子孫，足迹絶不私履公庭，性喜捨施，不求人知，邑人重其德行，公舉鄉飲大賓。」

循吏高公傳

今天下吏治難言矣！使有仁心爲質，確然爲斯民託命者，豈非當世之麟鳳哉？余於嘉禾得一人焉，曰高公子修，作《循吏高公傳》。

公諱以永，字子修，號荆門，浙江嘉興縣人也。自幼好修，力學不倦。長從里中施約庵先生游，究心正學，卓然有當世之志〔一〕。以康熙壬子舉於鄉，明年成進士，閲七年己未，始宰南陽之内鄉〔二〕。自明季大亂，流寇蹦其地者十餘年，民死徙殆盡，正賦舊幾六萬，止餘八千。及楊來嘉反襄陽，内鄉與接壤，軍需供億，民益不堪〔三〕。及是亂雖少息，而重兵猶駐襄，時越境擾民，間且誘貧民爲厮養，困則逃，逃則捕繫其親屬以及鄰人，不可悉數〔四〕。公下車甫三日，有二卒稱將軍令，縛人於市。公聞大怒，執之聞於府。府守畏威不敢問，則告之撫軍及臬司，迄正其罰。自是樵採者不敢至，民獲安堵。

公乃一意休息，日咨民疾苦而噓植之〔五〕。初以軍興，額外多私派，公悉停免。邑中賦分五則，民墾荒者，長吏必上、中兼報，民畏賦重，輒棄去。公廣爲招徠，悉報中、下則，貧者給以牛種，兼令樹桑麻棗栗，由是流亡來歸，墾闢至數千頃。暇則進儒生，談説經史及舉業，士多嚮風。俗好訟，公以至誠聽斷，黠者不敢欺，訟爲衰減。地不産黑鉛，而歲輸三百斤京師，即易之燕市，其交納之費且不貲。乙丑秋，部議增諸郡鉛十一萬斤，而派内鄉者至二萬八千〔六〕。公以力不能應，疾馳會城訴撫軍，撫軍欲疏請，而慮部中不聽，乃令南陽諸州縣協解，解官因以爲利，郡守又左右之，費益不貲。公曰：「奈何以一縣故累十一州縣？」祈請益急。會撫軍遷去，代者具疏乞免，部議果不行。公以爲大慼，刊歷年請免文牒成帙，曰：「仁人君子見之，庶惻然動念乎？」先是，宰内鄉者不二三年輒罷去，未有至九年者。公亦時有詿誤，賴上官知其賢，獲保全。戊辰晉安州知州，去之日，士民追送數百里，爲立碑建祠〔七〕。

安州悉八旗莊屯，民田僅十之一二，又皆沮洳斥鹵，在畿輔爲最貧〔八〕。其歲時膺役者號「見年」，每里一人，名雖輪值，實奸黠者主之。凡解銀米、修城隄、供上官、補驛馬之屬，率取辦於「見年」。「見年」取之各里，費一徵十，民不勝其苦，而有司以爲便，相仍不改。公至，察知其弊，勒石大門外，永爲禁革。凡公事皆官自任，不復煩里民，民自是得安枕。每大駕行幸諸州縣，悉發隨行車安站馬，牒至即遣，民多告病。公獨措置有方，事集而民不擾。歲大饑，議發常平倉粟，掾史慮上官有言，力尼之〔九〕。公不從，分給立盡。會朝廷大發帑金行賑，公策馬偏歷村落，核其實而親畀之。赤日黄埃，致面目黧黑，不恤也。州東有白洋淀，衆水所會，旱則涸而爲地，民藝麥其間，所收恒倍〔一〇〕。旗丁謀奪之，指爲馬廠地，訐於撫軍，撫軍下令清核〔一一〕。公言此固淀也，偶涸而爲平地，今指爲馬廠，他日水溢，地不可得，而按籍復索馬廠地，勢必指他地實之，是受害無已時也。争者怒，必欲得之。撫軍謂非丈量不可，丈已有日，忽霪雨連朝，復成巨浸，公言始驗，而事得已。

壬申，擢户部江南司員外郎，州人泣送如内鄉〔一二〕。江南財賦半天下，案牘最繁，公防吏奸，句較察覈，不憚勞勩。明年夏，以建醮祝釐，日行炎熇中，體大困，復入曹治事不少休，遂得疾，以八月中卒，年六十有三〔一三〕。貧不能歸柩，賴親故致賻始得行。安州人聞之，相率入都哭奠。後公之子過内鄉，其民攀留不忍舍。道及公事，率泣下沾襟。嗚呼！此豈非仁心爲質，確然爲斯民託命者乎？今不可得矣。

先世太常公巽志，死建文之難〔一四〕。數傳至膠州守文登，由乙榜起家，公曾祖也，有循良聲〔一五〕。生二子，長林，次枝〔一六〕。林生工部郎中道素，道素生禮部主事承埏，皆舉進士〔一七〕。枝生二子，長翼光，次道淳。翼光生基重，舉於鄉，爲耒陽知縣〔一八〕。道淳由恩貢生爲光禄大官署丞，有學行，即公之考〔一九〕。生六子，長以正，舉於鄉，爲臨海教諭，公其第五子也。生三子，長孝本，舉辛未進士，今爲涇縣知縣；次孝典，國學生；孝德，諸生〔二〇〕。

維高氏世秉時禮，爲禾中望族，而公尤挺然不群，親師取友，敦崇正學，故其所成就卓卓若此〔二一〕。生平好爲詩，然不自收拾，今所傳者皆其賸餘也。余未嘗識公，而與公之友敬可徐先生交，習聞公之素履，又徵於其鄉之賢者，謂足當有道之碑，故摭其行述爲之傳〔三〕。

【題　解】

康熙三十二年（一六九三）八月，户部江南司員外郎高以永卒於北京。萬斯同經明史館史官徐善（敬可）習知其事，「又徵於其鄉之賢者」，有感而作此傳。寫作時間當在高以永去世後不久，歌頌其勤政爲民、廉潔清正的一生。同時，追述其先人和後代業績。高以永，浙江嘉興（古稱嘉禾、禾中）人。嘉慶《嘉興府志》等有傳，甚簡略，且事迹與此傳略有出入。康熙《内鄉縣志·藝文志》著録高以永《重建元孛術魯文靖公祠記》《重修石堂山善濟宫碑記》二文、《内鄉春日漫興》《癸亥冬日徼下索逋逃於内鄉淅川之山澤由七峪達桑坪一晝夜疾馳三百里馬上得十絶句》等詩作若干首。近人錢仲聯《清詩紀事》亦著録其詩作《送張平山赴西粤》《内鄉山中雜詩》二首，皆可供參考。

【校　注】

〔一〕施約庵，即施博，據徐鼒《小腆紀傳》等，字易修，號約庵，浙江嘉興府秀水縣人。明季諸生。研精理學，以「知明處當爲獨慎切要功夫」。順治二年（一六四五）後，寓東塔寺，終身儒冠博袖。晚乃講學放鶴洲，引接後進。有舉成弘年間名臣諸奏疏請正者，博即下拜曰：「僕老衰愚，無志當世。君能爲世道留意，追蹤前賢，甚善，幸厚自愛！」蓋其故國之思，耿耿不忘。

〔二〕康熙壬子，即康熙十一年；己未，即康熙十八年。此處斯同記誤。據嘉慶《嘉興府志》高以永本傳：「高以永，字子修，以進士知内鄉縣。」但不載其任職時間。再檢康熙《内鄉縣志·職官志》：「高以永……康熙癸丑會魁，庚申知内鄉縣。」癸丑，康熙十二年；庚申，康熙十九年。當以地方志所載爲是。内鄉，今屬河南南陽市。

〔三〕據光緒《襄陽府志·武備志》等載，楊來嘉，福州人。初爲鄭成功部將，康熙元年，降清，授湖廣襄陽鎮總兵官。康熙十三年與副將洪福據穀城叛清，受吴三桂僞職。數年以來，先後舉兵犯均州、南漳等地，據鄖陽，康熙十九年兵敗重慶，逮至京，未至而死。

〔四〕廝養，即奴役。《戰國策·齊策五》：「士大夫之所匿，廝養士之所竊，十年之田而不償也。」鮑注：「廝，析薪養馬者。」

〔五〕噓植，關愛。陳鼎《東林列傳》卷六：「前朝祇重書生，而奴隸武弁，視士卒如犬豕。後雖稍加噓植，有小却言者，則剌剌不休。」

〔六〕乙丑，康熙二十四年。

〔七〕戊辰，康熙二十七年。安州，今屬河北保定市。

〔八〕八旗莊屯，清初以京畿等駐防重地爲由，按八旗所劃田地。沮洳斥鹵，低濕鹽鹼之地。

〔九〕尼，阻止。

〔一〇〕白洋淀，地在今河北保定市，古所謂「安州八景」之一。

〔一一〕馬廠地，軍隊牧養牲口之地。

〔一二〕壬申，康熙三十一年。

〔一三〕建醮祝釐，建醮，道士設法壇做法事。祝釐，祈求福佑。

〔一四〕高巽志，嘉慶《嘉興府志》本傳等，字士敏，父高德，元末由浙江蕭縣來徙嘉興。幼嗜學，師貢師泰、周伯琦等。至正間，以薦爲鄮山書院山長。洪武初，與儒士趙塤等十五人纂修《元史》，書成，授翰林院編修。累遷侍講學士、吏部侍郎。建文初，用爲太常寺少卿，三年，與禮部侍郎董倫同主會試。五年，靖難兵渡江，遁跡入永嘉之雁蕩，時年已七十餘。病卒。

〔一五〕高文登，同上《志》等，字伯升，竹里人，高巽志六世孫，曾祖高菖、祖高磐、父高銘，俱不仕。文登年十三，以父誤官糧，請代繫獄，守憐之，俾出就試，補平湖縣學生。隆慶元年（一五六七）舉於鄉，謁選得河南葉縣令。擢知膠州，以母老乞歸，未幾卒。膠州，今屬山東青島市。按，乙榜起家，指舉人出身。甲、乙榜，參見本書卷七《送吕山瀏令臨朐序》注文。

〔一六〕高林、高枝，同上《志》等，高林，字宇培，文登子，諸生。萬曆十六年，歲饑，出粟賑濟。時母戴、大母趙相繼歿，朝夕號泣致病，遇家忌强起設奠，一慟而絶。子道素。高枝，原作「高梓」，誤，從上《志》校改。高枝，字宇涵，亦文登子。兄殁，課孤侄，恩義交至。歲暮，過東塔寺，見一童子撲地，氣尚未絶，令人負歸，養療年餘，乃津遣之。所居數里内，大小橋樑，皆爲捐貲修建。子翼光。

〔一七〕高道素，同上《志》等，字明水，原名斗光，高文登孫，父高林，萬曆四十七年進士，授工部虞衡主事，調營繕。爲諸生時，倡建任文書院，並置義田。善詩文，工書畫。

高承埏，同上《志》等，字寓公，高道素子，少爲諸生，以父被難，請棄學，學使不許。崇禎十三年進士，知遷安縣，調寶坻縣，改調涇縣，涇人奉祀於王文成書院，遷虞衡主事。白父冤，請歸侍母，隱居竹林村。子佑釲、佑䄍。

〔一八〕翼光、基重，生平事迹不詳。「耒陽」，原誤爲「來陽」，據光緒《耒陽縣志・職官志・知縣》校改，其文曰：「高基重，浙江紹興舉人，康熙十八年任。」耒陽，今屬湖南衡陽市。

〔一九〕高道淳，同上《志》等，字仲融，原名昂光，高文登孫，父枝。道淳少從魏大中游，得其傳，輯古人言行可法者爲《最樂編》。崇禎元年以恩例，授南京光禄寺丞，攝他署事。以纂《熹宗實録》，諮送史館，晉一級。母老乞養歸，又二十餘年卒。大官署丞，明代光禄寺屬官，從七品，掌供祭品、宫膳、宴席等事。

〔二〇〕高孝本，同上《志》等，字大立，以永子。康熙三十年進士，知涇縣，丁憂，服除，補績溪。鋤强梁，平冤獄，振興文教。解官時，童叟攀轅涕泣，孝本賦《留别詩》曰：「村翁點點淚，攜作槖裝歸」。二縣人春秋祀之。歸，結廬菜花涇畔，遊名山以終。涇縣，今屬安徽宣城。孝典、孝德生平事迹不詳。

〔二一〕禾中，因三國時曾在嘉興縣南設「禾興縣」，後每以此代指嘉興。

〔二二〕徐敬可，《清史列傳》本傳：「徐善，字敬可，亦秀水人。父世淳，明崇禎末，知湖北隨州，張獻忠陷襄陽……城破，死之……善年十一，值國變，避兵失恃；及長，挾書策遊，棄科舉不治，從學於同里施博，精求致知格物之學……後入京師，居徐乾學第中……有《莊子注》《藟谷集》。」

卷十三（明史）新樂府 上

沉瓜步

元順帝至正辛卯，欒城人韓山童聚衆起兵，爲元將所殺〔一〕。其子林兒逃之武安山〔二〕。童黨劉福通、杜遵道等據汝寧、光、息諸郡，迎林兒爲帝，國號「宋」，建元「龍鳳」〔三〕。明太祖起兵，初依郭子興。子興死，遂歸「宋」，受其官爵，奉其年號〔四〕。至癸卯龍鳳九年，張士誠將陷安豐，太祖迎宋主歸滁陽〔五〕。丙午十二月，廖永忠沉之於瓜步〔六〕。

韓家帝子年雖少，曾據中原稱帝號〔七〕。明祖起兵十年間，江南實頒龍鳳詔。安豐既敗滁陽遷，歲時朝賀尚儼然。自從丙午沉瓜步，明年遂改吴元年。廖永忠，爾何逆，豈不知我皇之興賴其力，胡乃弑主甘爲賊〔八〕！人言此事實逢君，異日將希格外恩。寧知終受誅夷禍，太祖何嘗念若勳〔九〕？

【題　解】

朱元璋等曾隸屬元末農民義軍韓林兒，本爲確鑿史實。但朱立國後，於官修《太祖實録》中對此曲筆相隱。萬斯同北上修史前，曾據實予與駁斥（參見本書卷六《讀洪武實録》等）。進入明史館後，如何處理朱、韓關係及「龍鳳」紀年問題，依然歧議頗多。如斯同和時任《明史》監修官徐元文等，主張「朱爲韓臣」，據實書出「龍鳳」年號。史官王鴻緒、王源等則認爲不該「奉一未成事之賊子牧豎爲正統，與太祖正君臣之分」，力主「刊落龍鳳年號」。其實質是康熙朝修《明史》，從歷史到現實，難免涉及明朝與前清「建州三衛」之君臣關係和明清易代之際的紀年問題。

【校注】

〔一〕辛卯，指元順帝至正十一年（一三五一）。是年五月，韓山童起義於欒城（今屬河北正定縣），此後諸事，詳《元史·順帝本紀》《明史·太祖本紀》《明史·韓林兒傳》等。

〔二〕「林兒」，諸本皆同，惟日藏全校本作「林」，誤。

〔三〕汝寧，指汝寧府，今屬河南駐馬店、信陽等地。光，指光州，今屬河南潢川縣一帶。息，指息州，今屬河南息縣一帶。

〔四〕「年號」，諸本皆同，惟日藏全校本作「帝號」。按，韓林兒稱帝建元在至正十五年。《明史·太祖本紀》：「（至正十五年）三月，郭子興卒。時劉福通迎立韓山童子林兒於亳，國號『宋』，建元『龍鳳』。檄子興子天敘爲都元帥，張天祐、太祖爲左右副元帥。太祖慨然曰：『大丈夫寧能受制於人耶？』遂不受。然念林兒勢盛可倚藉，乃用其年號，以令軍中。」然檢《太祖實録》卷三，「遂不受」前所記略同於《明史》，其後則隱無下文，更無一字提及太祖奉「龍鳳」年號之事，紀年則皆用干支。萬説審是。

〔五〕據《太祖實録》等，癸卯，即至正二十三年（龍鳳九年、一三六三）三月，張士誠攻占安豐（今屬安徽壽縣）。朱元璋往救不及，挾韓林兒南還，居滁州（安徽今市），次年正月，朱元璋稱吴王，仍用「龍鳳」年號。以下詩句「安豐既敗滁陽遷，歲時朝賀尚儼然」即指此事。參見本書卷十《追記先世所藏令旨事》。

〔六〕丙午，指至正二十六年，即龍鳳十二年。《太祖實録》卷九十八附《廖永忠傳》，但記是年十二月朱元璋等議定改元事，曰：「……上以國之所重莫先廟社，遂定議以明年爲吴元年……」亦無一字涉及沉殺林兒之事。然舊題萬斯同《明史稿》卷一六三、王鴻緒《明史稿》、殿本《明史》之《廖永忠傳》皆記其事，略曰：「廖永忠，巢人……初，韓林兒在滁州，太祖遣永忠迎歸應天，至瓜步覆其舟，死，帝以咎永忠。」瓜步，亦作瓜埠，山名，在今江蘇南京市六合區東南，南臨大江。

〔七〕「帝號」，同治刻本、又滿樓本同，日藏全校本、《續甬詩》皆作「尊號」。

〔八〕「我皇」，諸本皆同，惟日藏全校本作「我王」。

〔九〕誅夷禍，指廖永忠之死。舊題萬斯同《明史稿》、王鴻緒《明史稿》之廖傳，皆記曰：「（洪武）八年三月，（廖）坐僭用『龍鳳』諸不法事，賜死……」然檢《太祖實録》附廖傳，僅曰：「（洪武八年三月）甲申，德慶侯廖永忠卒。」不言其死因。林兒之死究竟爲廖氏自己要功希恩所致，或是朱元璋暗中指使，《明實録》何以删去「賜死」之事，皆值得進一步研究。

李太師

名善長，佐高皇帝定天下。歷官太師、左丞相，封韓國公，後坐胡惟庸黨，賜死。

李太師，佐命勳，當日論功稱首臣。胡爲身陷誅夷罪，毋乃耄荒辜帝恩〔一〕？李太師，起刀筆，雖乏經國才，寧少謀身術〔二〕？官爲太師爵國公，富貴誰能踰此翁？縱使惟庸改玉步，更有何官加爾躬〔三〕？人生富貴思保身，年高更念子若孫。太師生平素畏禍，何至乘危求滅門〔四〕？又況事發十年後，羅織豈乏仇人口〔五〕？一家供狀二百紙，將毋逼勒刑官手？開國元勳猶若斯，坐令聖代少光輝〔六〕。乃知蕭何下獄尋常事，漢祖何爲尚見嗤？

【題　解】

李善長，字百室，定遠（今屬安徽）人，元末投朱元璋創業，位極人臣，其子李祺爲太祖駙馬。洪武二十三年（一三九〇），被羅織陷害，且「無禮」於太祖，遂以隱瞞胡惟庸陰謀之罪，並其妻女家口七十餘人被殺，時善長年近八十。舊題萬斯同《明史稿》、王鴻緒《明史稿》、殿本《明史》皆有其傳，内容基本相同。

【校　注】

〔一〕耄荒，年老也。《明史·李善長傳》：「……（洪武）十三年，惟庸謀反，伏誅……十八年，有人告

（善長弟）存義父子實惟庸黨者，詔免死，安置崇明。善長不謝，帝銜之。又五年，善長年已七十有七……謂善長元勳國戚，知逆謀不發舉……遂並其妻女弟侄家口七十餘人誅之。」

〔二〕起刀筆，指善長以文筆從太祖起事。同上《傳》：「李善長……少讀書，有智計，習法家言，策事多中。太祖略地滁陽，善長迎謁……留掌書記……太祖爲吴王，拜右相國……有所招納，輒令爲書……」

〔三〕改玉步，即「改玉改步」之省稱。語見《左傳·定公五年》，指改朝换代。《明史·李善長傳》引王國用語曰：「……使善長佐惟庸成，不過勳臣第一而已，太師國公封王而已，尚主納妃而已矣，寧復有加於今日？」

〔四〕乘危滅門，指誅殺善長時，有人乘機造謡説「星變，其占當移大臣」之事。上引《李善長傳》王國用有駁語曰：「……若謂天象告變，大臣當災，殺之以應天象，則尤不可！」

〔五〕羅織人口，指善長被誅，實出衆人之口。據《李善長傳》等，首先是信國公湯和密告善長「嘗欲營第」；其次是善長私親丁斌供出當年善長弟存義等「交通惟庸狀」，詞連善長；其三是善長家奴盧仲謙等「亦告善長與惟庸通賂遺，交私語」等等。於是「御史交章劾善長」，牆倒衆人推。對此，王國用亦有駁語曰：「……凡爲此者，必有深仇激變，大不得已，父子之間或至相挾，以求脱禍。」

〔六〕「元勳」，《續甬詩》作「元功」。「若斯」，他本皆作「若茲」。

百歲衣

洪武中，翰林學士承旨宋濂既告歸，復來朝。太祖大喜，賜以錦綺，問：「卿年幾何？」對曰：「六十八矣。」帝曰：「待三十二年後，可爲卿製百歲衣也。」尋坐孫慎事謫戍茂州，行次夔州而卒〔一〕。

學士歸鄉兮，寵以霞綺；學士來朝兮，醉以甘醴。期歲一見兮，天顔有喜；主臣歡樂兮，盛事誰比？望以百歲兮，永保終始；君恩難報兮，誓以没齒。胡百歲之未届兮，遽投畀乎荒鄙？彼茂州之絶徼兮，實遥遥乎萬里。竟隕生於遷謫兮，魂望闕而徙倚。豈臣節之有虧兮，將君寵之難恃？吊遺墳於巴國兮，徒付慨乎青史〔二〕。

【題　解】

宋濂，字景濂，號潛溪等，浙江浦江人，明初著名政治家、文學家、史學家。朱元璋譽其爲「開國文臣之首」，累官知制誥、太子師等，總裁《元史》，朝廷禮儀多爲其制定。洪武十年（一三七七）以年老辭官還鄉，後因長孫宋慎牽連胡惟庸案，被流四川茂州，行次夔州病逝，享年七十二歲。明武宗時追謚文憲。

【校　注】

〔一〕「孫慎」，原作「孫順」，諸本皆誤，據《明史·宋濂傳》校改，其文曰：「（洪武）十三年，長孫慎坐胡惟庸黨，帝欲置濂死。皇后、太子力救，乃安置茂州……其明年卒於夔。」按，宋慎，濂第二子之子，曾以儀禮序班，與濂及其長子璲同朝。「行次」，《續甬詩》、又滿樓本皆作「行至」。茂州，今四川茂縣。夔，今屬重慶市。

〔二〕按，此指後來逐漸爲宋濂平反之事。據《明史》本傳，濂死，夔州知事葉以從先將其葬在蓮花山。此後，蜀獻王慕其名，「移塋華陽城東」。弘治九年（一四九六），四川巡撫馬俊上奏爲其平反，「下禮部議，復其官，春秋祭葬所。正德中，追謚『文憲』」。

刑囚手

洪武中，劉觀爲嘉興守。方聽訟，有囚於掌中書「千金」二大字，舉示之。觀即斬其手，獻於太祖，太祖賜書褒之。觀後仕至左都御史〔一〕。

太守賢，不受錢，此手胡爲至我前？公堂非汝行私地，豈得將金污清吏？斬將此手獻明君，遂使奸徒失巧計。劉太守，清且嚴，囚手一斷人心悚，始識我公真不貪。從此公庭畏斷手，遂不囊金私室走。君不見，今人暮夜通苞苴，清名猶復播人口〔二〕。

【題解】

據《明史·劉觀傳》，劉觀，雄縣人。洪武十八年（一三八五）進士。歷官山西太谷縣丞、監察御史、嘉興知府、户部右侍郎、左副都御史等。然《明史》非但未記其嚴懲行賄之事，反言其後來父子二人因貪贓被懲。另據明趙瀛、趙文華《嘉興府圖記》卷十一《名宦》載：「劉觀，洪武末知府，尊禮賢士，修學政，興利去害，郡中肅然。永樂改元，擢雲南按察使，未行，拜户部侍郎。」嘉慶《嘉興府志·公署》記劉觀任嘉興府知府，時在「洪武中」。該志之劉觀本傳所記事迹皆同於《嘉興府圖記》。惟兩書皆不載劉觀之字號、籍貫、科第等，亦不載其「刑囚手」之事。過庭訓《本朝分省人物考》自序：「宣宗以諸臣准貪問楊文貞，首舉劉觀，似確然無可疑矣。查劉觀守嘉興時夙有廉名，有一囚欲求脱罪，持白金以獻，立截其手。」

【校注】

〔一〕「後仕至」，原作「後至」，諸本皆同，惟《續甬詩》作「後仕至」，意長，從校改。

〔二〕苞苴，《禮記·少儀》：「笏、書、脩、苞苴……其執之，皆尚左手。」鄭注「謂編束萑葦以裹魚肉也」。後引申爲賄賂。

埋羹守

建文時，山東王公璡爲吾郡太守，清操絶俗。其子來省，偶食肉羹，公見而大怒，埋之於地，時稱爲「埋羹太守」。後燕師逼近甸，公率先勤王，退老於里。

埋羹守，爾爲誰？仕宦何人不食肉，何事將羹向土埋〔一〕？官爲太守本非賤，日食一羹亦足辦。爾乃瞿然動色驚，此事今人曾幾見〔二〕？埋羹守，清且賢，何獨埋羹後代傳。不見燕師逼江左，勤王一旅獨争先。埋羹守，世誠少〔三〕。今之仕宦皆争巧，飲人膏血猶未饜，區區一肉何足道〔四〕？吾欲買絲繡王君，天下太守普使聞！肉食腥風方未歇，眼前何日見斯人？

【題　解】

王璡，據《明史》本傳：「字器之，日照人。博通經史，尤長於《春秋》……洪武末，以賢能薦授寧波知府……自奉儉約，一日饌用魚羹，璡謂其妻曰：『若不憶吾啖草根時耶？』命撤而埋之。人號『埋羹太守』。燕師臨江，璡造舟艦謀勤王，爲衛卒縛至京。成祖問造舟何爲，對曰『欲泛海趨瓜洲，阻師南渡耳』。帝亦不罪，放還里，以壽終。」萬斯同借王璡埋肉羹之事，歌頌官場罕見廉潔自律的清官，鞭笞「今之仕宦」巧取豪奪、腐敗無比。

【校　注】

〔一〕「何事」，《續甬詩》同，日藏全校本、又滿樓本並作「何與」。

〔二〕「官爲太守本非賤」至「此事今人曾幾見」句，《續甬詩》、又滿樓本皆無。

〔三〕「埋羹守，世誠少」句，《續甬詩》、又滿樓本皆無。

〔四〕「未饜」，《續甬詩》作「未飽」。

防江將

建文末，燕軍逼近甸。朝廷使都督陳瑄率舟師扼江，防其南渡。及燕軍至，瑄即以舟師迎降，京師失守，瑄以功封平江伯。

北軍渡江需舟楫，南軍樓船正鱗集。南軍翻爲北軍用，遂爾揚帆抵建業〔一〕。天子命爾統艅艎，正爲防燕扼大江。大江天塹稱易守，何乃翩然赴北降〔二〕？陳將軍，顏何厚？功之魁，罪之首。假使當時爾不迎，安能飛渡來鍾阜〔三〕？一夫顛越大事隳，悲感陳迹有餘慨。異時江北開河功，寧抵江南迎降罪？

【題　解】

據《明史》陳瑄本傳，瑄，字彦純，合肥人。隨太祖起兵，多有征戰之功。建文末年，任右軍都督僉事。燕軍進逼京畿，建文帝命其總督舟師，駐防南京長江口岸。不料燕軍抵浦口，瑄即以舟師迎降，成祖即位，封其爲平江伯，食禄一千石。後屢充海防、漕運之官。永樂年間，他先後在淮安、徐州、吕梁、泰州等地開河疏淤，築隄防洪，於漕運、水利多有功勞。宣德八年（一四三三），卒於官。萬斯同譴責其當年不該迎降燕王。

【校　注】

〔一〕「翻爲」，諸本皆同，惟日藏全校本作「反爲」。「揚帆」，原作「揚船」，又滿樓本作「揚鞭」，皆誤。

《續甬詩》作「揚帆」，審是，從改。

〔二〕「天子命爾統艅艎」至「何乃翩然赴北降」，《續甬詩》、又滿樓本皆無。艅艎，大型戰艦。清龔自珍《送欽差大臣侯官林公序》：「此守海口防我境，不許其入，非與彼戰於海，戰於艅艎也。」

〔三〕「當時」，《續甬詩》作「當年」。「安能飛渡來鍾阜」，《續甬詩》、又滿樓本皆作「未必飛行渡鍾阜」。鍾阜，明前期京城南京城門之一，俗稱小東門，位於城西北，因鍾山得名。此代指南京。

姚少師

僧道衍，吴人，本姓姚，佐長陵起兵得國，賜名廣孝，授官太子少師。

姚少師，爾何人？宰官之服比邱身。一生學佛惟嗜殺，長陵佐命稱首臣。已拚此身辭家室，何事將人宗社噬，逆臣領衷忠臣仇，功兮罪兮俱第一〔一〕。高皇在昔嘗爲僧，遂招群僧集帝京。詔遣此老侍燕國，奸謀逆節從此生。吾聞聖主貽謀在得士，未聞輔導須禿子。開國神謨乃若斯，安得一傳不覆祀？姚少師，功誰比？傾人家國如反掌，自古沙門寧有此〔二〕？功成只合抽身早，富貴由來如敝屣。胡爲戀此章服榮，玉階趨走無時已。不見漢時張留侯，名成即伴赤松遊〔三〕。爾既將身托方外，何不辭榮歷九州？乃知此老本俗物，千載徒爲汗簡羞。

【題　解】

姚廣孝，長洲人，十四歲在妙智庵出家爲僧，法名「道衍」，字斯道，號逃虚子。精通佛、道、儒、兵諸家之學。以「通儒僧人」召入京師，爲僧官。燕王朱棣受封之國，太祖選其爲朱棣隨從，掌慶壽寺，爲朱棣主要謀士。靖難之役，廣孝留守北平，建議朱棣輕騎挺進，使燕軍順利奪取南京。成祖繼位後，廣孝任僧録司左善世，加太子少師，人稱「黑衣宰相」。永樂十六年（一四一八），病逝於慶壽寺。萬斯同因反對燕王亂倫奪國，故全詩極力譏諷廣孝，實則借此譴責朱棣借「靖難」之名，行纂奪之實。

【校　注】

〔一〕「已拚此身辭家室」至「功兮罪兮俱第一」句，《續甬詩》、又滿樓本皆無。

〔二〕「安得一傳不覆祀」至「傾人家國如反掌」句，《續甬詩》、又滿樓本皆無。「沙門」，又滿樓本作「桑門」，皆指僧寺。

〔三〕張留侯，即張良。《史記·留侯世家》記良佐漢高祖立國後，雖封萬户，位列侯，却自願「棄人間事，欲從赤松子遊耳」，乃習「辟穀道引輕身」之事。

火燒頭

燕王稱兵犯闕，既入京，宫中火起，帝已潛身逸去〔一〕。王問帝所在，或指灰中他骨曰：

「燒死矣。」王撫屍而哭，曰：「火燒頭，何至是也〔二〕！」

高皇垂統建諸藩，欲貽子孫磐石安。豈知身没骨未冷，兵戈雲擾起燕山。嗣王好文不好武，上欲登三下咸五〔三〕。燕兵已至齊魯郊，猶詔莫令殺叔父〔四〕。不殺叔父誠爲仁，誰料天心不屬君。金川門開兵纔入，乾清宫閉火已焚〔五〕。火燒頭，真還假？當年火裏屍若真，異日遜荒胡爲者？乃知天心終有存，雖亡天下不亡身。頭白歸來帝城死，眼看仇人已易孫。君不見高皇寄食蕭寺裏，前爲沙門後天子。又不見嗣王行遁滇江濱，前爲天子後沙門〔六〕。人間得失難具數，得者何喜失何怒？試看長陵千尺墳，寧似西山一抔土〔七〕？

【題　解】

「靖難」之役有關建文帝下落，乃明史一大疑案。清初參修《明史》諸公亦各有所主，如徐嘉炎主遜國，朱彝尊主帝崩。萬斯同入京修史前，力主遜國，或因同情建文君臣，意在譴責朱棣之「篡」。進入史館後，却稍改前説。證據有二：其一，康熙二十三年（一六八四）由他直接參予制定的《修史條例》第二十三條，對「遜國」説提出質疑（見徐乾學《憺園集》卷十四）：「建文出亡之事，野史有之，恐未足據……史貴闕疑，姑著其説。」其二，據本書末附一徐時棟《（明史）新樂府附記》，斯同曾删去《火燒頭》一詩。徐氏認爲，斯同因其師黄宗羲反對遜國説，「遂變其初説」，或是。

【校　注】

〔一〕「逸去」，諸本皆同，日藏全校本作「潛逸」。

〔二〕按，關於建文下落，從《明實録》到《四庫全書》本《明史》確有變化矛盾之處。《明太宗實録》卷九稱：「……上望見宮中烟起，急遣中使往救，至已不及。中使出其屍於火中，還白上，上哭曰：『果然若是癡騃耶？』」不言遜國事。舊題萬斯同《明史稿·建文本紀》曰：「……宮中火發，帝及后馬氏崩。燕王發哀於龍江，以天子禮祭葬之。或言帝實由地道出亡。正統五年，有僧從思恩府自詭『建文皇帝』，土官知府岑瑛以聞，逮至京師按問，乃鈞州白沙里人楊行祥，洪武十七年爲僧，年九十餘，非帝也。錮之錦衣衛，四閲月死。同謀僧十二人並戍遼東……」王鴻緒《明史稿·建文帝本紀》記載文字略同，殿本《明史》所記亦略同於此，即以「帝崩」爲主，以「遜國」出亡存疑待考。之後，史館又曾改削《明史》，先成《明史本紀》（單行），又據此寫成《四庫全書》本《明史》，後者曰：「……宮中火起，帝不知所終。棣遣中使出后屍於火，詭云帝屍。越八日壬辰……備禮葬之。」《明史本紀》記載文字略同。雖絶無「遜國」之詞，但又稱「詭云帝屍」，實難自圓其説。

〔三〕登三咸五，謂德同三皇五帝。《史記·司馬相如列傳》：「上咸五，下登三。」韋昭注曰：「咸同於五帝，登三王之上。」

〔四〕殺叔父，《明史·成祖本紀》：「（建文三年）三月辛巳，（朱棣）與盛庸遇於夾河……王以十餘騎逼庸營野宿，及明起視，已在圍中……諸將以天子有詔，毋使負殺叔父名……不敢發一矢。」

〔五〕金川門，指明應天府（今南京）故都之西禮門。《明史·地理志》：「皇城之外曰京城……北曰太平；北之西曰神策，曰金川，曰鍾阜……」

〔六〕按，此謂朱元璋先當和尚後爲天子；反之，建文帝先爲天子後爲沙門。

〔七〕一抔土，謂墳塋。駱賓王《代李敬業傳檄天下文》：「一抔之土未乾，六尺之孤安在？」長陵，明成祖陵地，在今北京市昌平區。

下西洋

永樂初，命太監鄭和等率舟師二萬七千人由長江出海，直抵西洋〔一〕。或言建文君出亡西域，故使和踪跡之。俗謂之「三寶太監下西洋」。

西洋萬里人蹤絶，洪濤淼淼誰能越？揚舲不憚黿鼉居，淩波直簸蛟龍窟〔二〕。蠻邦海外紛如埃，語言屢譯猶致猜。忽驚漢使浮槎至，疑是天兵乘霧來。我皇聲教已遐普，天威更欲揚遠土〔三〕。殊方從此識中華，異寶因之輸内府。昔聞漢帝開西域，亦越唐皇啟北庭〔四〕。黷武久蒙青史誚，洪濤何事更長征？人言讓帝遁西極，此舉意在窮其跡〔五〕。被褐已辭黄屋尊，泛舟寧作滄波客〔六〕？何妨尺地使容身，應念高皇共本根。徒使狂濤填猛士，幾曾窮島遇王孫〔七〕？宿師海外餘十載，讓帝行蹤竟安在？遺事人傳三寶名，窮兵徒發千秋慨。

【題　解】

從永樂三年（一四〇五）至宣德八年（一四三三），鄭和等奉命率大型船隊七下西洋，先後到達東南亞、南亞、伊朗、阿拉伯等地，最遠到達紅海沿岸和非洲東海岸，共三十多國和地區。鄭和，雲南昆陽人，回族，因其在姐弟中行三，而小名「三寶」或「三保」。關於其下西洋之目的，歷有二説，其一是永樂帝命其尋找建文蹤跡，以絶政治隱患；其二是爲了宣揚國威於海外。萬斯同明確傾向於後者，審是。

【校　注】

〔一〕「命」，諸本皆有，日藏全校本無。

〔二〕「淩波」，《續甬詩》、又滿樓本皆作「淩濤」。

〔三〕「遐普」，諸本皆同，惟日藏全校本作「遐溥」。

〔四〕開西域，指西漢對西域的經營和管轄。自漢武帝建元三年（前一三八）、元狩四年（前一一九）張騫先後兩次通西域之後，絲綢之路開通。西漢先後在西域地區設立屯田校尉等。漢宣帝神爵二年（前六十），漢中央命鄭吉爲西域都護，乃漢中央駐西域的最高長官，治烏壘城（今屬新疆輪臺縣）。

啟北庭，指唐朝進一步加强對西域的統治。貞觀十四年（六四〇），爲了加强對西突厥地區的管理，唐中央在高昌設立安西都護府，管轄天山以南直至葱嶺以西、阿姆河流域的遼闊地區。武周長安二年（七〇二），又在庭州設立了北庭都護府，管轄天山以北包括阿爾泰山和巴爾喀什湖以西的廣大地區。

〔五〕「人言讓帝遁西極」句後，日藏全校本注曰：「建文君，後追謚爲『讓皇帝』。」他本皆無。

〔六〕黄屋尊，即「黄屋之尊」，黄屋指帝王。杜甫《建都十二韻》：「議在雲臺上，誰扶黄屋尊？」仇兆鰲注：「《漢書》注：『黄屋，天子之車。』」

〔七〕「幾曾」，諸本皆同，惟日藏全校本作「何曾」。

獻蠻王

鄭和既至西洋，諸國皆柔服，惟錫蘭山國王亞烈古奈兒不順命，和發兵擒之，獻於京師。

錫蘭國，知何處？浩浩狂濤萬里程，惡風黑浪誰能溯。天兵忽自雲中來，旌旗戈甲如雷。呼聲震地波濤吼，殺氣霾空山嶽摧〔一〕。縛取名王獻中國，威行海外讋殊俗。蠻邦君長争來王，荒服由茲奉正朔〔二〕。憶昔西京傅介子，手馘樓蘭如拉豕〔三〕。亦有東都班仲升，鄯善一梟西域寧〔四〕。下至唐世王元策，天竺擒王勇莫敵〔五〕。聲名炤燿編簡中，千古英豪皆嘖嘖〔六〕。此皆大陸奮甲兵，西域雖遥易縱横。豈若揚舲浮大壑，直探滄海掣長鯨。勞師荒島雖黷武，中華氣已淩今古。不見至今窮海上，猶懾天威戴明祖。

【題　解】

據《明實録》等載，永樂七年（一四〇九）九月，鄭和、王景弘、侯顯、費信、馬歡等第三次下西洋。

領官兵二萬七千餘人，駕駛海船四十八艘。主要奉使占城、真臘、滿剌加等東南亞、南亞各國。當鄭和訪問錫蘭山國時，國王亞烈古奈兒（一作亞烈苦奈兒）「負固不恭，謀害舟師」。鄭和有所警，惟先往他國。俟其再返錫蘭時，亞烈苦奈兒竟發兵圍攻船隊，爲鄭和所敗生擒。永樂九年六月，鄭和將其帶回中國。永樂帝憐其無知，將其釋放回國。

【校注】

〔一〕「震地」，又滿樓本同，日藏全校本、《續甬詩》皆作「殷地」。

〔二〕「奉正朔」，諸本皆同，惟日藏全校本作「恭正朔」。

〔三〕傅介子，西漢人，從軍爲駿馬監。奉使西域，聯絡龜茲、樓蘭等國同反匈奴。至龜茲，知匈奴使者在其國，因率其吏士立斬匈奴使者，以堅龜茲國王附漢反匈之心。還奏事，詔拜爲中郎，遷平樂監。事詳《漢書·傅介子傳》。

〔四〕班仲升，即班超，東漢人，著名軍事家、外交家。西漢末，因中原戰亂等因，西域鄯善等部族又多背離漢廷，依附匈奴。班超奉命出使西域三十多年，重新聯絡五十多部族，做出巨大貢獻。

〔五〕王元策，唐太宗時右衛長史，奉使天竺，時值其國大亂，元策禦戰不敵，遁至吐蕃，發精鋭千二百人，並泥婆羅國兵七千騎，與副使蔣師仁等大破之，虜其王以歸。天竺遂平安，通貢如舊。

〔六〕「英豪」，日藏全校本、《續甬詩》皆作「豪傑」，又滿樓本作「豪英」。

索妖婦

永樂時，妖婦唐賽兒作亂山東，兵敗，不知所之。詔盡逮天下尼姑，歸於京師。

妖婦稱亂起舊齊，六郡良家多受迷〔一〕。兵敗不知竄何處，詔書下逮郡國尼〔二〕。尼何辜，遭此禍？一人作難萬人災，空使無辜泣道左〔三〕。廟堂創議爲何人，四海怨嗟聞不聞？興朝刑政乃如此，豈特十族遭横死〔四〕？

【題　解】

唐賽兒，又名唐三姐，山東蒲臺縣人。明初，因「靖難之役」，山東成爲主戰場，百姓流離失所。朱棣登基後，遷都北京，又大修宮殿，南糧北調，開挖運河，勞役、賦税倍增，民不聊生。賽兒之父及丈夫林三被官府殺害。永樂十八年（一四二〇）二月，她憤然率衆起義，自號「佛母」，以白蓮教發動民衆，很快得青州、益都、諸城、膠州等地民衆響應。最後爲明軍敗於安丘城郊，賽兒不知所終，一説出家爲尼，於是，永樂帝下令，凡北京和山東境内尼及道士悉捕至京師詰問，牽連受害之尼姑逾萬。萬斯同對此提出譴責。

【校　注】

〔一〕舊齊，唐賽兒起義以「青州卸石棚寨」爲根據地，縱横青州、益都、諸城、膠州等地，皆屬古代齊國，故稱「舊齊」。

〔二〕「不知」，他本皆作「潛身」。按，有關永樂帝下詔之事，《明史·成祖本紀》隱而不載。唯《明史·段民傳》泄其天機，曰：「段民，字時舉，武進人。永樂二年進士……授刑部主事……山東妖婦唐賽兒作亂，三司官坐縱寇誅，擢民左參政。當是時，索唐賽兒急，盡逮山東、北京尼及天下出家婦女，先後幾萬人。民力爲矜宥，人情始安。」足證此事不誣。

〔三〕「道左」，《續甬詩》同，又滿樓本作「江左」。

〔四〕「豈特十族遭横死」，諸本皆同，惟日藏全校本作「當時猶頌聖明君」。十族，指明成祖殺害方孝孺事。據《明史紀事本末》等，成祖奪權後，令方孝孺草即位詔。孝孺不從，「擲筆於地，且哭且罵曰：『死即死耳，詔不可草。』文皇大聲曰：『汝安能遽死？即死，獨不顧九族乎？』孝孺曰：『便十族奈我何！』」

獻金人

永樂中，王師既平交趾，因郡縣其地。已而，蠻酋復叛，王師屢敗。宣德初，遂撤兵還國，封其酋長黎利爲安南王，利乃鑄金人以獻明，代己入朝也〔一〕。

金人何來來交趾，背鐫蠻王名及氏。稽首天恩謝不誅，鑄金藉手獻天子。我聞往日蓋蘇文，曾鑄金人獻唐君〔二〕。千載之下事相似，正可相提與並論。唐師征遼遼未服，三渡遼河徒辱國。明師征交交即平，既平復叛乃休兵。與其窮兵好黷武，豈若釋兵各還伍？古與今兮兩金人，何必非今獨是古〔三〕？

【題解】

《明實録》等所記與此稍異。明永樂初平定交趾。洪熙元年（一四二五）七月，其國清化府酋黎利聚眾反叛，明軍平之而未能獲勝。至宣德朝，復以成山侯王通征之，利恐明廷大舉進剿，通亦不願久戰，於是利與通私下議和。利親率大小頭目詣軍門，奉書請降，「貢代身金人、銀人等物」。明廷令其訪該國陳王嫡後，以治交趾。利先訪得陳暠，不久，暠死。明廷爲盡快安定其國，遂「命黎利權安南國事」。此後，交趾始與明廷「復通貢賦」。後乃知暠實爲利所害。利死於宣德九年（一四三四），明復以其子麟「權署安南國事」，但並未封其父子二人爲「安南王」。

【校注】

〔一〕「酋長」，他本均無「長」字。

〔二〕蓋蘇文，據兩《唐書》蓋蘇文本傳，蓋蘇文，高句麗世襲首領，受唐朝册封。太宗朝，蓋蘇文大舉攻唐屬國新羅，不聽調停。太宗以其違詔虐民，侵略鄰國而征討之。軍次遼河，水大漲，不得渡。蓋蘇文亦遣使貢白金謝師，不受。此後，直至高宗時，屢征高句麗，皆無功而返。乾封元年（六六六），蓋蘇文去世，家族内訌，長子泉男投唐，助破平壤，以功授右衛大將軍，進封卞國公。

〔三〕「古與今兮兩金人，何必非今獨是古」句，《續甬詩》、又滿樓本皆無。

下麓川

正統中，麓川蠻酋思任發叛。命尚書王驥率師征之，思酋遁去。凱旋，復叛，如此者三〔一〕。馴至中國虚耗，致有「土木之變」〔二〕。

麓川小醜思披猖，盜弄戈兵頻跳梁〔三〕。邊臣自可鞭箠制，何煩虎旅出帝疆？司馬軍書飛寓縣，徵兵百萬選堪戰〔四〕。長征深入渡金沙，兵未交綏蠻已竄〔五〕。捉生斬馘幾何人，捷書快馬達九閽。天子開顔群臣賀，論功上擬開國勳〔六〕。定西晉爵靖遠封，賞延亦世何優崇〔七〕。天兵凱旋纔釋甲，邊人又報蠻内訌。王師不厭再三出，往日元戎仍授鉞。思家父子多狡謀，兵刃何曾沾縷血？廟堂設策稱神妙，豈知海内從此耗？馴至皇輿陷土木，四方反者徧海嶠。當年主議果爲誰，闈内中涓實主之〔八〕。兵戎大政由宦豎，盈廷卿相將何爲〔九〕？

【題　解】

麓川，即麓川平緬宣慰使司，洪武十七年（一三八四）設立，以土司思倫發爲宣慰使，治地在今雲南瑞麗、隴川之間。洪武十八年，思倫發叛，明以黔國公沐英平定之。正統年間，麓川土司思任發、思機發父子又先後發起叛亂，明廷以行在兵部尚書王驥、總兵官蔣貴等率大軍三次進討，連年征戰，耗資巨大。斯同及後來諸多史家認爲，三征麓川，導致明廷國庫和軍力虧損，乃至無力有效防禦北邊瓦剌。

【校　注】

〔一〕「此者」，又滿樓本同，日藏全校本作「此再」，《續甬詩》作「是者」。

〔二〕「之變」，他本均作「之禍」。

〔三〕「思披猖」，又滿樓本同，《續甬詩》作「肆披猖」。

〔四〕司馬，指行在兵部尚書王驥。

〔五〕「已竄」，日藏全校本作「先竄」。交綏，交接。

〔六〕「天子開顔群臣賀」，日藏全校本作「天子開筵群公賀」，又滿樓本作「天子開顔群公賀」。

〔七〕定西，指總兵官蔣貴，江都人，字大富，以燕山衛卒隨燕王朱棣起兵，屢建軍功，歷官衛指揮同知、四川總兵官等。正統三年（一四三八），封定西伯，以征麓川有功，進封定西侯。靖遠，指行在兵部尚書王驥，束鹿人，永樂朝進士，歷官兵科給事中、順天府尹等。宣德九年（一四三四）官至行在兵部尚書。正統初，總督西北軍務，以三征麓川有功，封靖遠伯。

〔八〕「主之」，又滿樓本同，日藏全校本、《續甬詩》作「制之」。中涓，亦稱涓人。《漢書·曹參傳》：「高祖爲沛公也，參以中涓從。」顔師古注：「中涓，親近之臣，若謁者、舍人之類。」

〔九〕「何爲」，《續甬詩》同，日藏全校本作「何如」。

青菜王

正統時，尚書王公質歷官内外，所至惟食青菜，人呼爲「青菜王」。

天下何人咬菜根，菜根之味勝八珍〔一〕。仕宦紛紛厭粱肉，豈知菜根更適人？官至尚書惟食菜，清貧誰與公爲輩？世上雖嫌食肉鄙，究竟誰知菜根味〔二〕？何況爲官求肉食，不顧民間有菜色。民有菜色官不知，官有肉食民豈識〔三〕？安得今日有王公，大起天下溝中瘠〔四〕。

【題　解】

據《英宗實録》卷一二一附《王質傳》，質，字夢瑾，直隸太和縣人。由鄉貢經縣學訓導擢升監察御史。宣德十年（一四三五），升四川參政。任内，每行郡邑，不食肉，惟食青菜，蜀人呼爲「青菜王」。爲人平易，廉而不苛，博學善記，尋遷山東右布政使。正統六年（一四四一）之後，先後官户部右侍郎、刑部尚書等。正統九年卒。今安徽阜陽市太和縣西關，原有「尚書墓」，現有「王布政街」，皆爲紀念王質之史迹。

【校　注】

〔一〕咬菜根，喻清寒生活。《朱子語類·力行》：「某觀今人因不能咬菜根，而至於違其本心者衆矣，可不戒哉！」

八珍，喻珍貴飲食。《周禮・天官・膳夫》：「凡王之饋，食用六穀，饈用六牲，飲用六清，羞用百有二十品，珍用八物，醬用百有二十罋。」八珍，一說指牛、羊、麋、鹿、馬、豕、狗、狼八種食材；一說指淳熬、淳毋、炮豚、炮牂、擣珍、漬、熬和肝膋八種烹飪方法。

〔二〕「菜根味」，日藏全校本、又滿樓本並作「菜根貴」，《續甬詩》則作「菜味貴」。

〔三〕「肉食」，《續甬詩》、又滿樓本並作「肉味」。

〔四〕「溝中瘠」，指餓病於溝壑之人。《荀子・榮辱》：「是其所以不免於凍餓，操瓢囊爲溝壑中瘠者也。」

祭忠臺

正統中，翰林侍講劉公球，以直陳時政，爲奄人王振所殺〔一〕。姚江布衣成器，操鷄酒於山巔，爲文祭之。人因呼其地爲「祭忠臺」。

劉侍講，骨何亢！成布衣，氣何壯！遥遥萬里哭孤忠，義聲直薄雲霄上〔二〕。忠良被禍世所哀，閶闔雖高尚可排〔三〕。盈廷卿相徒飽粟，坐看勁骨淪塵埃〔四〕。忠臣死，義士悲。不見至今舜江上，山巔猶有「祭忠臺」〔五〕。貴人何必輕寒士，田間饒有奇男子。布衣高義足千秋，濟濟達官誰得似？

【題　解】

據《大清一統志·紹興府》載，祭忠臺，位於浙江餘姚西龍泉山絶頂，「祭忠臺」三字，爲王陽明所題。明朝姚江布衣義士成器等祭奠忠臣劉球處。據《明史》劉球本傳，球，字求樂，安福人。永樂十九年（一四二一）進士，家居讀書十年，從學者甚眾。授禮部主事，改翰林院侍講，正統六年（一四四一），多次上疏反對麓川之役失策等，因忤王振，逮繫詔獄被害。景泰初平反，謚忠愍。成器，據光緒《餘姚縣志》本傳，字不器，布衣，喜讀書，工詩文，好擊劍，以義俠自喜。正統八年，侍講劉球陳十事，下錦衣獄，太監王振使指揮馬順殺之。器聞之，輒瞋目大罵，即邑中龍泉山頂爲文祭之。器與球素不相識，但爲表忠而爲也。

【校　注】

〔一〕「直陳」，《續甬詩》作「直諫陳」。

〔二〕「雲霄」，又滿樓本同，日藏全校本、《續甬詩》皆作「青霄」。

〔三〕閶闔，傳説之天門。屈原《離騷》：「吾令帝閽開關兮，倚閶闔而望予。」王逸注：「閶闔，天門也。」

〔四〕「淪塵埃」，又滿樓本同，日藏全校本、《續甬詩》並作「糜塵埃」。

〔五〕舜江，即曹娥江，流經餘姚龍泉山。

擣穀郎

正統時，吾郡李公山如以兵部郎中家居，貧乏，無人賃舂，常自擣穀以食，人呼「擣穀郎中」〔一〕。

李郎中，一生仕宦常苦窮〔二〕。家無僮僕自任舂，至今談者生清風。人生何必須好官，好官不過多得錢〔三〕。得錢自可饜粱肉，何至居貧自苦煎？李郎中，誠癡絶，天下何人重清節？虚名後代幾人傳，豈若當年擁厚寔？李郎中，爾何人？我聞貴者必得富，貴者豈有如公貧〔四〕？只今當途正役役，愛我家兄了無極〔五〕。蕭蕭杵臼閒，永言懷明德〔六〕。

【題　解】

徐兆昺《四明談助》卷六《兵部郎中李公山如》：「字伯偉，永樂間以税户人才授鴻臚寺序班，積資至兵部郎中。嘗同石亨紀功大同。以忤尚書陳汝言，致仕歸。歷官四十餘年，清苦一節，非奉母不御酒肉。比歸，環堵數椽，躬任杵臼之勞，人稱『擣穀郎中』。詔歲給月米五石。及卒，有司襄葬事焉。子德，能詩文，以市鬻糊口。」

【校　注】

〔一〕「貧乏」，他本均無「乏」字。「人呼」，他本皆作「人呼爲」。

〔二〕「常苦窮」，諸本皆同，惟又滿樓本作「嘗苦窮」。

〔三〕好官，愛好當官。

〔四〕「李郎中，爾何人」至「貴者豈有如公貧」句，《續甬詩》、又滿樓本並無。

〔五〕「正役役」，諸本同，惟日藏全校本作「矜捷足」。役役，奔走鑽營貌。韓愈《上考功崔虞部書》：「得一名，獲一利，則棄其業，而役役於持權者之門。」愛我家兄了無極，語見魯褒《錢神論》：「錢之爲體……親之如兄，字曰孔方。……洛中朱衣，當塗之士，愛我家兄，皆無已已。」

〔六〕「蕭蕭杵臼閒，永言懷明德」，日藏全校本作「安得官人盡李郎，身操杵臼自搗穀」。「蕭蕭」，《續甬詩》作「蕭寥」。

王振兒

正統中，奄人王振竊柄，侍郎王佑者附之。振見其年少美丰姿，謂曰：「侍郎何以無鬚？」佑曰：「老爺無鬚，兒子豈敢有鬚？」時人爲之絶倒。

古之制，奄守門，身下蠶室絶兒孫。兒孫何必己所產，異姓爲兒更蕃衍〔一〕。奄人之種無時絶，奄人之禍遂不淺。英皇御極方少年，中官於時始擅權〔二〕。秀眉白面誰家子，屈膝權門首乞憐。謂爺無鬚兒有鬚，父兮子兮不相如。兒既蒙恩爲一體，何惜膚髮不教除〔三〕？嗚呼侍郎官非賤，公然狐媚形盡現〔四〕。誰令此輩爲公卿，天下何由致太平？猶勝天啟之世魏奄子，朝端充滿如列星〔五〕。

【題解】

據《明史·宦官傳》，王振，蔚州人，明朝專權太監第一人。先侍英宗於東宮。太皇太后死，英宗傾心於振，於是擅權，勾結内外官宦，胡作非爲。造豪第，興土木，順之者昌，逆之者亡。「公侯勳戚呼曰『翁父』。畏禍者争附振免死，賕賂輳集。工部郎中王祐，以善諂擢本部侍郎。」瓦剌入侵，振挾帝親征，至土木堡（今屬河北懷來縣東），全軍覆没，英宗被俘，王振爲亂兵所殺，籍其家。檢《明史》不記二王如此對話。薛應旂《憲章録》卷二十五「正統癸亥夏四月」條：「王佑貌美無鬚，媚事王振，振甚眷之。一日，問佑曰：『王侍郎爾何無鬚？』佑對曰：『老爺無鬚，兒子豈敢有鬚？』時聞之，閭巷傳笑。」

【校注】

〔一〕「蕃衍」，諸本皆同，惟日藏全校本作「繁衍」。

〔二〕「中官」，諸本皆同，惟日藏全校本作「中宫」，顯誤。中官，即王振等宦官。

〔三〕「不教除」，諸本皆同，惟日藏全校本作「不敢出」。

〔四〕「形盡現」，日藏全校本、《續甬詩》皆作「敢畫現」，又滿樓本作「形盡見」。

〔五〕魏奄子，指天啟朝宦官魏忠賢，其專權時，黨羽亦布列朝廷。

于公妾

景泰時，于忠肅公握樞務，侍郎項文曜附之，時爲諂媚之狀，人號爲「于公妾」〔一〕。後于公被難，文曜亦謫戍。

項氏子，何便辟，朝暮承顔于公側〔二〕。我公正直不受私，胡爲談笑工諂姿〔三〕。他日荷戈遼海塞，無乃此事實貽之〔四〕。雖然此子多斌媚，眼中猶能識善類。不見長沙王侍郎，朝受公恩夕即背。兵部侍郎王偉，以于公薦超爲侍郎。乃伺公過誤，密疏奏之，帝方信任公，即授以疏。公讓偉曰：「僕有過，君不妨直言，何乃如此〔五〕？」偉慙愧無地〔六〕。

【題　解】

于忠肅，即于謙。項文曜，一作項文耀，字應昌，浙江淳安人，宣德八年（一四三三）進士。正統朝官吏部侍郎，爲于謙所親信。英宗復辟，逮治下獄，杖責戍邊。王偉，據《明史·于謙傳》附，字士英，攸縣人。正統元年（一四三六）進士。于謙引爲職方司郎中，又薦擢兵部右侍郎。既爲謙所引，恐嫉謙者目己爲朋附，嘗密奏謙誤，冀求自解。帝以其奏授謙。謙出，偉問：「上與公何言？」謙笑曰：「我有失，望君面規我，何至爾邪？」出奏示之，偉大慙沮。然竟坐謙黨，罷歸。

【校　注】

〔一〕于公妾，李賢《古穰集》卷三十《雜録》：「景泰時，少保于謙在兵部，侍郎項文曜附之。内議患其黨比，欲因事以開別用，持正者佐之。會予被薦，遂轉兵部，遷文曜於吏部，復附何文淵。言官劾其憸邪，賴于謙力保存之。已而謙敗，文曜卒見斥謫。當時以文曜爲『于謙妾』，士林非笑之。每朝待漏時，文曜必附謙耳密言，不顧左右相視，及退朝亦然，行坐不離。既在吏部亦如是。」

〔二〕便辟，阿諛奉承。《論語·季氏》：「子曰：『益者三友，損者三友。友直，友諒，友多聞，益矣。友便辟，友善柔，友便佞，損矣。』」

〔三〕「工諂姿」，他本皆作「工媚姿」。

〔四〕「遼海」，諸本同，惟日藏全校本作「遼陽」。全句指項文曜因親近于謙而被戍。

〔五〕「如此」，他本均作「如是」。

〔六〕「慙愧」，諸本同，惟日藏全校本作「慚感」。

銀蠟燭

成化中，吾鄉豐公慶爲河南布政使，有縣令以蠟燭饋，公不視，付吏藏之。及夜取燃，則銀也。公密呼令還之，亦不揭其私。

皛皛銀蠟燭，可燃不可燃〔一〕？縣令雖巧計，長官不愛錢。廉不近名古來鮮，豐公還燭意誠善。但使吾心清若水，何必暴揚他人短〔二〕？寄語後來縣令知，慎勿好行暮夜私。世間自有楊伯起，莫言大吏無男兒〔三〕。

【題解】

據明焦竑《國朝獻徵録》卷九十二等載，豐慶，字文慶，浙江寧波人，正統四年（一四三九）進士，官兵科給事中，景泰初諫景帝易儲諸事，繫獄。七年英宗復辟，復官，累遷河南布政使，以清廉著稱。豐慶以河南布政使按部行縣。縣令某，墨吏也，聞慶至，恐，飾白金爲燭以獻。慶初未之覺，既而執燭者以告，慶佯曰：「試燃之。」曰：「燃而不燃也。」慶笑曰：「不燃則還之耳。」次日謂令曰：「汝燭不燃，盍出之以易燃者。自今無復爾矣！」令出，益大恐，輒解印綬而去。慶亦終不以銀燭事語人。

【校注】

〔一〕皛皛，潔白明亮貌。又滿樓本作「高高」。

〔二〕「清若水」，又滿樓本同，日藏全校本、《續甬詩》並作「清若冰」。

〔三〕按，楊伯起，指東漢廉吏楊震，字伯起。五十歲舉茂才入仕。歷官荊州刺史、司徒等。延光二年（一二三），遷太尉。任内不屈權貴，屢上疏直言時弊，爲中常侍樊豐等所忌，延光三年，罷免回鄉，途中飲鴆而卒。順帝繼位，下詔平反。此事爲楊震任内過昌邑縣，王密任該縣令，密爲震所舉茂才，爲謝震，夜見震，饋金十斤，震拒之。密曰：「暮夜無知者。」震曰：「天知、神知、我知、子知，何謂無知？」震因有「四知先生」之稱。

狀元膳

成化中，羅文毅公倫家居時，留賓早膳〔一〕。日旰不能具，公問家人，以「無米」告。公大笑，客亦大笑而别。

狀元歸里長苦饑，盎中無米常絶炊。有客晨來欵客飯，日旰不至何遲遲？家無宿糧人盡知，乃公不知何太癡。待客無穀須得米，缾之罄兮將責誰〔二〕？羅狀元，爾誠過，三餐不繼爾慣經，客也何辜同遭餓？不見他家狀元歸鄉里，中廚粱肉飽犬豕〔三〕。

【題解】

羅倫，明代著名清官、理學家。字彝正，號一峰。吉安永豐人。家貧好學，成化二年（一四六六）舉進士第一，授翰林院修撰。大學士李賢丁憂，奪情起復。倫詣其私邸，告以不可。數日，論起復之非，語有：「爲人君，當舉先王之禮教其臣，爲人臣，當守先王之禮事其君。」因此得罪憲宗，貶官福建市舶司副提舉。李賢卒，起官南京翰林院修撰，居二年，以疾辭歸，隱居研經，閉門教授，從者甚衆。據《明史·羅倫傳》記，「倫爲人剛正，嚴於律己，義所在，毅然必爲，於富貴名利泊如也。里居倡行鄉約，相率無敢犯。衣食粗惡，或遺之衣，見道殣，解以覆之。晨留客飲，妻子貸粟鄰家，及午方炊，不爲意」。

【校　注】

〔一〕「留賓」，《續甬詩》、又滿樓本作「留客」。

〔二〕「待客無殽須得米，餅之罄兮將責誰」句，《續甬詩》、又滿樓本皆無。

〔三〕「不見他家狀元歸鄉里，中廚粱肉飽犬豕」句，《續甬詩》、又滿樓本並無。

高牆錮

文皇帝既正位，錮建文帝幼子於高牆中，時方二歲，越六十餘年，至天順時英宗愍之，始許出高牆，任其婚娶，僅二年即卒，建文帝遂無後〔一〕。

空牆高兮百尺，中有人兮獨息。情抑鬱兮誰語，身羈束兮自惻〔二〕。瞻昊天兮何小，履大地兮何窄！有耳目兮安所施，度歲月兮無終極。嗟親戚之永絶兮，憐起居之鮮匹。彼四時之莫知兮，況萬物其誰識〔三〕？昔之入兮齒未生，今之出兮頭早白。感帝德之浩蕩兮，惜桑榆之已迫〔四〕。雖暫等於人類兮，遽逍遥乎窀穸。何王孫之足羨兮，求爲民庶其何得〔五〕？阿誰不忍殺叔父兮，乃自貽夫伊戚〔六〕。

【題　解】

《明史·惠帝諸子傳》：「少子文圭，年二歲。成祖入，幽之中都廣安宫，號爲『建庶人』。英宗復辟，憐庶人無罪久繫，欲釋之……聽居鳳陽，婚娶出入使自便……文圭孩提被幽，至是年五十七矣。未幾卒。」又，舊題萬斯同《明史稿・建文本紀》：「京師破，太子（文奎）方七歲，莫知所終。次子文圭方二歲，廢爲『建庶人』，幽之宮中。後英宗憐之，赦居鳳陽，年五十七矣，不能識牛馬，天下聞而哀之！」

【校注】

〔一〕「越六十餘年」，《續甬詩》作「閱六十餘年」。

〔二〕「情抑鬱」，《續甬詩》同，又滿樓本作「精神鬱」。

〔三〕「萬物」，他本皆作「百物」。

〔四〕帝德，指明英宗釋放文圭之恩德。

〔五〕「其何得」，《續甬詩》、又滿樓本並作「其安得」。

〔六〕此二句，同治刻本無，據他本校補。殺叔父，參見本卷《火燒頭》注文。

昭德宮

昭德宮，憲廟萬貴妃所居也〔一〕。妃年倍於帝，舊爲太后宮人，帝登極始得幸，年幾四十矣。宮中常爲武人裝，帝嬖之甚，每呼爲「侍官」。及妃薨，帝慟曰：「萬侍官死，我何用生爲〔二〕？」成疾，遂崩〔三〕。

貴妃寵，無乃遲，青春婉孌日，胡爲不見知〔四〕？玉顏一盼可移愛，何待新君踐極時〔五〕？寵雖深，遇已暮，佳人會合自有期，多少紅顔暗中過〔六〕。蛾眉猶可博君歡，今日承恩還自賀〔七〕。獨卧空闈幾度春，豈知一旦被殊恩。少年莫謾誇妖冶，留待他時步後塵〔八〕。美人學得武人貌，君王一顧每含笑。後庭豈乏傾城姿，未若戎裝多窈窕。昭德宫中綺席開，一簇紅塵擁輦來。流連歌舞常忘夜，誰道坤寧有翠眉坤寧宫，皇太后所居〔九〕。侍官在側天顔喜，原期百歲同生死。徘徊不見眼中人，那復移情憐彼美。侍官殂，年已邁，何故濃恩猶未怠？我皇自是多情君，豈因華落能弛愛？笑殺曹家輕薄兒，致彼洛神發長慨〔一〇〕。

【題　解】

據《明史·后妃傳》等，萬貴妃，諸城人。四歲選入掖廷，爲孫太后宫女。及長，侍憲宗於東宫。憲宗年十六即位，妃已三十五，機警，善迎帝意。遂讒廢皇后吴氏，六宫希得進御。帝每遊幸，妃戎服前驅。成化二年（一四六六），生皇第一子，未期而死，妃亦自是不復娠，然仍侍帝寵。掖廷御幸有身，飲藥傷墮者無數。縱容佞倖錢能、汪直等，把持後宫，搜刮民財，傾竭府庫，糜費無算。成化二十三年，暴病死，帝輟朝七日。

【校　注】

〔一〕「萬貴妃」，諸本同，惟日藏全校本作「貴妃」。

〔二〕「帝慟曰」，他本皆作「帝慟哭曰」。

〔三〕「成疾，遂崩」，日藏全校本、《續甬詩》並作「竟致成疾，晏駕」，又滿樓本作「竟至成疾，崩」。
〔四〕「婉孌日」，諸本同，惟日藏全校本作「婉戀日」。
〔五〕此句，《續甬詩》、又滿樓本皆無。
〔六〕「多少」，《續甬詩》同，日藏全校本、又滿樓本皆作「多有」。
〔七〕此句，《續甬詩》、又滿樓本皆無。
〔八〕「謾詩」，又滿樓本同，日藏全校本、《續甬詩》並作「漫詩」。
〔九〕《續甬詩》、又滿樓本皆無此夾注。
〔一〇〕指曹植《洛神賦》。意爲年輕美妙如洛神，又豈敵徐娘半老之萬妃？

望三台

茂陵朝，萬安久居内閣〔一〕。至泰陵即位，始勒令致仕，猶於道中望「三台星」，冀己復用也〔二〕。

眉州閣老休官去，道望三台頻却馭。作相已經十九年，還擬歸朝竊權勢。昔日潛通昭德宮，主恩稠疊何其濃〔三〕。一緘密進房中術，九重大動君王容〔四〕。一生作相此得力，萬歲閣老何時極上久不視朝，首輔商輅懇請，始一臨御〔五〕。商公方有所陳奏，安遽呼「萬歲」而退。時人謂之「萬歲閣老」？誰道宮中龍馭徂，忽然閣内牙牌摘〔六〕。孝皇御極帝道昌，政府黜佞登賢良〔七〕。爾時三台自焜燿，豈爲爾安始降祥？驅車速向西川去，無勞長途頻眺望。

【題　解】

萬安，據《明史》本傳等，字循吉。眉州人。正統十三年（一四四八）進士，選庶吉士。幾無學術，惟日事請托，時萬貴妃寵冠後宮，安因内侍致殷勤，自稱子侄行。歷任禮部尚書、文淵閣大學士、吏部尚書、謹身殿大學士等。成化七年（一四七一），明憲宗召見彭時、商輅等大臣，議事未畢，安「頓首呼萬歲」，使召見中止，後又屢阻見帝者，時人有「萬歲閣老」之譏。成化十四年，居首輔。與南籍官吏附合，排斥北籍官吏。明孝宗立，被劾致仕。

【校　注】

〔一〕茂陵，指明憲宗朱見深。

〔二〕「泰陵」，《續甬詩》同，日藏全校本、又滿樓本作「太陵」，指明孝宗朱祐樘。「三台星」諸本皆同，惟《續甬詩》作「三台」。

〔三〕「昔日」，各本皆作「昔歲」。昭德宫，爲萬貴妃寢宫。

〔四〕《明史》萬安本傳：「帝一日於宫中得疏一小篋，則皆論房中術者，末署曰『臣安進』，帝命太監懷恩持至閣曰：『此大臣所爲耶？』安慚汗伏地，不能出聲。」

〔五〕「上久不視朝」前，日藏全校本有「成化中」。

〔六〕牙牌，用象牙或骨角所制之身份憑證。《明史·金鉉傳》：「（金鉉）知帝已崩，解牙牌拜授家人，即投金水河。」《明史》萬安本傳：「安數跪起求哀，無去意，恩直前摘其牙牌，曰：『可出矣。』始遑遽索馬歸第，乞休去。」

〔七〕「黜佞」，諸本同，惟又滿樓本作「斥佞」。

劉棉花

劉吉久居内閣，彈劾不去〔一〕。人謂之「劉棉花」，以其愈彈越愈起也。

劉閣老，爾何顏！相兩君，十八年〔二〕。宰相非汝一家物，胡爲戀此無休日？後者尹直前萬安，彼雖小人還易黜〔三〕。未見頑鈍如此翁，鐵甲千重不可攻。我皇若非親放逐，根盤窟據何時終〔四〕？憲皇天性本慈厚，爲爾晚年事多苟。孝皇君德益神明，爲爾初年政不清〔五〕。一身誤國十餘祀，還將横議罪舉子吉謂「棉花之謠，必出於老舉子」。定例，舉子三科不第者，不許復會試〔六〕。朝野耳目原紛然，豈惟舉子能詆毁？劉閣老，爾誠昏，急流勇退有幾人？試看前後諸卿相，多少龍鍾白髮身。乃知棉花更有種，此種何時始繼根？

【題解】

劉吉，據《明史》本傳等，字祐之，博野人。正統十三年（一四四八）進士。英宗時侍講東宫，憲宗成化十一年（一四七五）入内閣，與萬安、劉珝等居官無德、因循守舊，時人有「紙糊三閣老，泥塑六尚書」之嘲。孝宗時，朝野人士開始彈劾劉吉，他勾結宦官，結黨營私，屢興大獄，阻塞言路，又遷吏部尚書、少師、華蓋殿大學士等。以善於保官「耐彈」而博得「棉花」之稱。萬斯同諷刺劉吉「蒙耻固位」的醜行，進而鞭笞中國古代難以斷根的官僚終身制。

【校注】

〔一〕「不去」，他本皆作「不動」。

〔二〕相兩君，十八年，《明史·劉吉傳》：「……吉多智數，善附會，自緣飾，鋭於營私，時爲言路所攻。居内閣十八年，人目之爲『劉棉花』，以其耐彈也。」吉於成化十一年入閣，弘治五年（一四九二）致仕，前後事憲宗、孝宗兩帝，共計十八年。萬説審是。

〔三〕萬安，見本卷《望三台》篇題解。尹直，字正言，泰和人，成化中，後劉吉入閣。孝宗初年，勒令致仕。

〔四〕我皇，指明孝宗。《明史·劉吉傳》：「……（弘治）五年，帝欲封后弟伯爵，命吉撰誥券。吉言必盡封二太后家子弟方可。帝不悦，遣中官至其家，諷令致仕，始上章引退……」又，陳建《皇明通紀》卷二十六：「大學士劉吉罷……吉瀕行，京城人攔街指曰：『唉！綿花去矣！』」

〔五〕「神明」，他本皆作「仁明」。此兩句謂，因爲劉吉把持内閣，以致憲宗朝晚期政事多苟且，孝宗朝初期政事不清明。

〔六〕罪舉子，《明史·劉吉傳》：「……時爲言路所攻……吉疑其言出下第舉子，因請舉人三試不第者，不得復會試。」

枯魚壽

弘治中，大學士李東陽生日，司業魯公鐸無以爲壽，問家中所有，僅一枯魚，已食其半〔一〕。魯公即持以獻。李公大喜，即烹魚酌酒，盡歡而別。

丞相生日百寮壽，筐篚煌煌映户牖〔二〕。半尾枯魚何自來，滿堂賓客皆掩口。丞相不嗔顔反開，烹魚還復共傾杯。門前雜遝高車客，趦趄欲進多空回〔三〕。魯公魚，李公酒，相看大笑復陶然，何必肥鮮酌巨斗〔四〕？兩公風流絶代稀，殘魚直足稱珍奇〔五〕。我願此風垂後世，高門獻壽盡如斯〔六〕。

【題　解】

《明史·魯鐸傳》記此事略異。按，魯鐸，字振之，景陵人，弘治十五年（一五〇二）會元，歷官翰林院編修、國子監祭酒等，「以德望重於時」。教士切實爲學，不專章句。出使安南，却其饋贈。「大學士李東陽生日，鐸爲司業，與祭酒趙永皆其門生也。相約以二帕爲壽。比檢笥，亡有。徐曰：『鄉有饋乾魚者，盍以此往？』詢諸庖，食過半矣，以其餘詣東陽。東陽喜，爲烹魚置酒，留二人飲，極歡乃去。」嘉靖初，鐸自請致仕，累徵不起。

【校注】

〔一〕按，李東陽，字賓之，茶陵人。天順朝進士，弘治初，累官太常寺少卿、禮部右侍郎、侍讀學士等，弘治八年，進文淵閣大學士，參與機務。正德元年（一五〇六），任首輔。宦官劉瑾擅權，東陽雖不敢抗争，但對因劉瑾而「獲罪」者多加保護。正德七年致仕。「魯公鐸」，又滿樓本無「公」字，以下凡「魯公」「李公」皆無「公」字。

〔二〕「百寮」，又滿樓本同，其餘各本皆作「同僚」。

〔三〕趦趄，畏縮尷尬，欲進不敢。指坐豪車送厚禮者。

〔四〕「復陶然」，他本皆作「情陶陶」。

〔五〕「直足稱」，日藏全校本作「真足稱」，《續甬詩》、又滿樓本並作「真乃勝」。

〔六〕「我願」，原作「安得」，《續甬詩》、又滿樓本並作「我願」，意長，從校改。「高門獻壽盡如斯」，《續甬詩》、又滿樓本皆作「屈膝由竇無所施」。由竇，從牆角狗洞入内。萬斯同以此呼籲學習李、魯之交，革除官場請客送禮、苟且蠅營之風。

投銀釵

弘治時，吾郡張公昺以副使家居，日昃不能具早膳。夫人愠甚，出所藏銀釵以易米，公問所從來，告以門生所遺。公取而視之，即投水中，卒不得食。

副使歸來室如洗，桁無懸衣盎無米〔一〕。留得銀釵持易糧，那復奪將投水底。張副使，爾何刻？官雖清，心則酷。妻子何辜遭爾殃，終年不得果其腹。我聞趨利必争先，那得爲官不受錢？一生清節祇自苦，千載虛名安足傳〔二〕？怨莫怨兮廉吏妻，苦莫苦兮清宦子。身有妻子不能養，天下誰如張副使？

【題解】

據《明史·張昺傳》，昺，字仲明，慈溪人。成化八年（一四七二）進士，授鉛山知縣。性剛明，善治獄。擢南京御史。久之，薦遷四川僉事，尋進副使。歲餘，引疾歸家。環堵蕭然，擁經史自娱。都御史王璟以賑荒至，饋昺百金，堅拒不得。知縣丁洪，昺令鉛山時所取士也，旦夕候起居，爲具蔬食。昺曰：「吾誠不自給，奈何以此煩令君。」卒弗受。炊烟屢絶，處之澹如。及卒，含斂不具，洪爲經紀其喪。

【校注】

〔一〕「桁無懸衣」，又滿樓本同，日藏全校本、《續甬詩》作「架無懸衣」。

〔二〕「張副使」至「千載虛名安足傳」，《續甬詩》、又滿樓本皆無。

戮奸相

正德時，泌陽焦芳以故相家居。流賊趙風子破其城，索取不得，乃戮其衣冠，曰：「爲天下誅此賊〔一〕！」

焦相公，年逾七十老成翁，何事咆哮尚逞兇。若得上方斬馬劍，首應摽刃揕其胸。還得錦衣歸故里，老而不死真爲賊〔二〕。賴有凶渠僇衣冠，奸臣稍得褫其魄〔三〕。噫嘻！盜亦有道真非誣，誅奸戮佞誠丈夫〔四〕。若使此人居殿陛，巨奸豈得保殘軀？歎息朝堂論功罪，不及草間一賊徒〔五〕。

【題　解】

據《明史·閹黨傳》，焦芳，河南駐馬店人，天順六年（一四六二）進士，仗同鄉大學士李賢引爲庶吉士。此後，勾結閹宦劉瑾，歷任吏部尚書、文淵閣大學士等。掌控朝政，變亂成法，荼毒縉紳。後因得罪劉瑾被放歸故里，仍大修豪宅，勞民傷財。趙風子，據舊題萬斯同《明史稿·趙風子傳》，風子名鐩，有力任俠，河北廊坊人。正德朝，率眾破泌陽城，欲誅焦芳不得，取其衣冠置庭樹而斬之。後趙鐩被捕，臨刑，歎曰：「吾不能手刃焦芳父子以謝天下，死有餘恨！」

【校　注】

〔一〕「索取不得」，他本皆作「索誅之不得」。「乃戮其衣冠」，他本皆作「乃立其衣冠於庭而斬之」。「爲」，他本皆作「吾爲」。

〔二〕「故里」，《續甬詩》、又滿樓本並作「故國」。老而不死真爲賊，《論語·憲問》：「原壤夷俟。子曰：『幼而不孫弟，長而無述焉，老而不死是爲賊。』以杖叩其脛。」賊，禍害。

〔三〕凶渠，指趙風子。奸臣，指焦芳。褫，奪。

〔四〕「真非誣」，《續甬詩》、又滿樓本並作「誠非誣」。「誠丈夫」，《續甬詩》、又滿樓本並作「真丈夫」。

〔五〕「賊徒」，諸本同，惟日藏全校本作「賊夫」。

鎮國公

武宗巡遊天下，嘗自稱「太師、鎮國公、威武大將軍朱壽」。

天子深居厭九重，朝游宣府暮大同〔一〕。璽書制誥皆不用，文牒惟稱鎮國公〔二〕。奉天殿虛不肯蒞，乾清宮冷時時閉。后妃經歲始聞聲，嬖佞終年恣遊戲〔三〕。錦衣都督稱義兒錢寧名刺自稱皇庶子，貂璫鞢鞈皆兄弟張忠、張鋭自稱天子十弟兄〔四〕。海内但遵將軍令，朝中不聞天子制。鎮國公，爾何人？古有人臣欲爲帝，那見天子願爲臣？將軍太師雖榮貴，寧若垂旒稱至尊〔五〕？鎮國公，爾家王侯多不忠，耽耽正欲逞其凶，胡爲魚服效白龍〔六〕？他年樵舍擒不早王新建擒宸濠於樵舍，爾家天下豈能保〔七〕？終賴先朝遺澤深，令人長憶敬皇考〔八〕。

【題　解】

據《明史·武宗本紀》等，武宗朱厚照，孝宗祐樘長子，弘治五年（一四九二）立爲太子。弘治十八年，孝宗死後繼位，改元正德，實乃一荒唐天子。寵信宦官佞臣，喜弄兵。正德五年（一五一〇），自號「大慶法王」。正德十二年之後，屢屢微服巡遊，是年九月「自稱總督軍務威武大將軍總兵官」。次年九月，他自己下詔曰：「總督軍務威武大將軍總兵官朱壽親統六師，肅清邊境，特加封鎮國公，歲支禄米五千石。吏部如敕奉行。」正德十四年，又以「太師鎮國公朱壽」之名再次巡遊兩畿、山東等地。正德十六年三月，荒唐天子「崩於豹房」，年僅三十一歲。

【校　注】

〔一〕「深居」，《續甬詩》作「深宫」。

〔二〕「制誥」，又滿樓本同，日藏全校本、《續甬詩》皆作「制詔」。

〔三〕「嬖佞」，《續甬詩》、又滿樓本並作「嬖倖」。

〔四〕錢寧，鎮安人，正德年間宦官，錦衣衛官員，性狡詰猾巧，善箭術，深爲武宗所喜，收爲義子。爲武宗建「豹房」，誘其巡遊玩樂。張忠爲御馬太監，張鋭爲司禮太監，皆武宗時宦官。

〔五〕「將軍太師」，《續甬詩》、又滿樓本皆作「太師將軍」。

〔六〕魚服，庶人之裝；白龍，代指天子。劉向《説苑·正諫》：「吴王欲從民飲酒，伍子胥諫曰：『不可！昔白龍下清泠之淵，化爲魚，漁者豫且射中其目。』」言天子微服出行。

〔七〕王新建，即王守仁。正德十四年，寧王朱宸濠叛亂。兵部尚書王瓊、南贛巡撫王守仁等奉命平叛。王守仁從吉安率軍在贛江下游樵舍港生擒宸濠，平定叛亂。

〔八〕皇考，指武宗之父孝宗。《明史·孝宗本紀》贊曰：「孝宗獨能恭儉有制，勤政愛民，兢兢於保泰持盈之道，用使朝序清寧，民物康阜。」

蔣太守

武宗南巡至揚州，親釣於湖，得大魚，諸嬖倖請賣於太守蔣瑶，索銀五百兩。蔣公無以應，盡脱夫人簪珥以進，諸嬖倖大怒，窘辱備至，公不爲動，武宗笑而止之〔一〕。公後至工部尚書〔二〕。

蔣太守，性强項，居官貧，世無兩。雷霆不能威，叱咤安能强？脱得簪珥獻御前，共知太守囊無錢。君王賣魚原戲耳，何必將軍張老拳〔三〕？蔣太守，膽何壯？志伸萬乘前，氣奪千官上〔四〕。始識我公真人豪，直視宵小如兒曹。盈廷卿相皆如此，奴輩蠢蠢安得驕？

【題解】

《世宗實録》附《蔣瑶傳》，所記與此略同。按，蔣瑶，歸安人，弘治十二年（一四九九）進士，歷官監察御史、浙江布政使、工部尚書等，爲官清正端謹。此事發生在其揚州任内。嬖倖江彬等，用武宗在揚州所釣之魚，以五百金敲詐蔣瑶，瑶不得已，用妻子首飾買之。此外，江彬等又「傳旨徵求百端，悉殊方之産」。瑶據實堅決抵制，稱「俱非揚有」。武宗竟反問説：「苧白布亦非揚産乎？」瑶不得已，只好「進苧五百匹」。足證敲詐勒索實自最上層。瑶卒於嘉靖三十六年（一五五七），謚恭靖。

【校注】

〔一〕「笑而止之」，《續甬詩》同，日藏全校本、又滿樓本作「笑而止」。

〔二〕「後至」，日藏全校本、又滿樓本皆作「仕爲」，《續甬詩》則作「仕至」。

〔三〕按，當指佞倖江彬，宣府人。初爲蔚州衛指揮僉事，善取悦武宗，倖爲義子，賜姓朱。常伴武宗巡遊，同起卧，共淫樂。正德十年，武宗「命彬爲威武副將軍」。彬貪汙受賄，無惡不作，武宗病死後，江彬被抄家處死。據《明史》蔣瑶本傳，「武宗南巡至楊，瑶供御取具而已，無所贈遺，諸嬖幸皆怒。江彬欲奪富民居爲威武副將軍府，瑶執不可，彬閉瑶空舍，挫辱之。」

〔四〕「氣奪」，他本皆作「氣奮」。

馬將軍

將軍名芳，嘉靖末，北邊良將也〔一〕。

馬將軍，勇絶倫，聲名塞外都遠聞。天子拊髀思良將，良將如公有幾人？少時被掠入胡中，能騎生馬挽强弓。後來拔身歸本國，屢率偏師摧大敵〔二〕。是時胡馬方憑陵，縱横千里誰能攖〔三〕？百城將士但堅壁，日暮惟聞野哭聲。將軍按劍鬚髯張，身馳鐵騎臂兩槍。馬鞍累累懸敵首，出入萬衆神飛揚。積功塞上屢建節，威服名王使心折。聞聲不敢肆長驅，無復飲馬長城窟。馬將軍，軍功誰與爾並論？諸邊大帥皆巾幗，中華士氣由爾振！不見至今關塞上，邊人猶説馬將軍〔四〕。

【題　解】

萬斯同認爲，明朝自「靖難之役」後，武備開始不振，至宣德、正統之後，更是每況愈下，蓋因將才難得，武職日輕。相反，他對真正能效命沙場的將士又多所稱頌。進入北京史館之後，這一思想被寫入《修史條例》第四十一條：「明之武功最爲不振，洪、永勿論，宣、正以後逐漸衰微。總由武職日輕，因致軍功鮮紀。然而疆場之上，凡有斬首微功，盡見屢朝實録，因而廣搜，猶可作傳。」本詩即歌頌馬芳將軍效命沙場，保疆衛國。

【校　注】

〔一〕馬芳，舊題萬斯同《明史稿》、王鴻緒《明史稿》、殿本《明史》皆有其傳。所記内容文字略同。據傳，芳，字德馨，蔚州人，行武出身，以武功歷任隊長、總旗、遊擊將軍、都督僉事、都督、副總兵等職，反擊北元、俺答等，鎮守薊遼、大同等地十餘年，身經大小百十餘仗，受傷十餘處。萬曆七年（一五七九）以病乞歸，萬曆九年卒。芳子林，林子燃、熠、炯、熿、飆，皆晚明名將。

〔二〕「率」，又滿樓本作「帥」。《明史·馬芳傳》：「馬芳……十歲爲北寇所掠，使之牧。芳私以曲木爲弓，剡矢射。俺答獵，虎虓其前，芳一發斃之。乃授以良弓矢、善馬，侍左右。芳陽爲之用，而潛自間道亡歸。」

〔三〕胡馬，代指明初北方韃靼等部族。馬芳歸來，正值韃靼大舉攻明。如，嘉靖二十八年（一五四九），俺答攻宣府等地，朵顔擾遼東。次年，俺答又攻大同、宣府、薊鎮，毁長城，至通州，直逼京城，焚掠京郊八日而去。又如，嘉靖三十一年，俺答糾集各部及朵顔三衛攻遼東、薊州、大同、寧夏等地。縱横千里，朝野震動。

〔四〕按，以上各句，指馬芳馳騁疆埸，勇敢破敵，形同西漢「飛將軍」李廣。名王，指掩答、朵顔等敵首。《明史·馬芳傳》稱：「芳起行伍，十餘年爲大帥。戰膳房堡、朔州、登鷹巢、鴿子堂、龍門、萬全右衛、東嶺、孤山、土木、乾莊、岔道、張家堡、得勝堡、大沙灘，大小百十接，身被數十創，以少擊衆，未嘗不大捷。擒部長數十人，斬馘無算，威名震邊陲，爲一時將帥冠。」

復松山

甘、涼之北，有地曰松山，廣袤六七百里，戎人據此爲巢穴，常爲西北患。萬曆二十六年，甘肅巡撫田樂舉兵拔之〔一〕。

松山高，數千雉。松山廣，數百里。我得戎人悲，我失戎人喜。兹山勢足壯巖疆，南接涼州東朔方〔二〕。不知何年棄不守，益教戎馬肆披猖。甘涼自此失肩背，靈武亦憂斷右臂〔三〕。嗚鏑時聞達隴西，狼烟還復驚關内。憶昔漢家得祁連，匈奴顧之常涕漣〔四〕。又聞河西開四郡，爲防戎騎通諸番〔五〕。自古守邊在扼險，要害何得長棄捐？田公威名振涼土，指揮兵事真雄武。一麾攘却西海戎，開疆盛烈超前古。天朝中葉武備弛，邊庭流血無已時。中華賴此兵威振，坐得鞭箠制四夷。猗嗟我公一書生，談兵決策何縱横！武功一代誰能比，應與兹山並峥嶸。天子策勳告廟社，尚方寵錫頻頻下。膚功自合銘太常，偉略還應拜司馬功成後即召公爲大司馬。

【題　解】

松山，屬祁連山餘脈，有大、小松山之稱，地在今甘肅天祝境内。明代松山古城，四周森林密佈、牧草豐美，戰略地位突出，素爲兵家必争之地。嘉靖年間，韃靼勢力經常出没於松山附近，威脅明廷北境。萬曆二十六年（一五九八），兵部尚書兼三邊總督李汶、大司馬兼甘肅巡撫田樂、甘肅總兵達雲等舉兵收復大、小松山，取得軍事主動。參見本卷《馬將軍》題解。

【校　注】

〔一〕田樂，號東洲，鄭州（今屬河北任丘市）人。隆慶二年（一五六八）進士，初授東阿令，後升任河南道監察御史。萬曆初，改官涼永兵備道。萬曆二十三年，奉命巡撫甘肅。爲防禦敵人入侵，他採取「收生蓄」、孤立敵人的戰略，戰術上「先定青酋，後治永酋」。因功擢三邊總督、兵部尚書，特進光禄大夫、松山伯等。卒，賜祭葬，謚襄敏。

〔二〕「壯巖疆」，《續甬詩》作「障巖疆」。

〔三〕靈武，古稱靈州。明設千户所，隸寧夏衛。今屬寧夏銀川市。

〔四〕「匈奴」，《續甬詩》、又滿樓本並作「胡兒」。此句指西漢收復河西之地。祁連山，位於甘肅西部和青海東北部邊境，黃河幹流一線之北。元狩二年（前一二一）夏，霍去病奉命出征匈奴右賢王部，孤軍深入，在祁連山大獲全勝，經此一役，匈奴不得不退至焉支山北，漢廷收復河西平原。匈奴因有哀歌曰：「亡我祁連山，使我六畜不蕃息；失我燕支山，使我婦女無顏色。」從此，祁連山爲漢廷所管控。

〔五〕「諸番」，日藏全校本作「諸蕃」。指張騫通西域之後，西漢政府爲防匈奴，確保絲綢之路暢通，先後設立酒泉郡、武威郡、張掖郡、敦煌郡，即「河西四郡」，加之敦煌以西的陽關和玉門關，史稱「列四郡，據兩關」。

築邊牆

萬曆元年三月，築宣府北路諸邊牆。明年二月，築遼東、西臺牆。四年三月，復築薊州、昌平諸邊牆。十年二月，又築山西諸邊牆。

秦人備胡築長城，長城一築天下傾，至今笑齒猶未冷。豈知明人防北狄，專藉築城爲長策〔一〕？不曰長城曰邊牆，版築紛紛無時息。東方初報牆功完，西方又傳虜寇邊〔二〕。虜入潰牆如平地，縱橫飽掠無所忌〔三〕。虜退復興版築功，朝築暮築竟何利？帥臣徒受内府金，川原空耗司農費。我聞漢人却虜得陰山，匈奴不敢窺幽燕。又聞唐人踰河城受降，突厥不敢掠朔方。自古禦胡在扼險，豈在萬里築垣牆？屢朝廟算皆如此，奈何獨笑秦始皇〔四〕？

【題　解】

據《讀史方輿紀要》《全遼志》等所載，明朝「邊牆」分爲遼河邊牆、遼西邊牆、遼東邊牆三大段。遼河邊牆，起於北鎮（今遼寧錦州），止於開原（今屬遼寧鐵嶺），爲永樂年間所築。《讀史方輿紀要》載：「成化二十年（一四八四），邊將鄧鈺言永樂時築邊牆於遼河内，自廣寧東抵開元，七百餘里。」遼西邊牆，起於山海關外鐵場堡，西接長城，止於北鎮，與遼河邊牆相接。築於正統七年（一四四二），提督遼東軍務王翺、指揮僉事畢恭倡建。遼東邊牆起於開原，止於鴨緑江邊丹東九連城，遼陽副總兵韓斌、都指揮使周浚先後倡建，築於成化十五年至十七年，沿遼東邊牆設邊堡九十八座，墩臺八百四十九座，分兵駐守，但因主其事者急於求成，多「躁率苟且」「速成之功，隨手傾圮」。萬斯同認爲，邊牆在軍事上並未發揮其防衛作用。

【校　注】

〔一〕「北狄」，又滿樓本作「北敵」。皆指北元及瓦剌。

〔二〕「又傳」，日藏全校本作「就傳」。

〔三〕「如平地」，又滿樓本作「似平地」。

〔四〕「廟算」，日藏全校本作「妙算」。

嘲邊將

明師掃胡如掃塵，胡兒畏明若畏神〔一〕。漠南漠北千萬里，名王何地不來賓〔二〕？自從文皇撻伐後，我弓漸弛矢漸朽〔三〕。烽火時交內郡城，馬駝敢牧諸邊口。朵顏一棄薊遼單，開平再棄宣府寒〔四〕。西海河套迭侵擾，甘肅延綏守益艱〔五〕。胡兒自此心膽大，控弦飛鏑時入塞。不聞鏖戰郊原中，惟聞護送關城外。君王拊髀思虎臣，高懸賞格勵三軍。軍機進退由文吏，行間士氣何由振？君不見孝宗弘治十三年，苗逵率師出鄜延，搗巢獻馘只三級，廟堂録功餘二千〔六〕。又不見世宗嘉靖十三載，仇鸞統軍出雲代，捉生捕虜惟二人，天子謝玄爲再拜〔七〕。一代邊功總如此，將吏賜金還蔭子。試觀國史紀戰功，俘馘餘百亦僅耳。北攜匈奴西烏孫，千古祇應推漢人。書生不曉本朝事，猶自高議衛霍勳〔八〕。

【題　解】

原皆無詩序。此乃萬斯同對明永樂朝以來邊防軍務廢弛的總評。參見本卷《馬將軍》題解及注文。

【校　注】

〔一〕「若畏神」，諸本同，惟又滿樓本作「如畏神」。胡兒，代指明初俺答軍部落。

〔二〕「漢南」，諸本同，惟《續甬詩》作「漢南」，誤。

〔三〕文皇，指永樂帝朱棣。斯同認爲，自朱棣發動「靖難之役」後，因國家内亂、遷建都城、削藩争戰等因，致使國力虚耗，軍事開始不振。

〔四〕「薊遼」，又滿樓本同，日藏全校本、《續甬詩》皆作「遼薊」。朵顔，明兀良哈三衛之一，洪武二十二年（一三八九）置，地在今内蒙古洮兒河流域一帶。永樂以後，南徙至今河北東北部長城線外。薊遼，指薊州總督府屬，治密雲（今屬北京市），爲北方重鎮，薊遼總督轄順天、保定、遼東三巡撫。開平，永樂元年（一四〇三）將原真定府開平中屯衛徙於石城舊縣（今屬河北灤州市），改置開平鎮。宣府，戰國至秦漢屬上谷郡，唐置武洲，始建宣化城。元置宣德府。洪武三年，改稱宣府，置衛所，築宣府城，又封皇子朱橞爲谷王鎮守。

〔五〕「侵擾」，日藏全校本同，《續甬詩》、又滿樓本作「侵據」。西海，青海湖之古稱。延綏，明九邊之一，先治綏德州，後移榆林衛（今屬陝西榆林市）。

〔六〕「苗逵」，諸本皆誤爲「苗達」。據《明史·韃靼傳》等相關記載，校改爲「苗逵」。逵乃孝宗朝宦官。弘治十三年（一五〇〇），「火篩連小王子大入延綏、寧夏……以中官苗逵監其軍。至寧夏，寇已飽掠去，乃與（史）琳、逵率五路師擣其巢於河套，寇已徙帳，僅斬首三級」。鄜延，古地名，今屬陝西宜君、黄龍、宜川以北一帶。

〔七〕仇鸞，字伯翔，鎮原人，出身將家。因厚賄嚴嵩父子得重用，先後充總兵官，鎮守大同，拜平虜大將軍，總督京軍和邊兵，權傾一時。然畏敵如虎，曾割死人頭冒功，於古北口迎戰俺答軍，潰敗，僅以身免。後與嚴嵩爭寵失和，革職憂懼而死，嘉靖帝以其「叛逆」罪開棺戮屍。雲、代，指雲中、代郡，秦漢之古稱，今内蒙古托克托東北、山西陽高、河北蔚縣一帶。謝玄，拜謝上天。

〔八〕「高議」，諸本同，惟日藏全校本作「該稽」。衛、霍，指西漢衛青、霍去病。

獲王三

王三者，大同左衛指揮王鐸之子也，素爲虜用，頻年入犯，至是隨虜至水峽口，爲官軍所縛〔一〕。巡按御史李天寵以聞，上大悦，告謝郊廟、社稷及朝天等宫廟，百官上表稱賀〔二〕。嘉靖中年事也。

大同城中一男子，走向胡中作奸宄。偶然入塞爲人擒，邊將侈功鋪滿紙。皇心喜悦爲開顔，躬叩玉熙謝上玄〔三〕。圜丘廟社皆遣告，獻俘行慶遍朝端。吁嗟王三一匹夫，生死豈足爲有無？一時論功乃如此，真若擒王與滅胡。假使當年俘俺答，廟堂策勳將何如〔四〕？防邊歲勞百萬師，犁庭掃穴果何時〔五〕？將帥輸籌祇筆舌，聖主討謨惟禱祀〔六〕。不見唐宗擒頡利，不見漢臣斬郅支〔七〕？

【題　解】

《明史·禮志》卷五十七曰：「嘉靖二十三年（一五四四）十月，叛賊王三屢導吉囊入犯大同，官軍計擒之。遣官謝南北郊、景神殿、太社稷，擇日獻俘，百官表賀。」又，《明史・佞倖・陶仲文傳》曰：「大同獲諜者王三，帝歸功上玄，加仲文少師。」

【校注】

〔一〕水峽口，在今甘肅安西縣城南，亦説在敦煌。

〔二〕「李天寵」，他本皆作「李天龍」，顯誤。日藏全校本作「李天寵」，審是，從校改。據《明史》張經本傳附，李天寵，孟津人，先後官御史、右僉都御史等。爲趙文華、胡宗憲所劾，「逮下獄，遂與（張）經同日死」。

〔三〕「玉熙」，他本皆作「玉燕」，誤。《續甬詩》作「玉熙」，指明皇「玉熙宮」，審是，從校改。上玄，指上天。《文選》引揚雄《甘泉賦》：「惟漢十世，將郊上玄。」李善注：「上玄，天也。」此句指因擒獲王三而大肆慶賀。

〔四〕「當年」，諸本同，惟日藏全校本作「當時」。

〔五〕「果何時」，諸本同，惟日藏全校本作「果何如」。犁庭掃穴，喻徹底消滅敵人，《漢書・匈奴傳》：「固已犁其庭，掃其閭，郡縣而置之。」

〔六〕「輸籌」，諸本同，惟日藏全校本作「抒籌」。「訏謨」諸本同，惟日藏全校本作「訏謀」，誤。訏謨，指宏偉謀劃，《詩經・大雅・抑》：「訏謨定命，遠猶辰告。」毛傳：「訏，大；謨，謀。」萬斯同諷刺不過抓獲一個王三，明廷竟大肆慶功。與下句漢唐抗敵功業形成鮮明對比。

〔七〕頡利，指唐朝頡利可汗，多次侵擾中原，唐太宗貞觀三年（六二九）兵敗被擒，授右衛大將軍。卒，封歸義王。郅支，指西漢郅支單于，匈奴分裂後，爲北匈奴第一代單于，强迫四方各族進貢，威震西域，後爲漢軍擊滅。

三娘子

三娘子者，順義王俺答之外孫女也。俺答愛其美，娶以爲妻〔一〕。俺答死，其子黄台吉妻之。台吉死，其子扯力克妻之。扯力克死，其孫卜石兔復妻之〔二〕。

三娘子，誠佳人。天生此女主胡國，一身五代更四君。始嫁外祖既嫌老，晚配元孫又嫌小〔三〕。祖孫數世將何稱，自古佳人如此少。天朝寵錫五十年，文衣繡被何爛然〔四〕。我使出邊時入帳，彼婦叩關常肆筵〔五〕。忠順錫封何其重，烽烟賴此得無動。安邊專藉一婦人，文武將吏亦何用？

【題　解】

據《明史·韃靼傳》等，俺答，韃靼名「阿勒坦」，韃靼首領，與明廷通貢互市，封爲「順義王」。其妻三娘子，我兒都司之女，本名鐘金哈屯，意爲「高貴顯赫」，天生麗質、聰慧、勇武過人。俺答汗晚年多病，事無巨細，多憑三娘子裁決。俺答歿，爲安定邊疆，明朝邊官及韃靼人皆勸其改嫁俺答長子黄台吉，封「忠順夫人」。黄台吉病逝，長子扯力克自立爲王。明疆吏鄭洛及韃靼部屬又勸三娘子與其合帳。扯力克死，三娘子率部貢職，萬曆四十一年（一六一三），三娘子復與河套部首領卜石兔成婚，不久病卒，明朝亦遣使給予隆重賜祭。《明史·韃靼傳》評曰：「歷配三王，主兵柄，爲中國守邊保塞，衆畏服之……自宣、大至甘肅，不用兵者二十年。」

【校　注】

〔一〕「美」，《續甬詩》同，又滿樓本作「美姿」。據《明史·王崇古傳》，俺答汗第三子鐵背台吉之子把漢那吉，先聘三娘子爲妻。俺答汗見其美姿，奪而妻之，把漢那吉怒而投明廷。

〔二〕「復妻之」，《續甬詩》同，又滿樓本作「妻之」。《皇明經世文編》卷四百四十九《涂司馬北虜封貢始末疏》之《請嗣封爵以順夷情疏》：「卜石兔爲撦力克嫡孫。」則爲俺答汗五世孫。

〔三〕「元孫」，《續甬詩》作「玄孫」，又滿樓本作「外孫」。

〔四〕「繡被」，《續甬詩》、又滿樓本皆作「繡帔」。

〔五〕「時入帳」，諸本同，惟日藏全校本作「如入帳」，或誤。「叩關」諸本同，惟日藏全校本作「叩關」。此句指三娘子執政期間，始終與明廷保持通貢互市。

卷十四　（明史）新樂府　下

曹妃怨

嘉靖時，宫婢楊金英等謀弑逆，乘帝晝寢曹妃宫，遽以繩加帝頸，氣已絶矣，賴方后急救獲甦。后素妒妃寵，遂誣妃預謀，乘帝未甦而殺之。及帝甦而妃已死，後帝常惜之〔一〕。

曹妃美，方后妒〔二〕。曹妃寵，方后怒。妃寵久欲殺，欲殺愁無路。君恩方深那可間，君顔難犯寧敢忤？后猜妃不知，婢謀妃豈預？不乘此會復何時，聖體將甦莫能顧〔三〕。哀哉佳人真薄命，浩蕩冤魂將誰訴〔四〕？玉顔持出萬人嗟，西市臨刑淚如雨。尚冀君王醒時憶，引領望北久延佇。君王既醒身已分，向時恩愛今何處〔五〕？倘使當年寵未深，後庭猶可容身住〔六〕。無端誤被君王憐，翻使花容隨朝露〔七〕。自古蒙恩多受災，誰言君寵可長固？

【題解】

據《明實録》、《明史·后妃傳》、時任刑部主事張合撰《宙載》等記，其事與詩序各有異詞。略云，嘉靖二十一年（一五四二）十月，明世宗朱厚熜夜宿曹端妃宫，曹妃宫低級婢女楊金英、楊翠英等人，素不堪帝虐，欲合力殺之。二十一日伺帝熟寢，以儀仗細料製爲花繩，勒其頸，帝昏而未死。同宫張妃知事不就，急走告皇后方氏。方氏素妒忌曹妃得寵，趁帝未清醒，稱「奉旨」淩遲處死曹端妃及其宫婢楊金英等十多人。一説「（曹）妃實不知也，以寵，故及於難」。傳曹妃冤死後，帝常感宫中鬧鬼云云。是年干支爲壬寅，史稱「壬寅宫變」。

【校注】

〔一〕「帝甦」，他本皆作「帝知」。

〔二〕曹妃，明世宗嘉靖皇帝朱厚熜寵妃。福建三明府知府曹察之女，相傳名洛瑩，美貌過人。嘉靖十五年册爲端妃。先後生有常安公主、寧安公主。

方后，史稱莊烈皇后方氏，明世宗第三后，江陵人。原册爲「九嬪」之一，世宗第二后張氏廢，立其爲皇后。

〔三〕「妃寵久欲殺」至「聖體將甦莫能顧」句，《續甬詩》、又滿樓本皆無。傳當時嘉靖帝雖甦醒，但不能言語，一切聽憑方后處置。

〔四〕「冤魂」，又滿樓本同，日藏全校本、《續甬詩》皆作「冤情」。

〔五〕「恩愛」，他本皆作「愛妾」。

〔六〕「倘使當年寵未深，後庭猶可容身住」句，《續甬詩》、又滿樓本皆無。

〔七〕「花容」，又滿樓本同，日藏全校本、《續甬詩》皆作「冶容」。

定安南

嘉靖中，安南莫登庸簒位，朝貢久絶〔一〕。廷議興師討之，乃起尚書毛伯温於制中，俾之專征〔二〕。師未臨境，登庸懼，泥首轅門乞命，毛公承制許之〔三〕。事聞，帝命削其王號，降授安南統制使，朝貢復通。

安南小酋思跳梁，倔强自大擬夜郎〔四〕。南金廿載不入貢，阻兵直欲逆顔行。天子赫怒怒烈烈，大帥奪情起授鉞。詔書遠徵十萬師，長驅電掃犁其穴。蠻邦蠢爾本遊魂，弄兵何敢逆至尊。師未臨疆先自縛，泥首銜璧來軍門〔五〕。飛書萬里請帝賚，帝曰休哉赦汝罪〔六〕。授以統制削王封，至今貢琛來海外〔七〕。猗嗟我公功非常，兵不血刃靖一方。文臣用武武莫當，文能柔遠武摧强。中華兵氣久不揚，小醜往往肆披猖。設策未有如公良，一麾遂爾服蠻王。雖然殺伐未云張，且免六師喪海邦〔八〕。

【題解】

據《世宗實録》等載，嘉靖三年（一五二四）十二月以安南事報：其國王黎晭無嗣，立故兄灝子譓爲世子。正德十一年（一五一六），逆臣陳暠殺晭，國人立譓爲王。其臣莫登庸討暠，又居功娶灝寡妻（即譓母），謀奪國事，衆臣遂亂。登庸平之而攝國事，自稱天王、太上皇，設兵關隘，阻拒明使。嘉靖十六年春，明廷命都察院左都御史毛伯温於守制中，奪情赴京，率軍征安南。嘉靖十八年二月，登庸子登瀛上表請降。八月，仍命咸寧侯仇鸞、兵部尚書毛伯温繼征之。登庸得此消息，遣使明廷，上表請降。次年，登庸復與侄文明及大臣武如桂等四十餘人自縛至鎮南關（今友誼關），前往明軍中頓首認罪，並獻上地圖、金銀珠寶等，請求内屬中國欽州，同時歸還高平一帶明朝土地。明廷遂取消進攻計劃，封登庸爲安南都統使，子孫世襲此職。安南始定，通貢如舊。參見本書卷六《書討安南詔書後》。

【校注】

〔一〕按，莫登庸，其祖先爲中國廣東移民。家境貧困，以漁業爲生。登庸以武藝高强考中「力士」，成爲宿衛。自前黎朝始，官武衛都指揮使、節制十三道水、步諸營等，勢力逐漸壯大，排斥異己，逼走黎朝宗親舊臣。一五二七年，後黎朝黎恭皇帝被迫「禪位」登庸，成立莫朝，改元「明德」。一五二九年，登庸以年老讓位給兒子登瀛，自稱太上皇。一五四一年，登庸逝世，廟號太祖，謚號仁明高皇帝。

〔二〕毛伯温，見卷六《書討安南詔書後》注文。

〔三〕「乞命」，他本皆作「貸命」。

〔四〕「跳梁」，諸本同，惟日藏全校本作「陸梁」，誤。

〔五〕「來軍門」，《續甬詩》同，日藏全校本、又滿樓本皆作「來叩門」。

〔六〕「萬里」，諸本同，惟日藏全校本作「百里」。
〔七〕「貢琛」，諸本同，惟《續甬詩》作「貢珍」。
〔八〕「雖然殺伐未云張，且免六師喪海邦」，諸本無，唯日藏全校本有之，據補。

王江涇

嘉靖中，倭奴擾東南，總督尚書張公經，大殲之於王江涇。捷聞，逮入論死。時視師侍郎趙文華與監軍御史胡宗憲，皆欲攘其功，而授宗憲以總督，乃騰謗於朝〔一〕。内閣嚴嵩主之，故有此獄，張公竟伏屍西市〔二〕。

張尚書，王江涇上剿倭奴。倭奴剿絶無遺餘，東南戰功稱第一。中華兵氣從此舒，膚功一奏應重錫〔三〕。廟堂自有賞功格，有功不賞人已悲，何況功成膺大辟。張尚書，爾師大捷還受誅，爾師不捷將何如〔四〕？自古大冤寧有此，街童里婦猶嗟吁！朝廷功罪何顛倒，謗書騰布由胡趙〔五〕。一思攘位一攘功，功不能明身不保。張尚書，爾誠愚。師中殺賊何其勇，君側防奸何其疏〔六〕？恨不早將殺賊手，中外群狐盡掃除。一時群公盡緘口，遂令功臣竟喪軀〔七〕。

【題解】

王江涇，位於江浙交界處，明朝抗倭重要戰場之一。張經，侯官人，正德十二年（一五一七）進士，歷官兵部右侍郎、提督兩廣軍務等。抗倭戰功顯著，擢兵部尚書兼右副都御史，總督江浙軍務。嘉靖三十一年（一五五二）倭寇犯太倉，破上海、崇德、嘉善諸邑。經臨危受命，率浙江巡撫李天寵、蘇松副總兵俞大猷等，在王江涇大破倭寇。時嚴嵩義子趙文華以「祈海」爲名，前來督軍，盲目催促出兵，經等不從。文華遂誣告張經、李天寵「糜餉殃民，畏賊失機」。嘉靖帝下令逮治張、李。同時，竟將破敵之功歸於趙文華和胡宗憲。嘉靖三十四年十月，反將張經、李天寵等處斬。一時激起公憤，「京師震駭，罷市者累日」。

【校注】

〔一〕「胡宗憲」後，《續甬詩》有「比」字。趙文華，字元質，慈溪人。嘉靖八年進士，授刑部主事，認嚴嵩爲義父。嘉靖三十四年巡視東南防倭事宜，升工部尚書，以右副都御史總督江南、浙東軍事。後以驕橫失寵被黜，死後，追贓時查出其貪污軍餉十萬四千石。胡宗憲，見卷六《書陸給事汪御史劾胡宗憲二疏後》注文。「謗」，《續甬詩》、又滿樓本並作「謗書」。

〔二〕「伏屍」，《續甬詩》作「伏死」。

〔三〕「應重錫」，又滿樓本同，日藏全校本、《續甬詩》作「膺重錫」，誤。

〔四〕《續甬詩》無「張尚書」。

〔五〕胡趙，指胡宗憲和趙文華。

〔六〕「何其疏」，《續甬詩》、又滿樓本皆作「計已疏」。

〔七〕「一時群公盡緘口，遂令功臣竟喪軀」，他本無，唯日藏全校本有此句，意長，據補。

倭無敵

嘉靖中，有倭奴數十，遭風破舟，流劫内地，所至人莫敢攖。自浙歷徽州、寧國、太平，直犯金陵，閉城者三日，復由鎮江、常州抵蘇州，始被剿絶〔一〕。

倭何猛，猛無敵，數十倭奴横中國。官兵如鳥倭如鶻，一鶻奮翅群鳥伏。長驅千里無留行，敢向金陵犯帝京。帝京禁軍數十萬，司馬下令惟守城。官兵飛矢矢何疾，矢來不動還手接。殺人如草不聞聲，百城將士惟洒泣〔二〕。倭何猛，我何怯！數十倭奴已若斯，千乘萬騎嗟何及〔三〕！不見此倭剿滅時，海上元戎猶奏捷〔四〕。

【題　解】

據《明史·日本傳》載，因内外勾結、海防鬆弛等，倭患之烈始自嘉靖中葉之後。詩序所言，當在嘉靖三十四年（一五五五）九月。當是時，倭患蔓延，江浙無不蹂躪。新倭更來益衆，每至焚其舟，决死登岸，瘋狂劫掠。自杭州北新關西剽淳安，突徽州歙縣，至績溪、旌德，過涇縣，趨南陵，遂達蕪湖。燒南岸，奔太平府，犯江寧鎮，徑侵南京，再由溧水流劫溧陽、宜興。聞官兵自太湖出，遂越武進，抵無錫，駐惠山。一晝夜奔百八十餘里，抵滸墅，爲明軍所圍，追至楊林橋，始殲之。是役也，賊不過六七十人，而劫掠數千里，殺戮戰傷者幾四千人，歷八十餘日始滅。

【校　注】

〔一〕「閉城」前，他本皆有「金陵」二字。「抵蘇州」，諸本同，惟又滿樓本作「至蘇州」。

〔二〕「惟灑泣」，他本皆作「都灑泣」。

〔三〕「已若斯」，《續甬詩》、又滿樓本並作「猶若斯」。「千乘」，《續甬詩》、又滿樓本皆作「千騎」。

〔四〕元戎，指當時江浙指揮抗倭的主帥趙文華、胡宗憲、曹邦輔等。楊林橋殲倭雖不滿百人，應天巡撫曹邦輔竟「以捷聞」。趙文華「忌其功」，乃大集浙、直兵衆，與邦輔分道再追倭寇，結果大敗於甎橋。

青詞相

嘉靖中，世宗好神仙，命詞臣供奉「青詞」〔一〕。一時宰臣無不由此進者，時號爲「青詞相」。

天子鋭意求長年，深居秘殿祠神仙。一時臣僚争獻媚，西苑供奉何榮貴！撰得青詞文句工，富貴即時超儕輩〔二〕。君不見夏相當年棄西市，頗由青詞失帝旨〔三〕。又不見嚴相當年擅國權，實由青詞邀帝歡〔四〕。神仙之事誠有無，君兮相兮乃争趨。天下未得神仙力，群公實賴神仙扶〔五〕。試觀前後諸公輔，誰不由茲登政府？君王論相衹青詞，廟堂衮職更誰補？噫吁嘻〔六〕！廟堂衮職更誰補？

【題 解】

青詞，又稱「緑章」，是道教舉行齋醮時獻給上天的祝文。一般爲駢儷體，要求形式工整，文字華麗。因用紅色顔料寫在青藤紙上，故名。明世宗崇尚道教，常行齋醮。晚年更迷信方士，服其所獻丹藥身亡。《明史》夏言、嚴嵩等本傳對此皆有零星記載。《明史·世宗本紀》評曰：「崇尚道教，享祀佛經，營建繁興，府藏告匱。百餘年富庶治平之業，因以漸替。」

【校 注】

〔一〕「供奉」，《續甬詩》、又滿樓本皆作「撰」。

〔二〕「文句工」，《續甬詩》、又滿樓本並作「文句諧」。「富貴即時超儕輩」，《續甬詩》作「六卿身上鶴飛來」，又滿樓本作「六卿方上鶴飛來」。

〔三〕「帝旨」，日藏全校本、《續甬詩》皆作「帝指」。夏相，指夏言，字公謹，貴溪人。正德十二年（一五一七）進士。歷官行人、兵科給事中等。世宗繼位，因「議禮」受寵，遷禮部尚書兼武英殿大學士，入參機務，又擢爲首輔。「撰青詞及他文，最當帝意」。後與嚴嵩爭權又漸失寵，「進青詞往往失帝旨」。嘉靖二十七年（一五四八）議收復河套事，遭嚴嵩誣陷，棄市。

〔四〕「實由」，《續甬詩》作「實因」。嚴相，指嚴嵩，字惟中，分宜人。弘治十八年（一五〇五）進士，歷官吏部尚書、武英殿大學士、内閣首輔等。其父子二人，長期把持朝政，排斥異己。「帝以奉道，嘗御香葉冠，因刻沉水香冠五，賜（夏）言等。言不奉詔，帝怒甚。嵩因召對，冠之，帝見，益内親嵩」。後又因所進青詞「多假手他人，不能工，以此積失帝歡」。嘉靖四十一年，被劾歸里，老病而死。

〔五〕「天下」，除同治刻本，皆作「天子」。「神仙扶」，又滿樓本作「神仙澤」。

〔六〕「噫吁嘻」，《續甬詩》、又滿樓本並作「吁嗟」。

句容令

嘉靖時，徐公九思，江西人，爲句容令，有善政，民歌思之〔一〕。公嘗曰：「吾初至邑，邑人呼爺者以萬計，爲之聳然，吾何以當其稱〔二〕？思有以答其民，故不至隕越耳。」

句容令，有徐君，政何善，心何仁！循良何必古之人？古有召父與杜母，我公父母兼而有〔三〕。遺澤應同江水深，頌聲猶在邑人口。我公惠政由呼爺，一呼惠乃及萬家。天下何令不呼爺，安得如公動色嗟？今來民生更憔悴，望我徐公如望歲〔四〕。呼爺之聲上徹天，今也何人肯加惠〔五〕！古之令，有徐君，今之令，何不聞？

【題解】

據《明史·循吏傳》，徐九思，貴溪人，嘉靖中，授句容知縣。與應天府尹不合，爲巡撫所劾，吏部尚書熊浹知其賢，特留之。積九載，遷工部主事，治張秋河道，工成，遂稱水利。時工部尚書趙文華視師東南，道河上，九思不出迎，遣一吏齎牒往謁，文華嫚罵而去。會遷高州知府，文華與吏部尚書吴鵬合謀搆之，遂坐九思老，致仕。句容民爲建祠茅山。然該傳未記此事。焦竑《澹園集》卷四十九《明德堂答問》：「昔徐公九思令句容，將下車，聞吏民以爺呼之，悚然思曰：『民以我爲爺，我不以民爲子，非民父母也，奈何靦然居民上乎？』遂矢志以循良自勵。」

【校注】

〔一〕「徐公九思，江西人」，各本皆作「江西徐公九思」。

〔二〕「嘗曰」，日藏全校本、《續甬詩》皆作「常曰」。「初至」，《續甬詩》、又滿樓本並作「始至」。「萬計」，各本皆作「萬數」。

〔三〕召父與杜母，指西漢召信臣和東漢杜詩。二人先後爲河南南陽太守，皆有善政，民得休養生息，安居樂業。東漢南陽人因語曰：「前有召父，後有杜母。」

〔四〕「徐公」，日藏全校本、《續甬詩》皆作「徐君」。

〔五〕「之聲」，各本皆作「聲聲」。「今也」，《續甬詩》作「令也」，或誤。

遊金焦

嘉靖時，吴公嶽守廬州，王公廷守蘇州〔一〕。偶以事俱至鎮江，吴公邀遊金焦，所具祇肉一斤、菜一束、酒兩壺而已。王公笑曰：「其止是耶？」吴公曰：「吾兩人食之猶不能盡，何見少也〔二〕。」

兩郡太守遊金焦，舟中具饌何其豪〔三〕。有肉盈盆菜盈把，浮杯大嚼足陶陶〔四〕。金焦之遊何日無，高檣大舳吹笙竽〔五〕。百味須教窮水陸，餘珍猶足飽臺輿〔六〕。壯遊如此方爲美，不爾江山亦見鄙。太守遊山似兩公，將無傳笑冷人齒〔七〕。兹山今古兀峥嶸，遊人若箇傳其名。兩公高風照江水，山若益峻水益清〔八〕。安得游人如兩守，一洗兹山酒肉腥〔九〕！

【題　解】

金、焦，金山與焦山之合稱，地在今江蘇鎮江。據《穆宗實録》附吴嶽傳，嶽，汶上人，嘉靖十一年（一五三二）進士。任四川瀘州知府，「居官清介，而質直簡易有古風，士論重之」。後擢山西按察司副使、都察院副都御史等。王廷，據《神宗實録》附王廷傳，字子正，南充人，與吴嶽爲同榜進士。歷官蘇州知府、右副都御史，總理河漕等。守蘇州時，「直節勁氣，始終無改」。然上述二傳皆未記此事，斯同或據焦竑《國朝獻徵録》卷二十七《南京吏部·尚書》。

【校　注】

〔一〕「王公廷」，原作「王公庭」，諸本同，皆誤。日藏全校本作「王公廷」，《神宗實録》亦作「王廷」，審是，從校改。

〔二〕「猶不能盡」，又滿樓本同，日藏全校本、《續甬詩》並作「猶不盡」。

〔三〕「具饌」，諸本同，日藏全校本作「治饌」。

〔四〕「足陶陶」，他本皆作「俱陶陶」。

〔五〕大舢，《小爾雅·廣器》：「船頭謂之舢。」大舢，指代大船、豪舟。

〔六〕臺輿，亦作輿臺，轎夫類奴僕。此指達官貴人的跟班。劉基《夜坐有懷呈石末公》：「雄豪竊據皆屠狗，功業輿臺總續貂。」

〔七〕「將無」，《續甬詩》作「得毋」。

〔八〕「水益清」，原作「水益深」，或誤。他本皆作「水益清」，審是，從改。

〔九〕「安得游人如兩守」句，《續甬詩》、又滿樓本皆無。

負耕犁

嘉靖時，楚人黄公卷以副使歸鄉，躬耕以食〔一〕。嘗借鄰人犁，鄰人以公貴人也，欲代負之，公不可，卒自負而去〔二〕。

黄副使，好躬耕，胼胝不自覺，寒暑總忘形。山農野老日爲伍，那知仕版曾列名〔三〕。黄副使，爾身豈田父？昔日嘗膺章紱榮，今日耕田何自苦〔四〕。不見他人居四品，奴婢千指膚且敏？奴不知耕婢不織，室中粟帛仍充牣〔五〕。黄金横帶祇嫌重，輕裘被體猶蹙嚬〔六〕。爾披襏襫復荷犁，憔悴身形如下民〔七〕。前者爲官後爲農，天下幾人同乃公〔八〕？安得此風布寰宇，貴人悉學田舍翁〔九〕。

【題解】

黃卷，號萬崖，麻城人。嘉靖八年（一五二九）進士，官刑部主事、陝西副使等。爲官清正廉明，有「黃青天」之譽。年四十五辭官歸里。此説略見明耿定向《耿天臺先生文集·萬崖黃公外傳》，言黃卷歸里後，「家衆悉驅之田作……嘗假農具鄰舍，鄰舍子欲舁送之。公曰：『……假我具，即厚德矣，奈何又妨汝務？』遂自肩之如田焉。」《外傳》并萬斯同認爲，在官吏貪鄙、吏治敗壞之時，黃卷棄官爲農，負犁自耕，實屬「古道之碩果也」！

【校注】

〔一〕「躬耕以食」，《續甬詩》、又滿樓本皆作「自食」。

〔二〕「嘗借」，又滿樓本同，日藏全校本、《續甬詩》皆作「常借」。「欲代負之」，又滿樓本同，日藏全校本、《續甬詩》皆作「欲代之負」。「負而去」，他本皆作「負而行」。

〔三〕「列名」，他本皆作「登名」。仕版，官吏名册。

〔四〕「嘗」，他本皆作「曾」。章紱，古代官吏之服。張九齡《上張燕公書》：「清流高品，不沐殊恩；胥吏末班，先加章紱。」

〔五〕「不知」，又滿樓本作「不去」。膚且敏，優美敏捷。《詩經·大雅·文王》：「殷士膚敏，裸將於京。」毛傳曰：「膚，美；敏，疾也。」充牣，滿。《文選》卷七《子虛賦》：「珍怪鳥獸，萬端鱗崪，充牣其中，不可勝記。」李善注引《廣雅》：「充牣，滿也。」

〔六〕「衹」，他本作「猶」。「猶」，他本作「還」。

〔七〕「如下民」，《續甬詩》同，日藏全校本、又滿樓本皆作「何太忍」。襏襫，蓑衣類，《國語・齊語》：「首戴茅蒲，身衣襏襫，沾體塗足，暴其髮膚，盡其四支之敏，以從事於田野。」韋昭注：「茅蒲，簦笠也。襏襫，蓑襞衣也。」

〔八〕「同乃公」，他本皆作「如乃公」。

〔九〕此句諸本皆無，據日藏全校本校補。

兔生子

世宗好神仙，嘗得白兔，謂上玄所賜，甚寶之〔一〕。已而兔復生子，益大喜，謁謝上玄，群臣稱賀〔二〕。

白兔來兮山中，皇心悦兮動容。拜神貺兮叩玄宫，兔復生子兮嘉瑞重重，天顔益喜兮帝賚何隆〔三〕。慶百辟兮舞群工，潔蘋蘩兮謝蒼穹〔四〕。歎成仙之可冀兮，何寵錫之駢蒙〔五〕？彼小物之偶至兮，吾安知帝眷之所鍾？

【題解】

明世宗朱厚熜，即嘉靖帝。據《明史・世宗本紀》載，「（嘉靖）四十一年（一五六二）春三月辛卯，白兔生子，禮部請告廟，許之，群臣表賀」。此事亦遭後人批評，清《欽定續文獻通考》卷七十六

《郊社考·告祭》曰：「世宗時，四方貢白兔、白鹿、芝草。白兔生子，獲仙藥，於御座亦告，則又誣誕不經之甚者！具見於史，因並載之。」

【校　注】

〔一〕「嘗得」，又滿樓本同，日藏全校本、《續甬詩》作「得一」。

〔二〕「稱賀」，《續甬詩》作「稱慶」，又滿樓本作「慶賀」。

〔三〕「嘉瑞」，諸本同，日藏全校本作「喜瑞」。

〔四〕百辟，百官。蘋蘩，古代用於祭祀之水草。

〔五〕「歎」，他本皆作「歡」。何，副詞，多麼。駢，接連。蒙，蒙受。句謂蒙受寵賜是多麼地接連不斷呀！

射草人

嚴嵩擅國，錦衣衛經歷沈鍊疏劾之，下獄受杖，謫戍邊〔一〕。公乃爲草人以像嵩，日唾罵而射之。事聞於嵩，嵩囑巡撫中丞楊順、巡按御史路楷設計殺之。穆宗登極，下詔恤公，而置順於辟，楷謫戍。後高拱反其獄，順謫戍，楷削籍而已。

沈經歷，爾何官？身無言責位無權，金吾之署聊備員。省郎柱史充廷立，爾獨何爲敢犯顏？邊城荷戈猶骩髀，縛得草人代權相〔二〕。鳴弦日射奸臣頭，悲歌唾罵氣何壯！已拚一死擊奸魁，軀骨雖糜甘若飴〔三〕。宵小助虐徒爲爾，益教孤憤貫虹霓〔四〕。楊中丞，路侍御，爾曹富貴幾多時，他年亦向窮邊戍〔五〕。忠邪同作塞上軍，看誰青史留芳譽〔六〕。

【題　解】

據《明史·沈鍊傳》，字純甫，號青霞，會稽人。嘉靖十七年（一五三八）進士。以知縣擢錦衣衛經歷，上疏劾權相嚴嵩「要賄鬻官，沽恩結客」「妒賢嫉能」「陰制諫官」「擅寵害政」等，嵩遂反誣鍊欲借建言規避考察，博取清名，世宗遂謫鍊至口外保安縣。鍊在塞外以詈罵嚴嵩父子爲常，且縛草爲人，像李林甫、秦檜及嵩，醉則聚子弟攢射之。語稍聞京師，嵩大恨之，其子世蕃囑巡按御史路楷、宣大總督楊順，合計除鍊，許以厚報。恰逢白蓮教徒閻浩等被捕，楊、路遂誣告鍊與白蓮教謀亂，致鍊被殺。嘉靖四十一年，嚴嵩削職，世蕃處死，鍊案得以昭雪。隆慶初，詔褒言事者，贈鍊光禄少卿。順、楷則論死。

【校　注】

〔一〕「受杖」，諸本同，日藏全校本作「受刑」。

〔二〕「代權相」，諸本同，日藏全校本作「待權相」，或誤。

〔三〕「嗚弦日射奸臣頭」至「已拚一死擊奸魁」句，《續甬詩》、又滿樓本皆無。

〔四〕「宵小助虐徒爲爾」，《續甬詩》、又滿樓本皆無。

〔五〕「爾曹」，諸本同，日藏全校本作「爾曾」，或誤。「幾多時」，各本均作「幾何時」。

〔六〕「忠邪同作塞上軍，看誰青史留芳譽」，《續甬詩》、又滿樓本皆無。

獻白蓮

萬曆初，翰林院産白蓮。大學士張居正以獻，帝却之不納。

翰林院庭産白蓮，宰相肅容獻御前。君王好德不好瑞，天顔不動仍却還。是時天子方年少，左右弼臣應有道〔一〕。豈乏嘉謨可上陳，區區微物安足寶？小臣獻媚非所宜，何况獻之自元老。不見宋廷李丞相，日取水旱陳主上〔二〕。太平無事當防微，弱齡尤貴端趨向〔三〕。進此小瑞將何爲，天子不受氣誠壯。當年宰相屬何人，海内皆稱社稷臣。匡輔幼君乃若此，忠耶佞耶當細論〔四〕？我告他年社稷臣，神芝靈菌莫升聞〔五〕。

【題解】

《明史·神宗本紀》《明史·張居正傳》皆不記此事。陳鶴《明紀》卷三十九《神宗紀》一：「（萬曆）四年春正月丁巳，（劉）臺抗章論（張）居正曰：『……至若爲固寵計，則獻白蓮白燕，致詔旨責讓，傳笑四方矣。』」《明史》馮保本傳亦有記，但所記與斯同略異。文稱「内閣産白蓮，翰林院有雙白燕，居正以進，保使使謂居正曰：『主上沖年，不可以異物啟玩好。』」又見《明史》余懋學傳：「萬曆初，張居正當國，進《白燕白蓮頌》。……非大臣誼，抗疏論之。」識此待考。張居正生平事迹詳後注。

【校注】

〔一〕「弼臣」，原作「弼丞」，諸本同，或誤。日藏全校本作「弼臣」，意長，從校改。

〔二〕李丞相，指宋朝李綱，字伯紀，著名抗金名臣。歷仕北宋徽宗、欽宗和南宋高宗三朝，高宗朝一度爲相。京師出現水災，李綱上《論水旱疏》，提請注意内憂外患。又撰《論天人之理》，强調「立人之朝，卒然遇非常之變故，及察事理之將然，必力争而救止之，雖得罪至於蹈死而不悔」。

〔三〕「尤貴」，又滿樓本同，日藏全校本、《續甬詩》皆作「尤宜」。

〔四〕「進此小瑞將何爲」至「忠耶佞耶當細論」，《續甬詩》、又滿樓本皆無。

〔五〕「我告他年社稷臣，神芝靈菌莫升聞」，他本無。據《續甬詩》、又滿樓本校補。

相門子

張居正枋國，其諸子皆登上第〔一〕。一狀元，一榜眼，一進士，悉由關節得之。其三場試文，則倩人代作也〔二〕。及居正死，諸子俱削籍。

相門子弟多才傑，甲第翩翩居上列。兄爲榜眼弟狀元，一家盛事真奇絶〔三〕。丞相家兒貴莫倫，寒士原應步後塵。彩筆未濡文已就，春闈欲入名先聞。張家昆弟何競爽，榮華海内真無兩〔四〕。假使相公館未捐，幼兒又復誇蟬聯居正未死前，其家人揚言曰，明年殿試，吾家小公子必中探花。後居正死，不果〔五〕。曳白那顧旁人羞，及時且爲子孫謀〔六〕。豈料乃翁一朝隕，還復青衫到白頭〔七〕。

【題　解】

張居正，明代著名政治家，字叔大，號太岳。江陵人，嘉靖朝進士。隆慶元年（一五六七），官吏部左侍郎兼東閣大學士。神宗繼位，聯合宦官馮保，擢任首輔。萬曆初，太后以帝幼而委之以國柄。任内，「勇敢任事，以豪傑自許」。積極推行經濟改革，使國庫漸豐，社會安寧。同時，亦不免有居功自傲、濫用職權之劣迹。萬曆六年（一五七八）病逝。牆倒衆人推，神宗亦以其生前恩威震主，遂借口抄没其家。據《明史·張居正傳》稱，其身前，「三子皆登上第」，故該詩所記當有所本。

【校　注】

〔一〕「枋國」，《續甬詩》、又滿樓本並作「柄國」。

〔二〕「試文」，原作「文」，《續甬詩》作「試文」，意長，從校改。

〔三〕「狀元」，《續甬詩》、又滿樓本皆作「狀頭」。

〔四〕「丞相家兒貴莫倫」至「榮華海内真無兩」句，《續甬詩》、又滿樓本皆無。

〔五〕「相公」，日藏全校本作「相君」。捐館，離棄官邸，代指官員或士紳去世。「又復誇蟬聯」，日藏全校本作「猶冠黄金榜」。此夾注，日藏全校本則作：「居正未死時，其家人言，明年殿試，小公子必中探花。後不果。」《續甬詩》、又滿樓本等皆作：「居正未死時，其家人揚言曰：『明年殿試，吾家小公子必中探花。』會居正死，不果。」

〔六〕「曳白」，《續甬詩》、又滿樓本皆作「壟斷」。曳白，交白卷。

〔七〕「乃翁」，《續甬詩》、又滿樓本並作「乃公」。青衫，古代無功名者之服飾。全句謂直到年老亦未得功名。

洪侍郎

萬曆時，刑部侍郎洪公朝選家居，爲大學士張居正所惡。及勞堪巡撫福建，會有訟洪公者，堪知居正素惡之，急捕置於獄，三日而即斃之。堪得召入内臺。未幾，居正死，堪謫戍觀海衛〔一〕。

侍郎死，真堪悼。中丞威，毋乃暴〔二〕。借問胡爲殺大臣，欲博相君一微笑。但得相君肯解頤，安顧他人驅骨糜〔三〕？驅骨糜，他自悲，且得好官還我爲。霹靂手，原神速堪將治洪公，先移書於居正，居正報書云「閩人狡猾，非公霹靂手無以治之」，侍郎何辜遭爾毒？昔年曾被相君嗔，不道中丞嗔更酷。侍郎非仇何見嗔，此嗔總因爲相君。相君之嗔猶可解，中丞一嗔即殺身〔四〕。噫嘻中丞自謂巧，豈料冰山不日倒〔五〕！異時亦向海濱行，誰道好官長得保？

【題　解】

洪朝選，字舜臣，號芳洲，福建同安人，明嘉靖二十年（一五四一）進士。歷任户部主事、都察院僉都御史、署刑部尚書等。爲官廉潔忠信，勤政惠民，不阿諛權貴，不詭隨世好。隆慶三年（一五六九），朝選奉命赴襄陽勘辦「遼王案」，不附權相張居正之意坐其「謀反」罪，却據實勘查無據，居正遂借機將其罷歸。朝選居家，仍議論朝政，詞連居正不孝、勞堪貪墨等。勞堪，字任之，江西德化人。嘉靖三十五年進士，官福建巡撫等。堪爲討好居正，命治下同安知縣羅織朝選「罪狀」，飛章上奏。遂由居正擬旨，勞堪派兵將朝選逮治入獄，殘害致死。神宗即位，僅將勞堪革職，却未爲朝選徹底昭雪。

【校　注】

〔一〕「觀海衛」，原作「觀海會」，諸本同，皆誤。《續甬詩》作「觀海衛」，審是，從改。「觀海衛」爲明寧波府四大衛所之一，今浙江慈溪市有「觀海衛鎮」，可證。

〔二〕中丞，指勞堪，明清巡撫等封疆大吏俗稱「中丞」。

〔三〕「但得」，他本均作「但使」。

〔四〕「殺身」，他本均作「殺人」。

〔五〕「豈料」，《續甬詩》、又滿樓本並作「可憐」。

冢宰歸

萬曆中，姚江陳恭介公有年，謝事歸，無屋可居，借蕭寺以宿〔一〕。廉潔之操，爲當時第一。

冢宰歸來居無屋，鄰有招提常寄宿〔二〕。十年不易一布袍，三餐何由營脱粟〔三〕？人生仕宦思適身，爾獨官高家益貧。紫綬金章雖掛體，猶是田間憔悴人。陳冢宰，爾何苦。假使爲官盡若公，天下何人想珪組？不見他人膺一命，軟裘快馬相誇競。居有廣廈出有車，粱肉中廚有餘賸。未見清貧如此翁，孤標凜凜真可風〔四〕。姚江城外東流水，照見斯人冰雪容。

【題　解】

陳有年，據《明史》本傳等，字登之，餘姚人，嘉靖四十一年（一五六二）進士，歷官刑部和吏部主事、江西巡撫、吏部和兵部侍郎、吏部尚書等。萬曆二十六年（一五九八）卒，謚恭介。與餘姚孫鑨、平湖陸光祖並稱「浙中三賢太宰」，聞名天下。詩序言其歸里寄居蕭寺之事，《明史》本傳不載。孫鑛《居業次編》卷四《明故吏部尚書贈太子太保謚恭介陳公行狀》：「而群閹亦素不便公，公遂罷。己丑，公廬毁於火，乃市一故樓，構之居室家，而身寓羅巖寺中。……歸仍寓羅巖寺中，讀書自娱。」

【校　注】

〔一〕「謝事歸」，日藏全校本作「謝冢宰歸」，《續甬詩》作「謝冢宰歸里」。

〔二〕招提，指寺院，源自梵文 Caturdeśa，意譯爲「四方」。《唐會要》：「私造者爲招提、蘭若。」

〔三〕「何由」，各本均作「何力」。

〔四〕「陳冢宰」至「未見清貧如此翁」句中，除有「假使爲官盡若公」外，《續甬詩》、又滿樓本並無。「可風」，《續甬詩》、又滿樓本並作「足風」。

荷花兒

萬曆中，京師有盜入周皇親家，劫其財，殺其主而去〔一〕。及捕盜者入，止見婢荷花兒哭於屍側，遂執送官，謂其通奸弑主也。法司嚴刑鞫之，兒不勝楚，即自誣伏，詔磔於市〔二〕。臨刑，謂行刑者曰：「我實冤死，乞先絶我氣，不然吾爲厲鬼殺汝矣〔三〕。」其人不聽，竟臠盡而死。越三日，其人坐於市肆，忽大叫「荷花兒殺我」，遂諸竅流血死，人始知其冤〔四〕。後獲大盜十人，自供嘗殺周皇親〔五〕。詔刑官翁大立而下俱追論罷職〔六〕。

荷花兒，兒無罪，兒死甘心亦何悔！但願刑人早斷喉，莫叫身死留餘悔。荷花兒，兒誠冤，兒生不識路人面，閨閣何由通外奸？兒身雖壯年還幼，誰識人間有婚媾〔七〕？生平愛身如愛玉，枉使此身蒙大詬。當時兒被弑主名，兒雖有口誰復聽〔八〕。官司惟採道旁語，君王豈識閨中情〔九〕？苦無長劍自引決，遂向街頭伏上刑〔一〇〕。荷花兒，兒竟死，兒身如粟原渺然，兒冤如山誰爲洗？身受桁楊不敢呼，飲泣吞聲遂自誣〔一一〕。兒身雖殺名難辱，死向人間捉賊奴〔一二〕。

【題　解】

此事見劉若愚《酌中志》《神宗實録》《明史·翁大立傳》等，但語頗不同。其事略爲：萬曆三十年(一六〇二)至三十三年之間,北京皇親周家辦喪事,有盜趁機而入,殺死周皇親,劫財而逃。巡邏卒見周家婢女荷花兒與僕人王奎伏地哭泣,遂謂二人「奸弑其主」,將其逮治入獄。刑部大司寇翁大立、王三錫、徐一忠等草菅人命,以酷刑逼荷花兒自誣成讞,詔淩遲處死。後捕獲真凶,始知荷花兒之冤。

【校　注】

〔一〕「萬曆中」,又滿樓本同,日藏全校本、《續甬詩》皆作「萬曆初」,誤。

〔二〕「法司」,原作「法師」,諸本同,《續甬詩》作「法司」,審是,從校改。「磔於市」,他本均作「磔之於市」。

〔三〕「臨刑」,他本均作「臨刑時」。「爲厲鬼殺汝」,原作「爲鬼殺汝」,又滿樓本作「爲厲鬼殺汝」,意長,從校改。

〔四〕「越三日」,又滿樓本同,《續甬詩》作「閲三日」。

〔五〕「後」,他本均作「後數年」。「周皇親」,原作「周皇親家」,他本均無「家」字,審是,從校改。

〔六〕翁大立,據《明史》本傳,字儒參,餘姚人。嘉靖十七年(一五三八)進士。累官山東左布政使、右副都御史等。此案久不決,及大立以侍郎署刑部事,乃委郎中王三錫、徐一忠同讞,置荷花兒極刑。逾數年,獲真盜,都人競稱荷花兒冤。流聞禁中,帝大怒,追奪大立職,謫調一忠、三錫等。萬曆二年,復起大立官南京刑部右侍郎等。

〔七〕「婚媾」，諸本同，又滿樓本作「姻媾」。

〔八〕「當時兒被」，日藏全校本、又滿樓本皆作「當時被兒」，《續甬詩》作「當年被兒」。

〔九〕「豈識」，諸本同，日藏全校本作「豈惜」，誤。

〔一〇〕「遂向」，《續甬詩》、又滿樓本並作「遂使」。

〔一一〕桁楊，刑具。《莊子·在宥》：「今世殊死者相枕也，桁楊者相推也，刑戮者相望也。」

〔一二〕「兒身」，諸本同，日藏全校本作「此身」。「賊奴」，諸本同，《續甬詩》作「賊徒」。

援屬國

萬曆時，倭奴破朝鮮，我師援之，頗有斬獲。已而，大司馬石星主「封王入貢」之說，倭佯許之，封事竟不成〔一〕。會其酋關白死，兵乃得解〔二〕。

倭奴蠶食高句驪，天子赫然奮義旗。始入平壤多斬馘，既乃封王約退師。封事何成徒辱國，戰既無功款亦失。廟廷獻策何紛然，司馬籌邊真太拙〔三〕。宿師海外踰八年，百萬徒耗司農錢。倭不畏威鮮亦怨，中原戰士何時還？凶渠自殂得奏凱，不爾兵連禍安解〔四〕？豈惟屬國苦軍儲，海內虛耗誰當罪？一時將相賴天功，宣捷還將告祖宗。中華天子正多福，誅渠竟不煩元戎〔五〕。

【題　解】

萬曆二十年（一五九二），日本豐臣秀吉率兵十萬大舉入侵朝鮮，登釜山，陷王京，占平壤，朝鮮八道幾盡吞没。其王遣使向明廷求援。明廷派宋應昌、李如松率軍火速援朝，復平壤，收開城，日軍敗退釜山求和。這時，首輔趙志皋力主議和。石星則聽信浙人沈惟敬私議，提出封豐臣秀吉爲「日本王」，日本即向中國納貢議和，豈料日本假意求和，誘明撤兵，萬曆二十六年二月，又復進犯朝鮮。趙志皋等以議和失敗之事責石星。此役各國因其紀年習慣，日本稱「文禄、慶長之役」，朝鮮稱「壬辰衛國戰争」，中國稱「萬曆朝鮮戰争」。

【校　注】

〔一〕石星，字拱辰，號東泉，東明人。嘉靖三十八年（一五五九）進士。歷仕嘉靖、隆慶、萬曆三朝，官右副都御史、兵部尚書加太子太保等。因「封貢」失敗，神宗詔令將石星下獄論死，妻孥發配廣西，萬曆三十七年，病死獄中。

〔二〕按，關白，日本之攝政王。此時之關白爲豐臣秀吉。豐臣秀吉，日本戰國時代、安土桃山時代之大名、封建領主。繼室町幕府之後，近代首次統一日本的所謂「三英傑」之一。由下級步兵（足輕）崛起，先後任日本關白、太政大臣。在位時，實行諸多使日本向近代社會轉化之改革。一五九八年病死。

〔三〕「真太拙」，諸本同，日藏全校本作「亦太拙」。

〔四〕指日本第二次侵略朝鮮，因豐臣秀吉之死而撤兵。

〔五〕「正多福」，諸本同，《續甬詩》作「真多福」。

平播州

萬曆中，播州宣慰使楊應龍作亂，命尚書李公化龍督師討之〔一〕。未幾，應龍授首。因分其地，置遵義、平越兩郡。

倔强負固楊家兒，阻兵直欲抗王師。豈知天兵若雷電，殲渠掃穴寧踰時？李公用師真雄武，功成一麾不再鼓。西南千里廓輿圖，浩蕩戎功將誰伍？楊家豎子本小酋，焉敢猖狂逞狡謀？邊臣趨媚猶驕子，坐致燎原貽主憂。居然夜郎敢自大，遐方流毒三十載。玩弄天朝股掌間，壯夫扼腕忠臣慨。若非我公決策征，小醜依然得縱横。樽俎坐握兵家勝，天戈一試膚功成。行間劉帥悍無匹謂劉綎，目中久已無强敵〔二〕。層崖千仞獨先登，一呼萬衆都辟易。蕩平奏凱天顔喜，開疆盛業前無比。巴黔從此息烽烟，殘黎始得保妻子。策勳自合錫侯封，加銜豈足酬殊功〔三〕？不有元臣能闢國，他年那得號神宗？

【題 解】

「平播州」史稱「播州之役」。洪武六年（一三七三），改元朝播州世襲土司地「宣撫司」爲「宣慰司」，先後隸屬四川、貴州，治遵義，領一州四縣。自隆慶五年（一五七一）以來，土司楊應龍襲父職，統其地。李化龍時任四川總督，私增播州賦貢。應龍不允，使其子往四川商議，化龍妄殺其子，懸首城門，應龍震怒，先起兵討化龍，化龍報其反叛，朝議撫剿不一。萬曆二十年（一五九二），逮應龍於重慶對簿，應龍許以獻金贖罪，帶兵征倭，而四川巡撫王繼光則堅持「嚴提勘結」。應龍遂抗命叛亂，四處攻城掠地，明廷大震。萬曆二十七年，命李化龍、劉綎等率軍三萬，分兵八路剿平播州。次年，分其地，一爲遵義，隸四川；一爲平越，隸貴州，并改土官爲流官。

【校注】

〔一〕楊應龍，四川播州世襲土司。明初，置播州宣慰使司，治地在今貴州遵義市。隆慶五年，應龍襲父楊烈職，任播州宣慰使。萬曆十四年，向朝廷進獻大木美材，擢都指揮使，加封爲驃騎將軍。因難忍四川總督李化龍等地方官之壓榨，遂起兵「反叛」。萬曆二十八年，兵敗自殺。李化龍，據《明史》本傳，字于田，號霖寰，長垣人，萬曆二年進士。先後任右僉都御史、遼東巡撫等。萬曆二十七年，總督湖廣、川貴軍務，兼四川巡撫，任内「平播州」。此後，累遷工部侍郎、河漕總督、兵部尚書等，卒於任内。著有《平播全書》等。

〔二〕劉綎，據《明史》本傳，字子綬，南昌人，以父蔭任指揮使。萬曆初，隨父征「九絲蠻叛亂」，擒獲酋長阿大。萬曆十年冬，緬甸進犯永昌、騰越。綎受封遊擊將軍，任騰越守備，率兵大破緬軍，授副總兵。又先後平羅雄、倭寇、播州等，戰功卓著，威震海内。

〔三〕「錫侯封」，諸本同，日藏全校本作「錫封侯」。

歐羅巴

歐羅巴者，大西洋中之國也，去中華十萬里。萬曆時，其國人利瑪竇輩，始泛海而來，善天文、曆數，諸技藝皆巧絶〔一〕。所設天主教怪妄特甚，其徒相繼而至，幾延蔓於中國，中國亦多惑其教者〔二〕。

歐羅巴，何自來？遥遥泛海十萬里，驅光逐景無津涯。彈丸窮島居西極，古來原不通中國。博望乘楂初未經，章亥步地何曾識〔三〕？欻然慕義來中華，曆學精微誠可嘉。驚人奇技巧尤絶，魯班馬均曷足誇〔四〕？天主設教何怪妄，著書直欲欺愚昧〔五〕。流入中華未百年，駸駸勢幾遍海内。君不見釋教初興微若荄，馴至滔天不可排？萌芽今日已漸長，他日安知非禍胎？興王爲治當防漸，中土那容此輩玷？詩書文物我自優，何煩邪説補其欠？會須驅斥使崩奔，一清諸夏廓邪氛〔六〕。火其書兮毁其室，永絶千秋禍亂根。

【題 解】

據《明史·義大利亞傳》載，世界五大洲，第二曰歐羅巴洲，中凡七十餘國，而義大利亞屬其一。稱該洲「悉奉天主耶穌教」，萬曆九年（一五八一），利瑪竇始泛海來廣州傳教。此後，「其徒來益眾」，自稱「大西洋人」。其中利瑪竇、龐迪我、熊三拔以其精密的曆算等知識，漸得中國皇帝認可。同時，王豐肅、陽瑪諾之傳教活動及影響也日益顯著。崇禎朝，傳統曆法日益疏陋，禮部尚書徐光啟命利瑪竇、羅雅谷、湯若望等，「以其國新法相參較」，修成《崇禎曆》，其法較中國之《大統曆》更爲精準。該詩反映了萬斯同並當時中國主流社會對待西方文化的矛盾心態。

【校注】

〔一〕利瑪竇（MatteoRicci），天主教耶穌會意大利籍神父、傳教士、學者。萬曆年間來華居住。他一方面在中國努力傳教，傳播西方天文、數學、地理等科技知識；一方面積極學習中國文化，廣交朋友。先後在肇慶、韶州、南昌等地創建了天主教堂。除宗教論著外，他還與徐光啟合作，用中文出版了歐幾里德的《幾何原本》《世界地圖》《兩儀玄覽圖》等。萬曆三十八年，病卒，葬於北京。

〔二〕「所設」，原作「所説」，誤。他本皆作「所設」，審是，從改。「而至」，他本均作「而來」。「中國亦」，《續甬詩》、又滿樓本皆作「中國人」。

〔三〕「乘楂」，《續甬詩》、又滿樓本皆作「乘槎」。博望，指西漢張騫通西域之後，元朔六年（前一二三），漢武帝取「博廣瞻望」之意，封其爲「博望侯」。

「何曾識」，他本皆作「幾曾識」。章、亥，指大章和豎亥，古代傳説中善走之人。《文選》引張協《七命》：「躡章、亥之所未跡。」李善注引《淮南子》曰：「禹乃使大章步自東極，至於西極，二億三萬三千五百里七十步；使豎亥步自北極，至於南極，二億三萬三千五百七十里。」

〔四〕「巧尤絶」，《續甬詩》、又滿樓本皆作「尤巧絶」。「魯班」原作「魯輸」，諸本同，或誤。日藏全校本作「魯班」，審是，從改。

〔五〕「何怪妄」，又滿樓本同，《續甬詩》作「何妄怪」。「直欲」，《續甬詩》同，又滿樓本作「真欲」。

〔六〕「崩奔」，又滿樓本同，《續甬詩》作「奔崩」。「廓」，原作「廊」，顯誤。他本均作「廓」，審是，從改。

哀閩商三章

海外有吕宋國，地産金銀，閩商人多貿易其國。萬曆中，内官高寀至閩榷税，貪虐特甚。有奸徒張嶷，言吕宋國有金銀礦可開，寀將聽之。其國長知而大懼，恐我潛師入其境，遂殺閩商之在其國者，凡二萬五千人〔一〕。事聞於朝，竟不能問也。

一

嗟爾商兮！胡爲巨海泛輕舠？往來絶域兮，無乃勞〔二〕。狂濤拍天兮，長風怒號〔三〕。蛟龍可畏兮，更有黿鼉飼人膏〔四〕。晝不見山崖兮，夜惟星月與天高。拚一身以貿利兮，身備萬死夫安逃？蹈不測兮，誰見招？水不愛人兮，毋自驕。身爲魚兮，閨中少婦猶陶陶。所喪邱山兮，所得無一毫〔五〕。

二

望吕宋兮，天一涯〔六〕。海可畏兮，浪難排。險既脱兮，登岸來。地産金銀兮，豈患無財？蠻兒可欺兮，會見高檣滿載而回〔七〕。禍生不測兮，變起有胎。山有礦兮，畏我所開〔八〕。聲先傳兮，致彼疑猜。商不幸兮，竟罹其災。奸徒何人兮，内豎爲誰？雖食肉而寢皮兮，豈足洩萬姓之哀！前不飽夫魚腹兮，後反委於草萊。骨荒荒其遍野兮，死無親屬誰肯埋〔九〕？萬鬼啾啾晝哭兮，青天白日爲昏霾。華人填於異域兮，冤魂阻海何由迴〔一〇〕？致彼無辜蒙禍兮，天朝君臣悲不悲？

三

謂狂瀾可畏兮，謂颸風可憂〔一一〕。謂蛟龍食人兮，謂鯨魚吞舟。豈知城郭廛市兮，更險於滄海之横流？由一夫之狂言兮，致萬骸之遍邱。家鄉邈其修阻兮，魂杳靄兮何投〔一二〕？髮飄飄兮，縈蔓草。肉星星兮，飽螘螻。歎家人兮，不相見。尋枯骨兮，安所求？泣閨中之紅顔兮，隕堂上之白頭。思覓利於絶域兮，竟捐生於荒陬。告後世之商賈兮，戒前車兮慎所謀〔一三〕。

【題　解】

呂宋國，今屬菲律賓，當時已爲西班牙所管控。高寀，順天文安人。明神宗時宦官，先任御馬監丞，萬曆二十七年（一五九九）督理稅務。自萬曆四十二年專管福建稅務，長達十數年，横徵暴斂，胡作非爲，激起官紳士民憤怒，被參劾回京。張嶷，福建厦門人，自稱「善望氣」。他與高寀等，奏稱呂宋國機易山産金銀，每年可採金十萬兩，銀三十萬兩。明廷信以爲真，遂遣官員隨張嶷等赴呂宋考察，西班牙人即疑中國爲進攻呂宋來探虚實，遂派兵大肆屠殺華僑。

【校　注】

〔一〕「入其境」，《續甬詩》同，又滿樓本作「襲其境」。「遂殺」，他本皆作「遂盡殺」。

〔二〕此句，他本皆作「財可求兮，往來絶域無乃勞」。

〔三〕此句，日藏全校本、《續甬詩》皆作「何況長風日怒號」。

〔四〕「飼人膏」，《續甬詩》作「伺人膏」，誤。

〔五〕「一毫」，《續甬詩》作「秋毫」。

〔六〕「吕宋」，原作「家鄉」，或誤。日藏全校本、《續甬詩》並作「吕宋」，審是，從改。

〔七〕「滿載而回」，《續甬詩》作「捆載回」。

〔八〕「畏我所開」，日藏全校本、《續甬詩》作「畏我開」。

〔九〕「遍野」，《續甬詩》作「蔽野」。「誰肯埋」，《續甬詩》作「誰將埋」。

〔一〇〕「何由迴」，《續甬詩》同，日藏全校本作「何當回」。
〔一一〕「狂瀾」，日藏全校本、《續甬詩》皆作「狂濤」。
〔一二〕「杳靄兮」，《續甬詩》作「杳靄其」。
〔一三〕「商賈」，日藏全校本、《續甬詩》皆作「海賈」。

修功匠

司馬熊明遇曰：「劉將軍綎爲余言，征蠻功更罔甚〔一〕。彼方人能改婦人屍作男形，名『修功匠』。」

修功匠，始何人？易蠻首，换蠻身〔二〕。博取富貴榮家門，誰辨首功僞與真。君不見西南守邊諸將士，朝蒙晉官夕蔭子，功名大率皆由此。修功匠，爲誰修？武人歡喜死人愁，多少冤魂是爾仇〔三〕。淒風淒雨陰寒夜，野鬼無知還覓頭〔四〕。修功匠，爾何功？腰金拖玉他人事，朱紫何曾被爾躬？徒使無辜血沾土，哭聲哀苦通蒼穹〔五〕。行間積習誰能破，蠻兒嗤笑朝廷賀。論功上及省闥臣，何怪邊人爲奇貨？

【題　解】

劉綎生平事迹見本卷《平播州》注文。他一生多在軍旅征戰之中，其所言「改屍」之事雖難以置信，但他洞悉明軍冒功要賞，弄虛作假之事實，當屬不誣。萬斯同據此揭批戰爭之慘烈，武人冒功之無恥和朝廷之昏庸。

【校　注】

〔一〕熊明遇，據《明史》本傳等，字良孺，進賢（今屬江西南昌市）人。萬曆二十九年（一六〇一）進士，歷任兵科給事中、寧夏參議。疏陳時弊，言極危切。天啟元年（一六二一）以尚寶少卿進太僕寺少卿，尋擢南京右僉都御史。崇禎元年（一六二八）官兵部右侍郎，累遷南京刑部尚書、兵部尚書、工部尚書等。引疾歸，明亡後卒。

〔二〕「鑾首」，他本皆作「鑾之首」。

〔三〕「死人愁」，諸本同，日藏全校本作「死人怒」。

〔四〕「淒雨」，他本皆作「濁雨」。

〔五〕「哀苦」，他本皆作「哀怨」。

尚書料

新安畢懋良知萬載，頗留心民事，其鄉大夫諷之曰：「今之仕宦者善事上官，即超遷去矣〔一〕。民生休戚，何與官評，而孳孳若是？」懋良曰：「公此言固尚書料也，其如我不能何〔二〕！」

仕宦紛紛矜捷足，朝理苞苴暮竿牘〔三〕。一心但求長吏歡，豈問民間歌與哭〔四〕？萬民詛，不敢一人譽〔五〕。萬民喜，不敢一人詆〔六〕。不見漢廷巧宦司馬安，九卿四至共稱賢〔七〕。不見唐時循吏陽道州，一官數載即歸休〔八〕。人間仕宦原有樣，强項失官徒自悵〔九〕。憑君得此去爲官，何愁不至卿與相？

【題　解】

據《明史》相關列傳等，懋良，字師皋，號見素，安徽歙縣人。萬曆二十三年（一五九五）進士。歷任萬載知縣、順天府尹等。遷户部右侍郎。任内賑飢民、減加派、撫降海寇，政績顯著，多有清譽。因不附魏忠賢等，先後幾次落職。崇禎即位後，起復爲工部左侍郎等。

【校　注】

〔一〕「鄉大夫」，諸本同，又滿樓本作「卿大夫」，或誤。

〔二〕「公此言」，《續甬詩》作「公所言」，又滿樓本作「今所言」。

〔三〕竿牘，本爲書札，《莊子·列御寇》：「小夫之知，不離苞苴竿牘。」此指私門請托之書信。錢謙益《文肅王公行狀》：「三年外計，邸舍蕭然，苞苴竿牘，絶迹庭户。」

〔四〕「豈問」，他本皆作「寧問」。

〔五〕「萬民詛，不敢一人譽」，諸本同，日藏全校本作「萬民之詛，不敢一人之譽」。

〔六〕「萬民喜，不敢一人詆」，又滿樓本同，日藏全校本作「萬民之喜，不敢一人之詆」，《續甬詩》作「萬民喜，豈勝一人詆」。

〔七〕按，指西漢司馬安事，《漢書·汲黯傳》：「黯姊子司馬安亦少與黯爲太子洗馬。安文深巧善宦，四至九卿。」又，《晉書·潘岳傳》：「岳讀《汲黯傳》至司馬安四至九卿，而良史書之，題以『巧宦』之目，未曾不慨然廢書而歎也。」

〔八〕按，「陽道州」，又滿樓本同，審是。日藏全校本作「楊道州」，《續甬詩》作「陽道周」，並誤。陽道州，指陽城，據《舊唐書·隱逸傳·陽城》等載，字亢宗，家貧不能得書，乃求爲集賢殿寫書吏，竊官書讀之，經六年無所不通。既而隱於中條山。遠近慕其德行，多從之學。陝虢觀察使李泌曾親詣其里訪之，與語甚悦。泌爲宰相，薦爲著作郎，尋遷諫議大夫，後改官國子監司業。終道州刺史，世稱「陽道州」。

〔九〕「强項」，又滿樓本作「倔强」。

遼東餉

萬曆四十六年，遼左軍興，增田賦二百萬。明年，再增如之。又明年，復增百二十萬，爲歲額〔一〕。

遼左軍興告餉匱，九重下詔增田税。詔書一下疾如雷，重征加派擾海内〔二〕。我聞瓊林多積儲，金銀日夕相灌輸〔三〕。發帑自足充軍實，何至誅求徧里閭？當日民情已漸涣，豈知斂財即斂怨〔四〕？從此萬方遂土崩，馴至一朝廟社换。大臣謀國果何人，欲保封疆不保民〔五〕？·至今追論多餘恨，誰其尸之有李君大司農李汝華也〔六〕。

【題解】

遼東餉，史稱「遼餉」，明朝後期所謂「三餉加派」之一。朝廷以用兵遼東爲由，自萬曆四十六年（一六一八）始，加派軍餉。先定每畝增三釐五毫。次年，改七釐，後又增至九釐。每年增賦高達五百多萬兩，定爲歲額。崇禎三年（一六三〇），又於九釐外每畝再增三釐，新增賦税達一百六十五萬餘兩。其餘二餉爲「練餉」和「剿餉」。「三餉」加派，每年約計二千萬兩。沉重的賦税，是明末官逼民反的重要原因之一。

【校注】

〔一〕「爲歲額」，他本均作「遂爲歲額」。

〔二〕「擾海内」，諸本同，日藏全校本作「在海内」。

〔三〕瓊林，唐德宗時所設内庫名，用以收藏貢品。此喻明廷國庫。

〔四〕「即斂怨」，他本均作「更斂怨」。

〔五〕「果何人」，諸本同，日藏全校本作「本何人」。

〔六〕「多餘恨」，諸本同，又滿樓本作「多遺恨」。「李汝華」，原作「李如華」，又滿樓本同，皆誤。日藏全校本、《續甬詩》並作「李汝華」，審是，據此二本及《明史·李汝華傳》校改。汝華，字茂夫，睢州人。萬曆朝進士，歷任僉都御史，户部、吏部和工部侍郎、尚書等。他以軍餉匱乏，提議加派，天下田賦，除貴州外，畝增銀三釐五毫，得餉二百萬。此後，又借故三次增賦，凡五百二十萬有奇，定爲歲額。故其爲「三餉加派」之始作俑者。

梃擊行

萬曆四十三年，有奸徒張差者，持梃入東宮，將擊太子，爲內官所獲，法司以「風顛」蔽罪。提牢主事王之寀詰之，始供爲鄭妃家所使〔一〕。事聞於上，但斬張差於市，竟不能窮治也。

太子宮門持梃擊，奸徒何事敢逞逆？都下争傳擊少爺，少爺擊死授官職〔二〕。噫嘻少爺真可憐，三十年來憂患纏！比來乍可安食息，專諸忽復起屏間〔三〕。鄭家設謀誠巧智，功成則帝敗不預〔四〕。爾時誰敢窮主謀，哀哉徒斃此狂豎〔五〕。紅廟分金事豈誣，三十六頭都勇夫〔六〕。發奸若非王主事，此事他年安保無〔七〕？

【題解】

梃擊、紅丸、移宮，爲萬曆朝三大宮闈疑案。萬曆帝無嫡子，恭妃王氏生長子常洛，鄭貴妃生次子常洵。帝寵鄭貴妃而欲立常洵爲太子，然格於「立嫡以長」原則，經朝臣一再敦促，萬曆二十九年（一六〇一），正式册立常洛爲太子，封常洵爲福王。萬曆四十三年五月初四日，有名爲張差的男子，手持木棍，闖入太子宮，逢人便打，擊傷多人。被拿下後，先裝瘋顛，後招供受鄭貴妃宮中太監龐保、劉成指使。鄭貴妃當衆撒潑否認。朝廷亦順勢只請將張差一人處死結案。

【校　注】

〔一〕王之寀，據《明史》本傳，字心一，朝邑人。萬曆二十九年進士，以知縣遷刑部主事。「梃擊案」發，之寀入獄密審張差，獲詳情，主鄭妃集團所使，遂陷黨争，旋被劾削職。天啟初復官，又以「紅丸案」疏言方從哲、崔文升用藥之罪。遷刑部右侍郎。天啟中，魏忠賢專權，翻「梃擊案」，之寀列爲罪首，下詔獄死。崇禎初復官賜恤。

〔二〕少爺，指太子常洛。

〔三〕專諸，春秋時著名刺客，藏匕首於魚腹之中，爲吴國公子光刺殺吴王僚，專諸亦被吴王僚侍衛所殺。公子光遂自立爲王，並以專諸之子爲卿。以此喻「梃擊案」實屬權謀争鬥。

〔四〕「功成」，諸本同，日藏全校本作「巧成」。

〔五〕「徒斃」，原作「徒敝」，又滿樓本同，或誤。他本皆作「徒斃」，審是，從改。

〔六〕紅廟分金，王之寀復審此案前，初辦案者分金於紅廟之中，遂力主張差爲瘋顛之徒，無人指使。「三十六頭」，則張差向之寀招供，此事共有「三十六頭兒」暗中指使和參與。

〔七〕王，指王之寀。

進紅丸

光宗即位一月，遘疾大漸，鴻臚寺丞李可灼以紅丸進，帝晝服而暮崩。内閣方從哲擬旨，猶賞銀五十兩〔一〕。

李寺丞，爾何人？官居鴻臚非太醫，何故紅丸投至尊？此藥雖云美，聖躬未易起。他人難可輕嘗試，何況僥倖進天子〔二〕？紅丸晝御駕暮崩，爲功爲罪豈難明？尚方猶然賜白鏹，視彼何重君何輕？國有常刑敢顛倒，諒哉糊塗方閣老〔三〕。盈廷何怪起煩言，此事毋乃真草草〔四〕。

【題　解】

太子常洛即位，是爲光宗，改元「泰昌」。不久光宗病重，司禮監秉筆太監兼掌御藥房崔文升，先進瀉藥，光宗服後病益加重。鴻臚寺丞李可灼又進紅丸，自稱「仙方」，光宗服二丸即崩。朝臣群起彈劾崔、李，亦有疑鄭貴妃指使下毒。大學士方從哲從中調解，事久不決。天啟二年（一六二二），始將崔、李二人遣戍。魏忠賢專權後再翻此案，擢崔總督漕運，免李戍。崇禎初，魏敗，再將崔發遣南京。

【校　注】

〔一〕按，「進紅丸」之事與此詩略異，據《明史》方從哲本傳等載，從哲，字中涵。祖籍德清，世居京城。

萬曆十一年（一五八三）進士，萬曆中後期官內閣大學士、首輔，獨秉國政。神宗崩，輔佐光宗即位。光宗病重，先服「中官崔文升進洩藥」，「由此委頓」。臨危時，召從哲等大臣安排後事，「復問：『有鴻臚官進藥者安在？』從哲曰：『鴻臚寺丞李可灼自云仙方，臣等未敢信。』帝命宣可灼至，趣和藥進，所謂『紅丸』者也。帝服訖，稱『忠臣』者再。諸臣出俟宮門外。頃之，中使傳上體平善。日晡，可灼出，言復進一丸。從哲等問狀，曰『平善如前』。明日九月乙亥朔卯刻，帝崩。中外皆恨可灼甚，而從哲擬遺旨賚可灼銀幣」。則是光宗自稱「紅丸」可服、可進。

〔二〕「此藥雖云美」至「何況僥倖進天子」句，《續甬詩》、又滿樓本皆無。

〔三〕「諒哉糊塗方閣老」，日藏全校本作「誰其尸之方國老」。

〔四〕「真草草」，他本均作「太草草」。

黃河清

天啟初，陝西巡撫呂兆熊奏，黃河清五百里，閱五日而止〔一〕。

黃河清，古稱異。此何時，降斯瑞？瞻闕廷，政豈治？望秦涼，民何悴〔二〕！孰召之，有斯事？昔所希，今朝至〔三〕。水無心，神豈戲？祥邪災，真邪僞？人誰知，問天地〔四〕！

【題　解】

自古黃河水難清，故有「黃河清，聖人生」「千年難見黃河清」之諺謡。實則黃河之清濁純屬自然現象。據載，黃河某段某時亦有清澈之記。如，宋徽宗時，連續出現過大觀元年（一一〇七）、大觀二年、大觀三年，黃河陝州、同州等段現清。元惠宗年間，出現過至正二十年（一三六〇）、至正二十二年、至正二十四年三次「黃河河東段，清者千餘里」。明朝記有永樂二年（一四〇四）冬「黃河清」。然天啟朝并無陝西巡撫吕兆熊奏告「黃河清」之記。楊漣《楊忠烈集》卷二《兩朝登極移宮始末記》：「先是，陝西撫臣奏黃河清五日，中外臣民共相引慶，曰太守有道天子。」則泰昌初也。

【校　注】

〔一〕吕兆熊，據雍正《陝西通志·職官》、乾隆《柏鄉縣志》本傳等，字恒伯，直隸柏鄉人。萬曆十四年（一五八六）進士。歷官崑山知縣、兵科給事中。時逢寧夏叛亂，西邊告急，兆熊奉命閱邊，治河備兵，駐守開原十年，恪盡職守，堪稱能吏。擢光禄寺少卿，天啟元年（一六二一）「官巡撫陝西都御史」不誤。然其「上奏黃河清」之事，不見有關記載，識此待考。

〔二〕秦、涼二州，今甘肅定西、静寧以南，清水以西，臨潭等縣以東；陝西鳳縣、略陽，四川平武以北；青海黃河以南廣大地區。

〔三〕「今朝至」，原作「今胡至」，諸本同，誤。日藏全校本作「今朝至」，據其詩意，審是，從改。

〔四〕「問天地」，《續甬詩》同，日藏全校本、又滿樓本並作「大地」，或誤。

五人墓

五人者，吴中義士顔佩韋、沈揚、周文元、馬傑、楊念如也。時吏部郎周公順昌家居，爲逆奄魏忠賢所惡，遣緹騎逮之。吴人爲公稱冤，聚者數千人。五公不勝其忿，擊緹騎一人斃〔一〕。事聞，詔戮五人於市，周公竟瘐死〔二〕。吴人義之，爲合葬於虎邱山塘，題曰五人之墓〔三〕。

蘇州吏部廉且賢，姓名里巷人争傳〔四〕。忽然駕帖來郡邑，頭囊三木身徽纏〔五〕。吁嗟五人誠義士，出身本是里人子。生來誰識吏部公，一旦感憤爲公死〔六〕。憶昔姑蘇有要離，千載俠士争稱奇〔七〕。無端借軀湛家族，勇哉氣矜義安施〔八〕。豈若五人激公憤，慷慨不顧身軀糜。義聲直奪奸人魄，諒爲烈士當如斯。不見虎邱道旁五人墓，宵小顧之膽猶破。

【題解】

周順昌，吴縣（今江蘇蘇州市）人。萬曆四十一年（一六一三）進士，爲東林黨人。歷官吏部稽勳主事、文選司員外郎等。居官清正，深得民心。天啟中，宦官魏忠賢專權，排斥異己，殺戮大臣。楊漣、魏大中、周起元並順昌等東林黨人多次劾魏，鬥争激烈。天啟六年（一六二六），魏忠賢借故將順昌下鎮撫司獄，逮捕時，激起蘇州民衆數千人齊集喊冤，一名東廠緹騎被當衆打死。後軍隊出面鎮壓，將順昌押解至京，受酷刑而死，蘇州商人顔佩韋、馬傑、沈揚、楊念如並轎夫周文元五名義士，亦連帶處死，民衆將其合葬於蘇州虎邱之側，史稱「五人之墓」。

【校　注】

〔一〕「五公」，《續甬詩》作「五人」。

〔二〕「瘐死」，又滿樓本作「瘐死詔獄」。

〔三〕「爲合葬於虎邱山塘」，日藏全校本作「爲合葬於虎邱之旁」，又滿樓本作「合葬虎邱塘」，《續甬詩》作「合葬於虎邱塘」。

〔四〕蘇州吏部，指周順昌。「里巷」，又滿樓本作「里黨」。

〔五〕此句指頭戴枷鎖、身被繩索，爲重刑犯。

〔六〕「公死」，他本皆作「君死」。

〔七〕要離，春秋時期刺客，身材矮小而勇於犧牲。奉吴王闔閭之命，斷臂舍妻，刺殺前吴王僚之子慶忌。事詳《吴越春秋·闔閭内傳》。

〔八〕湛，同「沉」，沉没。

九千歲

魏忠賢竊柄，給事李魯生、御史李蕃輩，咸稱爲「九千歲」〔一〕。

皇明十二葉聖孫，深居法宮儼若神，天下萬機由廠臣〔二〕。廠臣者誰魏忠賢，勢雄獨坐力迴天。幕下乾兒已十百，庭中祝釐遂九千〔三〕。九千歲，安足貴，豈知更有萬歲在？胡爲靳此一千年，不使乃翁尊無對〔四〕。未幾宮車遂晚出，乃翁壽止六十一〔五〕。何不呼嵩祝萬齡，致使乃翁凶短折？

【題解】

據《明史・宦官傳》等，魏忠賢，肅寧人，少年無賴，萬曆朝自宮爲太監。熹宗繼位，善媚事，勾結朝臣，擢秉筆太監。天啟三年（一六二三），掌東廠。與熹宗乳母客氏勾結，排斥異己，尤專政擅權，廣置黨羽，有「九千歲」之稱。東林名宦楊漣、魏大中等交章劾其罪行，魏愈屢興大獄，將其殘殺。熹宗死，崇禎繼位，魏聞逮治令，自縊而死。

【校注】

〔一〕李魯生，霑化人，萬曆四十一年（一六一三）進士，官邢臺、祥符等知縣。天啟初，投靠魏忠賢，列「十孩兒」之一，擢兵部右給事中，尋轉左給事中。天啟七年，晉太僕寺少卿。崇禎初，因「閹黨」貶山西平定州。順治元年（一六四四）降清，授順天府丞。後因貪腐廢黜，尋卒。李蕃，見本卷《四姓奴》題解。

〔二〕法宮，帝王理事之宮。指明神宗晚年長居深宮，不理朝政。「由廠臣」，《續甬詩》同，又滿樓本作「有廠臣」。廠臣，爲東廠、西廠主官。後亦專指魏忠賢。《明史・魏忠賢傳》：「魏忠賢……所有疏咸稱『廠臣』，不名。大學士黄立極、施鳳來、張瑞圖票旨，亦必曰『朕與廠臣』，無敢名忠賢者。山東産麒麟，巡撫李精白圖象以聞。立極等票旨云：『廠臣修德，故仁獸至。』其誣罔若此。」

〔三〕「幕下」，《續甬詩》同，又滿樓本作「幕中」。

〔四〕無對，無敵。

〔五〕宫車晚出，喻帝崩。按，此言魏氏行年有誤，魏氏生於隆慶二年（一五六八），死於天啟七年，不到六十一歲。識此供考。

虎彪横

魏忠賢竊柄，其黨人最用事者有「五虎」「五彪」之目〔一〕。「五虎」者，兵部尚書兼左都御史崔呈秀、工部尚書吴淳夫、兵部尚書田吉、左副都御史李夔龍、掌河南道御史加太常寺卿倪文焕也〔二〕。「五彪」者，掌錦衣衛事左都督田爾耕、掌北鎮撫司事左都督許顯純、協理鎮撫司事左都督崔應元、東廠理刑左都督孫雲鶴、西司房提刑左都督楊寰也〔三〕。毅宗登極，皆伏誅〔四〕。

虎何暴，彪何酷，張牙相向誰敢觸？虎在郭，彪在郊，白日當路人安逃〔五〕？更有鬼倀助其虐，彌天嚮導噬人肉。荒荒朝市斷行踪，騶虞遠遁麒麟伏。噫嘻正人爾何仇，食肉已飽猶未休。森森萬衆不足憚，豈無上帝司其幽？天心愛人甚愛獸，看爾横行且狂吼。他日雷霆奮怒時，爪牙雖猛豈相宥？

【題　解】

天啟朝，太監魏忠賢與熹宗乳母客氏專權，横行一時，内聯奸佞，外結權臣，形成龐大的「閹黨」，當時即有「五虎」「五彪」「十狗」「四十孫」等稱號。他們以聲色犬馬獲得最高權力，内外勾結，製造冤案，屢興大獄，陷害忠良，重點排擠、打擊東林黨人。崇禎即位，詔定「逆案」，刊佈全國，以「七等罪」量刑，詔處死魏、客，其餘黨徒一一按等懲處。時至南明福王，「閹黨」遺孽阮大鋮因迎立有功，又翻「逆案」。詩中所言「虎彪」者，皆屬「逆案」要犯。

【校　注】

〔一〕魏忠賢生平，見本卷《九千歲》題解。

〔二〕崔呈秀，薊州人，明神宗萬曆四十一年（一六一三）進士，天啟初年擢御史，巡按淮、揚，贓私狼藉。都御史高攀龍盡發其卑污狀，詔革職候勘。呈秀窘迫無路，趁夜投奔魏忠賢，叩頭涕泣，乞爲養子。遂爲閹黨中堅，累遷兵部尚書兼左都御史，閹黨「五虎」之首。崇禎帝立，定逆案，下詔逮治，自縊死，追戮其屍。

吴淳夫，晉江人。萬曆三十八年進士。天啟五年（一六二五），由崔呈秀進，指爲「魏氏義子」，官兵部郎中。此後，歷遷太僕卿、工部尚書加太子太傅等。崇禎元年（一六二八）清除閹黨，削官回籍。二年，被劾有罪，由原籍撫按追贓三千兩，解助邊餉，發衛所充軍。田吉，故城人。萬曆三十八年廷試懷挾，罰停三科，以縣佐録用。後補試，由知縣起兵部郎中。依附魏忠賢，累遷淮揚參議、太常少卿，擢太常卿，復連擢至兵部尚書，加太子太保等。諸逆黨超擢，未有如吉者。爲魏忠賢黨「五虎」之一。崇禎嗣位，定魏黨逆案，逮治論死。李夔龍，福建南安人，萬曆三十八年進士，先爲吏部主事，被劾罷去。天啟五年，依附魏忠賢爲義子而復官，進郎中。專承崔呈秀指，引用邪人以媚魏忠賢。累遷太常少卿、左副都御史等。崇禎嗣位，逮治論死。

倪文焕，江都人。天啟朝進士，授行人，擢御史。由崔呈秀引入魏忠賢幕，爲其爪牙，誣陷忠良，無惡不作。出按畿輔，並爲魏忠賢建「三生祠」，以功累遷太常卿等。崇禎即位，以閹黨處死。

〔三〕田爾耕，任丘人，兵部尚書田樂之孫，以祖蔭積官至左都督。爲人狡黠陰毒，依附魏忠賢。天啟四年，掌錦衣衛事。與許顯純等同爲魏忠賢爪牙，號「五彪」之一，專主殺戮。時忠賢斥逐東林黨人，屢興大獄，爾耕廣布候卒，羅織成罪，酷刑拷訊，入獄者率不得出，時人稱魏之「大兒田爾耕」。崇禎元年，以閹黨處死。

許顯純，定興人，駙馬都尉許從誠之孫。略曉文墨，武進士出身，擢錦衣衛都指揮僉事。依附魏忠賢，與田爾耕等專主殺戮。以酷刑殘害東林黨人楊漣、左光斗、黄尊素等忠良。崇禎即位，以閹黨處死。

崔應元，大興人。原爲市井無賴，充校尉，因冒領緝捕之功，積官至錦衣衛指揮。魏忠賢「五彪」之一。崇禎帝定逆案，伏誅。

孫雲鶴，霸州人，東廠理刑官。

楊寰，吴縣人，隸籍錦衣衛，鎮撫司理刑官，田爾耕心腹。凡許顯純殺人之事，均爲崔應元、楊寰等共爲之。崇禎即位，許顯純先判死罪，法司只判崔應元、孫雲鶴、楊寰遣戍。後再定「逆案」，三人均判死罪，寰已先死於戍地。

〔四〕「毅宗」，又滿樓本作「崇禎」。「皆伏誅」，他本皆作「次第皆伏誅」。

〔五〕「白日當路」，又滿樓本作「白日當道」。

四姓奴

魏忠賢竊柄，内閣魏廣微、馮銓，尚書崔呈秀、霍惟華，皆爲其乾兒〔一〕。有御史李蕃者，始附廣微，微敗，更附銓，銓敗，更附呈秀，秀敗，復附惟華，而蕃已加太僕卿矣。時號爲「四姓奴」。

自古奄人原有兒，惟有魏奄之兒多且奇〔二〕。兒既蒙恩邀富貴，兒家有奴爺應知。兒爲公卿奴御史，一門主僕皆金紫〔三〕。不向奄門效力勤，安得榮貴有如此〔四〕？·魏南樂，霍東光，前者非薄後非厚，人間主僕何有常〔五〕。馮涿州，崔薊州，得勢者附失勢讎，爾自失勢我何尤〔六〕？世間人奴原多怪，惟有此奴更無賴。幸哉先皇御極奄即鋤！假使真成九千歲，不知更作幾姓奴？

【題　解】

據《明史·閹黨傳》等載，李蕃，日照人。與李魯生同爲萬曆四十一年（一六一三）進士，蕃由盧江知縣官御史，魯生亦居垣中，皆爲魏忠賢心腹，爲其乾孫子。魏黨排擠忠良之文書，多其代筆。出督畿輔學政，爲魏忠賢修建生祠於天津、河間、真定等地，呼忠賢爲「九千歲」。始與魯生諂事魏廣微，廣微敗，改事馮銓。銓寵衰，改事崔呈秀，時號兩人爲「四姓奴」。忠賢敗，被劾罷。李魯生事詳本卷《九千歲》注文。

【校　注】

〔一〕「魏忠賢竊柄」前，日藏全校本有「天啟時，奄人」。魏忠賢，見本卷《九千歲》題解。

魏廣微，南樂人，萬曆三十二年進士。忠賢新用事，廣微以同鄉同姓暗中與之結交，累遷南京禮部右侍郎、禮部尚書，參與機務，益諂附魏閹，傾害正人，人稱「外魏公」。官至少傅、吏部尚書、建極殿大學士。後忤魏閹，罷官。崇禎初，被遣戍死。

馮銓，字振鷺，涿州人，萬曆朝進士，天啟五年（一六二五），諂事魏忠賢，以禮部侍郎兼東閣大學士入內閣，擢尚書，加少保兼太子太保。崇禎初，以諂事魏忠賢削職爲民。順治元年（一六四四）降清，歷官弘文院大學士兼禮部尚書、中和殿大學士。康熙十一年（一六七二）卒。

崔呈秀，見本卷《虎彪横》注文。

霍惟華，東光人，與魏忠賢同郡交好，又與李魯生、李蕃同爲萬曆四十一年進士。初授金壇知縣，起爲兵科給事中，天啟初，助魏謀害司禮監秉筆太監王安，先後擢太僕寺少卿、兵部尚書。與崔呈秀爲魏閹主謀。崇禎初，先致仕，後下獄遣戍死。

〔二〕「之兒」，諸本同，日藏全校本無「之兒」二字。

〔三〕此句之後，日藏全校本有夾注曰「時蕃已加太僕卿」。

〔四〕「力勤」，他本均作「殷勤」。「榮貴」，《續甬詩》、又滿樓本皆作「榮華」。

〔五〕魏南樂，即魏廣微；霍東光，即霍惟華。「前者非薄後非厚」，又滿樓本作「前者非厚後非薄」。

〔六〕馮涿州，即馮銓；崔薊州，即崔呈秀。

納闖王

崇禎末，李自成横行中原，民苦賦役者相率歸之〔一〕。時有謡曰：「吃他娘，穿他娘，大家開門納闖王，闖王來時不納糧〔二〕。」

闖王來，城門開。闖王不來，誰將衣食與吾儕？寒不得衣，饑不得食，還把錢糧日夜催〔三〕。更有貪官來剜肉，生填溝壑誠可哀！欲得須臾緩我死，不待闖王更待誰？闖王來兮我心悦，闖王不來我心悲。君不見朱泚當年據關内，大呼街市免加税〔四〕。又不見劉豫當年據汴城，聲傳都邑捐重徵〔五〕。民畏重徵不畏盜，自古如斯君莫驚〔六〕。寄語有司各守職，慎勿迫民使爲賊〔七〕！

【題　解】

這類民謡或兒歌，《明史》《明季北略》等史書，每言爲李自成部下李巖所編，用以鼓惑民衆云云。萬斯同則稱「時有謡曰」，無一字涉及李巖。結合有關記載，則較爲符合當時民衆渴望解除繁重賦税，自發歌頌農民義軍之事實。和所有封建史家一樣，萬斯同也視農民義軍爲「盜賊」，但又同時看到，當時剥削沉重，政治黑暗和官逼民反的事實。他引此民謡，譴責貪官污吏，贊揚義軍解民於水火，告誡天下官吏，要以史爲鑒，切勿重蹈逼民爲盜之覆轍。

【校　注】

〔一〕「民苦」，他本皆作「窮民苦」。

〔二〕張岱《石匱書後集》卷六十三：「……自成撫流亡，通商賈……明季以來師無紀律，所過鎮集，縱兵搶掠……民不堪命，至是陷賊，反得安舒。爲之歌曰：『殺牛羊，備酒漿，開了城門迎闖王，闖王來時不納糧。』」此張岱亦不言李巖編歌惑民之事。

〔三〕「饑不得食」，《續甬詩》、又滿樓本作「飢不食」。

〔四〕建中四年（七八三），涇原兵變，朱泚被擁立爲帝。據《舊唐書》卷一百三十五《盧杞傳》，「及十月涇師犯闕，亂兵呼於市曰：『不奪汝商貨僦質矣，不税汝間架除陌矣。』」所免之税，即間架税與除陌錢。

〔五〕「都邑」，又滿樓本作「鄉邑」。《宋史·劉豫傳》：「……豫遷都汴……時河淮、陝西、山東皆駐北軍……兩京冢墓發掘殆盡，賦斂煩苛，民不聊生。」

〔六〕「如斯」，又滿樓本同，日藏全校本、《續甬詩》皆作「如此」。

〔七〕「慎勿」，又滿樓本同，日藏全校本作「慎不」。

九宮山

李自成敗績，至通城縣九宮山。饑困甚，率親騎十餘上山覘形勢，授錢於僧，令炊飯。僧疑爲逃將，有重貲，下山語村民，競持梃鋤上，亂擊之，皆斃〔一〕。解其衣，中有龍袍，又見目有箭痕，乃知爲自成〔二〕。其徒無所歸，推其兄子李錦爲主，即時降於巡撫何騰蛟。

封豕橫逆五千里，中原流血如流水〔三〕。鷄犬已盡人民稀，極目郊原但荆杞。猖狂直逼幽燕來，黄屋忽傾廟社頽。蔑視崇巢笑安史，滔天之勢誰復排〔四〕？皇都豈爾能長守，崩奔仍向楚郊走。他日思移玉步尊，今來却喪耰鋤手〔五〕。九宮山上斃凶渠，九宮山下散狂徒。廿年作賊竟何有，空使人間泣鼎湖〔六〕。

【題　解】

九宮山，在湖北通城縣。據《明史·李自成傳》，順治二年（一六四五）二月，清軍破潼關，李自成率軍經西安一路退入九宮山。一説是年九月，自成「率二十騎略食山中，爲村民所困，不能脱，遂縊死」；一説「村民方築堡，見賊少，争前擊之，人馬俱陷泥淖中，自成腦中鉏死」。此後，自成侄李錦（原名李過），奉自成妻高氏率衆投靠南明何騰蛟部。何騰蛟，字雲從，貴州黎平衛人。南明重臣，順治二年，任湖廣總督，得與自成舊部合作，共同抵禦清軍。轉戰湘、桂，後兵敗湘潭，遇害於長沙。

【校　注】

〔一〕「競持梃鋤上」，《續甬詩》、又滿樓本無「競」字，日藏全校本無「上」字。

〔二〕「龍袍」，《續甬詩》、又滿樓本皆作「金龍袍」。

〔三〕「五千里」，諸本同，日藏全校本作「數千里」。

〔四〕崇、巢、安、史，分指西晉石崇，唐朝黄巢、安禄山、史思明。萬斯同皆目爲「作亂」之人。

〔五〕玉步，喻「國運」，參見本書卷十三《李太師》注文。

〔六〕「泣鼎湖」，據《史記·封禪書》，黄帝鑄鼎於荆山，鼎成，有龍垂髯下迎黄帝，群臣後宫七十餘人，悉持龍髯隨其而上，龍髯拔墮，百姓仰望黄帝既上天，故號哭。後世因名其地爲「鼎湖」。

附一　重要序跋

萬季野詩稿序丁未

清　鄭梁

蓋嘗聞程叔子不喜作詩，而知詩非學者之急務。然孔子删述六經以垂教，而其所日與門弟子諄諄者，惟以學詩爲急，讀《論語》可見矣。至若三百篇中雖里巷謳吟贈答之什爲多，而聖如周公、召公，賢如芮伯、吉甫之徒皆不聞，以是爲雕蟲之末技，而往往長言嗟歎不廢詠歌，何也？豈非以詩者人之性情，人有性情則自不能無詩，而後之學詩者亦因得以治其性情歟？夫學詩可以治其性情，則作詩未有不本性情而可以言能詩者也。

嘗考詩之體，始見於《虞書》之賡歌，其後夏有《五子》，商有《商頌》，至周而風、雅、頌之體大備。然總無以夏人而儗虞歌，以周人而傚《商頌》者，夫豈獨古人爲然？下至漢唐宋，其一二卓然以詩名家者，亦皆各抒其中之所自得，而無有乎飽飣補綴之病。故凡思之所到，興之所乘，耳目之所聞見，無不可以成詩，而不旹藉古人往事以相影射。由是觀之，人心無一日無性情，則宇内無一日無詩歌。而議者必欲規模漢魏，捃摭盛唐，是必今之人無所爲性情而可也。且夫天下之患，莫大乎士皆忘己而徇人。忘己而徇人者，置吾所自有之心而惘惘焉，倚傍他人以爲得，甚至視人顏色，隨人憂喜，而閹然媚世之態幾於不堪自問，此今天下之學術皆然矣。區區詩道，無關得失榮辱之故，而乃亦驅之爲梨園傀儡，於是務掇陳言，競侈官樣，以蹠蹻之行而可譽之爲夷齊，以蘇張之交而可矜之爲管鮑，而世之祝壽賀昏稱功頌德者，遂借之以爲貢諛取憐之具，此真孟子之所謂失其本心者也。嗚呼，是亦不可以已乎！

鄞縣萬季野，非急以詩見者也。感時觸物，常出其性情之不能已者以爲詩，蓋歷數年而後成帙。余讀其前後寄兄公擇詩，淡漠閑遠，不事粉飾，而辭氣藹惻，宛然《唐棣》「脊令」之風焉。范國雯、張梅先輩皆病其句之多弱，而余以爲使季野能去其弱，則固與古之作者頡頏。即使季野不去其弱，亦自成其爲季野之詩，而不至如今剿襲湊泊者矣。何則？季野之詩，季野之性情也。

雖然，君子不爲其事則已，爲之，則必專志以求其工。今夫彈琴，一技耳。孔子學之而至於親見文王，亦可以見天下事爲之不可不專，而不得托言寓意以鳴高者矣。今季野既爲詩，詩之爲學，孰與彈琴而謂可無事於求工乎？夫古詩之善言性情者，又未有冗蕪淺薄而稱婉轉，不沉厚簡勁而能懇摯者也。余幼好詩，竊欲以前之所言者寫意，以後之所言者運詞，而至今未能，故樂爲季野道之如此。若夫舍吾學而戔戔焉，惟以此爲急務，固非余望季野之意，而亦季野之所不屑，知必不爲程叔子之所不喜也。

（鄭梁《寒村詩文選·見黄稿》卷一）

萬季野詩集序

清 李鄴嗣

吾黨之學二：一曰經學，一曰史學。是以學者先之經以得其源，後之史以盡其派，則其於文章之事可以極天地古今之變，波瀾四溢，沛然而有餘。其於詩亦然。乃人或罔言曰：「詩，小道也。」夫詩列五經之一，皇皇焉如日月麗天，斯其道大矣！第自唐以後置詩不用，徒使閑曹薦紳、不讀書山人爲之，此詩格所以不尊耳，豈遂謂詩可輕耶？至近世詞家，更習爲擬議剽竊。朝秦聲，暮楚聲，此俱躡躡不足道。

若吾黨所稱儒者，治經究心聖賢之學，則每奉先儒「玩物喪志」一言，遂以讀書修古文詞爲末事，而翻學禪門一種聲口，撰爲語録文事，即間有吟唱，亦遂如僧偈、如梵頌，叛散《風》《雅》，一朝墜地。夫三百篇微言妙義，每闡從前聖學所未發，使《雅》之《皇矣》《抑》、《頌》之《維天之命》《敬之》其説理有如後儒之腐俚，則夫子當亦删之矣。余故曰：詩非能害經也，惟出後世儒者及唐以後詩人所作，斯其害於經者也。至詩與史學，更相表裏，蓋《詩》義主述治亂，陳美刺，其所敘兩朝主德及中興將相勳業爛然，自《板》《蕩》以後，記王室衰微之由，下至列國盛衰，歷歷可誦，故《詩》與《春秋》相接。而漢以下詩家則稱彭澤、杜陵，二公俱詩之聖。然陶公詩上自述史、詠古、傳贊，託契千載，以寄其遥情，而杜公尤善敘其所歷時事，發於忠憤感激，讀之遂足當一代之史。二公所長若此，余故曰，詩非無益於史也。若爲不識古今人所作，則誠無益也。余嘗讀《史記》，謂司馬相如諸人撰樂府十九章，其文爾雅，通一經之士不能獨知其詞。即杜公號爲詩史，非其博極群書，網羅當世見聞，亦豈能作？由是知士不通經史之學，即於文章諸體俱不應漫然下筆，而何獨可易言詩耶？

吾友萬季野，少從梨洲先生，得傳子劉子之學，吾黨方有五經講席，每諸君子考證有所未定，必待季野片言，遂俱折服。而其於史學，馳騁數千年間，人物典制，國家所以興亡，爛然在掌，而近述三百年故事益詳，每從衆座引據歷朝實録及先輩名公卿遷除歲月，悉無所爽。若吾季野，於經史之學，真吾黨之畏友也，而季野復喜言詩。適余從老友徐霜皋先生泛東湖，登望海絶嶠，遊覽數日，得五言古詩一卷，季野讀之甚喜，爲能兼謝客、杜陵之妙，且屬余異日作詩當復如此，勿以去老漫興，而季野亦出其詩二帙使余序之，壹何其中今協古，鏗鏘感諷，流連宛篤，淒遠若是，其辭之絶工也。

季野近與余約，擬取三百年朝廷大事，與士大夫風節有關名教，及他軼事足傳，每題系以樂府一章，以續西涯後。在季野爲之誠甚易，而余則已老矣。獨是余好舉季野之詩，將令學者俱翻然先求諸經史之學，以溯其源，窮其派，而後汪洋以出之，且使天下儒家了然知「梧桐月照」「楊柳風吹」，未即爲人豪語，而一時詩人不知讀書，徒踹踹奉一先生言，相剽摹其聲句以争此坐，毋爲也。

（李鄴嗣《杲堂文續抄》卷一）

題萬季野文稿 壬子 二首

清　鄭梁

斯文仗爾識真傳，轉眼離居忽四年。惠我著書多若此，聽君抵掌快依然。鷄壇藥石疑空古集中《與友人書》俱藥石之言，竹簡權衡欲破天讀明史論多獨見。病子佛頭專著糞，題詩意在序詩篇余嘗序季野詩，頗言其未工。

少陵詩律常言細，吏部文章最忌陳。兩字才人將作主，千秋學者定稱臣。甬江博洽誰如子，黄浦風流莫讓人。大海細流應不棄，相逢更欲剖纖塵。

（鄭梁《寒村詩文選·見黄稿詩删》卷二）

詩文集題詞

清　馮景等

季野五七言古蕭疏沖淡，上之可追隨王、孟，次亦當頡頏袁、柳。嘉定陸元輔翼王。

季野五言諸古，沖淡似韋蘇州，幽峭似孟東野，而得蘇州家法爲多。秀水吴濩商志。

讀季野寄公擇詩並《述舊》諸作，語語天性，字字至情，正不必摹擬古人而已自成作者，乃知非真孝友人必不能作孝友詩，令我恍然想見屺岵詩人。無錫顧祖禹景范。

讀《秋懷》諸作，蒼涼感慨，脩然鶴立，正不必以字句規摹「石鯨鱗甲」「露冷蓮房」也。常熟黄儀子鴻。

悲憤之衷值乎世會，淵博之學發乎性靈，復有一種不情不緒之想出乎筆墨之外。以詩論詩，詩之陶也；以文論詩，詩之莊也。崑山劉獻廷繼莊。

竹枝詞，唐人不過寫其方之謡俗以代絃管，今先生五十詩乃鄞之地志，可謂一翻從前之案矣。上杭劉坊鼇石。

余嘗讀宋遺民謝臯羽《晞髮集》及鄭所南《心史》二書，高其節而哀其忠，輒爲廢書流涕。先生生於明末，爲世臣後，高才博學，不求聞達，志良苦矣。六經百氏之書，無不淹貫，尤專心有明一代之史，旁搜博采，衷於至當，成一家言，垂信來世。今觀史論、雜著三十六篇中，遠述家風，廣徵國是，忠孝之本，於是乎在。至於一代風氣之升降，君相之昭聾，人品心術之邪正，著書持論之是非，發潛闡幽，予奪不爽。柳子厚所謂報國以文章，此先生志也。謝、鄭之遺，此爲争烈矣。甲子嘉平月，錢塘馮景香遠拜題。

（録自張本《石園文集》卷首，又見《石園存稿》卷首）

石園存稿卷首記　又記

清　徐時棟

萬季野先生文八篇，詩七十首。首冠以全謝山所爲傳、馮山公題詞馮景，想即山公。此本所録《題詞》自稱香遠，而《解春集》中無此字。附刻《墓表》等亦無之，末附劉坊所爲《行狀》、楊無咎所撰《墓誌》。蓋其子孫將刻《石園集》，屬友人同校勘之，此其底稿也。其家中已有之文不復録，但録從倪韭山處所鈔得者，故只八篇耳。

余舊有《石園藏稿》一巨册，較此本所録文目多不啻倍，字亦極端好。惟每篇换葉鈔寫，凡遇尾葉僅數行，餘帋尚多者，盡爲無賴小兒撕去。得時極惋惜，重加裝訂，俟補足之。今則遭劫失去，並斷尾者亦不可見矣。同治七年五月二十二日得此本，他日先生從孫乃鄰來問其先集，因以先生《新樂府》來，以校余本，各有詳略，爲並勘注還之，又問以先生之文，云尚存數篇而尚未將至。點點心目，不知有可增益否也？六月九日徐時棟記。

柳泉（印，篆書）。

（附）山公之壻楊恭士儐表山公墓云「字山公，一字少渠」，絶不及「香遠」之字，《解春集》中亦無此《題詞》。然（萬）先生固與山公往還，《解春集》有送（萬）先生之京師序，則《題詞》出山公無疑。柳又記。

（《石園存稿》卷首）

石園文集序

民國　張壽鏞

季野先生以史學名世，顧求其詩古文辭則不易得。客冬，馮君孟顓忽從邑中「文獻會」得先生遺稿二册，出《群書疑辨》校讀，録入已過半，未刻者惟《卦變考》《宋遺民廣録訂誤》及書、序、記、傳十五篇。詩亦並見謝山《續耆舊傳》，未録者祇五章，其載見全傳，爲此本所無者六章，因補入之。據劉氏《行狀》録目釐爲八卷，授之梓人。

乃爲序曰：吾聞先生少不馴，其父户部君禁之室中，見架上明史料，大喜，竊讀竟數十卷，又見經學諸書，復盡閲焉。出而豫諸兄家課，操紙筆千言立就，父兄大驚愕，以爲幾失佳子弟，遂使就學。踰年，游梨洲黄先生之門。噫，異哉！夫人學問之成就，豈不亦有天意哉？兒童孰不喜戲跳？要其機必不可鑿，苟天之命材也，待其一旦觸發，固沛然莫能禦矣。然杲堂李氏當日稱萬氏父子兄弟祖孫不容口。今人恒言環境，若季野先生者，以户部君爲之父，公擇、充宗、允誠諸君爲之兄，梨洲爲之師，而公狄、杲堂諸老又介乎師友之間，儻所謂環境皆學問者非耶？

先生治學以經史爲先，詩古文辭蚤歲爲之已工，後乃薄其空疏，無裨世用，置不爲，其詔徒友也亦必以是爲言。方望溪以古文辭推有清一代大宗，其治經學實自先生啟之。然先生於詩古文辭，工力亦不弱，古文視詩猶勝。今此編多説經論史及考辨之作，諸書序、記、傳類，客京師時所爲，亦不無少作，疑有非先生所欲存者。詩則大率載見《耆舊集》，而《新樂府》别有刊本，此編爲其子世標所輯，藏於家者也。

杲堂嘗曰：「學通今古，無所不辨，吾不如季野。」又曰：「季野古文辭，識力深健，不減歐、曾，詩亦能窺盛唐大家之室。」黄梨洲則以爲俟積其胸中所有，一湧而出，當晝爛然矣。今先生詩古文辭之傳於世者僅已，他諸撰述又多爲人掠奪去，即《明史稿》號爲先生所盡心者，世亦莫能見其真本。故余嘗謂先生學雖博，名雖高，而志不見於當時，書不盡傳於後世，於清初諸老中實最爲不幸。且其經學雖深而掩於史，詩古文辭雖工而掩於經。

天固欲成就之而人事反又厄之如此，然則其胸中所積雖多，而所謂爛然者終未嘗見於天下後世，斯固余所深慨！校斯編，乃每爲之掩卷。嗚乎！唏已！民國二十四年八月，後學張壽鏞序。

（張本《石園文集》卷首）

石園文集目録後跋

民國　馮貞群

往讀上杭劉氏《萬季野先生行狀》，知先生著有詩文集八卷。訪求累年，迄未之見。二十二年冬，「鄞縣八區文獻分會」移送縣志料來城，覽其目録，有先生遺稿寫本二册，發而視之，不分卷第，書根號《石園藏稿》，首列劉氏《行狀》，刻版五葉，版心題《季野先生集》，魚尾下刻「卷八」，目後有「男世標子建校梓」一行，蓋子建歲貢編次之本，欲刻未果者。乃發篋出《群書疑辨》校讀，采入過半，未刻者惟《卦變考》，書、序、記、傳十六篇耳。復以《續甬上耆舊詩》校之，未著録者僅詩五章，而其爲此本遺者凡六章，爰爲寫入目，注「補」字以資區別。其中塗乙朱墨爛然，確出先生之筆，字句增損，與刻本頗有異同。評者爲上杭劉氏、謝山全氏，可寶也。張君伯頌擬刻入《四明叢書》，乃竭一日之力，爲分八卷，署曰《石園文集》。慈溪馮貞群題記，癸酉歲不盡七日。

（張本《石園文集》卷首）

新樂府詞自敘

清　萬斯同

昔之擬樂府者，率用漢魏古題。獨唐白少傅取本朝事爲題，而名之曰《新樂府》，蓋新題體□，非漢魏遺制也。余讀而愛之，因采明室軼事爲題而係之以詩，不過五七言、長短句，非有音節可被之管絃也。今而直名爲《樂府》，則與漢魏遺制不類；欲不名爲《樂府》，又非余效法白傅之意。故循襲其舊，亦名之曰《新樂府》云。四明萬斯同撰。

（録自同治己巳刻本《萬季野先生明樂府》卷首，又見日藏全校本《新樂府詞》卷首）

萬季野新樂府序

清　李鄴嗣

詩之教，以言志述事，陳美刺而驗時政得失，觀四方土俗異同，則雖言志之詩，無非述事也。三百篇而後，西漢尚爲近古。孝武皇帝時始立樂府，命有司采詩夜誦，謂采取秦、楚、趙、代間百姓謳謡，以考政教得失，其言未可即宣露，故夜誦之。是則其所采之詩，多諷切時事可知矣。復極一時文士之選數十人，以司馬相如舉首，造爲詩賦，以饗天地宗廟。而班《志》所載其篇可名者，惟《安世樂》十七章，《郊祀歌》十九章；其人可名者，惟唐山夫人、司馬長卿、匡丞相；其事可名者，惟獲宛馬、得鼎、芝生齋房、獲白麟赤鴈。此俱侈揚功德，比於三《頌》，與《風》《雅》諷諫之義無與也。若他所載樂府，如鐃歌奏凱之樂，而其詞翻云「轉鬥」「野死」，若招國殤，與本題不合。其餘名篇亦多不端不倫，莫測其義。至所采夜誦，一時諷切之詩絶不得見，始知西京制作遭新莽蕩廢，在東漢已闕然，誠可歎也！晉以後古意益亡，至唐杜工部以詩名世，於五言始有《出塞》《留花門》《垂老别》諸詩，七言始有《記麗人》《哀王孫》《悲陳陶》諸詩。其詞既工，於古人諷切之義復合，獨出冠時。於是李公垂、元微之諸人遂創爲新樂府，譏刺當時之事，而白太傅所撰五十篇最善。自《七德舞》諸曲至《采詩官》，俱以諷諭爲體，可播於樂章。以至近世楊廉夫、李西涯諸公，亦有所作，爛然可觀，要皆變風變雅之遺也。

余閒居嘗與吾友萬季野言，謂謝皋羽生於宋末，尚能追撰鐃歌騎吹之曲，意在揚厲國威，其義可取，因亦補作《鐃歌》十八曲，以竊附正雅，而文義膚薄，深愧古人。季野則獨取三百年間朝事及士大夫品目，片言隻句可撮爲題，俱系樂府一章，意存諷刺，以合於變風、變雅之義。雖其詞未即方駕工部，而以前視元、白，後當楊、李，則幾過之矣。或謂以季野史學蓋世之才，不使纂成一朝之史，而徒取單文俚句，造爲韻語，以寄諷當世，似近於識小，殊爲季野惜之，余獨謂不然。詩以述世，其詩即其史也。詩亡而史作，義本相貫，但有簡繁之分耳。季野即未及纂成一朝之史，而且以新樂府先之，是亦史之前驅也。先詩而後史，與祭先河而後海同。詩其源也，史則其委也。誦其詩者，即可知季野之史學矣。同里李鄴嗣杲堂甫撰。

（録自同治己巳刻本《萬季野先生明樂府》卷首，又見李鄴嗣《杲堂文鈔》卷二、日藏全校本《新樂府詞》卷首）

樂府新詞序壬戌

清　鄭梁

吾友萬季野博極群書，於有明一代之事，尤所精研而熟記，余嘗歎其學成而無所用也。己未之秋，崑山徐公以監修《明史》入朝，來邀季野與俱，余時喜其兆足以行，爲文送之。已而，徐公欲薦不果。今年春，余會試來京，見一時修史諸君多從季野折衷，季野亦遂樂爲之駁正。余於是喜季野之學不用而用矣，而季野顧出其所作《樂府新詞》，殷勤命余爲序。

夫《樂府新詞》者，取三百年中之朝事、人品可作詩題者，而繫之以韻語，雖意存諷刺，要不過如變風、變雅、勞人怨士之所偶發耳，不足以該《明史》，豈足以見季野之萬一哉？然而史者開局設官而成，其是非可否，非一人所得而主。詩者滿心肆口而出，其美刺勸懲，實一人可得而操。天下讀書種絶，浮言淆亂，在仕途之耳目爲尤甚。孟子謂「王者之迹熄而詩亡，詩亡然後《春秋》作」，是《春秋》孔子之史，孟子猶斷其爲詩亡不得已而作，未敢以爲史便勝於詩也。然則聖人以史續詩，而季野欲以詩佐史，逢時不同，取義則一，宜乎其所欲序者在此而不在彼也。

嗚呼！季野一代史才，乃不得與備位玉堂者同操筆削，以正是非，而區區單言隻句自附於里巷小民之唱歎，此豈獨季野之不幸乎？而讀其詩者猶徒較量於聲調體格之間，或躋之元、白，或夷之楊、李（鐵厓、西涯），此豈知吾季野者乎？夫天下事能者不任，而任者不能，往往如此。此世道之所以日非，而有識者之所爲不欲觀者也！因爲書其卷末，慨然太息而歸之。

（鄭梁《寒村詩文選·五丁集》卷二）

新樂府序

清　陸嘉淑

鄞江萬季野作《新樂府》數十百篇，紀有明二百七十餘年之事，而杲堂李徵君序之矣。

庚申秋，出以見示，且屬亦爲之序。夫自漢魏以來至於唐宋，樂府正變之義，杲堂言之詳矣，予又何贅述焉？雖然，杲堂不云乎謝臯羽生於宋末，追撰鐃歌騎吹之曲，意在揚厲國威，其義可取。然則季野之爲此，非以文采聲律爲工也。季野傳家世爵，自武略以下，如鹿園、瑞巖、履安諸公皆著名氏。履安以老孝廉操飛遁之節，季野恪遵庭訓，與諸昆祖繩、奥國、公擇、充宗、允誠皆以布衣著述。

季野身在草莽，不敢竊遷、固、荀、袁之指。鋪張敘次，托諸樂府之遺，知其意有在焉。二祖列宗之功德，史或有不盡書，所書或失其真，且記載淆訛。神聖默成，有非尋常文學之士所能窺測，乃爲之洗發其隱微，徵考其本末，推辨其得失，以補一代之遺佚，頌群后之謨烈，而一時名臣偉德亦得因以附見。間有感慨歎息，繁霜、離黍之痛，推其所自，以比於左徒之怨，此固仁人孝子之思，根本於六義，上下於四始，而寄託之詞章。讀其詩，論其世，未嘗不歎其與臯羽先生同原而一委也。

予嘗怪陶南村在太祖時，景運方開，乾坤載闢，勿爲衢歌壤吟以諷詠太平，而顧斤斤焉紀元氏之世系，述上都大之典章，若惟恐其湮没不傳者，舊臣野老，懷抱耿耿，不憚詞而筆之。當其時無罪，而百世以下將有所考據焉，亦未盡戾於《春秋》之義。況我季野身爲世爵之裔，爲鹿園諸公名臣之後，親履安忠孝孝廉之子，其耿耿不忘，又寧南村先生之流所得而擬耶？請以是序季野之《樂府》，且以質之杲堂。同學弟陸嘉淑頓首。

（録自同治刻本《萬季野先生明樂府》卷首，又見日藏全校本《新樂府詞》卷首）

新樂府詞跋

清　全祖望

此乃先生少年館李鄴嗣杲堂家所作也。隨意拈題，未及賅備，要其議論有足定史案者。遠倣香山，近擬茶陵，雖稍近率易，然不礙其爲學人之詩，若更能以鐵厓之奇古出之，則絶妙好辭也已。全祖望跋。

（録自同治刻本《萬季野先生明樂府》卷首，又見日藏全校本《新樂府詞》卷末）

新刻萬季野先生明樂府序

清　徐時棟

萬君乃鄰，季野先生八世從孫也。同治七年，以先生《明樂府》示余，余出藏本爲校勘之。明年，以示陳君魚門，魚門爲之付雕，蓋將盡刻其先世遺書，而以是書爲先聲耳。國初多鴻博碩儒，先生稍晚出，而與爲眉目，若史學則未有能竝駕者。顧諸老著作焜燿海内，至楮敗木漶，而先生成書已刻者不過三數種，其洋洋大編史稿，則王氏攘之，《禮考》則徐氏據之。《樂府》固先生少作，不足以窺其底藴，而經當時諸先生序論之後，亦若存若滅。積二百年始付削氏，可幸又可感也！同治八年六月望後一日，里後學徐時棟序。

（同治刻本《萬季野先生明樂府》卷首）

新樂府附記己巳

清　徐時棟

吾家藏本較此本多删節，余疑出先生手定。乃鄰鄭重遺文，但依余本次序，而不敢以節本付刻，亦孝子慈孫意也。然有一事當證明者，此本《刑囚手》《火燒頭》二首，余本皆無之。《火燒頭》詠建文出亡事，絶不作一疑詞，他日乃極論此事誣妄，《潛研集》中有先生傳，詳記其語。蓋先生少年以遜荒爲真，既師梨洲，梨洲力闢之，先生亦遂變其初説。然則此首爲先生手汰，可知事之有無信不易定。欽定《明史》亦兩存其説，特先生一家言，不可使之兩歧也，故特識之以解讀者之惑。至《刑囚手》一章，或以其廉而近酷，迹涉沽名，故删之耶？是則未可懸揣者矣。時棟又記。

（録自同治刻本《萬季野先生明樂府》卷首，又見清徐時棟《烟嶼樓文集》卷二）

新樂府跋

近　趙詒琛

《刑囚手》一首原在《百歲衣》後，《火燒頭》一首原在《姚少師》後。先生同里徐時棟有跋，其略云：「《火燒頭》詠建文出亡事，絶不作一疑詞，他日乃極論此事誣妄，《潛研堂集》中有先生傳，詳記其語。蓋先生少年以遜荒爲真，既師梨洲，梨洲力闢之，先生亦遂變其初説，然則此首爲先生手汰可知。至《刑囚手》一章，或以其廉而近於酷，迹涉沽名，故删之耶？」同邑李君仲霞博聞多見士也，録以郵示，遂附刻書後。乙丑春三月崑山趙詒琛識於蘇垣。

（又滿樓叢書本《新樂府》卷末）

附二　傳記資料

萬斯同傳

萬斯同，字季野，鄞縣人。父泰，生八子，斯同其季也。兄斯大，《儒林》有傳。性强記，八歲，客坐中能背誦《揚子法言》。後從黄宗羲游，得聞蕺山劉氏學説，以慎獨爲宗。以讀書勵名節與同志相劘切，月有會講。博通諸史，尤熟明代掌故。康熙十七年，薦鴻博，辭不就。

初，順治二年詔修《明史》，未幾罷。康熙四年，又詔修之，亦止。十八年，命徐元文爲監修，取彭孫遹等五十人官翰林，與右庶子盧君琦等十六人同爲纂修。斯同嘗病唐以後史設局分修之失，以謂專家之書，才雖不逮，猶未至如官修者之雜亂，故辭不膺選。至三十二年，再召王鴻緒於家，命偕陳廷敬、張玉書爲總裁。陳任本紀，張任志，而鴻緒獨任列傳。乃延斯同於家，委以史事，而武進錢名世佐之。每覆審一傳，曰某書某事當參校，顧小史取其書第幾卷至，無或爽者。士大夫到門諮詢，了辯如響。

嘗書抵友人，自言：「少館某所，其家有列朝實録，吾默識暗誦，未敢有一言一事之遺也。長游四方，輒就故家耆老求遺書，考問往事。旁及郡志、邑乘，私家撰述，靡不搜討，而要以實録爲指歸。蓋實録者，直載其事與言，而無可增飾者也。因其世以考其事，核其言而平心察之，則其人本末可八九得矣。然言之發或有所由，事之端或有所起，而其流或有所激，則非他書不能具也。凡實録之難詳者，吾以他書證之；他書之誣且濫者，吾以所得於實録者裁之。雖不敢具謂可信，而是非之枉於人者蓋鮮矣。昔人於《宋史》已病其繁蕪，而吾所述將倍焉。非不知簡之爲貴也，吾恐後之人務博而不知所裁，故先爲之極，使知吾所取者有所捐，而所不取，必非其事與言之真，而不可溢也。」又以：「馬、班史皆有表，而後漢、三國以下無之。劉知幾謂得之不爲益，失之不爲損。不知史之有表，所以通紀、傳之窮者。有其人已入紀、傳而表之者，有未入紀、傳而牽連以表之者。表立而後紀、傳之文可省，故表不可廢。讀史而不讀表，非深於史者也。」嘗作明開國訖唐、桂功臣將相年表，以備採擇。其後《明史》至乾隆初大學士張廷玉等奉詔刊定，即取鴻緒史稿爲本而增損之。鴻緒稿大半出斯同手也。

平生淡於榮利，修脯所入，輒以以賙宗黨。故人馮京第死義，其子没入，不得歸，爲醵錢贖之。尤喜獎掖後進。自王公以至下士，無不呼曰「萬先生」。李光地品藻人倫，以謂顧寧人、閻百詩及萬季野，此數子者，真足備石渠顧問之選。而斯同與人往還，其自署則曰「布衣萬某」，未嘗有他稱也。卒年六十五。著《歷代史表》，創爲《宦者侯表》《大事年表》二例。又著《儒林宗派》。

名世，字亮工。康熙四十二年一甲進士，授編修。夙負文譽，王士禎見其詩激賞之。鴻緒聘修《明史》，斯同任考核，付名世屬辭潤色之。官至侍讀，坐投詩諂年羹堯奪職。

（《清史稿》卷四百八十四《文苑一》）

萬斯同傳

斯同，字季野。生而異敏，年十四五，取家藏書徧讀之，皆得其大意。從黄宗羲得聞蕺山劉氏之學，以「慎獨」爲主，以聖賢爲必可及。寧波有「五經會」，斯同年最少，遇疑義，輒以片言析之。尚書徐乾學撰《讀禮通考》，斯同與參定焉。博通諸史，尤熟於明代掌故，嘗作明開國以後至唐、桂王功臣將相内外諸大臣年表，以備採擇。康熙十八年，薦博學鴻儒科，辭不就。會詔修《明史》，大學士徐元文爲總裁，欲薦斯同入館局，斯同復辭，乃延主其家，以刊修委之。元文罷，繼之者大學士張玉書、陳廷敬、尚書王鴻緒，皆延之。乾隆初，大學士張廷玉等奉詔刊定《明史》，依據鴻緒稿本而增損之，鴻緒稿實出斯同手。

嘗病唐以後設局分修之失，謂：「一代治亂賢奸之迹，當具其表裏。吾少館於某氏家，其家有列朝實録，吾讀而詳識之。長游四方，就故家長老求遺書，考問往事，旁及郡志邑乘、雜家志傳之文，靡不網羅參伍，而要以實録爲指歸。蓋實録者直載其事與言，而無所增飾者也。凡實録之難詳者，吾以他書證之；他書之誣且濫者，吾以實録裁之。雖不敢自謂可信，而是非之枉於人者鮮矣。昔人於《宋史》已病其繁蕪，而吾所述倍焉。非不知簡之爲貴也，吾恐後之人務博而不知所裁，故先爲之極，使知吾所取者有可損，而所不取者，必非其事與言之真而不可益也。」建文一朝無實録，野史因有遜國出亡之説，斯同斷之曰：「紫禁城無水關，無可出之理，『鬼門』亦無其地。《成祖實録》稱建文闔宮自焚，上望見宫中烟起，急遣中使往救，至已不及。中使出其屍於火中，還白上。所謂『中使』者，乃成祖之内監也。安肯以后屍誑其主？而清宫之日，中涓嬪御爲建文所屬意者，逐一刑訊，苟無自焚實據，豈肯不行大索令耶？且建文登極二三年，削奪親藩，曾無寬假，以至燕王稱兵犯闕，逼迫自殞。即使出亡，亦是勢窮力盡，謂之『遜國』可乎？」由是建文之書法遂定。

斯同性不樂榮利，見人惟以讀書勵名節相切劘。康熙四十一年卒，年六十五。所著有《歷代史表》六十卷、《儒林宗派》八卷、《喪禮辨疑》四卷、《廟制折衷》四卷、《廟制圖考》四卷、《石經考》二卷、《周正彙考》八卷、《紀元彙考》四卷、《歷代宰輔彙考》八卷、《宋季忠義録》十六卷、《南宋六陵遺事》一卷、《庚申君遺事》一卷、《群書疑辨》十二卷、《書學彙編》二十二卷、《崑崙河源考》二卷、《河渠考》十二卷、《石園詩文集》二十卷。其《歷代史表》稽考列朝掌故，端緒釐然，有助史學。又創《宦者侯表》《大事年表》二例，爲列史所無。《儒林宗派》自孔子以下，漢後唐前，傳經之儒，及兩宋周、程、朱、陸各派，一一具列，其持論獨爲平允焉。

（《清史列傳》卷六十八儒林傳下《萬斯大》附）

萬季野先生墓誌銘

清　楊無咎

崇禎初，先君子與婁東二張先生倡復社以風勵天下，海内魁壘耆碩之士所在響臻，而甬東則有萬履安先生，有道而文，領袖浙東西者二十餘年，而季野其少子也。先生既歸自粤，卒於湖口，季野乃奮起孤生，通經汲古，奉先志不墜，是時年已二十餘矣。余遭先君子之變，創鉅痛深，嘗屏人野哭，與舉世隔越。季野乃出而應當世之求，以是故，蹤跡乖互，積不相聞。今老矣，距季野之没垂二十年，其子世標追念履安先生世家通好，而又稔知厥考之志非流俗所能識，乃具書幣，介吾友朱柏廬之猶子愼幾，以行狀、家傳再拜請銘於余，余辭不獲，乃志而銘之。

季野姓萬氏，諱斯同。其先定遠人，以滁州義兵管軍萬户斌爲始祖，以備倭浙江寧波世襲指揮僉事鍾爲二世祖，賜第寧之鄞縣，世爲鄞縣人。以射龍將軍文爲三世祖，而都督鹿園公表其高祖也。祖邦孚，以總兵鎮七閩。家世勳閥，載在旂常，四世死忠，彪炳累葉。而履安先生乃中崇禎丙子鄉試，巍然爲一代儒宗。季野自以世受國恩，思以文章報國。值鼎社遷改，無可爲力者，遂喟然曰：「三百年祖功宗德，於亘古無兩。而國史承譌襲謬，迄未有成書！」乃發憤以史事爲己任，以謂庶持此志上告列祖在天耳。年經月緯，州次部居，輯成列傳三百卷，於是一代之事業、文章粲然矣。先是，從雲在樓借讀二十一史，補其闕略，作東漢後歷代諸表。又嘗作開國行朝諸臣年表，提綱挈領，其舉要多類此也。論史籍則謂諸家疏漏抵牾，無一足滿意者，而欲以實録爲宗，諸書爲輔。論讀書則先經而後史，先經、史而後子、集，而深怪今學者之固陋而淺狹也。論學術則以爲經世之業實儒者之要務，而有慨於三代之良法至秦而亡，漢唐宋相傳之良法至元而盡失，而今日所循用者，則又季世之秕政也。論紀載則以郡誌當大亂之後，其人物之卓然傑出者不可以無傳，當仿《浦江人物》《吴郡先賢》之例，以表章之者也。

歲戊午，有强之出者，辭不就。己未，復有以幣聘入史局者，季野曰：「吾此行無他志，顯親揚名非吾願也。但願纂成一代之史，可藉手以報先朝矣。」始終以布衣從事，即所成列傳三百卷者是也。季野志在國史，而其有功於後學則講會之力爲多。家居之日，與諸文士爲講經之會。月凡再舉，來會者不下百餘人，聽季野主講。先《易》，次《禮》，次《詩》，次《書》，次《春秋》。折衷諸儒，援據今古，議論蜂起。聞之者人人以爲得所有而歸也。其北遊也，則月凡三舉，益以田賦、兵制、選舉、樂律、郊禘、廟制、輿地、官制諸論説，凡宜因宜革，皆勒成典則，實史事之權衡也。朝而設席，向晚而退。如歲寒書屋，梅花堂，浙江、江南會館，皆其講經史處也。比歸，而聽講者衆，益集所成就，益彬彬可觀，有蘇湖之遺風焉。嗚呼！世衰道微，而能與諸文士原原本本，備一王之採擇，此其志微而顯矣。當其在江南會館時，名王大姓有叩門請見者，有虛左相迎者，或夜半飛騎到門，問以某事某人，則答以片紙，云在某年月、某書、某卷。使者馳去，已而復來，率以爲常。其足以備顧問於一時者如此。稱之者曰：「天生季野，關係有明一代人傑也。」今世所號爲名公鉅卿咸以不識姓名爲恥。身没之後，講肆亦稍稍廢矣。時貴有南來者猶存詢及之。此其博物洽聞，風動海内，不幾與先世武功争烈哉？而惜其所遇之非時也。然卒勤其業以死，死之日爲壬午之四月，聞者莫不嗟歎。群謚之曰貞文先生。

季野學無不窺，而以山陰蕺山先生爲宗主。履安先生出蕺山之門，而蕺山之高弟黄梨洲倡明蕺山之學，季野復從之遊，因得盡聞蕺山秘旨，而躬行實踐，非僅僅標榜爲名高也。壬寅，故第奪於帥弁，僦居丙舍，饘粥不給，節省以濟同族。所入脯脩，宗黨中有喪葬老疾之費，咸取資焉。祀田遭亂，多所廢斥，祭祀恒不能支，創議興復，子姓咸仰賴之。故人馮京第死於義旅，其子没入，不得歸。初至燕市，爲醵錢贖之。而里人有張九林者亦死於邸，爲收含殮焉。其輯睦宗族，惇篤風義，皆此類也。所著書多行於世，惟國史列傳有以直筆，恐觸時諱，乃别構一書，凡崇禎後監國功臣咸削而不書。其他如《讀禮通考》及《宋季忠義録》《南宋六陵遺事》《庚申君遺事》之類，以及詩文集又不下數百卷。雜著三十六篇，遠述家風，廣徵國是，忠孝之本於是乎在。季野生崇禎十一年。父履安先生名泰，行朝授爲户部主事，督餉。母閩氏，封安人。娶莊氏，又娶傅氏。子一，即世標也。孫四人，人英、人敵、人傑、人瑞。余惟季野以布衣從事，負時重名，其不使余得與於末契者正坐是也。今始握筆而誌其墓，有餘悲焉。故撮其大畧，以表其所志云爾。

銘曰：渾河死事，花園死忠。檀舍復爵，嗣服射龍。桓桓三世，勒勳鼎鐘。曰惟義姑，保姓全宗。三節一義，萬氏家風。吾社文士，韎韐從戎。江山失守，齎志以終。篤生貞文，爲世崆峒。著作等身，名滿寰中。自恥相韓，韋布從容。鐫詩幽石，永表無窮。

吴郡同社世弟楊無咎頓首拜撰。

（録自張本《石園文集》卷首，「握筆而下闕」，據《石園存稿》卷末補）

萬季野先生斯同墓誌銘

清　黄百家

昔吾先遺獻，少以籲冤出遊，交滿天下士，而心言性命之友不過數人，於甬上則萬履安先生、陸文虎先生。顧陸死於桑海之交而無子，萬則魁然主吟於汐社月泉，而有才子八人，人比之「荀氏八龍」焉。

先生諱斯同，字季野，履安先生之季子也。先遺獻志履安先生之墓曰：「萬氏，定遠人，國珍從明高皇帝起兵，賜名斌，北征戰歿，贈明威將軍。子鍾，世襲寧波衛指揮，遂爲寧波人，遜國之難死之。子武嗣，從征交趾，又死之。弟文嗣，夜哨鋸門，見兩炬，射之，炬滅而濤作，溺死於海，所見之炬，蓋龍目也。七傳而爲曾祖諱表，南京中軍都督府同知，理學名臣也。祖諱達甫，廣東督理防參將。父諱邦孚，鎮守福建總兵官左軍都督僉事。」所云曾祖、祖、父，於先生則爲高、曾、祖也。父諱泰，即履安先生，崇禎丙子舉人，母聞氏。

履安先生砥礪名節，素爲物望所歸。金石聲變，長謝公車，息機盛世，盡喪失其家道，兼之避仇匿影，播徙奉化榆林山中。中饋失偶，諸子孤露。三旬九食常不支，無暇計及課子詩書，所以先生年逾十歲未嘗入塾也。然而先生志性夙成，居常乞字於諸兄，熟經於默識，芄蘭角草，則固斐然潛有文筆矣，而履安先生不知也。少子之愛，隱憂恒戚戚。一日，憑几而歎曰：「吾死，諸子猶可。八郎未讀書，其不免爲餓殍乎？」將謀寄託於僧寺，諸兄或曰「八郎已能文」，履安先生曰：「吁！安有未就外傅而能文者？」爲進文一篇，猶不之信。及呼面試，立就。履安先生始愕然大驚曰：「有是哉，吾過矣！吾過矣！」由是於心始慰。

未幾，履安先生即世。先生約諸昆侄咸來黄竹浦問學於先遺獻。歸而爲講經之會，争各磨礪，奮氣怒生。從是，公擇之心學，涵養粹如；充宗之經術，疑義盡墮；允誠、貞一、授一之文彩，才燦國華；先生略足兼之，而尤長於史，自兩漢以來數千年之制度沿革、人物出處，洞然腹笥。嘗以《東漢書》《三國志》而下俱無表，用李燾追補《宰相年表》意以補之，成《史表》若干卷，一覽而歷代王侯世家、將相大臣興廢、遷留之歲月，燎然在目，此海内之奇書也。夫古今著述之家何限？其湮没者何限？即今傳而不能保後日之不湮没者何限？若《史表》則斷斷可保其必傳而不湮没者也。於有明十五朝之實録幾能成誦，其外邸報、野史、家乘無不遍覽熟悉。隨舉一人一事問之，即詳述其曲折始終，聽若懸河之瀉。蓋先生出生無他嗜好，侵晨達夜，惟有讀書之一事。而又過目不忘，故其胸中所貯益富，殆《記》所謂「博聞强識，敦善行而不怠」，先生其無愧於斯語哉！

己未歲，今上有修《明史》之詔。監修徐立齋先生以幣聘先生至京任其事。司寇健庵先生、宫詹果亭先生，以及京朝諸大老，無不敬禮雅重。凡有古典、故事未諳出處者，質詢於先生，先生以條紙答之曰：「在某書某卷某葉。」檢書查閱，不爽錙銖，蓋不能使人不心服也。昔余在京時，見立齋先生論一事曰：「萬先生之言如此。」一朝士問曰：「萬先生何人？」答曰：「季野。」又問：「季野何人？」立齋先生怫然他顧曰：「惡，焉有爲薦紳可不識萬季野者？」少司寇鄭山公先生曰：「天生季野，關係明朝一代之人也。」後主講會於京師，每月兩會。至期，輿馬駢集。先生布衣敝屣，從容就席，辨析歷代制度，若《通考》《通志》諸書，脱口成文，執筆者手不停録。諸王聞先生名，亦願交請見。於乎！先生少爲孤童，長爲寒士，絶意於科舉榮途，而乃爲王公卿相推重如此，人可不自立耶？

余少遭亂離，播徙略同於先生。年過成童，未嘗學問。猶憶順治歲己亥，先生初謁先遺獻於化安山，問余近讀何書，余以無師對。先生曰：「如名父將誰師？」余曰：「未嘗督課也。」先生曰：「嘻！人之樂有賢父兄者，豈必藉其諄諄訓誨乎？貴在自己默臭其氣耳。」余時惕然，面頸發赤。自是不甘自棄，稍得立足於詩書之途者，實由先生此一言發之也。逮後，康熙丙午、丁未間，余與先生及陳子夔獻讀書於鄞縣外之海會寺，見先生從人借讀二十一史，兩目爲腫。己酉以後數年，又與先生讀書於越城姜定庵先生家，發其所藏有明列朝實録，廢寢觀之。余時注意舉業，頗迂先生所爲。先生謂富貴有命，今古不可不通也。向晚，縷縷必爲余詳説一日所觀某事之顛末、某人之是非，出口入耳，使余得粗知一代之梗概者，亦多自先生教之也。丁卯以後，則與先生同修《明史》於立齋先生京邸。庚午夏仲，立齋先生南還。余亦爲監修張素存先生及諸總裁所留，又與先生同修《明史》於江南會館。時余以先遺獻年老，不能久留，遂任史志數種，歸家成之。戊寅春，先生南歸，過余，謂曰：「吾學博於汝而筆不及汝，《明史》之事樂得子助。」致司空王儼齋先生之意，約余秋間同入都。余以先遺獻遺命宋、元儒《學案》，宋、元《文案》四書未成，辭之。已，見先遺獻晚年所著《明三史鈔》，大喜曰：「此一代是非所關也。我此番了事歸來，將與汝依此底本，另成明朝《大事記》一部，何如？」余心甚快之，每依北斗延頸而望先生之來踐此言，豈期竟以訃音聞耶！

嗟乎！修史之事至明室而愈難矣。革除之失實，秘陽之醜正，要典之逆言，思陵之墜簡，以至僞書流行，多不勝數。是非通知三百年之首尾條貫於胸中者，未免爲公超之霧所染。東西易問，惡能辯諂魂發潛德於筆下乎？昔先遺獻嘗怪以某相之喪師誤國，而冬心詩惑於孤兒之詭説，頌其功勞。近聞復有欲爲險心辣手亡國之某相頌功者，則更可怪矣。語云：「國可滅，史不可滅。」柱下皇宬原非布衣之事。先生雖死，知當事者自能出定力以主持，必不至使後人有糾繆之舉也。

生於某年月日，以康熙壬午四月初八日卒於京邸，年六十五。配莊氏、傅氏。子二：世楷，蚤卒；世標，府學生，娶董氏。女二，國子學生陳涵璋、謝家祚其婿也。所著有《石園詩文集》《明樂府》《儒林宗派》《歷代史表》《廟制圖考》《石經考》《崑崙河源考》《禘説》《卦變考》《群書疑義辨》《書學彙編》《石鼓文考》《宋季忠義録》《庚申君遺事》《南宋六陵遺事》《歷代紀元彙考》《歷朝宰輔彙考》《周正彙考》《難難》。猶子貞一、授一、孤世標俱以先生墓銘見屬，余不得而辭也。銘曰：

茫茫禹跡，寒暑運晷。前者已往，後無窮止。紛紛著述，擾擾姓氏。非甚拔傑，留傳有幾？季野先生，孤童奮起。博聞强識，尤熟諸史。補表歷代，示如掌指。明代典故，貫徹終始。渺然布衣，身關國是。載筆皇宬，王公倒屣。削觚未畢，鏡墮魄死。竊恐詭説，狐鳴厖吠。墨白粉黑，回邪蹠美。惑人聽聞，入耳難洗。然在先生，人書卓爾。天地雖久，必傳可擬。四尺封中，讀書種子。

（錢儀吉《碑傳集》卷一百三十一）

萬季野先生行狀

清　劉坊

憶坊己巳冬得交萬季野先生於崑山相國京邸，同晤者爲劉子繼莊。其時京師鶩名之士風傳二先生博聞爾雅，學無所不窺。劉則善遊，每旦興必出，或夕不返，每欲訪者則必託萬先生致意，然後留身以待。先生則自朝至旰，一編丹鉛不置。客來會者，或經史制度，或人物得失，閎論崇議，鋒辨四出，娓娓如數家珍。言某人某事如何，某時某官某地建置如何，檢書按之，詞語未嘗少誤。客去，復理前業不倦。或數日一往答來者，遇諸途，問之，無異在寓。

坊以久放風塵，所交四方知名士不勝屈指。惟先生辨析不窮，數往候之，談天末數百年事，一如其素所歷，以是獨服膺先生，稱爲近今學者之冠。明年，崑山歸里，繼莊以館俸之得鈔史館秘書無算，持歸蘇之洞庭，將約同志爲一代不朽之業。既歸吳，未幾身殁，其書散失於門人交友處，予與先生扼腕久之。先生遂爲京江、澤州所留，移置江南館中。間二年，先生不自得，抑抑思歸，索予詩爲贈，已而未果。告予曰：

「吾之衷惟君知之，往歲繼莊之言不踐，僕所以濡忍於此，念先世九代勝國世勳，至先人中崇禎丙子鄉試，於是舊業頓隳。我十一世祖斌，從明太祖起兵定天下，太祖知其才，賜今名，命長守滁州十七年。天下已定，策功，雖争城野戰遜諸公，然擾攘之初，闢田野，固守禦，吏民安堵，使江淮向化，鷄犬不驚，厥功偉矣，遂得受三等之封，世襲指揮僉事。洪武五年，從左副將軍文忠征進沙漠，戰死阿魯渾河。十世祖鍾，奉命備倭寧波，於是遂爲鄞人，賜第今府學之東。建文元年，禦靖難師，戰死大興之花園。九世伯祖武，年少襲職，罣吏議，不自甘，從黔國征交趾以湔恥，戰死檀舍江，時年廿三。無嗣，於是九世祖文遂復僉事職，年廿二。率舟師備倭，大戰蓮花洋，逐之。出牛頭洋，至桂門，夜見二燈懸水上，遥望之以爲賊艘也，引弩中之，燈息而波濤大作，遭覆溺死。所見之炬蓋龍目也，龍怒甚，攪海沉舟。至今桂門有射龍將軍祠。我二祖將材不恒，而不得永其年。文祖之死，祖妣有五月遺身，於是祖姑義顯日號於天，求生男，嗣萬氏。已而果生八世祖全。姑遂不嫁，爲男子冠裳，佐二嫂寡母以立萬氏之門。至今滁州南門外有宣武祠，崇禎時南太僕寺卿馮元飆所建，以祀『四忠三節一義』者也。全三傳爲鹿園都督表，公以文章德業起世宗朝，與唐應德、羅達夫、王汝中諸公交善。其集與表、志皆諸君子所爲，稱爲一代名臣。是爲僕之高祖。至祖邦孚公，以總兵鎮七閩。彈琴雅歌，意氣雍容，未老即引年歸里。吾父棄累代戈矛之傳，以文史代驅馳，崇禎之季復社所謂萬履安先生者，領袖東南數十年。乙酉之秋，魯監國授爲户部主事，督餉。公則曰：『我何以主事爲哉？至於督餉濟王業，小臣三百年世勳，詎敢辭乎？』及監國不守，素業已殫，攜妻子避亂奉化山中，常忍餓以食乏者，蓋先人棄僕廿餘年，而僕兄弟之憾至今未釋也。僕兄弟八人，咸各蚤自樹立。念先人辭世祿，勉思以文德易武功。今鼎遷社改，無可爲力者，惟持此志上告歷祖在天耳。

僕生平學凡三變。弱冠時爲古文詞詩歌，欲與當世知名士角逐於翰墨之場。既乃薄其所爲無益之言以惑世盜名，勝國之季可鑒矣。已乃攻經國有用之學，謂夫天未厭亂，有膺圖者出，舍我其誰？時與諸同人兄弟自有書契以至今日之制度，無弗考索遺意，論其可行不可行。又思此道迂遠，而典考志諸書所載，有心人按圖布之有餘矣。而塗山二百九十三年之得失竟無成書，其君相之經營創建與有司之所奉行、學士大夫之風尚源流，今日失考，後來者何所據乎？昔吾先世四代死王事，今此非王事乎？祖不難以身殉，爲其曾玄乃不能盡心網羅以備殘略，死尚可以見吾先人地下乎？故自己未以來，迄今廿年間，隱忍史局，棄妻子兄弟不顧，誠欲有所冀也。凡此皆僕未白之衷。君深知我，故爲君詳之。他日身後之狀，君豈得委哉？」

此自己巳、庚午以迄戊寅十年之間，鷄鳴風雨，談之往往徹夜不休。予初聞以爲先生姑妄言耳，孰意戊寅京邸一别，遂成千古耶！先生生平無他欣慕，惟讀書取友，以爲終歲課程。予謂其神旺氣鬱，天必留爲龜鑑，以惠我同人，乃勞心過甚，精神耗竭，遂棄我先逝耶！今日言猶在耳，而音容已不可復追。遺書死後多爲輕薄所竊。其孤世標歉然慮失先生之真，以予從先生京邸談最久，故乞爲狀，其概如此。若其生平謙退不伐，矜人之長，恤人之急，友愛兄弟、子侄，篤於親故，孳孳考索，並不知人世復有何者足動其嗜好？蓋古人之行，而非尋常之所得見也。因括十年所聞見而筆之，以告當世之知先生者，知予非阿好而爲河漢之言也。

先生諱斯同，字季野，晚號石園。原配莊氏，繼配傅氏。子一，世標，廩膳生。孫二，承祐、人敵，尚幼。生於前明崇禎十一年正月廿四日戌時，卒於康熙四十一年四月初八日辰時京邸王司空儼齋明史館中。儼齋命人送柩還寧波，其孤世標迎之而不遇，今權厝於西郊祖塋側。所著書數十種，《儒林宗派》八卷、《廟制圖考》四卷、《讀禮通考》九十卷，爲徐司寇乾學所纂，刻於徐氏傳是樓中。《周正彙考》八卷、《群書疑辨》十二卷、《石經考》二卷、《明通鑒》若干卷，散失。《明史列傳》三百卷，存史館中。《明史表》十三卷。《明歷朝宰輔彙考》八卷、《明史河渠考》十二卷、《補歷代史表》已刻五十三卷未刻若干卷、《歷代紀元彙考》八卷、《宋季忠義録》十六卷、《南宋六陵遺事》一卷、《庚申君遺事》一卷、《崑崙河源考》二卷、《石鼓文考》一卷、《書學彙編》二十四卷、《難難》一卷，散失。詩文集八卷、《明樂府》二卷。至於表、傳之作與安魂泉壤，則有待於當世闡微顯幽之君子。上杭同學弟劉坊頓首拜。

（録自張本《石園文集》卷首，又見劉坊《天潮閣集》卷一）

萬季野墓表

清　方苞

季野姓萬氏，諱斯同，浙江四明人也。其本師曰念臺劉公。公既殁，有弟子曰黄宗羲梨洲，浙人聞公之風而興起者，多師事之，而季野與兄充宗最知名。季野少異敏，自束髮未嘗爲時文，故其學博通，而尤熟於有明一代之事。年近六十，諸公以修《明史》延致京師。士之遊學京師者，争相從問古儀法，月再三會，録所聞，共講肄。惟余不與，而季野獨降齒德而與余交。每曰：「子於古文信有得矣。然願子勿溺也。唐宋號爲文家者八人，其於道粗有明者，韓愈氏而止耳。其餘則資學者以愛玩而已，於世非果有益也。」余輟古文之學而求經義自此始。

丙子秋，余將南歸，要余信宿其寓齋。曰：「吾老矣，子東西促促，吾身後之事豫以屬子，是吾之私也。抑猶有大者，史之難爲久矣，非事信而言文，其傳不顯。李翱、曾鞏所譏魏晉以後賢奸事迹並暗昧而不明，由無遷、固之文是也。而在今則事之信尤難，蓋俗之偷久矣。好惡因心而毁譽隨之，一室之事言者三人，而其傳各異矣，況數百年之久乎？故言語可曲附而成，事迹可鑿空而構。其傳而播之者，未必皆直道之行也；其聞而書之者，未必有裁别之識也。非論其世知其人而具見其表裏，則吾以爲信而人受其枉者多矣。吾少館於某氏，其家有列朝實録，吾默識暗誦，未敢有一言一事之遺也。長游四方，就故家長老求遺書，考問往事，旁及郡志、邑乘、雜家、誌傳之文，靡不網羅參伍，而要以實録爲指歸。蓋實録者，直載其事與言而無可增飾者也。因其世以考其事，核其言而平心以察之，則其人之本末可八九得矣。然言之發或有所由，事之端或有所起，而其流或有所激，則非他書不能具也。凡實録之難詳者，吾以他書證之；他書之誣且濫者，吾以所得於實録者裁之。雖不敢具謂可信，而是非之枉於人者蓋鮮矣。昔人於《宋史》已病其繁蕪，而吾所述將倍焉。非不知簡之爲貴也，吾恐後之人務博而不知所裁，故先爲之極，使知吾所取者有可損，而所不取者，必非其事與言之真而不可益也。子誠欲以古文爲事，則願一意於斯，就吾所述，約以義法，而經緯其文。他日書成，記其後曰：『此四明萬氏所草創也。』則吾死不恨矣。」因指四壁架上書曰：「是吾四十年所收集也，逾歲，吾書成，當並歸於子矣。」又曰：「昔遷、固才既傑出，又承父學，故事信而言文。其後專家之書，才雖不逮，猶未至如官修者之雜亂也。譬如入人之室，始而周其堂寢、匽湢焉，繼而知其蓄産、禮俗焉。

久之，其男女少長、性質剛柔、輕重賢愚無不習察，然後可制其家之事也。官修之史，倉卒而成於衆人，不暇擇其材之宜與事之習，是猶招市人而與謀室中之事耳。吾欲子之爲此，非徒自惜其心力。吾恐衆人分操割裂，使一代治亂賢姦之迹暗昧而不明。子若不能，則他日爲吾更擇能者而授之。」

季野自志學，即以明史自任。其至京師，蓋以群書有不能自致者，必資有力者以成之，欲竟其事然後歸。及余歸逾年而季野竟客死，無子弟在側，其史藁及群書遂不知所歸。余迍邅轗軻，於所屬史事之大者，既未獲從事，而傳、誌之文亦久而未就。戊戌夏六月，卧疾塞上，追思前言，始表而誌之，距其殁蓋二十有一年矣。

季野行清而氣和，與人交久而益可愛敬。其殁也，家人未嘗訃余，余每欲赴其家弔問而未得也，故於平生行迹莫由敘列，而獨著其所闡明於史法者。季野所撰本紀、列傳凡四百六十卷，惟諸志未就。其書具存華亭王氏。淮陰劉永禎録之過半而未全。後有作者可取正焉。

（方苞《望溪先生文集》卷十二）

萬季野傳

清　楊賓

萬季野，名斯同，鄞縣人。父泰、兄斯大，皆以經學名。斯同自其少時受經於父兄，不爲舉子業。及長，究心史學，而於明事尤詳，凡三百二十朝之實録長編，若稗官野史之類，無不覽觀而得其因革盛衰之故。康熙中開明史館，大學士徐元文爲總裁官，延斯同主其事。

斯同爲人白晳無鬚眉，恂恂若處子，然剛毅廉介，不可干以私。平居木訥，似不能言者，與之論前代興亡、君臣賢不肖，若事理當否，則侃侃然不作游移影響之詞。設有撓之者，則必發聲徵色，頭髮上指，與之辨論，必使之屈服乃已，否則，怒累日夜不解。方是時，元文得君，而其兄故刑部尚書乾學總裁一統志館，有聲勢，下士、翰林、臺諫多出其門，兩家賓客以百數，然品望皆出斯同下。九卿百執事罷朝，伺候於兩家之門者，莫不過斯同起居而後去。斯同相對無一言，有問經史者，則以經史答之，否則，手一編不釋，不問其爲誰也，亦不報謝，以是諸君子益重之。久之，元文罷，乾學移館洞庭山。繼元文者，工部尚書王鴻緒也。仍以斯同主之，而筆削與元文異。有勸之辭者，斯同曰：「吾習此三十餘年，今垂成而棄之，非吾志也，用不用聽之而已。」卒留三年。啟、禎兩朝列傳竟，又私撰弘光、監國、隆武、永曆四朝紀傳，未成而病作，遂歿，年六十五。斯同之在史館也，有講會，月一舉。及期，主會者延季野坐皋比，講兵農禮樂之制。聽者率常數十百人，拱手而坐兩旁，無敢出聲者。平居或詢以史事，季野則曰：「某事在某架、某帙、第幾葉、第幾行，君自往取。」詢者如其言，無一爽。其博聞强記蓋如此。

子一，名世標，邑諸生。奔喪至京師，而鴻緒已送斯同棺歸其家。《明史》紀傳草稿皆爲鴻緒所有。所著《歷代史表》六十卷、《河渠考》十二卷、《歷代紀元彙考》八卷、《群書疑辨》十二卷、《南宋六陵遺事》一卷、《崑崙河源考》二卷、《宋季忠義録》十六卷、《石經考》二卷、《庚申君遺事》一卷、《廟制圖考》四卷、《書學彙編》二十四卷、《歷代宰輔彙考》八卷、《周正彙考》八卷、《儒林宗派》八卷、《石園集》二十卷。

大瓢山人曰：季野殁，余往哭之。同舍錢亮工爲余言，季野殁之前二夕，其奴夢明衣冠者數十輩入中堂，揖而去，最後有數人不揖而罵。明日，其奴移塌卧中堂，夢如故，而罵者且入季野室，椎案碎椅，毁書籍而去。奴驚寤，視季野，而書果在地，頃之，季野殁。其説頗難信，設使其果然，則史真不易作哉！昌黎之畏而不敢任也，有以夫！

（楊賓《楊大瓢雜文殘稿》）

萬季野小傳

清　李塨

萬季野，諱斯同，鄞人，父兄以文學世家。季野讀書過目輒不忘，尤熟廿一史及明代典故。徐尚書乾學聘入京修《明史》，已，乾學去位，王尚書鴻緒主之續修。當是時，朝廷平三藩後，尚辭學，公卿從風靡，讀書名士競會都門，而季野以博淹强記爲之首。開講會，皆顯官主供張，翰林、部郎、處士率四五十人環坐，聽季野講宫闕、地理、倉庫、河渠、水利、選舉、政刑諸項，不翻書，每會講一事，口如瓶注。温睿臨札記：「何代何地何人、年月日、事起訖，豪釐不失也。」時吴都憲涵榻予論學，季野暴聞予名，又知予與毛河右遊。先是萬氏叔季在史館纂修，爲河右所折，嗛之。金德純特筵招胡朏明、季野及予，曰：「三君者，天下鉅君也。」予後至，季野酒餘赫然曰：「《河右全集序》爲先生撰，稱許太過，將累先生。」予謝手曰：「敢拜直言，然序文先生未深讀也。序以躬行自勵，以讀書歸毛先生，方慚虚大，非以屈諛，且聖道恢廓，詎一説而已。」胡子曰：「然。」因罷去。既而謂予曰：「先儒訓學錯出，愚謂只是讀書耳。」予不答，但叩其長。歲辛巳，都憲及徐少宰秉義謀梓予《大學辨業》，予思季野負重名，見不合，或詆讕，不如先事質之，袖往求正。逾數日，季野見，下拜曰：「吾自誤六十餘年矣！吾少從游黄梨洲，聞四明有潘先生者曰：『朱子道，陸子禪。』怪之，往詰其説，有據。同學因轟言予畔黄先生，先生亦怒。予謝曰：『請以往不談學，專窮經史。』遂忽忽至今，不謂先生示我正途也。」自此情好日密。一日講會，衆拈「郊社」。季野曰：「未也，請先講李先生學。」因舉《辨業》所論格物即學「六藝」，歷歷指示，曰：「李先生續周孔絶學，非我所及，諸君有志勿自外。」並延予登坐講「郊社」，予辭謝去。嗟乎！吴越文人争尚浮誇，季野耆宿，褎然厭於上，公卿趨其餘風。今忽聞野人一言，傾心折服，舍己從之。是一端也，幾於大舜矣。

時季野修《明史》紀、傳成，尚缺表、志，無助者。與予雜論經史、聲韻，曰：「夾室並廟室皆南向，故《顧命》西夾南向敷席。晉立《古文尚書》不可廢。」予曰：「夾室東西向，非南向，《爾雅》稱東西廂也，《公食大夫禮》：『宰東夾北西面。』使並廟而向南，宰何爲立廟後乎？立廟後，何以至東序授醯醬薦豆乎？《古文尚書》自漢孔安國送官府，至晉中秘尚存，惟無傳。東晉梅賾始得安國傳，奏之，非獻《古文尚書》也。」曰：「何見？」曰：「見《隋書》。」予又曰：「古無四聲，有之，始齊周顒。古惟分宫、商五鈞，不分平、入四類。」季野憮然曰：「吾何以未考也？」歸檢之，信，攜手曰：「天下惟君與下走耳，閻百詩、洪去蕪未爲多也。」從臾王尚書來拜意，招予同修《明史》，予辭謝不願也。無何，季野卒，予亦不往尚書家，事遂寢。

（李塨《恕谷後集》卷六）

萬貞文先生傳

清　全祖望

貞文先生萬斯同，字季野，學者稱爲石園先生，鄞人也，户部郎泰第八子。少不馴，弗肯帖帖隨諸兄，所過多殘滅，諸兄亦忽之。户部思寄之僧舍，已而以其頑，閉之空室中。先生竊視架上有明史料數十册，讀之甚喜，數日而畢。又見有經學諸書，皆盡之。既出，因時時隨諸兄後聽其議論。一日，伯兄斯年家課，先生欲豫焉。伯兄笑曰：「汝何知？」先生答曰：「觀諸兄所造亦易與耳。」伯兄驟聞而駭之曰：「然則吾將試汝。」因雜出經義目試之，汗漫千言，俄頃而就。伯兄大驚，持之而泣，以告户部曰：「幾失吾弟！」户部亦愕然曰：「幾失吾子！」是日，始爲先生新衣履，送入塾讀書。逾年，遣請業於梨洲先生，則置之絳帳中高坐。先生讀書五行並下，如決海隄。然嘗守先儒之戒，以爲無益之書不必觀，無益之文不必爲也，故於書無所不讀而識其大者。

康熙戊午，詔徵博學鴻儒，浙東巡道許鴻勳以先生薦，力辭得免。明年，開局修《明史》，崑山徐學士元文延先生往。時史局中徵士許以七品俸，稱翰林院纂修官。學士欲援其例以授之，先生請以布衣參史局，不署銜，不受俸，總裁許之。諸纂修官以稿至，皆送先生覆審，先生閱畢，謂侍者曰：「取某書某卷某葉有某事，當補入；取某書某卷某葉某事，當參校。」侍者如言而至，無爽者。《明史稿》五百卷，皆先生手定。雖其後不盡仍先生之舊，而要其底本，足以自爲一書者也。

先生之初至京也，時議意其專長在史，及崑山徐侍郎乾學居憂，先生與之語喪禮，侍郎因請先生纂《讀禮通考》一書。上自國卹以迄家禮，十四經之箋、疏，廿一史之志、傳，漢唐宋諸儒之文集、説部，無或遺者，又以其餘爲《喪禮辨疑》四卷，《廟制折衷》二卷，乃知先生之深於經。侍郎因請先生遍成五禮之書二百餘卷。

當時京師才彦霧會，各以所長自見，而先生最闇淡，然自王公以至下士，無不呼曰「萬先生」，而先生與人還往，其自署祇曰「布衣萬斯同」，未嘗有他稱也。安溪李厚庵最少許可，曰：「吾生平所見不過數子，顧寧人、萬季野、閻百詩，斯真足以備石渠顧問之選者也。」先生爲人和平大雅，而其中介然。故督師之姻人方居津要，乞史館於督師少爲寛假，先生歷數其罪以告之。有運餉官以棄運走，道死，其孫以賂乞入「死事」之列，先生斥而退之。錢忠介公嗣子困甚，先生爲之營一衿者累矣，卒不能得，而先生未嘗倦也。父友馮侍郎躋仲諸子没入勳衛家，先生贖而歸之。不矜意氣，不事聲援，尤喜獎引後進，惟恐失之，於講會中惓惓三致意焉，蓋躬行君子也。卒後，門人私謚曰「貞文」。所著有《補歷代史表》六十四卷、《紀元會考》四卷、《宋季忠義録》十六卷、《南宋六陵遺事》一卷、《庚申君遺事》一卷、《河源考》四卷、《儒林宗派》八卷、《石鼓文考》四卷、《文集》八卷，而《明史稿》五百卷、《讀禮通考》一百六十卷，别爲書。今其後人式微，多散佚不存者。先生在京邸，攜書數十萬卷。及卒，旁無親屬，錢翰林名世以弟子故，衰絰爲喪主，取其書去，論者薄之。

予入京師，方侍郎靈皋謂予曰：「萬先生真古人，予所見前輩諄諄教人爲有用之學者，惟萬先生耳！」自先生之卒，蕺山證人之緒不可復振，而吾鄉五百餘年攻媿、厚齋文獻之傳亦復中絶，是則可爲太息者矣。

先生之志，姚人黄百家、閩人劉坊、吴人楊無咎皆爲之，黄志最覈。其後，方侍郎爲之表，則尤失考據。至謂先生卒於浙東斯言不見本表，而見於梅定九墓文中，則是侍郎身在京師，乃不知先生之卒於王尚書史局中，而曰欲吊之而無由，其言大可怪。侍郎生平於人之里居、世系多不留心，自以爲史遷、退之適傳皆如此，乃大疏忽處也。又謂先生與梅定九同時，而惜先生不如定九得邀日月之光，以爲泯没，則尤大謬。先生辭徵者再，東海徐尚書亦具啟，欲令以翰林院纂修官領史局，而以死辭之。蓋先生欲以遺民自居，而即以任故國之史事報故國，較之遺山其意相同，而所以潔其身者，則非遺山所及，況定九乎？侍郎自謂知先生，而爲此言，何其疏也先生嘗言遺山入元不能堅持苦節爲可惜。

（録自全祖望《鮚埼亭集》卷二十八，又見《石園存稿》卷首）

萬氏世紀

清　萬斯大

萬氏世居定遠。禮四六府君，值宋末，耕讀不求聞達。義五八府君，其子也，承父志，從師問學，見聞淹博，隱居苦節以終。此二世爲定遠祖。

五八府君有子國珍，字文質，少負奇志，不修小節。元季擾亂，仗劍從明太祖，賜名斌，充萬户，克滁、和、真三城，授顯武將軍、副千户，守禦滁州，尋定濠、泗。洪武建元，授武略將軍，調永平衛，從取中原，賜誥世襲。五年，進征沙漠，戰死於阿魯渾河。是爲吾之始祖。

子鍾，字榮禄，幼孤，痛父歿於王事，克自樹立，精韜略，工騎射。初授武毅將軍、龍驤衛副千户。征松州，攻施州、蓉美等峒，皆先登。討吉安太和叛寇，平之。十七年，奉命捕倭寧波，積功，升寧波衛指揮僉事，子孫世襲，賜第於鄞，因家焉。建文改元，拒燕師入，死於花園。二年冬，子武嗣職。

武，字世忠，齠年失恃，善事繼母，讀書尚氣節。公餘，日集賢士訂質經史，苦心研索，得誠意正心之旨。嘗秋夜見天空雲浄，月光如晝，歎曰：「人心不當如是耶？」遂以「秋月」名其軒。永樂元年，檄討黄巖巨寇，生縛之。監司争功，誣以稽遲，論戍廣右。六年，從征交趾，進兵檀舍江，力戰而殁，年止二十三，無子。弟文，字世學，即世所稱「射龍將軍」也。繼兄受職，率舟師禦倭，獲其巨艦，生擒斬殺無算。夜次桃渚，忽雙炬漸逼，疑賊至，發矢落其一，乃龍目也。颶風暴起，溺焉，得年二十二。恭人吴氏方娠，五閲月而生子全。自將軍已上父子祖孫四人相繼死國事。

將軍既死，門無男子，全方呱呱泣，行道興悲。恭人與姑曹、姒陳皆弱年，誓死以守，而將軍之女兄義顯亦遂終身不嫁，共保遺孤，持門户。於是寧人稱「萬氏四忠三節一義」，至今如一日焉。

全既長，字惟一，念祖父死忠，母姑節義，祭盡哀，養盡孝，作《萬氏宗譜》以明世系。所性愛竹，自號「竹窩」。入官後一平閩括，三破島夷。退食，則講切經史，以詩文自適。所著有《竹窩稿》。

子禧，字天祥，别號蘭窗，恪共先職，其治兵，恩威並立。好讀書，稿名《蘭窗》者，其詩也。

子椿，字有年，自其先世皆工文事，於家學所傳，服勤無懈，究心經史，取「慎獨」之義以自省，號曰「慎菴」。居官嚴而有法，稱儒將焉。遺詩曰《友葵吟》。

子一，即吾高祖鹿園公也。諱表，字民望，性至孝，少孤，奉母王恭人教惟謹。母卒，廬墓三年，以世職中正德庚辰武進士，晉都指揮，督運至淮，見饑民滿道，先賑後報。升浙江司閫，抑鎮守中官，絶其干請。遷南京大教場坐營，飭營伍宿弊，懲魏國悍弁之干紀者。歷任漕運參將、廣西副總兵、淮安總兵、提督漕運、僉書南京中府都督同知。公歷漕最久，於河漕利病極意興革，諸所奏議具載《通考》及《經濟文録》中。嘉靖壬子，汪直勾倭内犯，東南騷然。公在告，憂懷激切，深究亂原，謂必誘斬直，寇可平。乃薦蔣洲於當事，不聽。公既歿，胡總制卒用洲致直，東南以寧。倭逼杭州，適撫臣巡海，倉卒無備。方伯就問策，公亟選僧兵數百，命婿吴指揮懋宣統以出，大破之。及僉書中府，值蘇松寇急，公散家財，募兵以進。猝遇賊於婁門，身中流矢，裹創大呼督戰。賊潰去，抵留都，下血斗餘，暈絶而蘇。貽書於子曰：『我家世以戰功死王事，我一生持文墨，不任兵。今晚年，身上增一箭瘢，不亦美乎？』未幾，復轉漕運，逾年病卒，年五十九。公於學無所不究，旁及老佛，要以吾儒爲歸。日與龍溪、緒山、荆川、念庵、東郭、心齋講「良知」之學。居官所至，學士、大夫來問業者，摩肩接跡。凡所開發，悉本之躬行心得，聞者無不意滿。著述甚多，《玩鹿亭稿》《灼艾集》其尤著也。

子二，庶長謙甫，以選貢仕萬年主簿。方夫人生我曾祖，諱達甫，字仲章，别號純初，承鹿園公後，偕兄厲志於學，受業荆川、龍溪、緒山之門。嘗得未讀書，與兄對坐溪橋，遞相傳閲，每盡一紙，投之中流，歸而復誦，不脱一字。已襲職，歷官廣州參將。所至皆有政迹，軍民懷之。莅政之暇，唯文史是娱。一時名宿如月峰、赤水、漪園、具區皆服其文行。每過從，旬日不舍。卒年七十三，所著曰《皆非集》。

吾祖瑞巖公，諱邦孚，字汝永，黄淑人出。由先職升浙西運總，以軍法部署漕卒，歲漕數十萬，如期畢集，不失籽粒。晉山東都司僉書，督踐更入衛。值三殿災，忽中官傳旨毁五鳳樓，保承運庫。公謂樓國家象魏，不可毁，請執其咎，乃率所部徹小屋，塗大屋，兩俱無恙。倭薄釜山，朝鮮告急。廷議謂公南人，習舟，乃拜遊擊將軍。帥南京龍江營水師克日赴援。已，檄守鴨緑江，轉漕遼陽，給食不乏。擢温處參將，移狼山副總兵，軍民樂其德政，謀爲立祠。會改通州城，發及冢墓，暴骨如莽。公惻然語衆，捐金置冢，佐以祠金，衆感泣從之。晉都督僉事，總兵福建。福建故嘗爲戚少保所守，公一禀其約束而修其廢墜。島民失風入竟，撫軍欲掠以爲功。公審其非寇也，遣之。期年，以病歸，與鄉先生飲酒雅歌，詩名《一枝軒草》。年七十五卒。祖妣夫人張氏，繼陳氏。是生先考。

於乎！由始祖及瑞巖公九世十人，繼官戎衛，雖號爲勳閥，而自定遠祖下皆讀書明義，以忠孝貽謀，故世忠公至交趾，萬里還書，戒其弟守先世圖籍，留心書史。歷竹窩、蘭窗、慎庵三公而益勤，至鹿園公而大盛，以經濟理學稱名臣。純初公、瑞巖公皆名諸生，起爲大將，世有文集。我先考以鄉舉起家崇禎丙子，文章、節義卓卓千古。世謂其崛起將門，而不知家學淵源醞釀已三百年之久也。

先考諱泰，字履安，別號悔庵。性至孝，篤於友誼。其爲諸生，即偕陸文虎、黄梨洲、晦木、劉瑞當、王玄趾諸先生同學於山陰，得聞「證人」之教。復社盛行，先考與文虎自甬東破荒而出，婁東、雲間莫不倒屣接之。崇禎時，敕行薦舉，學使者以名聞，固辭，讓之文虎。交滿天下，汲引後進如恐不及，至解人之紛，出人於厄，不避萬難，如脱高中丞玄若、李祠部宗海無辜之獄，晦木仗義臨刃，奪而生之。朋友中至今能言其事。晚厲名節而風益高，世望之爲鄭思肖、謝皋羽之儔。卒年六十，著有《續騷堂稿》。先妣聞氏。

子斯年、斯程、斯禎、斯昌、斯選、斯大、斯備、斯同。斯年生言、世培、世懋。斯程生世德。斯昌以兄子世澤爲後。斯大生子經。斯同生世楷，今言已有子承恩，世澤有子承伊，世懋有子承周矣。

噫！吾祖宗一適相傳，中間不絶如線，而傑人踵起，照映後先。予兄弟椎魯無聞，弗克負荷，仰追先德，慚悚難安。唯是先訓所垂，詩書之澤，不以寒餓廢輟。斯大從事《禮經》，竊觀《祭統》云：「子孫之守宗廟者，先祖有善而弗知，不明也；知而弗傳，不仁也。」因思吾先祖善不勝書，取而傳於世，亦《禮》之所許。故著吾家之譜，並略述先祖行實於後。斯大百拜録。

（萬斯大《學禮質疑》卷二）

萬氏世紀分傳（擬題）

（一世）萬斌，字文質，定遠人，沉毅尚氣質。元季，海内亂，集壯士保障鄉曲。歲癸巳，歸太祖於濠，從克滁、和、真三州。授管軍副千户，鎮滁。後太祖用師江南，江北州縣多陷，斌屢摧破鄰寇，孤城晏如。守滁十三年，始從征建寧。洪武紀元，從下中原，調永平。五年六月，從宣寧侯曹良臣逐寇塞外，大戰於阿魯渾河。先登陷陣，死之。

（二世）萬鍾，襲龍驤衛副千户。數從征有功，遷寧波衛指揮僉事，賜誥世襲。自是爲寧波人。建文元年，燕師起，從長興侯耿炳文北征，力戰於大興之花園，又死之。

（三世）萬武、萬文，（武）襲指揮僉事。永樂六年，從黔國公沐晟征交趾，深入鏖戰檀舍江，又死之。弟文嗣兄職。永樂十六年，日本入寇，率舟師禦之蓮花洋，獲其三艦，生擒酋一人，斬馘百三十有奇。明年六月，率舟師出哨，至桃渚。夜有龍浮海上，兩目若懸炬。文疑爲寇舟，急發矢射之，落其一，須臾，風濤大作，舟覆溺焉。

（舊題萬斯同《明史》卷三七六）

（三世）萬義顓，萬姑名義顓，字祖心……父鍾。伯兄武、仲兄文皆死國事。母曹及兩嫂陳、吴並孀居，未有子。吴遺孕僅六月，義顓旦暮籲天泣曰：「吾萬氏已絶，願天畀一男，續忠臣後，我當共撫之。」已而吴生男，名之曰全。義顓喜甚，遂矢志不嫁。人曰：「子將家女，嫁即爲命婦，又可給全，何徒自苦？」義顓正色曰：「吾忍視一家孤寡而獨享其樂哉？」於是與母嫂竭力紡績，資全誦讀騎射。全有過輒告，母庭立切責之，全跪謝，旋改然後已。以是全卒稱儒將，世其家。

（舊題萬斯同《明史》卷三九四）

（四世）萬全，字維一，射龍將軍武之遺腹子也。年十六，襲指揮職。天性和易，好讀書，事母吴以色養。念祖、考皆死王事，祖妣以下，世著苦節，乃繪《四忠三節圖》。每遇祭享，追慕悽愴。正統間，常從大帥討平閩括盜，不居其功。又常三帥戈船，禦寇海上，警柝常如寇至。衆以爲得邊帥體。

（五世）萬禧，字天祥，天順中襲職。管操練士，督造器械，皆嚴而有法。尋視衛篆，清軍伍科擾之弊，上下安之。歷守定關、建陽，軍民皆戴其德。

（六世）萬椿，字有年，弘治中襲職。雅尚沖淡，所入俸資，推以被同宗。外家王氏厚貲，無嗣，析歸之二婿，椿獨辭不受。嘗受委督鄞塘諸鄉水利，坊庸瀦泄，咸得其宜，費省而功多，衆皆才之。

（雍正《寧波府志》卷二十）

（七世）萬表，字民望，鄞人，幼好學，負奇節。襲寧波衛指揮僉事。嘉靖初，年十八，中武會試，授都指揮僉事，總浙江漕運。舟次淮安，見饑民流離載道，慨然曰：「吾何忍愛一官坐視萬民死。」發所運米賑之。上官聞，咸大驚。已，卒無事。久之，改掌浙江都司鎮守。中官有所請屬，正色拒之。尋典南京大教場訓練。有二把總怙魏國公虐其下，表痛懲之。魏國初甚憾，既察表廉正，更與親善。尋以疾歸，遭母喪，廬墓，有芝生於阡。起爲漕運參將，改掌南京錦衣衛，擢廣西副總兵，半道復以疾歸。二十五年，起署都督僉事，充漕運總兵官，鎮守淮安諸府。表廉明有威望，得軍民心，同事文臣賢之，漕政一切倚辦，雖朝廷亦知其才，數條奏利病，率報可。……三十三年，復起督南京中府。行次蘇州楊涇橋，猝遇倭，從行壯士殊死戰，賊乃退，喪僕一人，表亦中流矢……明年春，復改督漕運，進都督同知。表固多病，又不樂榮利。其冬，復告歸，未幾卒。表通經術，熟先朝典故，所交悉天下名士，與羅洪先、唐順之、王畿、錢德洪尤相親善。明世武臣以儒學顯者，表爲冠。

（八世）萬達甫，字仲章，少有異禀，與庶兄謙甫讀書溪橋上，每盡一帙，輒投諸溪流，已而背誦，無所忘失。稍長，爲諸生。表使從（唐）順之、（王）畿遊，學益進。既嗣職，數領運事，筦軍政，皆能其官。屢遷都指揮使，充廣東海防參將。有蛋賊剽海上，當事張皇其勢，冀邀功。達甫曰：「鼠竊耳，何煩兵爲？」遂拂當事意，謝病去。達甫性仁厚，躬長者行，叱咤之聲未嘗施於犬馬，終身不言財利，家日貧，至饘粥不繼。

（九世）萬邦孚，字汝永，以諸生就世蔭，再遷都指揮僉事。蒞山東都司。萬曆中，統班軍番上，值三殿災，急率三千人入救。有詔毁五鳳樓，保承運庫。邦孚言樓不可毁，令軍士並力衛庫，樓亦得存。時方用師朝鮮，改遊擊將軍，統舟師駐旅順，以通餉道。事定，調温處參將。福建奸民多入境爲盜，邦孚下令入浙易浙舟，浙人往福建亦如之，自是軍械無所藏，奸宄遂絶。遷江北副總兵，鎮通州。鹽徒出没爲寇，設策購捕，海濱晏然。居二年，進都督僉事，爲福建總兵官。州人懷其澤，欲建祠，邦孚辭不得。時方改營州城，發緣城冢墓，白骨被野。邦孚命以其貲爲義阡掩瘞之，州人益頌焉。至福建，有島夷舟失風被獲，文吏欲駢誅報首功。邦孚力争，所獲三十五人盡得免。年五十餘即致仕歸，家居二十餘年，卒。

（舊題萬斯同《明史》卷二六四）

（十世）萬泰，字履安，鄞人，都督邦孚子，崇禎丙子舉人。自爲諸生時即偕同邑陸符、山陰王毓蓍、餘姚黄宗羲、宗炎、慈溪劉應期從學蕺山劉子之門，毅然以名節自任。時復社盛行三吴，與浙東間隔。泰與陸符出自甬東，諸名士無不倒屣迎之。然兩人尤以品行爲士林重，不徒聲氣結納也。泰長於料事，郡有大議，數言立決，先識遠見，驗若符契。崇禎末，保舉令行，學使者以泰名聞，讓之於陸符。後符死，泰亦稱病廢，不赴公車。隻輪孤翼，落落無所向，始寓之於詩。李鄴嗣嘗欲合陸符詩刻之，黄宗羲謂文虎詩以才，履安詩以情，皆有可傳。又謂泰詩爲詩史，雖孔子不删，當與石齋、次野、介子、霞舟、希聲諸家並留天壤，其推重如此。泰生平重倫理，輕財利，尤於朋友視若性命。女兄弟五人適人而貧，泰有無與共，給其終身。遁跡後謝絶交遊，不與外事。然友人高斗樞、李棡入獄，黄宗炎犯難，猶能以奇計出之。晚遊粤東歸，有同年生毛汧染疫將死，衆欲棄之，泰收載醫藥，汧得生而泰病卒。即此一事，其友誼可知也。年六十，别號悔庵，學者尊之曰悔庵先生。

（雍正《寧波府志》卷二十八）